그 남자 발칙한

발 그
칙 남
한 자

1

초판 1쇄 인쇄일 2017년 02월 17일
초판 1쇄 발행일 2017년 02월 27일

지은이 | 달콤J
펴낸이 | 김기선

편집장 | 김은지
편집부 | 임종성, 박지은, 김지현, 정미정
디자인 | 금장미

펴낸곳 | 와이엠북스(YMBOOKS)
출판등록 | 2012년 7월 17일 (제2014-17호)
주소 | 서울시 도봉구 노해로 379, 1005호(창동, 대성빌딩)
전화 | 02)906-7768 / 팩스 | 02)906-7769
E-mail | ymbooks@nate.com

ISBN 979-11-322-4065-5 (04810)
ISBN 979-11-322-4064-8 (set)

© 달콤J 2017 Printed in Korea

값 12,800원

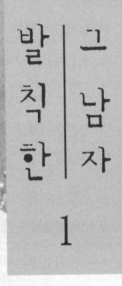

발칙한 그 남자 1

달콤J 장편소설

YN
BOOKS

차 례

프롤로그

　이탈리아에서 출발한 비행기가 둔탁한 소리와 함께 인천국제공항 활주
로에 착륙했다. 오랫동안 굳게 닫혀 있었던 비행기 문이 열리고 좁은 통로
로 사람들이 우르르 빠져나갔다.

　실내가 한산해질 때까지 자리를 지키고 있던 남자. 마른 듯 호리호리하지
만 날렵한 턱선과 딱 벌어진 어깨가 두드러졌다. 여자의 피부같이 하얀 살
결은 약해 보일 만도 한데 오히려 그 투명한 느낌이 청량함을 자아냈다. 노
곤하게 쏟아지는 하품을 깨문 붉은 입술은 금세 한숨을 토해냈다. 나른하게
스며드는 피로에 턱을 괴었던 남자가 손을 들어 크게 기지개를 켜고는 눈꺼
풀을 깜빡거렸다.

　"손님, 손님이 마지막이십니다."

　상냥한 스튜어디스의 목소리가 창문 밖의 풍경을 바라보는 남자의 시선
을 빼앗았다. 고개를 끄덕인 남자가 느릿하게 몸을 일으켰다. 단단한 팔뚝
으로 가방을 집어 들고는 서서히 출구를 향해 걸어갔다. 물이 잘 빠진 청바
지와 민무늬 셔츠를 걸쳤지만 태생적인 세련미는 숨길 수가 없었다. 걸음을
옮길 때마다 찰랑거리는 연한 갈색 머리카락이 작은 창 사이로 들어오는 햇

빛에 반사되어 반짝거렸다.

"감사합니다."

남자의 부드러운 음성과 미소에 비행기를 지키던 스튜어디스들은 저마다 얼굴을 붉혔다.

"결국 한국인가."

우현은 방금 전 상냥했던 목소리가 거짓이었다는 듯 탁한 숨을 토해냈다. 한 걸음 내디딜 때마다 묵직한 땅이 다리를 잡아끄는 듯 무거운 발걸음은 천천히 움직였다.

게이트를 빠져나간 우현이 가장 먼저 눈에 들어오는 편의점으로 향했다. 입안이 바짝바짝 말라 시원한 물이 필요했다. 주위를 둘러보던 그가 냉장고를 발견하고는 걸음을 옮겼다.

"하나, 둘, 셋……."

편의점 한쪽에서 짜증이 뒤섞인 작은 목소리가 흘러나왔다. 문을 열어놓은 냉장고 안에 고개를 박고서 음료수를 하나하나 집어 드는 여자. 희고 여린 팔뚝 사이로 차가운 음료수 병들이 쌓여갔다. 열어놓은 냉장고에서 나오는 냉기가 더운 공기를 차갑게 식히고 있었다.

우현은 여자가 일어날 때까지 한 걸음 물러나 뒤에서 기다렸다. 그의 시선이 여자의 뒷모습에 꽂혔다. 붉은색의 풍성한 머리카락은 등을 덮었고, 머리를 움직일 때마다 파도처럼 넘실거렸다.

"한채원 씨!"

순간 어깨를 움찔한 여자가 번쩍 고개를 들었다. 시선은 편의점 밖을 향했다. 얼굴 위로 흘러진 머리카락 사이로 긴 속눈썹이 움직였다. 둥근 코끝이 찡긋거리더니 장미꽃잎을 머금은 듯 붉은 입술을 질끈 베어 물었다.

"네, 차장님. 지금 나가요!"

마음이 다급해진 여자가 벌떡 일어났고, 그 바람에 쌓여 있던 음료수 병들이 얽혀 바닥으로 쏟아졌다. 우현이 한 걸음 뒤로 물러났다.

"하아, 정말. 오늘 일진이 왜 이렇게 안 좋냐."

뒷모습을 보이고 있었지만 축 처진 어깨에서 망연자실한 표정을 상상할 수 있었다. 단정하게 정돈된 긴 손가락이 머리카락을 거칠게 쓸어 넘겼다. 바닥에 떨어진 음료수를 하나하나 줍는 여자. 우현이 허리를 숙여 자신의 발밑으로 굴러떨어진 음료수 병을 집어 들었다.

"저기요, 여기……."

우현이 허리를 들고 음료수를 내미는 순간, 여자가 천천히, 아주 천천히 그의 곁을 스쳐 지나갔다. 코끝에 진한 장미향이 풍겨왔다. 흩날리는 긴 머리카락 끝이 그의 살결에 닿았다. 그 느낌이 소름 돋도록 아찔했다.

느릿하게 몸을 돌린 우현의 시선이 여자의 뒷모습에 닿았다. 꼿꼿하게 뻗은 여자의 등줄기가, 원피스 사이로 빠져나온 가늘고 긴 팔이 그의 시선을 사로잡았다. 직원이 음료수를 계산하는 동안 여자는 초조한지 카드로 계산대를 두드렸다. 일정한 속도로 울려대는 그 소리에 그의 눈동자가 깜빡, 또 깜빡거렸다. 심장이 쿵, 쿵 박자에 맞춰 뛰었다.

"한 대리, 서둘러! 바이어분들 오실 때 됐단 말이야."

다시 한 번 더 자신의 이름이 들려오자 여자는 음료수를 들고는 편의점을 빠져나갔다. 그 뒷모습이 시야에서 사라지자 초조함이 밀려왔다. 이유는 알 수 없었지만 저 뒷모습이 마지막일 수는 없었다. 마른 입술을 축인 그가 재빨리 몸을 돌려 성큼성큼 걸어갔다. 지나간 자리에 남아 있는 매혹적인 향을 따라 여자를 쫓았다. 밖으로 나가 정신없이 고개를 두리번거렸다. 자신감이 넘쳐나는 걸음걸이가 그에게서 멀어지고 있었다. 그가 여자를 향해 내달리려는 찰나.

"저기요!"

우현의 팔을 거세게 붙잡는 힘.

"계산은 하고 가셔야죠! 그냥 가시면 어떡합니까? 사람 멀쩡하게 생겨서는"

편의점 직원의 눈은 세모꼴로 변했고, 퉁명스러운 목소리가 뒤틀린 입가에서 흘러나왔다.

"계산이요?"

우현의 목소리에 직원이 눈짓으로 그의 손을 가리켰다. 그 시선을 따라가자 제 손에 음료수가 쥐어져 있었다. 방금 전 여자가 떨어뜨렸던 음료수였다. 멍했던 눈동자에 초점이 돌아왔고, 이제야 손바닥에 차가운 기운이 느껴졌다. 자신의 어이없는 행동에 순간 웃음이 터져 나왔다. 그런 그를 직원은 이상한 눈초리로 바라보았다.

우현이 편의점으로 발걸음을 돌렸다. 아쉬운 듯 한 번 더 뒤를 돌아보았다. 더 이상 여자의 모습은 찾을 수 없었지만 코끝에는 그녀의 향기가 머물러 있었다.

"꼭 다시 만났으면 좋겠네."

아찔한 장미향이.

1. 발칙한 그 남자

-헤어지자. 우리에게 미래는 없어. 너 설마 나랑 결혼까지 생각한 건 아니었지?

남자의 차가운 목소리에 여자의 눈빛이 믿을 수 없다는 듯 애처롭게 떨려왔다.

-진심이 아닌 것 알아요. 그래, 여행! 우리 새로운 곳에 가서 새롭게 다시 시작해요, 네?

여자가 덥석 자신의 팔을 붙잡자 더럽다는 듯 그 손길을 차갑게 뿌리친 남자.

-똑똑한 여자니까 내 말 잘 알아들었을 거라고 생각해. 그리고 난 곧 약혼할 거야.

어두운 골목에는 냉정하게 돌아서는 남자의 뒷모습을 바라보며 홀로 눈물짓는 여자의 처절한 울음소리만 들릴 뿐이었다.

"정말 놀고들 있네."

방바닥에 매트를 깔아놓고 요가를 하던 채원은 티브이 속 드라마의 이별 장면에 혀를 찼다.

"저 여자 바보 아니야? 저렇게 차여놓고 한마디도 못 해? 찔찔 짜기나 하고. 하여간 저런 고전적인 이별 장면이 요즘 드라마에 등장하다니. 이해가 안 간다."

"난 욕하면서 그걸 보고 있는 네가 더 이해가 안 간다. 잡지책이나 좀 깔아."

두 손에 뜨거운 냄비를 들고 종종걸음으로 걸어온 선예가 턱으로 테이블 위에 있는 잡지를 가리켰다.

채원은 금요일 밤 10시에 제집에 찾아와 라면을 끓여 먹고 있는 선예를 한심하다는 눈빛으로 바라보았다.

"너 커피숍은 어쩌고?"

"애들한테 맡기고 왔어. 알아서 마감하고 문 닫고 가라고. 너 정말 안 먹어?"

"이 시간에 라면 먹고 자면 내일 아침에 얼굴 보름달 될 거다."

선예는 기가 막힌 라면 냄새에도 꿈쩍도 하지 않고 티브이를 보며 다리를 찢고 있는 채원을 대단하다는 듯 바라보았다.

"그래, 네 몸매가 괜히 나오는 게 아니다."

코끝을 자극하는 맛있는 냄새에 방 한쪽에서 누워 있던 골든 레트리버 한 마리가 느린 걸음으로 걸어왔다. 작은 원룸에 어울리지 않는 이 커다란 녀석은 윤기가 흐르는 금빛 털을 흔들며 우아하게 움직였다.

"태양아, 안 돼."

채원이 부드러운 목소리로 타이르자 이내 제집으로 돌아서는 태양이.

"근데 너 오늘 금요일인데 왜 집에 있어? 준서 씨랑 데이트 안 해?"

무심한 선예의 질문에 채원이 다리를 접고 테이블로 바짝 다가와 앉았다.

"이선예, 아무래도 나…… 프러포즈 받을 거 같아. 준서 씨가 내일 L호텔 레스토랑에서 저녁 먹자더라. 예쁘게 하고 오래."

L호텔 레스토랑은 요즘 프러포즈 장소로 가장 인기 있는 곳이었다.

"장난 없다, 준서 씨? 맨날 인상 찡그리고 다녀서 잘 몰랐는데 이제 보니 로맨티스트였네."

선예의 말에 한껏 들뜬 채원의 광대가 금방이라도 하늘로 승천할 듯 솟아올랐다.

한채원, 32세. 홀로 독립해 집을 나온 지 6년. 누구보다 열심히 살아왔다. 피나는 노력 끝에 대학을 졸업하기 전, 회사에 합격했고 회사 입사 동기 중에서 가장 빠른 속도로 승진 궤도를 달리고 있었다.

"L호텔 레스토랑이라니. 부럽다. 난 언제 그런 곳에서 프러포즈 받아보냐?"

채원의 연인인 준서는 3살 연상의 회사원으로 잘생긴 외모는 물론이고 온몸으로 고급스러운 분위기를 풍기는 남자였다. 채원은 2년 전 그의 회사와 공동으로 진행하는 프로젝트 때문에 함께 일을 한 것이 계기가 되어 사귀게 되었다.

준서는 당시에도 지금과 마찬가지로 회사에서 가장 주목받고 있는 인재로 창창한 미래가 보장된 남자였다. 조금 딱딱하고 차갑긴 했지만 듬직했으며 무엇보다 책임감이 강했다.

채원의 시작은 조심스러웠다. 하지만 그 시간들이 무색하리만큼 지금 그녀의 눈동자는 사랑으로 반짝거리고 있었다.

"아무튼 축하한다, 한채원! 너 내일 일 하나도 빠짐없이 다 이야기해야 한다? 알았지?"

내일 있을 로맨스에 대한 기대감에 두 여자의 웃음소리는 끊이지 않았다.

-두고 봐. 너, 복수할 거야.

드라마에서는 방금 남자에게 버림받은 여자가 시뻘겋게 눈을 뜨고는 복수의 칼날을 갈고 있었다.

"다음 주부터 반격인가 보다. 저딴 회 쳐 먹을 놈 가만히 놔둘 필요 없어. 다 부숴버려!"

채원이 신이 난 듯 소리쳤다. 촌스러운 드라마이니 뭐니 욕해도 역시 드라마는 사랑, 배신, 복수극이 최고라고 생각하는 그녀였다.

"인마, 오랜만에 한국 와서는 얼굴이 왜 그래?"

우현은 운전석에 앉아 자신을 바라보며 걱정스러운 얼굴을 하는 재환의 말을 듣는 둥 마는 둥 창밖만 바라보았다. 고운 미간은 잔뜩 찌푸려져 있었고, 꾹 다물어진 입술 사이에서는 한숨만이 새어 나왔다.

어린 시절부터 한국을 떠나 살았던 우현은 아주 가끔 한국을 방문하곤 했는데 이번 일정은 예정에 없이 진행되었다. 바로 갑작스러운 아버지의 부름 때문에.

'녀석아, 언제까지 그렇게 살 거야! 우리 집에서 절대 놓칠 수 없는 혼사다. 무조건 해야 한다고. 이제 그만 한국으로 들어오거라.'

우현은 며칠 전 아버지와의 대화가 여전히 귓가에 들리는 것만 같았다.

목에 칼이 들어와도 싫다는 대답과 함께 아버지의 한숨을 뒤로하고는 집을 나섰었다.

"결혼이 무슨 애들 장난도 아니고……."

우현이 다시 한 번 깊은 숨을 몰아쉬었다.

"그러고 보니 너 볼이 왜 그래? 부딪혔어?"

재환이 빨갛게 부어오른 우현의 왼쪽 볼을 발견하고는 걱정스러운 얼굴로 물었다. 그가 어색한 손길로 제 왼 볼을 쓸어내렸다.

오늘 아침 예고 없이 오피스텔에 찾아온 자신의 형. 형제라고 말하기 민망할 정도로 남보다 못한 사이처럼 지내던 형은 3년 만에 찾아와 그에게 다짜고짜 주먹을 날렸다.

'언제까지 그렇게 네 멋대로 지낼 거냐. 네 생각 없는 행동들이 주변 사람들에게 얼마나 많은 피해를 주는지 한 번쯤은 잘 생각해봐. 앞뒤 구분도 못하는 놈.'

처음 맞아본 형의 주먹은 날카로웠고, 지나간 자리는 뜨거웠다.

'철없는 네놈과 같은 핏줄이라는 게 정말 질리도록 싫다.'

서릿발같이 차가운 형의 목소리, 당장이라도 모든 것을 얼려버릴 듯한 형의 눈빛이 계속해서 머릿속에 맴돌았다.

딱딱하게 굳은 우현의 옆모습을 바라보던 재환이 슬쩍 눈치를 보더니 입을 열었다.

"인마, 너 비싼 척하지 말고 한국에 자주 좀 들어오고 그래. 이번에는 며칠 일정이야? 다시 돌아가는 날이 언제라고 했……."

우현을 힐끔 쳐다보며 운전하던 재환이 백화점 앞의 도로에서 미처 빨간 불로 바뀐 신호등을 보지 못하고 전진했다.

끼이익!

날카로운 굉음과 함께 차가 멈췄다. 다급히 밟은 브레이크에 두 사람의 몸이 심하게 흔들렸다. 하얗게 질린 재환이 운전대에서 손을 놓지 못한 채 벌벌 떨고 있었다.

우현이 고개를 들자 차 앞에 한 여자가 쓰러져 있었다. 그가 재빨리 차 문을 열고 밖으로 달려 나가 여자 앞에 무릎을 접어 앉았다.

"미안합니다. 괜찮으세요?"

그의 질문에도 여자는 아무런 대답도 없이 고개를 숙이고 있었다. 크게 다친 건 아닌지 걱정이 앞섰다.

"이런, 스타킹에 구멍 났네. 시간 없는데."

하지만 곧 작게 중얼거리며 제 다리를 살피는 여자의 모습에 우현이 안도의 한숨을 내쉬었다.

"죄송합니다. 저희가 운전 실수를……. 어디 다치지 않으셨나요?"

우현이 여자에게 조금 더 가까이 다가가 목소리를 높였다. 그 음성에 여자가 천천히 얼굴을 들었다. 작은 움직임에 여자의 긴 머리카락이 흩날렸다. 순간 코끝에 아찔한 장미향이 스쳐 지나갔다. 머리카락에 가려져 있던 눈동자가 그를 마주 보았다.

새하얀 얼굴에 발그레한 볼, 커다란 눈망울, 그 사이에 앙증맞게 솟아 있는 오뚝한 콧날. 볼록한 이마는 사랑스러웠으며 머리카락을 쓸어 넘기는 가늘고 긴 손가락이 청순해 보였다. 붉게 물든 촉촉한 입술은 오물거리며 무언가 말하고 있었다. 그 모습을 가만히 보고 있자니 저 붉은 입술에서조차 장미향이 날 것만 같았다.

깜빡. 그리고 다시 깜빡. 여자의 짙은 갈색 눈동자가 우현을 또렷하게 바라보고 있었다. 이 모든 장면들이 마치 슬로모션처럼 천천히, 아주 천천히 지나갔다. 둘 사이에 흐르는 숨소리를 제외한 모든 것들이 현실 저 너머의 소리처럼 아득하게 들려왔다.

"……기요, 저기요! 지금 제 말 듣고 있는 거예요?"

우현이 조금 큰 음성에 정신을 차리자 여자의 눈은 세모꼴로 변해 있었다. 한숨을 내쉰 여자가 자리에서 일어나기 위해 몸을 움직이자 우현도 따라 일어났다. 그 순간 다리에 힘이 풀린 여자가 크게 휘청거렸다.

"엄마야."

우현은 바닥으로 고꾸라질 것 같은 여자의 몸을 향해 재빨리 손을 뻗었다. 순식간에 그의 단단한 팔이 여자의 가는 허리를 휘감았다. 자신의 몸에 맞추기라도 한 것처럼 쏙 안겨오는 부드러운 여체에 우현의 몸이 일순 긴장했다. 여자의 얼굴이 자신의 가슴에 닿았고 입 밖으로 쏟아져 나온 안도의 한숨이 그의 셔츠 위로 고스란히 느껴졌다. 턱 바로 아래 머문 머리에서 풍겨오는 매혹적인 장미향에 저도 모르게 가슴이 지끈거렸다.

우현이 천천히 자신의 품에 안긴 여자의 몸을 제게서 떼어냈다. 단단한 손은 여전히 여자의 가냘픈 허리를 붙잡고 있었다. 살짝 고개를 든 여자의 눈과 정면으로 마주쳤다. 그는 그 눈동자를 피하지 않았다. 거미줄처럼 얽힌 시선, 두 사람은 그렇게 한참 동안 서로를 바라보고 있었다.

"죄, 죄송합니다. 어디 다친 곳은 없으신가요?"

그런 둘 사이의 묘한 공기를 가르며 어눌한 목소리가 들려왔다. 그 음성에 남자의 눈을 가만히 바라보고 있던 채원이 당황하여 고개를 돌렸다. 이유는 알 수 없었지만 자신의 몸을 단단히 붙잡고 있는 이 남자의 시선을 피할 수 없었다.

"고, 고맙습니다."

채원이 자신을 붙잡고 있는 남자의 손을 스윽 밀어내며 감사의 인사를 전했다. 고개를 돌리자 크게 당황한 표정으로 자신을 바라보는 또 다른 남자가 보였다.

"제가 실수로 운전을……. 죄송합니다. 일단 저희와 같이 병원에……."

잔뜩 긴장한 얼굴로 자신의 눈치를 보는 남자. 떨리는 눈동자에는 두려움과 후회가 숨김없이 드러났다. 그 모습에 채원이 깊은 한숨을 내쉬었다. 그녀가 종아리가 쭉 뜯어진 스타킹을 바라보더니 제 몸에 묻은 먼지를 털어냈다.

"차에 부딪힌 건 아니니까 괜찮아요. 다친 곳도 없고요. 그럼 먼저 가보겠습니다."

살짝 고개를 숙이며 인사한 채원이 돌아서려 할 때 가방 안에서 단조로운 벨소리가 들려왔다. 그녀가 다급하게 휴대폰을 꺼내 들었다.

"지금 가고 있어요. 금방 도착할 거예요. 네, 이따 봐요."

별 감정 없이, 무심한 듯했던 지금까지와는 다른 나긋나긋한 목소리가 우현의 귓가에 울려 퍼졌다. 부드럽게 살살 녹아내리는 음성이 그의 마음에 잔잔한 파도를 만들어냈다. 조곤조곤하고 명확한 발음이 듣기 좋았다. 휴대폰을 쥔 손의 손톱이 단정하고 깔끔했다.

'가볼게요.'

입 모양으로 인사를 건넨 여자가 몸을 돌렸지만 우현의 시선은 그 모습을 끈질기게 좇고 있었다. 허리를 꼿꼿하게 편 여자의 뒷모습이 점점 멀어지고 있었다. 그런데 자신도 이상하리만큼 그 모습이 용서가 되지 않았다. 처음 느껴보는 알 수 없는 울렁거림이 우현을 휘감았다. 중요한 건 저 뒷모습을 붙잡아야 한다는 것이다. 지금 당장.

"잠깐만요!"

결국 우현의 거친 목소리가 여자를 불러 세웠다. 통화를 마치고 휴대폰을 가방에 넣던 여자가 천천히 그를 향해 몸을 돌렸다.

"저희 쪽에서 잘못해서 넘어지신 거니까 책임을 지고 싶은데요."

"네? 저 다친 곳 없어요. 책임 안 지셔도 되니까 그냥 가보셔도 괜찮아요."

여자는 무표정한 얼굴로 대꾸했지만 머리카락을 쓸어 넘기는 손가락이 살짝 떨리는 것을 보니 많이 놀라기는 한 모양이었다. 그러면서도 그렇지 않은 척하는 모습에 우현의 입꼬리가 살짝 올라갔다.

"그럴 생각이 없다고 하셔도 저는 책임져야겠습니다. 그렇게 하라고 배웠거든요."

"말씀은 고마운데 정말 괜찮아요. 저도 이런 걸로 남한테 뜯어먹지 말라고 배워서요."

채원이 자신의 손목에 걸린 시계를 바라보았다. 시간이 부족했다. 뜯어진 스타킹을 갈아 신어야 했고 화장도 다시 체크해야 했다. 오늘은 한 치의 흐트러짐도 허용되지 않았다.

"정말 괜찮으니까 신경 쓰지 마세요. 그럼."

돌아선 채원이 또각또각 구두 소리를 내며 걸어갔다.

어느새 우현의 곁으로 다가온 재환이 안도의 한숨을 내쉬며 여자의 뒷모습을 바라보았다.

"후아, 진짜 십년감수했다. 마음 같아서는 저 여자한테 절이라도 하고 싶은 심정이야. 요즘에는 얼굴 예쁜 여자가 마음씨도 곱다는 말은 사실이었어."

옆에서 쉴 새 없이 떠드는 재환의 목소리도, 지나가는 사람들의 웅성거림도, 지금 우현의 귓가에는 들리지 않았다. 단 하나, 앞서 걸어가는 여자의 구두 소리만 제외한다면.

기가 막힌 각선미를 따라 스타킹의 올이 나가 있었지만 걸음걸이는 당당했다. 찰랑거리는 머리카락이 햇빛에 반사되어 사르륵 빛이 났다. 분명 저 빛나는 공기 사이로 아찔한 장미향이 풍겨져 나오리라.

멀어져 간다. 그런데 이대로 보내? 우현의 눈동자가 반짝였다. 절대 그럴 수 없었다. 이유 따위 몰랐다. 일단 붙잡고 봐야 했다.

"저기요. 잠깐만요."

빠르게 앞으로 걸어간 우현이 여자의 팔을 낚아챘다. 곧 찾아올 무더위, 뜨거운 그의 손바닥 아래 차가운 여자의 부드러운 피부가 고스란히 느껴졌다.

"약속 있는 거 아니었어요? 이대로 가다간 망신당해요."

깜짝 놀란 여자가 커다란 눈망울로 자신을 바라보자 우현의 입가에 기분 좋은 웃음이 걸렸다.

"제가 알아서 할 테니까 그냥 돌아가셔도……."

"아뇨. 무조건 책임질게요."

여자의 팔을 붙잡은 손에 저도 모르게 힘이 가해졌다. 이대로 보낼 수는 없다는 듯. 찡긋, 미소 지은 우현이 재빨리 채원을 잡아끌어 그녀가 나왔을 것이 분명한 백화점으로 다시 들어갔다.

우현에게 끌려가는 채원의 미간이 설핏 구겨졌다. 미안한 마음은 이해가 가지만, 괜찮다고 하는데 자꾸만 왜 이런단 말인가. 자신은 지금 이 남자를 상대할 시간이 없었다.

"저기요, 정말 괜찮다니까요? 제가 알아서 할게요. 저 지금 바빠요."

"스타킹 파는 곳은 어디예요? 적어도 스타킹값 정도는 물게 해줘요."

남자의 목소리는 녹아내릴 듯 감미로웠지만 자신의 팔을 잡고 있는 손은 강인했다. 괜찮다고 말해도 들을 것 같지 않았다.

"하아, 저쪽에 있어요."

스타킹 매장에 도착한 채원이 자신이 신고 있는 것과 같은 스타킹을 집어 들었다. 어깨를 으쓱한 우현이 스타킹값을 지불하더니 고갯짓으로 여자 화장실을 가리켰다.

"가서 갈아 신고 와요."

어쩔 수 없다는 듯 고개를 저은 그녀가 스타킹을 들고는 획 돌아서 여자 화장실로 걸어갔다.

그 모습을 바라보는 우현의 입가에 묘한 웃음이 걸렸다. 괜찮다고 하는 여자를 붙잡고 여기까지 데려온 스스로가 이해가 되지 않았다. 하지만 여자를 마주한 순간, 그 깊은 눈동자에 갇혀버린 느낌이었다.

손을 파르르 떨면서, 올이 나간 스타킹을 신고서 끝까지 도도하게 걷던 뒷모습이 아른거렸다. 이유는 몰랐지만 놓칠 수 없었다. 그 뒷모습이 마지막일 수는 없었다. 절대.

잠시 후, 화장실에서 나온 채원이 주변을 두리번거렸다. 화장실 주변에는 사람들로 북적였지만 그녀를 이곳까지 끌고 온 남자는 단연 눈에 띄었다. 훤칠한 키에 부드러워 보이는 머리카락, 호리하지만 제법 단단해 보이는 몸매. 주머니에 손을 꾹 찔러놓고는 무언가를 생각하는 듯 아무런 표정 없는 얼굴이 조금 딱딱해 보였다.

채원이 천천히 남자를 향해 걸어갔다. 또각또각 울리는 구두 소리에 남자가 고개를 들었다. 그녀를 발견한 남자의 얼굴이 눈에 띄게 밝아졌다. 일자로 굳게 닫혀 있던 입가가 유려하게 올라갔다. 그러자 방금까지도 조금 무뚝뚝해 보이던 인상이 믿을 수 없을 만큼 부드러워졌다.

흠흠, 채원이 헛기침을 하며 남자의 옆으로 다가섰다.

"아까도 말씀드렸지만 차에 부딪힌 것도 아니고 사고를 당한 사람이 괜찮다고 하는데 그냥 넘어가죠. 충분히 미안해하는 것도 알았으니까요."

"가요."

피식 미소 지으며 채원의 팔을 잡아당기는 남자. 그녀가 허탈한 웃음을 지으며 남자를 어이없게 쳐다보았다. 뭐, 이런 제멋대로인 남자가 다 있나 싶었다.

"스타킹은 보상했고, 바쁘다고 했으니까 목적지까지 바래다드릴게요. 이 정도는 해야 도덕, 윤리 배운 티는 날 것 같아서요."

"마음 써주는 건 굉장히 고마운데 원래 이렇게 남의 말 안 듣고 제멋대로예요?"

"뭐, 때에 따라서는 다르지만 대충 그런 편이죠."

"그럼 그거 고치는 게 좋을 거 같네요. 별로 좋아 보이지는 않으니까."

"덕분에 제 친구가 범죄자 신세를 면했으니 은혜는 갚게 해줘요."

어차피 말해도 듣지 않을 것을 본능적으로 알았기에 채원은 그냥 조용히 남자를 따랐다. 백화점을 나와 차에 도착한 우현이 뒷문을 열어주자 채원이 차에 올랐다.

"어디까지 가요?"

우현이 황당한 표정의 재환은 무시한 채 채원에게 물었다.

"L호텔 레스토랑이요."

"들었지? 출발."

제 할 말만을 한 우현이 조수석 앞쪽 문을 열어 수첩을 꺼냈다. 펜으로 무언가를 적어 내려간 그가 작은 종이를 채원에게 건넸다.

"이거 받아요."

채원의 가늘고 긴 손가락이 종이를 건네받았다.

"최우현이에요. 내가 번호 달라고 해도 안 가르쳐줄 것 같으니 거기 적혀 있는 번호로 연락해요."

종이에 적힌 전화번호를 바라보는 채원의 미간에 주름이 잡혔다.

"교통사고는 후유증이 무섭잖아요. 자고 일어나면 아플지도 몰라요. 아프지 않더라도 연락해요. 꼭이요."

"제가 왜요?"

채원의 입에서 시큰둥한 질문이 흘러나오자 그 모습에 우현이 획 고개를 돌려 그녀를 바라보았다. 순간 당황한 채원도 그를 마주 보았다. 살짝 올라간 눈매와 반짝이는 눈동자는 그를 장난꾸러기 아이처럼 보이게 했다. 매끄럽게 올라간 입꼬리가 가슴 두근거릴 만큼 매력적으로 보였다. 창을 통해 들어오는 햇살이 남자를 감쌌지만 남자의 눈부심에 오히려 제 빛을 잃은 것만 같았다.

"저도 잘은 모르겠지만 아무래도 제가 그쪽한테……."

시간차를 둔 남자가 천천히 입을 열었다.

"첫눈에 반한 것 같으니까요."

나지막한 목소리가 차 안에 잔잔하게 울렸다.

"그것도 아주 홀딱."

입가에 걸린 웃음이 아찔했다.

"다시 한 번 말해줘? 헤어지자고. 설마 나랑 결혼까지 생각한 건 아니었지?"

어디서 많이 듣던 대사였는데. 아, 어제 드라마에서 혼자 비를 맞고 서 있는 여자 주인공에게 남자 주인공이 내뱉은 대사였다. 누가 그랬던가. 드라마는 현실 반영의 산물이라고.

정확히 5분 전까지만 해도 채원은 설레고 행복했다. 그런데 지금 자신이 처한 상황은 지극히 현실이었다. 지금 눈앞에서 서릿발처럼 차가운 목소리로 이별을 이야기하고 있는 사람은 바로 얼마 전까지도 자신에게 사랑을 속삭이던 남자였다.

"그리고 미리 말하는 게 최소한의 예의인 것 같아서. 난 곧 약혼할 거야."

어제 드라마에서도 이런 비슷한 장면이 있었다. 남자 주인공의 양다리를 눈치채지 못한 여자가 바보라며 혀를 찼었다. 그런데 바보는 그 여자가 아니라 자신이었다.

냉정하게 돌아서는 준서의 뒷모습을 바라보는 채원의 눈동자가 떨려왔다. 배신감과 슬픔이 한꺼번에 밀려왔다. 하지만 지금 이 자리에서 울 수 없었다. 울음을 집어삼킨 채원이 뻣뻣하게 고개를 들고는 레스토랑을 빠져나갔다.

때마침 가방에서 울리는 벨소리, 선예였다.

-한채원! 지금 어디야? 설마 바로 날 잡는 거 아니지? 너 갑자기 가버리면 나 서운해.

목에 무언가 꽉 걸린 듯 아무런 말도 나오지 않았다.

-야, 여보세요? 왜 아무 말도 안 해? 너 지금…… 거기 어디야?

무언가 잘못됐음을 직감했는지 선예가 다급하게 물었다.

그리고 세 시간 후.

"나쁜 자식! 내가 그놈 차에 불이라도 질러버릴까?"

"나 바보처럼 한마디도 못 하고 나왔다? 얼굴에 물이라도 뿌리고 멋있게 뒤돌아 나왔어야 했는데."

채원의 입가에 쓰디쓴 웃음이 걸렸다. 술잔을 바라보는 그녀의 눈동자에 지척을 분간할 수 없을 만큼의 짙은 안개가 서렸다.

순식간에 귓가에 파고들던 이별의 목소리는 차디찬 냉기가 되어 그녀 안에 머물렀다. 울고 붙들고 매달린들, 추억에, 남겨진 뒷모습에 허덕이는 건 나뿐이겠지. 뛰는 심장도, 익숙한 목소리도, 이제 나만이 가지고 있는 기억일 뿐.

사랑했다. 그렇기에 함께하는 미래도 꿈꿨었다. 그 꿈 안에서 어린아이처럼 행복했었다.

채원의 눈이 스르륵 감겼다. 아, 이대로 깨어나지 않으면 좋겠다.

강렬한 햇살에 채원이 눈살을 찌푸렸다. 속은 쓰렸고, 머리는 일정한 속도로 지끈거렸다. 저 멀리서는 휴대폰이 울리고 있었다.

겨우 자리에서 몸을 일으킨 그녀가 고개를 돌리자 바닥에 아무렇게나 놓여 있는 자신의 가방이 보였다. 안으로 손을 넣어 휴대폰을 꺼냈다.

-야! 너 미쳤어? 왜 이렇게 전화를 안 받아! 지금 어디야?

쩌렁쩌렁하게 울리는 선예의 목소리에 채원이 이마를 찌푸렸다.

"목소리 좀 낮춰. 어디긴 어디야, 집이……."

길게 하품을 한 그녀가 천천히 눈을 깜빡였다. 생전 처음 보는 낯선 풍경.

-집은 무슨 집이야! 나 지금 너희 집 앞인데.

그제야 채원이 고개를 획획 돌려 주변을 바라보았다. 아무리 봐도 전혀 익숙하지 않은 풍경이었다.

"어? 일어났어요?"

귓가에 파고드는 낯선 목소리에 채원이 고개를 돌렸다. 상체는 훌러덩 벗은 채 바지 하나만 걸친 남자가 수건으로 머리를 털며 그녀를 향해 미소 짓고 있었다. 그 미소가 창으로 들어오는 햇살만큼이나 상큼했다.

"어제는 상태 심각했는데 지금은 생각보다 괜찮은 것 같아서 다행……."

"으악!"

잘생긴 남자가 한쪽 눈을 감으며 커다란 소리에 눈을 찡그렸다.

"우아, 아침부터 목소리 한번 엄청 우렁차네."

맙소사. 내가 어제 무슨 짓을 한 거야! 아니, 대체 내가 저 남자를 언제, 어떻게 만난 거지?

채원이 눈을 깜빡거리며 믿을 수 없다는 듯 눈앞의 남자를 바라보았다. 그녀 앞에는 어제 도덕, 윤리를 운운하며 막무가내로 자신을 끌고 다니던 바로 그 남자가 서 있었다.

"대체…… 아니, 댁이 왜 여기……."

우현은 놀란 토끼처럼 눈을 동그랗게 뜨고 자신을 바라보는 여자의 모습에 웃음을 터뜨렸다. 그 모습을 보고 있으니 어제 오후, 그녀와의 만남이 다시 한 번 떠올랐다.

"너 정말 그 여자한테 반한 거야? 휴대폰까지 넘겨주고. 내 눈으로 보고도 믿을 수가 없다."

고개를 내젓는 재환의 모습에 우현이 호탕하게 웃었다.

"그냥 보냈다면 그 여자가 나한테 전화할 거 같아?"

"아니, 전혀. 그 여자가 바보냐? 첫눈에 반했다니 그냥 미친놈으로 알겠지. 헌팅을 하려면 좀 세련되게 해라. 첫눈에 반했다가 뭐냐? 너무 클래식하잖아."

한심하다는 듯 혀를 차는 재환. 그 모습에 어깨를 으쓱한 우현은 조금 전

차에서 내린 여자를 떠올렸다. 목적지에 도착하자마자 여자는 고맙다는 말 한마디만 남기고는 재빨리 차에서 내렸다.

"이름이 뭐예요?"

우현이 생글생글 웃으며 여자 옆에 따라붙었다. 그런 그의 앞에 우뚝, 걸음을 멈춰 서고 몸을 돌린 여자. 또렷하게 자신을 올려다보는 강렬한 눈빛에 저도 모르게 입가에 미소가 걸렸다.

"저 애인 있어요. 그냥 애인 아니에요. 결혼할 남자예요. 오늘 프러포즈 받기로 했고요."

그래서? 우현이 어깨를 으쓱했다.

"저한테 호의를 가져준 건 정말 고마워요. 하지만 길에서 헌팅 당했다고 좋아할 나이도 지났고, 더 이상 그쪽하고 얽히고 싶지 않아요."

이 여자는 조금 전 자신이 '홀딱 반했다.'라고 한 후부터 한 톤 낮은 음성을 내고 있었다. 처음보다 목소리는 딱딱했고 눈빛은 차가웠다. 접근금지라는 뜻을 온몸으로 내비치면서 말이다.

우현은 애인도 있는 여자한테 치근덕거리는 스스로가 우스웠다. 하지만 어쩌겠는가. 그는 원래 이성보다는 감성이 우선인 사람이었다. 본능이 이끄는 대로 행동하고 머리보다는 몸이 먼저 나가는 남자. 그리고 그 감성은 지금 이 여자를 붙잡으라고 말하고 있었다.

"오늘은 감사했어요. 그럼."

자신이 구차해 보일 것을 알고 있었다. 하지만 이대로 헤어지고 싶지는 않았다.

마음이 급해진 우현이 주머니를 뒤졌지만 있어야 할 휴대폰이 없었다. 작게 거친 말을 내뱉은 그가 눈으로는 여자의 뒷모습을 좇으며 다급히 차로 돌아갔다. 조수석 의자에 살포시 놓여 있는 휴대폰을 집어 든 그가 다시 여자에게 달려갔다. 단언컨대, 인생을 통틀어 단 한 번도 이런 식의 행동, 해본 적 없었다.

"저기요!"

그의 목소리에 다시 한 번 여자가 뒤돌아섰다. 늘씬하게 뻗은 등줄기가 꼿꼿하게 섰다. 그 농염한 모습을 바라보는 것만으로도 입이 바짝 말랐다.

우현은 손을 뻗어 여자의 팔을 붙잡아 자신의 휴대폰을 손바닥 위에 올려놓았다.

"전화하면 받아요. 절대 꺼놓지 말고요. 휴대폰 버리면 안 돼요!"

여자의 황당한 표정을 뒤로한 우현이 돌아섰다.

"받아요! 무조건!"

큰 소리로 외치고는 차에 올라 재환을 재촉해 바로 차를 출발시켰다. 백미러로 탄식을 내뱉으며 고개를 젓는 여자의 모습이 보였다.

"그 여자가 네 휴대폰 버리면 어쩌려고 그래? 예쁘긴 했어. 하지만 너한테 대시한 여자 중에 더 예쁜 여자들도 많았어. 그래도 꿈쩍 안 했잖아."

"심지어 애인도 있대."

입가에 웃음기를 머금은 우현이 어깨를 으쓱했다.

"미쳤네, 최우현. 외국물 먹더니 애인 있는 여자도 상관없나 보네. 여기가 할리우드냐?"

"처음이야."

그런 강렬한 느낌. 뭐라고 정의 내릴 수는 없지만 절대 그냥 보낼 수는 없었어.

그리고 한참을 달려 도착한 클럽.

"야, 최우현. 얼마 만에 한국 온 거냐?"

오랜만에 모인 친구들은 그의 짧은 귀국을 환영했다. 하지만 그의 머릿속에는 오늘 만난 여자의 생각으로 가득했다. 딱 한 번의 만남이었다. 그 한 번의 만남으로 그는 심한 갈증을 앓고 있었다.

우현이 재환의 휴대폰을 들고 자리에서 일어났다. 룸을 나오자 시끄러운 음악 소리가 쉴 새 없이 고막을 자극했다.

크게 심호흡을 한 그가 자신의 휴대폰에 전화를 걸었다. 짧게 울리는 신호음. 하지만 들리지 않는 목소리에 애가 탔다. 다섯 번의 시도 끝에 딸각, 소리가 들려왔다.

-여보…… 세요?

"최우현입니다."

끊어버릴까 초조했다.

ㅡㅡㅡㅡ그게 뭐야. 야, 최우현이 뭐야?

살짝 혀가 풀린 목소리. 분명 술에 취했다.

"지금 어디예요? 혹시 술 마셔요?"

프러포즈를 받으러 간다고 했다. 프러포즈 받기로 한 여자가 세 시간 만에 혀가 꼬일 정도로 술을 마시고 전화를 받을 이유는 하나일 것이다. 아마도 실패.

"많이 마셨어요? 혹시 나…… 가도 돼요? 그쪽 만나고 싶은데."

저도 모르게 들뜬 음성이 흘러나왔다. 아무런 대답이 없었지만 숨소리만은 선명하게 들려왔다. 그리고 귓가를 자극하는 음악 소리에 좀 더 귀를 가까이 가져갔다. 휴대폰 너머에서 들리는 소리인지, 클럽 안에서 들리는 노래 소리인지 구분이 되지 않았다. 분명한 건 지금 자신의 귓가에 들려오는 두 노래는 같은 노래였다.

그때 막 여자 화장실에서 나오는 두 여자가 그를 스쳐 지나갔다.

"저 여자 완전 취했네. 밖으로 데리고 나가야 하는 거 아니야? 저기서 밤새우겠는데?"

"저 복잡한 곳에서 누구랑 온 줄 알고 데리고 나가? 그냥 가자."

대화 내용에 미간을 찌푸린 우현이 천천히 여자 화장실 앞으로 걸어갔다. 점점 더 크게 들려오는 음악 소리. 혹시…….

우현이 재빨리 방금 전 대화를 나누던 두 여자를 붙잡았다.

"죄송한데 안에서 뻗었다는 여자요. 혹시 긴 파마머리에 베이지색 원피스 입고 있나요?"

우현이 다급한 목소리로 물었다.

"아, 네. 혹시 일행이세요? 엄청 취하신 거 같은데. 저희가 데리고 나올……."

말이 끝나기도 전에 우현이 여자 화장실 안으로 달려 들어갔다. 갑자기 등장한 남자의 모습에 화장실 안은 비명으로 가득 찼다.

"우아, 죄송합니다. 정말 죄송합니다."

순식간에 변태가 되어버린 우현이 급하게 사과의 말을 건넸다. 그런 그의 시선을 잡아끈 곳. 화장실 안에 있는 간이 의자에 널브러져 있는 여자의 모습에 당황스러움보다는 반가움이 앞섰다.

"나 참, 이 여자가."

우현의 입가에 말할 수 없이 즐거운 웃음이 걸렸다. 프러포즈를 받기로 한 여자가 세 시간 만에 만취해 화장실에서 널브러져 있을 이유는 단 하나였다. 100프로 실패.

다급하게 여자에게 다가간 우현이 바닥에 떨어진 휴대폰을 내동댕이쳐 있는 가방 안에 넣고 어깨에 둘러멨다. 그러고는 여자를 번쩍 들어 안았다. 술에 취해서 축 늘어진 여자는 제법 무거웠다.

"죄송합니다. 잠시만 실례할게요."

사람들에게 사과의 말을 건넨 우현이 재빨리 클럽 밖으로 나왔다.

"이 휴대폰 3번 룸에 좀 갖다 주세요. 감사합니다."

클럽 문을 지키는 남자에게 재환의 휴대폰을 부탁하고는 벤치로 걸어가 여자를 내려놓았다.

"이봐요, 일어나 봐요. 정신 차려요. 누구랑 같이 왔어요?"

하지만 꼼짝도 하지 않는 여자. 어쩔 수 없이 여자의 가방을 뒤져 휴대폰을 꺼냈다.

"아, 잠금모드."

심지어 지갑도 없었다. 이거 어쩌나. 취한 여자를 이대로 여기에 둘 수도 없었다.

다시 여자를 번쩍 안아 든 우현이 택시를 잡기 위해 도로로 걸어갔다. 간신히 택시를 잡고 여자를 태운 그가 무너질 듯 뒷좌석에 주저앉았다.

"후아, 덥다. 아저씨, 에어컨 좀 빵빵하게 틀어주세요."

더위가 한꺼번에 밀려오는지 그가 손으로 부채질을 했다. 셔츠가 땀으로 흠뻑 젖었다.

"음음……"

옆에서 들려오는 신음에 우현이 고개를 돌리자 순간, 스르르 여자의 머리가 그에게 기울었다. 움찔, 그의 몸이 일순 긴장했다. 코끝에 맴도는 진한 장미향이 살 내음과 섞여 묘한 향기를 만들어냈다. 알싸한 알코올 향도 풍겨왔지만 오히려 그 향기가 자극적이었다.

"가만히 보니 큰일 날 여자네. 요즘 세상이 얼마나 위험한데, 나 안 만났으면 어쩔 뻔했어요?"

우현은 한껏 긴장했지만 알 수 없는 기쁨이 온몸으로 스며들었다. 입 밖으로 흘러나오는 목소리에 장난기가 그득했다. 그러니까 그는 지금, 이 상황이 미치도록 즐거웠다.

"일어나서 욕하지 마요. 난 순수하게 그쪽 도와주려고 한 거니까."

아무것도 모르고 제 품에 잠든 여자의 모습에, 내일 아침이면 앙칼지게 달려들 상상에 웃음이 났다.

"물론 당연히 흑심도 좀 있고요."

채원은 다급히 자신의 옷차림부터 살펴보았다. 다행히 어제 입었던 원피스 그대로였다.

"그래서, 댁이 나를 여기로 데리고 왔다고요?"

"댁이 아니라 최우현이라니까요. 일부러 그러는 거예요, 아니면 내 이름

기억 못 하는 거예요?”

“기억할 필요가 없어서 기억 안 하고 있는 거예요. 그보다 오, 옷 좀 입어요.”

“아아, 실례할게요.”

우현이 싱긋, 웃더니 방을 나갔다. 그 움직임에 따라 잘 잡힌 근육들이 황홀하게 움직였다.

잠시 후, 방문에 기대 그녀를 바라보는 남자는 밋밋한 셔츠를 입었지만 범상치 않은 외모 덕분인지 전혀 평범해 보이지 않았다.

“어제 도와준 건 고마워요. 하지만 그대로 놔뒀어도 괜찮았어요.”

“그대로 놔뒀으면 정말 나쁜 남자가 데려갔을지도 모른다고요.”

“저한테는 그쪽도 처음 보는 사람이거든요? 별반 다를 거 없어요.”

그녀가 침대 바닥에 널브러져 있는 자신의 가방을 집어 들고 문을 향해 걸어가자 우현이 뒤를 따랐다.

“어제 겪어봐서 알겠지만 전 도덕, 윤리 배운 사람이잖아요. 거기다 난 그쪽한테 반했다고 했으니 적어도 내겐 애정이라는 감정이 있다고요.”

“그렇게 따지면 애정이 아니라 흑심이겠죠.”

어제 처음 만나놓고 애정? 말도 안 되는 소리. 채원이 혀를 차며 고개를 내저었다.

“어제 클럽 안에 있던 사람들 중 우리가 마주칠 확률이 얼마인 줄 알아요? 신기하지 않아요? 운명일지도 모른다고요.”

방을 나온 채원이 현관문을 찾더니 망설임 없이 걸어갔다.

“애인 있다는 여자에게 아무렇지도 않게 작업 거는 남자와 운명을 논하고 싶지는 않네요. 그리고 전 운명 안 믿어요.”

채원이 뒤돌아섰다.

“어제 고마웠습니다. 덕분에 도로 한복판에서 눈을 뜨는 일은 면한 것 같네요.”

그러고는 꾸벅 고개를 숙여 인사를 건넸다.

"아침은 먹고 가지 그래요. 북엇국 거의 다 됐어요. 속 쓰리지 않아요?"

"북엇국 안 좋아해요. 그리고 전 잘 모르는 사람하고 밥 못 먹어요. 불편해서."

"최우현. 28세. 대학생. 2남 1녀 중 둘째. 키는 183센티, 몸무게는 76킬로그램. 아, 혹시 쓰리 사이즈까지 말해야 해요?"

"됐거든요!"

"아쉽네."

제멋대로에, 연하였다. 거기다 애인이 있다는 여자에게도 아무렇지도 않게 작업을 거는 가벼운 타입. 얼굴이 잘생기면 뭐하나. 아니, 솔직히 말하면 잘생긴 수준을 넘어섰다. 심지어 지금 머리카락이 촉촉하게 젖어 정돈되지 않은 모습도 탄성이 나올 만큼 멋있었다. 평소였다면 선예와 함께 이 반짝이는 외모에 대해 찬양을 하고도 남았을 것이다. 하지만 지금은 전혀 그럴 기분이 아니었다. 한채원, 어제 결혼까지 생각했던 남자에게 차였으니까. 지금은 누군가를 신경 쓸 만큼 정상이 아니었다.

"이만 돌아갈게요. 신세 많았습니다."

"저기요!"

머리를 쓸어 넘기며 현관문을 향해 가던 채원은 자신을 부르는 목소리에 고개를 돌렸다.

"세수는 하고 가요! 왕눈곱 꼈어요!"

순식간에 채원의 얼굴이 붉으락푸르락해졌다. 재빨리 고개를 돌린 그녀가 거칠게 현관문을 닫았다.

"젠장, 망할 연하남. 이래서 연하는 딱 질색이야."

솔직하다 못해 거침없고, 자기 할 말만 하고. 닫힌 현관문에 대고 남자를 향해 한껏 욕을 퍼부어준 채원이 계단을 내려갔다. 날카로운 구두 소리가 복도에 시원하게 울려 퍼졌다.

"결혼할 남자가 있다고 말했는데도 계속 작업을 걸어놓고 도덕, 윤리를 논해? 거기다 매너는 밥 말아 먹었니? 눈곱이 어째?"

멈칫한 그녀가 우뚝 그 자리에서 멈춰 섰다. 정말인가 싶은 마음에 가방을 뒤져 거울을 꺼냈다.

"저게 정말 사람 엿 먹으라고 그러나, 눈곱은 무슨."

멀쩡하기만 하고만. 심지어 밤새 세수라도 한 건지 얼굴은 뽀송하기까지 했다.

"미쳤지, 미쳤어. 무슨 술을 그렇게……. 인사불성 돼서 모르는 남자 집에 끌려오기나 하고. 아주 잘하는 짓이다."

건물에서 나온 채원이 서둘러 발을 옮겼다. 잊고 있었던 선예에게 전화를 걸기 위해 가방을 뒤적거렸다.

"휴대폰이…… 어라?"

자신의 가방 안에 든 또 다른 휴대폰. 어제 저 건방진 남자가 넘겨준 것이었다.

"정말 이걸 그냥 부숴버려? 그나저나 지갑이 어디 있지?"

휴대폰을 손에 들고 가방을 뒤져보았지만 아무리 찾아봐도 없었다.

"저 집에 두고 왔나?"

다시 들어가고 싶지 않았다. 하지만 지갑을 잃어버리면 골치 아픈 일이 한두 가지가 아니었다. 신용카드에, 신분증에, 은행 보안카드까지.

한숨을 내쉰 채원이 방금 나왔던 집으로 돌아가기 위해 획 돌아섰다. 그녀의 손에 들린 휴대폰이 요동을 쳤고, 순간 몸이 기우뚱하더니 휴대폰을 놓쳐버렸다. 휴대폰을 잡으려 한 발을 내디뎠지만 돌 사이에 낀 구두 굽 때문에 다리가 움직이지 않았다. 요란한 소리를 내며 휴대폰이 떨어졌고, 다음으로 채원의 몸이 뒤뚱하더니 중심을 잃고는 바닥에 고꾸라졌다.

"으악!"

무릎에 엄청난 고통이 느껴졌다. 재빨리 몸을 일으키긴 했지만 창피함은 사라지지 않았다. 스타킹은 시원하게 구멍이 나 있었고, 무릎이 까져서 금세 붉은 피가 맺혔다. 갑자기 억울함이 밀려왔다.

"으. 아파…… 어제, 오늘 왜 이래, 정말!"

한쪽 구두는 어디로 갔는지 보이지 않았고 발목은 삐었는지 시큰하기까지 했다.

"다 너 때문이야! 이 빌어먹을 연하 놈아!"

아무런 죄도 없는 남자를 들먹이며 채원이 처절하게 소리쳤다. 누구든 붙잡고 화풀이를 하고 싶었다.

아무리 한적한 골목이라지만 사람들이 다니는 길이었다. 평소의 그녀였다면 절대 생각도 못 할 행동이었다. 마음속에 깊은 소용돌이가 일었다. 한번 터져 나온 외침은 멈출 줄을 몰랐다.

"이 나쁜 놈아. 어떻게 네가 나를 이렇게 차버려…… 이 나쁜 자식아!"

어떻게 나를 그 기억 속에 혼자 남겨둘 수 있냐고.

"나쁜 새끼, 접시 물에 코 박고 죽어버려라!"

왜 나 혼자만 그 추억들을 곱씹고 그리워하게 가둬둘 수 있냐고.

배꼽 아래에 모든 힘을 모아 눈물방울들을 떨어뜨리지 않기 위해 안간힘을 썼다. 고래고래 소리를 지른 그녀가 한숨을 내쉬더니 푹 고개를 숙이며 조용히 중얼거렸다.

"사과 한마디 없이 자기 하고 싶은 말만 하고……."

그런 그녀의 귓가에 들려오는 발소리. 그리고 시야에 보이는 세련된 로퍼.

"목소리 한번 끝내주게 우렁차네요. 예쁜 얼굴로 자꾸 그렇게 험한 말 할 거예요?"

움찔, 채원이 천천히 고개를 들었다.

"원한다면 같이 욕해줄 수도 있는데. 나 욕 잘해요."

한 손은 주머니에 찔러 넣고, 다른 한 손에 그녀의 구두를 들고 있는 남자.

"북엇국 먹고 갈래요? 다 먹고 나면 차비도 빌려줄게요."

그늘 한 점 없이 화사하게 빛나는 얼굴.

"덤으로 구두 수선도 해줄 수 있는데. 어때요?"

발칙한 연하남, 최우현이었다.

다시 우현의 집으로 돌아온 채원이 소파에 앉아 멀뚱멀뚱 주변을 둘러보았다.

"원래 여자들 스타킹 수명이 하루인가 봐요?"

우현의 농담에 채원이 그를 획, 째려보았다.

"농담이에요, 농담. 곧 더운 여름인데 스타킹이라니. 여자들도 피곤하겠어요. 스타킹 벗어요."

"뭐라고요?"

"구멍 난 거 신고 있으면 뭐 해. 약 발라줄게요. 그렇다고 내가 벗길 수는 없잖아요. 아니, 뭐, 정 원한다면 내가……."

"내, 내가 할 수 있어요!"

답이 없었다. 이 남자, 거침없고, 솔직하고, 건방지고, 심지어 능글맞기까지 했다.

채원이 고개를 내저으며 치마 속으로 손을 가져갔다.

"지금 뭐 해요?"

"스타킹 벗잖아요."

"별로 좋은 생각은 아닌 것 같은데."

남자의 목소리에 채원이 고개를 들었다. 치마가 위로 한껏 말려 올라가 허벅지가 훤히 드러난 그녀의 다리 위로 우현의 시선이 꽂혀 있었다.

"뭐, 뭘 봐요!"

"보라고 눈앞에서 그런 거 아니에요? 너무 당당하게 행동하기에 내가 더 놀랐어요."

채원이 재빨리 자신의 치마를 아래로 끌어 내렸다.

"약상자 가지고 올 테니까 그동안 스타킹 벗어요."

피식, 웃으며 돌아서는 남자의 뒷모습에 그녀가 슬쩍 눈치를 보더니 다시 스타킹을 벗었다.

모르는 남자 집에서, 그것도 어제 처음 만난 남자의 집에서 오전 10시에 스타킹을 벗고 있는 한채원이라니. 32년 동안 평생, 단 한 번도 이런 일은 없었다.

한숨을 내쉰 채원이 좁은 오피스텔 안을 쭉 둘러보았다. 투 룸으로 되어 있는 이 곳에는 정말 썰렁하리만큼 아무것도 없었다.

"남자 혼자 사는 집이라 그런가? 정말 아무것도 없네?"

알 턱이 없었다. 그녀는 남자 혼자 사는 집에 가본 적이 없었으니까.

"집에서 거의 생활하지 않아서 그래요. 저도 오랜만에 왔거든요. 상처 좀 봐요."

우현이 채원에게 가까이 다가오더니 철퍼덕, 바닥에 앉았다.

"어제도 그렇고 다리가 성할 날이 없네요."

"이왕 치료해줄 거면 잔소리 안 하고 해줄 수 없어요?"

"잔소리도 다 애정이 있어야 나오는 거죠. 말했잖아요. 난 그쪽한테 반했다고 했으니 적어도 내겐 애정이라는 감정이 있다고."

"저도 말했죠. 애정이 아니라 흑심이라고."

"흑심이라고 치고. 그런 흑심 있는 남자 앞에서 스타킹 그렇게 벗는 거 좋지 않아요. 어디 가서 그러지 마요. 절대."

채원은 갑자기 진지한 눈빛으로 자신을 바라보는 남자의 눈빛에 순간 심장이 쿵, 하고 내려앉는 것이 느껴졌다. 하지만 이내 자신의 반응에 고개를 내저었다.

"나, 남이사요."

"사태의 심각성을 모르시네. 나 정도 되니까 지금 이렇게 무사한 거라고요. 요즘 세상이 얼마나 무서운데 겁 없이 그렇게 만취해서 다녀요?”

“저도 어제 같은 경우는 처음이에요.”

자신의 말에 코웃음을 치며 새침하게 고개를 돌리는 여자의 모습에 우현이 못 말린다는 듯 웃어 보였다.

채원이 물끄러미 남자를 바라보았다. 자신보다 큰 남자가 정수리를 보이며 앉아 있는 모습이 신기했다. 커다란 손이 면봉을 들고 조심스럽게 약을 바르는 모습이 생소했다. 아니, 사실 누군가 자신의 상처를 이렇게 치료해 주는 것 자체가 처음이었다.

“고마…… 워요.”

잔뜩 기어들어 가는 목소리에 우현이 고개를 들었다.

“잘 안 들리는데? 뭐라고요?”

이 자식이 다 들어놓고는. 그래도 일단 감사 인사는 해야 할 것 같았다. 다리가 삔 자신을 부축해 3층까지 걸어온다는 게 쉬운 일은 아니니까.

“고마워요. 많이 버거웠을 텐데.”

채원의 사과에 그가 피식 웃더니 그녀의 발목으로 시선을 돌렸다.

“발목은요? 아까 보니 삔 것 같던데.”

“괜찮은 거 같아요.”

“잠깐 봐요.”

우현이 덥석 그녀의 발목을 붙잡았다. 놀란 그녀가 그 행동을 저지하려 했지만 발목이 움직일 때마다 알싸한 아픔이 느껴져 눈을 찡그렸다.

“아파요?”

“조금요.”

“부러진 것 같진 않고, 찜질하고 파스 붙이면 될 것 같아요. 집에 파스가 없는데……. 일단 북엇국 끓이는 동안에 찜질 좀 하고 있어요.”

“북엇국 안 먹어도 돼요.”

“난 먹어야겠으니 같이 먹어요. 밥 혼자 먹는 거 별로 안 좋아하니까.”

나이도 어린 게 툭하면 명령조야. 하지만 채원은 고개를 끄덕였다. 거절하고 싶었지만 자신의 배 속에서는 밥을 달라고 아우성이었다.

작은 집이었다. 소파에 앉아 있으니 부엌이 정면으로 보였다. 우현이 부엌 싱크대에 기대서 가만히 채원을 바라보았다.

"왜요? 무슨 할 말 있어요?"

그 시선을 고스란히 받아낸 채원이 우현에게 물었다.

"나도 잘 모르는 사람하고 밥 못 먹어요. 어색해서. 낯을 조금 가리거든요."

누가 낯을 가려? 우현의 말에 채원의 입이 쩍, 하고 벌어졌다.

"그쪽이 낯을 가리면 대한민국에 낯 안 가리는 사람 없겠네요."

"통성명이라도 하자고요. 이름 알려주는 거 어려운 거 아니잖아요."

채원의 입에서 깊은 한숨이 흘러나왔다.

"한채원이에요."

"이름 예쁘네요."

"나이는 그쪽보다 위고요."

"딱이네, 나 연상 좋아하는데."

채원이 우현의 말은 들을 것도 없다는 듯 코웃음을 쳤다.

"원래 그렇게 사람이 가벼워요? 처음 보는, 그것도 애인 있는 여자한테 휴대폰을 넘겨주지 않나, 술 취한 여자를 집으로 데리고 오지 않나. 게다가 이런 말도 아무렇지 않게 하는 걸 보면……."

"아까 말하지 않았어요? 나 낯가린다고요."

국자를 내려놓은 우현이 어느샌가 채원의 앞까지 다가왔다.

"뭐, 뭐예요?"

채원이 숨을 헉 하고 들이마시며 뒤로 물러났다.

"내가 실실 웃으며 가벼운 마음으로 작업이나 걸려고 채원 씨 집에 데리고 왔겠어요?"

진지한 남자의 얼굴. 밀려오는 긴장감에 그녀는 침을 꿀꺽, 삼켰다.

"그것도 클럽에서 떡이 되도록 취하기까지 한 여자를? 어제 채원 씨 데리고 나오느라 나 변태 됐다고요."

자꾸만 가까이 다가오는 남자의 위험한 기운에 채원이 뒤로 더 물러나려 했지만 소파 때문에 더 이상 움직일 수 없었다.

"나 적당히 술 취한 여자 좋아하긴 하는데, 술 취한 떡은 안 좋아해요."

그러곤 저도 모르게 침이 꼴깍 넘어갔다.

"내가 장난스럽게 이야기하는 건 긴장감을 풀어주기 위한 거고. 첫눈에 반했다는 건…… 나도 정확히는 모르겠지만 일단 그쪽이 신경 쓰이는 건 사실이고."

그가 천천히 그녀 곁에 가까이 다가왔다.

"나도 이런 건 처음이에요. 그렇지 않고서 어떤 정신 나간 놈이 결혼할 남자가 있다고 하는 여자한테 작업을 걸어요? 약혼자한테 이빨 몇 개 털릴 각오는 해야지."

털썩, 우현이 채원의 바로 옆에 자리를 잡고 앉았다. 그 흔들림 때문에 그녀의 몸이 우현 쪽으로 기울었다. 두 사람의 어깨가 맞닿자 그녀가 깜짝 놀라 다급하게 물러났다.

"지금도 내가 가벼운 마음으로 작업 거는 거 같아요? 고작 그쪽하고 하룻밤 보내보려고?"

우현이 손을 뻗어 채원의 머리카락을 살짝 움켜쥐더니 손가락으로 돌돌 장난스럽게 말았다.

"안 믿네. 나 그쪽한테 관심 많은데."

긴장감으로 딱딱하게 굳은 그녀가 눈만 깜빡거리며 그를 바라보았다.

"그리고 술 취해서 화장실에서 흐트러진 모습, 예쁜 입으로 험한 말을 하는 모습, 거리 한복판에서 고래고래 소리치는 모습 보고 더 좋아졌는데."

살짝 그녀의 머리카락을 잡아당기더니 제 얼굴을 그녀에게로 가까이 들이밀었다.

"어때요? 시험해볼래요? 진짠지, 아닌지."

아주 가까이에서 데일 듯 뜨거운 숨결이 느껴졌다. 이 남자, 위험했다. 하지만.

퍽.

채원이 자신의 손바닥으로 그의 얼굴을 힘껏 밀어냈다. 매끄럽게 눈매를 올린 우현의 얼굴이 채원의 한 방에 찌그러졌다.

"악! 지금 뭐 하는 거예요?"

"그쪽이야말로 지금 뭐 하는 거예요? 유치하게 첫눈에 반했다느니, 시험을 해본다느니. 거기다 이왕이면 좀 예쁜 모습 보고 반했다고 하지, 화장실에 흐트러진 모습? 욕하는 모습? 그쪽 변태예요?"

"정말 너무한 거 아니에요? 순수한 남자의 마음을 이토록 잔인하게 짓밟을 수 있어요?"

"장난 적당히 해요. 그런 고전적인 작업 멘트, 절대 안 믿어요. 그런 걸로 넘어갈 만큼 어리숙한 나이도 아니고요. 그리고."

우현이 억울하다는 듯 무언가 말하려고 했지만 채원이 냉정하게 말을 잘랐다.

"연하, 완전 싫어해요."

"아니, 왜? 연하가 어디가 어때서?"

소파에서 벌떡 일어난 우현이 토라진 듯 부엌으로 걸어갔다. 일부러 우당탕탕 소리까지 내며.

"젊지, 귀엽지, 사랑스럽지, 거기다 때로는 남자답게 훅 치고 들어오지."

놀고 있네, 놀고 있어. 그래서 싫다고요. 그렇게 툭하면 토라지고, 철없고.

"거기다 전 북엇국도 잘 끓이는 연하남이죠."

못 말린다. 금세 투정 부리듯 투덜거리더니 언제 그랬냐는 듯 매력적으로 웃어 보인다.

"보통 그 나이 또래의 여자들은 그렇게 말하면 다 넘어와요?"

"채원 씨 나이의 여자들도 넘어오더라고요. 아, 혹시 내가 생각하는 것 이상으로 나이가 많아요? 38세 이상? 나 위로 10살, 아래로 8살까지 커버 가능한데."

"장난해요? 내가 얼마나 관리를 열심히 하는데!"

채원이 발끈하자 우현이 큰 소리로 웃었다. 남자다운 눈매가 곱게 휘어지고, 청량한 소리가 방 안을 가득 메웠다. 그녀가 숨을 훅 들이마시며 남자를 바라보았다. 인정, 잘생긴 거 인정.

"농담이에요. 안 그래도 그런 것 같아서 내가 어제 얼마나 정성 들여 화장도 지워줬는데요. 풀 메이크업이라 힘들었어요."

우현이 가스레인지를 향해 돌아섰다.

"맨얼굴도 예쁜데요, 뭐. 30대라고 안 믿길 만큼 피부도 좋고."

"30대라고 안 했어요."

채원이 손으로 제 피부를 쭉 늘어뜨렸다. 이제 정말 30대로 보이는 걸까? 요즘 관리가 소홀했던 걸까? 1일 1팩을 19일째 진행 중이었다. 회식 때조차 술을 자제했다. 물론 어제 다 말아먹었지만.

"20대 여자들은 보통 나이 이야기하면 그런 반응 잘 안 해요."

그래, 너 잘났다. 나이 어려 좋겠다.

"누가 그러더군요. 30대 접어들면 하루만 화장을 안 지우고 자도 다음 날 티가 난다고."

"진짜! 나이 이야기 좀 그만할……."

"그러니까."

우현이 밥주걱을 들고 재빨리 돌아섰다. 장난기가 모두 사라진 진지한 어조와 눈빛.

"채원 씨도 나이 이야기하지 마요. 연하, 어리다고, 싫다고. 나도 그 말 듣기 싫어요. 아직 나에 대해 아무것도 모르잖아요."

순간 숨을 훅 하고 들이켠 채원이 당황한 듯 시선을 돌렸다.

"내, 내 개인적 취향까지 그쪽한테 간섭당해야 할 이유 없어요. 거기다 애인 있다고 싫다는 여자한테 작업 거는 모습만 봐도 대충 그쪽의 연애관이 어떤지는……."

"그쪽 아니고 최우현이요. 밥 먹어요. 제 연애관은 밥 먹고 나면 설명해줄게요."

채원이 고개를 젓더니 천천히 부엌으로 걸어왔다. 남의 말 안 듣는 건 어제나 오늘이나 여전했다.

우현이 식탁 의자를 잡아 빼 그녀에게 앉으라는 듯 눈짓을 건넸다. 그가 식탁 위에 칫솔 하나를 올려놓았다.

"밥 다 먹고 치카치카."

내가 애냐? 양치질하는 흉내까지 내는 그의 모습에 채원이 어이없다는 듯 웃음을 터뜨렸다.

"채원 씨 발끈하는 것도 귀여웠는데. 역시 웃는 게 더 보기 좋네요."

입에 버터라도 발랐냐고 한소리 하려 했지만 잔잔하게 미소 지으며 이야기하는 남자의 모습에 아무런 말도 할 수 없었다. 장난기 가득한 음성으로 농담을 했다가 또 이렇게 훅, 하고 진지한 모습으로 치고 들어왔다. 어디까지가 농담이고 어디까지가 진심인지 가늠할 수가 없었다.

"먹고 있어요. 구두 금방 고쳐 올게요."

"저기!"

채원이 현관문을 향해 몸을 움직이는 우현을 붙잡았다. 어제, 오늘 떽떽거린 그녀가 피곤할 만도 한데 어쨌든 그는 적당히 웃으며 넘어가 주고 있었다. 장난기 가득했지만 그녀를 최대한 신사적으로 대했다. 그가 여러 번 말한 도덕, 윤리를 배운 사람처럼 말이다. 오히려 어린애처럼 발끈하는 건 그녀 쪽일지도 몰랐다. 솔직히 나쁜 마음먹은 남자였다면 어젯밤 자신은 좋지 않은 일을 당했을 수도 있었다. 어쨌든 취해서 인사불성이 된 것은 그녀 잘못이었으니까.

"밥…… 같이 먹어요. 나도 혼자 먹는 거 싫어해요."

다른 마음이 있는 게 아니었다. 자신의 구두를 수선하러 간다고 나가는 저 뒷모습을 보고 있자니 미안함이 왈칵 밀려왔기 때문이었다.

"흐음……. 채원 씨 나이의 여자들도 넘어온다는 거 거짓말 아닌데. 혹시……."

짓궂은 말투에 채원이 잽싸게 고개를 들자 우현이 웃으며 손에 든 그녀의 구두를 흔들었다.

"나한테 반했어요? 잘됐네요. 그럼 우리 오늘부터……."

"진짜! 그만 안 해요?"

아, 이래서 싫어. 솔직하고, 발칙하고, 능글맞은 연하남은.

내가 집주인 남자에게 진정 북엇국을 싫어한다고 말했던가. 밥까지 말아서 깔끔하게 한 그릇을 모두 비운 채원이 만족스럽다는 듯 배를 쓸어내렸다. 북엇국 잘 끓이는 연하남이라는 말은 거짓이 아니었다.

"진짜 맛있다. 나보다 낫네."

어제 처음 만난 남자였다. 자신에게 첫눈에 반했다는 둥 헛소리를 하는 남자. 능글맞기 이루 말할 수가 없었고 부드러운 톤으로 제 할 말 다 하며 염장도 질러댔다. 근데 문제는 어느 순간 자신이 그 남자의 장단에 다 맞춰주고 있다는 것이었다. 주인이 없는 집에 혼자 있으려니 불편할 만도 한데 전혀 그렇지가 않았다. 오히려 제집처럼 편안했다.

"미쳤네, 미쳤어."

채원은 절뚝거리는 발로 싱크대에 서서 자신이 먹은 그릇을 깨끗하게 닦아 엎어놓았다.

거실로 돌아온 그녀가 소파 뒤로 목을 젖혔다. 곧 약혼을 할 거라는 준서의 말은 다시 한 번 생각해보라고 매달려볼 여지도 없이 그녀를 절망의 구렁텅이로 빠뜨렸다. 약혼이 하루아침에 쉽게 정해질 일도 아니고, 언제부터 자신을 기만했던 걸까. 아무것도 모른 채 사랑한다고 속삭이는 자신을 바라보며 무슨 생각을 했을까.

"다른 여자와 함께할 생각을 하는 남자한테 프러포즈 받을 생각으로 들떠 있었다니."

새벽부터 일어나 미용실에 다녀왔다. 백화점에 가서 생애 처음으로 거금을 주고 원피스를 샀다. 틈날 때마다 거울을 보며 화장을 고쳤다. 아이라인이 번지지는 않았을까, 립스틱 색깔이 어색하지 않을까.

"그런 내가 얼마나 바보 같았겠어."

아니, 정말 바보 같은 건 배신감에 치를 떨면서도 혹시나 하는 마음을 갖고 있는 자신의 모습이었다. 고리타분한 신파를 찍고 있다며 욕했던 드라마 속 여주인공과 똑같은 스스로가 한심했다.

"내가 지금 여기서 뭐 하고 있는지 모르겠네."

선예에게 전화나 걸어야지. 그녀가 휴대폰을 찾기 위해 가방 안을 뒤졌다.

휴대폰 대신 딸려오는 종이뭉치. 준서와 함께 떠나기로 했던 해외여행 계획표였다. 첫 해외여행이었다. 몇 날 며칠을 설레는 마음으로 보냈던지. 아무리 혼자가 되었다 하더라도 여행을 포기할 수는 없었다.

채원이 다시 가방 안에서 휴대폰을 꺼냈다. 부재중 전화 열다섯 통. 세 통화는 선예에게서, 그리고 나머지 전화는 자신의 언니에게서 걸려온 전화였다. 선예의 이름을 찾아 통화버튼을 눌렀다.

-아주 사람 피 마르는 꼴 보고 싶지? 나 지금 네 집 앞 커피숍이니까 빨리 와라.

이를 악물고 말하는 목소리에 채원이 설핏 미소 지었다.

"지갑 잃어버려서 택시비가 없어."

-잘한다, 잘해. 도착하면 전화해. 커피숍에 있을 테니까.

채원은 시큰한 다리를 반대쪽 다리에 지탱한 채 가방을 들고 자리에서 일어났다.

"괜히 미안하네. 설거지라도 해놓고 가니 다행인가."

현관문으로 걸어갔던 채원이 다시 거실로 돌아와 테이블 위에 있던 종이와 펜을 들었다. 무언가를 적은 그녀가 식탁 위에 종이를 남겨놓고 집을 나섰다.

"나 참, 이 여자가."

고개를 저은 우현이 소파 위에 검은 비닐봉지를 툭 하고 내려놓았다. 봉지 안에 들어 있던 파스가 밖으로 쏟아져 나왔다.

북엇국을 먹고 있거나, 늘씬한 다리를 쭉 뻗고 소파에 앉아 있을 채원을 상상하며 신나게 걸어왔다.

하지만 테이블 위에는 자신의 휴대폰과 함께 단정한 글씨의 쪽지가 놓여 있었다.

"두고 나간 내가 잘못이지."

아는 거라곤 한채원이라는 이름, 그거 하나뿐이었다. 어디에 살고, 무엇을 하는지 아무것도 몰랐다.

지난 이틀 동안, 마치 무언가에 홀린 듯 그렇게 시간을 보냈다. 자신을 거부하는 여자를 쫓아가 스타킹을 사주고, 평생 처음으로 여자 화장실 앞에서 여자를 기다렸다. 애인도 있다고 했다. 그런데 어깨를 으쓱하며 휴대폰을 넘겨주었다. 모든 행동들이 충동적이었다. 이유는 하나였다.

"첫눈에 반했다라……."

고전적이고 유치할지 모르지만, 그때 자신의 복잡한 마음을 가장 잘 표현할 수 있는 말이었다. 대체 어디서 어떻게 시작된 건지 자신도 알 수 없었다. 처음 자신에게 고개를 돌렸을 때 마주친 강렬한 눈빛 때문이었는지, 도도하게 걷는 뒷모습 때문이었는지, 냉랭한 바람을 풍기면서도 한마디에 발끈하는 어린애 같은 모습 때문인지.

한숨을 내쉰 그가 방으로 들어가 서랍 안에 있는 여권과 비행기 티켓을 꺼내 들었다. 3일 후, 이탈리아행. 그는 다시 돌아가야 했다.

과연 이곳에 머무는 동안 그녀를 다시 만날 수 있을까?

"한채원. 두 번 마주치다. 그것도 우연히."

첫 번째는 자동차 사고. 두 번째는 같은 날 클럽 화장실. 그럼 세 번째는?

"운명에 맡겨보는 수밖에."

2. 최우현's pick, 한채원

이른 오전이었지만 공항은 사람들로 북적였다. 일찍 도착한 채원은 수속을 마치고 발걸음을 옮겨 커피숍으로 들어갔다.

"샌드위치랑 아이스 바닐라라테 한 잔 나왔습니다."

잠시 후, 점원의 부름에 채원은 얼음이 동동 떠 있는 바닐라라테를 쟁반에 담아 자리에 앉았다. 먹음직스러운 샌드위치를 덥석 베어 물었다. 신선한 채소 향이 입안 가득 퍼졌다.

그녀가 가방 안에서 여행 계획표를 꺼냈다. 생애 처음 해외로, 그것도 혼자 떠나는 여행이었다. 철저한 확인만이 살길이었다.

며칠 전 선예의 추천으로 새로 숙소를 얻었다. 현지에 살고 있는 사람의 집을 일정기간 대여해 사용하는 것으로 선예 말로는 요즘 이런 식으로 숙소를 얻는 일이 많다고 했다. 이미 돈까지 지불한 상태였다. 여행 루트도 확인했다. 만족스러운 얼굴의 채원이 싱긋 미소 짓더니 계획표를 가방에 넣었다.

커피와 샌드위치를 다 먹은 그녀가 거울을 보며 입 주변을 점검하더니 가방 안에서 립스틱을 꺼냈다. 일명 키스를 부르는 립스틱, 선예의 선물이었다. 선예는 여행 기간 중 끼어 있는 그녀의 생일 선물을 미리 건네주었다.

연한 코랄빛의 립스틱은 그녀를 청순하게 만들었다.

"좋아, 가서 신나게 놀면서 싹 다 잊고 오는 거야."

주먹까지 불끈 쥐며 다짐했건만, 짧은 진동과 함께 휴대폰 화면에 뜬 이름에 다시 마음이 무거워졌다.

-너 지금 장난해? 왜 이렇게 통화하기가 힘들어?

까랑까랑한 목소리가 휴대폰 너머로 들려왔다. 전화의 주인공은 한 살 많은 그녀의 언니 희원이었다.

-내가 며칠 동안 전화를 몇 번이나 했는데. 부재중 전화 뜬 거 봤으면 연락해야 하는 거 아니야?

"무슨 일인데?"

-돈 좀 보내. 엄마 요즘 몸이 안 좋은 거 같아. 한약 좀 지어 드리게.

채원의 입에서 탄식이 절로 흘러나왔다.

"생활비 보낸 지 2주도 안 지났잖아. 나 돈 없어."

-없긴 왜 없어. 없는 애가 해외여행을 가?

비웃음을 감추지 않는 말투에 미간이 한껏 찌푸려졌다. 해외여행 간다는 건 어떻게 안 걸까.

-너 연락이 안 돼서 지원이한테 했지. 외국에 있을 거 같다더니, 아직 한국에 있으면서 전화를 안 받은 거야?

나이 차이가 꽤 나는 남동생 지원은 지금 군 복무 중이었다. 아마 희원은 지원에게 연락해 자신이 전화를 받지 않는 이유에 대해 질리도록 추궁했을 것이다.

-엄마는 몸도 안 좋다는데 딸이라는 게 해외여행이나 다니고 잘하는 짓이다. 미안하지도 않니?

아버지가 돌아가신 지 10년. 채원은 그 자리를 채우기 위해 무던히도 애를 썼다. 그녀는 엄마의 남편이었으며, 언니의 아빠였고, 나이 어린 동생의 버팀목이었다.

"생활비 보내준 돈으로 뭐 했어? 부족하다고 해서 지난달보다 더 보내줬잖아."

-너 민정이 알지? 걔 결혼했잖아. 결혼식장 가는데 그냥 갈 수 있어? 백화점 다녀왔지.

"언니, 정말 언제까지 그럴 거야? 내가 매번 언니 쇼핑하라고 돈을⋯⋯.

-그럼 대학 동기들 다 모이는데 구질구질하게 해서 결혼식에 가? 남의 일이라고 말 참 막 한다. 암튼, 엄마 아프니까 돈 좀 보내.

딸깍, 끊겨버린 전화에 채원이 입술을 질끈 물고는 눈을 꼭 감았다. 휴대폰을 쥔 손이 파르르 떨려왔다.

철없는 엄마와 언니라고 할지라도 가족이었다. 단 한 번도 짐이라고 생각해본 적 없었다. 하지만 언니가 이렇게 나올 때에는 갑갑한 마음이 드는 건 사실이었다.

애써 마음을 진정시킨 그녀가 고개를 두리번거려 공항 안에 있는 은행을 찾았다. 엄마가 정말 아픈지 여부는 중요하지 않았다.

언니에게 돈을 보낸 채원이 게이트를 향해 걸어갔다. 여권과 비행기 티켓을 확인한 그녀가 안으로 들어가기 직전, 몸을 돌려 공항 안을 바라보았다. 뼛속까지 파고드는 배신감과, 거짓말이었다며 지금이라도 나타나줄까 하는 헛된 기대감은 끊임없이 충돌했다.

"정신 차려, 한채원."

채원은 출국 심사 후 비행기에 탑승해 짐을 싣고 자리에 앉았다. 창가 자리였다.

<나 홀로 떠나는 유럽 여행-이탈리아 편.>

하필, 여행 책자를 빌려도 나 홀로 떠나는 유럽 여행이 뭔가. 하지만 어쩌겠는가. 회사 도서관에 남은 책은 이거 한 권뿐인 것을.

물끄러미 책을 바라보던 그녀가 가방 안에서 수면 안대를 꺼내 착용했다. 눈을 감지 않아도 컴컴한 어둠이 시야를 지배했다.

"어서 자리에 앉으세요."

털썩, 제 옆자리에 누군가 앉는 소리가 들렸다.

"승객 여러분, 잠시 후 비행기가 이륙할 예정이니 벨트를……."

상냥한 스튜어디스의 말이 끝나고 곧 비행기가 이륙했다. 한참의 시간이 지나고 놀이기구처럼 요란스럽게 움직이던 비행기가 어느 정도 안정권에 접어들었다. 채원은 슬쩍 안대를 벗고 창밖을 바라보았다. 구름이 손에 잡힐 듯 가까이 있었고 하늘은 눈부실 정도로 화창했다.

"어차피 잠들기는 틀렸으니 일정이나 다시 보자. 가서 전부 다 잊어버리는 거야."

작게 중얼거린 채원이 여행 책자를 손에 쥐고 스르륵 넘겼다. 탁, 하는 소리와 함께 멈춰진 페이지. 그리고 그 안에 끼워져 있는 사진 한 장. 지금껏 참아왔다는 사실이 믿기지 않을 만큼 순식간에 눈물이 고였다. 뿌옇게 흐려진 시야를 뚫고 나타난 사진 속 남자와 여자는 너무도 반짝거렸다.

참고, 참았다. 울면 바보 같아 보일까 봐 울 수가 없었다. 한채원은 그 어느 때라도 약해져서는 안 된다. 자신을 배신한 남자 따위 아무렇지 않게 지워버릴 수 있다고 생각했다. 하지만 그런 자신의 마음을 비웃기라도 하듯 한번 터져버린 눈물은 쉴 새 없이 쏟아져 내렸다.

내가 이렇게 화사하게 웃을 줄 아는 사람이었던가? 제 눈으로 확인한 행복했던 과거는 생각보다 더 아팠다. 서러웠다. 짙은 배신감에, 슬픔에, 그리고 바보같이 아직 남아 있는 그리움에. 사랑의 열병은 그녀의 마음속에 이토록 잔인한 생채기를 만들어냈다. 사진을 꺼내 가방 깊숙한 곳에 넣어버렸다. 바보처럼 우연히라도 꺼내 보지 못하도록.

"이번에는 좀 오래 있나 했더니. 고작 열흘 있다가 가는 거야?"

북적거리는 공항에서 우현의 어머니 혜숙은 안타까운 눈빛으로 제 아들을 바라보았다.

"고작 열흘이라니. 겨우 시간 낸 거 알잖아. 엄마 아들 공부하느라 바빠."

"아무리 바빠도 집에 전화는 자주 할 수 있잖아."

혜숙이 우현의 손을 조심스럽게 붙잡았다. 눈에 넣어도 아프지 않을 아들이었다. 그런 아들이 자신의 품을 떠나 외국에 있다는 사실이 좋지만은 않았다.

"오랜만에 우리 엄마 좀 안아보자."

혜숙의 간절한 눈동자에 힘없이 웃어 보인 우현이 팔을 뻗어 제 엄마를 감싸 안았다.

"한국에 오면 매일 안을 수 있잖아."

아이 같은 엄마의 투정에 우현이 큰 소리로 웃어 보였다.

"형하고 우리 천방지축 막내 좀 잘 부탁할게."

커다란 손으로 혜숙의 등을 꽉 끌어안은 우현이 한참이 지나고 나서야 몸을 떼고는 게이트로 향했다. 아쉬운 마음을 그득 안고 손을 흔드는 제 엄마의 모습을 뒤로한 그가 아슬아슬하게 비행기에 탑승했다. 이탈리아로 돌아갈 때마다 쉽게 놔주지 않는 엄마 때문에 일어나는 해프닝이었다.

우현이 대충 자리를 정리하고 의자에 몸을 깊게 묻었다. 무심코 옆자리를 바라보자 안대를 쓴 여자가 창가에 머리를 깊게 박은 채 미동도 하지 않고 앉아 있었다. 별 관심 없는 듯 고개를 돌린 그가 귀에 이어폰을 꽂고 눈을 감았다. 음악이 그의 귓가에 흘러 들어왔지만 머릿속에는 온통 한 가지 생각으로 가득했다.

한채원. 떠나기 전, 한 번만이라도 더 볼 수 있었으면 했다. 하지만 그가 운이 좋은 남자일지언정 우연은 그렇게 쉽게 찾아오지 않았다.

"아쉽네."

그렇게 번개를 맞은 듯한 강렬함은 처음이었다. 하루 종일 제 머릿속을 떠나지 않는 여자는 한 번도 없었다.

덜컹하는 소리와 함께 서서히 움직인 비행기는 어느 정도 시간이 지나

안정권에 접어들었다.

어차피 잠도 오지 않는데 영화나 좀 볼까. 그가 감았던 눈을 뜨고 귀에서 이어폰을 뺐다. 그런 그의 귓가에 작은 흐느낌이 들려왔다.

우현이 옆자리에 앉아 있는 여자를 향해 시선을 돌렸다. 가녀린 어깨와 주먹을 앙 쥔 손이 파르르 떨리고 있었다. 한쪽 손으로 입을 틀어막고 고개를 푹 숙인 채 울지 않으려고 안간힘을 쓰고 있었지만 처절한 울음소리는 입 밖으로 흘러나왔다.

지나가던 스튜어디스가 이상하다는 듯 두 사람을 바라보았다. 아마도 옆자리에 앉아 있으니 우현을 이 여자의 남자친구라고 생각한 모양이다.

"괜찮으신가요?"

상냥한 스튜어디스의 목소리에 우현이 어색하게 웃었다. 스튜어디스가 여자를 힐끗 보고는 지나갔지만 시선은 계속 그를 향해 있었다. 못난 놈, 여자나 울리고 말이야. 스튜어디스의 표정이 딱 그랬다.

"저기요. 무슨 일인지는 모르겠지만 일단 진정을……."

할 수 없다는 듯 우현이 옆자리 여자를 달래기 위해 말을 걸었다. 순간 여자의 어깨가 움찔 떨리더니 벨트를 풀고 자리에서 일어났다. 화장실이라도 가려는 모양이었다. 잘됐다 싶어 우현이 의자에 걸려 있는 테이블을 올려 자리를 내주었다. 그의 앞자리를 지나가려던 여자의 몸이 순간 기우뚱하더니 그의 발을 처절하게 밟아버렸다.

"윽."

우현의 입에서 낮은 신음이 흘러나왔다. 무릎 위에 얹어놓았던 휴대폰이 바닥으로 떨어졌다. 멈칫한 여자를 향해 그가 괜찮다는 제스처를 취하며 몸을 숙였다.

"죄, 죄송합니다."

울음이 섞인 목소리. 나지막하고 또렷한, 어딘가 익숙한 음성. 번개라도 맞은 듯 우현의 머리가 징 하고 울렸다. 철렁, 바닥으로 떨어진 심장은 제 것이 아닌 듯 뛰기 시작했다.

우현이 고개를 들어 자리를 빠져나가는 여자의 옆모습을 바라보았다. 그가 재빨리 자신의 허리에 묶여 있던 벨트에 손을 뻗었다.

"여기서 뛰시면……."

스튜어디스가 다급하게 움직인 우현을 불러 세웠지만 그의 시선은 오직 한곳을 향해 있었다. 그에게 등을 보이며 화장실로 빠르게 걸어가는 여자에게로. 간발의 차이로 화장실 문이 닫혔다. 그리고 안에서는 처절한 울음소리가 들려왔다.

"무슨 일이시죠?"

우현에게 다가온 스튜어디스가 그와 닫힌 화장실 문을 번갈아가며 바라보았다. 스튜어디스의 얼굴에 곤란함이 묻어났다.

"죄송합니다. 금방 달래서 자리로 돌아갈게요. 정말 죄송합니다."

정중한 우현의 사과에 스튜어디스가 고개를 끄덕이더니 돌아섰다. 미처 문을 잠그지 못한 화장실에는 'vacancy'라는 초록색 불이 켜져 있었다.

우현이 크게 심호흡을 했다. 말도 안 되는 상황에 대한 벅찬 기대감이 온몸을 휘감았다. 화장실 손잡이를 붙잡았다. 스르륵, 문이 열렸다. 안에는 뒷모습을 보인 여자가 손에 얼굴을 파묻고 울고 있었다.

"젠장, 나쁜 새끼. 벼락 맞을 자식."

자신도 주체할 수 없을 만큼 입가에 커다란 미소가 걸렸다. 익숙한 뒷모습이 말로 표현할 수 없을 만큼 반가웠다. 서럽게 울고 있는 그녀와 너무도 상반된 자신의 감정.

"어디 앞으로 네 인생 잘되나 두고 보자. 이 망할 쌍화차 같은 자식."

거친 말을 내뱉는 여자의 모습에 웃음이 흘러나왔다. 우느라, 욕하느라 좁은 화장실 문이 열리는지도 모르고 한참을 중얼거리는 모습에 걷잡을 수 없이 솟아나는 희열이 가슴을 가득 채웠다.

"욕 한번 찰지게 하네요. 예쁜 얼굴로 자꾸 그렇게 험한 말 할 거예요?"

반가움에 불쑥 튀어나온 그의 음성에 가녀린 어깨가 움찔 놀랐다.

"원한다면 같이 욕해줄 수도 있는데. 나 욕 잘해요."

여자가 고개를 들었다. 그리고 천천히 그를 향해 몸을 돌렸다. 긴 속눈썹 사이로 눈물이 방울방울 맺혀 있는 모습에 심장이 간질거려서, 기분 좋게 울려서.

"덤으로 넓은 가슴도 빌려줄 수 있는데. 어때요?"

이렇게 장난스럽게 팔을 벌려본다. 그녀가 자신을 무시하고 도망칠 줄 알았다. 모르는 척 지나쳐 밖으로 나가버릴 줄 알았다. 그러면 붙잡을 생각이었다.

"흑…… 흑……."

그런데 그의 얼굴을 보자마자 갑자기 서러운 듯 더 크게 울음을 터뜨리는 그녀. 좁은 화장실에서 둘의 사이는 겨우 한 걸음 차이였다. 그리고 그 한 걸음을 향해 발을 내딛는 여자, 한채원. 그가 그 모습에 홀린 듯 안으로 들어와 재빨리 화장실 문을 걸어 잠갔다. 잠깐의 정적. 서로의 숨소리마저 고스란히 느껴지는 두 사람의 거리는 겨우 10센티미터. 그녀의 눈물 섞인 한숨이 그의 가슴을 적셨다. 촉촉하게 젖은 얼굴이 안쓰러웠다.

채원의 커다란 눈동자에 걸린 눈물이 새하얀 볼 위로 톡, 하고 떨어지자 그가 자신도 모르게 손을 뻗었다. 그리고 그녀의 머리를 감싸 조심스럽게 자신의 품으로 가져갔다. 그가 끌어안자 더 커진 울음소리. 좁은 화장실 안에 서럽게 울리는 흐느낌만큼 그녀를 더 꽉 끌어안았다. 자신의 품에 안겨, 다른 남자를 찾는 여자의 어깨를.

"주스 마실래요?"

움찔.

"그럼 사이다?"

또다시 움찔.

비행기 창문에 이마를 갖다 댄 채 아무런 대꾸도 하지 않은 채원은 창밖만 바라보았다. 다른 사람 앞에서 그렇게 서럽게 울어본 일은 처음이었다. 그런데 그 대상이 며칠 전 처음 만난 최우현이라는 남자 앞이라니, 아무리 생각해도 기가 막힐 노릇이었다. 채원은 고개도 돌리지 못한 채 계속해서 밀려오는 민망함을 밀어내려 노력했다.

자신의 말에도 아무런 대꾸 없는 채원의 모습에 우현은 전혀 개의치 않는다는 듯 복도를 걸어 다니는 스튜어디스에게 손을 흔들었다. 두 사람에게 다가온 스튜어디스가 가만히 우현과 채원을 번갈아 바라보았다. '너희들 이제 화해했니?'라는 눈빛.

"뭐 필요하신 거 있으십니까?"

"네, 시원한 맥주 두 캔만 주시겠어요?"

"더 필요하신 것은 없으신가요?"

우현의 주문에 스튜어디스가 상큼한 미소를 지으며 되물었다.

힐끗, 고개를 돌린 채원은 그 모습에 기가 막힌다는 듯 혀를 내둘렀다. 미남은 어디 가도 환영받는 모양이었다. 거기다 그 미남이 매너까지 좋다고 한다면 말 다 했지.

그리고 잠시 후 스튜어디스가 우현에게 맥주와 함께 작은 비스킷을 갖다주었다.

촤. 맥주 캔이 열리는 소리가 시원하게 들리자 창밖을 바라보고 있던 채원의 얼굴이 자연스럽게 돌아갔다. 그 모습에 우현이 웃음을 터뜨리더니 그녀에게 맥주 캔을 건넸다.

"아, 안 마셔요."

"받아요."

우현이 눈썹을 까딱 올리며 맥주를 권하자 천천히 손을 들어 맥주 캔을 받아 든 채원.

그가 나머지 맥주 캔을 따서는 벌컥벌컥 들이켰다. 보는 사람까지 속에 있는 것들이 뻥 뚫릴 만큼 시원해 보였다.

"후아, 시원하다."

그 모습을 멍하니 바라보던 채원의 시선을 느꼈는지 우현이 고개를 돌렸다.

"안 마셔요?"

그의 말에 채원이 맥주 캔을 입술로 가져갔다. 꿀꺽꿀꺽, 목으로 넘어간 시원한 맥주 때문인지 그녀 역시도 속이 뻥 뚫리는 것만 같았다.

우연도 이런 우연이 없었다. 대체 넓은 서울 하늘 아래서 하루에 두 번이나 마주친 것도 웃긴데 비행기 안에서의 재회라니. 1년 365일 하루에도 얼마나 많은 비행기가, 얼마나 많은 나라로 떠나는데. 하필, 오늘, 그것도 이 시간에, 이 비행기를. 그것도 바로 옆자리라니. 아무리 우연이라고 하지만 이건 좀 믿기지 않았다. 거기다 하필 이렇게 마주친 사람이 항상 꼴사나운 모습만을 보여준 남자라니. 이건 너무 가혹했다.

"지난번에 내가 물어봤었죠? 클럽 안에 있는 많은 사람들 중에 우리가 마주칠 확률이 얼마나 되는 줄 아냐고."

살짝 들뜬 음성에 채원이 고개를 돌렸다.

"그럼 수많은 비행기와 비행시간, 도착지 중에 우리가 같은 시간, 같은 비행기 안에서 이렇게 옆자리에 앉은 확률은 얼마나 되는 줄 알아요?"

저도 그게 참 궁금하네요. 이 무슨 운명의 장난이란 말입니까.

"정말로 운명일지도 모른다고요."

"아까는…… 왜 그랬어요?"

채원이 우물쭈물 말을 내뱉었다.

"뭐가요?"

"나 감싸준 거 말이에요. 내…… 잘못이잖아요."

서러움에 복받쳐 울고 있을 때 익숙한 목소리에 몸을 돌렸다. 평상시 그녀였다면 기겁을 하며 화장실 문을 걸어 잠그고는 눈물자국을 지웠을 것이다. 그리고 마치 아무 일 없었다는 듯 문을 열고 밖으로 나갔겠지.

하지만 뒤돌아서서 이 남자의 얼굴을 보았을 때, 자신의 편이 되어준다는 음성에, 넓은 가슴을 빌려준다는 말에 홀린 듯 그에게 한발 다가갔다. 그리고 붙잡았다. 자신을 가슴에 끌어안고 천천히 머리를 쓰다듬는 손길에 쉴 새 없이 눈물이 흘러내렸다.

처음 안긴 남자의 품은 따뜻했고, 위로의 손짓은 다정했다. 빨리 나오라며 문을 두드리는 소리에도 그는 아랑곳하지 않고 오히려 그녀를 감싸 안아 주었다.

'신경 쓰지 말아요.'

상관하지 말고 하고 싶은 대로 하라고. 참지 말고 그대로 울어버리라고. 툭툭 어깨를 두드려주는 손길에, 자신의 몸을 꽉 끌어안아 주는 따스함에, 그리고 벅차오르는 지난 시간들의 회상에 눈물은 멈추지 않았다.

한참의 시간이 지나고 서러움에 폭우처럼 쏟아진 울음이 어느 정도 그치자 뒤늦게 창피함이 밀려왔다. 천천히 고개를 들자 우현이 자신을 바라보고 있었다. 한심한 눈빛도, 우습게 여기는 눈빛도, 그렇다고 동정의 눈빛도 아니었다. 그저 잔잔하게 미소 지으며 그녀를 바라볼 뿐이었다.

'자, 이제 준비됐어요? 고개 푹 숙이고 나한테 딱 붙어요.'

그러더니 머리를 흐트러뜨려 얼굴을 가려주었다. 자신의 손을 꽉 붙잡은 손이 따뜻했다.

문이 열리자 밖에서 기다리고 있던 사람들의 비난이 쏟아졌다.

'지금 뭐 하는 겁니까? 여러 사람이 쓰는 화장실에서. 너무 이기적인 거 아닙니까?'

터져 나오는 한숨 사이로 죄송하다는 말을 내뱉으려는 찰나, 앞을 가로막고 서 있는 커다란 어깨의 주인공이 그녀의 손을 힘주어 잡았다.

'죄송합니다, 죄송합니다.'

사람들에게 그녀 대신 사과하는 그의 목소리가 들려왔다.

'죄송합니다. 여자친구가 멀미를 심하게 해서 속이 좋지 않아서요. 불편을 드려 죄송합니다.'

우현은 화장실 앞에서 기다리던 사람들에게 고개까지 숙이며 사과의 말을 건넸다. 예의 바른 그의 행동에 사람들은 더 이상 아무런 말도 하지 않았다. 비록 장시간의 비행 동안 오고 가는 사람들이 그녀를 알아보겠지만 그 순간만큼은 그의 배려 덕분에 조용히 넘어갈 수 있었다.

"내가 울어서 그쪽이 곤란하게 된 거잖아요. 근데……."

"화장실로 따라간 건 나잖아요."

"고마…… 웠어요."

피식 웃은 우현이 별일 아니라는 듯 남아 있는 맥주를 들이켰다.

그는 자신이 왜 울었는지 알고 있었을 것이다. 분명 우현을 처음 만난 날 '프러포즈를 받으러 간다.'고 했으니까. 프러포즈를 받으러 간 날 클럽에서 술이 떡이 되도록 마셨고, 다음 날 그의 집 앞에 엎어져 전 남자친구를 욕하며 고래고래 소리를 질렀다. 하지만 그는 그 일에 대해 언급하지 않았다.

"그 비스킷 맛있어요. 안주 삼아서 같이 먹어요."

같이 욕해줄게요, 라고 말했지만 그는 한마디도 하지 않았다. 원망의 말을 내뱉으며 우는 그녀의 어깨를 조용히 감싸 안고 토닥거려주었을 뿐이었다. 왜 그를 보자마자 더 큰 울음이 터져버렸을까. 그녀 스스로도 이해가 가지 않았다.

"원래…… 잘 안 울어요. 남 앞에서는 더더욱."

작게 중얼거린 채원. 이런 변명을 왜 이 남자에게 하고 있는지 자신도 잘 몰랐다.

"알아요."

다정한 목소리에 그녀가 고개를 들었다.

"잘 울지 않는 강한 여자인 거 알고 있어요."

자신을 똑바로 바라보는 깊은 눈빛에 순간 심장이 쿵, 하고 뛰는 것이 느껴졌다. 깜짝 놀란 그녀가 고개를 가로저었다. 쿵이라니, 미친 게 분명했다.

"참, 내 운동화 잘 있죠?"

"운동화요? 그쪽 운동화를 왜 나한테…… 아!"

잊고 있었다. 우현이 구두 수선을 하러 간 사이 집에서 나오는 길에 그의 운동화를 빌렸던 것을.

"그거 내가 많이 아끼는 운동환데. 안 돌려줄 생각이었죠? 완전 도둑심보네. 그거 한정판이에요. 지금은 어디서 구하지도 못한다고요. 나한테 얼마나 소중한 건데."

"도, 도둑? 이봐요."

"최우현. 이름 또 까먹었어요?"

"자신의 이름에 대한 엄청난 프라이드가 있나 봐요?"

"이봐요, 그쪽 보다는 낫잖아요."

"운동화 잘 있어요. 주소 알려줘요. 택배로 붙여줄게요. 그러니 보니 그쪽도 내 구두……."

"싫어요. 난 그 구두 계속 가지고 있을래요."

"혹시…… 변태예요? 하이힐 성애자, 뭐, 이런 거?"

진지한 채원의 질문에 우현의 고운 이마가 찌푸려졌다.

"사람 참 이상하게 몰고 가시네. 이렇게 잘생긴 변태 봤어요?"

왕자병과 허세에는 약도 없다더니.

"그쪽하고 말하고 있으면 내가 바보가 된 것 같네요."

"그 구두 좋아하는 구두죠?"

우현의 질문에 순간 채원은 입을 꾹 다물며 창 쪽으로 휙 고개를 돌렸다.

"굉장히 아껴서 신었던데. 내가 수선도 예쁘게 해놨어요. 버리기 좀 아까운……."

"버려도 괜찮아요. 이제 안 아끼니까."

준서에게 처음 받은 선물이었다. 그래서 그녀가 가장 아끼는 물건 중에 하나였다. 하지만 이젠 과거가 되었다. 더 이상 생각하고 싶지 않았다. 더 떠올렸다가는 흔들리는 시선을, 목소리에 묻어 있는 물기를 들켜버릴 것만 같았다.

"저 이제 좀 잘게요. 아까는 정말 고마웠어요."

한숨을 내쉰 그녀가 담요를 목 끝까지 덮고는 눈을 감았다.

"아, 그리고 그날 북엇국…… 정말 맛있었어요."

그의 웃음소리가 서서히 멀어져갔다.

"아주 코까지 고시네."

우현은 정신없이 잠에 빠져 있는 채원을 어이없게 바라보았다. 자랑은 아니지만 지금껏 자신에게 이토록 무관심했던 여자도, 자신의 앞에서 코까지 골며 자는 여자는 단 한 명도 없었다.

"나 너무 무시하는 거 아니야? 내가 자기한테 관심 있다고 한 말은 대체 어디로 들은 거야?"

말투에는 불만이 가득했지만 손에 든 담요를 웅크린 채 잠이 든 채원의 몸에 덮어주는 우현. 그의 시선이 그녀 앞에 있는 책에 꽂혔다. 손을 뻗어 책을 집어 들었다.

"하필 책을 골라도 나 홀로 떠나는 유럽 여행이냐."

그가 허리를 쭉 펴고 의자에 기대 스르륵 책을 넘겼다. 군데군데 붙어 있는 노란색 포스트잇에는 가고 싶은 장소, 먹고 싶은 것 등이 정갈한 글씨로 적혀 있었다.

"꼼꼼하기도 하시지."

여행 책자 사이에는 직접 프린트해놓은 여행 일정표가 끼워져 있었다. 날짜와 시간대별로 갈 곳이 정확하게 짜여 있었다.

"이건 무슨 극기훈련도 아니고. 꼼꼼한 건지, 미련한 건지."

꼭 가야 할 곳과 맛봐야 할 것이 곳에는 특별히 왕별로 표시까지 해두었다. 이건 꼭 먹어야 해, 붉은색 펜으로 써놓은 글씨.

"여기 별로 맛없는데."

작게 중얼거린 그가 책 사이에 껴 있던 펜으로 그녀의 정갈한 글씨 옆에

'이 가게는 비추, 돈 아까움.'이라고 적어놓았다. 바로 밑에 있는 레스토랑에는 별을 네 개나 그려놓았다. '최우현's pick. 강추.' 그러더니 책장을 넘기며 중간, 중간에도 무언가를 적어 내려가기 시작했다.

한참을 그렇게 책을 들여다본 그가 무언가 재미난 것을 발견한 듯 회심의 미소를 짓더니 그녀를 힐끗, 바라보았다. 그러더니 곧 여행 책자를 덮어 그녀의 자리에 갖다 두었다.

"정말 잘도 자네."

부산스러운 기내에서 한 번도 깨지 않고 곤히 잠든 그녀가 신기했다. 폭포수처럼 울음을 쏟아낸 탓인지 눈은 조금 부어 있었다. 눈 밑은 하얀 피부와 대조되어 더 붉어 보였다. 오뚝한 코끝에 콧방울이 앙증맞았다. 붉은 입술이 매혹적으로 빛났다.

화장실에서 쉴 새 없이 눈물을 쏟아내며 서럽게 울던 음성이 귓가에 머물렀다. 울음소리가 커질수록, 그의 옷자락을 붙잡은 손에 힘이 들어갈수록, 가녀린 어깨가 내려앉을수록 심장이 지끈거렸다.

대체 어떤 남자기에 이 도도한 여자의 눈에서 그토록 많은 눈물을 흘리게 만들었을까.

구두 이야기에 '이젠 아끼지 않는다.'고 말하며 떨리는 눈빛을 보였다. 그 구두는 분명 전 남자친구가 선물한 구두였을 것이다. 어떤 남자가 그녀의 발에 꼭 맞는 구두를 선물하고, 볼을 마음대로 쓰다듬고, 붉은 입술에 키스했을까. 그리고 이 여자는 그 남자를 뭐라고 불렀을까. 그쪽, 당신이 아닌, 저 입술에서 내 이름이 불린다면 어떤 느낌일까. 자신도 알 수 없는 감정이 전신을 휘감았다. 처음 느껴보는 감정이 어색했다.

"나도 참 무슨 생각을 하는 거야. 이러니 미친놈 소리를 듣지."

한채원, 한국을 떠나기 전 꼭 한 번 더 마주치길 바랐다. 그래서 그녀를 처음 봤을 때 느꼈던 감정들이 무엇인지 확인하고 싶었다. 그리고 그녀와 세 번 마주쳤다. 그것도 우연히.

우현의 입가에 장난스런 웃음이 걸렸다. 최우현's pick, 한채원. 이건 명백히, 운명이었다.

로마 피우미치노 공항.

10시간이 넘는 비행이었다. 곧 로마에 도착한다는 안내 방송이 나온 이후부터 채원은 설레는 마음을 감추지 못했다. 도착 30분 전부터 짐을 싸고 창밖을 보며 엉덩이를 들썩거렸다. 몸은 피곤했지만 이탈리아에 도착했다는 사실만으로도 가슴이 벅차올랐다. 모든 것이 완벽했다.

"가방 그렇게 메면 안 돼요."

최우현, 이 남자만 빼면.

"이탈리아의 소매치기는 상상을 초월해요. 가방 그렇게 메는 건 안에 든 물건은 더 이상 내 것이 아니라고 광고하는 거랑 똑같아요. 꼭 앞으로 메요."

비행기에서 내렸다. 입국심사도 끝났다. 하지만 이 남자, 아직도 그녀 뒤에 바짝 붙어 있었다.

"만원 버스나 지하철 타면 조심해요. 소매치기 당하는 건 순식간이니까. 이탈리아 남자가 사진 찍어달라고 해도 무조건 거절해요. 사진 찍어주고 나면 분명 지갑이 없어져 있을 거예요."

뒤에서 들려오는 목소리에 한숨을 쉰 채원이 뒤돌아섰다.

"아, 그리고 휴대폰 주머니에 그렇게 넣고 다니지 말고요."

비행기에서 내릴 때부터 그랬다. 빠뜨린 물건은 없느냐, 카메라는 잘 챙겼느냐, 여권은 잘 넣어놨느냐.

"챙겨주는 마음은 정말 고마운데, 그래서 이렇게 말하는 거 실례인 거 아는데. 이제 저 혼자 갈게요."

손으로 가방끈을 단단히 잡은 채원이 여전히 눈가에 장난기를 가득 머금은 우현을 바라보았다.

"저도 믿기지 않지만 지난 며칠 동안 생각지도 못하게 그쪽과 자주 마주쳤고, 그래서 많이 엮인 거 알아요. 그리고 그때마다 저 많이 도와주고 배려해준 것 정말 고맙게 생각하고 있어요."

우현이 더 말해보라는 듯 그녀를 바라보았다.

"저한테 호의를 가지고 다가와준 것도 고마워요. 하지만…… 다 알겠지만, 전 지금 심경이 매우 복잡하고 누구와 얽히고 싶은 생각이 없어요. 그냥 혼자 조용히 즐기다 조용히 떠나고 싶어요."

채원이 숨을 고르고 다시 말을 이었다.

"혹시 제 말투나 행동 중 그쪽한테 무례하게 보인 부분이 있었다면 사과할게요. 근데 정말로 고맙게 생각하고 있어요. 비행기 안에서는 더더욱요. 그럼 즐거운 여행하시고 조심히 돌아가세요."

캐리어 손잡이를 꽉 붙잡은 채원이 고개를 숙여 인사를 건네고는 앞서 걸어갔다. 짧은 핫팬츠 아래로 늘씬하게 뻗은 다리가 우아하게 움직였다. 탐스러운 긴 머리가 발걸음에 맞춰 찰랑거렸다.

채원은 더 이상 자신을 뒤따라오는 기척이 없는 것을 느꼈다.

"바보가 아닌 이상 이 정도 말했으면 자존심이 상해서라도 싫겠지. 보자, 테르미니 역으로 가는 방법이……."

기차를 타기 위해 부지런히 몸을 움직였다. 꽤 무거운 캐리어를 끌고 움직이는 일이 만만치 않았다. 기차가 도착하고 사람들이 우르르 안으로 들어갔다. 기차 안이 키 큰 외국 사람들로 가득한 것을 보니 이제야 먼 이국땅에 왔다는 것이 실감 났다. 평생 처음으로 대한민국이 아닌 땅에 발을 내디뎠다. 자신이 생각해도 믿기지 않았다.

"그래, 한채원. 이왕 온 거 확실하게 즐기다 가는 거야."

두 주먹 불끈, 눈을 반짝거리며 결심한 지 한 시간 반밖에 지나지 않았다. 그런데 지금 한채원, 인생 최악의 상황에 처해 있었다.

"젠장!"

가방도 앞쪽으로 단단히 뗐다. 수시로 사람들을 관찰하며 경계태세도 늦추지 않았다. 근데! 대체! 어디서 누가 내 가방에 손을 댔단 말인가. 방금까지만 해도 있었다. 분명 있었다. 근데 쥐도 새도 모르는 사이 그녀의 가방에는 여권만 달랑 남아 있었다. 신용카드, 현금이 든 지갑은 눈 씻고 찾아봐도 보이지 않았다.

엄청난 인파가 오고 가는 테르미니 역의 한쪽 구석.

"된장 맞을! 썩을 이탈리아!"

한 동양 여자의 처절한 외침이 울려 퍼졌다.

우현은 간편한 옷차림으로 공항을 여유롭게 빠져나갔다. 가벼운 가방 하나만 달랑 멘 그는 이곳이 익숙하다는 듯 유유히 발걸음을 움직였다.

"잔소리를 안 할 수가 없게 한다니까."

우현은 초롱초롱한 눈빛으로 뒤돌아서서 자신을 바라보던 여자를 떠올렸다. 분명 자신보다 연상이었는데 하는 짓은 영 어린애 같았다. 물론 꼼꼼하고 섬세했다. 하지만 어리숙한 것도 사실이었다. 서럽게 울 때는 언제고 맥주 한 캔을 원 샷 하더니 코까지 골며 잠을 자고. 그러더니 비행기 도착 시간이 가까워오자 들뜬 표정을 감추지 못하고 부산스럽게 짐을 싸는 모습이 귀여웠다. 앞좌석 주머니에 카메라를 넣어둔 것도 모르고 창밖에 정신이 팔려 있었다. 소매치기가 판을 치기로 유명한 이탈리아에서 가방은 순진하게 뒤로 메고는 주변을 정신없이 살피기 바빴다.

"부디 아무 일도 없어야 할 텐데 말이지."

겁도 없이 살랑살랑 상큼함을 풍기며 앞서 걸어가는 채원을 보고 있자니 한숨부터 흘러나왔다.

막 게이트 밖으로 나갔을 때, 우현의 주머니에 있던 휴대폰이 울렸다.

"아아, 도착했어. 지금 나가."

웃으며 전화를 끊은 우현이 휘파람을 불며 숨을 크게 들이켰다. 여전히 덥고 습한 공기지만 한국보다 익숙하고 편안한 느낌. 그리고 가까이에서 그를 붙잡는 목소리가 들려왔다.

"최우현, 여기!"

공항 입구 한쪽 구석에 차를 세워놓고 그를 부르는 남자, 김성준. 간편한 반바지에 셔츠 차림, 선글라스에 가려진 얼굴이었지만 귀티가 좔좔 흐르는 모습이 예사롭지 않았다.

"왜 이렇게 늦었어?"

길게 뻗은 팔을 엮어 팔짱을 낀 채 삐딱하게 서서 그를 바라보는 여자, 홍세연. 까무잡잡한 피부와 머리를 하나로 틀어 올려 시원하게 드러난 목덜미가 섹시했다.

"잘 있었나, 친구들? 보고 싶었다네."

두 사람을 보자마자 터져 나오는 우현의 청량한 웃음소리가 더운 바람을 가르며 시원하게 쏟아져 나왔다.

"물건은?"

그런 그를 바라보던 성준이 낮은 목소리로 물었다.

"김성준, 마약 거래라도 하냐? 고작 게임 시디 하나에."

우현이 가방 안에서 시디를 꺼내 성준에게 던졌다. 그가 건넨 물건이 만족스럽다는 듯 성준이 고개를 끄덕이더니 운전대에 올랐다.

조수석에 앉은 우현이 비행기 안에서 입고 있던 긴 셔츠를 벗어 던지자 짧은 셔츠 밖으로 그의 단단한 팔뚝이 드러났다. 창문을 열자 덥지만 익숙한 바람이 그의 코끝에 스며들었다. 이곳은 그의 집이었다.

"최우현, 근데 왜 이렇게 기분이 좋아? 한국에서 무슨 좋은 일 있었어? 좀 들뜬 것 같다?"

세연의 질문에 우현이 어깨를 으쓱하며 미소 지었다. 그의 머릿속에 방금 전 캐리어를 단단히 잡고 도도하게 걸어가던 여자의 모습이 떠올랐다.

세 번의 만남. 이건 결코 우연히 아니었다. 지금 느끼는 감정을 정확하게 정의 내릴 수는 없지만 그래서 더욱 확인하고 싶었다. 그리고 그는 이미 그녀와의 다음 미래를 만들 준비를 하고 있었다. 이 만남을 우연이 아닌 필연으로 만들기 위해.

"얽히고 싶은 마음이 없어?"

채원이 여행 책자에 '예약 완료.'라고 적어놓았던 주소.

"누구 맘대로."

이미 그의 머릿속에는 접수 완료 상태였다.

"신세 정말 처량맞다. 이게 뭐야. 이탈리아까지 와서 이 모양이냐."

역 근처에 위치한 광장에 털썩 주저앉아 허망한 표정으로 하늘을 바라보는 채원.

"요즘 인생 왜 이렇게 꼬이지? 되는 일도 하나 없고. 나 혹시 삼재(三災)라도 낀 거 아니야?"

남자한테 까여, 이탈리아까지 와서 빈털터리 거지 신세야. 거기다 숙소마저 사기를 당했다.

30분 전, 한국에서 예약해놓은 숙소를 찾은 채원은 건물 앞에 처량맞게 서서 벨을 눌렀다. 오래도록 아무런 대답이 없자 불안감이 엄습했다. 한참의 시간이 지나 문이 열렸고, 한 여자가 걸어 나왔다. 그녀가 집 주소와 함께 숙소에 대해 설명해보았지만 여자는 고개를 저을 뿐이었다.

큰 소리를 낼 기운도 없었다. 기가 막혀 화도 나지 않았다.

"하아, 이제 어쩌지?"

안 그래도 열 받고 짜증나는데 하늘은 왜 이렇게 푸르고 맑은 것인가. 거기다 날씨는 왜 이렇게 더운 걸까. 가만히 앉아만 있어도 살이 타들어가는 것 같았다. 머릿속이 뒤죽박죽 아무런 생각도 나지 않았다. 하얗게 변해버린 정신줄을 간신히 붙잡고 지나가는 사람들을 바라보며 한숨을 내쉬는 것이 그녀가 할 수 있는 전부였다. 옆에 덩그러니 서 있는 캐리어가 왠지 모르게 처량해 보였다. 마치 자신의 모습처럼 말이다.

채원이 가방 안에 있는 여행 책자를 꺼냈다.

"나 홀로 떠나는 유럽여행이라니. 여행 책자까지도 불쌍해 보이네."

책을 넘기자 가장 먼저 보이는 것은 콜로세움.

"사진으로만 봐도 멋있다. 내가 콜로세움 때문에 '글래디에이터' 영화까지 보고 왔는데."

다음 장을 넘기자 나오는 트레비 분수.

"나도 트레비 분수에서 동전 던져보고 싶었단 말이야."

진실의 입에도 가고 싶었다. 가서 이야기하고 싶었다.

'준서 씨, 정말 사랑했어.'

조각상에 손을 넣고 거짓말을 하면 손을 삼켜버린다는 전설이 있는데, 차라리 그랬으면 이 실연의 슬픔이 덜할 것 같다는 어리석은 생각마저 들었다.

"젤라또도 꼭 먹고 싶었단 말이야."

비록 스페인 광장 계단 위에서 젤라또를 먹을 수는 없지만 근처에서 영화 '로마의 휴일'의 오드리 헵번 흉내도 내보고 싶었다.

"망했네, 정말. 하아, 이게 어떻게 얻어낸 휴간데."

그녀가 계속해서 여행 책장을 넘겼다.

'이건 꼭 먹어야 해'라고 써놓고, 별로 표시해둔 아이스크림 가게. 그리고 그녀의 시야를 사로잡은 단정한 글씨. 자신의 글씨 옆에 돼지꼬리를 달아 적어놓은 글자, '이 가게는 비추, 돈 아까움.' 그리고 그 밑의 가게에 그려져 있는 별 네 개, '최우현's pick. 강추.'

채원이 황당한 얼굴로 글씨를 바라보았다.

"대체 이건 언제……. 파스타는 단언컨대 이곳에서?"

우현의 메모는 다음 페이지에도 쭉 이어졌다. 채원은 저도 모르게 입을 열어 메모를 따라 읽었다.

"콜로세움 앞에서 로마 병정 차림의 사람이 사진을 찍자고 하면 거부할 것. 돈을 뜯길지 모름."

이곳은 로마 최고의 피자집, 커피를 좋아하면 이곳은 필수.

"아니, 근데 이거 회사에서 빌린 책인데 여기다 이렇게 써놓으면 어떡해?"

말은 그렇게 했지만 채원은 여행 책자에 적혀 있는 우현의 글씨를 골라 읽고 있었다. 자신의 입가에 웃음이 걸린 줄도 모르고 말이다. 그리고 그런 그녀의 시야를 사로잡은 메모.

<로마에서 가장 잘생기고 매력적인 가이드가 필요하다면 최우현에게로.>

글씨 밑에 또렷하게 적혀 있는 번호 하나, 바로 최우현의 이탈리아 전화번호.

"후아, 일 년은 한국에 있다가 온 것 같다."

우현은 자신의 집으로 돌아오자마자 가방을 내려놓고는 셔츠를 벗어 던졌다.

"나중에라도 한국에 돌아가면 그땐 어떻게 살려고 그래?"

성준의 말에 우현이 어깨를 으쓱했다.

"그건 그때 가서 생각하지, 뭐. 별일 없었지?"

"너 겨우 열흘 자리 비웠다."

"김성준이 워낙 나 없으면 아무것도 못 하는 남자잖아."

우현의 농담에도 별 반응 없는 성준의 시선은 오직 한국에서 날아온 게임 시디에 가 있었다.

"나 일단 샤워부터 하고 나올게."

잠시 후, 욕실로 들어간 우현은 휘파람까지 불며 깔끔하게 샤워를 마치고 밖으로 나왔다. 더운 날씨에 셔츠를 입지 않은 상체가 아직 물기를 머금고 있었다.

"근데 아버님은 너 왜 부르신 거야? 그것도 이렇게 갑자기?"

성준의 물음에 뒤돌아선 우현이 쓸쓸하게 웃어 보였다.

"뭐…… 얼굴이라도 보고 싶으셨나 보지. 윤 교수님은? 다른 말씀 없으셔?"

우현의 입에서 나온 '윤 교수님'이란 말에 성준이 그제야 게임 시디에서 시선을 뗐다. 우현과 성준은 같은 교수님 밑에서 공부를 하고 있었다. 윤 교수님은 외국의 많은 교수님들 사이에서도 인정받는 저명한 한국인 교수님으로 요즘 일 때문에 이탈리아와 한국을 오가고 계셨다.

"교수님 아직 한국. 너랑 일정 안 맞는다고 아쉬워하시더라."

성준의 대답에 고개를 끄덕인 우현이 수건으로 머리를 털며 소파에 털썩 주저앉았다.

"오늘 저녁엔 셋이 나가서 뭐 먹을까? 최우현, 뭐 먹고 싶……."

세연의 말을 끊으며 식탁 위에 있는 우현의 휴대폰이 울렸다. 세연이 휴대폰을 집어 우현에게 던졌다. 처음 보는 전화번호였다.

[여보세요?]

우현의 입에서 능숙한 이탈리아어가 튀어나왔다.

[네, 접니다. 말씀하세요.]

아무런 말이 들리지 않자 우현이 고개를 갸우뚱하며 귀에서 휴대폰을 떼어 화면을 바라보았다.

[여보세요? 말씀을…….]

젖은 머리에서 흐르는 물방울을 손으로 대충 닦아 내려가던 그의 동작이 일순 멈췄다. 숨이라도 멎은 듯 꿈쩍도 하지 않는 우현.

"왜 그래? 누군데?"

세연의 질문에도 눈만 깜빡, 깜빡.

"거기서 꼼짝 말고 기다려요!"

한국말로 크게 외친 우현이 갑자기 자리에서 벌떡 일어났다.

"누가 불러도 대답하지 말아요. 말 걸면 나한테 하는 것처럼 까칠하게 대꾸하고."

휴대폰 너머로 '뭐라고요?'라는 앙칼진 목소리가 들리자 그의 입가에 금세 미소가 걸렸다.

"10분! 10분만 기다려요! 내가 지금 갈 테니까."

전화를 끊은 우현이 재빨리 몸을 움직였다. 정신없이 고개를 돌리며 무언가를 찾았지만 보이지 않자 답답한 마음에 거실을 뛰어다녔다.

"내 셔츠, 셔츠!"

"식탁 의자에 걸쳐놨잖아."

차분한 성준의 어조에 우현이 식탁 의자에 있는 셔츠를 낚아챘다.

"차 키, 차 키."

"테이블 위에."

빛처럼 빠른 속도로 움직인 그가 차 키를 손에 쥔 채 문을 향해 달렸다.

"최우현! 무슨 일이야! 어디 가는데?"

세연의 질문에도 돌아오는 대답은 없었다. 그저 휑한 공기만이 거실에 남아 있을 뿐이었다.

"뭐야? 왜 저렇게 허둥거려? 최우현답지 않게?"

우현의 뒷모습을 바라본 성준이 어깨를 으쓱했다.

"찜해놓은 여자한테 전화라도 왔나? 아무리 그래도 셔츠는 좀 입고 나가지."

"여자? 설마. 여자 보기를 돌같이 하시는 최우현한테?"

"또 모르지. 저런 애들이 한번 빠지면 자기가 빠진지도 모르고 미쳐 날뛰는 법이니."

저렇게 말이지.

[고맙습니다. 고맙습니다.]

채원은 자신에게 선뜻 휴대폰을 빌려준 이탈리아 여자에게 가이드북에서 봤던 이탈리아어로 감사함을 전했다.

"다행이다. 사람이 죽으라는 법은 없나 보네."

'거기서 꼼짝 말고 기다려요. 내가 지금 갈 테니까.'

휴대폰 너머로 들려오는 우현의 다급한 한마디에 지금까지 마음속에 있었던 모든 불안들이 한꺼번에 녹아내렸다.

'말 걸면 나한테 하는 것처럼 까칠하게 대꾸하고.'

"치, 내가 언제 자기한테 까칠하기만 했나?"

발끈해서 소리친 그녀의 목소리에 휴대폰 너머로 우현의 호탕한 웃음소리가 들려왔다. 최우현이라는 남자를 잘 알지 못했지만 그 웃음소리가 그와 참 잘 어울린다는 생각이 들었다. 방금 전까지만 해도 사막 한가운데 혼자 떨어진 느낌이었는데 그 웃음소리 하나에 안심이 되었다.

"그러고 보니 매번 신세만 지는 것 같네."

그가 여행 책자에 전화번호를 남겨놓지 않았다면……. 상상도 하고 싶지 않았다. 남에게 피해 주지 말자, 라는 마음가짐 하나로 사회생활에 임했었다. 하지만 우현에게는 신세만 지고 있었다. 그래놓고 오히려 큰소리를 치는 건 그녀 쪽이었다. 그런데도 그는 아무것도 아니라는 듯 매번 그녀를 감싸주었다.

"심지어 아까 비행기 안에서는 좀 멋있기도 했지."

그녀 대신 사람들의 차가운 시선을 받아내며 사과를 건네는 모습에 감동을 받지 않았다고 한다면 거짓말이었다.

한창 이런저런 생각에 잠겨 있을 때, 한 무리의 남자들이 채원의 앞으로 걸어왔다. 무언가 부탁하는 모양이었지만 알아듣지 못한 그녀는 어색하게 웃으며 고개를 저었다. 그중 한 남자가 그녀에게 사진기를 건네며 사진을 찍는 흉내를 냈다.

"아, 사진 찍어달라는 말인가?"

알았다는 듯 오케이 사인을 한 그녀가 자리에서 일어나 남자가 주는 사진기를 받기 위해 손을 뻗었다. 그때 그녀의 귓가에 거친 목소리가 들려왔다.

"하아, 거참 사람 말 되게 안 듣네요."

낮게 울리는 음성에 채원의 심장이 두근거렸다. 멀리 타국에서 최악의 상황에 우현을 만났다는 반가움 때문인지, 아니면……. 그녀가 천천히 고개를 돌렸다. 다급하게 달려왔는지 우현의 가슴이 거칠게 오르락내리락했다. 무질서하게 헝클어진 머리카락은 아직 물기를 머금고 있었다.

"누가 불러도 대답하지 말고, 말 걸면 까칠하게 굴라니까. 그 까칠함은 나를 위한 전매특허예요?"

손목을 붙잡아 이끄는 강인한 힘. 그리고 눈앞에 펼쳐진 넓은 등. 우현이 남자들에게 뭐라고 이야기하자 그들은 거친 말을 내뱉으며 자리를 떴다. 사람들이 멀어지자 그가 그녀 쪽으로 돌아섰다.

"이탈리아에서 소매치기는 상상을 초월합니다."

"저도 알⋯⋯."

"가방은 반드시 앞으로 단단히 메세요."

"누가 몰라서⋯⋯."

"만원 버스나 지하철에서는 조심하세요."

"저도 그 정도는⋯⋯."

"이탈리아 남자가 사진 찍어달라고 하면 거절하세요."

조금은 화가 난 눈빛으로 으르렁거리는 우현.

"지금으로부터 세 시간 전, 제가 전부 채원 씨한테 한 말이에요."

채원이 금세 입을 꾹 다물었다. 딱히 반박할 말이 없었다.

"자기보다 어린 남자가 하는 말이라 무시한 거예요, 아님 내가 한 말이라 무시한 거예요?"

우현의 말에 발끈한 채원이 고개를 돌려 그를 바라보았다.

"꼭 그런 식으로 말해야 해요? 알아요, 내가 잘못한 거. 아는데! 내가 그쪽 말 무시하려고 일부러 소매치기라도 당했다는 거예요?"

주먹을 꼭 쥔 채 큰 소리로 외치는 채원.

"혼자 들떠서! 여기 온 게 너무 좋아서 정신 팔려 있다가 보니까 그렇게 된 거라고요! 안 그래도 서러워 죽겠는데! 근데 나 엄청 조심했다고요!"

억울한 듯 채원의 눈가가 붉게 물들어갔다.

"정말 빌어먹을 이탈리아. 뭐, 이딴 나라가 다 있어? 관광객한테 이래도 되는 거예요?"

급기야 바닥에 철퍼덕, 주저앉은 그녀.

"나라고 여기서 이러고 있고 싶은 줄 알아요? 내 생애 첫 해외여행인데 이게 뭐냐고. 내가 얼마나 막막하고 무서웠는데. 근데 그쪽 목소리 듣고 얼마나 반가웠는데."

고맙다고 말해야 했다. 전화 한 통에 달려와 주어서, 젖은 머리도 말리지 못한 채 눈앞에 나타나 주어서. 하지만 의도치 않은 불만이 터져 나왔다. 아니, 이건 안도감 때문에 흘러나오는 투정이었다. 채원은 고맙다는 표현도 제대로 못 한 채 불평이나 쏟아내는 자신이 한심해 다리에 고개를 푹 박은 채 흠뻑 젖은 목소리를 내었다.

그 모습을 가만히 내려다보던 우현이 채원의 앞에 다리를 접어 앉았다. 전화를 끊고 걱정 반, 설렘 반으로 금방이라도 폭발할 듯 뛰는 가슴을 부여잡고 그녀가 있는 곳으로 달려왔다. 주위를 두리번거리며 미친 듯이 그녀를 찾았다. 달려가서 그 가녀린 몸을 확 끌어안고 싶었다. 물론 그랬다가 주먹이 날아오겠지만.

그런데 이탈리아 남자들에게 둘러싸여 카메라를 건네받으려는 모습을 보고 화가 치밀었다. 홀로 두려웠을 그녀에게 화를 내면 안 되었다. 거친 목소리를 내뱉자마자 후회가 밀려왔다. 하지만 한편으로는 지금처럼 작은 어깨를 떠는 모습이 귀여웠다. 그녀의 입에서 흘러나오는 반가웠다는 한마디에 심장이 기분 좋게 울렸다.

우현이 손을 뻗어 채원의 정수리를 톡톡, 하고 두드렸다.

"생애 첫 해외여행이에요?"

"네. 근데 망했어요."

한껏 기가 죽은 목소리에 우현은 온몸이 간질거리는 것만 같았다.

"많이 무서웠어요?"

"엄청요. 사막 한가운데 혼자 버려진 것 같았다고요."

"원래 잘 안 우는 거 맞아요? 울보 같은데."

그의 말에 발끈해서 고개를 번쩍 들어 올리는 채원.

"내 목소리 듣고 정말 반가웠어요?"

아까와는 달리 다정한 음성. 부드럽게 휘어진 눈매. 그런 우현의 모습에 그녀가 얼굴을 붉히며 고개를 돌렸다.

"뭐…… 그냥 좀…….'

"난 엄청 반가웠어요."

채원이 천천히 고개를 돌려 우현을 바라보았다. 자신의 말이 사실이라는 것을 증명하듯 화사하게 웃는 모습이 눈부셨다.

"채원 씨한테 미안하지만, 채원 씨 물건을 훔쳐간 소매치기한테 감사할 정도로요."

옅은 미소와 함께 흘러나오는 목소리는 그녀의 귓가에 잔잔하게 파고들었다.

"가요. 생애 첫 해외여행, 이제 시작이잖아요."

그리고 그가 그녀에게 손을 내밀었다.

"내가 최고의 여행으로 만들어줄게요."

3. 나하고 썸 타볼래요?

"아. 저…… 그러니까……."

채원은 커다란 눈동자를 이리저리 굴리며 혀끝으로 마른 입술을 축였다. 테이블을 뺑 둘러싼 채 호기심 가득한 시선으로 자신을 바라보는 사람들 때문에 앉아 있는 자리가 영 불편했다. 우현이 그녀를 데리고 온 곳 건물 입구에는 'destino(데스티노)'라는 글씨가 새겨져 있었다.

"어머, 내 정신 좀 봐. 난 여기 게스트 하우스를 운영하고 있어요. 이쪽은 내 딸 홍세연, 여긴 김성준."

채원이 어색함에 몸부림칠 때쯤 그녀를 빤히 바라보던 혜진이 친근한 목소리로 말했다.

"아, 안녕하세요. 한채원이라고 합니다."

채원이 차분한 목소리로 인사를 건네자, 마주 앉아 있던 세연이라는 여자가 상체를 깊게 숙이더니 그녀에게 말을 걸었다.

"이탈리아에 지금 도착한 거예요? 우현이랑은 무슨 관계예요? 한국에서 알게 된 사이?"

정신없이 쏟아지는 질문에 당황한 채원이 어떻게 대답해야 할지 몰라 고개를 두리번거리며 우현을 찾았다.

"한국에서 일 때문에 알던 분이야. 그리고 너 인마, 초면인데 인사도 안 하고 막 그러는 거 예의가 아니라는 거 몰라?"

그녀의 시선을 느꼈는지 우현이 테이블 쪽으로 다가와 세연을 말렸다.

"알았어, 알았어. 미안해요, 채원 씨. 우현이가 막 뛰쳐나가더니 같이 오셔서……. 홍세연이라고 합니다. 그나저나 이탈리아에 도착하자마자 이런 일이 생겨서 어떡해요?"

세연의 걱정에 채원이 부자연스럽게 웃었다.

"이모, 그래서 말인데, 혹시 예약 안 된 방 없어? 당장 갈 곳이 마땅치 않아."

우현의 질문에 혜진의 얼굴에 곤란함이 가득 떠올랐다.

"나도 있었으면 좋겠는데 성수기잖아. 남은 방 없이 전부 다 예약됐어. 어쩌지?"

"괘, 괜찮아요. 괜히 부담 갖지 마세요. 알아보면 있을 거예요."

예상했었던 부정적인 대답에 채원이 손을 저었다. 이탈리아로 떠나기 전에 이미 관광지 주변의 숙소들이 예약완료 상태라는 것쯤은 확인했다. 오히려 미안한 표정으로 자신을 바라보는 이들을 보고 있자니 더 미안했다.

그리고 어색한 웃음을 짓는 채원보다 더 실망감 어린 표정을 하고 입술을 깨무는 사람이 있었으니. 성준의 시선이 한숨을 푹, 내쉬는 우현을 향했다. 한국에서 돌아올 때부터 평소와 다르게 기분이 좋아 보이더니 걸려온 전화에 망아지처럼 뛰어나가지 않나, 평소와 달리 안절부절, 도와주고 싶은 마음이 굴뚝같지만 뜻대로 되지 않자 답답한 모양이었다. 본인은 아는지 모르겠다. 이곳에 들어와서부터 계속 자신이 눈앞에 있는 여자에게서 눈을 떼지 못하고 있다는 사실을.

테이블에 턱을 괴고 있던 성준이 우현과 채원을 번갈아가며 바라보더니 재미난 것을 발견했다는 듯 미소를 지었다. '우리 집으로 와요.'라고 말하고 싶은 마음은 굴뚝같겠지만, 아마도 우현은 함께 살고 있는 자신을 배려해 말을 꺼내지 못하고 있는 것이 분명했다. 바보. 그냥 나한테 한마디만 하면 될 것을. 인마, 친구 잘 둔 줄 알아.

"별로 걱정할 거 없지 않아? 그냥 우리 집으로 오면 되잖아."

낮은 목소리에 거실에 있던 사람들의 시선이 성준에게 쏠렸다. 그리고 그 한마디에 우현의 눈빛이 반짝거렸다.

"우현이랑 저, 옆집 살아요. 우리 이탈리아에서 공부하고 있는데 우현이가 말 안 했어요? 방은 두 개지만 우현이가 거실에서 지내면 되는 거고. 집은 좁지만 지낼 만해요."

채원의 눈이 동그랗게 커지자 성준이 미소 지었다.

"일정도 빠듯할 텐데 요즘 같은 성수기에 숙소 찾는 것도 일이에요. 혹시 모르니까 방 열쇠 줄게요. 뭐, 우현이가 싫다고 하면 제 방 쓰세요."

"야! 내가 언제 싫다고…… 음음."

성준의 장난스러운 말에 우현이 발끈했지만 곧 민망한지 헛기침을 했다.

"그래, 그렇게 해요. 나도 바로 옆에 살고 있으니 걱정 없고. 같은 한국 사람끼리 서로 돕고 사는 거지, 뭐. 얘네 둘 믿을 만해요. 허튼짓할라치면 내가 혼낼 테니 걱정 말고."

"아, 아니, 그래서 그런 게 아니라……."

다정한 혜진의 말투에 채원이 테이블을 둘러싸고 앉아 있는 사람들을 바라보았다.

"그게 문제가 아니라면 다른 건 문제 없는 거죠?"

성준의 부드러운 목소리가 그녀를 설득했다. 끼리끼리 어울린다는 말은 진리였다. 성준은 여자들의 심금을 울리는 감미로운 목소리를 가진 훈남이었다. 오히려 우현보다 형 같은 느낌. 채원이 수줍게 웃으며 고개를 끄덕였다.

그 모습을 가만히 바라보고 있던 우현은 기가 막힐 노릇이었다. 조심하라고 진심 어린 충고를 해준 것도, 전화 한 통에 다급하게 뛰어나가 그녀를 데리고 온 것도 그였다. 그런데 자신에게는 뚱한 표정만 보이더니 처음 만난 성준에게 상큼한 미소를 짓는 건 또 무슨 상황이란 말인가. 뭔가 주도권을 빼앗긴 듯한 느낌.

"결정 난 거죠? 그럼 가요. 가방은 저게 다예요?"

갑자기 자리에서 일어나는 성준을 따라 사람들이 몸을 일으켰다. 너무나 순식간에 결정된 일이라 어안이 벙벙한 채원도 함께 일어났다.

"그럼 먼저 가보겠습니다."

채원이 재빨리 가방을 들고 밖으로 나갔다.

"고맙다, 성준아."

성준의 옆에 선 우현이 조용한 목소리로 말했다.

"별말씀을."

하지만 고마운 건 고마운 거고, 성준의 뒤를 졸졸 따라가는 채원의 모습이 맘에 들지 않는 것 또한 사실이었다.

"근데……."

우현이 성준의 어깨에 척, 하고 손을 올려놓더니 채원의 캐리어를 낚아채 자신이 챙겨 들었다.

"멋있는 척하는 개인기는 쓰지 마라. 주특기인 목소리도 깔기도 하지 말고. 저 여자, 연하 싫어한다."

"야, 너 정말."

성준은 획 하고 앞서 걸어가는 우현의 뒷모습을 바라보며 혀를 찼다.

밖으로 나간 채원이 우현을 따라 옆 건물로 들어섰다. 그가 열쇠를 넣어 현관문을 열고는 옆으로 비켜섰다.

"실례하겠습니다."

슬쩍 눈치를 보던 채원이 안으로 들어갔다. 짙게 깔린 땅거미 사이로 쏟아져 내려온 불빛들이 거실에 있는 커다란 창문으로 새어 들어와 신비로운 분위기를 자아냈다. 창틀에는 작은 화분이 옹기종기 모여 있었고, 거실 한쪽에 있는 소파에는 셔츠가 제멋대로 걸려 있었다. 시리얼이 가득 담긴 유리병은 식탁 위에 자리를 잡았고, 한쪽 구석에 놓인 책장에는 책들이 빼곡하게 꽂혀 있었다. 작은 집이었지만 아늑하고 포근한 느낌이었다.

우현이 거실 서랍을 뒤적거리더니 열쇠를 찾아 채원에게 건넸다.

"이쪽 방이에요. 잘 때 문 잠그고 자요. 남자 둘만 있는 집이라 미안해요. 아, 그리고 한국에 전화해서 게스트 하우스 이모 한국 계좌로 여행 경비 보내달라고 해요. 여기서 뽑아서 쓰게."

우현의 말에 성준은 식탁 위에 있는 종이에 계좌번호를 적어 그녀에게 주었다.

"욕실은 저쪽이에요. 우리 잠깐 나갔다 올 테니까 씻고 짐 풀고 있어요."

"아, 저기요."

우현이 성준과 함께 밖으로 나가기 위해 돌아서자 채원이 두 사람을 붙잡았다.

"데리러 와주고, 여기에 있으라고 권해줘서 정말 고마워요. 그리고 민폐 끼쳐서 죄송해요."

채원이 고개를 푹 숙이며 감사하고 미안한 마음을 전했다.

"덕분에 우리도 오랜만에 시끌벅적하게 있으니 좋죠, 뭐."

밝은 우현의 목소리가 채원을 안심시켰다.

"우현이 친구면 제 친구예요. 부담 갖지 말아요."

따뜻한 성준의 음성이 그녀를 위로했다.

두 사람이 밖으로 나가자 채원이 빠르게 움직였다. 캐리어에서 샤워도구를 꺼내 욕실로 들어갔다. 하루 종일 쌓였던 피로가 시원한 물줄기를 따라 씻겨 내려가는 것만 같았다. 간단히 샤워를 마친 그녀가 밖으로 나왔다. 거실은 조용함을 넘어 적막했다.

땡땡. 어디선가 맑은 종소리가 들려왔다. 그리고 그 소리와 함께 채원의 휴대폰이 울렸다.

-여보세요? 한채원! 한채원 맞아? 이거 무슨 소리야? 괜찮아? 다친 곳 없어?

"선예야, 나야, 나. 진정해. 나 괜찮아."

-하아, 뭐야. 문자 보고 깜짝 놀랐잖아. 어떻게 된 거야?

걱정이 가득 담긴 선예의 목소리에 채원은 로마에 도착하자마자 벌어졌던 이야기를 풀어놓았다. 그녀의 예상대로 선예는 한껏 흥분해 소리를 질렀다.

-대박 사건. 이거 운명 아니야? 비행기 안에서 로맨스라니. 낭만이다, 낭만. 그 남자도 너한테 관심 있으니까 전화번호 남겼을 거 아니야. 그래서 뭐래? 같이 여행하재? 사귀자든? 네가 좋아 죽겠대?

채원의 입에서 절로 한숨이 나왔다. 우현을 처음 만난 것이 비행기가 아니라는 사실을 언급하지 않은 건 다행이었다. 말했다면 아마 이 정도로 끝나지 않을 것이 분명했다.

"오버 좀 그만해. 뭘 좋아 죽고, 뭘 사겨?"

문이 열리는 소리에 채원이 뒤를 돌아보았다. 우현이었다.

-한채원 씨, 네 머릿속에는 만약이라는 건 없냐? 네가 정해놓은 틀 안에서 생각하고 움직이는 거 좀 그만해. 이 고지식하고 답답한 여자야.

숨은 쉬는 건지, 선예는 쉴 새 없이 말을 이었다.

-그 남자가 머리에 총 맞았냐? 너한테 관심도 없는데 거기까지 달려와서 도와주게. 집까지 제공해줬다며. 그러니까 너도 까칠하게 철벽 치지 말고 오픈 마인드로 받아들이라고.

조용한 거실에 쩌렁쩌렁하게 울리는 음성에 민망해진 채원이 우현의 눈치를 살폈다. 얘가 기차 화통을 삶아 먹었나.

"야, 목소리 좀 줄……."

-이별은 또 다른 사랑으로 극복하는 거란다. 그리고 원래 영화에서 보면 이럴 때 나타나 도와준 멋진 남자와 썸을 타고……. 야, 한채원. 그 남자 멋져? 멋지냐고!

"어…… 어."

채원이 작은 목소리로 대답했다. 솔직히 잘생긴 건 사실이었으니까.

-그럼 통과. 두 사람 사이에는 사랑이 싹 트고 헤어짐이 아쉬운 두 남녀는 함께 뜨거운 밤을 지새우며…….

"이선예! 너, 너 가게 문 안 열어?"

얘, 얘가 미쳤나. 지금 무슨 소리를. 남과 함께 듣기에 민망한 말들만 해대는 선예 때문에 채원이 다급하게 말을 끊었다. 심지어 당사자가 뒤에 떡하니 버티고 있는 이 상황에 말이다.

-지금 여기 몇 신 줄 알아? 새벽이라고. 잠깐 깼는데 너 때문에 놀라서 전화한 거야.

"그, 그럼 그냥 더 자. 빨리 자라고."

-잠 다 깼는데 뭘 다시 자. 아무튼, 한채원! 에피소드 잔뜩 만들고 와. 내가 준 립스틱 그거 키스를 부르는 립스틱이니까 그 남자랑 진도 좀 더 빼도…….

"내가! 계좌번호 문자로 남길게. 부탁해!"

내가 이선예 때문에 미쳐. 채원이 재빨리 휴대폰의 통화 종료 버튼을 눌렀다. 등에서 우현의 뜨거운 시선이 느껴지는 것만 같았다. 얼굴이 화끈거리고 심장이 벌렁거렸다. 설마 다 들었나? 채원이 헛기침을 하며 슬쩍 뒤를 돌아보았다.

"치, 친구가 돈 보내주겠다고 하네요."

"잘됐네요."

별다른 반응이 없는 우현을 보니 다행히 자세한 통화 내용은 듣지 못한 것 같았다. 채원의 입에서 안도의 한숨이 흘러나왔다. 그리고 그 모습에 우현의 입꼬리가 장난스럽게 올라갔다.

"근데 채원 씨, 이탈리아에 온 첫날인데 이대로 지나가기 아쉽지 않아요? 피곤해요?"

우현의 질문에 채원이 고개를 가로저었다.

"낭만의 도시 로마에서 우리가 이렇게 운명적으로 재회했는데 그냥 보내기에는……."

그가 장난기 가득한 목소리로 말하며 채원에게 가까이 다가왔다.

"왜, 왜 이래요?"

느긋한 걸음으로 자신의 앞에 선 우현 때문에 채원이 한 걸음 뒤로 물러났다. 하지만 소파 등받이 때문에 더 이상 움직일 수 없었다. 소파와 우현 사이에 갇힌 채원. 가까운 두 사람의 거리, 그에게서 풍기는 시원한 향기가 그녀의 코끝에 머물렀다.

"피곤하지 않다면 우리 둘이서……."

"둘이 뭐요?"

채원이 침을 꼴깍 삼켰다. 자신을 바라보는 시선이 너무나 강렬했다.

"함께 뜨거운 밤을……."

둘이? 뜨거운 밤? 지금 이 방에는 두 사람뿐이었다. 우현이 진지한 얼굴로 더 가까이 다가오자 채원이 눈을 질끈 감았다. 아, 안 돼!

"미쳤어요?"

채원이 가느다란 팔을 힘껏 뻗었다. 그녀의 손이 우현의 얼굴을 일그러뜨리며 거칠게 밀어냈다. 손바닥 아래로 그의 뚜렷한 이목구비가, 오뚝한 콧날이, 촉촉한 입술이 그대로 느껴졌다. 그 적나라한 느낌에 심장이 뛰었다.

"정말 너무한 거 아니에요? 사람 얼굴을 이렇게 찌그러뜨리나?"

"마, 만난 지 얼마 됐다고 뜨거운 밤을 함께 보내요? 안 돼요!"

채원이 양팔로 자신의 몸을 감싸 안으며 큰 목소리로 외쳤다. 선예와의 통화를 다 들어놓고 모른 척하다니. 선예가 그렇게 말했다고 나를 정말 그런 여자로 알고 있는 건가? 그런 그녀의 모습에 우현이 갑자기 큰 소리를 내며 웃기 시작했다.

"왜, 왜 웃어요? 낯선 남자와 뜨거운 밤이라니 대체 절 어떤 여자로……."

우현의 웃음소리에 발끈한 채원이 소리쳤다.

"정말 나랑 뜨거운 밤 보낼 생각 없어요? 끝내줄 텐데."

"이봐요, 이거 성희롱인 거 알아요? 나 왕년에 태권도 좀 배웠어요."

"정말 후회 안 하겠어요?"

"후회 안 하거든요?"

"대충 준비해요. 야경 보러 가게."

"이 남자가! 뭘 준비하라는 거예요! 저 그렇게 쉬운 여자 아니……. 네?"

시뻘게진 얼굴로 앙칼지게 소리치던 채원이 갑자기 멍한 표정으로 우현을 바라보았다.

"나 홀로 떠나는 유럽여행 이탈리아 편. 별표 다섯 개. 이건 꼭 봐야 해."

아직도 달음박질치는 심장을 부여잡은 채원이 고개를 갸우뚱했다.

"첫 번째, 콜로세움 야경."

우현은 채원이 여행 책자에 적어놓았던 글을 눈에 보이듯 읽어 내려갔다.

"야경 보면서 한여름의 덥고 '뜨거운 로마의 밤'을 함께 보내자고요. 콜로세움 야경, '진짜 끝내'주거든요. 성희롱이라니, 대체 그 작은 머릿속으로 무슨 생각을 한 거예요?"

아직 자신의 몸을 양팔로 감싸고 있는 채원의 얼굴은 토마토처럼 변해 있었다.

"가요. 이탈리아에 온 기념으로 저녁은 제가 살게요."

우현이 뒤돌아서자 채원이 민망한 듯 헛기침을 하더니 그의 뒤통수를 째려보았다. 아니, 그냥 평범하게 야경 보러 가요, 라고 하면 될 것을 뜨거운 밤을 보자는 둥 왜 오해의 소지가 다분한 말을 한단 말인가. 하여간 능글맞기는. 콱, 그냥.

"근데."

갑자기 획, 돌아선 우현. 채원이 구겨졌던 입술을 다급하게 펴며 겸연쩍게 웃어 보였다.

"시간이 좀 지나서 내가 안 낯설어지면 그땐 뜨거운 밤 함께 보내도 되는 거예요? 낯선 남자는 안 된다면서요."

"뭐라고요?"

"아, 채원 씨랑 빨리 친해져야겠다."

"진짜! 그만 안 해요?"

콜로세움 근처에 도착한 두 사람. 역사를 고스란히 간직한 고풍스러운 건축물에 쏟아진 조명으로 인해 오래된 도시는 신비롭게 빛났다. 채원은 이 모든 것들을 한 장면도 놓치지 않겠다는 듯 반짝이는 눈동자를 아주 천천히 깜빡거렸다.

"아직도 삐졌어요?"

우현이 군침이 돌 만큼 고소한 냄새를 풍기는 피자 조각을 채원에게 건네며 물었다.

"저 그렇게 소심하지 않거든요?"

금세 발끈해서 이야기하는 채원의 모습에 우현이 웃으며 알았다는 듯 고개를 끄덕이더니 돌 바위 위의 모래를 털어냈다.

"여기 앉아요. 배고플 텐데 어서 먹어봐요."

하지만 바위 위에 앉아 가만히 피자를 바라보고 있는 채원.

"왜요, 뭐 문제 있어요? 이 피자가 별거 아닌 것 같아도 로마에서 가장 맛있어요. 제가 책에 적어놨었죠? 로마 최고의 피자 가게라고."

"아니, 그런 게 아니라……."

사람들이 오고 가는 길바닥에 주저앉아 무언가를 먹어본 적이 없었던 채원은 처음 겪어보는 상황에 어색하게 웃어 보였다. 우현이 포장지를 뜯더니 피자를 가득 베어 물었다. 보는 사람 침 넘어갈 정도로 맛있게 먹는 모습에 망설이던 채원도 입으로 피자를 가져갔다.

"우아. 대박."

금세 그녀의 입술에 화사한 미소가 걸리자 우현도 따라 웃었다. 채원은 언제 먹는 것을 망설였냐는 듯 덥석덥석 잘도 먹었다.

"이 정도면 로마에서 가장 잘생기고 매력적인 가이드라고 불러도 괜찮지 않아요? 진짜 유능한 가이드는 맛집을 잘 찾아야 한다고요."

우현의 장난스러운 말투에 채원이 큰 소리를 내어 웃었다.

"로마에서 '가장'을 빼면 그렇게 나쁘지는 않아요."

"유럽여행 처음이라면서 숙소는 어떻게 예약했어요?"

"원래는 호텔에 같이 머물기로 했……."

신이 나서 말을 잇던 채원이 순간 멈칫하더니 헛기침을 했다.

"며, 며칠 전에요. 친구 소개로 예약했어요."

채원이 다급하게 피자를 크게 베어 물었다. 우현이 시선이 그런 그녀에게 머물렀다. 입가에 걸린 쓸쓸한 미소에, 스스로에게 말할 틈조차 주지 않고 피자를 입안으로 꾸역꾸역 집어넣는 모습에 마음이 좋지 않았다.

"아무리 피자가 맛있어도 그렇지, 뭘 그렇게 묻히고 먹어요."

우현이 자연스럽게 손을 뻗었다. 자신에게 다가오는 손길에 그녀가 순간적으로 눈을 질끈 감았다. 어둠이 시야를 점령한 찰나의 시간, 익숙하지 않은 손가락이 그녀의 입술 주변을 스치고 지나갔다. 그 낯선 느낌에 온몸에 긴장감이 맴돌았다. 짧은 침묵.

"눈 떠도 괜찮아요."

그리고 귓가에 울리는 낮은 음성. 채원이 눈을 번쩍 떴다.

"그, 그냥 눈이 좀 시려서……."

둘 사이에 흐르는 침묵이 묘한 긴장감을 만들었다. 채원이 힐끔, 우현을 바라보았지만 그는 개의치 않는다는 듯 눈을 감고 잔잔하게 불어오는 바람을 맞고 있었다.

"첫 해외여행이라면서요. 이탈리아로 오게 된 이유가 있어요?"

한참 동안의 침묵을 깨고 우현이 입을 열었다. 그의 질문에 일순 채원의 눈동자에 그늘이 졌다.

"이곳은 제게…… 가장 소중했던 사람이 가장 좋아한 나라예요."

작게 중얼거리는 채원의 목소리에 우현이 미간을 찌푸렸다. 애초에 채원이 이곳에 함께 오기로 한 사람이 그녀의 전 남자친구임을 알고 있었다. 하지만 그녀의 입으로 직접 확인하자 기분이 가라앉았다. 지금 이곳에서 자신과 함께 앉아 야경을 바라보며 누구를 생각하고, 누구를 그리워하고, 누구와의 추억을 떠올리는지. 머릿속이 엉망진창이 돼버린 것 같았다.

"고마워요."

그리고 그 혼란스러운 감정을 가르며 들려오는 목소리.

"엉망이 될 뻔한 여행에서 절 구해줘서. 이렇게…… 설레게 해줘서. 뭐, 조금 짓궂기는 하지만요."

저 입에서 흘러나오는 '과거의 시간들'은 듣고 싶지 않았다. 과거로 인해 씁쓸하게 미소 짓는 모습은 절대 보고 싶지 않았다.

지난 며칠 동안 정신없었던 채원과의 만남들. 그때마다 그녀에게서 보았던 다양한 모습들. 수줍음, 토라짐, 분노, 눈물, 호기심 가득한 얼굴, 그리고 미소. 지금처럼 조금 들뜬 그녀의 목소리가 계속 듣고 싶었다. 다가가고 싶었다. 함께 웃고 싶었다. 이 여자에 대해, 좀 더 알고 싶었다.

"나 관심도 없는 여자 일에 헐레벌떡 달려와서 도와주는 실없는 남자 아니에요. 누구 말처럼 머리에 총 안 맞았거든요."

채원을 바라보는 그의 눈빛에는 다정함이 묻어났다. 나는 당신이 애잔한 사랑에 더 이상 아프지 않길, 맑은 눈동자에는 환희의 빛이 일렁이길 원한다고. 당신의 그 설렘 가득한 얼굴이, 꽃 같은 미소가 계속되길 바란다고. 그리고 지금 그 설레는 감정이 당신의 찬란했던 사랑의 순간들을 떠올릴 때보다 더 크기를 바란다고.

"친구가 말하는 그 에피소드, 나랑 만들어보는 거 어때요?"

예고 없이 치고 들어오는 당돌한 말에 채원이 숨을 집어삼켰다.

"누가 그러더라고요. 영화에서 보면 여자 주인공은 힘들 때 짠, 하고 나타나서 도와준 멋진 남자 주인공에게 호감을 느끼고……. 아, 아까 저 멋지다고 한 거 다 들었어요. 통과라면서요?"

채원의 작은 입이 당혹감에 점점 벌어졌다.

"아무튼 그런 두 사람 사이에 사랑이 싹 트게 된다고. 그리고 마음이 통한 두 남녀는 함께 뜨거운 밤을 보내며……."

"지, 지금 뭐라고 하는 거예요?"

우현은 채원이 시뻘게진 얼굴로 발끈하며 소리치자 더 장난스러운 말투로 입을 열었다.

"거, 뭐냐, 그 비밀병기라는 키스를 부르는 립스틱도 좀 꺼내서 발라요. 팍팍 진도 좀 빼게."

당황한 눈빛으로 자신을 바라보는 그녀의 모습에 그의 입가에 절로 미소가 그려졌다.

"어때요? 복잡한 건 잠시 잊어버리고 지금부터 나하고 썸…… 타볼래요?"

"하아, 졸려. 그냥 집에 들어가서 잘까?"

선예는 시내에 위치한 자신의 커피숍 밖의 테이블에 앉아 크게 하품을 했다. 오늘 새벽, 채원의 문자에 놀라 깨고 난 이후로 다시 잠을 청하지 못했다.

"분명 그 남자랑 뭐가 있는 것 같은데 말을 안 한단 말이야. 요즘 수상한 게 한두 가지가 아니야. 클럽 간 다음 날에도 남자 신발 신고 와놓고 시치미 뚝 떼고."

선예가 눈을 가늘게 뜨며 아랫입술을 질끈 깨물었다.

"누나!"

"아, 깜짝이야! 얘가 왜 소리를 지르고 그래? 우아하지 못하게 말이야."

선예는 자신의 귀에 바짝 대고 소리치는 아르바이트생 민혁의 목소리에 발끈했다.

"아무리 소리쳐도 제가 누나의 큰 목소리만큼 우아하지 못할까요."

"야! 너 자꾸 그러면 잘라버린다?"

민혁의 장난에 선예가 발끈해서 큰 소리로 외쳤다. 그러더니 늘씬하게 뻗은 긴 다리를 다른 방향으로 꼬며 민혁을 바라보았다.

"근데 왜 불렀어?"

"오늘 저 좀 일찍 들어가면 안 돼요?"

"안 돼."

"나 참, 이유 좀 물어보고 대답해주면 안 돼요?"

"할머니 제사는 지났고, 아버지 생신도 지났고. 너한테 새로운 여자친구가 생기지 않은 이상 당분간 기념일도 없고."

"어떻게 이 가게는 사생활이라는 게 없어요?"

"사장은 원래 직원들의 사생활에 대해 꿰고 있어야 하는 법이지."

"저 여자친구랑 헤어졌잖아요. 그래서 오늘 소개팅. 엄청 예쁜 동생이래요."

"절대 안 돼! 나 잠 못 잤어. 일찍 들어가서 잘 거야. 너 오늘 마감하고 들어가."

"정말 너무한 거 아니에요? 8살이나 어린 동생 소개팅에 샘내지 말라고요."

"시끄러. 꼬우면 네가 사장 하든가."

"이건 정말 권력 남용이야. 잠은 왜 못 잤어요?"

"네가 너무나 좋아하는 한채원 누나 걱정하느라고."

"아, 저도 들었어요. 채원이 누나 남자친구가 걱정이 이만저만이 아니겠어요."

민혁의 말에 선예가 어색하게 웃었다. 헤어졌다고 말해야 하나, 망설이는 순간 선예의 고막을 자극하는 민혁의 한마디.

"안 그래도 준서 형님한테 채원이 누나 이탈리아 가서 다 털렸다고 말하니까 엄청 놀라더라고요."

숨을 멈춘 듯 미동도 하지 않던 선예가 천천히 고개를 들고 민혁을 바라보았다.

"너 그게 무슨 소리야? 누구한테 뭘 말해?"

"준서 형님이요. 오전에 여기 왔었거든요. 근데 채원이 누나가 형님한테 연락 안 했었나 봐요? 처음 듣는 것 같던데. 걱정할까 봐 그랬나?"

순식간에 선예의 미간이 구겨졌다. 눈빛은 험악하게 변했다.

"잘 해결됐다고 말했는데도 그 표정 없는 형님 얼굴이 딱딱하게 굳는데 저 무서워 죽는 줄……. 누나? 괜찮아요?"

"어? 어. 여긴 왜 왔대?"

"그냥 지나가다가 들렀대요. 채원이 누나 여기 자주 있으니까 와봤겠죠, 뭐."

민혁의 대답에 선예가 한숨을 내쉬었다.

"널 보면 정말 신은 공평하다는 생각이 든다. 그래, 얼굴이라도 훌륭한 게 어디냐."

이 멍청한 녀석아. 평일 오전에 채원이가 여기 왜 있니, 출근해야지.

"가서 일해. 내가 있을 테니까 오늘 일찍 집에 가. 이왕 소개팅하는 거 확실하게 성공해라. 아니면 다시 일할 생각도 하지 마."

"아자! 사랑해요, 누나!"

민혁이 신이 나서 소리치더니 커피숍 안으로 들어갔다. 하지만 선예의 얼굴은 다시 심각해졌다.

"여길 왔다고? 그것도 오전에는 내가 없는 거 뻔히 알면서 그 시간에 일부러?"

다른 여자가 있다고 매몰차게 차버릴 때는 언제고. 처절하게 버려놓고는 왜 도둑고양이처럼 몰래 염탐하듯 이곳에 왔단 말인가.

선예의 시선이 휴대폰에 꽂혔다. 에이, 말자. 전부 잊으려고 떠난 여행이다. 괜한 고민거리를 안겨주고 싶지 않았다.

"망할 놈. 이런 십장생 후레지아 시베리안 허스키 자식. 다시 건들기만 해봐, 이십세기 사발면 놈아. 내가 가만 안 둘 테니까."

시원하게 욕을 한 사발 퍼부은 선예는 아이스커피를 원 샷 하고는 커피숍 안으로 들어갔다.

"생각보다 별로였어요. 정말 영화 로마의 휴일 기대했었는데."

진실의 입에서 나온 채원의 목소리에 실망감이 가득 묻어났다.

"내가 말했잖아요. 사람 너무 많아서 정신없다고. 다음은 어디 가고 싶어요?"

"나보나 광장이요. 거기 야경이 끝내준다면서요."

아침부터 여기저기 돌아다니느라 힘들 만도 한데 채원에게는 그런 기색이 전혀 없었다. 모든 것들이 신기하고 즐거운지 종일 붉은 입술에는 미소가 걸렸고, 입술 사이에서는 환호성이 튀어나왔다.

"다시 말하지만 그 여행 계획표대로 하려면 보통 체력으로는 안 돼요."

우현의 말에 채원이 입을 삐죽거렸다. 그녀의 가방에는 여행 책자와 함께 자신이 프린트까지 해온 여행 일정표가 있었다. 이걸 만드는 데 한 달이라는 시간이 걸렸다. 설레는 마음으로 여행일정을 짜서 전 남자친구에게 프린트까지 해서 줬지만 별 감흥이 없어 실망했었다.

"그래도 나보나 광장 가는 길에 젤라또 먹기 정도는 힘 안 들이고 할 수 있겠죠."

우현이 눈썹을 꿈틀거리며 장난스럽게 미소 짓더니 채원의 손목을 획, 잡아끌었다. 길가에 있는 젤라또 가게로 들어가자 채원은 헛기침을 하더니 강한 손길에서 슬쩍 벗어났다. 팔을 잡힐 때마다 움찔 놀라는 자신이 이해가 가지 않았다. 오늘만 벌써 몇 번째인지. 이유는 전부 '사람이 많아 길을 잃을까 봐.'였다. 무슨 어린애도 아니고.

"어떤 거 먹을래요?"

정말 환장하겠는 건 자신의 손목을 잡을 때도, 손목을 떼어낼 때도 전혀 개의치 않는 저 남자였다. 어젯밤 잠도 제대로 못 자도록 이상한 말을 해놓고는 아무렇지 않다는 듯 행동하는 모습에 괜히 심술이 났다.

"이거요."

우현이 채원이 주문한 젤라또를 내밀었다. 먹음직스러운 비주얼에 채원이 침을 꼴깍 삼켰다. 입안 가득 젤라또를 집어넣자 달달함이 전신을 휘감았다. 횡단보도가 나오자 두 사람이 멈춰 섰다.

"자기야, 아."

옆에서 들려오는 간지러운 목소리에 채원이 고개를 돌렸다. 딱 봐도 신혼여행을 온 듯한 커플은 태초부터 자신들이 한 몸인 듯 딱 붙어서 함께 젤라또를 먹고 있었다.

채원은 오글거리면서도 한편으로는 부럽기도 했다. 만약 준서 씨와 함께 왔다면……. 자기야, 라니 상상도 못 할 일이다. 그녀가 스스로 생각해도 어이가 없다는 듯 코웃음을 쳤다. 그 소리에 옆의 커플이 그녀를 바라보았다. 순간 눈이 딱 마주치자 채원이 흠칫 놀랐다. 코웃음이라니, 오해의 소지가 다분했다.

"아, 그게 아니라……."

여자가 미간을 찡그리더니 그녀의 말을 다 듣지도 않은 채 따지려는 찰나.

"자기야, 젤라또를 그렇게 급하게 먹으면 어떡해? 사레들린 거지? 괜찮아?"

자, 자기야? 나 말이야? 지금 이 말이 자신이 옆에 서 있는 우현의 입에서 나온 말이 맞단 말인가.

"자기는 이슬만 먹게 생겨서 은근히 식탐 많더라? 안 뺏어 먹으니까 천천히 먹어."

자기? 이슬? 식탐?

"파란불 켜졌다. 어서 가자."

그러더니 장난기 가득한 얼굴로 그녀의 손을 덥석 잡고는 옆의 커플을 뒤로한 채 걸어갔다.

"뒤돌아보지 말고 걸어요."

저기요, 우리가 무슨 첩보 작전 펼칩니까. 007이에요?

"오해예요. 비웃으려고 한 게 아니었어요. 다른 생각 하다가……."

"그래도 고맙죠? 고마우면 나한테도 자기야, 한번 해줘요."

"돼, 됐거든요!"

채원이 큰 목소리로 소리치며 우현의 손목을 뿌리치고 앞서 걷자 조금 전 커플이 뒤에서 수군거렸다.

"싸웠나 봐. 여자가 성격이 좀 있는 거 같더라. 생긴 것도 그렇게 생겼잖아."

아니, 저 사람들이 진짜. 얼굴이 붉어진 채원이 주먹을 움켜쥐자 그 모습을 본 우현이 억지로 웃음을 참으며 큰 소리로 외쳤다.

"미안해, 자기야. 내가 잘못했어. 같이 가!"

그만하라고! 내가 앞으로 자기 소리 부러워하나 보자!

그 어떤 광장보다도 장대한 로마의 나보나 광장. 늦은 시간임에도 이곳으로 모여든 사람들 때문에 광장은 생동감이 넘쳐흘렀다. 광장에 위치한 3개의 분수 주변으로 물이 고여 있었고, 분수대에서 쏘아 올리는 조명으로 낭만적인 분위기가 연출됐다.

"어때요? 기대한 만큼 괜찮아요?"

광장을 둘러싼 레스토랑 앞에서 연주를 하는 사람들에게 마음을 뺏긴 채원이 우현의 질문에 격하게 고개를 끄덕였다. 주변의 노천카페에 앉아 있는 사람들은 와인 한 잔과 함께 농익은 분위기를 즐겼다. 화폭에 그림을 그려주는 거리의 화가들은 광장과 어우러져 낭만을 한층 고조시켰다. 그 누구의 얼굴에도 그늘은 없었다.

"한국에서는 이런 모습들이 흔하지 않잖아요. 서로 눈치 보고 체면치레하기 바쁘고. 저 사람 보여요? 저렇게 춤 못 추면 한국에서는 아마 욕했을걸요?"

"그랬겠죠."

"다들 이래서 해외여행 오나 봐요. 여기선 제가 길바닥에 앉아 음식을 먹어도 이상하게 보는 사람이 없잖아요. 소소한 일탈?"

야경에 빛나는 분수처럼 그녀의 눈동자도 반짝거렸다.

"저 사람들 굉장히 행복해 보여요. 아마도 오랜 기간 서로를 알고 사랑하고 있는 거겠죠?"

우현이 채원의 시선을 따라 한 곳을 바라보았다. 젊은 남녀 커플은 서로의 허리를 끌어안고 음악에 맞춰 춤을 추다가 베이비키스를 했다.

"글쎄요. 오래도록 사랑했을 수도 있고. 오늘 처음 만나 사랑에 빠졌을 수도 있고. 저는 후자에 한 표."

그 말에 채원이 말도 안 된다는 듯 우현을 바라보았다.

"왜요, TV에 많이 나오잖아요. 실제로 첫눈에 사랑에 빠져서 결혼까지 한 커플들. 거기다 여행지에서도 많이들 만나 사랑에 빠지잖아요."

"그건 낯선 환경에서 오는 두근거림을 그 사람에 대한 설렘으로 착각하는 거라고요. 흔들다리 효과. 스릴 있는 놀이기구 같은 것을 탈 때 심장의 떨림을 이성에 대한 호감으로 착각하는 거 말이에요."

채원의 단호한 대답에 우현이 어깨를 으쓱하며 말했다.

"뭐, 그럴 수도 있겠지만 그렇게 복잡하게 생각할 필요는 없잖아요. 여기는 로마예요. 낭만의 도시. 충분히 가능하다고요. 지금 이 순간 누군가와 사랑에 빠진다면 여기보다 더 좋은 장소는 없어요."

채원이 고개를 돌려 광장을 한 바퀴 바라보았다. 은은한 조명, 흐르는 음악, 낭만, 설렘. 이곳은 모든 것을 다 가지고 있었다.

"하긴 그럴 수도 있겠네요."

살짝 들뜬 목소리의 채원이 시선을 돌려 다시 그 커플을 바라보았다.

"채원 씨도 춤추고 싶어요?"

"저요? 저 완전 몸치예요. 사실 해보고 싶긴 한데 아직 여기서 춤출 용기는 없어요."

채원의 말이 끝나자마자 우현이 자리에서 일어나 그녀 앞에 섰다. 그러더니 불쑥 손을 내밀었다.

"자요. 용기 없어서 혼자 못 하는 거 같이해봐요."

어느새 음악이 바뀌었는지 잔잔한 재즈가 흐르고 있었다. 방금까지 신나게 몸을 흔들었던 커플들이 서로를 끌어안으며 분위기를 타고 있었다.

"저 정말 춤 못 춰요."

"저도 오늘이 첫 도전이에요. 발 밟는 거 정도는 그냥 넘어갈 테니까 제대로 에스코트 못해도 좀 봐줘요."

눈썹을 치켜 올리며 우현이 채원을 재촉했다. 커다란 손이 그녀를 기다리고 있었다.

"아무리 작은 일이라도 일탈이 얼마나 짜릿한 건지 모르죠?"

신선한 바람이 불어왔다.

"장담컨대 아마 지금보다 조금 더 설렐 거예요."

낮은 목소리로 속삭이는 달콤한 유혹을 이기지 못한 채원이 그의 손을 붙잡았다. 우현이 채원의 한 손을 잡고 그녀의 다른 한 손을 자신의 어깨에 올렸다.

"잠깐 실례."

그러고는 그녀의 허리를 강한 팔로 휘감았다. 부쩍 가까워진 둘 사이의 거리에 채원이 쑥스러운 고개를 숙였다. 광장에 잔잔하게 울려 퍼지는 어느 무명 가수의 목소리는 달달한 고백이라도 하듯 감미로웠다. 느릿한 음악에 맞춰 두 사람이 천천히 움직였다.

"앗, 미안해요."

채원은 우현의 발을 밟기도 하고.

"음음."

자꾸만 서로에게 닿자 그 어색함에 헛기침도 했다.

"원 투 차차차. 원 투 차차차."

재즈 음악에 맞지 않는 우스운 우현의 장단에 고개를 뒤로 젖히며 크게 웃기도 했다. 우현의 손을 붙잡고 한 발 한 발 걸음을 옮기며 음악에 몸을 맡기는 것이 영 어색했지만 즐거웠다. 그의 말대로 작은 일탈은 짜릿했다. 그리고 조금 더 설레었다. 그것이 선예 말대로 지금까지 갑갑하게 지내왔던 그녀의 삶에 찾아온 작은 변화 때문인지, 아니면 눈앞의 근사한 남자 때문인지 확실하지 않았다. 이따금씩 마주치는 그의 눈빛은 서글서글했고, 느릿한 움직임에 따라 살짝 맞닿은 살갗은 습한 날씨에도 불구하고 보송보송했다.

어느새 광장을 가득 메우던 음악이 끝나고 둘의 움직임도 멈췄다. 하지만 두 사람은 마주 잡은 손을 놓지 않은 채 서로를 바라보고 있었다. 시끄러운 사람들의 소리도 들리지 않았다. 그저 서로의 숨소리만 선명하게 들릴 뿐이었다.

채원의 눈동자가 흔들렸다. 자신을 따뜻하게 내려다보는 눈빛이, 오뚝한 콧날이, 다정하게 제 이름을 부르던 입술이 보였다. 그 눈빛에 갇혀버린 듯 움직일 수 없었다.

서로의 호흡이 조금씩 가깝게 느껴지고 있다 느낄 찰나.

[죄송합니다.]

누군가 채원의 어깨를 세게 밀어냈다. 그 힘에 밀린 그녀가 우현의 품에 폭 안겼다. 깜짝 놀란 그녀가 재빨리 그에게서 빠져나왔다.

"괜찮아요?"

"아, 네! 그, 그럼요! 멀쩡해요!"

채원이 누가 봐도 어색하게 돌아섰다. 이건 또 무슨 발연기란 말인가.

"정말 괜찮은 거 맞아요?"

"당연하죠! 완전 멀쩡하죠! 밤이 깊었네요. 어서 돌아가요."

국어책이라도 읽듯 딱딱한 말투에 우현이 재미있다는 듯 미소 지었다. 채원은 조금 전 두 사람 사이에 묘한 공기가 흘렀다는 사실을 이제야 깨달은 것 같았다. 아마도 누군가 그녀의 어깨를 치고 가지 않았으면 어땠을까를 상상하니 뒤늦게 민망함이 밀려왔으리라. 당황한 뒷모습을 보니 자꾸만 놀리고 싶어졌다. 하얀 피부가 수줍음에 붉게 물들어가는 모습이 보고 싶었다. 마침, 두 사람 옆으로 한국인 커플이 지나가자 우현의 입꼬리가 올라갔다.

"자기, 혼자 가지 말고 같이 가!"

우현의 입에서 또다시 나온 자기야 소리에 채원이 재빨리 뒤를 돌아보았다.

"자, 자기? 진짜!"

그가 순식간에 그녀 옆을 스쳐 지나갔다.

"자기, 빨리 안 오면 두고 간다!"

"그만 안 해요?"

티격태격. 요란스러운 공기 사이로 우현의 시원한 웃음소리가 번졌다. 채원의 수줍은 목소리가 잔잔하게 흘러갔다.

집으로 돌아가는 지하철 역. 관광지 근처여서 그런지 늦은 시간이었지만 사람들이 많았다.

채원은 눈을 흘기며 우현을 바라보았다.

"정말, 사람이 왜 그렇게 능글맞아요?"

"그걸 또 매력이라고 하는 여자들도 많아요."

말해서 뭐하나. 채원이 어이가 없다는 듯 고개를 저었다.

부앙. 시끄러운 소리와 함께 지하철이 도착했다. 바람을 일으키며 들어오는 지하철 때문에 채원의 머리카락이 무질서하게 흩날렸다.

"사람 많으니까 조심……."

"이크."

우현의 말이 끝나기도 전 지하철을 타기 위해 우르르 몰려든 사람들의 힘에 밀린 채원의 몸이 한쪽으로 기울었다. 그 순간을 놓치지 않고 우현이 그녀를 붙잡았다. 채원의 팔목을 단단히 붙잡은 힘이 그녀를 지하철 안으로 이끌었다. 영화 속에서 자주 등장하는 장면처럼 지하철과 우현 사이에 갇히게 된 채원. 생각보다 가까운 우현과의 거리에 시선을 어디에 둬야 할지 몰라 고개를 숙였다.

"집까지 오래 걸리지 않으니까 조금만 참아요."

머리 위에서 달래듯 잔잔한 목소리가 울려 퍼지자 채원이 고개를 끄덕였다. 지하철이 출발하자 순간 그녀의 몸이 앞쪽으로 기울며 우현의 가슴에 이마를 콩, 하고 박았다.

"미, 미안해요."

당황한 채원이 재빨리 제 몸을 그에게서 떼어냈다. 우현이 가로막고 있어 다른 사람들과의 부딪힘은 없었지만 잡을 곳이 없어 방치된 몸은 자꾸만 이리저리 기울었다. 우현에게 다가가면 시원한 향이 풍겨왔고 멀어지면 그 향기가 코끝에 떠다녔다. 준서에게서 늘 맡았던 진한 스킨 향이나 담배 향과는 다른, 상쾌한 향이었다. 더운 날씨의 소매 없는 셔츠로 인해 두 사람의 살갗이 자꾸만 닿았다 떨어졌다. 많은 사람들이 같은 공간에서 같이 숨을 쉬고 있었지만 서로의 숨결만이 짙게 느껴졌다. 그와의 거리를 두기 위해 애썼지만 흔들리는 지하철은 두 사람 사이를 자꾸만 밀고, 그리고 당겼다. 잠시 멈춰 선 지하철이 다시 출발하자 채원의 몸이 앞쪽으로 기울며 우현의 품에 안겼다.

"미안……."

채원이 우현에게서 멀어지려는 순간, 그의 단단한 손이 그녀의 팔을 붙잡아 자신의 팔 위에 올려놓았다. 그녀는 자신의 손바닥 아래로 단단한 팔뚝이 느껴지자 어색함에 어쩔 줄 몰랐다.

"꽉 붙잡고 있어요. 자꾸…… 왔다 갔다 나랑 밀당 하지 말고."

약간은 거친 목소리가 전신을 휘감자 채원이 고개를 번쩍 들었다. 하지만 코끝에 바로 그의 입술이 닿을 듯 가까이 있자 숨을 집어삼켰다. 고개를 돌려야 하는데 돌릴 수가 없었다. 아마도 자신처럼 그의 시선이 그녀의 입술에 머물렀기 때문이니라.

덜컥, 소리와 함께 멈춰 선 지하철. 잡고 있던 우현을 놓친 채원의 팔을 그가 재빨리 붙잡아 제 쪽으로 확 끌어당겼다. 그리고 그 순간 촉촉한 무언가가 그녀의 입술에 닿았다. 서로의 입술 위를 스쳐 지나간 부드러운 감촉은 금세 멀어졌다.

놀란 두 사람의 눈동자가 정면으로 부딪쳤다. 순식간에 둘 사이에 불어오던 잔잔한 공기 사이로 뜨거운 열기가 쏟아져 내렸다.

고요한 거실. 소파에 길게 누운 우현이 몸을 이리저리 뒤척였다. 누워서 잠을 청한 지도 한 시간이 넘었다. 잠들기 위해 다른 생각도 해보고, 양도 세어보았지만 머릿속에는 한 가지 생각만 가득했다. 한채원과의 입맞춤.

"아니, 뭐, 그게 큰일인가? 그냥 잠깐 입술이 스쳐 지나간 거지."

솔직히 입맞춤이라고 보기도 어려웠다. 덜컹거리는 지하철 안에서 중심을 잡지 못하고 기우뚱거리다 그냥 서로의 입술이 부딪친 것이었다.

"그냥 인사야, 인사. 촌스럽게 왜 이래, 최우현?"

어렸을 때부터 외국에서 생활했던 그였다. 그 정도는 인사로 가볍게 치부할 수도 있었다. 그런데 문제는 지금 그 '가볍게'가 되지 않는 자신이었다. 눈을 감으면 가까이 있던 채원의 붉은 입술이 떠올랐고, 코끝에는 알싸한 복숭아 향기가 맴돌았다.

"근데 입술에 뭘 바른 거지? 설마…… 그 비밀병기 립스틱? 하아, 내가 지금 뭐라고 하는 거야?"

소파에 누웠던 몸을 일으킨 우현이 커다란 손으로 제 머리를 거칠게 헤집었다. 말은 그냥 입술 부딪침이라고 하긴 했지만 집에 도착해 샤워를 하고 나서도, 가만히 누워서도 계속 머릿속에서는 한 가지 생각밖에 나지 않았다. 찰나의 순간이었지만 채원의 입술의 부드러움은 너무나 적나라하게 느껴졌다. 그때부터 심장이 비정상적으로 뛰고 머릿속이 혼란스러웠다.

"무슨 첫 키스에 밤잠 설치는 10대도 아니고."

"자든지 일어나든지 하나만 해라. 아까부터 뭘 그렇게 혼자 중얼거려?"

식탁 앞에 앉아 공부를 하고 있던 성준이 그런 우현을 보다 못해 혀를 찼다.

"하긴, 그게 뭐, 별일이라고. 나 참, 이건 뭐, 변태도 아니고."

하지만 그런 성준의 말을 듣는 둥 마는 둥 딴생각에 빠진 우현은 혼자 중얼거리며 고개를 돌렸다. 제 방은 수줍은 색시처럼 얌전하게 불이 꺼져 있었다.

'오늘 즐거웠어요. 푹 쉬어요.'

집에 도착해 밝은 목소리로 자신에게 인사를 건네던 채원이 떠올랐다. 계속 뒤척이는 자신과 달리 편안하게 누워 잠을 청하고 있을 그녀를 생각하니 괜히 심술이 났다.

"아니, 아무리 그래도 그렇지."

입술이 닿았다, 입술. 근데 정말 아무렇지도 않단 말인가. 그 통화하던 친구가 한채원은 고지식한 여자라고 하지 않았었나? 그런 여자가 낯선 남자와의 입맞춤에 저렇게 아무렇지 않단 말이야?

"왜 그렇게 네 방문을 노려봐? 잡아먹을 기세로? 아니면 채원 씨랑 뭐라도 있었어?"

우현의 원맨쇼를 지켜보던 성준이 그에게 물었다.

"아무 일도 없었거든! 특별한 거 단 하나도 없었어."

"깜짝이야. 아니면 아니지 왜 소리는 지르고 그래?"

"내가 지금 소리 안 지르게 생겼어?"

"얘가 정신이 나갔나. 너 뭐, 그날이냐? 잘 나갔다 와서 왜 그래? 그리고 네 말에 조언해주자면 너 변태 맞아. 생각에 도움이 될까 싶어서 해주는 말이니까 새겨들어라."

"좋겠다. 친구가 변태여서."

투덜거리던 우현이 자리에서 일어나 욕실로 걸어갔다.

"어디 가?"

"샤워."

"이 시간에? 아까 씻었잖아."

"네가 뭘 알겠니."

네 변태 친구는 샤워라도 해서 이 후끈거리는 몸을 좀 식혀야겠다.

"채원 씨, 이쪽이요!"

채원이 우현의 듬직한 등을 뒤따라 달렸다. 두 사람은 한 건물의 카페 처마 아래 섰다. 하루 종일 맑았던 날씨가 거짓말이었다는 듯 늦은 오후 갑자기 하늘에 가득 찬 먹구름은 한 가닥의 빛조차 허용하지 않았다. 그리고 조금씩 내리던 비는 시간이 지나자 점차 거세졌다.

"이 상태면 내일까지도 엄청 쏟아질 것 같은데. 괜찮아요? 많이 젖었어요?"

"하루가 아까운데…… 거기다 왜 하필 내일……."

우현이 어깨에 메고 있던 가방 안을 뒤적거리더니 손수건을 찾아 그녀에게 건넸다.

"손수건도 가지고 다녀요?"

"제가 원래 좀 섬세하고 매너가 좋아요."

채원의 시선이 장난기를 가득 품고 미끈하게 올라간 우현의 입술에 닿았다. 그녀의 머릿속에 자연스럽게 어제의 입맞춤이 떠올랐다. 그리고 밤새 뒤척거린 자신도.

집으로 돌아오는 내내 두 사람은 쓸데없는 예능 프로그램 이야기를 하거나, 유행이 지난 개그로 어색함을 달랬다. 하지만 말이 끊기는 동안 흐르는 부자연스러운 공기는 숨이 막힐 정도였다. 동요한 티를 내지 않으려 일부러 더 밝은 목소리로 인사를 하고 방으로 돌아왔지만 아마도 붉어진 얼굴까지 숨기지는 못했으리라. 그리고 오늘, 함께 관광을 하는 동안에도, 밥을 먹는 동안에도, 이야기를 나누는 동안에도 그녀의 시선은 온통 그의 입술에 가 있었다.

"미쳤어, 정말. 정신 차려, 한채원."

채원이 손바닥으로 제 볼을 때리더니 고개를 세차게 저었다.

"혼자 뭘 그렇게 중얼거려요? 집까지 얼마 안 남았으니까 대충 닦고 어서 가요."

우현의 말에 고개를 끄덕인 채원이 손수건으로 젖은 얼굴을 닦았다. 그녀의 시선이 무심코 손수건에 닿았다. 남자의 것이라고 보기에는 무늬와 색상이 여성스러웠다.

"근데 이거 여자 손수건 아니에요?"

채원의 질문에 우현이 고개를 돌렸다. 가만히 서서 손수건을 바라보는 그녀의 모습에 그가 피식 웃음을 흘렸다.

"왜요? 설마…… 질투해요?"

금세 발끈한 채원이 고개를 번쩍 들었다.

"그 손수건 준 사람 엄청 미인이에요."

"정말, 아니거든요? 착각도 정도껏 하죠?"

채원이 홍, 한 표정으로 고개를 돌리더니 새침하게 말했다. 하지만 다 안다는 듯 눈썹을 꿈틀거리며 웃는 우현.

"표정이 그게 아닌데. 뭐, 어때요. 질투는 가장 확실한 사랑의 증거라고요."

"질투 아니라니까요! 빨리 집에 가요."

저 남자의 능글맞음을 누가 따라갈까. 울컥한 채원이 몸을 돌려 빗속으로 먼저 뛰어갔다. 그녀의 시선이 손에 꼭 쥔 손수건을 향했다. 손수건은 분명 젊은 여자의 취향이었다.

"채원 씨, 같이 가요!"

우현이 잽싸게 달려와 채원의 옆에 바짝 따라붙었다.

"그거 저한테 엄청 소중한 거니까 쓰고 잘 돌려줘야 해요."

엄청난 미인이 준 엄청 소중한 것. 괜히 기분이 이상했다. 하지만 질투라니, 그럴 리가 없었다. 절대 아니었다.

"뭐라고? 언니, 미쳤어? 그게 말이 돼?"

게스트 하우스 한쪽에서 전화를 받고 있던 혜진이 격양된 목소리로 외쳤다. 통화 상대는 우현의 어머니인 혜숙이었다. 혜진과 혜숙은 비록 떨어져 살았지만 사이좋은 자매였다. 우현과 세연은 이들 자매들만큼 사이좋은 동갑내기 사촌이었다.

"지금이 조선시대야? 그런 식의 약혼이 웬 말이야."

-우현이 한국 다녀와서 별다른 말 없었어?

"걔가 언제 그런 말 해? 혼자서 그냥 삭이지. 무슨 일 있을 때 더 시끄럽게 굴잖아. 하하, 호호. 난 그냥 평소랑 같아 보이기에 별일 없는 줄 알았지. 근데 어쩜…….

-하아, 내 아들인데 나보다 네가 더 우현이 엄마 같아.

"언니, 걔 내가 거의 20년을 데리고 있었어. 내 아들이기도 해. 근데 우현이는 알고 있어?"

휴대폰 너머로 침묵이 이어지자 혜진이 크게 한숨을 내쉬었다.

"하아, 내가 정말 할 말이 없다. 난 형부의 방식도 마음에 안 들지만 언니 행동도 아니라고 봐.

-네 형부가 우현이한테는 말하지 말고 일단 무조건 한국으로 불러들이라고 하는데. 녀석 고집도 보통이 아니라.

"그게 말이 돼? 우현이가 한국 가기 꺼리는 이유 뻔히 알면서도 형부는 그냥 방관만 하고 있잖아. 다 누구 탓인데. 나중에 우현이가 알면 그때는 어쩌려고 그래? 더군다나 지금 이 상황은…….

-알아, 알고 있는데. 우현이한테는 당분간 말하지 마. 그이도 생각이 있다니까. 응?

혜진이 끙, 하고 숨을 내뱉었다.

"언젠가는 알게 될 일이고 난 우현이가 또다시 상처받는 거 못 봐. 언니랑 형부의 그런 태도가 우현이랑 제 형을 더 갈라놓는 거라고. 무슨 말인지는 알았으니까 나도 일단은 우현이한테…….

"내가 뭐?"

"엄마야!"

혜진은 갑자기 뒤에서 들리는 목소리에 소스라치게 놀라며 소리쳤다.

"아, 깜짝이야. 내가 더 놀랐네. 이모, 왜 그렇게 놀라?"

"우현이구나. 갑자기 뒤에서 나타나니까 그렇지."

평온해 보이는 우현의 얼굴에 안도의 한숨을 내쉰 혜진이 전화기를 그에게 넘겼다.

"네 엄마야. 전화받고 밖으로 나와."

-아들, 지금 들어온 거야?

"오늘 이모가 저녁 맛있게 해준다고 해서. 새벽인데 왜 아직도 안 자고 있어?"

-그냥 이모도 보고 싶고 아들도 보고 싶어서 전화했어.

"밤늦었어. 어서 자. 괜히 그러다 불면증 생기겠다."

-우현아, 네 약혼 말이야…….

제 엄마의 낮게 깔린 목소리에 우현이 한숨을 내쉬었다.

-정략결혼이라고는 하지만 그렇게 만나서 잘 사는 사람들도 많이 있고.

조심스러운 혜숙의 말에 우현이 고개를 가로저었다. 죽도록 사랑하는 사람들이 만나 함께 살아도 늘 행복할 수는 없는 것이 결혼이었다.

-말 들어보니까 네 또래인 것 같고, 만나다 보면 좋은 감정이 생길지도 모르잖아.

만나다 보면 좋은 감정이 생긴다라. 우현이 씁쓸하게 웃었다. 자신도 그렇게 믿고 있을 때가 있었다. 함께 시간을 보내다 보면 좋아지겠지. 하지만 단 한 번도 그러지 못했다.

-무작정 싫다고만 하지 말고. 아빠 말씀대로 그만 거기 정리하고 한국으로 돌아와. 와서 이야기하자.

아무리 예쁘고, 착하고, 매력 있는 사람을 만나도 제 감정의 온도는 늘 높지 못했다. 하지만 늘 자신에게도 가슴 뜨거워지는 사랑이 오리라고 믿고 있었다.

"엄마, 그 이야기는 이제 그만해. 나, 지금은 한국에 돌아갈 수 없어. 그리고 난 그런 식의 미지근한 사랑은 싫어."

-우현아, 다들 그렇게 살아. 불타오르는 사랑은 영화에서나 볼 수 있는 거야.

영화에서만 존재하는 것이 아니었다. 그런 사랑은 현실에도 있다고 믿었다. 그 사람을 생각하는 것만으로도 심장이 두방망이질 치고, 온종일 그 사람 생각으로 정신을 못 차릴 만큼 흠뻑 취하는 사랑. 내 심장이 왜 뛰고 있는지, 왜 그 사람을 향해 달려가는지 저조차 이유를 알지 못한 채 빠져드는 그런 사랑이…….

그때 우현의 귓가에 발소리가 들렸다. 그가 뒤를 돌아보자 채원이 서 있었다.

"아, 통화 중이었어요? 미안해요. 준비 다 된 것 같아서 찾고 있었어요."

그녀가 멋쩍은 표정을 짓더니 몸을 돌렸다. 혹시나 통화에 방해가 될까 싶어 살금살금 걸어가는 모습이 귀여웠다. 저 뒷모습을 따라 함께 가고 싶었다.

"거의 끝났어요. 같이…….."

순간 우현의 머리가 징, 하고 울렸다.

한국에서 처음 채원을 만난 후, 이탈리아에 돌아올 때까지 온종일 그녀 생각에 정신을 차릴 수 없었다. 우연이라도 만났으면 좋겠다고 바라고 또 바랐다. 비행기 안에서 채원과 재회했을 때 심장은 미친 듯이 뛰었다. 여행 책자에 적힌 자신의 전화번호로 연락한 채원을 데리러 갔을 때, 앞뒤 가리지 않고 미친 듯이 그녀를 향해 달려갔었다. 내 가슴이 왜 그렇게 두근거렸는지, 왜 그녀를 만나러 가기 위해 정신없이 내달렸는지 이유도 알지 못했다.

-우현아? 아들?

우현이 허탈한 표정으로 웃었다. 처음 만났을 때부터 채원을 생각하면 늘 가슴 한구석이 뜨거웠었다. 그걸 이제야 깨닫다니.

"엄마, 나 한국 못 갈 거 같아. 아니, 가더라도 약혼은 절대 못 해. 안 해."

우현의 입꼬리가 유려하게 올라갔다. 눈동자에는 전에 없던 기쁨이 차올랐다.

"나, 가슴이 뜨거워지기 시작했거든."

4. 정말 운이 좋은 남자

쾅쾅쾅! 채원은 밖에서 들려오는 시끄러운 노크 소리에 미간을 찌푸리며 힘겹게 눈을 떴다. 테이블 위에 있는 시계를 보니 이제 겨우 오전 6시가 조금 넘은 시간이었다. 아직 덜 깬 잠 때문에 정신이 몽롱한 그녀가 힘겹게 몸을 일으키더니 문을 열었다.

"잘 잤어요? 깔끔하게 씻고 나와서 밥 먹고 바로 출발해요."

"출발이요?"

우현이 건네는 수건을 받아 든 채원이 창밖을 바라보았다. 어제 오후부터 내린 빗줄기가 여전히 창문을 내리치고 있었다. 이 상태로 어딘가를 나가서 관광을 한다는 것 자체가 어려울 것 같았다.

"어서 움직여요. 시간 아까워요."

고개를 갸우뚱한 채원이 욕실로 향했다. 그리고 한 시간 후.

"지금 거길 가겠다고요?"

기차에 오른 채원이 눈을 크게 뜨고는 우현을 바라보았다.

"네. 뭐 문제 있어요?"

"그건 일정에……. 아, 아니, 이렇게 갑자기 떠나면 어떡해요? 아무런 계획도 없잖아요."

"거기 그냥 휴양지예요. 계획 짤 게 뭐가 있어요."

우현은 별일 아니라는 듯 어깨를 으쓱했다. 채원이 그런 그를 기가 막힌다는 듯 바라보았다. 우현은 다짜고짜 그녀를 역으로 데리고 가서 표를 끊더니 기차에 올랐다.

"조금 더 가까운 곳이 어떨까 했는데 그래도 이탈리아에 왔으면 포지타노는 한번 가봐야죠."

이탈리아 남부의 포지타노. 일주일밖에 되지 않는 일정이라 너무나 가고 싶었지만 욕심낼 수 없었기에 포기했던 곳이었는데.

"당일치기가 가능해요?"

걱정스러웠던 아까와 달리 살짝 들뜬 목소리가 채원의 입에서 흘러나왔다.

"일단 시간이 없으니까 아쉬운 대로 당일치기라도 다녀오죠, 뭐. 여정이 복잡해요. 기차에, 버스에. 그러니까 부지런히 움직여야 해요. 내가 했던 말 기억나죠?"

우현의 말과 동시에 기차가 서서히 움직였다.

"채원 씨의 첫 해외여행. 최고의 여행으로 만들어주겠다고."

우현의 말을 듣고 있자니 비가 쏟아지는 기차 밖의 세상은 다른 곳인 것처럼 느껴졌다.

"오늘 포지타노 날씨 엄, 청, 맑, 음, 이래요."

날은 흐렸지만 언제나 그렇듯 그는 햇살을 머금고 있는 것 같았다.

오랜 시간을 달려온 포지타노.

"우, 우아…… 우아."

눈앞에 펼쳐진 광경에 채원의 입은 다물어질 줄 몰랐다. 푸른 바다라는 말로는 부족했다. 물감에서만 볼 수 있는 코발트블루는 현실에서 바로 이러한 색깔이리라. 햇빛에 반사된 수면은 보석처럼 반짝였다. 투명하고 맑은 바다가 쉴 새 없이 부서져 하얀 거품을 만들어냈다. 깎아진 절벽 위에 들어

선 집들은 장관을 이루어 마치 동화 속 마을에 온 느낌이었다. 과연 헤밍웨이, 바그너, 피카소 등 수많은 예술가들이 왜 이 도시와 사랑에 빠졌는지 이해가 되었다. 시선이 닿는 곳 어디든 숨이 막힐 것처럼 벅차오르는 심정으로 바라볼 수밖에 없었다.

"여긴 레몬이 유명해요. 레몬 사탕, 레몬 향초, 레몬 술. 먼저 바닷가 갔다 와서 배도 좀 채워요."

격하게 고개를 끄덕인 채원이 우현을 따라나섰다. 쫓아가는 발걸음이 가벼웠다. 멀리서 보이던 바다가 눈앞에 펼쳐졌고, 바닷가 주변의 레스토랑에는 사람들이 앉아 자연을 온전히 즐기며 이 순간을 만끽하고 있었다.

"저 태어나서 해변에 처음 와봐요. 부산, 제주도도 한번 못 가봤어요."

채원이 무심코 던진 말에 우현이 놀랍다는 듯 눈을 크게 떴다.

"처음 와본 바닷가가 포지타노라니. 엄청나네요."

장난스러운 말투의 우현이 메고 있던 가방을 해변에 내려놓더니 신발을 벗고는 그녀를 향해 돌아섰다.

"뭐 해요? 여기까지 와서 바다를 보고만 있을 거예요? 신발 벗고 어서 따라와요."

짜릿한 미소를 지은 우현이 채원을 뒤로한 채 바닷가로 뛰어갔다. 시원한 바닷물이 그의 발목을, 종아리를 감싸 안았다.

"어서 들어와요! 끝내준다고요!"

하지만 우현과 달리 채원의 얼굴에 망설임이 가득했다. 이렇게 가방과 신발을 내팽개쳤는데 혹시 누가 가져가면 어쩌지? 여분의 옷도 가지고 오지 않았는데 젖어버리면 어쩌지? 자신이 정해놓은 틀 안에서 벗어난 적 없는 채원은 고작 바닷가에 들어가는 것 하나에도 고민이 많았다.

고개를 돌려 우현을 바라보았다. 내리쬐는 햇볕에, 반짝이는 바다에 그는 더욱더 빛났다. 그녀가 평생 가져본 적도 없고 생각해본 적도 없는 틀이 없는 자유. 그에게는 그것이 있었다. 금방이라도 날아가 버릴 것만 같은 날갯

짓에 그녀의 마음까지 설레었다. 그의 꿈틀거림이, 그의 비행이 부러웠다. 겨우 바닷물에 발을 담그는 일이었다. 그런데 옷이 젖을까 봐 걱정을 하는 꼴이라니. 그녀는 생각이 너무 많았다. 그리고 그런 생각을 통해 나오는 사소한 걱정들이 늘 그녀를 압박했다. 남의 탓이 아니었다. 자신이 만들어놓은 틀 안에 스스로를 가둬놓고 있는 것이었다.

"채원 씨! 어서요!"

시원하게 쏟아지는 목소리가 귓가에 스며들었다. 그 음성에 가슴이 두근거렸다. 이 시간은, 이 순간은 다시 오지 않을 것이다.

채원이 결심했다는 듯 가방을 내려놓고 신고 있던 샌들을 벗어 던졌다. 자잘한 자갈들이 그녀의 발바닥을 자극했지만 그조차도 좋았다. 그녀가 한 발 내디뎠다. 그리고 달려갔다. 자신을 부르는 빛 속으로.

"우아, 시원해."

코발트빛 바다가 처음 살갗에 닿는 기분은 말로 표현할 수 없을 정도로 감격스러웠다.

"느낌 끝내주죠? 중심 잘 잡아요. 첨벙하는 건 한순간이니까."

채원이 밀려오는 벅찬 감정에 물속으로 더 깊숙이 들어가자 우현이 장난스럽게 말했다. 하지만 채원은 전혀 괘념치 않는다는 듯 깔깔거리며 웃었다.

우현은 그런 채원을 멍하니 바라보았다. 그녀의 웃음소리에 가득히 들어찬 햇살은 그의 심장을 노곤노곤하게 했다. 당신도 이렇게 웃을 수 있는 사람이구나. 즐겁다고 온몸으로 소리칠 수 있는 사람이구나.

여인의 가녀린 다리 사이로 잔잔한 파도가 스쳐 지나갔다. 작은 손은 흐르는 물을 잡기 위해 움직임을 반복했다. 더위로 틀어 올린 머리카락 사이로 드러난 가는 목덜미가 유난히 희었다. 호기심에 고개를 돌릴 때마다 매혹적인 향이 풍겨왔다. 그 미소가, 향기가, 반짝임이 그의 정신을 아찔하게 했다. 가까이 가고 싶었다. 한 발짝 더 곁으로 다가가 마음을 함께 나누고 싶었다.

세차게 밀려온 파도가 그의 몸을 내리쳤다. 하지만 멍하게 있던 터라 약한 공격에도 그의 중심은 흔들렸다. 퍼뜩 정신을 차렸을 때는 이미 늦었다. 순식간이었다. 몸이 기운 그가 파도에 밀려 기우뚱했다.

"위험……!"

그런 그의 팔을 덥석 붙잡은 그녀 또한 바다로 미끄러졌다. 풍덩 하는 요란한 소리와 함께 두 사람이 동시에 바다 위로 쓰러졌다. 차가운 물이 얼굴에 닿자 우현이 정신을 차리고는 재빨리 채원의 팔을 붙잡아 일으켰다.

"채원 씨, 괜찮아요?"

채원의 얼굴에 반짝거리는 물방울이 흘러내렸다. 젖은 셔츠 아래로 여린 어깨가 드러났다. 그녀가 손으로 얼굴의 물기를 닦아내더니 고개를 들어 우현을 바라보았다. 그리고 곧, 커다란 웃음소리가 들려왔다.

"딴생각하고 있으면 어떡해요. 첨벙하는 거 한순간이라면서."

채원은 온몸이 홀딱 젖어놓고도 즐거워 보였다. 구김 없는 미소에, 봄날의 바람 같은 따뜻한 음성에 우현의 심장이 고동을 쳤다.

"이탈리아를 배경으로 한 영화 중에 '투스카니의 태양'이라는 영화가 있어요. 봤어요?"

뜬금없는 우현의 질문에 채원이 고개를 저었다.

"거기 이런 말이 나오죠. '뜻밖의 일은 항상 생긴다. 그로 인해 인생은 달라진다. 모든 게 끝났다고 생각하는 순간조차 좋은 일이 생길 수 있다. 그래서 더욱 놀랍다'."

젖은 머리카락 사이로 들어선 햇볕에 그의 온몸이 반짝거렸다.

"채원 씨가 로마에 처음 와서 모든 걸 잃어버리기도 했지만 나름 로마 최고의 가이드를 만났고, 로마에 비가 온 덕에 지금은 이렇게 생전 처음 바닷가에서 자유를 만끽하고 있잖아요."

채원이 고개를 끄덕였다.

"조금 억지로 끼워 맞추면 예정에 없던 뜻밖의 일들이 연속으로 일어났고, 그걸로 채원 씨가 이것저것 작은 일탈들에 성공했으니 조금은 인생이 달라지지 않겠어요?"

우현의 말에 채원이 웃어 보였다.

"근데 사실 그 영화에서 이것보다 더 제 마음에 드는 대사가 뭔 줄 알아요? '초록 불은 앞으로 가라, 노란 불은 장식, 빨간 불은 참고사항'."

싱긋 미소 지은 채원이 먼저 물속에서 일어나더니 그를 향해 손을 내밀었다.

"참고할게요. 어서 나가요."

그 따뜻한 손길을 마주 잡은 우현이 기분 좋게 일어나 그녀 앞에 마주 섰다. 하지만 눈앞에 광경을 보고 눈을 크게 떴다. 물에 젖은 얇은 셔츠가 채원의 늘씬한 몸매에 딱 붙은 바람에 그녀의 기가 막힌 실루엣이 가감 없이 드러나고 있었다. 그 때문에 셔츠 아래로 속옷이 적나라하게 비쳐 보였다.

"채원 씨! 옷 다 젖었어요! 다 비친다고요!"

당황한 그가 소리쳤다. 하지만 언제 상황은 역전되었는지 어깨를 으쓱하는 그녀.

"여기 전부 비키니 입고 다니는데 그깟 속옷쯤이야. 아무도 저한테 신경 안 쓰는걸요?"

아, 잠깐. 이봐요, 한채원 씨. 유유히 물속을 빠져나가는 채원의 뒷모습을 바라본 그가 기가 막힌다는 듯 헛바람을 집어삼켰다. 늦게 배운 도둑질에 날 새는 줄 모른다고 한채원 입에서 저런 말이 나오다니. 이곳에 올 때만 해도 계획이 어쩌고, 일정이 어쩌고 고지식한 말을 내뱉던 그녀가 아니던가. 차라리 비키니를 입은 게 나았다. 보일 듯 말 듯 한 것이 남자를 더 환장하게 한다는 걸 왜 그녀는 모르는 걸까. 이곳 해변에 있는 모든 남자들이 그녀를 바라보는 것만 같은 착각마저 들었다. 그가 재빨리 그녀를 뒤따랐다.

"금방 빨간 불은 참고사항이라면서요?"

썩 좋지 않은 기분에 우현의 입에서 약간은 신경질적인 목소리가 튀어나왔다.

"지금 그 말이 왜 나와요? 그리고 그것도 때와 장소가 있는 법이라고요."

그가 자신의 가방을 뒤적거려 남방을 꺼냈다.

"입어요."

"저 괜찮……."

탁. 우현이 남방을 펴 그녀의 어깨 위에 덮었다.

"내가 안 괜찮아요."

동그랗게 뜬 맑은 눈이 그를 바라보았다.

"아니, 내가 싫어서 그래요."

무뚝뚝한 목소리로 퉁명스러운 말을 내뱉은 우현이 모래사장 밖으로 걸어 나갔다. 괜히 그 뒷모습이 쑥스러워 채원은 일부러 걸음을 천천히 해 그와 거리를 두었다.

"배 안 고파요? 배 좀 채우고 나서 출발하면 괜찮을 거예요. 잠깐만요."

우현은 가방 안에서 울리는 소리에 휴대폰을 들어 통화버튼을 눌렀다.

"어, 성준아. 그래, 날이 좋다. 곧 출발해야지."

채원은 우현을 물끄러미 바라보더니 고개를 돌려 주변을 둘러보았다. 젊은 여자가 모래 위에 이름을 썼다. 파도에 금세 지워졌지만 행복하게 웃었다. 긴 바지를 걷어 올린 커플이 손을 꽉 마주 잡고 물 위를 걸었다. 한 남자는 모래에 누워 책을 읽고 칵테일을 마시며 이 오후의 나른함을 즐겼다.

"뭐! 정말이야?"

그 나른함을 깨고 우현의 목소리가 들려왔다. 전화를 끊은 그가 곤란한 표정으로 자신을 바라보고 있었다.

"왜요? 무슨 일 있어요?"

"미리 말하지만 절대 의도한 건 아니었어요. 성준이가 소셜 미디어(social media)를 끼고 살아요. 그래서 이런 실시간 정보를 꿰고 있거든요."

"실시간 정보요?"

"문제가 좀 생겼어요. 우리 오늘 기차 여러 번 갈아타고 왔잖아요. 나폴리로 넘어가야 로마로 갈 수 있는데. 나폴리까지 가는 기차가 지금 운행 정지래요."

채원의 얼굴이 순식간에 굳어졌다.

"이탈리아가 철도 파업이나 열차 시간을 어기는 일이 비일비재하게 일어나긴 하거든요. 아마 내일이면 다시 운행하겠지만 지금은 그렇다네요."

"그, 그럼 우리 오늘 집에 못 가요? 잠은요? 숙소는 어떻게 해요?"

그녀의 질문에 그가 겸연쩍게 웃었다.

"이제부터 알아봐야죠. 너무 걱정 말아요. 아무리 성수기라지만 우리 잘 곳 없겠어요? 나 믿죠?"

방금 전과 달리 어둠이 드리운 채원의 얼굴. 우현이 휴대폰을 들어 숙소를 검색하기 시작했다. 지금 시기는 포지타노에 많은 사람들이 모여드는 때였다. 숙소를 구하는 것이 쉽지는 않을 것이다. 하지만 또 어떻게든 되겠지, 라고 생각하는 건 그의 성격 탓도 있었다. 그는 엄청나게 긍정적이기도 했지만 운도 좋은 사람이었다.

"아, 찾았다."

한참 동안 휴대폰을 뒤적이고 여기저기 전화를 걸던 우현이 통화를 마치더니 밝은 목소리로 소리쳤다.

"찾았어요?"

"네. 근데 찾긴 찾았는데 조금 문제가……. 성수기라 그런지 대부분 방이 없어요. 그래도 다행히 여기서 얼마 멀지 않은 호텔에 방이 있는데……."

채원이 침을 꿀꺽 삼켰다. 우현은 긍정적인 사람이었다.

"싱글 룸이 하나밖에 없어요. 원래는 그렇게 안 되는데 급하다 보니 특별히 인원 추가를 해준다고 하는데…… 괜찮겠어요?"

그리고 운도 좋은 남자였다.

호텔에 전화해 룸을 확인한 남자와 그 뒤를 졸졸 쫓아가는 여자의 얼굴에는 상반된 표정이 떠올랐다.

"채원 씨, 미안해요."

한 명은 즐거움으로.

"아니에요. 어쩔 수 없던 거잖아요. 기차가 안 다닌다는데."

또 한 명은 걱정으로.

성준과의 통화가 끝난 후, 채원은 우현의 휴대폰과 손가락을 고도의 집중력을 발휘해 바라보았다. 포지타노의 절경은 더 이상 눈에 들어오지도 않는지 그의 표정이 변할 때마다 한숨을 쉬기도, 눈을 반짝거리기도 했다. 그러다가 방을 구했다는 말에 손까지 번쩍 들며 환호성을 지르더니 싱글 룸이라는 말에 얼굴이 하얗게 질려버렸다.

"그래도 성준 씨가 미리 연락 줘서 다행이에요. 몰랐으면 엄청 고생했을 거 아니에요."

채원을 힐끔, 바라보며 언덕을 오르는 우현의 입가에 잔잔한 미소가 걸렸다. 채원은 여자였다. 애인도 아닌 남자와 한 방을 쓴다는 것이 큰 걱정거리인 것은 당연했다. 솔직히 채원의 성격상 애인이라고 해도 한 방을 쓸지는 의문이었다. 물론 자신이 이러한 상황을 기대하거나 의도한 건 아니었다. 가슴에 손을 얹고. 진심으로. 이탈리아 최고의 절경을 보여주고 싶었다. 그런데 기차가 못 움직이시겠다고 하고, 방이 그것밖에 없다고 하시는데 어찌하리. 그의 입가가 자꾸 씰룩거렸다. 잔잔한 미소 대신에 음흉한 미소가 피어났다. 괜히 가슴이 두근거리고 입안이 바짝 말랐다. 물론 이 상황이 즐겁거나, 기대된다거나, 떨린다거나 그렇다는 것은 아니었다. 절대. 네버.

언덕을 오른 두 사람이 호텔에 도착했다. 조용하고 아담한 로비로 들어서자 호텔 직원이 그들을 반겼다. 사실 호텔이라고 칭하기에는 조금 작고 낡았다.

[방금 전화했던 사람인데요.]

우현의 입에서 이탈리아어가 흘러나왔다. 채원이 잔뜩 긴장한 얼굴로 호텔 직원을 바라보았다.

[미스터 최, 싱글 룸 하나, 인원 1명 추가해서 맞으시죠?]

우현이 흐뭇한 얼굴로 고개를 끄덕였다. 호텔 직원의 또박또박한 발음이 듣기 좋았다. 코도 높고 얼굴도 잘생긴 남자는 일도 참 잘하는 것 같았다. 전화까지 하고 왔지만 걱정이 되는지 채원이 그의 옆에 바짝 붙어 섰다.

"저 운 좋은 남자라니까요."

우현의 입가가 자꾸만 씰룩거렸다. 물론 정말로 이 상황이 즐겁거나, 기대된다거나, 떨리는 것은 아니었다. 가슴에 손을 얹고. 진심으로.

[처음에 싱글 룸 두 개가 필요하다고 문의 주셨죠? 이런 경우는 극히 드문데 방금 전에 전화로 싱글 룸을 예약한 고객님 한 분이 방을 취소했습니다. 페널티 요금까지 모두 지불한 상태예요.]

망할. 순식간에 우현의 얼굴이 구겨졌다.

"뭐래요? 표정이 왜 그래요? 방 없대요?"

우현의 시선이 자신의 옷자락을 간절하게 붙잡은 채원의 손가락으로 향했다. 그가 크게 심호흡을 했다. 침착하자, 최우현. 채원 씨는 이탈리아어를 모르니까 직원에게 잘 설명하면 예정대로…….

채원의 다급한 목소리에 호텔 직원이 그녀를 바라보았다. 그러더니 영어로 입을 열었다. 아주 쉽게. 요점만. 간단히.

[지금 싱글 룸 두 개가 있습니다. 운이 좋으시네요.]

그랬다. 우현은 운이 좋은 사람이었다. 지금 해사하게 웃고 있는 이 여인에게 남자답고 매너 좋은 신사의 아이콘으로 거듭날 수 있게 되었으니 말이다. 거기다 그가 장담한 대로 '능력 있고 운까지 좋은 가이드'로 말이다.

"진짜 방 두 개면서 왜 말 안 했어요?"

나도 몰랐어요. 근데 기분이 좋아 보이네요, 채원 씨.

"꼭 일이 심각해진 것처럼 장난치고, 깜짝 놀랐잖아요."

일이 심각해져서 나도 놀랐어요.

"정말 운 좋은 사람이란 거 정말이네요. 걱정하지 말라고 했던 것도."

고맙네요, 믿어줘서. 네, 전 정말 운이 좋은 남자죠.

엄지를 척, 올리는 채원의 모습에 우현이 어색하게 미소 지었다. 오늘 밤 잘 곳이 생겼다고 저렇게 좋아하나? 거기다 싱글 룸 두 개라고 저렇게 신나 하나? 저 모습이 당연했지만 괜히 서운한 마음. 아, 물론 아까 그 상황이 즐겁거나, 기대된다거나, 떨리지 않았지만 말이다.

[저희 호텔을 이용해주셔서 감사합니다. 투숙하실 손님의 여권 부탁드립니다.]

"채원 씨, 여권 가지고 왔죠?"

채원이 잽싸게 가방에서 여권을 꺼내 그에게 건넸다. 그가 호텔 직원에게 여권을 주었다.

"저기 앉아 있어요."

고개를 끄덕인 채원이 로비에 있는 의자에 털썩 주저앉았다.

[싱글 룸 두 개.]

알고 있으니 더 이상 이야기하지 말라고. 우현의 미간이 사정없이 구겨졌다. 호텔 직원의 발음은 영 이상하고 목소리도 상당히 거슬렸다. 자세히 보니 코도 너무 크고 전체적으로 생긴 것도 부자연스러웠다.

"얼굴이 별로면 눈치라도 있든가."

직원이 홀로 중얼거리는 우현을 바라보며 미소 짓자 그도 싱긋 웃어 보였다. 직원이 두 사람의 이름과 간단한 신상을 노트에 적어 내려갔다. 그러고는 그에게 여권을 넘겨주었다. 여권 속에는 머리를 단정히 묶고 환하게 귀를 드러낸 채원이 웃고 있었다.

"첫 해외여행이라더니 여권도 얼마 전에 만들었나 보네. 여권 만료일이 10년이나……. 어라?"

[손님, 203호, 205호입니다.]

호텔 직원이 우현에게 방 열쇠를 건네주었다. 하지만 그의 시선은 아직 여권에 머물러 있었다.

[손님? 무슨 문제 있으신가요?]

[네? 아뇨. 감사합니다.]

열쇠를 받은 우현이 돌아섰다.

"채원 씨, 피곤하죠? 자, 여기 여권이요."

"이거 옷."

채원이 손에 들고 있던 그의 옷을 내밀었다.

"씻고 젖은 옷으로 다시 갈아입기 좀 그럴 텐데 불편하지 않으면 그거 입고 있어요."

"저만 젖은 게 아닌데……."

"전 남자니까 괜찮아요. 2층이에요. 올라가요."

엘리베이터를 타고 2층으로 올라간 두 사람.

"전 205호니까 무슨 일 있으면 문 두드려요."

우현이 채원에게 203호 방 열쇠를 건네주며 말했다. 고개를 끄덕인 그녀가 열쇠를 구멍에 넣고 손을 움직였다.

"왜요? 뭐, 문제 있어요?"

채원이 열쇠를 구멍에 넣어 돌렸지만 어째 문이 잘 열리지 않았다. 달칵달칵, 낡은 소리에 그녀가 고개를 갸우뚱했다.

"이거 잘……."

그때 그녀의 손에 느껴지는 따스한 온기. 채원의 눈이 놀란 토끼만큼 커졌다. 우현의 손이 열쇠를 들고 있는 그녀의 손을 함께 감쌌다. 그러더니 열쇠를 천천히 돌렸다. 오른쪽, 왼쪽 움직이는 박자에 따라 그녀의 심장도 함께 움직였다. 문이 열리는 시간이 영원처럼 흘러갔다. 채원의 얼굴이 점차 붉어지고, 등이 간질거릴 그때쯤 달칵, 203호의 문이 열렸다.

"열렸다."

우현의 목소리가 귓가에 가까이 울렸다. 그 소리의 진동이 바로 등 뒤에서 전해지자 채원이 마른침을 삼키며 살짝 몸을 돌렸다.

"고, 고마워요."

"채원 씨, 얼굴이 왜 이렇게 빨개요? 계속 젖은 옷을 입고 있었는데 혹시 감기 기운이 있는 건 아니에요?"

우현의 얼굴에 걱정이 번졌다.

"아니에요. 저 멀쩡해요. 그것보다 손 좀……."

우현의 시선이 아직 채원의 손을 꽉 잡고 있는 자신의 손에 꽂혔다. 그녀가 시선을 돌리며 헛기침을 했다. 그러자 다 안다는 듯 그의 입꼬리가 기분 좋게 올라갔다.

"그냥 더워서 그래요!"

채원이 발끈하며 소리치자 우현은 또 그 모습이 귀여워 웃음을 터뜨렸다.

"누가 뭐라고 했어요?"

그가 채원의 손을 놔주자 그녀가 재빨리 제 손을 거둬들였다. 그에게 손이 붙잡혀서 얼굴이 붉어진 게 아니었다. 절대. 정말 감기라도 걸렸나? 그녀가 열린 문 안으로 발을 내딛자.

"채원 씨, 꼭 방 두 개 안 써도 되는 거면 말해요. 지금 내려가서 하나로 바꿔……."

"진짜! 날이 더워서 그런 거라니까요."

쿵, 거칠게 닫힌 문 뒤로 채원이 씩씩거리는 소리가 들려왔다.

"하여간 귀엽다니까. 그러게 누가 얼굴 붉히랬나? 괜히 사람 설레게."

닫힌 문을 다시 바라본 그가 재빨리 계단을 내려가 로비로 뛰어갔다.

[손님, 뭐 필요한 거 있으신가요?]

그를 발견한 호텔 직원이 산뜻한 미소로 물었다.

[네, 혹시…….]

"하아, 시원하다."

시원한 물줄기에 몸을 맡긴 채원이 샤워가운을 입고 밖으로 나왔다. 젖은

116

머리를 털고 창으로 걸어가 발코니로 이어지는 문을 열자 소박한 포지타노의 풍경이 펼쳐졌다.

"내가 이곳에 있다니."

이탈리아에서의 경험은 모든 것이 신기했다. 고작 며칠이었지만 하루하루가 달랐고, 매일매일이 새로웠다. 늘 정해진 틀 속에서 자신을 다잡았던 그녀였기에 더 신선했다. 생애 첫 해외여행인 이탈리아에서 잊지 못할 추억들을 만들 수 있었던 것은 모두 우현 덕분이었다. 채원이 고개를 돌려 발코니 너머를 바라보았다. 불이 꺼진 205호가 고요했다.

"벌써 자나?"

우현을 떠올리자 채원의 머릿속에는 어제 들은 그의 통화 내용이 생각났다.

'엄마, 나 한국에 돌아갈 생각 없어.'

처음 들어보는 우현의 단호하고 딱딱한 음성. 하지만 그의 목소리보다 그가 내뱉은 말에 놀라 바보처럼 숨을 크게 집어삼켰다. 한국에 돌아갈 생각이 없다는 한마디에 기분이 팍 가라앉았다. 괜히 배신감까지 느껴지는 것 같았다.

"한국에 돌아갈 생각도 없다면서 당당하게 썸 타자고 이야기하다니. 무슨 생각인 거야? 툭하면 덥석덥석 손이나 잡고, 지금도 그래. 그냥 문 열어주면 되는 거지 뒤에서 손은 왜 잡……."

순간 채원이 말을 멈췄다. 자신이 내뱉은 말에 스스로가 놀랐다.

"나 지금 실망한 거야? 화내고 있는 거야?"

심지어 시도 때도 없이 손을 잡는 그에게 거부감도 들지 않았다. 이별한 지 이제 겨우 2주일이 지났다. 만취할 때까지 술을 마시고 울고, 소리친 지가 엊그제였다. 그런데 지금 우현이 한국에 돌아갈 생각이 없다고, 말뿐인 작업을 걸었다고 실망한 건가? 한채원, 너 이렇게 가벼운 여자였니?

"미쳤어. 그래, 이건 실망한 게 아니야. 그냥…… 하아, 지금 내가 이러고 있을 땐가. 오늘은……."

채원은 연거푸 한숨을 토해냈다. 고개를 저으며 다시 창밖을 바라보았다.

이곳에서 흘러가 버린 시간들이 아쉬울 정도로 하루가 꿈만 같았다. 하지만 그만큼 가슴 한구석에 쓸쓸함이 떠돌았다. 설레었던 하루만큼 하늘에 뜬 달빛은 서글퍼 보였다. 이곳은 이탈리아였다. 그녀에게 가장 소중했던 사람이 가장 좋아했던 나라.

"아빠, 나 오늘……."

입을 떼었지만 다시금 다물었다. 아빠, 이름을 부르는 것만으로도 목이 메었다. 마른 입술을 축였다. 혀끝에 닿는 입술에서 서걱거리는 소리가 났다. 서늘한 바람이 그녀를 감쌌다. 저 멀리 파도치는 소리가 희미했다. 먼 곳에서 울리는 사람들의 음성만이 고즈넉이 가라앉은 적막을 가르고 들려올 뿐이었다. 하지만 그조차도 고요했다. 모든 것은 정지된 듯 아늑했다.

"나 지금 이탈리아에 있어. 아빠 말대로 여긴 정말 시간이 멈춰버린 곳 같아."

쓸쓸한 음성과 함께 외로움에 잠식되어갈 때쯤 밖에서 노크 소리가 들렸다. 채원이 일어나 문으로 걸어갔다.

[프런트입니다.]

채원이 문을 열자 밖에는 자신들에게 룸을 내어줬던 남자가 서 있었다. 호텔 직원은 상냥하게 웃으며 쪽지를 내밀었다. 문을 닫은 그녀가 고개를 갸우뚱하며 쪽지를 열어 보았다.

<8시 반까지 바닷가로 내려와요. 아까 우리 밥 먹었던 곳 근처로.>

우현의 메시지였다.

"그냥 여기서 같이 나가면 되는데 굳이 쪽지를……."

고개를 들어 시계를 보니 8시가 조금 넘은 시간이었다. 채원이 재빨리 샤워가운을 벗었다. 속옷은 헤어드라이어로 대충 말렸지만 걸어놓은 자신의 셔츠가 아직은 조금 축축했다. 가만히 우현의 남방을 바라본 그녀.

"뭐, 괜찮겠지."

반바지 위에 우현의 커다란 남방을 걸친 그녀가 침대 위에 있는 가방을 열어보았다.

118

"당일치기라서 아무것도 안 가지고 왔는데."

아쉬운 대로 선크림을 꺼내 얼굴에 곱게 펴 발랐다. 다시 가방을 뒤적거렸지만 있지도 않은 화장품이 나올 리가…….

"아! 립스틱."

선예가 선물해준 립스틱이었다. 뚜껑을 열자 복숭아 향이 감도는 연한 코랄빛의 립스틱이 촉촉하게 빛나고 있었다. 그녀가 입술 선을 따라 천천히 립스틱을 발랐다. 곧 뽀얀 얼굴에 생기가 돌았다.

"그나마 좀 낫네."

채원이 서둘러 호텔을 나섰다. 방금까지만 해도 그녀를 둘러쌌던 외로움들은 거짓말처럼 사라졌다. 우현을 만나러 가는 발걸음에 설렘이 가득했다. 그는 작은 쪽지만으로도 그녀에게 기대감을 심어주었다. 괜히 웃음이 흘러나왔다. 자신이 웃고 있는지도 모른 채 그녀가 빠른 걸음으로 바닷가를 향해 내려갔다.

"여기가 아닌가?"

함께 늦은 점심을 먹었던 곳에 가보았지만 우현은 보이지 않았다. 채원이 고개를 두리번거리며 그를 찾았다. 있어야 할 장소에 그가 보이지 않자 갑자기 불안감이 엄습했다.

"어디 있는 거지? 호텔로 다시 돌아가야 하나?"

당황한 그녀가 몸을 돌려 반대 방향으로 걸어가려는 순간.

"채원 씨!"

자신을 부르는 익숙한 목소리에 몸을 돌렸다.

호텔 로비를 지나 밖으로 나온 우현의 발걸음이 빨라졌다. 싱글 룸 두 개로 가라앉았던 마음은 다급함으로 바뀌었다.

"아무리 그래도 그렇지, 여기서 함께 보낸 시간들이 있는데 아무 말도 안 할 수가 있어?"

오늘 하루 종일 비가 내린다는 소식에 채원은 몹시 아쉬워했다. 단 하루라도 낭비하게 하고 싶지 않았다. 어제 저녁을 먹고 채원이 방으로 들어간 후, 인터넷으로 로마에서 하루 만에 갈 수 있는 모든 곳들의 날씨를 알아보았다. 그리고 비행기 안에서 보았던 채원의 여행 책자에서 반으로 접혀 있었던 곳, 포지타노를 기억해냈다. 잊지 못할 추억을 남겨주고 싶었다.

"케이크 한 조각이라도 있었으면 좋겠는데."

호텔 직원에게 석식으로 나오는 디저트라도 구할 수 있냐고 물어보았지만 불가능하다는 대답만 들었다. 그리하여 바닷가로 내려오는 길, 대부분의 상점들이 문을 닫았지만 다행히 점심을 먹었던 바닷가로 내려가자 아직 레스토랑은 손님들로 북적였다.

[디저트 포장되나요?]

벌써 레스토랑 세 군데를 돌아보았지만 전부 'NO'라는 대답만 들었다. 초조했다. 곧게 뻗은 턱 선을 따라 땀이 흘러내렸다.

"하아, 이러다 아무것도 못 하는 거 아니야?"

한숨을 내쉰 우현이 이리저리 고개를 돌렸을 때 그의 휴대폰이 울렸다.

<미스터 최? 파라다이스 호텔입니다.>

그에게 방 열쇠를 건넸던 호텔 직원이었다. 우현의 눈빛이 작은 기대감이 서렸다.

<바닷가 근처에 'ROSE'라는 레스토랑이 있습니다. 저희 호텔과 제휴를 맺고 있는 곳입니다. 디저트를 부탁했으니 지금 가보세요.>

호텔 직원의 또박또박한 발음이 매우 듣기 좋았다. 직원의 얼굴을 떠올렸다. 다시 생각해보니 코도 높고 미남인 것 같다.

재빨리 걸음을 옮겨 도착한 'ROSE'라는 레스토랑.

[파라다이스 호텔에서 왔습니다.]

웨이터가 고개를 끄덕이더니 작은 상자를 가지고 나왔다. 안을 열어 보니 케이크 한 조각이 앙증맞게 포장되어 있었다. 웨이터의 볼에 뽀뽀라도 해주고 싶은 심정이었다. 기분 좋게 뒤돌아서는 우현의 시야에 카운터에 있는 작은 꽃병이 눈에 들어왔다. 안에는 도도한 자태의 장미꽃 한 송이가 들어 있었다.

[혹시 저 장미꽃…….]

우현의 말에 웨이터가 웃으며 그 장미꽃 한 송이를 그의 손에 건네주었다. 모든 것이 완벽했다. 아니, 완벽하진 않았지만 완벽한 것만 같은 느낌이었다. 재빨리 호텔로 돌아가 호텔 직원에게 메시지를 맡기고 돌아섰다. '굿럭'이라고 말하는 잘생긴 직원의 목소리에 심장이 기분 좋게 울렸다.

우현은 바닷가를 바라보며 돌계단에 앉아 채원을 기다렸다.

8시 25분. 그가 셔츠를 쭉 당겨 코에 갖다 대었다. 더운 날씨 여기저기 뛰어다니느라 흘린 땀 때문에 불쾌한 냄새라도 나지 않을까 걱정이 되었다.

8시 27분. 어디서 나타날지 모르는 채원 때문에 그의 눈동자가 분주하게 움직였다.

8시 30분. 한 손에는 케이크를, 다른 한 손에는 장미꽃을 들고 있는 그가 초조함에 입술을 깨물었다. 그녀가 어서 왔으면 했다. 와서, 자신을 바라보며 웃어주었으면 했다. 낮에 햇살 속에 빛나던 그 모습처럼 두 눈동자를 반짝거려주었으면 했다.

"8시 33분."

우현이 주문처럼 중얼거렸다.

"여기 아닌가?"

그리고 긴장감 가득한 그의 목소리를 뚫고 익숙한 음성이 들려왔다. 커다란 자신의 남방을 입고 두리번거리는 여자의 뒷모습이 너무나 반가웠다.

"채원 씨!"

그래서 저도 모르게 큰 목소리로 그녀의 이름을 불렀다. 뒤돌아서서 자신을 바라보는 반짝이는 눈빛에 심장이 기분 좋은 소리를 내며 울렸다. 까만 어둠이 내린 해변이었지만 그녀의 주변은 화려한 색채로 빛나고 있었다.

"늦었잖아요."

왠지 한참을 기다린 느낌이었지만 이곳에서 다시 그녀를 만나게 되어 좋았다.

"그래놓고 지금 다시 돌아가려고 했죠?"

로마에 비가 내려서, 기차가 멈춰버려서, 이곳에 머물게 되어서. 그리고 여권에 새겨져 있는 그녀의 생일을 볼 수 있게 되어서 말할 수 없이 기뻤다.

"미안해요. 좀 더 괜찮은 걸로 준비하려고 했는데 지금 당장 구할 수 있는 게 이것밖에 없어서."

촛불도 없는 작은 케이크 한 조각과 겨우 장미꽃 한 송이였지만 지금 이 순간만큼은 그녀가 세상에서 가장 행복했으면 했다.

"미리 알았으면 좋았을 텐데. 아쉽지만 그래도……."

우연히 알게 되어, 오늘이 지나기 전에 이렇게 축하해줄 수 있게 되어 다행이었다.

"생일 축하해요, 채원 씨."

자신이 운이 좋은 남자여서 정말 고마웠다.

바닷가에 어둠이 내려앉았다. 하늘에는 무구한 별들은 금방이라도 쏟아져 내릴 듯 아름다웠다.

"왜 말 안 했어요? 이게 뭐예요. 고작 디저트 케이크에 장미꽃 한 송이라니."

바다를 바라보며 나란히 앉은 우현과 채원. 서운함이 가득 담긴 우현의 타박에 채원이 설핏 미소 지었다.

오늘은 그녀의 서른두 번째 생일이었다. 한국이었다면 평소처럼 아침을 굶은 채 출근을 하고, 회사 동료들과 점심을 먹고, 집으로 돌아와 조촐한 저녁을 차려 먹었을 것이다. 운이 나쁘다면 야근으로 지친 몸을 이끌고 들어와 그냥 잠이 들었을지도 몰랐다.

"저 오늘 생일인 거 어떻게 알았어요?"

오늘 아침 선예의 생일 축하 메시지뿐이었다. 엄마도, 언니도 그녀의 생일을 챙기지 않았다. 익숙했다. 세세하게 그녀의 생일을 챙길 정도로 그들의 삶은, 마음은 녹록하지 않았다. 하지만 올해의 생일이 조금 쓸쓸하게 느껴졌던 것은 아마도 함께 생일을 축하하자고 했던 남자친구가 이제는 곁에 없기 때문일 것이다.

"이렇게 예쁜 장미꽃 한 송이와 케이크 처음 받아봐요. 장미꽃잎은 말려서 가지고 가고 싶을 정도예요."

그런데 눈앞의 남자가 그녀를 위해 케이크를 준비하고, 장미꽃을 내밀었다. 더운 날씨, 호텔방에는 들어가지도 못하고 물에 젖은 옷을 제대로 갈아입지도 못한 채 그녀를 위해 뛰어다녔다. 몇 번의 만남으로 맺어진 가벼운 인연이었다. 그런데 그는 그녀의 외로움을 너무나 쉽게 뚫고 들어왔다. 왜 미리 이야기하지 않았냐는 서운함이 담긴 타박은 그녀의 마음을 애잔하게 만들었다. 철저하게 타인이었던 사람이었다. 그런데 이토록 큰 기쁨을 줄 수 있는 건가. 비록 한 조각의 케이크, 한 송이의 장미꽃이었지만 그 무엇보다 특별했다.

"고마워요. 정말 고마워요."

더 멋진 말로 지금 이 마음을 표현하고 싶었지만 생각이 나지 않았다. 그저 고맙다는 말을 반복할 뿐이었다. 한참의 시간이 지났지만 두 사람은 가벼운 이야기를 나누며 여전히 해변가에 앉아 있었다.

"그거 맛있어 보인다고 자꾸 먹다가 갑자기 훅 가요. 생각보다 많이 독해요."

우현은 계속해서 레몬 첼로를 홀짝거리는 채원을 걱정스럽게 바라보았다. 이탈리아 남부에서 유명한 레몬 첼로는 샛노란색과 상큼한 레몬 맛으로 사람들의 시각과 미각을 한 번에 사로잡는 술이었다. 하지만 채원은 그의 말을 듣는 둥 마는 둥 다시 레몬 첼로를 병째 마셨다. 입안에 남아 있는 싸한 알코올 향과 상큼한 레몬 향이 그녀의 몸을 붕 뜨게 만들었다. 홀짝홀짝 술을 마시더니 하얀 볼은 조금 붉게 변해 있었다. 살짝 풀린 눈동자, 느긋한 몸짓. 스르륵 눈을 감고 바람을 느끼기도 하고, 입술 사이로는 잔잔한 음을 내보내기도 했다. 단지 작은 케이크 한 조각, 장미꽃 한 송이, 술 한 병, 그리고 바다가 전부였다. 하지만 지금 그녀에게 이 순간이 얼마나 즐겁고 행복한지 온몸으로 표현하고 있었다.

우현의 입가에 씁쓰레한 미소가 걸렸다. 채원의 행복과 마주하자 그녀의 쓸쓸한 그림자가 너무나 선명하게 보였다. 당신, 참 많이 외로운 사람이구나.

두 사람 사이에 적막이 흘렀지만 어색하지 않았다. 오히려 평온하고 여유로웠다. 마치 멈춰진 듯한 시간 속에 두 사람은 그렇게 나란히 어깨를 맞대고 앉아 있었다.

"이탈리아는 정말 매력 있는 나라네요. 사람들이 여길 왜 그렇게 좋아하는지 알 것 같아요."

"이곳에는 아직도 발굴되지 않은 유적들이 많기 때문에 공사가 자주 중단되곤 하죠. 그래서 언제 와도 크게 달라지지 않는 곳이에요."

우현의 말에 채원이 고개를 끄덕였다.

"여긴 시간……."

"이탈리아는 시간이 멈춰버린 곳이에요."

우현의 입에서 흘러나오는 한마디에 그녀가 말을 멈추었다.

"지금 뭐라고……."

"시간이 멈춰버린 곳이요. 왜요?"

"아뇨, 그냥…… 그런 비슷한 말을 들어본 적이 있어서요."

"그래요? 참 좋은 말이죠? 이것보다 이탈리아를 잘 표현할 수 있는 말이 있을까 싶어요."

채원이 작게 고개를 주억거렸다.

"근데 왜 이렇게 처음 해보는 일이 많아요? 혹시 부모님이 많이 엄하셨어요?"

우현이 질문에 채원이 쓴웃음을 지었다.

"저 길에서 무언가를 먹어본 것도 처음이고, 사람 많은 곳에서 춤춰본 것도 처음이에요."

그녀의 옛사랑과 이곳에 왔다면 상상도 못 할 일이었다. 춤이라니. 나보나 광장 주변의 분위기 좋은 레스토랑에 앉아 파스타와 와인을 먹으며 우아하게 음악이나 감상했을 것이다. 준서였다면 한 조각의 케이크 따위라며 코웃음을 치고 이런 장미꽃 한 송이는 철저히 무시했을 것이다. 그러면 분명 케이크 한 상자와 완벽하게 포장된 장미꽃 한 다발을 건넸으리라.

"계획 없이 무언가를 한 것도 처음이고, 바닷가에 와서 물놀이를 한 것도 처음이고, 무엇보다 남자와 이런 곳 여행 온 것도 처음이에요."

준서였다면 옷이 젖는다며 바닷가 근처에는 가지 않았을 것이다. 그랬다면 포지타노 바다의 시원함과 포근함은 평생 알지 못했었겠지. 아니, 애초에 무계획으로 이곳에 오는 것 자체가 불가능했을 것이다.

"아빠는 당신 자식들이 반듯하고 모나지 않길 바라셨어요. 그 무엇보다 명예를 중시하시는 분이셨거든요. 결국 그 명예 때문에 많은 것들을 얻기도, 잃기도 하셨죠."

그녀의 얼굴에 쓸쓸함이 번졌다.

"시간이 지나다 보니 저도 그렇게 자랐고, 또 비슷한 사람과 하게 되더라고요. 마음을 전하는 일에 서툰 사람, 반듯하지만 딱딱한 사람이었어요. 그리고 아무렇지도 않게 상처 주는 사람."

채원의 시선이 머나먼 바닷가 저편을 바라보았다. 그녀가 말하고 있는 사람이 그녀의 아버지인지, 떠나버린 사랑인지, 아니면 그녀 자신인지. 단지 우현은 지금 그녀의 눈빛이 너무나 공허해 보여 마음이 좋지 않았다.

"마음을 전하기 서투른 사람은 어쩌면 다른 사람을 배려하는 마음이 큰 사람일지 몰라요. 자기의 진심 때문에 상대방이 상처받을까 봐 겁을 내는 걸지도 모르죠."

채원은 가만히 그의 말에 귀 기울였다.

"다른 사람에게 상처 주는 사람은 자신이 상처받을까 봐 두려워하는 여린 사람일지도 몰라요. 그래서 먼저 상처를 주는. 그래서는 안 되지만. 저도…… 그런 비슷한 사람을 알고 있어요."

"다 알고 있죠? 저…… 비참하게 버려졌던 거."

채원의 무덤덤한 목소리가 파도 소리에 맞춰 울려 퍼졌다.

"그날 굉장히 들떴었어요. 전날에 선예와 밤잠을 설쳐가며 이야기를 나눴어요. 결혼식은 봄이 좋겠지? 웨딩드레스는 심플한 게 좋아. 결혼해도 멀리 떨어져서 살지 마."

채원이 머릿속에 프러포즈 받기 전날을 그렸다. 다음 날 있을 프러포즈의 기대감에 두 여자는 밤새 잠들지 못했었다.

"처음으로 백화점에 가서 원피스를 샀어요. 무슨 옷이 그렇게 비싸던지. 아침에는 미용실에 가서 머리도 했죠."

한번 터져버린 이야기는 멈추지 않고 흘러나왔다. 그녀답지 않았지만 왠지 모르게 이 순간은 솔직해질 수 있을 것 같았다.

"같이 욕해준다 그래놓고 안 해주더라고요? 기다렸는데."

그녀의 장난스러운 목소리에 그가 피식 웃음을 흘렸다.

"나 말고 다른 여자가 있다는데 바보처럼 큰소리도 못 치고 나왔어요. 그러면서 미련하게 혹시 공항에 나타나지 않을까 기대도 했고요."

처절한 자신의 사랑을 고백하는 목소리는 생각보다 담담했다.

"시작은 조심스러웠어요. 사랑이라는 거, 할 여유가 없었죠. 지켜야 할 게 너무 많았거든요."

채원의 시선이 자신의 손에 들린 장미를 바라보았다.

"근데 사실 돌이켜 생각해보면 장미가시 같은 사람은 저예요. 가까이 오지 말라고 상처도 많이 줬어요. 근데 다가왔고, 만났고, 행복했고. 아마…… 많이 사랑했을 거예요."

파도가 잔잔하게 일렁였다.

"이별 따위 괜찮아. 신나게 놀고 잊어버릴 거야. 큰소리 빵빵 쳤는데 비행기가 뜨자마자 눈물이 흐르더라고요. 고작 이별 따위에 울면 안 되는데. 더 강해야 하는데. 저 좀 바보 같죠?"

사람들의 말소리가 점점 멀어졌다.

"그래도 로마에 있는 동안 많이 단단해졌어요. 근데…… 여기가 꿈이면 어쩌죠? 전부 다 꿈이어서 눈을 떴을 때 다시 처음 비행기에 올랐을 때와 같은 마음이면."

우현은 아무런 대답도 하지 않았다. 그저 묵묵히 아픈 사랑이야기를 들어 줄 뿐이었다.

"그 사람 때문에 울고 싶지 않아요. 너무 미워서 생각이 나지 않았으면 좋겠어요."

그녀가 외치고 있었다. 아프다고. 눈물이 마르지 않는다고. 미워하고 싶지만 그럴 수가 없다고. 자꾸만 생각이 나서 힘들다고. 어느 날 문득 얼어붙은 시간 속에서 웅크리고 있는 자신을 발견하게 될까 두렵다고.

"이렇게 속상하고 아플 줄 알았으면 그 손 잡지 말 걸 그랬어요."

잔잔한 파도 위에 부서지는 목소리는 흠뻑 젖어 있었다. 그늘진 얼굴은 쓸쓸함을 담고 있었다.

우현의 시선이 채원의 손에 있는 장미꽃으로 옮겨졌다. 상처받기 쉬운 붉은 꽃잎. 그 꽃잎을 보호하기 위해 날이 서 있는 장미 가시. 고개를 돌려 채원을 바라보았다. 외로움을, 지나간 사랑이 준 아픔을 간직하고 있지만 지켜야 할 것이 있기에 강한 척 날카롭게 자신을 무장한 그녀. 장미 가시는 채원과 많이 닮아 있었다.

"사랑하지 말걸. 그랬다면 슬픔도 없잖아요."

그리고 그는 그런 그녀가 아팠다. 젖은 마음을 안고 있는 그녀를 꽉 끌어안고 싶었다.

채원의 떨리는 손이 레몬 첼로 병을 붙잡았다. 상큼한 레몬 향이 풍겨왔지만 그녀에게 나는 짙은 외로움의 향기에 묻혀 금세 사라져 버리고 말았다.

"장미 가시가 왜 생겼는지 알아요?"

한참 만에 우현의 입이 열렸다. 느닷없는 질문에 채원이 고개를 돌려 그를 바라보았다.

"그리스신화에서 말하기를, 큐피드는 어느 날 장미꽃의 아름다움에 홀딱 반하게 되죠. 그 고고한 자태에, 아찔한 향기에."

그녀가 시선을 돌려 제 손에 들린 장미꽃을 바라보았다. 과연 한 송이의 장미꽃이었지만 새빨간 꽃잎은 유혹적이었고 줄기는 고고하게 뻗어 있었다. 한껏 부풀어 오른 꽃잎은 싱그럽고 탐스러웠다.

"큐피드가 장미꽃에 키스하려고 하자 꽃 속에 있던 벌들이 깜짝 놀라 큐피드의 입술에 침을 쏴요. 큐피드의 어머니 비너스는 벌을 잡아 침을 빼고는 장미 줄기에 꽂아두죠. 그게 장미 가시가 되었다고 해요."

우현의 시선이 채원에게로 옮겨졌다.

"하지만 그 후에도 큐피드는 가시에 찔리는 아픔에도 불구하고 여전히 장미꽃을 사랑했어요."

잔잔하게 울리는 우현의 목소리에 채원이 고개를 돌려 그를 바라보았다.

"우리도 마찬가지예요."

따뜻한 눈길이 그녀의 온몸에 닿았다.

"때로는 서로의 가시에 찔려 아프기도 하지만 그래도 가까이 다가가고, 끌어안고, 그리고 사랑을 하잖아요."

사랑, 그것은 우리를 미칠 듯 애태우게 하기도, 고민하게 하기도 한다.

"좋아했었잖아요. 버리지 못한 미련에 공항에서 고개를 두리번거릴 정도로, 사람들 앞에서 큰 소리로 서럽게 울 만큼요."

일방적으로 끝나버린 사랑은 지독한 열병을 남기고, 그 열병은 절박하고 처절하게 다가온다.

"그 사랑이 끝났다고 과거를 원망하고 후회한다면 그 사랑의 시간 동안 반짝거렸던 나 자신조차도 부정하는 게 되니까. 그건 너무 서글프잖아요."

하지만 사랑은 그만큼 평생에 잊지 못할 순간들을 선사하기도 한다.

"사랑하지 않았으면 슬픔도 없었겠지만 한편으로는 행복했던 그 순간들도 없었을 거예요. 아픔이 너무 처절하다면 울어도 괜찮아요. 그건 그만큼 절실하게 그리고 열심히 사랑했다는 증거니까요."

둘 사이에 흐르는 공기가 잔잔했다.

"천천히 상처가 아물길 기다렸다가 용기를 내어 다시 다가가도 돼요. 너무 숨어버린다면 다시 내게 찾아온 사랑을 알아보지 못할 수도 있어요. 그러면 사랑이 얼마나 서럽겠어요."

우현의 시선이 채원이 들고 있는 장미꽃을 향했다.

"사랑은 언제 어떻게 어느 날 갑자기 찾아올지 아무도 몰라요. 그리고 그 갑자기 찾아온 사랑이 어쩌면 내 인생의 가장 최고의 순간들을 만들어줄 진짜 마지막 사랑이 될 수도 있어요."

장미꽃을 바라보는 그의 맑은 눈동자가 반짝거렸다.

"그거 알아요? 붉은 장미꽃의 꽃말은 '열렬한 사랑'이에요."

선예는 채원의 집 앞에 차를 세워놓고 건물 안으로 들어갔다. 301호 문 앞에 서서 비밀번호를 누르고 집 안으로 들어가려는데 옆집 문이 열렸다. 옆집 아주머니가 아저씨의 출근길을 배웅하기 위해 함께 밖으로 나왔다.

"어? 안녕하세요. 벌써 출근하세요?"

선예는 이제 겨우 오전 6시가 넘은 자신의 손목시계를 바라보았다.

"어, 선예 씨 왔네. 태양이 봐주러 왔어? 맞다, 잠깐만 기다려."

아주머니는 집 안으로 들어가더니 꽃다발과 케이크 상자를 들고 나왔다.

"어젯밤에 어떤 남자가 두고 갔어. 쓰레기 버리러 갔다가 마주쳤거든. 그냥 두고 가기에 채원 씨 여행 갔다 올 때까지 밖에 둘 수 없어서 선예 씨 오면 주려고 우리 집에 놔뒀지."

남자? 혹시, 선예의 눈이 가늘게 변했다.

"아줌마, 이거 두고 간 사람 얼굴 기억해요?"

"중년의 남자? 안경 끼고 풍채가 좋으시던데. 가끔 채원 씨 아버지 지인 분들 근처에 오시잖아. 채원 씨랑 연락이 안 돼서 올라온 건가 했지. 근데 웬 꽃다발에 케이크야?"

"어제 채원이 생일이었거든요."

"아, 그래서 왔었나 보네. 아무튼 난 전달했어."

"네, 감사합니다."

선예가 문을 열자 태양이 현관에서부터 향해 달려들며 반가움을 표시했다.

"밤새 잘 있었어? 혼자 사는 애한테 뭘 저렇게 큰 케이크를 사주셨대. 올 때까지 안 상하려나?"

집 안으로 들어온 그녀가 가장 먼저 케이크 상자를 냉장고에 넣었다.

"난 또 준서 씨가 두고 간 줄 알고 깜짝 놀랐네. 하긴 자기가 무슨 낯으로 이걸 주고 가? 양다리 주제에. 아저씨인가? 뭐, 나중에 채원이한테 따로 연락하시겠지."

선예가 별 상관 없다는 듯 몸을 움직여 태양의 밥을 챙겨주었다.

"그나저나 지금 로마는 밤이겠고. 아직 생일 좀 남았지?"

휴대폰을 꺼내 든 선예가 콧노래를 흥얼거리며 무언가를 써 내려갔다. 그러고는 찬장을 열어 커다란 병을 꺼내 물을 가득 담아 그 안에 장미꽃을 꽂았다.

"꽃다발 포장 한번 완벽하게 잘했네. 예쁘다. 우리 채원이 장미꽃 제일 좋아하는데 올 때까지 죽지 말고 있어라. 태양아, 누나 저녁때 다시 올게, 잘 놀고 있어."

태양을 쓰다듬은 선예가 집을 나섰다. 햇빛이 가득한 방, 붉은색 장미꽃 잎의 끄트머리는 까만 빛을 띠며 조금 시들어 있었다.

마주친 시선에, 귓가에 머문 목소리에, 그렇게 멈춘 듯한 시간 속에 두 사람은 가만히 서로를 바라보고 있었다. 채원은 자신을 위로해주는 잔잔한 음성에 위안받는 느낌이었다. 꽝꽝 얼어붙었던 가슴이 녹아내리는 것만 같았다. 그리고 우현은 그 얼음이 녹아내린 자리에 따뜻한 용기를 심어주었다. 정신이 몽롱하고 어지러웠다.

"어라? 이 많은 걸 다 마셨어요? 이거 도수 높아요. 얼굴 빨개졌잖아요."

우현은 어느새 비어버린 레몬 첼로 병을 들고 있었다. 채원은 자신을 빤히 바라보는 시선에 괜히 얼굴이 붉어지고 기분이 이상했다. 그녀가 재빨리 고개를 돌려 자리에서 일어났다.

"아, 이제 그만 들어……. 엄마야."

하지만 곧 다리에 힘이 풀려 주저앉고 말았다. 그 순간을 놓치지 않고 우현이 그녀의 팔을 붙잡았다. 서로의 숨결이 느껴질 만큼 두 사람의 거리는 가까웠다. 자신의 팔을 붙잡은 우현의 힘이 조금 세졌다는 건 그녀의 착각이었을까. 그에게 잡힌 손이 데일 듯 뜨거워졌다. 우현이 채원의 한쪽 팔을 붙잡더니 할 수 없다는 듯 그녀 앞에 주저앉았다.

"뭐 해요. 업혀요."

남자답게 벌어진 단단한 어깨가 내려앉았다. 눈앞에 펼쳐진 넓은 등은 바라보기만 해도 안심이 될 정도로 듬직해 보였다.

"어서요."

채원이 괜히 주변을 둘러보더니 천천히 몸을 숙여 우현의 등으로 다가갔다. 넓은 등에 내려앉자 그가 끙, 하는 소리와 함께 자리에서 일어났다. 그와 동시에 그녀의 입에서 몰아쉰 숨이 한꺼번에 쏟아져 나왔다.

"이러다가 내 등은 채원 씨 전용 되겠어요. 툭하면 취해요?"

"자주 안 그러거든요?"

발끈한 채원의 목소리에 우현이 낮게 웃었다. 그 울림이 그의 등을 통해 그녀의 가슴까지 전해졌다.

"내가 한순간에 훅 간다고 했잖아요. 경험자로 이야기한 건데 보면 말 참

안 들어요. 하긴 클럽 화장실에서 널브러져 있던 거에 비하면 이건 양반이
죠, 뭐."

"그런 건 좀 잊죠? 가만히 보면 잔소리 되게 많은 거 알아요?"

"잔소리도 다 애정이 있어야 하는 거라고요. 난 채원 씨한테 애정이 있으
니까 당연히……."

"흑심이라니깐요."

"그럼 썸 타자고 한 남자가 흑심도 없을까. 솔직히 말해봐요. 나한테 좀
넘어왔죠?"

"잘난 척하지 마시죠. 안 넘어가니까."

술에 취한 것이 분명했다. 잔뜩 풀어진 목소리로 그녀답지 않게 이런 식
의 농담도 받아치는 걸 보니 말이다.

"어디 한번 계속 버텨보시죠. 언제까지 안 넘어오나."

우현의 대답에 킥킥거리며 웃은 채원이 그의 어깨에 고개를 기댔다. 슬슬
졸음이 쏟아지고 정신이 몽롱했다.

"채원 씨, 자요?"

우현의 귓가에 따스한 숨이 느껴졌다. 의식하지 않으려고 애써도 그의 목
을 감은 부드러운 팔이, 일정한 간격으로 불어오는 숨소리가, 뜨거운 등에
닿은 가슴이 고스란히 느껴졌다. 그의 발걸음과 같은 박자로 그녀의 심장이
고동쳤다.

호텔에 도착한 우현이 프런트에서 열쇠를 받아 203호의 문을 열었다. 방
으로 들어간 그가 채원을 침대 위에 조심스럽게 내려놓았다. 그가 지그시
침대에 누워 있는 채원을 바라보았다.

"생각해보니 은근히 열 받네. 멀쩡한 남자 앞에서 이렇게 쉽게 잠이나 들
고. 설마 날 아직 남자로 인식하지 않는 건 아니겠지?"

우현의 얼굴에 삽시간에 굳어졌다. 연하 싫다, 싫다 하더니 아예 열외인
거야? 채원을 노려보는 그의 눈빛에는 야속함이 묻어났다.

"아니, 그래도 이 정도면 남자로 인식할 때도 되지 않았나? 가끔 얼굴 붉히는 거 보면 그런 것 같기도 한데. 하아, 대체 알 수가 없어. 여자의 마음은."

한숨을 내쉬며 고개를 저은 우현이 문을 향해 몸을 돌렸다.

"무…… 무…… 올……."

그때 공포영화처럼 흐느끼는 목소리가 우현의 뒤에서 들려왔다. 깜짝 놀란 그가 뒤를 돌아보았다. 침대에서 천천히 몸을 일으킨 채원의 머리가 산발이 되어 귀신처럼 흔들리고 있었다. 침대 끝에 앉아 있는 모습이 영 위태위태했다. 그러더니 결국 우당탕. 요란한 소리와 함께 그대로 침대에서 떨어졌다.

"채원 씨!"

우현이 재빨리 달려가 그녀 앞에 무릎을 접어 앉았다. 엄청난 아픔에 잠이 확 달아나 버린 건지 채원이 미간을 찡그리며 바닥에 부딪힌 엉덩이를 손으로 문지르고 있었다. 그 모습에 그의 입에서 웃음이 터져 나왔다. 왜 이렇게 귀여운 짓만 하는 걸까.

"보면 은근히 사고뭉치네요. 어디 봐요."

"보, 보긴 어디를 봐요. 지금 나 엉덩이 문지르고 있는 거 안 보여요?"

"그러니까 좀 봐요."

"이 남자가 정말!"

장난스러운 목소리로 자신에게 다가오는 우현을 피해 채원이 엉덩이를 떼어 뒤로 물러났다. 하지만 바로 등에 닿는 침대 때문에 더 이상 움직일 공간도 없었다.

"혹시 나 우울할까 봐 몸개그 하는 거예요? 그럼 이런 몸개그 말고 좀 적극적으로 유혹해주면 안 돼요? 그럼 나 바로 넘어갈 자신 있는데."

"미쳤어요? 유혹이라니? 진짜 구제불능……."

"연하 싫다더니 설마 아직도 나 남자로 인식 안 했어요?"

"그게 무슨 상관이에요! 어차피 한국 안 온다면서요!"

순간 채원이 제 말에 놀라 거칠게 숨을 집어삼켰다.

"아, 아니, 그러니까, 그게……."

우현의 입가가 씰룩거렸다. 웃지 않으려 해도 자연스럽게 입가에 웃음이 걸렸다.

"나 한국 안 간다는 말 듣고 서운했어요?"

"누, 누가 그렇대요?"

"반했다고, 썸 타자고 해놓고 한국은 안 오겠다고 하고. 웃기는 놈이라고 속으로 욕했어요?"

"그런 적 없거든요?"

"나 남자로 인식은 하고 있네요?"

"그, 그럼 우현 씨가 남자지, 여자예요?"

처음 만났을 때부터 생각했다. 저 부드러운 목소리가 내 이름을 불러준다면 어떤 느낌일까. 우현 씨. 상상했던 것보다 듣기 좋은 울림에 가슴이 벅차올랐다. 왜 하필 이 여자는 이렇게 둘만 있는 이 숨 막힐 듯한 공간에서 처음으로 내 이름을 부른 걸까. 겁도 없이.

"채원 씨."

삽시간에 뜨거운 공기가 들어찬 방에 울리는 목소리가 그답지 않게 농밀했다. 그가 천천히 고개를 숙여 그녀 가까이 다가갔다.

"그거 키스를 부르는 립스틱 맞죠?"

사랑스러웠다. 장미꽃잎처럼 붉어진 얼굴을 애써 숨기려 고개를 돌리는 이 여자가 귀여웠다. 촉촉한 입술을 질끈 물며 어찌할 줄 모르는 모습이 너무도 어여뻤다. 그래서 참을 수 없었다.

"나…… 키스해도 돼요?"

이 말을 하지 않고는. 고요한 방 안에는 두 사람의 숨소리조차 들리지 않았다.

"네…… 에?"

그리고 그 사이로 채원의 탁한 음성이 흘러나왔다. 어느새 장난기를 모두 거둬들인 우현의 농밀한 눈빛에 흐르는 시간은 멈춰버렸다. 자신만을 오롯이 바라보는 짙은 시선에 갇혀버린 듯 채원은 눈을 깜빡이는 것조차 힘겨웠다. 마치 처음 우현과 마주쳤을 때, 그러니까 그가 넘어질 뻔한 자신의 허리를 붙잡고 강렬한 눈동자로 바라보았을 때처럼 말이다. 계속 저 눈빛을 바라보고 있다가는 영영 헤어 나오지 못할 것만 같았다. 무엇보다 마치 제 것이 아닌 것처럼 멋대로 뛰어대는 심장이 어색했다.

아무런 대답도 하지 못하는 채원을 가만히 바라보던 그가 좀 더 그녀 곁으로 가까이 다가갔다. 피해야 했다. 머리에서는 지금 다가오는 남자에 대한 경고음이 계속 울렸지만 그럴 수가 없었다. 머리로 피가 가득 쏠리고 가슴이 울렸다. 이 울림이 술 때문인지, 아직 잠에 취해서인지, 아니면 오롯이 이 남자 때문인지. 스르륵 눈을 감은 우현. 코앞에서 그의 숨결이 느껴지자 채원이 저도 모르게 눈을 질끈 감았다. 금방이라도 입술이 닿을 것만 같았다. 그리고 그 순간.

띠리리.

적막 속에 흐르는 소리에 소스라치게 놀란 채원이 감은 눈을 번쩍 떴다. 바로 앞에는 아직 눈을 감은 채 자신의 입술 근처에 머물러 있는 우현이 있었다. 감긴 눈에 걸린 속눈썹이 길었다. 그리고 그 속눈썹을 가르고 밤색의 눈동자가 떠올랐다. 세상 모든 것들이 숨죽인 시간. 잠깐의 움직임에도, 작은 입술의 변화에도 서로에게 닿을 것 같았다. 완염한 그의 시선이 그녀의 눈동자에 3초, 입술 끝에 3초, 그리고 다시 눈동자에 3초.

"원래 로맨스 영화를 보면 늘 이런 순간에는 휴대폰이 울리기 마련이죠."

그리고 아쉬움이 그득 담긴 목소리가 낮게 속삭였다. 우현의 숨결이 얇은 입술 위로 고스란히 느껴졌다. 한 가닥 한 가닥 입술 위로 불어오는 숨결에 모든 감각이 마비된 듯 움직일 수조차 없었다. 그가 천천히 몸을 움직여 그녀에게서 멀어졌다.

"문자 확인해봐요. 중요한 내용일 수도 있잖아요."

그제야 뻣뻣하게 굳어 있던 몸의 근육들이 풀어진 듯 채원이 바지 주머니에서 휴대폰을 꺼내 들었다. 휴대폰을 만지는 손가락이 떨리는 모습이 선명하게 보였다.

"서, 선예네요. 친구."

목소리에도 그 떨림이 한껏 묻어났다.

[키스를 부르는 립스틱 활용 방법 알려줬지? 생일 얼마 안 남았다. 그 운명의 남자와 진한 에피소드 기대하고 있으마.]

"별 내용 아니에요."

선예의 문자를 확인한 채원이 후다닥 휴대폰을 껐다.

"물 갖다 줄게 있어요. 그리고 내일 일어나면 좀 쑤실 것 같은데. 예전에 운동 좀 했거든요. 원하면 마사지라도……."

"누, 누구 엉덩이를 마사지한다는 거예요?"

"엉덩이? 난 지금 팔목 말한 거였는데. 엉덩이 마사지를 원하는 거였어요?"

그가 난 아무것도 몰라요, 하는 표정으로 눈썹을 올리며 입을 열었다.

"그랬으면 진작 말하지 그랬어요. 적극적으로, 완전 성심성의를 다해 해줄 자신 있는데."

우현이 양손을 쭉 펴더니 잼잼 포즈를 하고는 채원의 앞으로 한 걸음 걸어왔다. 그 모습에 그녀가 잽싸게 일어나 침대 위로 날름 올라갔다.

"도망간 장소가 채원 씨한테 그렇게 유리한 장소는 아닌 것 같네요. 설마 아까 몸개그 하지 말고 적극적으로 유혹해달라고 했더니 바로 실행하는 거예요? 아, 떨려라."

"정말, 최우현 씨!"

커다란 우현의 웃음소리가 좁은 방 안에 수채화처럼 번졌다.

"물 갖다 물게요. 친구한테 답장이나 보내줘요."

장난스러운 목소리의 그가 몸을 돌려 문을 향해 걸어갔다.

"그 에피소드, 너 때문에 망했다고."

끼이익.

어둠이 깔린 203호 안으로 우현이 들어왔다. 작은 움직임의 소리조차 부담스러울 정도로 실내는 조용했다. 그저 채원의 숨소리만이 그 공간을 지배했다. 우현이 천천히 방 안으로 걸어 들어가 믹스 커피를 테이블 위에 놓았다.

"커피 얻어 왔는데. 그 사이를 못 참고 잠이 들었네."

분명 채원은 아침에 눈을 뜨자마자 커피를 찾을 것이다. 이탈리아에 있는 내내 그랬으니까. 커피를 한 잔 마시기 전까지는 제대로 정신을 차리지 못했다. 어딘지 멍한 눈동자가, 조금은 부스스한 머리카락이, 슬로모션처럼 느린 손짓이, 그리고 푹 잔 듯 뽀얀 얼굴이, 커피 잔을 걸고 있는 가늘고 긴 손가락이, 만족스럽게 올라간 입꼬리가 귀여웠다. 생각만으로도 입가에 웃음이 걸렸다.

고양이 걸음으로 창문으로 간 그가 문이 제대로 닫혀 있는지 확인했다. 그러고는 침대 가로 걸어와 가져온 물을 침대 옆의 테이블 위에 있는 컵에 따랐다.

"생긴 거답지 않게 잠버릇 고약하네. 정말 반전 있는 여자라니까."

우현이 채원의 발아래 깔려 있는 이불을 바라보며 피식 웃더니 손을 뻗어 조심스럽게 이불을 끌어 올렸다.

탁. 순간 자신의 손에 느껴지는 온기. 우현이 고개를 돌리자 채원의 손이 제 손을 붙잡고 있었다. 눈은 여전히 감겨 있고, 숨소리가 일정한 것을 보니 잠결에 그런 것 같았다. 얼마든지 뿌리칠 수 있는 약한 힘이었지만 그는 그녀에게 손목을 내어준 채로 조용히 침대 옆 바닥에 주저앉았다.

그의 시선이 잠든 채원에게 머물렀다. 볼록한 이마의 곡선 끝에 잘 정돈된 짙은 눈썹이 뻗어 있었다. 자신을 또렷하게 바라보던 까만 눈동자는 힘없이 늘어뜨린 눈꺼풀 아래 숨어 있었고, 앙증맞은 코 아래로 여전히 붉은 빛을 띠는 입술이 닫혀 있었다. 조금 전 저 입술 사이로 간간이 토해내는 뜨거운 숨을 함께 나누었다.

"혼자 잠들어버리다니, 얄미워라."

자신을 부르는 음성과 떨리는 호흡이 느껴지는 입술 앞에서 이성을 잃었다. 만약 채원의 휴대폰이 울리지 않았다면, 그래서 그녀가 눈을 뜨지 않았다면 지금은 어찌 되었을까. 상상만으로도 온몸의 피가 뜨겁게 솟아오르는 것만 같았다. 키스하고 싶었다. 자신을 설레게 만드는 말들을 내뱉는 저 얄미운 입술에 입 맞추고 싶었다.

"키스해도 돼요, 라니 미쳤지. 그냥 묻지 말고 해버릴걸. 에피소드를 기대한다면서 친구가 협조를 안 해주시는구먼."

우현의 목소리에도 채원은 미동조차 하지 않았다. 오늘 엿본 채원의 이별에 대한 아픔은 컸다. 그리고 그 아픔이 주고 간 시작에 대한 두려움은 더 컸다.

"어떤 사람이었을까?"

힘들었던 당신의 삶에 파고든 그 사람은. 얼굴도 한 번 본 적 없는 그 사람이 궁금했다.

"당신에게 어떻게 다가갔을까?"

당신과 무슨 이야기를 하고, 어떤 시간을 보내고, 얼마나 많은 추억을 나누어 가졌을까. 제대로 미워하기도 힘든 그 남자를 당신은…… 얼마나 사랑했을까. 감히 내가 함부로 다가가지 못하는 그 입술에 얼마나 많은 사랑을 담아 속삭였을까.

"사실 욕이라도 퍼부어주고 싶었어요. 할 수만 있으면 어디 있는지도 모를 그 남자를 찾아 얼굴에 주먹이라도 날려주고 싶었는데."

사랑했을 거라는 말에, 그리고 슬프다고 외치는 당신이 안타까운 만큼 난 그 사람이 미웠으니까. 아니, 아픔이라는 이름으로 여전히 당신의 가슴에 남아 있는 그 사람이 싫었으니까. 하지만 그랬다면 아마 당신은 나를 원망하겠지.

"이유가 뭘까요? 내가 왜 한 번도 보지 못한 그 사람이 이렇게 미운지. 이 토록 원망스러운지."

우현이 시선을 돌려 제 손을 잡고 있는 채원의 손을 바라보았다. 이 손등의 온기를 오래도록 간직할 수 있는 방법은 없을까.

한참 동안 채원의 얼굴을 바라보던 우현은 어느새 그녀의 손이 제 손 위에서 사라지자 아쉬움이 그득한 표정으로 자리에서 일어났다.

"다음에는 싫다면 피해요. 또 그렇게 눈 감아버리면 그때는 바로 달려들지 모르니까. 나도 두 번이나 신사일 수는 없어요. 아직은 수양이 부족하거든요."

조용히 닫힌 문 뒤로 오래도록 그의 음성이 머물렀다.

5. 너에게 간다

오늘은 채원이 로마에서 보내는 마지막 날이었다. 그런 그녀를 위해 세연
과 성준이 함께했다.

"언니, 이건 어때요? 회사 동료들한테는 이게 괜찮을 것 같은데."

세연은 채원에게 알록달록한 가죽으로 만들어진 작은 동전지갑을 내밀
었다. 가격도 부담스럽지 않고, 선물하기에 딱 좋았다. 동전지갑 몇 개를 바
구니에 담은 채원이 고개를 돌렸다. 한쪽 구석에는 작은 스노볼이 진열되어
있었다. 그녀가 손을 뻗어 스노볼을 집어 들었다. 손목을 움직이자 정교하
게 만들어진 콜로세움 건물 사이사이로 하얀 눈꽃들이 흩어져 내렸다. 예전
에 아빠는 출장에서 다녀오시면 늘 스노볼을 사다 주셨다. 흩날리는 눈꽃
사이로 아련함이 밀려왔다.

"예쁘네요. 기념으로 제가 하나 선물할까요? 정작 채원 씨 본인 거는 안
샀잖아요."

어느새 곁에 다가온 우현의 목소리에 채원이 고개를 저었다.

"괜찮아요. 이건 제가 살게요."

희미하게 미소 지은 채원이 스노볼을 들고는 계산대로 걸어갔다.

한참을 걸어 스페인 광장에 도착한 세 사람.

"뭐 마실 거 사 올 테니까 여기 잠깐 있어요."

우현과 성준이 사라지자 채원과 세연은 일상적인 이야기를 하며 시간을 보내고 있었다.

"언니, 저 화장실 좀 다녀올게요."

세연의 말에 고개를 끄덕인 채원이 스페인 광장 계단에 턱을 괴고 앉아 지나가는 사람들을 바라보았다. 로마에 온 지 며칠 되지 않았는데 어느새 이곳 생활에 익숙해진 느낌이었다.

"언젠가 또 올 수 있을까?"

채원의 입에서 미련이 가득 담긴 목소리가 흘러나왔다. 이별은 서운했다. 다음을 기약할 수 없기에 마지막은 언제나 아쉬웠다. 언제 또 이렇게 여유로운 시간을 만끽할 수 있을까. 하지만 여유가 생겼다는 건 그다지 좋은 일은 아닌 것 같았다. 생각은 많아지고 추억을 반복하는 시간이 늘어나니까. 그래서 예고 없이 차오르는 기억에 손쓸 틈도 없이 잠식되고 만다. 그 깊이가 얼마나 깊은 줄, 그리워해도 돌아갈 수 없음을 뼈저리게 느끼고 난 후의 절망감을 그녀는 누구보다 잘 알고 있었다. 이미 오래전에 한 번 경험해보았으니까. 이곳이 처음 와본 장소라는 게 고마웠다. 준서와 함께 왔었다면 분명 스치는 곳마다 과거를 추억해야 하는 아픔이…….

"어?"

가만히 앞을 바라보던 채원이 갑자기 한 곳을 응시하더니 눈을 크게 떴다. 익숙한 뒷모습이 그녀의 시야를 사로잡았다. 숨이 막힐 듯 가슴이 답답했다. 폭발하듯 터져버릴 것 같은 심장의 울림에 벌떡 일어나 정신없이 계단을 뛰어 내려갔다. 아닐 거야. 아닐 거야. 여기 있을 리가 없어. 그렇게 생각하면서도 내뛰었다. 복잡한 사람들 사이를 뚫고 정신없이 달렸다. 저 뒷모습이 아득해지기 전에. 신기루로 사라지기 전에.

"준서…… 준서 씨!"

이름이라도 불러 붙잡아야 했다. 힘껏 소리쳐 부른다면 혹시 목소리를 듣고 멈춰 설지 모르니까. 울퉁불퉁한 돌바닥은 정신없이 뛰어나가는 채원의 발목을 붙잡았고, 그녀는 커다란 충격과 함께 앞으로 고꾸라졌다. 하지만 그 아픔도 느껴지지 않는지 서둘러 몸을 일으켜 앉았다.

"준서 씨! 기다려, 준서 씨!"

사라졌다. 흔적도 없이. 아니, 처음부터 그녀의 착각이었다. 이곳에 있을 리가 없었다. 저도 모르게 헛웃음이 흘러나왔다. 비참하게 버려졌다. 그런데 자존심도 없는지 비슷한 뒷모습에 바로 반응했다. 몸이 먼저 움직여 뒤쫓았다. 이렇게 사람이 많은 곳에서 미친 듯이 달렸고, 넘어졌고, 창피함도 잊어버린 채 큰 소리로 이름을 불렀다.

"기다려, 라니. 한채원, 넌 자존심도 없냐?"

사람들의 시선이 느껴졌지만 창피함보다는 미련이라는 못난 감정이 남아 있는 자신에 대한 실망감이 앞섰다. 몸을 일으켜 옷에 묻은 먼지들을 털어내고 바닥에 떨어진 물건들을 정리하기 위해 고개를 들었다. 그런 그녀의 시야에 딱딱하게 굳은 얼굴로 자신을 바라보고 있는 남자가 보였다.

[물 세 개요.]

스페인 광장 한쪽의 작은 가게로 들어가 물을 사 온 우현이 그중 하나를 성준에게 건넸다. 성준은 잽싸게 뚜껑을 열고는 물을 벌컥벌컥 들이켰다.

"그저께는 그렇게 비가 쏟아지더니 오늘 날씨 엄청나다, 정말."

성준이 손으로 부채질을 하며 투덜거렸지만, 우현은 그런 성준은 안중에도 없는 듯 고개를 두리번거리며 광장 계단을 바라보았다. 그 모습을 가만히 지켜보던 성준이 입을 열었다.

"채원 씨, 오늘이 마지막 날인 거 알지?"

우현이 채원에게 두었던 시선을 거둬 성준을 바라보았다. 하지만 우현은 아무런 대답이 없었다.

"네가 한국으로 돌아가지 않는 한 오늘이 마지막이라 그 말이야. 윤 교수님한테 전화 왔어. 당분간 한국에 있어야 한다고 하시더라. 너랑 나, 어떻게 할 거냐고 물어보시더라."

딱딱하게 굳은 그의 얼굴을 마주한 성준이 말을 이었다.

"어차피 네 의지와 상관없이 교수님이 이탈리아에 계시는 한, 너는 이탈리아에 있겠지만. 당분간 여기서 교수님을 기다리느냐, 한국에 함께 가느냐하는 선택은 네 몫이니까."

우현이 다시 고개를 돌려 먼 곳을 바라보았다. 수많은 인파 속에서도 광장 계단에 앉아 있는 채원은 한눈에 들어왔다.

"나 화장실 다녀올 테니까 채원 씨랑 좀 있어."

고개를 끄덕인 우현이 성준과 반대 방향으로 걸어갔다. 스페인 광장 계단에 가까이 다가갈수록 채원의 모습이 선명하게 보였다. 노래를 흥얼거리는지 고개를 끄덕이고 있었다. 그녀의 입가에 흘러나오는 노랫가락이 제 귓가에 들리는 것만 같았다. 그녀와의 거리가 점점 좁혀졌다.

"뭘 저렇게 두리번거리는……."

순간 채원이 자리에서 벌떡 일어나더니 다급히 광장 계단을 뛰어내려왔다.

"채원 씨?"

하얗게 질린 얼굴로 자신을 달려오고 있었지만 그녀의 시선은 그를 향해 있지 않았다.

"준서…… 준서 씨!"

그리고 채원의 입술에서 쥐여 짜듯 흘러나오는 익숙한 이름에 터벅, 우현의 발걸음이 멈췄다. 곧 고막을 자극하는 요란스러운 소리와 함께 사람들의 웅성거림이 들렸다. 그의 눈동자가 옅게 흔들렸다. 준서…… 라고? 많은 인파들의 음성도, 광장 분수에서 쏟아지는 물줄기 소리도, 그 어떤 것도 들리지 않았다. 힘들었던 당신의 삶에 파고든 그 사람. 당신과 많은 추억을 공유한 그 사람. 그 이름이……. 알 수 없는 불안감이 우현의 심장을 두드렸다.

눈앞이 컴컴해지면서 오고 가는 사람들 사이에 멍하니 서 있었다.

"우현 씨……?"

얼마나 시간이 지났을까, 자신의 이름을 부르는 작은 목소리에 우현이 깊은 상념에서 깨어났다. 흐릿한 시야에 초점을 맞추자 채원이 자신을 멍하니 바라보고 있었다. 딱딱하게 굳은 그의 얼굴은 쉽게 풀릴 줄 몰랐다. 그녀의 내려앉은 어깨가, 한숨을 내쉬는 붉은 입술이 그의 마음을 더 불안하게 만들었다. 하지만 지금은 자신의 약한 모습을 들키고 싶지 않아 하는 채원의 마음이 더 중요했다.

"채원 씨, 또 넘어졌어요? 보기와 다르게 많이 덜렁거려요. 조심 좀 하지."

그래서 아무것도 보지 못했다는 듯, 그러니 그런 표정 짓지 않아도 된다는 듯, 그렇게 모른 척 웃으며 그녀에게 다가갔다.

"넘어지는 소리가 너무 커서 100미터 밖에서도 다 알겠어요. 어딜 가려고 그렇게 뛰었어요?"

"화, 화장실이요!"

"얼마나 급했으면 그렇게 뛰어요?"

"이제 괜찮아요. 안 가고 싶어졌어요."

"능력자네요. 마음대로 가고 싶었다가 안 가고 싶었다가. 비법 좀 알려줘요."

우현이 바닥에 떨어진 그녀의 종이가방과 물건들을 주웠다. 그의 손에 들린 스노볼. 콜로세움 건물 사이로 하얀 눈꽃들이 흩날리길 기대해보았지만.

"깨져버렸네요. 아까워라. 다시 사러 갈래요?"

채원이 고개를 저었다. 우현의 시선이 제 손에 들린 스노볼을 물끄러미 바라보더니 넘어질 때의 충격으로 상처가 나서 피가 맺힌 채원의 다리로 옮겨졌다. 그녀의 한쪽 운동화 끈은 풀려 있었다.

"세연이는 화장실에 갔어요."

그녀답지 않게 주저리주저리 말을 하고, 몸에 묻은 먼지를 털어내며 부산스럽게 움직였다. 목소리 톤은 또 왜 이렇게 높은지. 그 모습을 바라보는 우현의 얼굴에 애잔함이 스쳐 지나갔다. 깨진 스노볼을 종이가방에 넣은 우현이 자신의 가방에서 물티슈를 꺼냈다.

"무릎 닦아요. 내가 닦아주다가 또 성희롱이라고 뭐라고 할 것 같아서."

두 사람을 에워싼 눅눅한 공기. 우현이 무릎을 접고 앉아 바닥에 흩어져 있는 그녀의 운동화 끈을 붙잡았다.

준서라는 사람…… 그 사람 혹시 어떤 사람이에요? 우현은 질문이 목 끝까지 차올랐지만 이내 삼켜버렸다. 준서라는 이름은 흔했다. 하지만 그 흔한 이름에서 오는 불안감은 자꾸만 커져갔다. 운동화 끈을 매는 우현의 손끝이 떨려왔다. 준서라는 이름이 조금 두려웠다.

"야, 최우현. 내 말 듣고 있어?"

로마 트레비 분수 앞. 성준은 카페 앞의 테이블에 앉아 초점 없는 눈으로 사람들을 바라보는 우현을 불렀다.

"미안. 뭐라고 했지?"

"너 아까부터 조금 이상하다? 멍하니 왜 그래?"

우현이 마른 입술을 질끈 물었다. 채원의 입에서 들었던 이름 때문인지, 그 후로 우현은 계속 멍해 있었다.

"성준아, 대한민국에 우현이라는 이름을 가진 사람이 몇 명이나 있을까?"

뜬금없는 우현의 질문에 성준이 어깨를 으쓱했다.

"영국 학교에 박우현이라는 한국애도 있었고, 그때 동네 한인교회 목사님 성함도 김우현이셨고. 그럼 일단 너까지 셋 이상이라는 거네."

"이름이 같은 사람은 무수히 많겠지?"

"지금 이 순간에도 수많은 우현과 성준이 어딘가에서 숨을 쉬고 있겠지. 그것도 아주 가까이에서. 별 싱겁지도 않은 거 묻는다. 어, 왔어요?"

조금 전 넘어져 상처가 난 채원 때문에 밴드를 사러 갔던 두 여자가 돌아왔다.

"성준아, 잠깐 나 좀 봐."

"뭐? 왜? 야야야야."

세연이 무작정 성준의 팔을 잡아당겼다. 어쩔 수 없이 끌려간 성준이 세연과 함께 자리를 비웠다.

"무릎 괜찮아요? 채원 씨 굉장히 야무져 보이는데 의외로 허술하고. 덤벙거리기도 하고 그러네요."

우현이 작은 소리를 내며 울리는 자신의 휴대폰의 문자메시지 함을 열었다.

[최우현, 언니랑 조금만 같이 있어. 나 성준이랑 언니한테 줄 선물 좀 사가지고 올게.]

세연의 문자에 우현이 피식 웃었다. 제법 기특한 생각도 한다.

"우현 씨한테 대체 전 어떤 이미지예요?"

"말했잖아요. 구멍도 많고 허술하고 덤벙거린다고. 연상임이 분명한데 사실 지내다 보니 자꾸 잊어버리게 되더라고요."

우현의 대답이 마음에 들지 않는지 채원이 입을 삐죽거렸다.

"거기다 화장실 가는 것도 자유자재로 조절하는 신비한 능력을 가진 사람?"

"진짜. 섬세하고 매너 있는 남자라면서요. 끝까지 이미지 유지하죠?"

"비법 안 가르쳐줘서 지금 심술부리는 거예요."

"어련하실까."

"그럼 채원 씨한테 저는요? 전 어떤 사람이에요?"

우현의 질문에 채원이 물끄러미 그를 바라보더니 갑자기 저 혼자 웃음을 터뜨린다.

"솔직하게 말해도 돼요? 오지랖도 넓어서 다른 사람 일에 참견하기 좋아하고, 조금은 제멋대로에, 능글맞고. 말하는 거나 행동하는 거 보면 은근히 바람둥이 같기도 하고."

생각지도 못한 채원의 대답에 우현이 미간을 찌푸렸다.

"저기요, 한채원 씨. 내가 얼마나 퓨어한 사람인지를 모르시네. 순수 그 자체라고요. 괘씸해서라도 앞으로 더 능글맞아지고 참견해야겠어요."

우현이 눈썹을 꿈틀거리며 장난스럽게 말했지만 채원은 진지한 얼굴로 그를 바라보았다. 앞으로 더 참견이라니. 이제 이 시간이 지나면 서로 마주칠 일도 없으면서. 서로 다른 공간 속에서 모르는 사람처럼 그렇게 지낼 거면서. 지금까지 그래왔듯이.

"한국이…… 싫어요?"

속으로만 몇 번이고 되뇌곤 했던 질문이 채원의 입 밖으로 튀어나왔다. 순식간에 우현의 눈가에 머물러 있던 장난기가 사라지자 그녀가 재빨리 그에게 두었던 시선을 거두었다.

"미, 미안해요. 제가 너무 사적인 걸 물어봤죠?"

미쳤나 봐. 채원이 작게 중얼거렸다. 얼굴이 화끈거리는지 손바닥으로 부채질을 하며 부산스럽게 고개를 돌렸다.

"드디어 저한테 관심이 생겼어요? 절대 안 넘어온다더니 나한테 넘어왔어요? 사적인 것까지 세세하게 알고 싶을 정도로 내가 좋고 그런가?"

우현이 테이블에 턱을 괴고 그런 그녀를 가만히 바라보더니 장난스럽게 물었다.

"괘씸해서라도 더 능글맞아진다고 하더니. 됐어요. 진지함을 기대한 내가 잘못이지."

채원이 시선을 돌려 트레비 분수를 바라보았다. 시원하게 뿜어내는 물줄기는 그녀의 가슴속까지 뻥 뚫을 정도로 거셌다.

우현은 그런 그녀를 물끄러미 바라보았다. 입으로는 농담을 하고 있었지만 머리는 혼란스러웠다. 저 빨려들어 갈 것만 같은 눈동자에 준서라는 남자를 가득 담았을까. 감정이 여실히 드러나는 저 얼굴로 준서라는 남자를 향해 얼마나 많이 얼굴을 붉혔을까. 당신에게는 사랑이었던 준서라는 이름. 그리고 내게는…….

"오늘 들어가서 짐도 싸야 하는데 얼른 동전 던지고 숙소로 들어……."

"공부를 하고 있어요. 누군가를 위해서이기도 하고, 용서받기 위해서이기도 하고요."

채원의 귓가에 사람들의 웃음소리 너머로 생각지도 못한 음성이 들려왔다. 작은 소리였지만 그의 목소리는 너무나 선명하게 그녀의 귓가를 파고들었다.

"아프게 하고, 눈물짓게 하고, 슬프게 했거든요. 상처 줘놓고는 도망쳤어요. 사과도 못 하고."

가방 안에서 동전을 찾던 채원의 손이 멈췄다. 수많은 인파의 웅성거림 속에서 그의 목소리의 미세한 떨림은 몇 배로 고독하게 다가왔다.

"그냥 전 비겁한 겁쟁이일 뿐이에요."

채원이 고개를 들었다. 나른한 오후의 햇살은 그의 얼굴에 내려앉아 음영을 만들었다. 그가 웃었다. 하지만 아파 보였다. 마치 들어서는 안 될 이야기를 들은 것만 같은 느낌.

"안 그래도 채원 씨한테 저 점수 별로인 거 같은데 매력 포인트 더 떨어졌어요?"

저 허탈한 웃음을, 그늘진 눈빛을 만든 사람이 마치 자신인 것처럼 아파왔다.

"나도 참 별 소리를 다 하네요. 물 마시고 취했나?"

무슨 말이라도 해야 했지만 입술이 열리지 않았다. 자신이 내뱉을 말의 무게가 너무나 무겁게 다가왔기 때문이었다.

"가요. 동전 던지는 방법 알려줄게요."

우현이 자리에서 일어나 등을 보인 채 앞서 걸었다. 그 뒷모습에 왠지 모르게 물밀듯 슬픔이 가득 차올랐다. 저벅저벅, 걷는 그의 발소리가 마치 눈물에 흠뻑 젖어 있는 착각마저 들었다. 채원이 자리에서 일어나 그를 뒤따랐다.

"채원 씨, 트레비 분수 동전의 전설 알아요?"

우현이 뒤를 돌았다. 어제와 마찬가지로 그의 얼굴에 햇살이 번져들었다. 마치 아무 일도 없었다는 듯. 어제도, 오늘도 같다는 듯.

"하나를 던지면 로마에 다시 오고, 두 번을 던지면 연인과 사랑이 이루어진다는 거요? 세 번 던지면 이혼한다고 했던 것 같은데, 맞아요?"

그래서 그녀도 밝은 목소리로 대답하며 미소 지었다. 어제도, 오늘도 같다는 듯.

"민간 관습이다 보니까 의견들이 분분해요. 동전을 하나씩 한 번, 두 번, 세 번 던져라. 아니면 한 번 동전을 던질 때, 한 개씩, 두 개씩 같이 던져라. 어서 던져봐요."

우현의 말에 채원이 주머니에서 동전을 꺼내 들더니 심호흡을 가다듬고는 뒤돌아섰다. 무슨 커다란 의식이라도 치르는 것 같은 모습에 우현이 웃음을 터뜨렸다.

"웃지 마요. 저 지금 엄청 진지해요. 실패하면 정말 큰일이잖아요."

"던질 때는 동전을 오른손에 쥐고 왼쪽 어깨 너머로 던지는 거예요. 알았죠?"

고개를 끄덕인 채원이 비장한 표정으로 동전을 손에 쥐었다.

"하나, 둘, 셋."

심호흡을 한 그녀가 동전을 뒤로 던졌다.

"들어갔어요? 들어갔어요?"

채원의 흥분한 목소리로 우현을 바라보았다. 우현이 고개를 끄덕이며 손을 내밀자 그녀가 웃으며 그의 손바닥을 마주쳤다.

"채원 씨, 로마에는 다시 오겠네요. 한 번 더 던져요?"

우현의 말에 채원이 조금 망설였다.

"괜찮아요. 하고 싶은 대로 해요. 어차피 미신인데요, 뭐. 기분전환."

부드러운 목소리가 그녀에게 속삭였다.

"세 번 던지고 싹 다 잊어버리고 싶어요. 이혼 서류에 도장 찍는 기분으로."

제게 다짐하듯 던지는 채원의 말에 우현이 고개를 끄덕였다. 두 번째로 던진 동전 역시 분수 안으로 골인하자 채원은 기세등등한 표정으로 돌아섰다.

세 번째 동전을 던지려는 찰나, 그가 동전을 쥐고 있는 그녀의 손을 부드럽게 붙잡았다. 갑자기 손에서 느껴지는 온기에 깜짝 놀란 그녀가 눈을 크게 뜨고 그를 바라보았다.

"동전 던지기 전에 소원 하나 생각해봐요."

고개를 갸우뚱하는 채원의 모습에 우현의 미소가 점점 커졌다. 그가 응원이라도 하듯 붙잡은 손을 톡톡, 치더니 그녀를 놓아주었다.

"하지만 별로 빌 만한 소원이……."

작게 중얼거린 채원이 자신의 손에 들린 동전을 바라보더니 고개를 들어 우현에게 시선을 두었다. 남자답게 뻗은 짙은 눈썹은 호기심에 들썩거렸고, 언제나 사람을 똑바로 응시하는 깊은 눈동자는 즐거움으로 빛나고 있었다. 풍부한 감정이 여실히 드러나는 입술에는 미소가 떠올랐다. 그 미소에 그녀 역시 따라 웃었다. 역시 그는 빛이 어울리는 사람이다.

한참을 우두커니 선 채원이 결심했다는 듯 돌아섰다. 그러더니 무슨 소원을 비는 건지 눈까지 꼭 감고 있었다.

"됐어요? 자, 하나, 둘, 셋."

우현의 외침에 채원이 동전을 높이 던졌다.

"다 들어갔죠? 세 개 다? 동전 못 넣는 사람들도 많다면서요. 저 세 번 다 들어갔어요."

동전이 분수 안으로 들어가자 채원이 신이 나서 소리쳤다.

"근데 소원은 왜 빌라고 한 거예요?"

"트레비 분수에 동전을 세 번 던지면 이혼한다는 거요, 한 가지 속설에 따르면 엄격했던 가톨릭 국가의 경우에는 이혼이라는 것 자체가 굉장히 어려웠잖아요."

그녀가 고개를 끄덕였다.

"트레비 분수에 세 번 동전을 넣어 던지면 이혼도 할 수 있다. 즉, 불가능한 소원도 성취 가능하다, 라는 설이 있어요. 뭐, 믿는 사람 마음이니까요."

잘됐다는 듯 얼굴에 미소를 넘실대며 좋아하는 채원의 모습에 우현의 얼굴에 궁금증이 서렸다.

"무슨 소원을 빌었기에 그렇게 좋아해요? 동전이 다 들어간 게 그렇게 기쁠 정도로 큰 소원이에요?"

우현의 질문에 채원이 그를 바라보았다. 하지만 설핏 미소만 지을 뿐 아무런 말도 하지 않았다.

다음 날, 로마 피우미치노 공항.

"언니, 이렇게 가면 우리 또 언제 봐요. 너무 아쉬워요."

세연이 안타까운 목소리로 채원의 손을 꼭 잡고 말했다.

"한국 오면 꼭 연락해. 선물도 너무 고마워. 성준 씨, 고마웠어요. 이모님께도 안부 전해주세요."

"나중에 한국에서든 이탈리아에서든 또 봤으면 좋겠네요."

성준이 고개를 돌려 채원의 캐리어를 들고 멀찌감치 서 있는 우현을 쳐다보았다. 얼굴에는 헤어짐에 대한 아쉬움이 그득했다. 이쯤에서 자신들이 빠져주는 게 예의인 것 같았다.

"차를 아무 데나 세워놔서요. 아쉽지만 먼저 가볼게요. 조심히 가요."

성준의 말에 채원이 고개를 끄덕였다. 고개를 돌린 그녀가 우현의 뒷모습을 가만히 바라보았다. 일주일 내내 그녀를 이끌었던 단단한 어깨였는데, 이제 마지막이라고 하니 괜히 기분이 이상했다. 그녀의 머릿속에 지난 일주일간의 기억들이 필름처럼 스쳐 지나갔다. 믿기 힘든 우연으로 만났지만 그로 인해 지난 시간들이 즐거웠고, 설레었고, 행복했다.

"채원 씨, 이거."

우현이 채원에게 무언가를 내밀었다. 코팅된 장미꽃잎이었다.

"포지타노에서 그 장미꽃이에요. 조금 고전적이고 유치하긴 하지만 장미꽃잎 말려서 가져가고 싶다고 해서요."

그의 손에 들린 장미꽃잎을 바라보는 그녀의 입가에 미소가 걸렸다.

"기껏 이탈리아에 왔는데 겨우 코팅된 장미꽃잎이 기념품이라 미안해요. 그래도 이것도 나중에 시간이 지나면 추억이 될 것 같아서 잎 중에 가장 싱싱하고 붉은 꽃잎으로 골랐어요."

채원은 무심코 던진 자신의 한마디를 기억해준 그의 정성에 가슴이 뭉클했다.

"고마워요. 정말 고마워요. 잘 간직할게요."

한참을 코팅된 장미꽃잎을 바라보고 있던 채원이 고개를 숙인 채 중얼거렸다. 이렇게 많은 걸 받고 돌아가는데 자신이 해준 것은 아무것도 없었다. 어제도 수많은 인파 사이에 우두커니 서 있던 쓸쓸한 그의 뒷모습을 바라보기만 했을 뿐이다. 아무런 힘이 되어주지 못한 자신이 조금 한심했지만, 그래도 이런 나라도 기회가 된다면 작게나마 힘이 되어주고 싶었다.

"우현 씨, 한국 오게 되면…… 혹시라도 오게 되면 말이죠. 그때는 제가 대접할게요."

그가 한국에 오게 될 일이 없다는 것을 알고 있었다. 왠지 마지막이라고 생각하니 그의 눈을 제대로 볼 수가 없었다. 헤어짐에 대한 아쉬움은 생각보다 크게 다가왔다. 과연 그도 그럴까? 그의 얼굴을 보고 싶었다. 평소처럼 햇살처럼 웃고 있는지, 아니면 조금은 아쉬운 표정을 담고 있는지. 채원이 천천히 고개를 들었다.

"약속했어요. 가서 엄청난 거 얻어먹어야지. 전 가난한 학생이니까 맛있는 거 사줘야 해요."

주머니에 손을 꾹 찔러놓고는 장난스럽게 대꾸하는 우현은 자신이 기억하는 모습 그대로였다. 마지막에 기억되는 모습이 이 미소여서 좋은 건지, 아니면 그녀와의 헤어짐이 아무렇지 않은 그 모습에 조금은 서운한 건지.

"그럼 정말 갈게요."

고개를 끄덕인 채원이 아쉬움을 뒤로한 채 몸을 돌렸다.

"아, 맞다."

자신을 부르는 우현의 목소리에 채원이 뒤를 돌았다.

"어제 트레비 분수에 동전 던질 때요, 무슨 소원 빌었어요? 엄청 진지하게 소원을 빌기에 궁금해서요. 말해줄 수 있어요?"

호기심 가득한 남자의 눈동자가 반짝거렸다. 채원이 캐리어 손잡이에서 손을 떼고 바로 서서 물끄러미 우현을 바라보았다. 어제 보았던 그의 공허한 눈빛이 잊혀지지 않았다. 무심코 던진 자신의 질문이 저 사람의 상처를 건드린 것은 아닐까 밤새 뒤척였다. 그의 목소리가 자신에게 닿는 순간 그 쓸쓸함이 함께 묻어와 사라지지 않았다.

채원이 결심했다는 듯 고개를 들어 우현을 바라보았다. 그의 얼굴에 그늘이 지는 것은 원치 않았다. 그래서 말하고 싶었다. 전하고 싶었다. 붉은 혀가 입술 끝을 적셨다.

"저요. 지금껏 살면서 처음 봤어요. 그렇게 다른 사람 일에 참견하기 좋아하고, 제멋대로에, 능글맞은 사람이요. 바람둥이 같기도 하고."

부드러운 음성이 그의 귀를 두드렸다.

"근데요. 참견하기 좋아하는 그 사람은 자기에게 싫은 소리만 했던 여자를 위해 다급하게 뛰어와 손을 내밀 정도로 친절한 사람이에요. 비행기 안에서는 자신의 잘못도 아닌데 사람들의 비난을 대신 받기도 한 배려심이 많은 사람이죠."

당신의 그 배려심으로 난 마음이 너무나 따뜻했었다고.

"철저히 타인이었던 사람의 생일까지 챙겨주느라 더운 날씨 여기저기 뛰어다니며 케이크와 장미꽃을 준비하는 사람이기도 해요. 그러면서도 부족하다고 사과하는 착한 사람이에요."

당신의 착한 마음씨 때문에 난 외롭지 않았었다고.

"조금은 제멋대로인 성격 때문에 늘 계획대로 사는 여자의 여행 계획표를 제멋대로 바꿔버려서 첫 해외여행, 정말 최고의 여행으로 만들어주기도 했죠."

바람과 같은 당신으로 인해 나 역시도 자유로울 수 있었다고.

"능글맞은 성격 때문에 가끔 사람 속을 뒤집어놓기도 했지만, 한편으로는 가라앉았던 마음을 즐겁고 설레게 해줬어요."

당신 때문에 많은 시간들을 웃을 수 있었다고.

"바람둥이라고 오해할 정도로 매너가 좋아서 구명 많은 어떤 여자는 손수건에, 물티슈에, 그리고 밴드에. 도움을 받기도 했죠."

당신이 건넨 손수건으로 가슴에 흐르는 눈물을 닦고, 당신이 붙여준 밴드로 상처를 감싸 안았다고.

"누군가를 아프게 했다고 했죠? 그런 사람이 일부러 다른 사람에게 상처 주고, 도망치고. 절대 나쁜 사람일 리가 없어요. 정말 나쁜 사람은 타인에게 상처 주고 자신이 그렇게 힘든 표정 짓지 않아요."

당신은 정말 좋은 사람이라고.

"그래도 가슴에 내가 타인에게 준 상처에 대한 미안함이 남아 있다면 옆에서 아무리 네 탓이 아니라고 위로해도 소용없어요. 나 스스로가 극복하지 않으면 안 돼요. 그러기 전에는 '내 탓'이에요."

나는 깊이도 잘 알지 못한 채 '흔한 위로'는 건네고 싶지 않았다고.

"그런 사람에게 필요한 건 위로가 아니라 용기예요. 사과하지 않은 게 아니라 못 했다고 했잖아요. 아직 스스로 제대로 정리가 되지 않아 한발 물러서 있는 것뿐일 거예요."

대신 당신에게 용기를 내라고 말해주고 싶었다고.

"그리고 지금도 분명히 노력하고 있잖아요. 미안한 그 누군가를 위해서, 용서받기 위해서."

할 수 있는 건 말뿐이지만 그래도 전하고 싶었다고.

"얼마나 큰 결심이 필요한지도 모르고 멋대로 말해서 미안해요. 그래도 꼭 말해주고 싶었어요. 우현 씨는 참 좋은 사람이라고."

당신은 비겁한 겁쟁이가 아니라고.

"사실 전 미신도, 운명도 전혀 안 믿어요. 그래서 소원 같은 것도 잘 안 빌죠. 그래도 이탈리아잖아요. 아까워서 다른 사람 소원 빌었어요. 이루어졌으면 하는 거요.”

채원이 반짝이는 눈동자로 우현을 바라보았다.

“우현 씨가 용기 내서 다가가면 꼭 그 상대방이 그 진심을 알고 용서해줬으면 하고 바랐어요.”

그의 동공이 놀라움으로 커지면서 짙은 갈색 눈동자가 선명해졌다.

“트레비 분수의 세 번째 동전은 힘든 소원을 들어준다면서요. 다른 사람이 소원 대신 바란다고 안 들어주지 않겠죠? 그럼…… 정말 갈게요. 잘 지내요.”

채원이 우현에게 손을 흔들더니 몸을 돌렸다. 하지만 그는 입도 뻥긋하지 못한 채 그 자리에 석고상처럼 서 있을 뿐이었다. 간간이 토해내는 숨결과 일정한 속도로 깜빡이는 눈동자만이 그가 살아 있음을 말해주었다. 그가 온몸에 힘이 풀린 듯 허탈하게 웃었다.

‘한국이…… 싫어요?’

어제 채원의 질문에 가슴이 내려앉았다.

‘상처 쥐놓고는 도망쳤어요. 전 비겁한 겁쟁이일 뿐이에요.’

채원의 딱딱하게 굳은 얼굴을 보고 후회가 물밀듯 밀려왔다. 어째서 난 스스로의 치부를 아무렇지 않게 꺼내 보였을까. 타인에게 한 번도 하지 않은 이야기를 왜 이 여자에게 털어놓은 걸까. 한국을 가지 않는 이유에 대해 변명이라도 늘어놓으려 했던 걸까. 아니면 어쭙잖은 타인의 위로를 받기 위함이었던 걸까. 그것도 아니면…….

스스로도 알고 있었다. 채원의 입에서 흘러나왔던 이름 때문이었다. 그 이름에 초조했고, 자신의 가슴속 깊숙이 있던 죄책감이 다시 고개를 들었다. 모두가 너의 잘못은 아니야, 라고 이야기했다. 하지만 끊임없이 괴롭히는 죄책감은 그를 힘들게 했다. 그는 사실 괜찮아, 너의 잘못이 아니야, 라는 위로보다 마음을 담아 앞으로 나아가라는 용기를 얻고 싶었다. 자신이 가지고 있는 죄책감의 깊이를 채원은 알지 못했다. 하지만 그녀는 지금 그가 마음속 깊이 바랐던 대답을 해주고 있었다. 이 넓은 공간 속에 그녀의 목소리만이 한 줄기 빛처럼 느껴졌다.

"하아, 진짜 큰일 났네."

우현이 고개를 들었다. 공항 유리 가득 빛이 쏟아져 내렸다. 짧은 셔츠 아래로 가느다란 팔이 길게 뻗어 있었고, 채원을 처음 만났을 때 숨이 턱턱 막히도록 아찔했던 등줄기가 꼿꼿하게 서 있었다. 공항 게이트로 걸어가는 당당한 걸음걸이에 따라 그녀의 머리카락이 흩날렸다. 분명 처음 만났을 때와 같은 향기가 그녀 주변에 풍기리라. 지독한 장미향이.

처음 그녀에게 반했다, 는 의미는 단순한 순간의 호감이었다. 예쁜 외모에, 강렬한 눈빛에, 그리고 듣기 좋은 목소리에. 그런데 그 호감은 점차 다른 의미로 변해갔다. 아니, 이미 변해버렸다. 눈으로 계속 그녀를 찾고, 곁에 있으면 가슴이 뛰고.

"채원 씨!"

세찬 목소리가 공항에 울려 퍼졌다. 그 커다란 외침에 그녀가 천천히 뒤를 돌아보았다. 그와 그녀 사이, 수많은 사람들이 존재했다. 하지만 그의 눈에는 오직 그녀만 보였다. 그리고 달렸다. 그녀를 향해.

"우현 씨?"

그녀가 한발 앞으로 다가왔다. 마치 그 한 걸음이 그녀가 자신의 삶으로 들어오는 첫걸음인 것 같아 가슴이 벅찼다. 왜 이제야 알았을까. 내가 이미 당신에게 물들어버린 것을. 온몸이 미칠 듯 간지러웠다. 발끝까지 저릿한 느낌이었다.

"채원 씨, 돌아가서 웅크리고 있지 말아요."

그녀의 얼굴만 보였다. 그녀의 숨소리만 느껴졌다.

"이곳이 꿈이었다고도 생각하지 말아요."

당신과 내가 지내온 시간은 절대 꿈이 아니니까. 내가 당신에게 한 말도, 당신이 내게 건넨 말도 모두 현실이니까.

"분명 또 다른 사랑이, 진짜 마지막 사랑이 찾아올 거니까. 그러니까 상처에 약 잘 바르고 기다리고 있어요."

장미꽃의 꽃말처럼 숨이 막힐 듯 열렬한 사랑이 분명 찾아올 거니까.

"그렇게…… 오래 걸리지는 않을 테니까요."

그러니까 잠시만 기다리고 있어요. 이번에는 내가 데리러 갈 테니까.

오랜 비행 끝에 한국에 도착한 채원은 현관문 안쪽에서 짖어대는 소리에 움직임이 빨라졌다. 도어록 버튼을 다급하게 눌러 문을 열자 갑작스럽게 달려드는 태양 때문에 채원이 한발 뒤로 물러났다.

"우리 태양이 잘 있었어? 어, 그래. 누나도 많이 보고 싶었어."

문 앞에서 태양을 쓰다듬은 채원이 현관 앞에 캐리어를 내려놓고 집 안으로 들어갔다. 고작 일주일 집을 비웠을 뿐인데 제집 같지 않게 어색했다. 대충 짐을 정리하고 욕실로 들어간 채원이 말끔히 샤워를 하고 밖으로 나왔다. 오랜 비행으로 쌓였던 피로가 한꺼번에 풀리는 것만 같았다. 그녀가 수건으로 젖은 머리를 닦으며 냉장고로 걸어가 문을 열었다.

"어? 웬 케이크?"

무심코 시선을 돌리자 테이블 위에는 장미꽃다발이 꽃병에 담겨 있었다. 테이블 위에는 작은 쪽지가 있었다.

<너 생일이라고 아저씨가 가지고 오신 것 같더라. 나중에 전화드려.>

선예의 메시지였다. 채원이 꽃병에 담긴 장미꽃다발을 집어 들었다. 꽃잎은 검붉게 변해 생기를 잃은 채 축 처져 있었고, 물에 담긴 줄기에선 퀴퀴한 냄새가 났다. 상자 속의 케이크를 꺼내 손가락으로 생크림을 찍어 맛을 보았지만 시큼한 맛에 미간을 찌푸렸다. 아쉬운 표정의 그녀가 케이크와 장미꽃을 쓰레기봉투에 담았다.

"너무 늦었네. 아까워라."

집에서 나와 건물 뒤편으로 걸어간 채원이 들고 나온 쓰레기봉투를 버렸다. 돌아선 그녀가 휴대폰으로 누군가에게 전화를 걸어보았지만 신호음만 갈 뿐이었다.

"지금 한국에 안 계신가? 나중에 다시 해보지, 뭐."

집으로 돌아온 채원이 침대 위에 몸을 뉘었다. 째깍째깍. 시계 소리가 텅 빈 방 안을 채웠다. 이 방에서 늘 혼자였던 건 변함이 없는데, 왜 지금 이 순간이 유난히 쓸쓸하게 느껴지는 걸까. 채원이 제 손에 들린 휴대폰을 바라보았다. 휴대폰과 케이스 사이에 코팅된 장미꽃잎이 보였다. 가만히 그 장미꽃을 바라본 그녀가 천천히 눈꺼풀을 내렸다.

"자, 이제 본격적으로 달릴 준비들 해. 전시에 도움을 주실 전문가분들과의 미팅은 이번 주 금요일이니까 회의실, 회식 자리 모두 준비 철저히 해놓고."

팔까지 걷어붙이며 열변을 토하던 팀장이 회의실을 나가자 사람들의 입에서 불만이 튀어나왔다. 한숨을 내쉬는 채원의 목에는 '나눔 예술본부 한채원 대리'라는 사원증이 걸려 있었다. 채원은 공연, 전시 등의 서비스를 제공하는 문화예술기관인 '나눔'이라는 회사에서 다양한 문화 사업을 기획, 운영하는 부서인 '예술본부'에서 일하고 있었다.

"팀장님은 기운이 팍팍 솟아나시나 봐요. 하긴 2년 동안 준비하셨는데 전시 기획자 입장에서 이제 본격적으로 일이 진행되니 기쁘긴 하시겠죠. 한 대리님, 이거 전문가 분들 최종 명단이요."

채원은 사무실 직원이 건네는 보고서를 받아 들었다. 눈동자를 내려 명단을 읽던 그녀의 시선이 한 곳에 정지했다.

"윤정수 교수님이 참석을 하셔?"

"윤 교수님 3년 전 전시 때도 참여하셨잖아요. 이번에는 전시회 준비 기간 동안에 팀장님이 조언 많이 받으셨대요."

아버지 같은 윤정수 교수님과 함께 일한다는 생각에 오랜만에 하루 종일 들뜬 기분으로 일을 마친 채원이 퇴근을 하기 위해 사무실을 빠져나갔다.

엘리베이터에서 내렸을 때 채원은 자신을 붙잡는 경비 아저씨의 목소리에 몸을 돌렸다.

"이거 조금 전에 한 대리님 앞으로 왔어요. 그런데 보낸 사람이 없더라고요."

"누가 보냈지? 감사합니다."

고개를 갸우뚱하며 상자를 받아 든 채원이 회사 건물을 빠져나갔다. 그녀를 태운 버스가 선예의 커피숍을 향해 내달렸다.

"나 왔어."

커피숍에 도착한 채원이 자리에 앉자 선예가 커피 두 잔을 가지고 와 맞은편에 앉았다.

"엄마가 너 준다고 밑반찬 갖다 놓으셨거든. 그거 가지고 가라고 오라고 했어. 근데 상자는 뭐야?"

"누가 회사 1층 로비로 보냈더라고."

조심스러운 손길로 상자를 연 채원의 눈동자가 놀라움에 커졌다. 스노볼이었다. 작은 유리 수정 안에 하얀 가루가 가라앉아 있었다. 손을 움직이자 정교하게 만들어진 콜로세움 사이로 새하얀 눈꽃들이 흘러내렸다.

채원의 머릿속에 두 달 전 이탈리아에 머물렀던 순간들이 스쳐 지나갔다. 눈동자가 옅게 떨렸다. 그리고 그녀의 머릿속에 한 남자가 떠올랐다. 자신의 첫 해외여행을 꿈같은 시간들로 만들어주었던 남자. 설마…….

"윤정수 교수님, 서프라이즈 정말 좋아하시네?"

상념에 잠겨 있던 채원이 선예의 목소리에 정신을 차렸다.

"지난번에는 우리 커피숍에 맡겨두고 가시더니 이번에는 회사 1층 로비야?"

아, 아저씨가……. 채원이 고개를 저으며 방금 전 자신의 생각이 어이가 없다는 듯 고개를 저었다. 아버지가 돌아가신 후 해외에 나갔다가 한국에 돌아오실 때면 스노볼을 사다 주신 건 아저씨인데 엉뚱한 남자를 떠올리다니. 그 남자가 이곳에 있을 리가 없었다. 그녀의 회사를 알 턱도 없었다.

"아, 잠깐만 앉아 있어."

카운터에서 들려오는 시끄러운 소리에 선예가 자리에서 일어났다. 한 여자 손님이 소란을 피우고 있었다.

"최…… 우현."

채원의 입술 사이로 자신의 머릿속을 가득 채운 남자의 이름이 흘러나왔다. 한국에 돌아온 후 연락이 되지 않았다. 어차피 그들은 같은 공간에 같은 시간을 보내고 있는 사람들이 아니었다. 어느 정도 예상은 하고 있었지만 조금 서운한 마음이 드는 건 스스로도 어쩔 수가 없었다. 그녀의 시선이 투명한 휴대폰 케이스 사이에 끼워져 있는 코팅된 장미꽃잎에 머물렀다.

'돌아가서 웅크리고 있지 말아요.'

우현의 말처럼 쉽지 않았다. 한국에 돌아오자마자 준서와의 추억이 깃든 물건을 모두 내다 버렸지만 어느 날 갑자기 물밀듯 밀려오는 슬픔은 참을 수 없을 때가 많았다. 제법 나아지고 있다 생각하긴 했지만 그래도 여전히 준서라는 이름과 자신의 초라한 사랑은 서러웠다.

'이곳이 꿈이었다고도 생각하지 말아요.'

꿈같은 순간들을 선물해준 남자였다. 하지만 시간이 지나자 그 시간들이 현실이었는지, 아니면 정말 꿈이었는지 구분조차 되지 않았다. 모두 그녀의 상상 속에 존재하는 시간이고, 순간이고, 사람인 것만 같았다. 그리고 그 시간과 순간과 사람은 그녀가 자신의 생활에 다시 적응해가면서 조금씩 희미해져갔다. 그녀에게 우현은 꿈이었고, 준서는 현실이었다. 헤어짐에 슬퍼했던 때가 엊그제인데 그 마음을 모르고 뛰는 가슴 때문에 스스로가 납득이 되지 않았다. 하지만 지금은 알 수 있을 것 같았다.

"흔들다리 효과가 맞았어. 로마잖아. 누구라도 사랑에 빠질 수 있는 곳. 새로운 곳에서 오는 떨림과 설렘을 착각한 거지."

"하아, 가끔 저런 진상 손님들이 있다니까."

선예가 채원의 앞에 앉으며 고개를 저었다.

"그나저나 너 또 그렇게 바빠지면 연애는 언제 하냐? 그 최우현이라는 남자하고는 연락 안 해?"

했었다. 그냥 잘 지내는지 안부 정도의 문자였지만 답이 없었다. 스쳐간 사람이었다. 어차피 그녀를 잊었을 것이다. 그와 그녀는 다른 곳에서 다른 생활을 하며 살아가는 사람이었다.

"뭐, 서로 바쁘고 하니까. 어차피 여기 사는 사람이 아니잖아."

"하긴 뭐, 운명적인 사랑이 현실에 있겠어? 하여간 드라마가 사람 다 버려놓는 다니까. 그러지 말고 소개팅해보는 건 어때?"

"나 소개팅 불편해하는 거 알잖아. 마주 앉아서 무슨 이야기를 해?"

"원래 이별의 아픔은 또 다른 사랑으로 극복하는 거야. 그만큼 했으면 됐어, 채원아."

걱정스럽게 자신을 바라보는 선예의 눈빛에 채원이 입을 다물었다. 선예가 얼마나 자신을 걱정하고 위하는지, 얼마나 자신의 행복을 바라는지 그녀도 잘 알고 있었다.

"내가 정말 괜찮은 사람으로 찾아볼 테니까. 응?"

언제까지 이렇게 있을 수는 없었다. 걱정해주는 사람들을 위해서라도 과거에 집착하고 허덕이는 건 옳지 못했다. 그리고 그녀 자신을 위해서라도.

"정말 괜찮은 사람 해줘야 된다?"

채원의 말에 선예가 환호성을 질렀다.

이후로 한동안 이야기를 나눈 채원이 밖으로 나왔다. 어느새 9월이었다. 선선한 가을 공기가 코끝에 불어왔다.

"대리님, 오늘 저녁 7시에 회사 근처 한정식집으로 예약했어요."

채원이 고개를 끄덕이며 벽에 걸려 있는 시계를 확인했다. 오늘은 며칠 전 팀장이 말한 전시회에 도움을 주실 위원님들과의 회의 및 회식이 있는 날이었다. 완벽하게 준비를 마친 채원이 손을 씻고 막 화장실에서 나오려

할 때 밖에서 사람들의 말소리가 들렸다. 그녀가 밖으로 나가려던 발걸음을 멈추었다.

"한 대리님, 오늘 기분 엄청 즐거워 보이시던데 좋은 일 있으신가?"

"오늘 윤정수 교수님 오시잖아요. 한 대리님이랑 친하시다더라고요."

"난 여행 이후에 분위기도 굉장히 달라져서 연애라도 하시는 줄 알았네."

"대리님 남자친구 있지 않아요?"

"몰랐어? 휴가 가시기 전에 헤어졌잖아. 예전에 우리 회사랑 잠깐 같이 일한 사람이야. 비밀로 연애해서 아마 누군지 아는 사람 없을 거야."

채원의 한숨을 내쉬었다. 자신의 사생활이 남들의 입방아에 오르내린다는 것은 결코 기분 좋은 일이 아니었다. 특히나 이런 이야기일 경우.

"근데 대박은 그 남자 약혼했대. 나도 그 회사 다니는 지인한테 건너들은 정보지만. 뭐, 그 회사에서도 아는 사람은 거의 없는 것 같더라."

고개를 저으며 밖으로 나가려는 채원의 발걸음이 탁, 멈추었다.

"정말요? 한 대리님도 알고 계세요? 너무 멀쩡해 보여서 전혀 몰랐어요."

주먹을 꽉 쥐고 발끝까지 힘을 주었다. 그렇지 않으면 그 자리에서 바로 쓰러져 버릴 것만 같았다. 질끈 물은 입술을 재빨리 손으로 틀어막았다. 윽, 소리가 튀어나올 것만 같았다.

"대리님만 불쌍하지, 뭐. 원래 차인 쪽만 비참한 거야. 찬 쪽은 아마 행복하게 잘살고 있을걸?"

말소리가 점점 멀어졌고 땡, 하는 엘리베이터 소리가 조용한 복도 끝에서부터 희미하게 들려왔다. 채원은 다리가 땅에 박힌 듯, 한 발자국도 움직일 수가 없었다. 이대로 바닥이 무너져 땅속 깊숙한 어딘가로 사라져버렸으면 했다.

곧 회의가 시작될 것이다. 빨리 밖으로 나가야 했다. 크게 숨을 내쉰 채원이 결심했다는 듯 걸음을 옮겼다. 다리가 천근만근 무거웠다. 휴대폰이 울렸다. 사무실이었다. 하지만 힘이 풀려버린 손을 떠난 휴대폰은 요란한 소리를 내며 바닥에 떨어졌다.

"제발…… 이러지 말자. 여기 회사야. 제발……."

다시 한 번 확인한 현실은 너무나 지독했다. 또각또각, 구두 소리가 점점 가깝게 들려왔다.

"나, 나쁜 놈……."

정말 그럴까? 나만 이렇게 불행한 건가? 그쪽은 전부 잊어버리고 행복하게 지내고 있는 걸까?

"못된 놈……."

얼마나 많은 사람들이 지금처럼 비참한 나의 사랑을 알고 있을까? 탁, 가까워진 구두 소리가 갑자기 멈췄다.

"천하의 몹쓸 놈. 벼락 맞을 자식……."

두 달이나 지난 걸까, 아직 두 달밖에 지나지 않은 걸까. 준서라는 이름에 이렇게 동요하는 자신에게 화가 났다.

채원이 다시 한 번 발끝까지 힘을 줬다. 움직여야 했다. 바닥에 떨어진 휴대폰을 줍고, 다시 화장실로 들어가 화장을 고친 후 사무실로 들어가야 할 것이다. 마치 아무 일도 없었다는 듯. 지금까지 그래왔듯이. 하지만 오늘은 그게 쉽게 되지 않았다. 누군가 자신의 손을 잡고 이 절망의 구렁텅이에서 꺼내줬으면 좋겠다는 생각이 들었다.

"예쁜 얼굴로 자꾸 그렇게 험한 말 할 거예요?"

그리고 그때 자신의 귓가를 자극하는 익숙한 음성에 채원의 몸이 움찔, 떨렸다. 방금 전까지 내려앉아 뛰던 심장은 다른 의미로 두방망이질 치기 시작했다.

이 목소리를 알고 있었다. 절망적인 순간에 매번 그녀를 도와주었던 목소리였다. 채원이 몸을 돌렸다. 그녀의 시야에 남자의 구두가 보였다. 천천히, 아주 천천히 고개를 들었다. 남자의 한 손은 가방을 움켜쥐고, 다른 한 손에는 그녀의 휴대폰이 들려 있었다. 저 손을 알고 있었다. 믿음직스럽게 자신을 이끌어주었던 손이었다. 더 위로 올라가자 벌어진 재킷 사이로 넥타이가 흔들거렸다.

"원한다면 같이 욕해줄 수도 있는데. 나 욕 잘해요."

남자다운 목울대를 지나자 살짝 끌어 올린 입꼬리가 보였다. 저 입술을 알고 있었다. 뜨거운 숨결로 자신을 긴장하게 만들었던 입술이었다. 오뚝하게 뻗은 콧날, 짙은 밤색의 눈동자. 저 눈동자를 알고 있었다. 때로는 장난기 가득하게, 때로는 진지하게, 하지만 언제나 자신을 따뜻하게 봐주던 눈동자였다.

"덤으로 상처를 초스피드로 낫게 해주는 연고도 빌려줄 수 있는데, 어때요?"

웃을 때 예쁜 곡선을 그리는 눈매. 천연하게 빛나는 미소. 그늘 한 점 없이 화사하게 빛나는 얼굴. 빛이 어울리는 남자. 이 남자를 알고 있었다. 자신에게 절대 깨고 싶지 않은 꿈같은 순간들을 선물해준 남자였다. 지독한 현실에서 잠시나마 벗어날 수 있게 도와준 남자였다.

"여, 여긴 어떻게……."

"뭘 좀 찾으러 왔어요."

바로 지금처럼.

"저한테 아주 소중한 거요."

오후의 창으로 들어오는 햇살을 모두 머금은 듯 반짝거리는 남자, 최우현. 그가 채원의 앞에 서 있었다. 2개월 전과 같이 변함없는 모습으로.

6. 이제 속도 좀 내요, 우리

우현은 멍한 얼굴로 생각에 잠겨 있는 채원의 모습에 입꼬리를 올렸다. 채원의 회사에서 진행된 회의를 마치고 회식자리까지 참석한 그의 시선은 그녀에게서 떨어질 줄 몰랐다. 자신을 바라보며 간간이 미간을 찌푸리는 모습도, 긴 속눈썹을 내려 눈동자를 깜빡이는 모습도, 가끔씩 입술을 질끈 무는 모습도 모두 그가 기억하고 있는 그대로였다.

한국에 도착한 지 일주일. 아직 시차적응도 제대로 하지 못한 그였지만 오늘, 채원을 만날 수 있다는 사실에 아침 일찍부터 들뜬 마음을 감추지 못했다.

이곳에서 채원과 재회하게 된 것은, 함께 일할 수 있게 된 것은 우연이었다. 아니, 운명이었다.

두 달 전, 이탈리아 로마.

학교에서 돌아온 우현은 제 방 침대에 무너지듯 누웠다. 집은 고요했다. 커다란 창문 밖에서 아이들이 떠드는 소리가 들려왔지만 저 멀리서 들려오는 환청 같았다.

"겨우 2주일 지났나?"

채원이 그의 공간에서 사라진 지 2주일. 더 이상 방 안에서 은은하게 퍼지는 장미향은 나지 않았지만 그의 코끝에는 선명하게 각인되어 있었다. 채원을 마지막으로 마주했을 때의 느낌 역시도 아직 생생했다. 그녀가 자신의 삶에 한 발 내디뎠던 순간의 짜릿함도, 그녀에게 물들어버렸음을 알아차렸을 때의 저릿한 떨림도, 그리고 그녀에게 앞으로를 약속했던 때의 설렘도.

채원이 한국으로 돌아가고 우현은 잠도 제대로 자지 못할 정도로 바쁜 시간을 보냈다. 하루의 일과 대부분을 학교에서 보냈으며 이곳저곳과 메일을 주고받고, 전화통화를 했다.

'채원이 언니 가고 나니 다시 공부에 불붙은 거야?'

그 모습에 세연은 이제야 최우현답네, 라는 표정을 지었다.

"불이 붙긴 했지. 아주 뜨겁게."

일생을 통틀어 이렇게 가슴이 뜨거운 적이 있었나 싶을 정도였다.

"최우현!"

바로 그때 우렁찬 목소리가 제 이름을 불렀다. 방문이 열리고, 성준이 붉어진 얼굴로 화를 누르며 그를 바라보고 있었다.

"네가 요즘 바쁜 이유가 이것 때문이었어? 너 인마, 어떻게 한마디도 안 하고……."

"최우현! 너 한국 간다고 했다면서! 정말이야?"

그때 또다시 들려오는 커다란 외침.

"우리 엄마는 잠도 안 주무시나? 어떻게 전화한 지 5분도 안 됐는데 온 집안 식구들이 다 알아?"

우현이 씩씩거리는 성준과 세연을 바라보며 곤란하다는 듯 어색하게 웃어 보였다.

"왜? 무슨 일인데? 갑자기 한국에는 왜 가는데?"

"윤정수 교수님이 한국에 계셔. 한국에서 함께 일해보지 않겠냐고 하셔서 가기로 했어, 성준이랑 함께."

"그렇게 가자고 할 때는 안 가더니. 저놈이 이렇게 단순하고 가슴에 활활 타오르는 불꽃을 지닌 뜨거운 남자인지 몰랐지. 거기다 이토록 사랑꾼인지도."

성준이 냉장고로 걸어가 차가운 물을 꺼내 벌컥 들이켰다.

그 모습을 가만히 바라보던 우현이 피식 웃더니 크게 기지개를 켰다. 한국으로 떠나기 전, 정리해야 할 것들이 너무나 많았다. 대학 졸업 후 오랜 시간 동안 로마에서 지내왔다. 삶의 터전이었던 곳을 정리하는 일은 쉽지 않을 것이다.

방 안을 휘둘러보던 그의 시야에 들어온 책 한 권, 채원이 회사에서 빌렸다는 여행책자였다. 그동안 바쁜 일정으로 정신이 없다 보니 이제야 발견하게 된 모양이다. 그가 여행 책자를 집어 들어 스르륵 넘겼다. 중간중간 자신의 글씨가 보이자 갑자기 그녀와 비행기 안에서 다시 만났을 때가 생각났다. 잠시 추억에 잠겼던 우현이 여행 책자를 테이블 위에 올려놓았다. 순간 우현의 눈동자가 흔들렸다. 여행 책자 위를 덮고 있는 두꺼운 네임라벨. 그가 침을 꿀꺽 삼켰다.

"성준아, 교수님한테 온 메일 좀 열어봐. 빨리."

우현의 다급한 목소리에 고개를 갸우뚱한 성준이 노트북을 켜 메일함을 열었다.

"교수님이 위원으로 초빙된 행사 일정 말하는 거야? 그리스로마신화전. 나눔이 어디지?"

"김성준, 지금 한 말 다시 해봐."

"그리스로마신화?"

"말고."

"주최하는 회사? 나눔."

우현이 시선을 내려 여행 책자를 바라보았다. 두꺼운 투명 테이프에 붙어 있는 라벨위에 적힌 회사 이름은 분명 나눔이었다.

우현과 성준, 세연의 눈동자가 서로 얽혀들었다. 팽팽하게 흐르는 공기 속에 아무도 말을 꺼내지 않았다. 그리고 그 침묵을 깨고 우현의 시원한 웃음소리가 거실에 울려 퍼졌다. 듣는 사람도 가슴이 뻥 뚫릴 정도로 호탕한 소리에 성준과 세연이 서로를 마주 보았다.

"이러니 내가 운명을 안 믿을 수가 있어?"

우현이 회사 이름이 적힌 라벨을 손으로 쓸어 만졌다. 가슴이 미친 듯이 뛰었다. 지금 당장이라도 한국으로 날아가고 싶었다. 날아가서, 마주 서서, 지금 이 뜨거운 가슴을 열어 보여주고 싶었다.

"뭐 해, 김성준."

우현이 아직 놀란 얼굴로 입을 다물지 못하는 성준을 불렀다. 입꼬리가 장난스럽게 올라갔다.

"이탈리아 뜰 준비해. 아주 초스피드로."

지칠 줄 모르고 진행 중인 회식시간. 딱 1차만 참석하고 돌아가야지. 채원은 눈앞에 있는 술잔을 바라보며 다짐했다. 이유를 대라고 한다면 100가지도 댈 수 있었다. 하나, 그녀는 원래 이런 술자리를 좋아하지 않았다. 둘, 계속되는 야근으로 이미 피로는 머리끝까지 쌓여 있었다. 그리고 셋.

"이탈리아에서 고고학 공부하셨다면서요. 실례지만 나이가 어떻게 되세요?"

수많은 이유 중 사무실 여직원들의 사이에 앉아 미소를 짓고 있는 남자의 모습이 보기 싫어서라는 것은 포함되지 않았다.

"한국에는 언제 오셨어요? 얼마나 계세요?"

퇴근 후, 언제 화장을 고쳤는지 아침에 출근했을 때보다 진해진 아이라인과 볼터치로 무장한 여직원들이 보기 싫어서도 아니었다.

"오늘은 교수님께 개인적인 사정이 생겨서 제가 대신 참석했어요. 저는 교수님 보조라 앞으로 뵐 날이 얼마나 많을지는 모르겠어요. 그래도 잘 부탁드립니다."

여직원들에게는 눈웃음을 치면서 회의 전 복도에서 마주친 이후로 자신에게는 한마디도 건네지 않은 우현 때문은 더더욱 아니었다.

"윤 교수님이 최우현 씨 얼마나 칭찬을 하셨는데요. 학교 다니는 내내 수많은 외국인들 다 제치고 매번 장학금을 받을 정도로 우수한 학생이라고."

팀장은 마치 제 자식 자랑을 하듯 벅찬 표정으로 말했다. 한국인 학생이 외국에서 활약하는 모습이 여간 자랑스러운 게 아닌 것 같았다. 그리고 그렇게 생각하는 사람이 비단 팀장뿐은 아니었는지 사람들은 상큼한 미소를 짓고 있는 이 남자에게 이미 마음을 빼앗긴 듯싶었다.

채원만 멍한 얼굴로 정신을 놓고 있을 뿐이었다. 지금 상황이 어떻게 돌아가고 있는지 전혀 이해가 되지 않았다. 이곳은 그녀가 살고 있는 한국이었다. 그리고 앞에 앉아 있는 사람들은 그녀가 일하는 사무실 사람들이었다. 그런데 이곳과 전혀 어울리지 않는 이 남자는 대체 누구란 말인가. 그러니까 '로마에서 가장 잘생기고 매력적인 가이드 최우현 씨'가 그곳에서 고고학을 공부하는 학생이라고? 그것도 윤정수 교수님 밑에서?

분명 우현은 꿈이었고, 이곳은 현실이었다. 그런데 지금 여기에 우현이라는 남자가 함께 있었다. 눈앞에 있었지만 별로 현실감이 없었다.

'곧 회의 시작할 텐데 어서 들어가죠.'

우현은 그 이상 아무런 말도 하지 않았다. 엘리베이터에서 사람들이 내려 우르르 복도로 나오자 그녀에게 휴대폰을 내밀고 몸을 돌렸을 뿐이다. 하지만 자신을 보고도 전혀 놀라지 않는 우현의 모습은 마치 이곳에서 만날 것을 알고 있었던 사람 같았다. 머릿속이 혼란스러웠다.

고개를 내저은 채원이 잠시 회식자리를 빠져나와 화장실로 향했다. 우연히 준서의 소식을 전해 듣고 땅속 깊은 곳으로 추락하려고 할 때 들려온 우현의 목소리.

"어떻게 그럴 때마다 나타나서 구해주는 거지?"

만약 그가 나타나지 않았다면 어찌 되었을까. 아마도 지금처럼 냉정한 모습으로 저곳에 앉아 있지 못했을 것이다.

세면대에서 손을 닦은 채원이 밖으로 나갔다. 9월, 낮에는 더운 열기가 남아 있었지만 밤이 되니 조금 쌀쌀한 바람이 불었다. 그리고 그녀의 시야에 벽에 기대어 자신을 기다리고 있는 우현이 보였다.

매번 캐주얼한 옷차림만 보다가 말끔하게 정장을 차려입은 모습을 보니 다른 사람처럼 느껴졌다. 괜히 멋쩍어 헛기침이 나왔다. 채원을 발견한 우현이 벽에서 등을 떼고 앞으로 걸어왔다.

"밤에는 바람이 조금 차요."

그가 팔을 뻗어 한 손에 들고 있던 그녀의 재킷을 어깨에 걸쳐주었다. 두 사람의 거리가 매우 가까웠다.

"남이사요. 우리 모르는 사이 아니었어요?"

입을 삐죽거리는 채원의 모습에 우현이 피식 웃었다.

"계속 모르는 척해서 토라졌어요? 아니면 설마 질투해요? 내가 막 다른 여자들하고 하하, 호호 해서?"

"허, 나 참. 착각도 정도껏 하셔야지. 질투라니. 내가 왜요? 우현 씨가 그러든지 말든지."

채원이 제 앞으로 팔을 단단히 엮어 팔짱을 낀 채 반박했다.

"아까 막 지연 씨가 나 안주 챙겨주고 그러니까 째려보던데요?"

지연 씨? 언제 봤다고 지연 씨?

"너무 낯을 가려서 모르는 사람하고 밥도 잘 못 먹는다더니 처음 만나는 여자 이름은 막……."

순간 불쑥, 우현이 채원에게 다가왔다. 갑자기 가까워진 두 사람의 거리에 그녀의 동공이 커졌다.

"잘 지냈어요?"

우현이 장난기 가득한 목소리로 말했다.

"나 보니까 조금은 반가웠어요? 난 반가웠는데. 막 여기가 쿵쾅거릴 만큼 엄청 많이. 혹시 소리 못 들었어요?"

우현이 손가락으로 제 심장을 가리켰다.

"고고학 공부하고 있는지 몰랐어요. 담당 교수님이 윤정수 교수님일 거란 생각도."

퉁명스러운 채원의 말에 아무 대꾸도 없이 우현은 그녀에게로 더 가까이 얼굴을 들이밀었다.

"왜 딴소리해요? 내 얼굴 봐서 반가웠냐니까."

"왜, 왜 이래요. 여기 회사……."

"대리님! 최우현 씨도 여기 있었네요? 이제 2차로 이동한다고 해서요. 대리님 가방 챙겨 왔어요."

안에 있던 사람들이 하나둘씩 밖으로 나오자 우현이 채원에게서 한 걸음 물러났다.

"자자, 다들 집에 갈 사람들은 가고, 2차 갈 사람들은 이쪽으로 가죠. 주말 잘 보내고."

팀장의 인솔하에 2차를 위한 장소로 출발한 사람들이 사라지고 집으로 돌아가기 위해 남아 있던 사람들은 마지막 인사를 나누었다.

"최우현 씨, 우리 젊은 사람들끼리 따로 2차 가요, 네? 대리님도 같이 가요."

몇몇 젊은 직원들이 우현에게 벌떼같이 달려들었다.

"전 먼저 들어갈게요. 그럼 주말 잘 쉬세요. 월요일에 봐요."

소란스러운 틈을 타 인사를 건넨 채원이 우현을 힐끔, 바라보더니 몸을 돌렸다. 등 뒤에서는 시끌벅적한 소리가 들려왔다. 그녀가 걸음을 옮겨 버스 정류장으로 걸어갔다. 또각또각, 구두 소리가 아스팔트 위로 울려 퍼졌다.

"아주 입이 찢어지네. 반갑긴 뭐가 반가워? 쿵쾅?"

채원의 입에서 저도 모르는 사이 불만이 터져 나왔다.

"뭐? 질투? 도끼병이라도 걸렸나? 내가 왜?"

채원이 버스 정류장에 다다랐을 때 그녀의 집으로 가는 버스가 멈춰 섰다. 그녀가 서둘러 뛰어가 버스 위로 올라가 자리에 앉았다. 그리고 바로 채원을 뒤따라 버스 요금통에서 거스름돈을 챙긴 우현이 그녀 쪽으로 걸어왔다.

"어, 어째서?"

그녀가 눈을 동그랗게 뜨고 물어봤다.

"한국에 온 지 얼마 안 돼서 카드가 없어요. 현금이 더 비싸긴 하네요."

우현이 털썩, 그녀 옆에 자리를 잡고 앉았다.

"아니, 그걸 말하는 게 아니라 왜 여기 탔냐고요. 2차 안 가요? 여직원들이 엄청 좋아할 텐데."

"내가 전에 말하지 않았어요? 낯 많이 가린다고. 모르는 사람하고 마주 앉아서 밥 잘 못 먹어요."

내가 말을 말아야지. 채원이 고개를 돌려 창밖을 바라보았다.

곧 버스가 출발했고 두 사람은 말이 없었다. 의자에 머리를 기댄 채 눈을 감고 있는 우현의 모습이 창에 비쳤다. 덜컹거리는 차의 움직임에 따라 두 사람의 거리가 가까워졌다, 멀어졌다, 를 반복했다. 살짝 어깨가 닿자 채원이 몸을 창 쪽으로 바짝 끌어당겼다.

그때 주머니에서 진동이 느껴졌다. 선예의 문자 메시지였다.

[한채원 소개팅. 내일 오후 2시. 우리 커피숍.]

"소개팅?"

갑작스럽게 들려오는 목소리에 채원이 몸을 흠칫 떨었다. 우현이 그녀의 휴대폰을 바라보며 미간을 잔뜩 구기고 있었다.

"왜 남의 휴대폰 메시지를 마음대로 봐요? 이거 사생활 침해라고요."

새침하게 고개를 돌린 그녀는 버스가 목적지에 가까워오자 몸을 움직였다.

"저 이제 내려야 하는데 좀 비켜줘요."

우현이 살짝 몸을 비켜 앉자 그녀가 벨을 누르고 뒷문으로 걸어갔다.

"집에 조심히 들어가요. 다시 만나서 반가웠어요."

버스가 정류장에 멈춰 서자 채원은 우현을 쳐다보지도 않은 채 후다닥 내렸다. 뒤돌아보기가 민망했다. 곧 버스 문이 닫히는 소리가 들리고 한숨을 내쉰 그녀가 중얼거렸다.

"그래도 오랜만에 만났는데 너무 인사도 제대로 안 하고 그냥 왔나?"

"그러니까요. 나 좀 서운해지려고 해요."

채원은 뒤에서 들려오는 낮은 음성에 깜짝 놀라 뒤를 돌아보았다.

"노, 놀랐잖아요. 같이 내린 거예요? 집에 간다면서요."

"가요, 집에 데려다 줄게요."

"괜찮……."

그가 덥석 그녀의 팔뚝을 붙잡아 끌어당겼다. 이 남자가 최우현이 맞기는 맞나 보다. 여전히 제멋대로인 것을 보니 말이다.

어두운 골목길, 두 사람이 나란히 걸었다. 골목에는 두 사람의 구두 소리만 들려왔다. 자신의 집 앞에 도착하자 채원이 우현을 향해 몸을 돌렸다. 가로등에 비친 그의 머리카락이, 눈빛이 반짝거렸다. 미소는 더 눈부셨다. 자신의 꿈속에 존재했던 그가 지금, 현실에서도 빛나고 있었다.

"아, 맞다. 나 채원 씨한테 줄 거 있는데."

우현이 들고 있던 가방을 뒤적거리더니 안에서 무언가를 꺼냈다.

<나 홀로 유럽여행-이탈리아 편>

회사 도서관에서 빌린 책을 이탈리아에 두고 와 그녀는 똑같은 책을 사서 회사 도서관에 채워 넣었다.

"고마워요. 근데 설마 이것 때문에 온 건 아니죠?"

"당연히 아니죠. 아까 말했잖아요. 소중한 것 찾으러 왔다고."

서늘한 밤공기가 불어왔다. 재킷 사이로 스며드는 바람은 시원했지만 마주 선 두 남녀의 공간 사이에 흐르는 바람은 열기가 가득했다.

"소중한…… 거요?"

채원의 떨리는 목소리에 우현이 한 걸음 걸어와 그녀와의 간격을 좁혔다. 그녀를 바라보는 눈빛에는 망설임이 없었고, 눈동자는 진실했다. 그 시선에 둘 사이에 장난스럽게 흐르던 공기가 팽팽하게 변해버렸다.

"네, 너무나 소중한 거요."

긴장감에 채원은 침을 꿀꺽, 삼켰다. 저 눈동자를 마주 보고 있자니 몇 달 전 이탈리아 여행에서 그와 함께했을 때의 잔잔한 떨림이 느껴지는 것만 같았다. 진정하자. 그때 그건 흔들다리에서의 떨림과 같은 것이었어. 지금의 괜한 긴장은 오랜만에 생각지도 못한 남자를 만났기 때문일 것이다.

그나저나 소중한 것이라니. 회사 일? 하지만 그건 찾을 수 있는 것이 아니었다. 설마 그 소중한 것이 나라는 말은 아니겠지? 자신이 생각해도 너무도 어처구니없는 추측에 채원이 고개를 저었다. 하지만 만약 내가 아니라면 이 남자가 왜 여기, 눈앞에 있단 말인가. 우현은 분명 자신에게 대놓고 호감을 표현했었다. 하지만 한국에는 오지 않겠다고 했었다. 근데 갑자기 불쑥 자신 앞에 나타나더니 회식이 끝나기도 전 따라와 집까지 데려다 주고는 마치 '소중한 건 네가 가지고 있어.' 하는 눈빛으로 그녀를 바라보고 있었다.

"채원 씨, 내가 여기 온 건……."

우현의 강렬한 눈빛에 채원이 침을 꿀꺽 삼켰다. 그녀의 손이 가방 끈을 꽉 움켜쥐었다. 원래 드라마에서 보면 이럴 때 남자들은 자신의 것을 내던지고 여자를 만나러 오는 경우가 많았다. 그럴 때는 꼭 '제 인생에 가장 소중한 것, 그건 당신이에요. 그래서 찾으러 왔어요.'라는 닭털 날리는 대사를 읊고, 여자는 그 말에 감동받아 남자를 끌어안는다. 10개의 드라마 중 9개의 드라마는 이 패턴이었다. 그리고 지금 이 상황은 드라마와 매우 흡사했다. 우현을 만나 반가운 건 맞지만 이런 진지한 마음은 그녀에게 조금 부담스러웠다.

"자, 잠깐만요. 우현 씨!"

우현에게서 한발 물러선 채원이 큰 소리로 외쳤다.

"그러니까…… 얼굴 붉히고 그런 건 그게 흔들다리 효과가…… 아직 그럴 마음이…….''

채원은 후끈 달아오른 자신의 얼굴 때문에 고개도 제대로 들지 못한 채 바닥만 바라보았다. 차마 부끄러워 말을 다 잇지 못해 입술만 질끈 물었다. 하지만 둘 사이에 찾아든 침묵에 그녀가 눈치를 보며 슬쩍 고개를 들었다. 우현이 눈앞에서 커다란 손으로 제 입을 막고 웃음을 참고 있었다. 손가락 사이로 자꾸만 웃음이 새어 나왔다. 그러더니 급기야 큰 소리로 웃음을 터뜨렸다. 그때와 변함없이 청량한 웃음소리가 가을바람을 타고 공기 중에 흩어졌다. 그 웃음을 보고 있자니 하루의 스트레스가 다 풀리는 것만 같았다. 멍하니 그의 모습을 바라보던 채원은 뭔가 잘못됐음을 감지했다.

"왜, 왜 그렇게 웃어요? 뭐가 재미있어서?"

"미안해요. 소중한 것 찾으러 온 게 맞긴 한데 혹시……."

간신히 웃음을 멈춘 우현이 헛기침을 하며 입을 열었다.

"그거 채원 씨라고 생각하고 있죠?"

"네? 아, 아뇨! 무슨 그런. 절대 아니에요!"

또 나왔다. 한채원의 발연기. 우현이 재킷 주머니에서 지갑을 꺼내 안쪽에서 무언가를 찾았다.

"그 소중한 것, 채원 씨가 가지고 있는 거 맞아요."

설마, 당신 마음이요, 뭐, 이런 유치한 말은 아니겠지? 채원이 고운 미간을 찌푸렸다. 곱게 적힌 작은 종이를 편 우현이 채원을 바라보더니 다시 한 번 함박웃음을 지었다. 그가 건네는 종이를 받아 든 그녀가 고개를 갸우뚱하더니 안에 적혀 있는 글씨를 읽어 내려갔다. 순간 채원의 얼굴에 당혹감이 번졌다. 맙소사.

"내 운동화 여전히 잘 있죠?"

창피함에 온몸이 화끈거렸다. 김칫국을 마셔도 이렇게 벌컥 들이켤 수는 없었다.

"내가 말했잖아요. 그거 지금 어디서 구할 수 없는 한정판이라고. 나한테 정말 소중한 것이라고요."

우현이 건넨 쪽지는 처음 그의 집에서 눈을 뜨던 날, 그곳에서 혼자 나올 때 자신이 남겨놓은 쪽지였다.

<신발 좀 빌릴게요. 도움 받았는데 인사도 안 하고 가버려서 미안해요. 고마웠어요.>

단정한 글씨체가 감사 인사를 전하고 있었다.

"지금 그거 찾으러 왔어요. 소중한 제 운동화."

"우현이는 왜 이렇게 안 들어와?"

세연은 우현의 집 소파에 누워 노트북을 보며 칭얼거렸다.

"알아서 하겠지. 지금은 최우현 걱정할 게 아니라 네 집 찾는 게 우선이야."

성준은 우현은 안중에도 없다는 듯 진지한 얼굴로 인터넷을 검색하고 있었다.

우현과 성준이 한국으로 돌아간다는 말을 들은 세연은 며칠을 앓아누웠다. 죽어도 혼자서 이탈리아에 있기 싫다고, 한국으로 가겠다고 조르더니 엄마인 혜진이 허락을 해주지 않자 시름시름 아프기 시작한 것이었다. 그런 세연을 보다 못한 성준이 혜진을 설득, 책임지겠다는 말에 드디어 허락이 떨어졌다. 그와 동시에 세연은 언제 아팠냐는 듯 신이 나서 한국에 갈 준비를 서둘렀다.

그렇게 삼총사가 한국으로 온 지 일주일, 성준은 우현의 오피스텔에서 함께 지내기로 했지만 세연이 문제였다. 작은 방 두 개에 거실 하나인 이곳에서 세연까지 함께 지내기에는 무리가 있었다.

"여긴 어때?"

"여기랑 너무 멀어. 그리고 골목이 위험해."

세연의 질문을 성준이 단칼에 잘랐다. 세연은 여자였다. 그것도 한국에 익숙하지 않은 여자. 그렇기에 성준은 집을 고르는 데 더욱 신중했다.

"근데 우현이는 채원 언니 만났을까? 언니 엄청 놀랐겠다. 언니한테 연락도 못 하게 해서 얼마나 답답했는데. 아, 나도 채원이 언니 보고 싶당."

"여기 어때? 여기서 걸어서 10분. 새로 지은 건물이라 깔끔하대. 가격도 나쁘지 않고……."

세연이 소파에 누워 있던 몸을 일으켰다. 그러고는 소파에 등을 기대고 있던 성준의 어깨 너머로 고개를 쑥 내밀었다. 순간 성준이 숨을 집어삼켰다. 세연의 머리카락에서 나오는 향기가 주변에 맴돌았다.

"정말이네? 오, 여기랑 가깝고 엄청 깔끔하다. 내일 보러 가자."

귓가에 울리는 세연의 목소리와 숨결에 성준이 헛기침을 하며 몸을 틀었다. 그런 성준의 기분을 알 리가 없는 세연은 소파에서 일어나 포트에 물을 올리기 위해 싱크대로 향했다. 때마침 울리는 벨소리에 휴대폰을 집어 들었지만 통화버튼을 누를 생각도 하지 않은 채 바라만 볼 뿐이었다.

"누군데 그래?"

성준의 질문에도 아무런 대답이 없던 세연이 통화버튼을 눌렀다.

"여보세요?"

-나다. 우현이는?

휴대폰 너머로 묵직한 음성이 들려왔다. 세연이 긴 팔을 단단히 걸어 팔짱을 꼈다.

"지금 같이 없어요."

-…….

"이모부, 우현이 회사 갔어요. 아마…… 조금 늦을 거예요."

한숨을 내쉰 세연이 자신의 이모부, 우현의 아버지에게 차분한 어조로 말했다.

-그래. 돌아오면 전화 좀 넣으라고 해라. 아니면 전화를 받든가.

"네, 들어가세요."

전화를 끊은 세연의 얼굴에 차가움이 감돌았다. 그 모습을 바라본 성준 또한 아무런 말이 없었다. 세연이 고개를 젓더니 소파에 다시 철퍼덕 몸을 뉘였다.

"홍세연, 커피 안 마셔?"

"마시기 싫어졌어."

그녀가 소파 구석으로 더 깊게 몸을 묻었다.

"남의 집 일에 신경 쓰고 싶지는 않지만, 다른 사람도 아니고 최우현이니까."

성준의 진지한 어조에 세연이 몸을 틀어 그를 바라보았다.

"우현이 형 말이야……. 그 사람도 우현이 한국 온 거 알아?"

"글쎄."

이모부가 그렇게 잔인하지는 않을 거야, 세연이 조용히 중얼거렸다.

채원의 집 현관문이 쿵, 하고 닫혔다.

"아, 진짜 창피해."

집 안으로 들어온 그녀가 신발장 안에 있는 우현의 운동화를 종이가방 안에 넣었다. 슬쩍 걸음을 옮겨 거실에 있는 창을 통해 밖을 바라보자 가로등 밑에서 아직 자신을 기다리고 있는 우현이 보였다.

"아니, 왜 말을 늘 저런 식으로 해? 야경 보러 가자 그럴 때도 그렇고. 그냥 빌려간 운동화 달라고 하면 되는 걸 꼭 저렇게……. 하아, 매번 당하는 나도 참."

창피함에 온몸이 시뻘게진 느낌이었다. 아마 한동안 자려고 누울 때마다 생각이 나 이불깨나 발로 찰 것 같았다. 손바닥으로 제 얼굴을 탁탁, 두드린 그녀가 심호흡을 크게 하고는 다시 집 밖으로 나왔다.

"자요."

입을 삐죽거린 채원이 운동화가 든 종이가방을 우현에게 건넸다.

"운동화 안 버리고 가지고 있었네요."

"언젠가 택배로 보내주려고 생각했죠."

"우리 집 주소도 모르면서요? 거짓말."

"내 연락에 답장 안 한 건 우현 씨거든요?"

"연락?"

아아, 미안해요. 우현이 중얼거리더니 제 주머니에서 휴대폰을 꺼내 그녀 앞에 내밀었다. 지난번 그가 가지고 있던 휴대폰과 다른 것이었다.

"채원 씨 한국 가고 얼마 안 있다가 휴대폰이 고장 났어요. 어차피 성준이 랑 종일 붙어 다녔었고, 한국 오면 마련할 생각에 휴대폰 없이 지냈었거든 요."

"그렇구나."

우현의 변명에 채원의 얼굴에 금세 화색이 돌았다. 그가 일부러 자신의 연락을 무시하지 않았다는 게 기쁜 듯싶었다.

"나한테 연락했었어요? 그런데 답장이 안 와서 서운했구나."

그가 신이 나는지 약간 들뜬 목소리로 말했다.

"오해하지 마시죠? 안심이 아니라 무시당하면 원래 기분이 나쁜 법이라 고요."

"그런 것치고는 지금 엄청 기분 좋은 얼굴인데."

채원이 못 말린다는 듯 고개를 저었다.

"아까 정말 질투한 거 아니에요?"

"아니라니까요."

"2차 가자니까 바람피우는 남자친구 감시하는 표정으로 나 쳐다보던데."

"진짜! 아니라니⋯⋯."

"소개팅할 거예요?"

채원은 갑자기 들려오는 우현의 질문에 순간 말을 멈췄다. 조금 커다랗게 변한 그녀의 눈동자가 그를 바라보았다.

"소개팅 그 선예라는 친구가 주선한 거죠?"

언제 한번 붙어야겠네, 그가 작게 중얼거렸다.

"키스를 부르는 그 립스틱 바르고 나갈 거예요?"

"그건 우현 씨랑 관계없는 일이에요."

우현이 다시 한 발짝 채원에게 가까이 다가왔다.

"누가 그러더라고요. 영화에서 보면 여자 주인공은 힘들 때 짠, 하고 나타나서 도와준 멋진 남자 주인공에게 호감을 느끼게 된다고."

그의 짙은 밤색 눈동자가 즐거움을 가득 안고 그녀를 바라보았다.

"그런 두 사람 사이에는 사랑이 싹 트고, 마음이 통한 두 남녀는 함께 뜨거운 밤을 보내죠. 그리고 두 사람은 헤어지고 사랑에 눈이 먼 남자는 뜨거운 가슴을 안고 여자를 찾아오죠."

그리고 그 눈빛을 피하지 않은 그녀가 눈동자를 깜빡거렸다.

"우리는 호감도 느꼈고, 뜨거운 밤도 보냈고, 헤어졌고, 그리고 영화처럼 다시 만났네요."

"누가 뜨거운 밤을 보내요!"

채원이 발끈하며 소리치자 우현은 더 장난스러운 말투로 입을 열었다.

"그다지 모범생도 아닌 제가 모범생인 채원 씨 속도에 맞춰 차근차근 그 과정 다 밟았으니까 이젠 속도 좀 내요, 우리."

그가 코끝을 찡긋했다.

"소개팅하지 말고 나랑 데이트해요. 비밀병기 립스틱 바르고."

장난스럽게 말했지만 어딘지 모르게 자신의 얼굴을 살피는 우현의 모습에 채원이 피식 웃었다. 숨기려 애쓰고 있긴 하지만 자신의 대답을 기다리는 그는 조금 긴장한 것 같았다. 방금 전 우현에게 당했던 것이 떠오르자 장난기가 발동한 채원이 어깨를 으쓱했다.

　　"안 돼요."

　　"에? 왜요!"

　　그녀의 대답에 그의 얼굴이 일그러졌다. 그 모습을 보니 무척이나 통쾌했다. 매번 나만 당하고 있을 수 있나.

　　"이미 하겠다고 말했는걸요?"

　　"억지로 나가는 거면 거절해도 되잖아요. 그런 자리 싫어하지 않아요? 안 나간다고 해요."

　　"억지로 아니에요. 내가 해달라고 했어요."

　　채원의 말에 우현이 미간을 잔뜩 구겼다. 말도 안 돼, 그가 작게 중얼거렸다.

　　"내일 어디서요?"

　　"그런 것까지 다 말해야 해요?"

　　"말해줘야 내가 방해하러 가죠."

　　"그만하시죠?"

　　"그럼 아까 그 흔들다리 효과는요? 나 분명히 들었는데. 그거 나 때문에 떨렸다고 고백한 거잖아요."

　　갑작스러운 우현의 말에 채원의 말문이 턱 하고 막혔다. 그녀가 흠흠, 헛기침을 하며 재빨리 시선을 돌렸다.

　　"뭐…… 상처에 약 잘 바르라고 한 건 우현 씨 아니었어요?"

　　"약 잘 바르고 '기다리고' 있으라고 했죠."

　　"웅크리고 있지 말라면서요."

　　"소개팅하라고는 조언하지 않았어요."

"너무 숨어버리면 찾아온 사랑을 알아보지 못할 수도 있다면서요."

"그래서 채원 씨가 못 찾을까 봐 이렇게 직접 찾아왔잖아요."

답답한지 한껏 흥분해 목소리를 높이는 우현의 모습에 채원은 터져 나오는 웃음을 애써 참았다. 정말 이럴 때는 영락없는 연하 남자였다. 이제는 이런 그가 귀여워 보이기까지 했다.

"제 사랑은 제가 알아서 찾을 테니까 그런 수고 안 해도 괜찮아요."

"아니, 힘들게 찾지 않아도 알아서 딱 대기하고 있겠다는데 그것도 못 잡아요? 얼마나 간편해."

"흔들다리 효과 몰라요? 낯선 공간에서의 떨림을 상대에 대한 떨림으로 '착각'한다는 거. 말 그대로 착각이라고요."

"난 로마가 낯설지 않아요. 그러니까 내 떨림은 착각 아니에요."

"나 연하 싫어한다는 말 잊었어요?"

채원의 말에 우현이 입을 쩍, 벌리며 허망한 표정을 지었다.

"와, 진짜. 그 연하 남자가 키스하자니까 막 눈도 감아놓고. 그 연하 남자 사생활까지 궁금해하더니. 순수한 그 연하 남자 가슴에 불을 붙여서 뜨겁게 달궈놓고 이러기예요?"

투덜투덜, 우현이 지금 상황이 불만이라는 것을 온몸으로 내비치며 거칠게 말하자 결국 그녀가 큰 소리로 웃음을 터뜨렸다.

"지금 웃음이 나와요? 나 엄청 진지한 거 안 보여요? 가슴이 시커멓게 타고 있다고요."

"미안한데 시커멓게 탄 가슴이 전 보이지 않네요. 한국에 오면 맛있는 거 대접한다고 했으니까 약속 지킬게요. 내일 말고 다른 날 만나요."

채원이 부드러운 목소리로 우현을 달랬다.

"아, 혹시 성준 씨도 같이 왔어요? 세연이는요?"

"알게 뭐예요."

그가 퉁명스럽게 대꾸했다.

"왔으면 같이 만나요. 오늘 데려다 줘서 고마웠어요. 그럼 조심히 들어가요. 순수한, 최우현 씨."

채원이 손까지 흔들며 화사하게 미소 지었다. 그런 그녀의 뒷모습을 바라보던 우현이 절망적인 표정으로 돌아섰다.

"아니, 이별의 아픔이 엄청나게 큰 거 아니었어? 너무 속상하다며 울기도 했잖아."

우현이 어두운 골목을 걸어 내려갔다.

"다시는 사랑을 못 할 거 같다더니?"

요란한 그의 발소리가 골목에 울려 퍼졌다.

"내가 일부러 상처에 약 잘 바르고 기다리고 있으라고, 어? 오래 걸리지 않을 거라고 말까지 했는데. 내가 빨리 오려고 잠도 못 자고 얼마나 고생했는데."

그의 손이 거칠게 제 머리를 쓸어 넘겼다.

"내가 데리러 갈 테니까 잠시만 기다리라고 했잖아. 아, 이건 속으로 한 말이구나. 아무튼."

소개팅을 할 줄이야. 물론, 채원의 성격에 소개팅 한 번으로 갑자기 애인이 생기지는 않겠지만 싫은 건 싫은 거였다.

"내가 왕자병인가? 아니야, 나한테 조금도 호감이 없다고 한다면 정말 거짓말이라고. 하아, 진짜 여자 마음은 알다가도 모르겠어."

그의 입에서 진한 한숨이 흘러나왔다.

"하여간 그 선예라는 친구가 가장 문제야. 도움이 안 돼, 도움이. 얼굴이나 한번 봤으면 좋겠네."

우현이 버스 정류장에 섰다. 그러고는 다시 고개를 돌려 자신이 내려온 골목길을 바라보았다.

"소개팅? 키스를 부르는 립스틱을 바르고? 누구 맘대로. 그렇게는 절대 안 되지."

그가 살짝 입꼬리를 올렸다.

"한채원 씨, 잠시 잊은 모양인데, 나 지금 한국에 있다고요."

제일산업의 사장이자 우현의 아버지인 진철은 소파에 몸을 깊게 묻은 채 누군가와의 통화에 집중하고 있었다.

"아닙니다, 회장님. 저희 쪽은 신경 쓰지 않으셔도 됩니다. 크게 문제 될 것도 없고요."

넓은 사무실에 중후한 목소리가 울려 퍼졌다.

-미안하네, 최 사장. 우리 딸이 워낙 철이 없어서. 이해 좀 해주게나. 내가 두 번이나 최 사장에게 신세를 지는구먼.

성남건설의 허상무 회장이 미안함이 담긴 목소리로 말하자 진철은 보이지도 않는 상대방을 향해 손사래를 쳤다.

"철이 없다니요. 민지 양이야 워낙 똑똑한 아가씨 아닙니까. 오히려 저희 아들 녀석이 걱정입니다. 외국에서 공부만 오래 했지 세상 물정을 잘 몰라서. 그런데 정말…… 괜찮으시겠습니까?"

-어디 자식 이기는 부모가 있겠나. 그래서 내 염치 불구하고 이렇게 최 사장에게 전화를 건 게 아닌가. 같은 부모 입장에서 내가 자네에게 참 미안하네그려.

진철의 입가에 묘한 웃음이 지어졌다.

"우리 우현이와 민지 양은 또래이기도 하지만 공부하는 분야도 비슷해서 아마 통하는 부분이 많을 겁니다. 오히려 더 잘 지낼 수 있을 거라 생각이 되네요."

-그렇게 말해주니 고맙네. 최 사장 아들도 한국에 들어왔다고 하니 언제 한번 같이 식사나 하세.

"네, 제가 모시겠습니다. 잘못하다가는 회장님, 미래의 진짜 사위 얼굴을 약혼식 날 보겠습니다."

-하하, 그러게 말일세. 우리 민지도 곧 한국에 들어올 테니 함께 보도록 하지.

"민지 양 몸은 좀 어떻습니까? 그날 연락받고 깜짝 놀랐습니다."

-유학 중인 딸의 교통사고에 애비인 나는 얼마나 놀랐겠나. 부러진 다리가 깔끔하게 다 낫긴 했지만 교통사고는 후유증이 걱정이라.

"그래도 다행이네요. 괜찮을 겁니다. 그럼 조만간 연락드리겠습니다."

통화가 끝나자 사무실에는 적막이 찾아왔다. 방금까지의 부드러운 표정은 온데간데없이, 진철의 얼굴에는 차가운 기운이 감돌았다.

설립된 지 40년이 조금 넘은 제일산업은 터널, 도로, 철도공사 등을 전문으로 했던 건설업체에서 시작하여 현재 주택 등의 일반건설 및 해외사업에도 진출한 중견회사이다. 몇 년 전부터는 자회사인 종합건축사무소까지 설립하여 건축 설계를 비롯한 실내 인테리어 등 다양한 분야의 업무를 수행하며 급속도로 성장하고 있는 기업이었다. 그리고 그 성장의 중심에는 최진철 사장이 있었다. 그는 가슴속에 커다란 야망을 품고 있는 남자였고, 그 야망은 날이 갈수록 커져만 갔다.

진철이 미간을 깊게 구기며 생각에 잠기더니 밖에서 자신을 기다리고 있는 비서를 호출했다.

"성남건설 회장님 댁 허민지 양이 한국에 언제 들어오는 지 좀 알아봐."

"알겠습니다. 그리고 사장님, 밖에 큰도련님이 기다리고……."

"여긴 회사야. 그렇게 부르지 말라고 했을 텐데. 우현이는?"

"따로 연락 온 건 없었습니다."

"사춘기도 아니고 이게 뭐 하는 짓인지, 못난 놈."

못마땅하다는 듯 혀를 찬 진철은 사장실을 나갔다. 그가 시선을 돌려 아주 잠깐, 복도와 연결된 문을 바라보았지만 몸을 돌려 안쪽에 있는 사장 전용 엘리베이터로 걸어갔다. 그 뒷모습을 바라본 비서가 한숨을 내쉬며 복도와 연결된 문으로 걸어갔다.

"하아, 또 그냥 가시네. 큰도련님께 오늘은 뭐라고 핑계를 대야 하나."

비서의 얼굴에는 곤란함이 잔뜩 서려 있었다.

토요일 점심, 서둘러 욕실에서 나온 채원이 차가운 바람으로 젖은 머리를 말리며 부산하게 몸을 움직였다. 파운데이션을 얼굴 위에 정성스럽게 펴 바르고 전문가 같은 손놀림으로 능숙하게 아이라인을 그렸다.

"하여간 못 말린다니까."

어젯밤, 조금 벌게진 얼굴로 화를 내며 다급하게 말을 꺼낸 우현의 모습이 눈앞에 아른거렸다. 처음에는 우현의 꾸밈없이 직설적이고 당돌하기까지 한 모습이 당황스러웠다. 하지만 지금은 어느새 익숙해졌는지 귀엽기까지 했다.

'그래서 채원 씨가 못 찾을까 봐 이렇게 직접 찾아왔잖아요.'

그리고 조금 설레기도 했다. 그 마음을 들키지 않으려 재빨리 인사를 하고 집으로 돌아왔다.

아침 일찍 세연에게서 연락이 왔다. 우현, 성준, 세연, 이렇게 삼총사가 함께 한국으로 온 모양이었다. 빠른 시일 내에 약속을 잡아 만나고 싶었다. 이탈리아에서 함께 지냈던 그들을 이곳에서 만날 생각을 하니 가슴이 부풀어 올랐다.

방으로 돌아와 옷을 갈아입고 가방 안에 파우치를 넣은 채원이 거울로 제 모습을 다시 한 번 점검하고 현관문으로 걸어갔다.

"태양아, 누나 다녀올게."

채원에게서 콧노래가 흘러나왔다. 이유는 모르겠지만 오늘따라 기분이 상쾌했고, 즐거웠다. 굉장히 오랜만에 느껴보는 설렘이었다. 또각또각 계단을 내려가는 경쾌한 하이힐 소리가 건물 안에서 울려 퍼졌다. 건물을 밖으로 나가자 포근한 가을바람이 그녀의 몸을 감싸 안았다. 곧 세상이 붉게 물들고 머리 위로 푸른 하늘이 펼쳐질 것이다. 그녀는 가을을 좋아하지 않았다. 하지만 오늘은 왠지 달랐다.

버스 정류장에 도착한 채원이 타이밍 좋게 멈춰 선 버스에 올랐다. 20분쯤을 달려 도착한 커피숍 안으로 들어가자 선예가 카운터 앞에서 손을 흔들었다.

"왔어? 저기 저 남자야. 이름 허진우, 나이는 우리보다 한 살 위. 사람 진짜 착하고 예의 바르고, 암튼 괜찮아."

선예가 손가락으로 한쪽 테이블에 등을 보이고 앉아 있는 남자를 가리켰다.

"옷도 잘 어울리고, 화장도 잘 먹었고. 우리 채원이 예쁘다. 어서 가봐."

채원이 고개를 끄덕이더니 남자가 앉아 있는 테이블로 걸어갔다.

"저기…… 허진우 씨?"

조심스럽게 말을 걸자 남자가 고개를 돌려 그녀를 바라보더니 자리에서 일어났다.

"아, 네. 안녕하세요. 한채원 씨 맞으시죠? 허진우라고 합니다."

채원이 살짝 고개를 숙여 인사를 건네고 진우의 앞쪽에 자리를 잡고 앉았다.

"사진보다 실물이 훨씬 미인이시네요. 선예에게 이야기 많이 들었습니다. 점심 식사는 하셨어요?"

"아, 네. 먹고 나왔어요."

그때 딸랑, 하는 소리와 함께 커피숍 문이 열렸다. 채원의 시선이 저도 모르게 커피숍 문 쪽으로 향했다. 한 남자가 커피숍 안으로 들어오고 있었다. 순간 그녀가 숨을 거칠게 집어삼켰다.

"채원 씨? 왜 그러세요?"

"아, 아뇨. 아무것도 아니에요."

"커피 드시겠어요?"

"전 아메리카노 마실게요."

채원이 습관처럼 아메리카노를 주문하자 진우가 고개를 끄덕이더니 자리에서 일어났다. 그리고 그런 진우를 스쳐 지나친 남자가 채원을 향해 걸어왔다. 단정하게 정돈된 머리카락이 커피숍 창을 통해 들어오는 햇살에 반짝거렸다. 바람을 일으켜 지나간 자리에는 그녀가 기억하고 있는 시원한 향기가 남아 있었다.

"어, 어떻게…… 여긴 어떻게 알고."

멍한 얼굴의 채원이 자신을 향해 걸어오는 남자를 바라보며 중얼거렸다. 짙은 갈색 눈동자에는 노골적으로 장난기가 가득 차 있었다.

"지금 소개팅 중 아니었어요? 나한테 이렇게 알은체해도 돼요?"

하지만 채원의 시선은 여전히 남자에게 머물러 있었다. 입가에 옅은 미소가 걸려 있는 최우현에게로.

토요일 오전 11시, 성준은 침대에 누워 있던 몸을 일으키며 크게 기지개를 켰다. 한국에 온 지 일주일이 지났지만 아직 적응하지 못한 시차 때문에 머리는 종종 울렸고, 몸은 찌뿌둥했다. 멍한 상태로 눈을 깜빡거리던 성준이 침대에서 빠져나와 거실로 나왔을 때 욕실에서 나오는 우현과 마주쳤다.

"어라? 최우현, 벌써 일어났어?"

일어난 것뿐이 아니었다. 이미 옷까지 말끔히 갖춰 입은 상태였다. 시간은 우현에게도 똑같이 흐르니 분명 시차 적응 기간이 필요하겠지만, 그의 얼굴을 보고 있자니 이미 적응은 끝난 것 같았다.

우현은 어제 오후 채원의 회사 회의에 윤 교수님 대신 참석하게 되었다며 들뜬 마음을 숨기지 않고 집을 나섰다. 제법 늦은 시간까지 집에 들어오지 않기에 오랜만에 둘이 회포나 푸나 싶었는데, 집에 돌아오자 중얼중얼 불만을 내뱉더니 욕실로 쌩하니 들어가 버렸다. 그리고 그 투덜거림은 지금도 계속되고 있었다.

"왜 저래? 뭔 일 있어?"

그런 우현을 성준이 뒤따랐다. 우현의 방문에 기대어 가만히 그를 바라본 성준.

"시간도 알았겠다 내가 못 따라갈 줄 알고. 조금만 기다리라니까 그새를 못 참고 소개팅을 해?"

아하, 성준의 입꼬리가 유려하게 올라갔다.

"내가 말했지? 한국 오기 전에 채원 씨한테 연락을 하라고. 어떤 여자가 두 달 넘도록 연락이 없는 남자를 하염없이 기다려? 아니, 뭐, 그것도 남자 일 때 이야기지."

성준은 너무나 훤히 보이는 우현의 행동이 이젠 귀엽기까지 했다. 그와 오랜 시간을 함께했지만 이런 면이 있다는 것은 최근에 처음 알았다.

"뭘 모르면 좀 가만히 있지?"

장난기 가득한 성준의 말에 우현이 눈을 가늘게 뜨며 불만을 표출했다.

"남자는 무슨 이건 그냥 스토커네. 미스터 최토커. 근데 너 집에는 안 가 봐?"

성준의 질문에 머리를 손질하던 우현의 손길이 잠시 멈췄다.

"이쪽이 더 중요해."

"네 아버지는 그렇게 생각 안 하시는 거 같던데. 어제 세연이한테 전화하셨어. 너 전화도 안 받는다며."

그때 안쪽 방문을 열고 세연이 거실로 나왔다.

"최우현, 어제 몇 시에 들어왔어? 언니는 만났어? 놀라지? 우리도 같이 왔다고 이야기했어?"

세연이 냉장고에서 찬물을 꺼내 쭉 들이켰다.

"나중에 같이 밥 먹자더라. 연락해봐. 엄청 좋아할걸?"

"빨리 만나고 싶다. 근데 최우현, 오늘 뭐, 중요한 약속 있어?"

세연이 고개를 갸우뚱하며 우현에게 물었다. 그도 그럴 것이 오늘 우현은 상당히 멋있었던 것이다. 그는 자신의 장점을 확실히 알고 부각시킬 줄 아

는 남자였다. 긴 다리에 핏 좋게 감긴 바지와 화사한 톤의 셔츠는 그를 한층
더 빛나게 했다.

"나 오늘 좀 괜찮나?"

"응. 객관적으로 조금 아니고 많이."

"오케이."

우현이 만족스럽다는 듯 재빨리 현관으로 걸어갔다.

"아, 홍세연! 오늘 집 보러 간다고 했지? 같이 못 가줘서 미안해."

"이쪽은 걱정 말고 네 집이나 다녀와. 사춘기 소년처럼 뭐냐? 이모부한테
전화 올 때마다 내가 식겁한다고. 두고 봐라. 곧 찾아오시지."

세연은 시큰둥하게 말을 내뱉었지만 그는 듣는 둥 마는 둥 집을 나섰다.
버스를 타고 채원의 집 근처 버스 정류장에 도착한 우현이 제 손목에 걸린
시계를 바라보았다.

"12시 10분."

작게 중얼거린 그가 정류장에서 조금 떨어진 골목으로 걸어갔다.

"말 안 해준다고 내가 못 따라갈 줄 아나?"

1시 25분. 드디어 골목 저편에서 걸어오는 채원이 보였다. 깔끔한 트렌치
코트 아래로 기가 막힌 각선미를 자랑하는 다리가 스타킹에 감겨 있었다.
코트의 허리를 질끈 묶어 늘씬한 몸매가 강조되었고, 풍성한 머리카락은 걸
음걸이에 맞춰 하늘하늘 흔들렸다. 오늘따라 얼굴은 유난히 뽀얗고, 기분
또한 즐거워 보였다. 멀리서 걸어오는 채원은 존재만으로도 빛이 났다.

"뭐야, 뭐 저렇게 힘을 줬대. 기분은 왜 저렇게 좋아 보여? 반사판이라도
달고 다니나? 반짝반짝 빛나네."

우현의 입술이 불만스럽게 일그러졌다. 그의 시선이 끈질기게 채원을 좇
았다.

곧 채원이 버스에 올라탔다. 그제야 골목에서 나온 우현이 재빨리 택시를
잡았다. 20분 뒤 채원이 버스에서 내리자 그 역시 택시에서 내려 그녀를 뒤

따랐다. 커피숍으로 들어간 채원이 한 남자와 마주 보고 앉았다. 살짝 긴장한 듯한 그가 건물 유리에 비친 자신의 모습을 살폈다. 곧 의지에 가득 찬 발걸음이 커피숍 안으로 향했다.

채원은 지금 자신이 앉아 있는 곳이 카페 의자인지, 아니면 가시 방석인지 당최 구분이 되지 않았다. 앞에 앉은 소개팅 남자도 신경 쓰였고, 호기심 어린 눈빛으로 이쪽을 바라보고 있는 선예도 신경 쓰였다. 무엇보다 옆 테이블에 앉아 있는 남자, 최우현 때문에 아무 생각도 할 수가 없었다. 테이블과 테이블 사이에는 조금 거리가 있었지만 대화는 충분히 들을 수 있을 정도였다. 자신의 몸에 GPS를 붙여놓은 것도 아니고 대체 여기는 어떻게 알고 찾아왔단 말인가.

"요즘 일이 많이 바쁘다면서요?"

깊은 상념에 빠져 있던 채원은 불현듯 들려오는 진우의 질문에 정신을 차렸다.

"아, 네. 일이 좀 많네요."

"참, 이탈리아 여행 다녀오셨다면서요? 어땠어요? 전 아직 이탈리아에 못 가봐서 궁금하네요."

이탈리아라는 말에 채원의 입가에 미소가 걸렸다. 두 달이나 지났지만 아직 생생하게 기억이 났다. 그곳의 파란 하늘도, 습하지만 시원했던 공기도, 그리고 함께 다녔던 사람도.

"좋았어요. 정말 좋았어요. 모든 것들이 꿈같을 정도로요."

채원은 옆에 우현이 있다는 사실도 잊어버린 듯 작게 중얼거렸다.

"나중에 이탈리아 갈 일 있으면 채원 씨한테 물어봐야겠네요."

"저도 같이 다닌 사람에게 도움을 받은 터라 아는 게 별로……."

"같이 다닌 사람이요? 혼자 가신 거 아니었어요?"

아차. 그녀의 얼굴에 순간 난감함이 떠올랐다.

"아, 네. 여, 여행하는 동안에 사람들에게 도움을 좀 받았다는 뭐, 그런 말이죠."

채원이 곁눈질로 우현을 바라보자 휴대폰을 바라보고 있는 그의 입꼬리가 올라가 있었다.

"진우 씨는 뭐 좋아하세요?"

그녀가 서둘러 화제를 돌렸다.

"저는 영화 보는 거 좋아해요. 뮤지컬이나 전시회 같은 것도 좋아하고요. 혹시 영화 좋아하세요?"

"네, 전 로맨틱 코미디 좋아해요. 해피엔딩."

진우가 고개를 끄덕이더니 슬쩍 눈치를 보며 입을 열었다.

"그럼, 채원 씨 영화 좋아하신다고 하셨으니까 혹시 다음에 같……."

"음음. 콜록콜록."

진우와 채원이 옆 테이블에서 들려오는 거친 소리에 말을 멈추고 고개를 돌렸다. 우현이 금방이라도 피를 토할 듯 기침을 하고 있었다. 기침 소리가 멈추자 진우가 다시 채원을 바라보았다.

"저녁때는 따로 약속 없으시죠?"

"아, 네."

"와인 좋아하세요? 괜찮으면 저녁에 같……."

"콜록콜록! 콜록!"

옆 테이블에서 다시 거센 기침 소리가 들려왔다. 진우가 슬쩍 옆 테이블에 앉은 남자를 바라보았다. 자신이 말을 할 때마다 방해받는 느낌이 들긴 했지만 나오는 기침은 어쩔 수 없는 것이 아닌가.

"죄송합니다. 제가 감기에 심하게 걸려서. 콜록콜록!"

진우의 시선을 느꼈는지 우현이 고개를 들고는 사과의 말을 건넸다.

"아, 아닙니다."

그 사과에 진우는 괜히 미안해져 오히려 괜찮다고 손사래를 쳤다.

태연한 우현의 거짓말에 채원은 기가 막혀 고개를 내저었다. 이 남자, 연기가 남우주연상감이었다. 목소리는 꽉 잠겨 있었고, 금방이라도 기절할 사람처럼 시름시름 아파 보였다.

　"죄송합니다, 회사네요. 잠시만 실례할게요."

　품 안에 있던 휴대폰 진동이 울리자 진우가 채원에게 양해를 구하고 밖으로 나갔다. 커피숍 문이 닫히자 채원은 이를 앙 물고는 우현에게 물었다.

　"지금 뭐 하는 거예요?"

　"콜록, 콜록. 뭐가요?"

　"연기 그만하죠? 어디서 할리우드 배우라도 내한 온 줄 알았네요. 어제까지 멀쩡한 사람이 갑자기 웬 기침이에요? 그것도 곧 병원에 실려 갈 사람처럼?"

　"기침이 나오는 걸 어떡해요? 그런 말도 몰라요? 세상에서 숨길 수 없는 두 가지가 기침과 사랑이라고?"

　"기침이 아니라 재채기와 사랑이겠죠. 난 그래도 우현 씨가 조금은 상식이 있는 사람인 줄 알았는데요. 여기까지 와서 방해할 줄 꿈에도 생각 못 했어요. 정말 실망……."

　하지만 순간 입을 다물었다. 선예가 걸어오고 있었다. 채원이 헛기침을 하며 고개를 돌렸다.

　"진우 선배 바쁜가 봐?"

　"그, 글쎄. 전화가 와서 잠깐 나갔어."

　채원이 어색하게 웃었지만 이미 선예의 날카로운 레이더망에 걸렸다는 사실을 깨달았다.

　"선예야, 그게……."

　순간 우현이 고개를 번쩍 들어 선예를 바라보았다.

　"선예? 이선예 씨?"

　뭐, 뭐야? 왜 저렇게 째려봐? 선예가 우현의 강렬한 시선에 뒷걸음질 쳤다.

"네, 제가 이선옌데요."

우현의 날카로운 눈빛이 선예를 바라보았다. 호오라, 이 여자가 바로 이
선예? 이선예라 하면 자신이 채원과 뭐만 하려고 하면 기가 막힌 타이밍으
로 방해했던 바로 그 여자가 아니던가. 채원에게 에피소드를 기대한다 해놓
고 그 에피소드 좀 만들라고 하면 어김없이 등장하는 이름. 그러고 보니 오
늘 소개팅도 이 여자가 주선했지. 얼굴 한번 보고 싶었는데 이렇게 보게 되
다니. 궁금했던 얼굴을 마주하자 포지타노에서 미처 하지 못한 채원과의 키
스가 떠올랐다. 젠장.

"우현 씨, 지금 뭐 하는 거예요?"

채원의 목소리에 선예가 깜짝 놀라 우현을 바라보았다.

"우현? 최우현 씨?"

뭐, 뭐야? 왜 저렇게 쳐다봐? 이번에는 선예의 강렬한 시선에 우현이 움
찔 놀랐다.

"네, 제가 최우현인데요."

선예의 날카로운 눈빛이 우현을 바라보았다. 호오라, 이 남자가 바로 최
우현? 최우현이라고 하면 채원이 이탈리아에서 다 털리고 거지 신세가 되
었을 때 깜짝 등장한 남자 주인공이 아니던가. 그전에 비행기에서 채원에게
전화번호를 남기기도 했었고, 한국으로 돌아온 채원에게 여행 후유증을 가
득 안겨준 그 남자. 이탈리아에 산다고 했던 남자였다. 그런데 그 남자가 지
금 이곳, 채원의 소개팅 현장에 와서 옆자리에 앉아 곧 죽을 것처럼 기침 연
기를 하고 있었다. 얼굴 한번 보고 싶었는데 이렇게 보게 되다니. 선예의 눈
동자가 우현의 전신을 훑었다. 그리고 한 곳에 멈췄다.

"어? 잠깐. 이 운동화 어디서 본 거 같은데…… 어디서 봤지?"

선예가 손가락으로 우현이 신고 있던 운동화를 가리키며 고개를 갸우뚱
했다. 기억이 날 듯, 말 듯. 어디선가…….

"앗, 맞다! 이거 채원이네 집에 있던 그 운동화잖아요!"

선예가 고개를 들어 우현과 채원을 번갈아가며 바라보았다.

"서, 선예야. 잠깐만. 나중에 나랑 이야기를……."

채원이 손을 내저으며 그만하라는 듯 재빨리 주변을 살폈다.

"그럼 그날 채원이가 자고 온 곳이 최우현 씨 집이었어요?"

하아, 망했다. 채원이 한숨을 내쉬며 눈을 감았다. 강렬한 우현의 시선과 선예의 뒤에 있던 소개팅 남의 황당한 시선을 마주할 자신이 도저히 없었다.

7. 연애 초보자

"무슨 일이야?"

채원과 우현을 번갈아가며 바라보던 선예는 갑자기 들려오는 목소리에 깜짝 놀라 뒤를 돌아보았다. 진우가 생글생글 웃고 있었다. 다행히 선예의 이야기를 제대로 듣지는 못한 것 같았다.

"아, 아냐. 커피에 뭐가 들어갔다 그래서. 다시 타줄게, 채원아."

선예가 어색한 포즈로 채원의 커피 잔을 가져가더니 재빨리 몸을 돌렸다. 진우가 다시 채원의 맞은편에 다시 자리를 잡고 앉았다.

"채원 씨, 첫 만남에 너무 죄송한데 회사에서 급한 전화가 와서요. 당장 들어오라고 해서 가봐야 할 것 같은데……. 정말 죄송합니다."

진우가 채원의 눈을 제대로 바라보지 못한 채 사과의 말을 건넸다.

"아니에요. 괜찮아요. 급한 일이신 것 같은데 어서 들어가 보세요."

하지만 오히려 채원은 잘됐다는 듯 안심한 얼굴이었다. 몇 번이고 고개를 숙여 사과를 건넨 진우는 채원을 커피숍에 남겨둔 채 서둘러 밖으로 나갔다.

선예가 허겁지겁 밖으로 나가는 진우의 뒷모습을 바라보며 채원의 테이블로 걸어왔다. 이미 사라져버린 진우는 선예의 관심 밖인 듯했다.

"옆에 앉아도 되죠?"

진우가 완전히 사라지자 우현은 잽싸게 채원의 옆자리에 자리를 잡았다.

"괜찮다고 말 안 했는데요?"

그가 바짝 자신의 옆에 붙어 앉자 채원이 옆으로 몸을 옮기며 불만스럽게 말했다.

"그렇다고 제가 이선예 씨 옆에 앉을 수는 없잖아요."

"하긴, 나도 친구의 남자 넘보고 싶지는 않다. 나한테 네가 보통 친구니. 아까는 초면에 큰소리쳐서 미안했어요. 이선예예요."

"안녕하세요, 최우현이라고 합니다."

선예와 우현이 인사를 나누었다. 서로를 바라보며 싱글거리는 모습은 조금 전 전투적인 눈빛일 때와는 사뭇 달랐다. 잠시 눈빛으로 기 싸움을 하더니 이제는 서로에 대해 다 파악했고, 그 결과 이제 우리는 한편이다, 라는 동료애가 물씬 풍겨져 나왔다.

가만히 그 모습을 지켜보던 채원은 묘한 기분이 휩싸였다. 자신의 가장 친한 친구와 인사를 나누고 있는 남자라. 처음 있는 일이었다. 준서와 선예는 이렇게 한 테이블 앉아 함께 이야기를 나눠본 적이 없었다. 오늘 처음 만나 함께 있는 이 모습이 어색할 만도 한데 전혀 그렇지 않았다. 오히려 오래 전부터 이렇게 만나왔던 사람처럼 익숙했다.

선예는 나란히 앉아 있는 두 사람을 바라보았다. 채원이 웃고 있었다. 인상을 쓰기도, 입을 삐죽거리기도 했다. 표정은 그 어느 때보다도 자유로웠다. 자신은 없는 사람인 듯 티격태격하는 모습에 의외라는 듯 눈을 동그랗게 떴다. 채원이 타인에게 생각을 그대로 표정에 드러내는 일은 극히 드물었다. 두 사람의 대화를 가만히 듣고 있던 선예의 입꼬리가 살짝 올라갔다.

"최우현 씨, 우리 채원이 많이 덤벙거리죠?"

선예의 질문에도 우현은 당황하지 않고 어깨를 으쓱거렸다.

"구멍도 많고 허술하기까지 해요. 채원 씨는 아니라고 하겠지만요."

비밀 이야기를 하듯 장난스럽게 속삭이는 우현. 그 대답에 채원은 미간을 찌푸렸지만 선예의 입가에는 웃음이 걸렸다.

채원은 타인에게 늘 거리를 두며 완벽한 모습을 보여주고 싶어 했다. 그렇기에 지금껏 살면서 누군가가 채원에게 '허술하다.'고 평가를 내린 건 자신 외에는 처음이었다. 선예의 엄마조차 채원을 '아들이 있다면 장가를 보내고 싶을 정도로 야무진 여자.'라고 했으니까.

채원과 우현이 함께했던 시간은 고작 이탈리아에서의 일주일이었을 것이다. 하지만 최우현이라는 남자, 다른 건 몰라도 채원에게 특별한 사람임이 분명했다. 아무렇지 않게 자신을 내보일 수 있을 정도로 말이다. 아직 한 채원 본인은 의식하지 못하는 것 같긴 하지만. 선예의 표정이 점점 밝아졌다.

"최우현 씨, 제가 최근에 재밌게 본 영화가 한 편 있는데요."

밝아진 표정만큼이나 선예의 목소리는 들떠 있었다.

"한 여자가 해외여행을 갔다가 다 털려서 혼자가 되고 한 남자에게 도움을 받아요. 두 사람은 함께 여행을 하며 즐거운 시간들을 보내고, 어느새 서로에게 호감을 느꼈지만 헤어지게 되죠."

"그리고 다음은요?"

우현이 무슨 말인지 다 안다는 듯 장난스러운 목소리로 물었다.

"두 사람은 운명처럼 다시 만났고 다음은…… 아직 다 안 봤어요. 근데 아무래도 남자가 보통이 아니라 그 두 사람 인연이 거기서 끝일 것 같진 않단 말이죠."

"제가 생각한 결말하고 좀 비슷하네요."

우현의 말에 선예가 큰 소리로 웃었다. 더 이상 채원의 소개팅을 알아볼 필요는 없는 것 같았다.

"여기서 이러고 있어도 괜찮겠어요? 에피소드 만들기에 여기는 좀 별로

인데. 드라마 남자 주인공처럼 카푸치노 거품키스라도 할 생각이 아니라면 말이죠."

선예가 의자를 뒤로 빼며 자리에서 일어나더니 눈을 찡긋했다. 그러고는 채원을 바라보았다.

"한채원, 뭐 해? 우리 가게 주말에 바빠. 테이블 부족하니까 공짜 커피는 테이크아웃해서 가져가."

선예의 말에 채원이 기가 막힌다는 듯 헛바람을 집어삼켰다.

"나중에 또 놀러 와요, 우현 씨. 커피는 얼마든지 공짜로 줄 수 있으니까. 잘생긴 남자는 테이크아웃 안 해 가도 괜찮아요."

입술을 앙 깨물며 우현과 선예를 노려본 채원이 가방을 챙겨 밖으로 나갔다.

"그럼 나중에 뵐게요, 선예 씨."

"내가 뭐 도와줄 거 없어요? 아시다시피 쟨 좀 답답해서."

우현이 인사를 건네고 채원을 뒤따라가기 위해 일어나자 선예가 그를 불러 세웠다.

"그럼 한 가지만요. 앞으로 웬만하면 밤에 채원 씨한테 연락은 자제해주세요. 두 번 방해받고 싶지는 않거든요."

우현이 커피숍 밖으로 뛰어나오자 골목을 내려가는 채원이 보였다. 뒷모습만으로도 그녀가 얼마나 화가 났는지 알 수 있었다. 그가 빠른 걸음으로 그녀를 뒤쫓아 옆에 바짝 붙어 섰다.

"채원 씨, 잠깐만요. 나 좀 봐요. 미안해요."

"어떤 부분이요? 난데없이 남의 소개팅 자리에 출연한 거? 아니면 메소드 연기를 펼치며 사람 신경 곤두세운 거? 그것도 아니면 갑작스럽게 선예랑 동맹을 맺고 사람 바보 만든 거?"

목소리도 높이지 않고 조목조목 말한 채원은 걸음을 멈추지 않았다. 우현이 조금 더 걸음을 빨리해 그런 그녀 앞을 막아섰다.

"정말 난처하게 할 생각은 아니었어요. 그래도 나 때문에 입장이 곤란해 졌다면 정말 미안해요."

채원은 우현을 가만히 바라보았다. 진심으로 미안해하는 것 같아 보였다. 늘 당당하던 어깨는 축 내려앉아 있었고, 입술도 꾹 닫혀 있었다. 괜히 그 모습에서 우현의 머리에 축 처진 강아지 귀라도 있는 것 같았다.

"채원 씨가 소개팅한다고 해서 질투 나서 그랬어요. 어린애 같았다는 거 알아요. 정말 미안해요. 반성도 하고 있어요. 진심으로."

솔직한 목소리가 계속해서 사과의 말을 건넸다. 눈동자에서는 한 번만 봐 줘요, 하는 에너지가 풍기고 있었다.

커피숍에 들어오는 우현을 봤을 때 말로 할 수 없을 정도로 황당했고 화도 났다. 하지만 또 이렇게 솔직하게 미안하다고 털어놓는 걸 보니 더 이상 화를 내는 것도 무리일 것 같다는 생각이 들었다. 이래서 사람의 인물이 중요한 법인가. 저 잘생긴 얼굴로 진지하게 양손을 모아 사과하는 모습을 보고 있으니 더 말하기도 뭐했다. 내가 이렇게 속물이었나. 채원은 이런 자신이 한심스러워 한숨을 내뱉었다.

"점심 먹었어요?"

그녀가 방금 전보다 조금 누그러진 목소리로 묻자 우현이 고개를 가로저었다.

"아직까지 점심도 안 먹고 뭐 했어요?"

"스토커가 되려면 부지런해야 하거든요. 뭐, 과정이야 어찌 됐든 목표는 달성했으니까 안 먹어도 배는 부르네요."

다시 장난스럽게 변한 우현의 목소리에 채원이 못 말린다는 듯 허탈하게 웃었다.

"그럼 집으로 가요. 안 먹어도 배부르다니까."

"채원 씨 집이요? 라면 먹고 갈래요, 뭐, 이런 거예요? 잠깐 저 마음의 준비 좀 하고요. 생각했던 것보다 전개가 빨라서."

"진짜! 나는 내 집, 그쪽은 그쪽 집!"

"아, 그런 거였어요? 아쉬워라."

우현의 얼굴에는 진심으로 아쉬움이 떠올랐다. 우현은 깜짝 놀랄 정도로 성숙한 남자의 모습을 보인 적이 많았다. 하지만 지금처럼 이렇게 입을 삐죽거리며 유치한 행동을 할 때에는 영락없는 연하의 남자였다. 도대체 소년인 건지, 남자인 건지.

"가요. 집에 데려다 줄게요. 오늘 하루 신사답지 못했으니까 마무리라도 잘 지어야겠어요."

우현이 채원을 뒤로하고 앞장섰다. 그 뒷모습을 가만히 바라보던 그녀 또한 그를 뒤따랐다.

잠시 후, 버스에 오른 두 사람은 이런저런 이야기를 나누며 채원의 집으로 향했다.

"근데 정말 고고학 공부하고 있는 줄은 꿈에도 몰랐어요. 회사에는 얼마나 자주 나와요?"

"교수님 대신 뭐가 필요할 때 아니면 참여할 일은 많이 없을 거예요. 기껏해야 전시 가이드를 만들기 위한 보조 정도?"

"그렇구나."

"사실 채원 씨 회사 일 말고도 다른 일을 제안받아서 아마도 그쪽 일에 치중해야 할 것 같아요."

"어떤 일인데요?"

채원의 질문에 우현이 짓궂은 미소를 지었다.

"흐음……. 절대 안 넘어온다더니 넘어왔어요? 막 나에 대해서 세세하게 알고 싶을 정도로 내가 좋고 그런가? 얼굴 보면 막 가슴 두근거리고?"

"인간 대 인간으로서 궁금해하는 거 안 느껴져요? 그 성격은 여전하네요, 진짜."

"그러게 오늘 소개팅하지 말고 나랑 데이트하자니까요."

"물어본 내가 바보네요. 뭐 해요, 벨 눌러요. 우리 이제 내려야 해요."

우현이 자리에서 일어나 벨을 누르자 채원이 따라 일어났다. 버스가 덜컹거리자 그녀의 몸이 이리저리 움직였다.

"꽉 잡아요."

채원은 자신의 옆에서 버티고 서 있는 우현이 가까이에서 느껴지자 한 걸음 옆으로 물러섰다. 코끝에 우현임을 느낄 수 있는 시원한 향이 풍겨왔다. 실내가 더운지 조금 걷어붙인 셔츠 아래로 단단한 팔이 드러나 있었다. 시선을 옮기자 남자다운 목 줄기와 붉은 입술이 보였다. 무슨 남자 입술이 틴트를 바른 것처럼 붉고 예쁘단 말인가. 이렇게 버스 안에서 가까이 서 있으니 이탈리아에서 함께 지하철을 탔던 순간이 떠올랐다. 나보나 광장에서 함께 춤을 추고 집으로 돌아가는 지하철에서 덜컹거리던 힘을 이기지 못한 두 사람의 입술이…….

"……원 씨, 채원 씨!"

자신을 부르는 소리에 채원이 퍼뜩 정신을 차렸다. 그녀의 시선은 여전히 그의 입술에 닿아 있었다.

"뭐 해요? 어서 내려요."

채원이 열린 문을 바라보더니 재빨리 버스에서 내렸다. 얼굴이 후끈 달아오르는 느낌에 크게 심호흡을 했다. 대체 내가 얼마나 저 입술을 바라보고 있었던 거지? 설마 눈치챈 건 아니지?

"무슨 생각을 그렇게 해요?"

우현의 목소리가 들려왔지만 채원은 그를 바로 볼 수가 없었다. 부끄러웠다. 자신이 무슨 생각을 했는지 들켰다간 그가 뭐라고 할지 눈에 훤히 보였다.

"아, 아니, 그냥 뭐, 이런저런 생각을…….”

채원은 손으로 화끈거리는 얼굴을 달래기 위해 부채질을 했다. 우현이 그런 그녀를 이상하게 바라보았다.

"더워요? 아니면…… 부끄러워서? 혹시 야한 생각 했어요?"

"아니거든요!?"

"화내는 거 보니까 맞네. 무슨 생각 했는데 그래요?"

우현이 재빨리 앞서 걸어가는 채원을 뒤따랐다.

"더워서 부채질할 정도로 야한 생각이라……. 혹시 포지타노에서……."

"키, 키스라뇨? 우리가 언제 키스했어요. 누가 들으면 오해하겠네."

"저 아직 아무 말도 안 했는데요?"

발끈하던 채원은 우현의 말에 얼굴이 더 달아오르는 것을 느꼈다.

"그러니까요. 저도 아무 생각 안 했어요. 음음."

그런 채원의 모습을 바라보는 우현의 눈동자에 노골적으로 애정이 떠올랐다.

"오늘도 데려다 줘서 고마워요."

채원의 양 볼은 아까보다 붉게 물들어 있었다. 톡, 건드리면 터질 것 같은 볼은 사랑스럽기까지 했다. 도도하게 고개를 들고 아무렇지 않은 척하며 서 있는 모습이 귀여웠다.

우현의 입가에 벅찬 미소가 걸렸다. 처음으로 제 의지로 한국에 왔다. 온전히 채원 때문은 아니었지만 그 무엇보다 채원의 영향이 컸다. 그녀와 함께 시간들을 보내고, 즐거움을 나누고, 자신이 느끼는 설렘을 공유하고 싶었다. 놓치고 싶지 않았다. 눈앞에 있는 이 도도하지만 사랑스러운 여자를.

"저희 집 다 왔어요. 설마 정말로 라면 끓여 달라는 건……."

"채원 씨, 내가 싫어요?"

채원은 갑작스럽게 파고드는 우현의 질문에 숨을 크게 들이쉬었다. 순식간에 장난기를 싹 거둬들인 남자의 얼굴이 눈앞에 보였다.

"왜, 왜 이래요? 갑자기 진지하게."

채원이 우현으로부터 한 걸음 뒤로 물러났다. 그러자 그가 다시 한 걸음 그녀 가까이 다가갔다. 마치 지금 당신의 뒷걸음질을, 우리의 벌어진 거리를 용납할 수 없다는 듯.

"나 그렇게 별로예요?"

한참 동안 두 사람의 시선이 얽혔다. 채원이 한숨을 내쉬며 입을 열었다.

"싫으냐고 물어본다면 그렇지 않은 게 당연하잖아요. 별로라고 생각하지 않는 것도 알잖아요."

"그럼 나 좋아해요?"

"그렇다고 또 그렇게 극단적으로……."

"난 채원 씨 좋아해요."

채원이 놀란 눈으로 우현을 바라보았다. 순식간에 훅, 파고드는 말에 장난일지 모른다고 생각했다. 하지만 그의 눈빛은 진지했고, 뜨거웠다.

"난 채원 씨가 믹스 커피를 두 봉지씩 넣어서 먹는 모습도 좋고, 소스가 입가에 묻을 정도로 햄버거를 입에 왕창 집어넣어 먹는 모습도 좋아요."

그가 그녀를 향해 옅은 미소를 지었다.

"툭하면 넘어지고, 크게 소리 지르고, 울기도 하고, 토라지기도 하고. 코 골며 자는 모습도 좋아요. 아, 이 정도면 콩깍지 수준인가?"

채원이 급하게 숨을 들이켰다. 그녀의 가슴이 크게 들렸다 가라앉았다.

"이탈리아는 제집이 있는 곳이에요. 한국보다 편한 곳. 그래도 두 달 전의 이탈리아는 제게도 꿈같았어요. 채원 씨처럼요."

채원은 오늘 낮에 보여준 조금은 철없던 소년의 모습과 다른 남자의 눈빛에 가슴이 꽉 막히는 것 같았다.

"한국으로 오는 비행기 안에서 한숨도 못 잤어요. 너무 떨려서, 설레어서. 아니면 혹시나 채원 씨가 내 꿈에서만 존재하던 사람이었을까 봐."

숨김도, 꾸밈도 없는 그의 말들은 한 자 한 자 그녀의 가슴에 꽂혔다. 입 밖으로 나오는 말들은 올곧았고 진실했다.

"혼자 막 상상해봤어요. 날 보면 채원 씨가 어떤 표정을 지을까. 놀랄까, 반가워할까, 혹시 약간은 설레주지 않을까."

조금은 수줍은 그의 음성이 가을바람을 타고 그녀의 귓가를 간질였다.

"나 정말 채원 씨한테 남자 아니에요? 그렇게 매력 없어요? 한 번도 나한테 끌렸던 적 없어요? 모든 게 다 그 흔들다리 효과였어요? 전부 다 그렇지는 않다고 생각하는 거…… 내 자만이에요?"

채원은 아무런 대답을 하지 않았다. 하지만 아마도 자신의 흔들리는 눈빛이 답답한 입술 대신 그 대답을 했으리라는 것을 알고 있었다.

"나는요. 밀당 하듯 돌려서 말하는 거 잘 못해요. 그 사람 보면 막 가슴이 벅차고 두근거리고, 그렇게 좋아하는 마음 숨기는 거 잘 못해요. 하고 싶지도 않고요."

우현의 말이 맞았다. 그의 목소리는 진지했지만 입가에 걸린 미소는 어딘지 모르게 벅차 보였다.

"또다시 울게 될까 봐 두려워서 한 걸음 물러서 있는 채원 씨 마음 이해해요. 근데 나 또한 '절대 채원 씨 울리지 않아요.'라고는 장담 못 해요."

우현이 씁쓸하게 웃었다. 하지만 금세 다시 따뜻한 눈동자로 그녀를 바라보았다.

"하지만 나는 최선을 다하고 싶어요. 울리지 않기 위해서가 아니라 같이 웃기 위해서. 난 그래도 채원 씨 웃는 게 좋으니까."

그 포근한 눈빛이 그녀의 심장을 감싸 안았다.

"내가 채원 씨의 열렬한 마지막 사랑이 될지는 장담할 수 없지만 새로운 사랑을 찾고 있는 거라면 내게도 기회를 줘요. 그리고 잠시라도 내게 설레었던 채원 씨의 마음에게도."

바람이 불어왔다. 따뜻한 바람이 불어왔다.

"채원 씨 휴대폰에 끼워둔 코팅된 장미꽃잎. 간직하고 있는 이유가 뭐라고 해도 상관없어요. 근데 나 지금 여기 있잖아요. 힘들게 찾지 않아도 될 만큼 가까이."

미풍에 채원의 머리카락이 흩날렸다. 다정한 우현의 손이 다가왔다. 가늘고 긴 그의 손이 그녀의 머리카락을 살짝 귀에 걸어주었다.

"당장 우리 미친 듯이 사랑합시다, 하는 거 아니니까 겁먹지 말아요. 남들처럼 만나서 영화도 보고, 밥도 먹고, 웃고 떠들고, 설레고, 그리고 한 번쯤은 뜨겁기도 하고."

자신의 손길을 거부하지 않는 그녀 때문에 오히려 우현이 그답지 않게 수줍게 웃었다.

"그러다가 채원 씨가 어느 날 문득 눈앞에 있는 나를 미치도록 끌어안고 싶을 때, 그때 꽉 끌어안아 줘요. 그때까지는 채원 씨 떨림도, 끌림도, 망설임도, 그리고 혹시 모를 흔들림도 전부 모른 척할 테니까."

들리지 않는 두 사람의 심장 고동 소리가 섞였다.

"만약 싫지 않다면…… 내일 우리 데이트할래요?"

그 고동 소리가 마치 엄마의 자장가처럼 아늑했다.

"새롭게 시작해보지 않을래요? 우리가 처음 만난 그곳에서."

일요일 아침 10시.

"최우현, 너 오늘도 나가? 요즘 바쁘다? 채원 씨는 소개팅 성공했나?"

장난스러운 질문에 면도를 하고 있던 우현이 욕실 거울에 비친 성준을 흘겨보았다.

"철없는 연하라고 욕하지 않디? 아니면 스토커라고?"

"시끄럽고, 세연이 다음 주 주말에 이사한다고 했지?"

"응. 세연이가 채원 씨한테 이야기했나 보더라. 이사할 때 온다고 했대. 아, 그리고 윤 교수님이 말씀하신 발굴 프로젝트 있잖아. 다음 주에 회의 들어간대. 이제부터 교수님 계신 학교로 정시 출근."

성준의 말에도 우현은 아무런 대꾸가 없었다.

"너 괜찮겠어? 10년 전에 윤 교수님이 참여했던 거랑 거의 같은 일이야."

결국 성준이 그 침묵을 참지 못하고 우현에게 물었다.

"솔직히 난 채원 씨 회사 일만 생각했었는데 윤 교수님 제안에 네가 오케이해서 놀랐어."

면도를 하던 우현의 손길이 멈췄다. 그가 몸을 돌려 성준을 바라보았다.

"성준아, 채원 씨가 그러더라. 스스로가 내 탓이라고 생각해서 미안하다고 생각한다면 차라리 용서를 구하기 위해 노력하라고. 사실 난 말만 뻔지르르하게 했지 지금껏 숨어 있었잖아."

"너 지금까지 계속 노력했어. 그건 내가 보증해."

성준이 조금 거친 목소리를 내었다.

"내가 한국에 온 건 채원 씨 때문이 크지만 그래도 가장 결정적인 건……윤 교수님이 한국에 장기적으로 있기로 했다면 나도 여기 있어. 그건 네가 가장 잘 알고 있겠지만."

우현이 어깨를 으쓱했다.

"형과의 문제도 언젠가는 해결해야 하고. 숨지 않으려고. 내 모든 과거로부터. 뭐, 쉽진 않겠지."

어딘지 모르게 편안해 보이는 그의 모습에 성준은 한숨을 내쉬었다. 우현은 앞으로 나아가기 위해 결심을 한 모양이었다. 그 도화선은 아마 채원 씨였을 것이다. 그런 우현의 모습에 가슴이 답답하기도 하고, 마음이 애잔하기도 했다.

"같이 와줘서 고맙다."

우현의 말에 성준이 알았다는 듯 한숨을 내쉬었다. 앞으로 힘든 일이 많을 게 분명했다. 하지만 입 밖으로 꺼내지는 않았다. 지금 우현이 어떤 말을 듣고 싶어 하는지, 자신이 어떻게 행동해줬으면 하는지 잘 알고 있었으니까.

"인마, 얼굴에 면도 크림 묻히고 그런 말 해도 하나도 안 멋있어."

성준의 말에 우현이 큰 소리로 웃었다.

"부지런히 움직여라. 데이트할 때 여자가 먼저 오면 얼마나 모양 빠지냐.

벌써 10시 반이다."

"뭐? 아, 진짜!"

우현이 재빨리 몸을 돌리더니 부지런히 손을 움직였다. 성준이 거실로 걸어가 소파에 앉아 티브이를 켰다.

"어제 세연이랑 영화 봤는데 그거 재미있더라!"

성준이 욕실에 있는 우현을 향해 크게 소리쳤다.

"제목이 뭔데!"

"그 남자의 짝사랑!"

"죽는다!"

거실에는 성준의 커다란 웃음소리가 울려 퍼졌다.

"왜 이렇게 시끄러?"

잠에서 깬 세연이 크게 하품을 하며 거실로 나왔다.

"홍세연, 이사 갈 때 김성준도 가져가! 필요 없으면 버리든가."

욕실에서 들려오는 우현의 고함 소리에 세연이 어깨를 으쓱했다.

"어디 나가? 누구 만나는데. 또 채원 언니?"

"만날지도 모르고, 못 만날지도 모르고."

세연의 질문에 작게 중얼거린 우현이 꼼꼼하게 세수를 하고는 밖으로 나왔다.

"다음 주에 이사 갈 때 채원 언니도 오라고 했어. 집들이까지 한 번에 끝내버리는 거야. 언니 자고 가도 괜찮대."

"나도!"

방으로 들어간 우현이 큰 소리로 외쳤다.

"넌 네 집에서 자, 이 변태야. 왜 남의 집에서 자려고 그래?"

세연의 핀잔에도 아랑곳하지 않던 우현은 헤어드라이어로 머리를 바짝 말린 후 왁스를 손에 묻혀 머리카락을 정돈했다.

"아, 완전 별로야."

하더니 재빨리 욕실로 뛰어가 다시 머리를 감았다. 금세 수건으로 머리를 털고 나온 그가 다시 헤어드라이어를 손에 쥐었다. 잠시 후, 우현은 제 모습이 만족스러운지 고개를 끄덕이더니 옷장과 아직 뜯지 않은 상자 안에 들어 있던 옷을 꺼내기 시작했다.

"이건 좀 너무 노티 나나? 이건 너무 어려 보이고. 하아, 내가 4살이나 어려. 4살이나."

갑자기 채원과의 나이 차이가 현실로 다가왔다.

"좀 듬직하고 남자다워 보이는 거 없나? 세연아! 홍세연!"

우현이 큰 목소리로 거실에 있는 세연을 불렀다.

"집도 좁은데 뭘 그렇게 큰 소리로 불러? 헉, 이게 다 뭐야?"

세연이 그의 방으로 들어오더니 식겁하며 고개를 저었다. 며칠 전 이탈리아에서 날아온 소포 안에 들어 있던 옷이란 옷은 전부 다 꺼내놓은 모양이었다.

"이거 어때?"

"20살이냐?"

우현이 묻자 세연이 미간을 찌푸렸다.

"이건?"

"설마 님, 지금 35살?"

"차라리 35살이 낫겠다."

"데이트 처음 해봐? 하던 대로 해. 오히려 멋 부린다고 더 신경 썼다가 폭망 하니까. 이 옷이 제일 최우현다워 보이고 좋네."

세연은 우현이 밟고 있던 셔츠를 손가락으로 가리켰다.

"오케이!"

그가 재빨리 입고 있던 옷을 벗어 던지고는 새 셔츠로 갈아입었다.

"최우현, 11시 넘었어!"

성준의 외침에 우현이 재킷을 들고 재빨리 방을 나왔다. 백화점까지는 여기서 서둘러 가도 30분이 넘게 걸렸다. 현관 앞에 있는 거울로 제 모습을 다시 한 번 확인한 우현.

"나 간다!"

행운을 빌어줘라, 친구들아.

멀리서 들려오는 알람 소리에 채원이 깜짝 놀라 몸을 일으켜 휴대폰을 확인했다. 주말이라 평소 그녀답지 않게 늦잠을 잤지만 아직 10시라는 사실에 저도 모르게 안도의 한숨을 내쉬었다. 채원의 옆에서 잠을 자고 있던 태양이 그녀의 움직임에 몸을 일으켰다.

"잘 잤어? 누나가 게을러서 아침 산책도 빼먹었네. 미안해."

태양은 채원의 몸에 제 얼굴을 비비며 애교를 떨었다. 침대에서 내려와 태양의 밥그릇에 사료를 채워 넣고 물통에 물을 따라준 그녀가 창문을 열고 바깥 공기를 들이마셨다. 몸을 돌려 다시 시간을 확인했다. 10시 4분이었다.

"신경 쓰지 말자. 신경 쓰지 말자."

주문처럼 홀로 중얼거린 그녀가 긴 머리카락을 하나로 묶어 틀어 올리더니 청소를 시작했다. 모아놓은 빨래가 세탁기 속에서 조용한 소리를 내며 돌아갔다. 어젯밤에 보던 책을 테이블 위에 가지런히 정리해놓고, 싱크대에 있던 컵을 깨끗하게 씻어 엎어놓았다. 손에 있는 물기를 닦은 그녀가 벽에 걸린 시계를 바라보았다. 10시 27분.

"시계 그만 보자, 채원아."

깔끔하게 방을 쓸고 걸레로 힘껏 바닥을 닦았다. 어느 정도 청소가 마무리되자 채원은 화장실로 들어갔다. 세면대 위와 변기를 닦았다. 청소솔로 바닥을 문지르고 휴지통 안에 있던 쓰레기들을 봉투에 담았다. 쓰레기봉투와 함께 일주일 동안 모아두었던 재활용품들을 가지고 집을 나왔다. 유리병, 플라스틱, 종이를 순서대로 버린 그녀가 집으로 올라왔다. 다시 시계를 보았다. 11시 10분.

"대충 끝났지? 이제 샤워를 좀 하자. 아니, 반신욕을 할까?"

채원이 그녀답지 않게 허둥지둥 욕실로 들어가 욕조에 뜨거운 물을 틀어 놓았다. 욕실 서랍에서 입욕제를 꺼내 욕조 물에 풀자 매혹적인 장미향이 은은하게 번져갔다.

잠시 후, 채원은 욕조에 몸을 푹 담근 채 휴대폰에서 흘러나오는 음악을 듣고 있었다. 하지만 언제부터인지 애절한 여가수의 목소리도 채원의 귀에서 점점 멀어졌다.

"그만 생각하자, 한채원."

어제저녁부터 지금까지 제 몸을 혹사시키며 계속 바쁘게 움직였다. 하지만 아무리 잊어버리려고 해도 귓가에 울리는 우현의 목소리는 사라지지 않았다.

'난 채원 씨 좋아해요.'

단 한 번도, 그 누구도 그녀에게 그렇게 직설적이고, 솔직하고, 숨김없이 말하는 사람은 없었다.

'한국으로 오는 비행기 안에서 한숨도 못 잤어요. 너무 떨려서, 설레서.'

어떻게 그는 자신의 감정을 그토록 꾸밈없이 내비칠 수 있을까. 실제로 그의 얼굴엔 지금 느끼는 감정이 고스란히 드러났고, 입으로는 그것이 진실임을 분명하고 명확하게 이야기했다.

'나 남자 아니에요? 내가 그렇게 매력이 없어요? 한 번도 나한테 끌렸던 적 없어요?'

"남자가 아닐 리가 없지."

매력이 없을 리가 없었다. 끌렸던 적이 없을 리가 없었다. 우현은 잘생겼고 다른 사람을 배려할 줄 아는, 빛이 어울리는 남자였다. 그런 그로 인해 웃을 수 있었고, 외롭지 않았고, 즐거웠다. 그가 손을 잡을 때는 괜스레 쑥스러웠고, 키스하려고 했을 때는 심장이 달음박질쳤었다.

"전부 다 흔들다리 효과는 아니야. 나도 알아. 알지만……."

두려웠다. 겁이 났다. 한 번 상처받고 나자 모든 것이 무서웠다. 무엇보다 다시 그런 배신감을 맛보게 된다면 그땐 정말 일어나지 못할 것 같았다.

깊은 한숨을 내쉰 채원이 물속으로 머리를 담갔다. 한참을 숨을 참던 그녀의 고개가 수면 위로 올라왔다. 무심코 돌린 시선이 머문 곳에 뒤집혀진 휴대폰이 있었다. 휴대폰과 투명한 케이스 사이에 코팅된 장미꽃이 보였다. 장미꽃잎은 멈춰진 시간 속에서 여전히 싱싱하고, 아름다웠다. 그녀의 머릿속에 포지타노 해변에서 우현과 함께했던 순간들이 떠올랐다. 그가 자신을 위로해줬던 순간, 용기를 줬던 시간. 우현이 작은 케이크와 장미꽃을 들고 서 있었을 때는 눈물이 날 것만 같았다.

코팅된 장미꽃잎에는 이탈리아에서의 그 모든 시간과 감정들이 녹아 있었다. 그래서 간직하고 싶었다. 할 수만 있다면 영원히.

'새로운 사랑을 찾고 있는 거라면 내게도 기회를 줘요. 그리고 잠시라도 내게 설레었던 채원 씨의 마음에게도.'

"내 마음에게도? 내 마음에게도……."

채원이 다시 몸을 물속 깊숙이 담갔다. 냉정하게 이탈리아에서 우현에게 느꼈던 떨림이 착각이었다고 생각하자. 그럼 한국에서는? 또래의 회사 여직원들과 즐거워 보이는 우현의 모습에 약간은 골이 나기도 했었다. 그가 2차에 참석하지 않고 자신을 따라와 주어서 조금 기뻤던 것도 사실이었다. 펄쩍 날뛰며 소개팅을 방해하기 위해 몰래 찾아온 그의 행동에 당황스러웠지만 싫지는 않았다. 머리카락을 넘겨주는 그의 손길이 부담스럽지 않았다. 자신의 떨림도, 끌림도, 망설임도, 흔들림도 전부 모른 척해주겠다고 했다. 그녀가 완전히 그에게 마음이 돌아설 때까지.

"하지만 그래도 되는 걸까? 내가 저 착한 사람에게 상처만 주게 된다면?"

그의 따뜻한 마음에 숨어서 위로받기만 하는 못된 여자가 돼버리면 어쩌지? 또다시 상처받고 싶지 않은 그런 자신의 마음이 그에게 상처를 줄까 무서웠다.

'내일 오후 1시. 백화점 앞에서 기다리고 있을게요. 우리 처음 마주쳤던

그 백화점에서요. 거기서 다시 시작해요. 새롭게.'

하지만 울리지 않기 위해서가 아니라 함께 웃기 위해서 최선을 다하고 싶다는 그의 말에 가슴이 따뜻해졌다. 이기적일지 모르지만 놓치고 싶지 않았다.

'기다리고 있을게요. 뜨겁지 않아도 좋으니까 내일은 그냥 웃고 떠들고 아주 조금만 설레요.'

채원이 거울에 비친 자신의 얼굴을 바라보았다. 벌겋게 상기된 얼굴은 평소와 달리 금방이라도 폭발할 듯 벅차 보였다. 그녀가 손을 뻗어 휴대폰을 집어 들었다. 11시 35분. 아직은 이 붉게 변한 자신의 얼굴과 심장의 떨림의 원인을 정확히 알지 못했다. 하지만 그녀는 웃고 떠들고 그리고 조금 설레고 싶었다. 어쩌면 한 번쯤은 더 뜨거워지고 싶을지도 모르겠다.

급하게 물 밖으로 나온 그녀가 욕조에 가득 담긴 물을 빼고 샤워 부스에 들어가 물을 틀었다.

"앗, 뜨거!"

기겁을 하고 소리친 채원이 재빨리 물의 온도 조절을 했다. 허겁지겁 샴푸로 머리를 감고 몸을 씻었다. 10분 만에 샤워를 마친 그녀가 머리와 몸에 대충 수건을 두르고 욕실을 나가 방으로 뛰어 들어갔다. 집에서 백화점까지 아무리 빨리 가도 30분 이상이 걸렸다. 마음이 조급해졌다. 쿵쿵쿵 이리 뛰고, 저리 뛰고 하는 채원의 모습에 태양이 어리둥절하여 멀뚱멀뚱 그녀를 바라보았다. 얼굴에 로션을 바르고 파운데이션을 곱게 펴 발랐다.

"악! 양치질!"

뭔가 허전하다 했더니. 채원이 다시 욕실로 뛰어갔다. 양치질을 하고 나니 입 주변이 물에 젖어 화장이 지워졌다. 입으로 거친 말을 내뱉은 그녀가 다시 꼼꼼하게 세수를 했다. 이번에는 침착하게, 그리고 공들여 화장을 끝낸 그녀가 거울 속의 자신을 바라보았다.

"볼터치를 해, 말아?"

화장대 위에 있는 분홍색 블러셔를 바라보는 채원의 눈빛에 고민이 서렸다. 평소 감히 범접하지 못할 소녀 소녀한 분홍색은 피해왔던 그녀였지만.

"4살이나 어려. 무려 4살이나."

갑자기 우현과의 나이 차이가 현실로 다가왔다. 오늘은 행여 나이 들어 보일까 봐 늘 그리던 아이라인 두께도 반이나 줄였다. 과감히 분홍색 볼터치에 도전한 그녀가 방으로 들어가 옷장에 있는 옷이란 옷은 죄다 꺼내 몸에 대어 보았다.

"이건 너무 나이 들어 보이고, 이건 너무 의식한 티가 나고."

결국 심플한 원피스를 입은 그녀가 백을 들고 현관으로 뛰어갔다.

"꼭 데이트 처음 하는 사람처럼 뭐 하는 건지. 태양아, 누나 갔다 올게. 집 잘 보고 있어."

그렇게 채원이 집을 나선 시간은 1시가 되기 30분 전이었다.

"평점 9.0. 감동적이고 재미있어요. 마지막에 남주가 죽는 장면에서……. 남주가 죽는다고? 패스."

우현은 극장에 앉아 휴대폰으로 현재 상영하고 있는 영화의 후기를 하나하나 살펴보았다.

"평점 9.2. 남주가 신인인데 연기를 너무 잘해요. 미소에 반했어요. 남주한테 반했다고? 패스."

어제 채원의 소개팅에 따라가 얻은 정보에 의하면 그녀는 '해피엔딩인 로맨틱 코미디'를 좋아했다.

"평점 9.1. 아름답고 여운이 많이 남아요. 지금껏 본 로맨틱 코미디 중 단연 최고. 달달심쿵, 연애를 막 시작하시는 분들께 완전 강추."

이거다. 연애를 막 시작하는 분들께 완전 강추라니. 이것만큼 첫 데이트에 완벽한 영화가 있을까. 우현이 자리에서 벌떡 일어나 만족스러운 표정으로 매표소 앞으로 걸어갔다.

"영화 예매하려고 하는데요. 3시 영화요."

"제목은요?"

"제목이…… 젠장."

거칠게 중얼거리던 우현의 목소리에 매표소 직원이 고개를 들어 그를 바라보았다.

"아, 네. 그 남자의…… 짝사랑이요."

"커플이신가요?"

"……아. 네. 네. 커플. 커플 맞아요."

잠시 후, 극장에서 나온 우현의 입에서 한숨이 흘러나왔다.

"그 남자의 짝사랑이라니. 이게 정말 달달심쿵이라고? 연애를 시작하는 사람에게 강추? 제목부터 짝사랑인데?"

그래도 어쩌겠나. 현재 극장에서 상영하고 있는 로맨틱 코미디 영화 3개 중 이 영화가 가장 재미있다는데.

우현이 빠른 걸음으로 백화점 정문 근처의 벤치에 털썩 주저앉았다. 어제 채원에게는 아무렇지 않은 척, 떨리지 않은 척 온갖 멋있는 말로 이야기했지만 사실 심장은 조마조마했다.

"머리를 다시 할 걸 그랬나? 지금 보니까 영 마음에 안 드네."

작게 중얼거린 그가 휴대폰 화면을 터치했다가 메시지 함을 열었다가를 반복했다.

"나오…… 겠지? 안 나오려나?"

우현이 답답함에 숨을 크게 들이켜더니 후, 하고 내뿜었다.

"그래도 기다린다고 했으니 나오겠지? 아니, 안 나올 수도 있지. 정말 내가 별로라면."

그런 생각이 들자 갑자기 심란해졌다. 만약 그렇다면 플랜B를 세워야 했다. 하지만 지금은 긴장감에 머릿속이 하얗게 비어버려 아무런 생각도 나지 않았다.

12시 55분. 그가 제 옷에 코를 갖다 대고는 냄새를 맡아보았다. 이탈리아의 소포 안에 있었던 옷인데 행여 퀴퀴한 냄새라도 나지 않을까 걱정이 되었다.

12시 57분. 어디서 나타날지 모르는 채원 때문에 그의 눈동자가 분주하게 움직였다.

1시. 한 손에 휴대폰을 꼭 쥔 그가 초조함에 입술을 깨물었다.

"누구든 좋으니까 좀 도와주세요. 이러다 저 심장 터져 죽습니다."

우현이 그답지 않게 떨리는 목소리로 중얼거렸다. 채원이 나타났으면 했다. 와서, 자신을 바라보며 수줍게 웃어주었으면 했다.

"1시 3분."

우현이 주문처럼 중얼거렸다.

"여기 아닌가?"

그리고 긴장함 가득한 목소리를 뚫고 익숙한 음성이 들려왔다.

"백화점 어디라고 말을 해줘야지. 전화번호도 없는데. 보통 이런 약속은 정문이 맞겠지?"

하느님. 부처님. 우현이 벤치에서 벌떡 일어났다. 긴 머리를 휘날리며 그를 찾기 위해 두리번거리는 여자의 뒷모습이 너무나 반가웠다. 큰 소리로 이름을 부르고 싶은데 목이 메어 소리가 나지 않았다. 그가 크게 심호흡을 했다.

"채원 씨!"

뒤돌아서서 자신을 바라보는 눈빛에 심장이 미친 듯이 뛰기 시작했다. 두 사람이 서로를 바라보았다. 또각또각. 채원의 구두 소리가 우현의 귓가에 종소리처럼 울려 퍼졌다. 그녀와의 거리가 점점 좁혀졌다. 둘 사이의 마음이 거리가 점점 가까워졌다. 하지만 채원의 얼굴은 딱딱하게 굳어 있었다. 덜컥 겁이 났다. 혹시나, 미안한 마음에 직접 거절하기 위해 이곳까지 온 거라면?

"미안해요, 우현 씨."

가까워졌던 마음의 거리가 삽시간에 멀어졌다. 심장이 쿵, 하는 소리를 내며 내려앉았다. 뭐라고 말을 해야 하는데 딱 붙은 입술이 떨어지지 않았다. 순간 그의 앞에 마주 선 그녀가 조금 쑥스러운 듯 수줍게 웃었다. 그 미소 하나에 우현의 가슴이 뜨겁게 타올랐다. 온몸에 짜릿짜릿 소름이 돋았다. 그녀의 머리카락 사이로 불어오는 바람이 진한 장미향을 그의 코끝에 실어 보냈다.

"늦어서 미안해요."

쿵쾅거리는 자신의 심장이 열리지 않는 입술을 대신해 그녀에게 말하고 있었다. 나는 당신이 늦어도 얼마든지 기다릴 수 있다고.

"다음에는…… 지각 안 할게요."

그러니 우리, 한번 미친 듯이 사랑해보자고.

간단히 점심을 먹고 영화관으로 향하는 우현과 채원.

우현은 정면을 바라본 채로 손바닥을 바지에 문지르며 헛기침을 했다. 이탈리아에서는 매일같이 얼굴을 보고, 부딪치며 지내던 채원이었다. 그제도 보고, 어제도 봤다. 근데 지금 왜 이렇게 채원을 마주하고 있다는 사실에 손에 땀이 찰 정도로 긴장이 되는지.

공식적인 첫 데이트였다. 그런데 겨우 영화표를 끊어놓은 것이 다였다. 무슨 이야기를 해야 할지, 영화가 끝난 후 무엇을 해야 할지 아무 계획도 짜지 못했다. 그저 떨려서, 그녀가 오지 않을까 봐 걱정이 앞서서 앞뒤 따져볼 겨를이 없었다. 자신을 얼마나 바보 같다고 여길까. 데이트 리드도 제대로 못 하는 연하남이라고 생각할지도 모른다. 머릿속이 뒤죽박죽 엉켰지만 아무리 머리를 굴려보아도 아무것도 떠오르지 않았다.

"이 영화 보고 싶었는데. 다들 재밌다고 하더라고요."

복잡한 상념들 사이로 채원의 목소리가 들려왔다.

"제목이 마음에 들지는 않지만 그렇다고 하네요. 제목부터가 짝사랑이면서 어떻게 달달할 수가 있어요?"

불만 섞인 우현의 말에 채원이 웃음을 터뜨렸다.

"참, 세연이 이번 주에 이사한다면서요. 저녁에 오라고 하는데 일찍 가서 도와줘야 하지 않을까 해서요."

"짐도 거의 없어요. 요즘 성준이하고 신혼집이라도 꾸미는 것처럼 물건 사러 다녀요."

"사촌이라면서 우현 씨는 이러고 있어도 돼요?"

"세연이 비위 맞추며 다니다가는 제 머리카락 다 빠져버릴 거예요. 그 성격 받아줄 사람은 전 우주를 통틀어 김성준, 딱 하나밖에 없어요."

영화관에 들어선 두 사람.

"무슨 팝콘 종류가 이렇게 많아요?"

우현의 호기심 가득한 눈동자가 매점의 메뉴판을 훑자 채원이 웃음을 터뜨렸다. 이 모습을 보고 있자니 우현이 과연 20년 가까이 외국생활을 한 사람이라는 게 실감이 났다.

"단거 좋아해요?"

우현이 격하게 고개를 끄덕였다.

"캐러멜 팝콘하고 기본 팝콘 반반 주시고 콜라 두 잔 주세요."

팝콘과 콜라를 든 두 사람이 위로 올라가 상영관으로 들어갔다. 컴컴하게 어둠이 내려앉은 상영관 입구에서 채원이 주춤하자 우현이 뒤를 돌아보았다.

"천천히 갈 테니까 발 보고 조심히 따라와요."

우현이 느린 걸음으로 계단을 올라가더니 곧 상영관 가장 맨 꼭대기에 도착했다.

"어? 왜 이렇게 자리가 넓어요?"

그가 자신의 손에 들고 있는 표를 바라보더니 고개를 갸우뚱했다.

"우현 씨, 여기 커플석······."

채원의 얼굴에는 난감함이 떠올랐다.

"네? 커플석이요?"

우현이 비어 있는 자리와 채원의 얼굴을 번갈아가며 바라보았다. 커플석이라니, 이탈리아에서 온 그가 한국 영화관의 커플석을 알 리가 없었다. 다른 좌석과 다르게 두 의자가 한 몸처럼 붙어 있었다. 자리가 넓은 게 아니라 2인용이어서 그랬던 것이다. 그제야 자리의 의미를 알아챈 우현.

"뭐, 일단 앉죠."

채원이 멋쩍은 듯 중얼거리더니 먼저 자리에 앉고 우현이 뒤따라 앉았다. 눈으로 봤을 때는 넓어 보였는데 앉고 나니 생각보다 자리가 좁았다.

우현의 입꼬리가 저도 모르게 올라갔다. 속으로 쾌재를 불렀다. 대한민국 만세, 영화관 직원 만세. 영화관 직원은 이탈리아 포지타노에서 일하던 호텔 직원과는 차원이 센스를 장착하고 있었다. 앞으로도 이곳을 자주 애용해야겠다고 마음먹은 우현이 슬쩍 채원을 바라보았다. 등받이에 몸을 기대지도 못한 채 엉덩이만 살짝 의자에 걸치고 어정쩡하게 앉아 있는 모습이 귀여웠다.

"자리도 넓은데 편하게 앉아요. 두 시간 내내 그렇게 앉아 있으면 허리 아파요. 허리가 얼마나 중요한데."

"허리는 남자한테 중요······."

채원이 순간 말을 멈추더니 다시 말을 이었다.

"······하고 여자한테도 중요하죠. 원래 허리가 사람한테 중요해요. 몸의 중심이잖아요. 우, 우현 씨도 관리 잘해요. 한번 삐끗하면 고생해요."

입술에 모터라도 달았는지 그녀가 빠른 속도로 말을 하더니 커다란 스크린에 시선을 고정시켰다. 그 옆모습이 귀여워 우현이 고개를 돌려 키득거렸다.

잠시 후, 극장 안에 어둠이 내려앉았고 본격적으로 영화가 시작되었다.

얼마나 시간이 지났을까. 영화를 보고 있던 우현은 옆에서 들리는 웃음소리에 시선을 돌렸다. 채원이 웃고 있었다. 작게 소리 내어 웃을 때 볼록한 이마에 살짝 주름이 잡혔다. 곱게 뻗은 눈썹은 물결을 이루며 굼실거렸고 그때마다 얼굴에 다양한 표정이 나타났다. 눈동자 위에 걸린 기다긴 속눈썹이 일정한 속도로 움직였다. 부드러운 눈꺼풀은 즐거움이 가득 담긴 눈동자를 숨겼다 내보였다.

"바보 같기는 붙잡아야지. 어서 쫓아가."

채원이 미간을 찌푸리며 중얼거렸다. 잘 정돈된 손가락이 팝콘을 입속으로 집어넣었다. 살짝 도톰한 붉은 입술이 오물거리며 움직였다. 붉은 혀가 간간이 촉촉한 입술 사이로 그 얼굴을 내밀었다 숨었다를 반복했다.

우현은 언제부터인가 영화 보기는 포기하고 몸을 의자에 깊게 묻고는 팔걸이에 턱을 괸 채 채원을 바라보았다. 첫 데이트 코스가 고작 영화관이라며 바보 같다고 한탄했지만 어쩌면 잘된 선택이었을지 모른다. 이렇게 온전히 그녀의 얼굴을 볼 수 있으니 말이다.

자신을 바라보는 시선이 느껴졌는지 채원이 고개를 돌렸지만 우현은 모른 척 스크린을 바라보았다. 채원이 스크린으로 고개를 돌리자 그가 다시 그녀에게 시선을 두었다. 이렇게 영원히, 언제까지나 그녀를 바라보고 싶었다. 제 눈동자에 가득 담은 그녀를 언제 어디서든 볼 수 있게 간직하고 싶었다.

"우아, 멋있다."

작게 웅얼거리는 채원의 목소리가 영화의 남자 주인공을 향했다. 스크린 안에서 해맑게 웃는 남자 배우의 모습에 그녀가 시선을 빼앗겼다. 심술이 났다. 빼앗긴 시선을 온전히 돌려받고 싶었다. 저 눈동자에 내가 담기길, 나만 바라보길.

우현이 등에 기댄 몸을 일으켜 그녀에게 가까이 다가가 속삭였다.

"채원 씨, 나도 팝콘 좀 줘요."

그 소리에 채원이 고개를 끄덕이더니 그에게 팝콘 상자를 내밀었다.

"이쪽이 캐러멜, 이쪽이 일반이요."

"네?"

조그맣게 속삭이는 목소리에 우현이 일부러 못 들은 척 그녀에게 다시 물었다. 우현이 코끝을 찡그리자 채원이 고개를 돌려 주변의 눈치를 살폈다. 아까보다 상영관 안에서 흘러나오는 음향이 커지자 그녀가 불쑥 그에게 가까이 다가왔다. 좁은 자리에서 두 사람의 어깨가 부딪혔고, 그 가까워진 거리에 허벅지가 살짝 맞닿았다.

"왼쪽이 캐러멜."

고막을 자극하는 은밀한 소리에 숨이 멈췄다.

"오른쪽이 일반 팝콘. 왼쪽 거 먹어요."

채원이 한 자 한 자 내뱉을 때마다 몸에 소름이 돋았다. 사람의 귀가, 이렇게 예민한 부분이었나.

채원은 시끄러운 음향 때문에 자신의 목소리가 들리지 않는다고 느꼈는지 다시 그에게 가까이 다가왔다.

"먹어봐요. 맛있어요."

귓가에 뜨거운 바람이 불어왔다. 먹어보라는 말이 이렇게 농밀하게 들리다니. 온기가 멀어지자 우현은 그제야 참았던 숨을 밖으로 내뱉었다. 제 꾀에 제가 당한 꼴이었다. 가슴이 꽉 막힌 듯 답답해 입고 있던 셔츠를 들어 바람을 일으켰다. 영화관의 커플석은 그에게는 어떤 의미로는 고문이었다.

어둠이 내린 밤, 우현과 채원은 길게 늘어진 골목길로 터벅터벅 걸었다. 간간이 농담을 주고받은 사이, 어느덧 채원의 집 앞에 도착했다. 이곳에 처음 마주 서는 것도 아닌데 괜히 서로의 눈치를 살폈다. 채원은 고개를 숙인 채 가방 끈을 붙잡고 있었고, 우현은 바지 주머니에 손을 넣은 채로 어정쩡하게 서 있었다.

"오늘…… 즐거웠어요."

어색함을 가르고 먼저 입을 연 건 채원이었다.

"들어갈게요. 데려다 줘서 고마워요."

"아, 저기."

채원이 몸을 돌리려 하자 그가 그녀를 불렀다.

"채원 씨, 그게……. 오늘 미안해요."

갑작스러운 우현의 사과에 채원의 얼굴에 궁금증이 일었다. 그가 숨을 들이켜더니 크게 내뿜었다.

"첫 데이트였는데 사실 채원 씨가 나오지 않으면 어쩌나 하는 걱정만 꽉 차서 뭘 해야 할지 아예 생각을 못 했어요. 좀 어른스럽게 리드하고 했어야 했는데 긴장한 탓에 말도 제대로 못 했네요."

커다란 손으로 제 목을 쓰다듬으며 한숨을 푹푹 내쉬는 우현.

"정말 변명하는 게 아니라 긴장해서……. 오늘 별로 재미없었죠? 미안해요."

변명을 하는 우현의 얼굴에 난감함이 떠올랐다. 슬쩍 자신의 눈치를 보는 그의 모습에 채원의 눈빛이 따뜻하게 빛났다.

"이탈리아에서 우현 씨보고 혹시라도 한국에 오게 되면 대접한다고 했던 말 기억나요? 우현 씨는 이탈리아에서 좋은 시간 많이 만들어줬는데 저는 그러지 못해서 미안해요. 오늘 별로 재미없었죠?"

자신과 똑같은 말을 하는 채원 때문에 우현의 입에서 그제야 웃음이 터져 나왔다.

"영화관에서 영화 본 거 정말 오랜만이에요. 영화도 재미있었고요."

"그 남자의 짝사랑이라니. 제목만 바꿔도 더 성공할걸요?"

우현의 가벼운 농담으로 하루 종일 숨 막힐 것 같았던 둘 사이의 공기가 조금은 여유롭게 변했다.

"오늘 즐거웠어요. 어서 들어가요."

마지막 인사를 건넨 채원이 뒤돌아섰다. 그 뒷모습이 아쉬워 우현은 쉽게 자리를 뜨지 못했다. 1분, 30초, 아니 10초만이라도 더 같이 있고 싶었다.

"채원 씨!"

그래서 결국 그녀의 이름을 불렀다. 채원이 뒤를 돌아보자 우현이 그녀에게로 한 걸음 걸어갔다.

"또…… 데이트 신청해도 돼요?"

그가 자신이 뱉은 말이 멋쩍어 헛기침을 했다.

"평일에는 채원 씨 일하느라 조금 힘들겠지만 만약 주말에 시간 괜찮으면……."

머리도 긁적여본다.

"아, 주말에 안 되면 제가 채원 씨 회사 가는 날 같이 저녁이라도……."

채원의 입에서 아무런 말이 없자 우현이 슬쩍 그녀의 눈치를 살폈다.

"다음에는 멋없게 이렇게 안 그럴 테니까. 싫어…… 요?"

가만히 그를 바라보던 그녀가 해맑게 웃으며 입을 열었다.

"저 영화 보는 것도 좋아하지만 날씨 좋은 날 운동화 신고 밖에 다니는 것도 좋아해요. 그럼 들어갈게요. 조심히 가요."

채원이 돌아서서 건물 안으로 들어갔다. 그 뒷모습을 바라보던 우현이 커다란 손으로 입을 틀어막았다. 자꾸 웃음이 새어 나왔다. 기쁜 마음을 주체할 수 없었다. 그가 건물 입구로부터 돌아섰다. 밖에 다니는 걸 좋아한다니. 다음에는 공원에 자전거라도 빌려서 타러 가야 하나? 아니면 단풍놀이? 이미 제 의지로 어찌할 수 없는 얼굴 근육들은 사정없이 씰룩거렸다.

"예쓰, 예쓰!"

우현은 골목에 울릴까 큰 소리도 내지 못한 채 주먹을 꽉 쥐고는 팔을 양쪽으로 흔들었다. 그때 갑자기 들려오는 목소리가 그를 붙잡았다.

"저기…… 우현 씨?"

그대로 정지. 한쪽 무릎을 굽힌 채 팔을 흔들다 만 우스꽝스러운 자세의 우현. 후다다닥, 그가 재빨리 몸을 바로 세워 뒤를 돌아보았다.

"네, 네! 채원 씨."

괜히 멋쩍은 듯 그가 손바닥을 바지에 문질렀다.

"주말에 세연이 집 갈 때 뭘 사가면 좋을까 해서요. 세연이 취향을 잘 모르니까."

"아, 세연이. 그렇죠, 세연이. 하하."

곰곰이 생각에 잠겼던 그가 뭔가 떠올랐다는 듯 입을 열었다.

"그럼 토요일에 먼저 만날까요? 낮에 세연이 도와주고 데리러 갈게요. 같이 사러 가요."

"그냥 뭐 좋아하는지 말로 해줘도 괜찮아요. 일도 바쁜데 번거롭잖아요."

"아뇨, 하나도 안 바빠요. 전혀 안 바빠요."

"저야 그래준다면 고맙죠. 그럼 신세 좀 질게요. 근데…… 정말 괜찮은 거예요? 아까 좀 이상한 포즈로……."

채원의 눈이 우현의 몸을 쓸었다.

"이상한 포즈요? 아……."

그의 얼굴에 낭패감이 서렸다.

"그…… 우, 운동이요. 요즘 운동을 못 했더니 몸이 영."

그가 괜히 자신의 팔을 시원스럽게 돌리며 크게 원을 그렸다. 하지만 가늘게 뜬 채원의 눈동자에 의심이 드러나자 다급히 말을 돌렸다.

"드, 들어가 봐요. 늦었어요."

"네, 우현 씨도 조심히 가세요."

고개를 끄덕이더니 건물 안으로 들어가는 채원. 우현의 시선이 멀어져가는 그녀의 뒷모습에서 떨어질 줄 몰랐다. 채원의 집의 불이 켜지는 것을 확인한 그가 골목을 빠져나왔다.

버스를 타고 한참을 달린 우현이 집 근처 정류장에 내렸다.

"하아, 참. 그 꼴사나운 포즈만 아니었어도 완벽했는데."

신나게 양쪽으로 팔을 흔들던 멋없는 제 모습을 떠올린 그가 아쉬운 목소리를 내었다.

"그래도 뭐, 일단 주말 데이트 약속은 받아냈으니까. 그때 뭐 먹을까?"

휘파람까지 불며 골목에 들어선 우현의 시야에 들어온 검은 세단. 그의 발걸음이 우뚝, 멈춰 섰다. 지금까지 해사하게 웃고 있던 얼굴이 거짓말처럼 딱딱하게 굳었다.

운전석에서 한 남자가 뛰어나오더니 그를 향해 꾸뻑 인사를 건넸다. 차를 물끄러미 바라본 우현이 천천히 걸음을 옮겨 뒷문을 향해 손을 뻗었다. 가슴이 꽉 막힌 듯 답답했다. 크게 심호흡을 한 그가 문을 열었다.

"오랜만이구나, 아들."

뒷좌석에는 날카로운 눈빛과 딱딱한 표정의 그의 아버지, 최진철 사장이 앉아 있었다.

8. 괜히 사람 설레게

고요하다 못해 적막하기까지 한 차 안. 그 침묵을 먼저 깬 건 우현이었다.

"세연이 말이 맞았네요. 전화 안 받고 이렇게 도망 다녀봤자 전 아버지 손바닥 안이라고 하더군요. 결국엔 여기까지 찾아오실 거라고."

"최소한 세연이는 너보다는 똑똑한 거 같구나."

진철의 말에 우현이 쓸쓸하게 웃었다.

"그 좁아터진 오피스텔에서 계속 지낼 거냐? 사내놈이 그렇게 배포가 작아서야. 집으로 들어오거라. 사춘기 소년도 아니고 그만큼 봐줬으면 됐다."

"할 일이 많습니다. 학교도 나가봐야 하고, 일도 해야 하고."

"남들은 제 아버지 회사를 못 물려받아 난린데 넌 어떻게 된 놈이…… 우현아, 언제까지 이 애비 속을 태울 거야. 너 하고 싶은 공부도 원 없이 했겠다, 그만하면 됐다. 내 뒤를 이을 건 너 하나야."

진철이 부드러운 목소리로 우현을 달랬다.

"형이 있지 않습니까. 어렸을 때부터 회사 일이 전부였던 사람입니다. 저같이 아무것도 모르는 놈이 손대면 그때부터 회사 망하는 겁니다. 회사를 사랑하시는 분이 왜 그런 도박을 하세요."

우현이 거친 목소리로 진철에게 말했다.

"네가 좋아하는 공부하면서 건축 공부도 소홀히 하지 않은 것 알고 있다. 그 조건으로 지금까지 네가 하는 공부에 대해 아무 말 하지 않았던 거니까."

"건축과 경영은 다릅니다. 아시면서 그러세요."

딱 잘라 말한 우현이 고개를 돌려 진철을 바라보았다. 딱딱하게 굳은 진철의 얼굴에서는 아무런 표정도 읽을 수 없었다. 한숨을 내쉰 그가 조금 누그러진 목소리로 입을 열었다.

"한국에 와놓고 집에 가보지도 않은 건 죄송해요. 앞으로는 전화 잘 받을 테니까 이렇게 일부러 오시지 않아도……."

"전에 말했던 약혼, 아직 유효하다. 두 달이나 시간 줬으면 됐다. 충분히 네 마음에 들 만한 아이다. 지난번에도 말했듯 우리 집안에서는 놓칠 수 없는 혼사야."

차가운 음성에 우현의 눈이 커졌다.

"그사이에 농담이 많이 느셨네요. 그렇게 말할 만큼 큰 기업도, 대단한 집안도 아니지 않습니까."

"야망이 많은 건 나쁜 게 아니야. 남자라면 큰 꿈을 가져야지. 내가 뭐 때문에 이 고생을……."

"아버지의 욕심 때문이겠죠. 가보겠습니다. 전에도 말씀드렸다시피 죽어도, 절대로 싫습니다."

우현이 몸을 돌려 뒷문의 손잡이를 붙잡았다.

"만나는 여자라도 있는 게냐."

진철의 질문에 우현은 아무런 말도 하지 않았다.

"헤어지라고는 하지 않겠다. 하지만 약혼은 하고 만나거라. 요즘에 결혼해서 애인 한둘 없는 사람이 어디……."

쾅! 불끈 쥔 우현의 주먹이 유리창에 내리꽂혔다. 그 거친 소리에 진철이 고개를 돌렸지만 차가운 표정은 여전했다.

"모두…… 모두 다 아버지같이 살고 있지는 않습니다. 아버지 하나 때문에 얼마나 많은 사람들이 피눈물을 흘렸는지 모르시는 겁니까?"

평소와 다른 우현의 날카로운 눈빛이 제 아버지를 쏘아보았지만 진철은 그 시선을 피하지 않았다.

"형은 그때 겨우 15살이었습니다. 아버지의 애인이 데리고 온 아들이 자신의 눈앞에 나타났을 때, 어떤 기분이었을지 생각해보신 적 있으세요?"

"15살이면 그런 거 이해 못 할 나이도 아니다."

"겪지 말아야 할 나이이기도 하지요. 형의 어머니는요? 큰어머니는 그런 우리 때문에 지금……."

"그 여자가 그렇게 된 건 내 탓이 아니다."

일말의 동정도 느껴지지 않는 음성이 우현의 귀를 뚫고 흘러 들어왔다.

"진심으로 하시는 말씀은 아니죠?"

"네가 가장 잘 알고 있지 않니. 그 여자가 왜 지금까지 저렇게 있는지."

서늘한 진철의 눈동자가 그의 전신을 훑었다.

"왜 네 형이…… 널 그렇게 싫어하는지."

차 안의 공기가 차갑게 얼어붙었다.

제집 현관문을 연 우현이 재빨리 안으로 들어갔다. 집에는 아무도 없는지 거실에는 어둠이 깔려 있었다. 벌컥, 화장실 문을 연 그가 변기를 붙잡고 그 안에 얼굴을 묻었다. 속에 있는 모든 것들을 게워낼 생각인지 그의 구역질은 계속됐다.

한참의 시간이 지나 쓰린 속을 부여잡은 우현이 흐르는 물로 입안을 헹궜다. 입안은 깔끔해졌지만 그의 기분은 개운해지지 않았다. 불도 켜지 않은 화장실, 거울 속에는 어둠에 잠식돼버린 28살 사내가 스스로를 바라보고 있었다. 그 모습이 보기 싫어 눈을 감았다.

끼이이이익! 커다란 굉음이 우현의 귓가에 들려왔다. 사람들의 소란스러운 소리와 응급차의 사이렌 소리. 그 소리에 놀란 그가 다시 눈을 떴다. 거울 속에는 하얗게 질린 얼굴로 두려움을 가득 안고 있는 16살 소년이 있었다. 그 소년이 그의 귓가에 속삭였다.

'사랑? 네가 행복해질 자격이 있어?'

흠칫 놀란 그가 다시금 찬물로 세수를 했지만 한번 떨어져버린 절망의 심연 속에서 빠져나오기란 쉽지 않았다.

"하아, 젠장."

그때 현관문이 열리며 소란스러운 소리가 들렸다.

"무거우니까 가만히 좀 있으라고."

"이랴, 이랴! 달려, 김성준!"

성준과 세연이었다. 둘이 술이라도 마셨는지 평소보다 더 큰 세연의 목소리가 거실에 울려 퍼졌다.

우현이 비통한 표정을 애써 가무리며 화장실에서 나왔다.

"홍세연, 정말 곱창 처음 먹어보는 거 맞아? 아주 장난 아니야. 쟤 혼자 4인분에 밥까지 비벼 먹고 왔어. 술은 또 얼마나 마셔대는지."

세연을 업고 이곳까지 오느라 더웠는지 성준이 셔츠를 벗어 던지며 거칠게 말하고는 욕실로 들어갔다.

"우현아, 최우현!"

술만 마시면 애교가 늘어나는 세연이 우현에게 달려오더니 그의 허리를 끌어안았다. 자신에게 매달려 징징거리는 세연이 귀여워 그가 그녀의 어깨를 꽉 감싸 안았다.

"이사 준비 많이 못 도와줘서 미안해."

우현이 부드러운 목소리로 말하며 세연의 머리를 쓰다듬었다.

"우현아, 성준이랑 나는 네 편이야. 알지? 내가 다 알아서 할 테니까 걱정하지 마. 그런 얼굴 하지도 말고."

우현이 피식 웃었다. 괜히 20년을 함께한 건 아닌가 보다. 척하면 척인 걸

보니 말이다. 언제나 그를 지탱해준 건 세연과 성준이었다. 지금처럼 아무 렇지 않게 말이다.

"내가 토요일에 너랑 채원 언니 방에 가둬놓고 문 잠가버릴게. 이 누나만 믿어. 알았지?"

아, 걱정하지 말라는 게 그거였냐. 우현이 어이가 없어서 웃음을 터뜨렸 다.

"성준아! 우리 딱 한 잔만 더 하자. 김성준!"

우현의 허리에 두른 팔을 푼 세연이 비틀거리며 욕실로 걸어가더니 벌컥, 문을 열었다.

"야! 문 안 닫아? 너 미쳤어!"

안에서 성준의 커다란 고함이 들려왔다. 그 소리에 우현이 크게 웃음을 터뜨렸다.

"야, 어차피 유리 때문에 안 보이거든? 볼 것도 없는 놈이."

"볼 게 있는지 없는지 어떻게 알아? 저게 진짜! 문 닫아!"

"빨리 나와. 맥주 한 잔 더 하자. 응?"

"간다고, 가. 그러니까 문 좀 닫으라고. 세연아, 제발."

김성준, 장가는 다 갔네. 내가 너희 때문에 우울할 틈이 없다, 이 녀석들 아. 우현이 웃으며 방금 전 아버지와 나누었던 대화를 잊으려 애썼다. 어차 피 한 번은 정면으로 부딪쳐야 할 일들이다. 벌써부터 무너지면 안 된다. 형 을 위해서라도, 그리고 자신을 위해서라도.

빠르게 흐른 시간은 어느덧 주말을 향해 가고 있었다. 우현은 그동안 세 연의 이사 준비를 도와주고, 윤정수 교수님의 학교를 찾아가는 등 분주한 날들을 보내고 있었다. 그리고 지금은 소파에 길게 누워 테이블 위에 올려 놓은 휴대폰을 노려보고 있었다.

"그렇게 쳐다봐서 휴대폰 고장 나겠냐?"

그런 우현이 한심하다는 듯 성준이 혀를 찼다. 갑자기 휴대폰에 짧은 진동이 울리자 우현이 벌떡 일어났다.

[오늘 야근이요.]

우현이 문자를 보낸 지 30분 만에 온 채원의 답장이었다.

"아, 정말. 대한민국 회사는 다 이래? 매일 야근이야. 아니면 채원 씨네 회사만 바쁜 거야?"

볼멘소리를 내뱉는 우현이 채원에게 다시 문자를 보내더니 다시 소파에 몸을 뉘였다.

"채원 씨가 지금 네 꼴을 봐야 하는데. 한심하다, 한심해."

채원의 바쁜 일정 때문에 얼굴을 볼 수가 없어 안부 문자를 보냈지만 답은 늘 간단했다. 야근이요. 늦게 끝나요. 미안해요.

"내가 이 문자 하나 보내려고 몇 분을 고민하는 줄 아나? 하아, 차라리 모르는 게 낫지."

"동감이다. 채원 씨 앞에서는 온갖 멋있는 척은 다 하면서 문자 하나에 이렇게 안달이 나서는. 너 그거 되게 멋없다. 혹시 채원 씨, 다 알고 너 만나기 싫어서 일부러 야근한다고 하는 거 아니야?"

성준의 농담에 우현이 들고 있던 쿠션을 집어 던졌다.

"데이트 한 번 했다고 우쭐대기는. 누가 보면 너 채원 씨 남자친구라도 되는 줄 알겠다."

"야, 김성준. 그런 기분 좋은 소리는 계속 해도 돼. 아주 동네방네 크게 소리쳐도 괜찮다고."

우현은 애꿎은 자신의 휴대폰을 노려보았다.

"윤 교수님은 회사 안 가시나? 전문위원님이나 되시는 분이 일을 제대로 안 하시는 거 같아. 그리스로마신화전, 얼마나 전문성이 필요한 전시냐? 안 그래? 그냥 회사 앞에서 기다릴까?"

"또 스토커 소리 듣는다. 그날 그러고 들어와서 스스로 철없이 굴었다고 이불 발로 차지 않았어?"

"문자 보내놓으면 되잖아."

"맨날 야근이라며. 언제 끝날 줄 알고. 내일 세연이네서 같이 보기로 했잖아. 그것도 못 참아? 대체 채원 씨 가고 두 달 동안 이탈리아에서 어떻게 견뎠냐?"

"그땐 볼 수가 없었잖아. 근데 보고 나니까 더 갈증 나."

"너도 병이다, 병. 이건 뭐, 어린애도 아니고. 이런 널 상대하는 채원 씨가 갑자기 불쌍해진다."

성준은 우현이 한심하다는 듯 고개를 젓더니 테이블 위에서 울리는 휴대폰을 들고 통화버튼을 눌렀다.

"네, 교수님. 네, 알겠습니다. 지금요? 많이 바쁘시네요. 조심히 다녀오세요. 아, 교수님."

전화를 끊으려 하던 성준이 우현을 물끄러미 바라보았다.

"혹시 방해가 되지 않는다면 저희도 가도 괜찮을까요? 궁금하기도 하고, 도와줄 일 없을까 해서요. 저희도 경험 쌓는 셈치고. 네, 감사합니다."

성준이 전화를 끊고는 우현을 향해 슬쩍 입꼬리를 올렸다. 그러자 우현이 재빨리 일어나더니 바람처럼 욕실로 들어갔다.

"눈치 하나는 기가 막히게 빠르네."

"김성준! 사랑한다!"

욕실에서 우현의 커다란 고함 소리가 들려왔다.

[몇 시에 끝나요? 피곤하진 않아요?]

채원은 방금 우현에게 온 메시지에 피식 웃었다. 그에게 답을 보내고 나면 바로 또 답장이 날아왔다. 하지만 절대 자신에게 대답을 조르지 않았다. 일주일 내내 계속된 야근으로 몸은 지쳤지만 자꾸 웃음이 나오는 건 아마도 이렇게 매일 걱정이 가득 담긴 문자를 보내주는 자상한 우현 때문이리라.

"참, 대리님. 그 소식 들었어요? 전시 실내 디자인이요."

"실내 디자인이 왜요? 뭐 문제 있어요?"

옆자리에 앉은 사무실 동료의 말에 채원이 궁금증을 내비쳤다.

"처음에 함께 작업하기로 한 외주업체와 마찰이 있었나 봐요. 팀장님이 다른 업체와 일한다고 벼르고 계시대요."

채원은 별 상관 없다는 듯 고개를 끄덕였다. 어떤 업체가 선정이 되던 사무실 직원들이 하는 일에는 변함이 없었다. 말이 담당업무의 분할 작업이지 몇 안 되는 직원들은 모든 업무를 함께 진행하고 있었다. 채원도 처음에는 전시 등에서의 출판물 기획 및 연계 프로그램을 진행하는 교육 담당자로 채용되었다. 하지만 지금은 전시 기획부터 홍보물 배포까지 모든 일을 수행하고 있었다.

"맞다, 아까 팀장님이 그러던데 오늘 회사에 윤 교수님 오신대요. 지난주에 못 오셔서 인사도 할 겸 오신다더라고요."

채원의 귀가 쫑긋, 바로 섰다.

"오늘 우현 씨는 같이 안 오나? 대리님은 우현 씨 같은 타입은 어때요?"

"그, 글쎄요."

"사무실에 우현 씨 노리는 여자 직원들이 꽤 있더라고요."

노려? 채원이 순간 미간을 찌푸렸다.

"그렇게…… 인기가 많아요, 최우현 씨가?"

채원의 질문에 옆자리 동료가 어깨를 으쓱했다.

"밝고 싹싹한 미남에 영국 명문대 나온 엘리트 출신, 윤 교수님의 총애까지. 미래가 기대되는 남자잖아요. 거기다 사람을 확 끌어당기는 매력까지. 주변에 흔하게 있는 타입은 아니니까요."

한 번도 우현을 그런 식으로 생각해본 적이 없어서 몰랐는데 객관적으로 따지고 보니 대단한 사람이었다. 그저 연하남이라고 어리게만 봤었는데.

"다른 부서에 있는 친구가 우현 씨에 대해 물어볼 정도라니까요. 역시 킹

카에 대한 소문은 빨라요.”

그 말에 흠칫한 채원은 갑자기 의자에 걸려 있는 가방 안을 뒤적거리더니 슬쩍 자리에서 일어났다.

“대리님, 어디 가세요?”

“아, 화장실이요.”

그러더니 가방 안에서 꺼낸 작은 파우치를 뒤로 숨겼다. 종종걸음으로 화장실로 간 그녀가 커다란 거울 속에 비친 자신을 바라보았다.

“오늘따라 얼굴이 왜 이렇게 푸석해 보이지?”

손으로 제 얼굴을 쓰다듬은 채원은 입고 있던 블라우스를 바라보았다.

“블라우스는 왜 이렇게 칙칙해? 좀 밝은 색으로 입고 올 걸 그랬나?”

그녀가 파우치에서 화장품을 꺼내 메이크업을 수정했다.

“어? 대리님도 계셨네요. 분위기 보니까 오늘도 야근인 것 같아요.”

그때 화장실로 들어온 사무실 직원이 그녀를 불렀다.

“휴우, 언제쯤 칼퇴 하는 날이 올까요. 한동안 안 바빴다고 사람 이렇게 부려먹어도 되나 싶어요. 근데 대리님, 뭐 기분 좋은 일 있으세요?”

“저요? 아뇨, 별로…….”

“즐거워 보이셔서 오늘 데이트라도 있나 싶었죠. 그럼, 먼저 가볼게요.”

손을 씻은 여직원이 화장실을 나섰다. 채원이 다시 한 번 거울 속의 자신을 바라보았다.

“즐거워 보인다고? 내가?”

그리고 시선을 내려 손에 들고 있는 립스틱을 쳐다보았다. 괜히 민망함이 밀려와 헛기침을 하더니 립스틱을 바르고 밖으로 나갔다.

“어? 한채원 대리.”

채원은 자신을 부르는 익숙한 목소리에 뒤를 돌아보자 윤정수 교수가 그녀를 향해 함박웃음을 짓고 있었다.

“교수님! 오늘 오신다고 하더니 같이…… 오셨네요? 안녕하세요.”

정수의 뒤에 있던 우현과 성준이 그녀의 인사에 고개를 숙였다.

"교수님, 이쪽으로 오시죠. 누가 여기 차 좀 내줘요."

정수를 따라 우현과 성준이 회의실로 들어가자 여직원들은 사무실 구석의 다용도실에 옹기종기 모였다.

"우현 씨랑 같이 오신 분은 누구예요? 윤 교수님 밑에 있는 분인가? 저 사치스러운 투 샷은 대체 뭐야? 보기만 해도 기분이 좋아지네."

"원래 대학원생이나 조교들은 전시에 깊게 참여 안 하잖아요?"

"팀장님 말로는 의욕이 대단하대. 전시는 처음이라고 도울 수 있는 한 최대한 돕고 싶다고 했다더라고. 마인드도 훌륭해. 거기다 외모까지. 반사판이라도 달았는지 사무실이 다 환해지네."

애써 관심 없는 척하던 채원이 힐끗, 회의실을 바라보았다. 그때 고개를 돌린 우현과 눈이 마주쳤다. 놀란 그녀가 재빨리 시선을 돌렸다. 자신이 몰래 그를 바라보고 있다는 사실을 들킨 것 같아 당황스러웠다. 애써 우현의 시선을 무시한 채 컴퓨터 모니터에 집중하던 채원. 한참의 시간이 지나고 회의실에 있던 사람들이 밖으로 나왔다. 팀장과 인사를 끝낸 정수가 채원을 향해 웃자 그녀가 자리에서 벌떡 일어났다.

"지금 가세요?"

"학교로 다시 가봐야 해서 말이다. 참, 우리 애들은 지난번 회의 때 봤었지?"

채원의 시선이 우현과 성준에게 꽂혔다.

"원래 우리야 일에 깊게 참여는 안 하지만 채원이 네 일이라 내가 적극적으로 도와주라고 했다. 이 녀석들 제법 고급 인력이거든. 마구 부려먹어도 괜찮아. 나중에 밥이라도 같이하자."

정수가 채원의 어깨를 토닥거리더니 엘리베이터에 올랐다.

"아, 교수님. 저 잠깐 두고 온 게 있어서요. 먼저 가세요."

우현이 목소리에 정수가 고개를 끄덕이더니 닫힘 버튼을 눌렀다.

"오늘 몇 시에……."

우현이 채원에게로 돌아서서 묻자 그녀가 힐끗, 주변을 살피더니 그의 팔을 덥석 잡고는 복도 끝으로 걸어갔다. 빠른 걸음으로 비상구에 다다른 그녀가 문을 닫고 그의 손을 놓아주었다.

"여기 혹시 비밀장소예요? 사내 연애하는 뭐, 그런 곳?"

"보는 눈이 얼마나 많아요. 우현 씨하고 있는 거 들키면 곤란한 건 내 쪽이라고요."

채원은 비상구에 들어왔음에도 불구하고 주변을 살폈다.

"오늘 몇 시에 끝나요? 피곤하진 않아요?"

우현의 말에 갑자기 채원이 웃음을 터뜨렸다. 어디서 많이 들어본 멘트라 했더니 그가 마지막으로 보냈던 메시지와 같은 말이었다.

"답이 없기에 직접 물어보러 왔어요. 오늘 몇 시에 끝나요?"

"야근해요. 몇 시에 끝날지 몰라요."

"피곤하진 않아요?"

다정한 우현의 목소리에 채원이 미소를 지으며 고개를 저었다.

"별로 괜찮지 않아 보이는데. 믿고 맡기는 한채원 대리님 또 일 막 만들어서 혼자 다 하는 거 아니에요? 야근 안 하는 날은 언제예요? 이 회사, 사람 너무 부려먹네."

장난기가 가득 배어 있는 그의 말투에 그녀가 피식 웃었다. 함께 일하는 직원들끼리도 매일같이 했던 투정이었지만 우현이 그런 말을 하니 왠지 느낌이 달랐다.

"안 그래도 채원 씨 엄청 바쁘고 힘들 거 같아서 적극적으로 도와주겠다는 뜻을 내비쳤죠."

"흑심 있는 건 아니고요?"

"흑심은 언제나 가지고 있고요. 채원 씨가 맨날 야근이라고 안 만나주는데 저라도……."

아래층에서 문이 닫히는 소리와 함께 말소리가 들리자 우현이 말을 멈추었다.

"아무도 없지? 자기야, 하루 종일 보고 싶었어."

여자의 애교 섞인 목소리가 들리더니 잠시 후, 야릇한 소리가 들려왔다. 채원이 몸을 쭉 빼고 계단 아래를 바라보았다. 남녀가 서로를 끌어안고 진한 키스를 나누고 있었다.

"와우."

채원은 뒤에서 들려오는 우현의 목소리에 깜짝 놀라 재빨리 뒤를 돌아 그에게 돌진했다. 우현의 등이 벽에 부딪히고 작은 그녀의 손이 그의 입을 틀어막았다.

"미쳤어요?"

우현은 비상구 벽에 기댄 채 작게 속삭이는 채원을 바라보았다. 아래층 커플의 뜨거운 키스타임에 채원은 아래층, 위층을 번갈아가며 바라보며 부산스럽게 주변을 살폈다. 하지만 그는 애써 시선을 다른 곳으로 올리며 자신의 몸에 닿는 부드러움을 무시하려 애썼다.

주위 때문에 정신이 없어 채원이 아직 느끼지 못한 것 같지만 그와 그녀는 지금, 매우 가까웠다. 그녀의 손바닥이 그의 입을 막고 있었고, 한쪽 손은 그의 어깨 위에 올려 있었다. 그의 다리 사이에 자리를 잡고 바짝 붙어 서 있는 그녀의 몸이 자신에게 닿자 갑자기 온몸에 열기가 확 솟아났다. 이토록 가까이 있어본 적은 이탈리아 포지타노의 숙소에서 이후 처음이었다. 그때는 채원에게 알싸한 알코올 냄새라도 났지, 지금은 온전히 그녀에게서 풍기는 향이 다였다. 게다가 밑에서 들려오는 야릇한 소리는 그의 기분을 이상하게 만들었다. 죽을 맛이었다. 손은 어디다 둬야 할지 몰라 손바닥으로 차가운 벽을 붙잡았다.

아, 동해물과 백두산이. 가사 이거 맞지? 동해물과 백두산이, 그다음이 뭐였지? 눈동자를 하늘로 올린 채 애국가의 같은 구절만 반복해서 부르던 그가 서서히 지쳐갈 무렵 아래 커플이 비상구를 떠났다.

"후우, 하마터면 들킬 뻔했네."

채원이 내뿜는 숨소리가 곁에서 가까이 느껴졌다. 그녀가 고개를 돌려 그를 바라보았다. 그리고 이제야 두 사람의 가까운 거리가, 대범한 자세가 의식이 되는지 그녀의 얼굴이 딱딱하게 굳었다. 자신의 입을 막고 있는 손의 부드러움을 더 이상 견딜 수 없던 그가 손을 뻗어 그녀의 가느다란 팔목을 붙잡았다. 탁, 하는 소리마저 짙게 느껴졌다.

"지금 이 자세 조금 위험하지 않아요?"

생각했던 것보다 더 잠긴 목소리가 우현의 입에서 튀어나왔다. 그리고 그 음성에 갇혀버린 듯 채원 역시 꼼짝도 하지 않았다. 서로의 시선이 엉키고 뜨거운 숨이 섞였다. 그의 시선이 떨리는 그녀의 눈동자에 머물렀다. 그리고 살짝 숨을 토해내는 입술로 내려갔다. 긴장감에 마른 입술을 혀로 축이는 모습을 보고 있자니 잘못하다가는 이대로 붙잡고 키스라도 할 것 같았다. 아까 아래층에서 뜨겁게 달아올랐던 커플처럼 그녀를 벽에 밀어붙이고 정신없이 저 입술에 입을 맞추고 싶었다.

진정하자, 최우현. 동해물과 백두산이, 다음이 뭐였지? 만약 자신이 상상하는 것을 그대로 행동에 옮긴다면 그녀는 기겁을 하고 도망갈 것이고 그럼, 지금까지 겨우 쌓아올린 관계가 허물어질 것이 분명했다. 하지만 이런 자신의 마음도 모른 채 붉어진 얼굴로 머뭇거리는 채원을 보고 있자니 괜히 야속한 마음이 들었다. 내가 얼마나 노력하는지도 모르면서 이렇게 얼굴이나 붉히고 말이야.

"채원 씨."

하지만 그 마음과 달리 아까보다 좀 더 낮은 목소리가 입 밖으로 튀어나왔다. 그가 한 걸음 앞서 걸었다. 그러자 그녀가 한 걸음 뒤로 물러났다. 그가 또다시 한 걸음 앞서 걸었다.

"저기…… 우현 씨, 잠깐만요. 여기 회사고 그러니까……."

"회사 아니면 괜찮아요?"

우현 자신도 놀랄 만큼 허스키한 목소리가 새어 나오자 이젠 스스로도 장난인지 아닌지 구분이 되지 않았다. 둘 사이의 거리가 점점 좁혀졌다. 그가 바짝 그녀에게 다가서자 두 사이에 존재하던 여백이 좁아졌다.

"채원 씨, 생각보다 대범하네요. 난 남자가 리드하는 걸 좋아하긴 하지만 가끔은 여자가 리드해주는 것도 나쁘지 않은……."

덜컥, 비상구 문이 열렸다. 깜짝 놀란 우현과 채원이 고개를 돌렸다.

"어? 대리님? 여기서 뭐……. 헉. 죄, 죄송……."

채원의 사무실 후배인 진영이 두 사람을 번갈아가며 바라보았다. 너무도 가깝게 붙어 있는 두 사람의 모습에 진영이 놀란 입을 다물지 못했다.

"진영 씨, 오해예요. 그런 거 아니니까 이상한 생각 하지 말아요. 그냥 우린 이야기를 좀……."

채원이 우현을 힐끔 보더니 입술을 질끈 물었다. 변명 좀 해요, 어서! 하지만 우현은 장난스럽게 웃기만 할 뿐 아무런 말도 하지 않았다.

"아무튼 오해 말아요! 알았죠? 그럼 먼저 가볼게요."

그녀가 후다닥 비상구를 벗어났다. 목까지 빨개진 그 모습이 귀여워 우현의 웃으며 고개를 저었다. 뒷수습은 알아서 하라는 건가? 알아서?

"진영 씨라고 하셨죠?"

"아, 네. 한 대리님이 제 직속 선배세요. 근데 지금 그건……."

우현의 입꼬리가 서서히 올라갔다. 분명 알아서 하라고 했다. 알아서.

"진영 씨, 사실은……."

얼굴이 벌게진 채로 사무실에 돌아온 채원은 아무렇지 않은 척 컴퓨터 모니터 앞에 앉았지만 심장은 계속 벌렁거렸다.

"나도 주책이지, 손으로 입을 왜 막아서."

오른손을 뻗어 잔을 들고 안에 든 물을 벌컥벌컥 마셨다. 하지만 뜨거워진 심장은 식을 길이 없어 보였다.

"진영 씨한테 뭐라고 설명하지? 우현 씨가 알아서 말 잘했겠지?"

"대리님, 저 오늘 먼저 퇴근해도 될까요? 집에 일이 좀 있어서."

작게 중얼거리던 채원은 자신을 부르는 목소리에 뒤를 돌아보았다.

"오늘 집에 제사가 있어서…… 죄송합니다. 오늘 못 한 일은 내일 어떻게든 끝내고 갈게요."

채원이 고개를 끄덕였다.

"얼른 가보세요. 일은 걱정하지 말고요."

고개를 끄덕인 채원은 사무실로 들어오는 진영과 눈이 마주치자 멋쩍은 듯 헛기침을 했다.

"대리님, 제가 오해를 해서 죄송해요. 최우현 씨하고는 원래 사적으로 아는 사이라면서요. 아무래도 회사 사람들에게 아는 사이라고 말하기 어려우셨겠죠."

진영의 말에 채원이 어색하게 웃으며 안도의 한숨을 내쉬었다. 일단은 오해가 풀려 다행이었다. 우현이 설명을 제대로 한 듯싶었다.

"네, 아무래도 회사다 보니 조금……."

하지만 곧이어 들려오는 말에 고개를 번쩍 들었다.

"대리님, 저 입 꾹 다물고 있을게요. 우리 회사가 사내연애가 금지된 건 아니잖아요."

진영이 마치 순정만화 주인공처럼 주먹까지 불끈 쥐고 있었다.

"엄밀히 따지면 최우현 씨가 우리 회사 분도 아니고. 그래도 같이 일하는 입장에서 조금 그런 건 사실이니까."

저기, 아니, 지금 무슨 말을. 오해해서 죄송하다면서!

"걱정 마세요. 저 입 무거워요. 비밀로 할게요. 두 분이 연애하시는 거."

"여, 연애요?"

"네. 최우현 씨가 신신당부하셨어요. 자기는 회사에 가끔 오지만 대리님은 사람들의 시선이 신경 쓰이지 않겠냐면서."

쩍, 벌어진 채원의 입이 다물어지지 않았다.

"저한테 대리님 잘 부탁한다고 했는걸요. 사랑받고 계신 것 같아서 부러워요. 저도 언제 그런 남자친구 생길까요. 잘생기고 센스 있는 연하남."

"진영 씨, 이것 좀 봐줘!"

"네, 잠깐만요! 대리님, 파이팅이요!"

진영이 작게 속삭이더니 자신을 부르는 곳으로 사라졌다.

채원은 멍한 얼굴로 그 뒷모습을 바라보았다. 파이팅? 남자친구? 사랑을 받아? 지금 이게 무슨 소리야! 그녀가 재빨리 휴대폰을 들어 문자를 써내려갔다. 하지만 1분, 2분, 5분이 지나도 우현에게서는 답이 없었다. 심지어 메시지를 확인해놓고!

"진짜, 이 남자가 정말!"

저녁 6시 30분. 이를 으득 간 채원의 분노의 야근은 그렇게 시작되었다.

한편, 회사 건물 밖으로 나온 우현은 채원의 문자에 키득거리며 웃음을 참기 위해 애썼다.

"뭐가 그렇게 즐거워?"

그런 우현의 모습을 이상하게 보던 성준이 그에게 물었다.

"아냐, 아무것도."

"교수님 먼저 가셨어. 넌 어떡할 거야?"

"먼저 가. 난 조금 이따가 갈게. 세연이 족발 먹고 싶다더라. 한국음식 체험기간 아직 안 끝났어?"

"끝나긴 이제 시작이야. 곱창 맛있다고 3일 연속으로 그것만 먹는데 죽을 맛이었어. 지금은 족발에 꽂혔으니 앞으로 3일은 족발일 거다. 간다. 스토커 짓 적당히 하고 들어와라."

성준이 힘없이 손을 휘휘 저으며 뒤돌아 정류장으로 걸어갔다.

우현은 회사 근처 벤치에 털썩, 주저앉았다. 조금 전 잔뜩 흥분한 채로 비상구를 뛰어나가던 채원의 회사 후배가 떠올랐다. 채원 씨를 잘 부탁한다는 당부에 격하게 고개를 끄덕이더니 응원할게요, 라는 깜찍한 말까지 건넸다.

"채원 씨 회사에 아군도 한 명 생겼고, 진영 씨가 오늘 8시쯤 끝난다고 했지?"

손목에 걸린 시계를 바라보았다. 채원이 퇴근을 하려면 아직 한 시간 반이 남았지만 우현에게 그다지 긴 시간이 아니었다.

잠시 후, 건물 안에서 채원의 사무실 직원들이 나왔다. 저녁 메뉴를 고르는 소리가 들려왔지만 채원은 보이지 않았다.

"저녁도 안 먹고 일하는 건가?"

고개를 두리번거리며 주변을 살핀 우현이 벤치에서 일어나 횡단보도를 건넜다. 날개라도 달린 듯 그의 발걸음이 가벼웠다.

늦은 밤, 제일산업 사장실에는 아직 불이 켜져 있었다. 진철은 의자에 몸을 기댄 채 깊은 생각에 잠겼다. 며칠 전 아들인 우현과 만났을 때 나누었던 대화가 마음에 걸렸다.

'만나는 여자라도 있는 게냐.'

자신의 질문에 입을 꾹 다문 우현. 침묵은 곧 긍정이었다.

"우현이가…… 최우현이?"

거의 평생을 영국과 이탈리아에서 생활했던 아들이었다. 그리고 이탈리아에서 한국에 온 지 한 달도 채 되지 않았다. 그사이에 이곳에서 여자친구를 사귀었을 리도 없고. 그렇다면 이탈리아에서부터 만나던 사람인가?

"철없는 녀석. 성남건설이 어떤 곳인데……."

말이야 결혼하고 만나라고 했지만 상대가 성남건설이라면 달랐다. 성남건설은 제일산업의 가장 튼튼한 자금줄이었다. 최근 제일산업의 주식이 조금씩 상승하고 사업이 점점 확장될 수 있었던 것은 성남건설의 덕이 컸다. 성남건설에서 도로, 지하철 등의 큰 건설을 맡을 때, 제일산업에서 그 공사의 일부를 맡아 시행했기 때문이었다. 그런 성남건설과의 혼인은 진철에게 천운이었다. 두 집안의 결혼은 사업을 크게 확장시킬 수 있는 기회이자 자금줄을 보장받을 수 있는 가장 합리적인 방법이었다.

"내가 그렇게 놓칠 수 없는 중요한 혼사라고 일렀건만……."

탁한 목소리로 중얼거리던 진철이 밖에서 대기하고 있던 비서를 불렀다.

"성남건설 허민지 양 입국이 언제지?"

"이번 주말입니다."

"성남건설 댁으로 화려한 꽃바구니를 보내. 보내는 사람은 최우현."

비서가 놀라움을 숨기지 못한 채 눈을 동그랗게 떴다.

"왜? 무슨 문제 있나?"

"아, 아닙니다."

날카로운 눈빛이 자신을 훑어 내리자 비서가 당황하며 시선을 돌렸다.

"그리고 한 가지 더. 우현이 그 녀석 요새 뭐 하고 다니는지 좀 알아봐. 무슨 일을 하는지, 만나는 사람이 있다면 그 사람에 대해서도 전부."

"알겠습니다, 사장님."

문을 닫고 밖으로 나온 비서가 참아왔던 숨을 몰아쉬었다.

"작은도련님 이름으로 꽃다발을? 하지만 성남건설 따님하고는 작은도련님이 아니라……."

말을 멈춘 비서가 뒤를 돌아 자신이 나온 사장실을 힐끗, 바라보았다. 이럴 땐 그냥 조용히 시키는 일을 하며 몸을 사려야 한다. 아무래도 한차례 폭풍이 몰아칠 것만 같은 불안한 예감이 들었다.

"웃차!"

채원이 크게 기지개를 켜며 몸을 뒤로 젖혔다. 시계를 보니 이미 8시가 넘어 있었다.

"대리님, 저희 먼저 가볼게요. 대리님도 빨리 퇴근하세요."

마지막까지 그녀와 함께 있던 직원 두 명이 퇴근을 하자 사무실은 고요했다.

오늘 먼저 간 회사 후배 때문에 평소보다 일이 조금 더 늘어났다. 제사가 있다고 말한 후배는 2년 전 어머니를 여의었다. 요 며칠 마음이 뒤숭숭했을 테고 오늘은 더 했으리라. 그녀라도 조금 도와준다면 낫지 않을까 해서 시작한 후배의 일은 거의 마무리가 되어가고 있었다.

"제사라……. 그러고 보니."

채원이 책상 위에 있는 테이블 달력을 한 장을 넘겼다. 벌써 9월도 다 지나갔다. 곧 아버지 제사도 있을 텐데.

"지원이 휴가 나올 수 있으려나?"

채원의 머릿속에 군대에서 열심히 훈련을 받고 있을 동생 지원이 떠올랐다.

"아무래도 무리겠지? 이것까지만 마무리 짓고 가자."

한숨을 내쉰 그녀가 일에 집중하기 시작했다. 얼마나 시간이 지났을까.

"윽, 너무 늦었다. 태양이 기다릴 텐데."

서둘러 사무실을 나온 채원이 엘리베이터를 향해 걸었다. 또각또각 울리는 구두 소리가 왠지 외롭게 느껴졌다. 엘리베이터 거울에 비친 자신의 모습이 초라해 보였다. 아버지 제사까지는 시간이 조금 남았음에도 불구하고 오늘 비슷한 이야기를 들어서인지 마음이 조금 착잡했다.

회사 건물 밖으로 나가자 선선한 바람이 불어왔다.

"이 시간에 집에 가도 기다려줄 사람은 태양이뿐이네."

우울함이 가득 담긴 목소리가 흘러나왔다.

"저기요. 시간 괜찮으면 저랑 차라도 한잔하실래요?"

그때 외로움을 뚫고 들려오는 익숙한 음성에 채원이 뒤를 돌아보았다.

"차가 싫으면 밥도 괜찮은데. 시간 있어요?"

우현이 장난기 가득한 얼굴로 그녀를 바라보고 있었다.

"매일 그렇게 야근하다가 몸 상해요."

그가 채원에게로 한 발짝 가까이 걸어왔지만 그녀는 눈만 껌뻑거렸다. 지금까지 기다렸어요? 아직 집에 안 갔어요? 뭐라고 말을 해야 하는데 입술이 딱 붙은 듯 떨어지지 않았다.

"저녁도 안 먹었죠? 사람들은 다 저녁 먹으러 가던데. 벌써 9시예요."

"아까…… 갔잖아요. 연락이라도 하지, 여기서 그냥 기다리고 있으면 어떡해요. 내가 언제 나올 줄 알고 무작정……."

채원이 억지로 입을 열었지만 탁한 목소리가 흘러나왔다. 가을이라 밤에는 날도 추워요. 하지만 목이 메어 더 이상 말이 나오지 않았다. 두 시간이 넘는 동안 이곳에서 자신을 기다렸을 우현을 생각하니 미안한 마음이 컸다. 하지만 미안함보다 더 큰 고마움.

"어디 잠깐 다녀와서 별로 안 기다렸어요."

거짓말. 아마도 아까 회사에서 나간 후로 지금까지 이곳에서 자신을 기다렸을 것이다. 그랬으니 저녁을 먹지 않은 것까지 알고 있지.

"거기다 혹시 내가 기다리는 거 알고 채원 씨 두근거려서 일도 제대로 못 하면 어떡해요?"

자신이 미안해할까 봐 더 장난스러운 목소리로 말하는 그가 고마웠다.

"가요. 데려다 줄게요."

"아무것도 못 먹었죠? 뭐 안 먹어도 괜찮아요? 같이 먹고 가요."

"벌써 9시가 넘었어요. 집으로 가요. 채원 씨 엄청 피곤해 보여요."

미안한 마음에 우현에게 권해보지만 그는 웃으며 앞서 걸어갔다.

두 사람이 버스 정류장에 나란히 섰다.

"집에 혼자 가도 괜찮아요. 많이 늦었는데 우현 씨도 집으로 가봐야죠."

"저 버스죠? 어서 타요."

우현이 정류장으로 진입해오는 버스를 가리켰다. 고개를 끄덕인 그녀가 먼저 버스에 올랐다. 두 사람이 자리를 잡고 앉자 버스가 출발했다.

"정말 안 데려다 줘도 괜찮아요."

"채원 씨 집으로 가는 30분 동안 데이트하려고 두근거리는 마음으로 기다린 남자의 순정 좀 이해해줘요."

그의 말에 그녀가 못 말린다는 듯 웃음을 터뜨렸다.

"아, 맞다. 그리고 보니 진영 씨한테 왜 거짓말했어요?"

"난 거짓말한 적 없는데."

"우리가 사귄다고 말하면 어떡해요? 진영 씨 단단히 오해했잖아요."

"난 그냥 사람들이 알게 되면 시선이 좋지 않을 수 있으니 비밀로 해달라고 했어요. 나머지는 진영 씨 상상."

그가 짓궂게 웃었다. 그 미소에 한숨이 절로 나왔다. 분명 그답게 오해의 소지가 다분한 애매한 말들로 이야기했을 것이 분명했다.

"아, 물론 '우리 채원 씨' 잘 부탁한다는 말도 잊지 않았지만요."

"아마 능글맞은 걸로 따지면 최우현 씨 따라갈 사람 없을 거예요."

"칭찬으로 들을게요."

버스는 복잡한 도심 속을 달렸다. 두 사람 사이에는 아무런 말도 오고 가지 않았지만 채원은 오히려 마음이 편안해졌다. 누군가 자신을 기다려준다는 게 이렇게 기분 좋은 일인지. 그가 밖에서 맨몸으로 그녀를 기다리고 함께 버스에 올라 어깨를 맞대고 집으로 돌아간다는 사실이 이상하리만큼 기분이 좋았다.

중간쯤 왔을까, 우현은 쿵, 하는 소리에 고개를 돌렸다. 졸고 있던 채원의 머리가 버스 유리창에 부딪히는 소리였다. 강도가 세지는 않았지만 한번 잠들면 잘 깨지 않는 채원답게 일어나지 않고 있었다.

"이러다 누가 낚아채 가면 어쩌려고."

다시 채원의 고개가 유리창으로 향하자 우현이 재빨리 자신의 손을 유리창과 그녀의 머리 사이에 집어넣었다. 손바닥 아래로 부드러운 채원의 머리카락과 피부가 고스란히 느껴졌다. 그녀가 깨지 않을 것을 알면서도 괜히 긴장이 되었다. 그가 천천히 그녀의 고개를 제 어깨로 가져갔다. 어깨에 살 포시 얹어놓은 그녀의 무게가 느껴지자 아쉬운 손길을 거둬들였다.

하지만 덜컹거리는 버스 때문에 채원의 고개가 밑으로 떨어지자 그가 다 급하게 손을 뻗어 그녀의 머리를 다시 제 어깨에 기대게 했다. 살갗이 멀어 지면서 식어버렸던 온도가 손바닥 아래서 다시 느껴졌다. 그 부드러움에, 따스한 온기에 그가 희미하게 미소 지었다.

이 순간을 위해서라면 두 시간쯤은 기다릴 수 있었다. 비록 채원은 잠이 들어버렸지만 닫힌 눈꺼풀에 걸려 있는 속눈썹을 바라보고, 고른 숨소리를 듣고, 잠시나마 지친 그녀에게 어깨를 내어줄 수 있는 것만으로도 충분했 다.

"버스 너무 빨리 달리네. 신호 안 걸리나?"

도로는 한산했다. 신호 한두 번쯤은 오래도록 걸려줬으면 좋겠는데. 쌩쌩 달리는 버스가 오늘따라 야속했다.

"어서 들어가 봐요."

채원의 집 앞에 선 우현이 아쉬움이 그득 담긴 목소리로 말했다.

"일부러 기다려줬는데 버스에서 잠들어서 미안해요. 어깨 무거웠죠."

"많이 피곤했나 봐요. 코까지 골던데."

"코는 안 골았거든요?"

금세 발끈하는 채원의 목소리에 우현이 낮게 웃음을 터뜨렸다.

"내일 세연이네 가는 거 안 잊었죠? 선물 산다고 했으니까 일어나서 연락 해요."

채원이 고개를 끄덕였다.

"그럼 가볼게요. 오늘 고마웠어요."

"아, 맞다. 잊고 있었네. 그냥 가져갈 뻔했다."

우현이 자신이 메고 있던 가방을 벗더니 안에서 불투명한 비밀가방을 꺼내 그녀에게 내밀었다.

"너무 늦어서 어디 가서 뭐 먹자고 하기는 좀 그렇고, 뭘 좋아하는지 몰라서 그냥 근처 가게에서 초밥 조금 사왔어요. 초밥 싫어하는 거 아니죠?"

채원은 우현이 내미는 봉지를 받지 않고 바라만 보고 있었다.

"아무리 바빠도 밥은 먹고 일해요. 자요. 어서 받아요."

그녀가 떨리는 손으로 그가 내민 비닐가방을 받아 들었다.

마음이 울컥했다. 두 시간이 넘도록 그녀를 기다리는 동안 그의 속도 비어 있을 것이다. 미안한 마음에 저녁을 먹자고 했지만 피곤해 보인다는 이유로 서둘러 자신을 집으로 데려다 준 그였다.

"들어가서 시원하게 샤워하고 맥주랑 같이 먹어요. 이왕이면 재미있는 예능프로그램도 좀 틀어놓고요. 금요일인데."

그 마음이 예쁘고 고마웠다.

"정말 갈게요. 그럼 푹 쉬어요. 오늘 정말 고생했어요."

오늘 고생했어요. 작은 격려에 괜히 눈물이 왈칵 쏟아질 것만 같았다. 그는 오늘 유난히도 외롭고 쓸쓸했던 마음에 예고 없이 찾아와 그녀를 약하게 만들었다. 돌아선 등이 아쉬웠다.

"우현 씨."

그래서 그의 이름을 불렀다.

"들어가서…… 맥주 한잔하고 갈래요?"

거짓말처럼 자신을 부르는 목소리에 우현이 우뚝, 그 자리에 섰다. 평소와 다른 채원의 목소리가 그를 붙잡았다. 그가 천천히 뒤를 돌았다. 수줍어하는 표정에 심장이 쿵, 하고 내려앉았다. 요점은 맥주가 아니었다. '들어가서'였다.

"우현 씨도 아무것도 못 먹어서 배고프잖아요. 여기까지 왔는데 괜찮으면…… 같이 먹고……."

채원이 슬쩍 눈치를 보며 말을 이었다.

"지금까지 기다렸는데 그냥 가면 제가 너무 미안해요. 그러니까……."

갈 곳을 잃은 그녀의 손은 어깨에 걸쳐진 가방 끈을 힘주어 붙잡았고, 입술은 자꾸만 말라가는지 붉은 혀로 축이고 있었다. 눈동자는 오른쪽, 왼쪽 번갈아가며 불안정하게 움직였다.

그 모습에 우현이 다정한 미소를 지었다. 채원이 자신을 불러 세운 이유가 미안함 때문인지, 고마움 때문인지, 아니면 외로움 때문인지. 그 어떤 것이라도 좋았다. 그녀의 공간에 그를 초대해준 것만으로도 가슴이 벅찬 기분이었다. 마음 같아서는 당장이라도 채원의 손을 붙잡고 그녀의 집으로 달려가고 싶었지만 그러기에 지금 그는 조금 위험했다. 불이 다 꺼진 회사건물에서 나오던 쓸쓸한 그림자 때문에. 버스에서 피곤함에 무너진 작은 어깨 때문에. 오늘따라 많이 외로워 보이는 눈빛 때문에. 그래서 아직 그를 온전히 받아들일 준비가 되어 있지 않은 그녀의 어깨를 무작정 끌어안고 싶었기에.

"내가 전에 몸개그 하지 말고 적극적으로 유혹해달라고 했더니 실행하는 거예요?"

그래서 그녀를 붙잡고 싶어 하는 손을 양쪽 주머니에 찔러 넣고 농담으로 말을 건넸다.

"네? 아, 아뇨. 무슨! 그냥 전……. 미안하기도 하고 고맙기도 하고…… 암튼 사람의 호의를 뭐 그렇게 받아들여요? 정말 못 말려요."

우현이 한 발짝 걸어와 그녀 앞에 섰다.

"나중에."

부드러운 목소리가 다음을 기약했다.

"나중에요."

주머니에 찔러 넣은 그의 손에 힘이 들어갔다. 하지만 손을 밖으로 꺼내지 않았다.

"마음 같아서는 채원 씨 집으로 후다닥 뛰어 올라가고 싶긴 하지만."

솔직하게 말해놓고 조금 쑥스러운지 그가 장난스럽게 웃었다.

"근데 둘이 있다가는 숨겨왔던 저의 흑심이 막 올라올 것 같아서요. 그러니까 다음에요. 저도 가끔은 멋있는 남자인 척 좀 해볼게요."

그가 옅은 미소를 지으며 그녀를 바라보았다.

"나중에는 미안함, 호의 그런 거 말고요. 설렘, 뜨거움, 애정. 이런 마음으로 다시 불러줘요."

골목에 불어오는 가을바람에 나뭇잎들이 흩날렸다. 일정한 속도로 부딪치는 나뭇잎의 소리가 마치 그의 심장 소리처럼 달그락거렸다.

"그땐 채원 씨가 집에 가라고 해도 안 갈 테니까. 그때까지는 나도, 그리고 다른 남자도 집에 들이지 마요. 특히, 저처럼 흑심 많은 남자는."

조금 수줍게 웃은 그가 돌아섰다.

"내일 봐요. 잘 자요."

그 뒷모습이 사랑스러웠다.

세연의 집들이로 시끌벅적했던 주말이 지났고, 다시 일상은 찾아왔다.

"너희 사장님 왜 이렇게 심각해?"

퇴근 후, 선예의 커피숍에 들린 채원은 심각한 선예의 표정을 바라보며 민혁에게 물었다.

"이 시간에 아르바이트하던 친구가 교통사고를 당했더라고요. 그래서 제가 저녁 시간으로 옮겼어요."

"입원한 거야? 많이 다쳤어?"

선예가 채원을 바라보며 한숨을 내쉬었다.

"병원에 가봤는데 팔이 부러지고, 얼굴도 많이 다쳤더라고. 잘생긴 얼굴에 상처가 나서 내 마음이 너무 아프더라. 최우현 씨는 다치지 말라고 그래. 네 것이긴 하지만 그 얼굴에 상처 나면 내 마음이 더 아플 것 같아."

"그 사람 내 것 아니거든? 그럼 아르바이트 새로 구해야 하는 거네?"

고개를 끄덕인 선예를 바라보던 채원의 머릿속에 세연이 떠올랐다. 한국에 와서 일자리를 찾기 위해 고군분투하고 있는 세연은 익숙하지 않은 한국 문화 때문인지 어려움을 겪고 있었다.

"이선예, 혹시 여자를 뽑을 생각은……."

"없어."

단호한 선예의 대답에 채원이 입을 삐죽거렸다.

선예의 커피숍 아르바이트 채용 기준은 확고했다. 25세 이상 30세 미만의 잘생긴 남자. 단, 군필자. 선예의 커피숍에 유달리 여자 손님들이 많은 건 그 이유 때문이기도 했다. 종종 인터넷 사이트에도 오르거나 사람들의 입소문을 타는 걸 보면 나름의 마케팅 전략이라는 것이 그냥 하는 말은 아닌 것 같았다. 물론 그녀의 눈에는 마케팅 전략이라기보다는 사장의 사심 가득한 채용기준인 것 같지만.

"우리 커피숍 가을 소풍, 이번 주 주말에 갈 거야. 문자 받았지?"

"받긴 했지만 미리 연락 좀 줄래? 나도 바쁜 사람이거든?"

"바쁘긴. 내가 아는 사람 중에서 네 주말이 제일 한가해. 이왕 가는 거 우현 씨도 같이 가자. 사람 많으면 좋잖아."

그때 커피숍 문을 열고 우현이 안으로 들어왔다. 선예가 손을 번쩍 들어 자신의 위치를 알렸다.

"우현 씨, 이번 주말에 뭐 해요?"

"글쎄요. 채원 씨하고 데이트?"

다짜고짜 쏟아진 선예의 질문에 우현이 어깨를 으쓱하며 대답했다.

"난 한다고 한 적 없거든요."

"한다네요. 근데 왜요?"

저 느물거림.

"시간 괜찮으면 같이 놀러 가요. 매년 이맘때 커피숍 문 닫고 1박 2일로 다 같이 놀러 가거든요."

"와우, 멋진 사장님이네요. 채원 씨가 간다면 저도 당연히 갈게요."

"둘이 몰래 빠져나가서 데이트할 시간은 보장해줄게요. 누구 같이 갈 사람 있으면 데려와요. 사람 많은 게 즐거우니까."

"여자도 괜찮아요?"

"뭐, 격하게 환영하지는 못할 거 같다는 말 미리 할게요."

"남자도 한 명 있는데. 28살, 잘생기고 목소리 좋은……."

"토요일 오전 8시까지 커피숍 앞으로 와요. 채원이 옆자리 책임지고 비워둘게요. 참고로 같이 올 여자분에게도 환영이라고 전해줘요."

아주 쿵짝, 쿵짝 죽이 잘 맞았다. 퇴근 후 자주 이곳에 들르는 채원으로 인해 우현도 선예의 커피숍 단골손님이 되었다. 성향이 비슷한 두 사람이 친해지는 데 그리 오랜 시간이 걸리지 않았다. 우현이 사람을 끌어당기는 매력이 넘친다는 회사 사람들의 말은 틀린 말이 아닌 것 같았다. 이 깐깐한 선예가 마음을 툭 터놓고 지내는 걸 보면 말이다.

한 시간쯤 지나 우현과 채원이 자리에서 일어나 밖으로 나왔다. 우현은 조금 떨어진 곳에서 전화를 받고 있었다.

"그래서, 요즘 잘돼가?"

우현을 바라보던 채원이 선예의 목소리에 고개를 돌렸다.

"잘돼가다니?"

"우현 씨랑 너. 내가 보기엔 진도 잘 빼고 있는 것 같은데."

"그런 거 아니야."

"아니긴. 아니면 본인이 아직 자각을 못 하는 거야? 우현 씨 안 지 얼마 되지 않았지만 좋은 사람이라는 거 알아. 저런 남자가 들이대는데 좋지 않다고 한다면 그건 진짜 여자도 아니야."

선예의 농담에 그녀가 웃음을 터뜨렸다.

"사실 잘 모르겠어. 좋은 건지, 내가 뭘 어떻게 하고 싶은 건지."

"그래? 난 알겠는데. 네가 어떤 마음인지."

선예가 주먹으로 살짝 채원의 어깨를 내리쳤다.

"우현 씨랑 같이 여기 오는 날. 일주일 중 그날의 한채원이 가장 반짝거리거든. 평소보다 더 신경 써서 화장하고, 옷도 입고. 왜 그런 줄 알아? 우현 씨한테 예뻐 보이고 싶어서. 여자로서. 그거면 답 나온 거 아니야?"

채원이 멍한 얼굴로 저만치 있는 우현을 바라보았다. 지금껏 자신이 그랬다는 의식조차 없었다.

"채원아, 저 남자는 준서 씨가 아니야. 달라."

정곡을 찌르는 한마디에 가슴이 지끈거렸다.

"그러니까 겁먹지 말고 네가 느끼는 그대로 네 마음 보여줘 봐. 네가 그런다면 저 남자, 더 큰 마음으로 표현할 남자야. 그럼 지금보다 조금 더 설레겠지, 너희 두 사람."

어느새 통화를 마친 우현이 채원에게로 걸어왔다. 커다란 손이 그녀의 눈앞에서 휘휘, 흔들렸다.

"왜 그래요, 채원 씨? 무슨 일 있어요?"

"미안해요, 우현 씨. 내가 교육을 잘못 시켰네. 채원이 최대 장점이 얼굴 예쁘고 몸매 훌륭한 건데 최대 단점이 연애 고자……."

순식간에 채원이 선예의 입을 손으로 틀어막았다.

"장점만 들어요, 장점만. 간다."

그러더니 후다닥 앞서 걸어갔다.

"장점만 들으라네요. 갈게요. 채원 씨, 같이 가요!"

우현이 잽싸게 그 뒤를 따라갔다.

"둘 다 바보가 따로 없네. 하긴 뭐, 사랑에 빠지면 원래 바보가 되는 거니까."

어깨를 으쓱한 선예가 콧노래를 흥얼거리며 커피숍 안으로 들어갔다.

다음 날, 채원은 몇 번이나 모니터에 있는 시계를 바라보았다. 평소와 다를 바 없는 똑같은 날이었지만 오늘은 괜히 일에 온전히 정신을 쏟을 수가 없었다.

"대리님, 무슨 일 있으세요? 집중을 못 하시는 거 같아서요. 조금 들뜬 거 같기도 하고."

"그, 그래 보여요? 아닌데?"

옆자리 진영의 말에 그녀가 어색하게 웃었다.

"오늘 화장도 엄청 잘된 거 같은데. 웃하고도 어울려요. 아이섀도 어디 거예요? 색이 너무 예뻐요."

채원이 탁상용 거울을 바라보았다. 와인빛이 도는 블라우스, 귀와 목에서 반짝이는 심플한 귀걸이와 목걸이. 연한 핑크빛의 아이섀도와 아이라인 때문인지 눈동자는 더 크고 선명해 보였다. 광이 도는 피부는 촉촉해 보였고, 도톰한 입술은 연꽃을 머금은 듯 예쁜 색을 띠고 있었다.

"한 대리님, 이것 좀 봐주세요."

자신을 부르는 소리에 채원이 거울에서 눈을 뗐다. 얼마 전 인사이동 때 그녀의 부서로 발령받아 아직 일에 미숙한 남자 직원이었다.

"이거 이렇게 예산 잡으면 되나요? 일단 적어놓긴 했는데 확실치가 않아서⋯⋯."

남자 직원의 곁으로 다가온 채원이 손으로 책상을 짚고는 상체를 깊게 숙였다. 순간 헛기침을 한 남자 직원이 슬쩍 채원을 쳐다보았다. 눈앞에서 찰랑거리는 머리카락에서 풍기는 향기도 매혹적이었고, 평범한 오피스 룩을 입었을 뿐인데도 섹시함이 풍겨져 나왔다. 회사 남자 직원들 사이에서 '예술본부 한채원 대리'라는 이름을 심심치 않게 들을 수 있었는데, 과연 이유가 있었다. 분위기 자체가 남들과 조금 달랐다.

"⋯⋯그래서 이렇게 하면 돼요. 이해됐어요?"

"네? 아, 죄송한데 한 번만 더 설명을⋯⋯."

멍하니 채원을 바라보기 바빴는데 들었을 리가 없다. 멋쩍은 지 남자 직원이 머리를 긁적이자 채원이 괜찮다는 듯 다시 설명을 시작했다. 서류를 가리키는 잘 정돈된 손을 홀린 듯 바라보던 남자 직원은 채원에게로 좀 더 가까이 다가갔다.

순간, 거친 발소리가 들려왔다. 뒤를 돌아보니 깔끔한 정장을 차려입은 우현이 그 자리에 서 있었다. 몇 번의 사무실 방문으로 상당수의 여직원 팬을 확보한 우현은 서 있는 것만으로도 화사한 분위기를 풍기고 있었다. 하지만 자신을 바라보는 눈빛은 그렇지 않은 듯한 느낌에 괜히 헛기침을 내뱉었다.

"아, 최우현 씨 왔어요? 시원 씨, 혹시 모르겠으면 일단 놔둬요. 나중에 다시 설명해줄게요. 우현 씨, 우리는 3층 회의실로 가요. 박지연 씨?"

채원이 사무실 여직원을 찾았지만 보이지 않았다.

"대리님, 지연 씨 다른 부서 회의 들어갔어요."

"그럼 회의 끝나고 오면 3층 회의실로 오라고 전해줘요. 최우현 씨도 함께 있다고요."

채원은 서류를 챙기고는 사무실 밖으로 나갔다. 어쩐지 심드렁해 보이는 우현.

"무슨 일 있어요?"

"아무 일도 없는데요."

애써 건넨 질문에 그답지 않은 딱딱한 목소리가 돌아왔다.

"혹시 내가 뭐 잘못했어요? 기분이 별로 좋아 보이지 않아서요."

슬쩍 제 눈치는 보는 채원. 우현이 한숨을 내쉬었다. 그녀의 말대로 기분이 좋지 않았다.

윤 교수님과 함께 일을 마무리 짓고 들뜬 마음으로 채원의 회사로 향했다. 휘파람까지 불며 사무실에 도착했을 때 그의 시야에 들어온 건 채원과 남자 직원. 아니, 엄밀히 말하면 몸을 숙인 채 서류를 바라보고 있는 채원과 그런 그녀를 멍한 눈빛으로 바라보고 있는 남자 직원이었다. 그 다정한 모습에 그의 얼굴이 삽시간에 구겨졌다. 일이었다. 거기다 겨우 어깨를 나란히 한 모습이었다. 그래서 질투하는 자신이 옹졸하다는 것을 알고 있었다. 하지만 의자에 앉아 있던 남자가 일부러 채원 쪽으로 가까이 다가서자 머리카락이 곤두섰다.

더군다나 채원은 오늘따라 더 화사하고 예뻐 보였다. 분명 자신이 느끼는 감정을 저 남자도 느꼈으리라. 자신이야 이렇게 예쁜 채원이 감사했지만, 그 감사함을 자신만 느끼는 것이 아니라는 사실에 기분이 좋지 않았다.

회의실로 들어간 채원이 의자에 앉자 우현이 그녀 옆에 자리를 잡았다.

"앞에 앉죠?"

"난 옆이 좋은데."

채원의 말에도 우현은 턱을 괴고 앉아 그녀를 바라보았다.

"사무실에서는 다른 남자 옆에 서 있었으면서 나보고는 앞에 앉으라고 하고."

불만 가득한 우현의 목소리에 채원은 방금 자신에게 질문을 했던 남자를 떠올렸다.

"지금…… 그 남자 직원 때문에 그래요? 설마 질투하는 건 아니죠?"

"맞는데요? 난 채원 씨 반경 100미터 안에 있는 모든 남자에게 질투가 나던데."

채원이 등을 펴서 의자에 기대더니 양팔을 단단히 엇갈려 끼고는 우현을 바라보았다. 말도 안 되는 억지에 웃음이 흘러나왔다.

"근데 섹시한 자세는 연습하는 거예요, 아니면 타고난 거예요? 내 보기엔 타고난 거 같은데."

"일 안 할 거예요?"

"막 여기저기 함부로 섹시미 방출하지 말아요. 원래 남자들은 채원 씨 같은 여자가 웃어주기만 해도 자기 좋아하는 줄 알아요."

채원이 결국 웃음을 터뜨렸다. 눈이 반달 모양으로 부드럽게 휜 모습이 사랑스러웠다.

"어어? 이것 봐. 섹시미 방출하지 말라니까요. 괜히 사람 설레게."

"이왕 야근까지 하겠다는 결심을 하고 여기까지 왔는데 그만 일하죠?"

채원이 우현에게 두었던 시선을 돌려 사무실에서 가져온 파일을 뒤적거렸다.

"지연 씨 오면 같이해야 하는 거 아니에요? 선배가 막 후배 왕따 시키고 일 혼자 진행하고 그러는 거 별로 안 좋은 거예요."

"오전에 회의했는데 디자인은 다른 부서에 맡겨놓았어요."

"평소에도 이렇게 예쁘게 하고 다녀요?"

"일단 주제에 맞게 인상적인 소개 글 제목을 선정해야 할 것 같아요."

"옷도 이렇게 멋있게 입고?"

"작품 사진은 예산 뽑아서 넘겼는데 촬영 날짜는 아직 안 잡혔어요."

"얼굴도 이렇게 화사하고?"

"어제 팩 하고 잤어요. 오늘 화장 잘 먹으라……."

순간 아차 싶은 채원이 말끝을 흐렸다. 이래서 우현과 왔다갔다 말을 길게 하면 안 되었다. 이렇게 말려들고 마니까.

선예의 말이 맞았다. 그녀는 자신도 모르는 사이, 우현과의 만남이 있는 날에는 평소보다 조금 더 공을 들여 화장을 하고 옷을 골랐다. 그걸 인식한 건 오늘 아침이었다. 그리고 하루 종일 일에 집중하지 못하고 시계와 거울을 쳐다보던 자신을 발견했다. 자신의 이런 행동은 아마도 저 솔직한 남자의 입에서 예쁘다는 말이 듣고 싶어서이기 때문인 것 같았다. 빨려들어 갈 듯한 저 눈빛이 자신을 오롯이 바라보며 칭찬해줄 때면 가슴이 설레었다.

입술을 질끈 문 채원이 고개를 돌리자, 아니나 다를까, 우현이 턱을 괴고는 그녀를 바라보고 있었다. 얼굴이 기쁨을 감추지 못하고 웃고 있었다. 생기가 넘치는 눈동자는 반짝거렸다.

조용한 회의실, 두 사람의 눈동자가 가만히 서로를 바라보고 있었다. 똑딱똑딱, 시곗바늘이 움직이는 소리만이 회의실에 울렸다.

"채원 씨, 오늘 퇴근하고 뭐 해요?"

우현의 나지막한 목소리가 그녀를 불렀다. 언제부터 자신을 부르는 그의 목소리에 바짝 긴장이 되고 가슴이 찡하게 울렸을까.

"나 지금 데이트 신청하고 있는 건데."

언제부터 그의 장난스러운 말투와 진지한 눈빛에 이렇게 얼굴에 미소가 번졌을까.

"혹시나 해서 물어보는 건데요. 설마…… 나 오늘 회사에 와서 이렇게 예쁘게 하고 온 거예요?"

언제부터 자신을 바라보는 그의 시선이 이렇게 따뜻하다고 느꼈을까.

"그게 아니면 나 좀 서운할 거 같은데. 오늘 유난히 더 예뻐서."

언제부터 그와 함께 있는 시간들이 즐겁게 느껴졌을까.

우현이 손을 뻗어 그녀의 머리카락에 붙어 있던 먼지를 털어내 주었다. 언제부터 예고 없이 뻗어 오는 그의 손길을 피하지 않게 된 걸까. 언제부터인지 정확히 알 수 없었다. 하지만 그녀가 인식하지 못하는 사이 이 모든 것들은 자연스러운 일이 되었다. 그가 여기, 곁에 있는 것이.

머릿속에 선예의 말이 스쳐 지나갔다.

'겁먹지 말고 네가 느끼는 그대로 네 마음 보여줘 봐.'

그녀가 마른 입술을 축이고는 천천히 입술을 열었다.

"회사 근처에 샤브샤브 맛있게 하는 음식점이 있어요. 근데 거기…… 9시 전에 문을 닫더라고요."

멍하니 채원을 바라보던 우현이 벌떡 상체를 일으키더니 잽싸게 서류를 낚아챘다.

"그런 건 진작 이야기했어야죠. 괜히 샘난다고 투덜거렸네. 모양 빠지게. 그래서 뭐 어떻게 한다고요? 오전 회의가 뭐 어째요?"

'네가 그런다면 저 남자, 더 큰 마음으로 표현할 남자야. 그럼 지금보다

조금 더 설레겠지, 너희 두 사람.'

그래, 그는 그런 남자였다. 솔직한 그녀의 마음을 솔직하게 받아주는 사람. 그리고 자신의 마음을 숨김없이 드러내는 사람.

"지연 씨는요? 기다렸다가 같이 일하자면서요."

채원이 흘러나오는 미소를 애써 참으며 우현에게 물었다.

"지연 씨가 누군데요? 빨리요. 나 배고파요. 샤브샤브 먹고 싶어서 죽을 거 같아요."

그가 손가락으로 서류를 가리키며 다급하게 말했다. 그 모습에 결국 채원이 참지 못하고 웃음을 터뜨렸다.

"앞으로 한 시간 안에 끝내죠. 무조건."

설레었다. 지금이.

"아니면 데이트 상상만 하다가 저 기절할지도 모르니까."

그리고 두 사람이.

9. 난 평생 당신만 사랑하고 싶어요

성남대학교 정문에 선 자동차의 창이 내려가고 선글라스를 낀 여자가 얼굴을 내밀었다.

"사학과 건물은 어느 쪽에 있어요?"

"쭉 가시다가 첫 번째 길에서 우회전하세요."

"감사합니다."

경비 아저씨가 알려준 대로 차를 돌린 여자가 한 건물 앞에 차를 세우고는 시동을 껐다. 손가락으로 컬이 들어간 풍성한 머리카락을 정리하고, 거울로 마스카라가 번진 곳은 없는지 확인했다. 제 모습이 만족스러운지 여자는 선글라스를 벗어 던지고는 밖으로 나갔다. 불어오는 바람에 긴 파마머리가 흩날렸다. 가느다란 몸을 둘러싼 원피스가 가을하늘처럼 화사했다.

민지는 눈앞에 있는 고풍스러운 디자인의 사학과 건물이 만족스러운 듯 입꼬리를 올렸다.

"연구실은 어느 쪽이지?"

건물의 자판기 앞에 서서 주변을 둘러보던 민지의 뒤에서 문이 열리는 소리가 들렸다.

260

"최우현, 이번 주 주말이라고 했어?"

민지가 귓가를 파고드는 '최우현'이라는 말에 몸을 획 돌렸다. 열린 문에서 나온 두 남자가 나란히 자판기 쪽으로 걸어오고 있었다.

"어. 세연이도 같이 가자. 선예 씨가 다 데리고 와도 괜찮대."

정장을 입은 남자가 민지 옆에 섰다. 그러니까 이 남자가, 최우현. 민지가 우현에게 시선을 떼지 못한 채 가만히 그를 바라보았다. 자신을 향한 시선을 느꼈는지 우현이 민지 쪽으로 고개를 돌렸다.

"저한테 무슨 할 말이라도?"

순간 아차 싶었던 민지가 자신의 가방을 붙잡았다.

"아, 음료수가 먹고 싶은데 만 원짜리밖에 없어서요. 괜찮다면 잔돈을 좀 바꿔주실 수 있을까요?"

민지의 말에 우현이 지갑을 열어 보더니 난감한 듯 성준을 바라보았다. 성준 역시 고개를 저었다.

"미안해요. 잔돈이 없는데."

"그럼 혹시 윤정수 교수님 계신 곳이 어딘지 알 수 있을까요?"

민지의 질문에 우현이 짙은 눈썹을 움직였다.

"아, 윤 교수님 찾아오신 손님이세요?"

우현은 천 원짜리 지폐 몇 장을 자판기에 넣더니 몸을 돌렸다.

"마시고 싶은 거 눌러요. 괜찮아요. 윤 교수님 손님이시잖아요."

민지가 눈치를 보더니 복숭아 주스 버튼을 눌렀고 우현은 콜라와 이온음료를 골랐다. 시원한 소리와 함께 음료가 자판기 밑으로 떨어졌다. 우현이 몸을 숙여 음료를 꺼내더니 복숭아 주스와 이온음료를 민지에게 건넸다.

"감사합니다."

"이온음료는 윤 교수님 거예요. 교수님, 복도 맨 끝 방에 계세요. 가자."

성준이 고개를 끄덕이더니 건물 밖으로 몸을 돌렸다. 하지만 민지의 시선은 우현의 뒷모습에서 떨어질 줄 몰랐다.

"저 사람이 최우현이라, 이거지? 맞는 거 같네. 내가 찾는 그 사람."

부드럽지만 강인해 보이는 인상, 남자답게 뻗은 콧날, 보고 있으면 자신도 따라 웃고 싶어질 정도로 화사한 미소.

민지가 손에 들린 복숭아 주스를 바라보았다. 캔 뚜껑을 열지도 않았는데 달달한 향이 진동을 하는 것 같았다.

"웃는 건 여전히 예쁘네."

윤 교수님을 만나러 가는 민지의 발걸음이 가벼웠다.

가을 들어 가장 좋은 날씨를 자랑하는 토요일 오전, 선예의 커피숍 앞은 부산스러웠다.

"음료수는 중간쯤 의자 위에 올려놔. 가는 동안 마실 수도 있으니까."

가을 여행의 수장인 선예의 지시에 따라 사람들은 부지런히 움직였다.

"채원아, 태양이는?"

"아침에 호텔에 맡기고 왔어! 네 가방도 여기 같이 신는다?"

선예의 말에 짐을 싣던 채원이 큰 소리로 대답했다.

"내 짐도 같이 실어도 돼요?"

"악! 깜짝이야!"

갑자기 뒤에서 들려오는 목소리에 채원이 소스라치게 놀라며 소리를 질렀다. 그 소리에 우현이 손가락으로 장난스럽게 귀를 틀어막았다.

"놀랐잖아요. 짐 이쪽으로 줘요. 세연이랑 성준 씨는요?"

볼멘소리를 내뱉은 채원이 우현의 손가락을 따라가자 성준과 세연이 서 있었다.

"선예 씨, 소개할게요. 제 친구들이요."

커다란 차 안에서 머리를 박고 짐을 싣고 있던 선예가 우현의 말에 쫑긋 귀를 세우더니 고개를 들었다.

"이쪽은 홍세연, 제 사촌이고요. 이쪽은 친구 김성준이예요."

"반가워요. 이선예라고 해요. 채원이 친구예요. 곧 출발할 거니까 어서 타요. 두 사람 다 환영해요."

성준과 세연이 차에 올라 나란히 앉았고, 채원이 그 뒤를 따랐다. 하지만 곧 제 옆에서 느껴지는 움직임에 깜짝 놀라 고개를 돌렸다. 우현이었다.

"자리 넓은데 다른 곳 앉죠? 여기 선에 자린데."

채원의 말에 우현이 어깨를 으쓱했다.

"선예 씨가 저한테 자리 양보한 거 몰랐어요? 뇌물로 성준이 모셔 왔잖아요. 이 자리 경쟁률 치열해서 그 정도 아니면 엄두 못 내겠더라고요."

"막 그렇게 친구 이용해도 괜찮아요?"

"이용한 게 아니라 도움을 청한 거죠. 둘은 엄연히 달라요."

우현이 눈썹을 부드럽게 굼실거리며 옅은 미소를 지었다.

곧 양평으로 향하는 차가 출발했다.

"멀미약은요? 먹었어요?"

우현은 이탈리아 여행 때 포지타노로 가는 길, 버스 안에서 심하게 멀미를 했던 채원을 떠올리며 물었다.

"일단 약 먹었어요."

"힘들면 기대 잠들어도 괜찮아요. 이미 몇 번 잠든 경험이 있는 어깨라 꽤 편안할 거예요. 그리고 이거요. 음악 들으면서 자요."

우현이 채원에게 이어폰을 넘기자 그녀가 그것을 받아 귀에 꽂았다. 눈을 감은 그녀가 옅게 미소를 지었다. 귓가에 잔잔한 음악이 들려왔다. 마치 자장가처럼.

들뜬 사람들을 태운 버스가 한참을 달렸다. 사람들과 이야기를 나누던 우현은 자신의 어깨에 툭, 하고 떨어지는 무게에 슬쩍 고개를 돌렸다.

채원이었다. 한쪽 귀에 있던 이어폰은 빠져 있었고, 다른 한쪽은 귀에 꽂혀 있었다. 지난번 이탈리아 여행 때 채원은 1시간 넘도록 롤러코스터 같은 버스를 타면서 멀미를 심하게 했었다. 혹시 몰라 어젯밤 휴대폰에 그녀가 잠들기 좋은 잔잔한 노래들을 넣어두었다. 다행히도 채원은 음악이 흘러나오자 의자에 몸을 깊게 기대더니 곧 눈을 감았다. 제 어깨에 기대어 잠이 든 채원을 바라보는 우현의 얼굴에 생기가 넘쳤다. 슬쩍 어깨에 힘도 줘본다.

"운동 열심히 하기를 잘했지."

양평의 펜션 앞에 멈춰 서자 사람들이 우르르 밖으로 나왔다. 펜션이 위치한 곳은 주변이 울창한 숲으로 둘러싸인 운치 좋은 곳이었다. 공기도 좋고, 시원하고, 아주 평온했다. 독채로 되어 있는 펜션은 깔끔했다. 출입구 앞에는 푸른 잔디가 펼쳐져 있었고, 형형색색의 꽃들이 만발하여 피어 있었다. 한쪽 구석에는 물레방아가 거센 물살에 시원하게 돌아가며 거품을 만들었고, 나무로 만들어진 그네는 바람에 삐걱거렸다. 가만히 서 있는 것만으로도 마음이 차분해지는 기분이었다.

한참을 둘러보던 채원이 펜션 안으로 들어갔다. 넓은 거실에 있는 문을 열자 테라스에 바비큐를 해 먹을 수 있는 공간이 마련되어 있었다. 사방에서 계곡물이 흐르는 소리가 들렸고, 테라스 계단은 계곡으로 바로 연결되었다.

"언니, 여기 끝내줘요!"

세연이 흥분해서 소리치더니 알아듣지 못하는 영어로 제 감정을 격하게 표현했다. 좋은 사람들과 오랜만의 여행에 채원 역시 가슴이 벅차올랐다.

"우리 바로 계곡으로 가요!"

그때 누군가 큰 소리로 외치자 사람들은 약속이라도 한 것처럼 간편한 신발을 들고 우르르 테라스로 나갔다.

"언니, 우리도 빨리 가요."

세연이 채원의 팔을 잡아끌자 그녀도 슬리퍼를 들고 사람들을 뒤따랐다.

계곡물이 흐르는 소리가 청명하게 들려왔다. 시원한 바람에 머리카락이 흩날리는 느낌이 좋았다. 물놀이를 하기에는 계곡물이 차가워 사람들은 물에 발을 담그는 것으로 만족하며 가을 여행을 만끽했다.

우현은 신발을 벗어 옆에 두고는 긴 바지를 무릎까지 걷어 올렸다. 바위 위에 앉아 발목까지 물에 담그자 시원함이 머리까지 차올라 상쾌했다.

"홍세연 사교성은 알아줘야겠네. 이런 남자만 우글거리는 여행이 뭐가 좋다고 따라온 건지."

그의 옆에 앉은 성준이 불만스러운 목소리로 투덜거렸다. 오늘 처음 만난 남자들과 서슴없이 지내는 모습이 그다지 반갑지는 않은 듯했다. 그것도 죄다 잘생긴 연하의 남자로만.

"그 이유 찾자면 저걸 보러 온 거지."

우현이 시선을 돌려 채원을 바라보았다.

채원은 세연과 함께 치마 아래로 드러난 다리를 물에 담근 채 계곡 위를 걷고 있었다. 반짝이는 물방울이 그녀 주위에 모여 들었다. 고개를 돌릴 때마다 결 좋은 머리카락 사이로 햇살이 파고들었다. 주위가 시끄러웠지만 붉은 입술에서 흘러나오는 그녀의 경쾌한 웃음소리는 그의 귓가에 선명하게 흘러 들어왔다. 그가 따로 노력하지 않아도 눈동자는 그녀를 찾았고, 귀는 그녀의 목소리를 찾아들었다.

"성준아! 김성준!"

세연의 힘찬 목소리가 성준을 불렀다. 그 소리에 성준은 언제 투덜거렸냐는 듯 벌떡 자리에서 일어났다.

"저거 사실은 세연이가 자기랑 안 놀아줘서 토라진 거였구먼."

우현의 시선이 다시 습관처럼 채원에게로 향했다. 활짝 피어 생기가 넘치는 꽃 같은 그녀의 표정에 절로 웃음이 나왔다.

"보기만 해도 그렇게 좋아요?"

우현에게 다가와 옆에 앉은 선예가 그에게 물었다.

"아, 대답하지 마요. 괜히 샘나니까. 올 때 버스 안에서 채원이 우현 씨한테 기대서 세상모르고 자던데. 채원이가 그렇게 남자 앞에서 무방비하게 자고, 웃고, 화내고 하는 거 저 처음 봐요."

선예의 말에 우현이 고개를 갸우뚱했다.

"채원이는 다른 사람 앞에서 격하게 감정표현 하거나 흐트러진 모습 안 보이거든요. 그러면 안 된다고 생각해요."

준서…… 라는 사람에게도요? 우현은 이 질문이 턱 끝까지 올라왔지만 이내 삼켜버렸다.

"아아, 물론 전 남자친구에게도요. 그러니 그런 우울한 얼굴 말아요."

선예가 그런 우현의 마음을 다 안다는 듯 코끝을 찡긋했다. 그 모습에 그가 숨을 크게 내쉬며 허탈한 웃음을 지었다.

"티 다 났어요?"

"못 본 척할 걸 그랬나요?"

"아니요. 덕분에 원하는 대답 얻었는데요, 뭐."

우현의 대답에 선예가 웃음을 터뜨렸다.

"채원이는 그냥 조금 무서운 거예요. 또 상처받을까 봐. 그날 채원이가 우현 씨 집에 있었다면 사정 모르지는 않을 거라 생각해요."

채원이 프러포즈를 받으러 간다며 들떴던 그날, 선예는 그때만 생각하면 지금도 치가 떨린다는 듯 이를 갈았다.

"다른 여자가 있었나 봐요. 뜬금없이 약혼을 한다고 하더라고요. 그 사람이 채원이 첫 남자친구였어요. 처음 해보는 사랑에 서툴렀지만 많이 노력했었죠."

선예가 그때의 채원을 머릿속에 떠올렸다.

"그래서 그래요. 그냥 잊어버리기에, 애썼던 그때의 자신을 버리기에 미련이 남아서. 바보 같은 줄 알면서 그게 잘 안 되나 봐요. 채원이 헤어지고 울지도 않았어요."

우현은 자신의 앞에서 몇 번이나 울음을 터뜨렸던 채원의 모습을 떠올렸다. 그 서러웠던 눈물을 본 사람이 자신뿐이라니. 기쁨과 애잔함이 공존했다.

"그러니까 괜찮다면 조금만 기다려줘요. 솔직히 말하면 자기 마음 본인만 인정 안 하는 거 같지만."

"전 100미터 달리기보다는 마라톤을 좋아하니까 괜찮아요. 지구력이 좀 좋거든요."

우현이 다시 채원에게 시선을 돌렸다. 사뿐사뿐 걸으며 계곡물에서 노닐던 채원의 몸이 순간 휘청거리더니 물속으로 풍덩 빠졌다.

"채원아!"

놀란 선예가 채원의 이름을 불렀지만 이미 우현은 벌떡 일어나 그녀에게로 달려가고 있었다.

"괜찮아요? 안 다쳤어요?"

우현이 새파랗게 질린 얼굴로 채원에게 물었다. 거칠게 물살을 헤치고 지나가는 바람에 바지가 홀딱 젖어 있었지만 인식조차 못하는 것 같았다.

"발목은요? 삔 건 아니죠? 어디 상처는 안 났어요?"

우현이 가슴이 들릴 정도로 크게 숨을 몰아 내쉬며 그녀에게 재차 물었다. 철렁 내려앉은 가슴은 쉽게 제자리를 찾지 못했다. 계곡은 위험한 곳이었다. 미끄러져서 넘어져 바위에 머리라도 부딪혔다면 정말 큰일이었다. 그가 채원의 양팔을 붙잡아 몸을 일으켰다.

"네, 정말 괜찮아요. 근데…… 나 지금 되게 웃기게 넘어졌는데 다들 너무 심각해서 좀 창피하네요."

채원이 자신을 둘러싼 사람들의 시선에 붉어진 얼굴로 고개를 떨구었다. 그녀의 말에 사람들이 웃음을 터뜨리더니 긴장된 얼굴을 거두고 다시 물놀이를 시작했다. 우현 역시 그제야 너털웃음을 지었다.

"슬리퍼를 신고 물에 들어가는 사람이 어디 있어요? 얼마나 미끄러운데. 걸을 수 있겠어요?"

"신발 떠내려갔으니 숙소까지 어떻게 가요? 신발 벗고 놀걸."

둥둥 떠내려가는 자신의 슬리퍼를 보며 한숨을 내쉬던 채원이 물 안에 있는 그의 발을 바라보았다.

"신발도…… 안 신고 달려왔어요? 발 아팠을 텐데."

우현이 무심코 자신의 발로 시선을 돌렸다. 채원이 넘어지는 모습에 자신이 맨발인지도 모르고 달려왔다.

"내 신발 신고 숙소로 가요. 가서 옷도 갈아입고."

"그럼 우현 씨는 어떡해요. 그냥 애들한테 부탁해서 신발 갖다 달라고 하죠, 뭐."

"그것보다 좀 더 서로에게 좋은 방법이 있는데. 어때요, 이왕 창피한 거 한 번 더 참아보는 건?"

"네? 무슨……"

"실례 좀 할게요. 치마 잘 붙잡아요."

순식간에 우현이 채원의 어깨를 붙잡고 단단한 팔로 그녀를 번쩍 들어 안았다.

"우현이 형 뭐예요, 너무한 거 아니에요? 그렇게 대놓고 티 내기 있기, 없기?"

"맨날 자기만 좋은 거 다 하고! 공주님 안기가 뭐야! 아주 드라마를 찍어요, 드라마를 찍어!"

소란스러운 야유 소리가 들리자 우현이 사람들을 쳐다보며 호쾌하게 웃었다.

"거참 민원 너무 폭발이네. 멋있는 척할 기회도 별로 없는데 나도 이럴 때 점수 좀 따봅시다. 자꾸 그러면 그냥 이대로 납치해서 도망갈 겁니다."

"그대로 납치해라! 오지 마라!"

기분 좋은 투정들을 뒤로한 우현이 느린 걸음으로 계곡물을 빠져나가 조금 전 자신이 벗어놓은 운동화를 구겨 신었다.

"이게 뭐가 서로에게 좋은 방법이에요?"

사람들의 놀림에 얼굴이 붉어진 채원이 볼멘소리를 내뱉었다.

"채원 씨는 신발 없이 편하게 숙소로 갈 수 있으니 좋고, 전 채원 씨를 공식적으로 안을 수 있어서 좋고."

"못 말려요. 저 무거워요."

"알고 있어요."

"이럴 때는 좀 아니에요, 이렇게 말해주면 덧나요?"

그의 말에 그녀가 발끈했다.

"정말 무거워요. 걸을 수 있어요. 금방인데요, 뭐."

하지만 이내 작은 목소리로 다시 중얼거렸다.

"그런 말 말고 이럴 때는 목에 팔을 둘러주는 게 좋은데. 어깨에 손도 살포시 올려주면 더 좋고."

장난기가 가득 밴 그의 목소리에 그녀의 눈꼬리가 반달 모양으로 휘며 웃음을 터뜨렸다.

"걱정 말아요. 채원 씨 정도면 숙소까지 열 번도 더 오고 갈 수 있어요. 이럴 때 쓰라고 한 운동이거든요."

제일산업 사장실. 비서에게 서류를 받아 든 진철의 눈매가 가늘어졌다.

"우현이가 성남대학교 문화재 연구소에서 일한다고?"

"네. 이번에 문화재청에서 서울문화유산연구원과 성남대학교가 함께 문화재 발굴 작업을 진행하라는 승인이 떨어졌습니다. 참석 전문가 중에 한 명이 성남대학교에 윤정수 교수입니다."

"윤정수 교수라면, 우현이가 이탈리아에서 그 교수 밑에 있지 않았나?"

진철이 의자 등받이에 몸을 기대며 입술을 일자로 오므렸다.

"윤정수 교수님이 한국에 체류하는 기간이 길어지면서 작은도련님도 함께 온 것으로 보입니다."

"우현이가 그 발굴 작업에 함께 참여하기 위해 한국에 왔다고? 윤 교수를 따라서?"

그것만으로는 우현이 한국으로 온 이유가 설명되지 않는다.

"그리고 작은도련님이 만나는 사람에 대해서 알아보라고 하셨는데."

비서의 말에 순간 진철의 눈빛이 날카롭게 변했다. 기댔던 몸을 급하게 일으키더니 비서가 건넨 사진으로 손을 뻗었다.

"이름은 한채원, 32살입니다. 나눔이라는 회사에서 근무하고 있고, 그곳에서 주최하는 전시회에 윤정수 교수가 참여하면서 작은도련님과 인연이 생긴 것 같습니다."

"나눔이라……."

"아직 깊은 관계는 아닌 것 같지만 주기적으로 만나고 있습니다."

채원의 사진을 보고 있는 진철의 눈빛이 가늘어졌다.

"어디선가 본 것 같은데……."

사진 속의 여자는 상당한 미인이었다. 쉽게 잊혀질 만한 얼굴이 아니었다. 아랫입술을 질끈 물며 생각에 잠겼던 진철의 눈이 순간 무언가 떠올랐다는 듯 커졌다.

"하아, 어쩐지 눈에 익다 했어. 그때 그 여자란 말이지."

진철이 손가락으로 책상을 톡톡, 내리치며 상념에 잠겼다.

땅거미가 진 밤, 펜션 안에서는 왁자지껄 술판이 벌어지고 있었다. 거실에 옹기종기 모여 앉은 사람들은 게임에 걸리지 않기 위해 저마다 눈치를 보기 바빴다. 태생적으로 게임에는 전혀 소질이 없는 채원은 그 부족함을 벌주로 채우느라 곤욕을 치르고 있었다. 그래도 자존심을 아직 활어처럼 팔팔 살아 있는지 흑기사를 해준다는 우현의 말에도 고집을 부려댔다. 쓰디쓴 술을 얼마나 마셨는지 이미 얼굴은 불그스름했고, 혀는 조금 꼬여 있었다.

쉴 틈 없이 달려온 게임이 잠시 쉬어가는 시간인지 사람들은 냉장고에서 음식을 더 꺼내 오거나, 화장실을 가곤 했다.

"바람 좀 쐬고 올게. 나 잠깐만 빼줘."

채원은 자리에서 일어나 테라스로 통하는 문을 열고 밖으로 나갔다. 그러자 우현은 거실 한쪽에 던져놓은 자신의 재킷을 집어 들었다.

"30분 동안 아무도 찾지 마요. 찾으러 나오기만 해봐. 전화도 하지 마."

사람들에게 장난스럽게 어깃장을 놓더니 방금 전 채원이 나갔던 문을 열었다.

"자자, 다시 시작. 민혁이가 좋아하는 랜덤 게임~!"

우현이 테라스로 나와 문을 닫자 시끄러운 소리가 어느 정도 사라졌다. 고개를 돌리자 테이블 의자에 앉아 눈을 감고 있는 채원이 보였다.

"괜찮아요? 어쩜 아무것도 모르는 세연이보다 게임을 더 못해요? 세연이는 술이라도 잘 마시지."

우현의 말에 채원이 눈을 번쩍 뜨더니 그를 째려보았다.

"무슨 애들이 밥 먹고 게임만 했나? 왜 저렇게 잘해? 우현 씨도 이탈리아에서 술자리 게임만 했나 봐요? 엄청 잘하던데. 몇 번 안 걸렸죠?"

"전 눈치가 빠르거든요."

"그럼 난 눈치가 없다는 거예요?"

앙칼진 그녀의 목소리에 그가 낮은 목소리로 웃었다.

"잠깐 바람 쐬러 갈래요?"

우현이 턱으로 테라스 계단을 가리켰다.

"하루 종일 데이트 신청할 기회만 엿보고 있었는데 지금이 딱 그 타이밍인 거 같아서요. 이럴 때 기회를 잡아야지 언제 잡아요?"

능청스러운 우현의 말에 채원이 피식 웃더니 자리에서 일어나 그를 따라나섰다.

곳곳에 켜 있는 불빛들은 달빛과 계곡물을 비춰 신비한 분위기를 자아냈다. 아무도 없는 밤의 계곡에 흐르는 물소리는 더욱 힘차고 시원했다.

채원이 조심스럽게 한 걸음 한 걸음 우현의 뒤를 쫓았다. 계곡의 바위와 어두운 시야 때문에 채원이 중심을 제대로 잡지 못하자 우현이 재빨리 그녀의 팔을 붙잡았다.

"휴대폰에 플래시램프라는 발전된 기술도 있긴 하지만, 개인적으로는 이쪽이 더 좋은데."

우현이 자신의 손을 반짝반짝 돌려가며 그녀에게 내밀었다.

"사람이 문명의 이기를 누릴 줄 알아야죠."

"저도 그러고 싶지만 휴대폰 배터리가 없어요."

뻔한 우현의 거짓말에 그녀가 가만히 서서 그의 손을 내려다보았다.

"그냥 안내견이라고 생각해요. 아무런 의미 부여도 안 할 테니까 그렇게 고민 안 해도 괜찮아요."

장난스러운 그의 말에 그녀가 키득거리더니 천천히 손을 뻗었다. 두 사람이 처음으로 서로의 손을 마주 잡았다. 손에 느껴지는 따뜻함이 순식간에 온몸으로 전해졌다. 서로에게 엮여 있는 손이 간지러웠다. 그가 그녀의 손을 조금 더 세게 붙잡았다.

"이거 정말 안전을 위한 거 맞죠?"

"그럼요. 채원 씨의 안전을 위한 거죠. 물론 흑심도 조금 있고요."

채원의 시선이 두 사람의 손을 바라보았다. 이상했다. 겨우 손을 잡는 일인데. 정말 별것 아니라고 생각했었는데 가슴이 두근거렸다. 손바닥에 전해오는 그의 온도에 가슴이 따뜻하고, 든든하고, 그리고 마음이 놓였다.

숙소에서 몇 걸음 떨어진 곳, 우현은 채원을 폭이 넓고 평평한 바위로 안내하고는 자신도 그 옆에 앉았다. 한 손에 들고 있던 자신의 재킷을 그녀의 어깨에 걸쳐주었다.

"와, 저거 보여요? 별이 장난 아니에요. 서울에는 이런 풍경 볼 수 없는데, 역시 좋네요."

채원이 고개를 뒤로 한껏 젖힌 채 하늘을 올려다보며 소리쳤다. 무수히 많은 별들이 금방이라도 쏟아져 내릴 것처럼 아름다웠다.

"물에 발 담가도 돼요?"

"조금 추울 텐데. 신발 줘요."

우현이 그녀가 벗은 신발을 넘겨받아 자신의 옆에 가지런히 놓아두었다.

"이렇게 작은 발로 어떻게 걸어 다녀요? 진짜 귀엽네."

가만히 채원의 신발을 바라보던 우현이 나긋나긋한 목소리로 말했다. 자그마한 신발이 나란히 누워 있는 모습이 여간 앙증맞은 것이 아니었다.

채원이 흐르는 계곡물에 발을 담갔다.

"하아, 시원하다. 술이 확 깨는 거 같네."

"발 시리면 바로 빼요. 손수건 줄 테니까. 요즘 같은 날씨, 감기 걸리기 딱 좋아요."

"엄청난 미인이 줬다는 그 손수건이요? 여자친구였어요?"

채원이 무심코 말을 던졌다.

"설마 질투해요? 안심해요. 전 현재를 중요하게 생각하는 사람이에요."

"아니거든요? 툭하면 질투한대."

술이 들어가서 그런지 오늘따라 채원은 말도 많았고, 제법 투정도 부렸다.

"아, 여기서 살고 싶다. 공기도 좋고, 물도 좋고, 바람도 좋고. 이탈리아에 있다가 서울 오니까 답답하지 않아요? 온통 딱딱하고 높은 건물이잖아요."

"조금요. 그래도 나름대로 잘 적응하고 있는 것 같아요. 서울은 서울만의 매력이 있으니까."

채원의 질문에 우현이 어깨를 으쓱하며 대답했다.

"도시 살면서 답답할 때가 많은데 우현 씨는 오죽하겠어요. 사실 전 높은 빌딩보다는 교외의 아담하고 소박한 건물을 더 좋아하거든요."

"나도 도시보다 교외가 좋은데. 신혼집 위치는 걱정 안 해도 괜찮겠네요."

그의 얼굴에 짓궂은 장난기가 드러났다.

"설마 지금 프러포즈한 거예요? 과정 다 건너뛰고?"

"그럼 과정 다 밟으면 프러포즈해도 돼요? 아, 반지가 없어서 안 되나? 아직 학생이라 다이아몬드 반지는 조금 무린데."

그녀가 손으로 차가운 계곡물 위를 쓰다듬었다. 마치 아기 피부처럼 부드러웠다.

"비싼 반지니 고급 레스토랑이니 그런 게 다 무슨 소용이겠어요. 마음이 가장 중요하지. 내가 너를 사랑한다는 마음, 너만 사랑한다는 약속, 그게 영원할 거라는 믿음."

채원의 목소리가 밤공기를 따라 은은하게 번졌다.

"그러네요. 나랑 데이트하기 불편하지 않아요? 차도 없이 뚜벅인데. 여자들은 차 있는 남자친구가 데이트 끝나고 집에 데려다 주는 걸 더 좋아하지 않아요?"

"저 버스 좋아해요. 지하철도 좋아하고. 그리고 최우현 씨, 내 남자친구 아니거든요?"

"은근히 넘기려고 했더니 안 넘어가네. 아무튼 그 말은 저와의 데이트는 좋아한다는 말이네요."

"정말 내가 무슨 말을 못 해요."

채원의 얼굴에 미소가 번졌다. 우현은 혹시나 취한 채원이 넘어지기라도 할까 봐 그녀에게서 한시도 눈을 떼지 않았다. 아니, 굳이 노력하지 않아도 시선을 뗄 수가 없었다. 바람이 실어 온 아찔한 장미향에, 붉게 변한 뽀얀 피부에, 아직도 남아 있는 손바닥 안에 뜨거운 온기에 사로 잡혀 있었다.

"전부터 궁금했던 건데 어렸을 때부터 영국에서 이모님이랑 같이 지냈다면서요. 조기 유학, 뭐, 그런 거예요? 계속 부모님하고 떨어져 지냈으면 많이 보고 싶었을 텐데. 다른 형제들은요?"

채원의 궁금증 가득한 시선에 우현은 손바닥으로 제 목을 쓸며 조금 씁쓸하게 웃었다.

"엄마가 보고 싶었지만 한국에 올 수가 없었어요."

우현의 애매한 말에 그녀가 고개를 갸우뚱했다.

"전 아버지가 밖에서 낳은 자식이에요. affair. 이거 한국말로 뭐라고 하죠?"

외도. 순간적으로 숨을 멈춘 채원은 우현이 내뱉은 단어의 뜻을 입안으로 삼켰다.

"아버지는 이혼하기 전까지 제 존재가 공개되길 원치 않으셨고, 전 어렸을 때 자연스럽게 이모가 있는 영국으로 보내졌죠. 엄마는 긴 염원 끝에 아버지의 와이프로 설 수 있게 되었죠."

채원은 별일 아니라는 듯 밝은 그의 음성에 어떻게 대답을 해야 하는지 갈피를 잡지 못했다.

"도덕적으로 비난을 받을까 걱정이 된 아버지는 절 큰어머니의 둘째 아들로 둔갑시켰죠. 사람들에게는 적당한 이유를 붙여서 어렸을 때부터 외국에 유학을 보낸 아들이라고 하고요."

하지만 오히려 그 밝은 목소리가 더 구슬프게 들렸다.

"위로는 형이 한 명 있고, 아래로 여동생이 한 명 있어요. 형제라고 해도 거의 만난 적이 없어요. 몇 년에 한 번 얼굴이나 보는 정도? 뭐, 형의 입장에서는 제가 반갑지 않겠죠."

"우현 씨 잘못은 아니잖아요."

"그렇긴 하지만 그래도 제 잘못이에요. 형이 절 싫어하는 건 당연해요. 그래야만…… 하고요."

그가 그녀에게 하는 말인지, 아니면 스스로에게 하는 말인지 알 수 없는 말을 중얼거렸다.

"그럼 우현 씨는요?"

채원의 떨리는 목소리에 우현이 그녀를 바라보았다.

"엄마가 곁에 있어줘야 할 나이에 외국에서 혼자 지냈어야 했잖아요. 엄마가 보고 싶었지만 한국에 올 수 없었잖아요."

어린 우현이 혼자 어두운 방 안에서 엄마를 그리워하는 모습이 생각났다. 그 모습이 안쓰러워 꼭 끌어안아 주고 싶었다.

"운이 좋게 주변에 좋은 분들이 많았어요. 세연이와 성준이, 이모. 거기다 영국에서 있을 때 제 평생의 은인도 만났죠. 덕분에 고고학이라는 것에 흥미도 갖게 되었고."

나지막한 우현의 목소리에 채원이 고개를 끄덕였다.

"나이보다 철도 없고 제멋대로인 사람인데 그게 또 매력이신 분이에요. 생일 선물로 이상한 걸 요구하기도 해요. 좀 독특하세요."

"이상한 거요?"

"네, 예를 들면 유적 발굴 현장에서 가장 독특한 모양의 조각을 가져오라든가, 예전에는 폼페이에 가서 굳어버린 화산재 가져오라고도 했어요."

"그런 거 범죄 아니에요?"

"그러니까 특이하죠. 곧 생신이셔서 선물도 이탈리아에서 공수해 왔어요."

"우현 씨가 그분 많이 좋아하나 봐요. 즐거워 보여요."

채원의 말에 우현이 고개를 끄덕였다.

"나중에 기회 되면 채원 씨에게도 소개시켜주고 싶네요. 저 굉장히 즐겁게 생활했어요. 그리고 따뜻하게요. 그러니 그런 표정 안 해도 괜찮아요."

우현의 그늘 한 점 없는 얼굴을 보고 있으면 알 수 있었다. 그가 사람들에게 얼마나 사랑받고 자랐는지.

"미안해요. 괜한 걸 물어서……."

"아무튼 그렇게 자랑할 만한 집은 아니에요. 뜻하지 않게 우울한 가정사가 나와버렸네요. 갑자기 침울해진 건 아니죠?"

애서 분위기를 밝게 만들려는 우현의 목소리에 채원이 고개를 끄덕였다.

"음악 들을래요? 지금 이 분위기에 딱 좋은 음악을 알고 있는데."

그가 주머니에서 휴대폰과 이어폰을 꺼냈다.

276

"휴대폰 배터리 없다고 하지 않았어요?"

"어? 그러네? 언제 배터리가 가득 찼지?"

"진짜, 못 말려요."

우현이 한쪽 이어폰을 건넸다. 왼손으로 익숙하게 휴대폰을 만지작거리는 모습에 채원이 가만히 그의 손을 바라보았다.

"우현 씨, 혹시 왼손잡이예요?"

"그걸 지금 알았어요? 와, 나한테 정말 관심 없었나 봐. 갑자기 김 팍 새네."

"분명 젓가락은 오른손으로 잡았는데."

"양손잡이예요. 젓가락질은 오른손으로 하고, 필기나 가위질 같은 것들은 왼손으로 주로 해요. 보통 양손 다 쓰고 있긴 해요."

"아, 그렇구나. 신기하다. 저 양손잡이 처음 봤어요."

"제가 좀 반전 매력이 있죠."

우현이 휴대폰에서 음악 목록을 뒤적거리더니 재생버튼을 눌렀다. 곧 이어폰의 긴 줄을 타고 밝지만 잔잔한 음악이 흘러나왔다. 이 가을밤과 딱 맞아떨어졌다.

"노래 어때요? 괜찮죠?"

우현이 몸을 이리저리 흔드는 채원에게 물었다. 그녀가 고개를 끄덕였다.

"우현 씨는 노래 잘해요?"

"불러줘요?"

좌우로 고개를 흔들던 우현이 이어폰에서 나오는 음악에 맞춰 흥얼거렸다. 감미로운 목소리가 흐르는 팝송을 따라 불렀다.

흐르는 계곡물은 반주가 되었고, 바람이 흩날리는 나무는 잎사귀를 부딪치며 그의 노래에 박수를 보냈다. 저음의 감미로운 목소리로 부르는 노래는 원곡보다 더 매력적으로 들렸다. 채원이 저도 모르게 작게 박수를 쳤다.

"우현 씨, 노래 잘하네요. 역시 유학파, 발음도 예술. 무슨 내용이에요?"

"러브송이에요. 나는 늘 당신을 생각하고 있고, 당신과 늘 함께하고 싶다는."

"달달하다."

채원이 조용히 중얼거리더니 스르륵 눈을 감았다. 우현이 시선을 돌려 그녀를 바라보았다. 주변은 컴컴했지만 그녀만은 선명하게 그의 눈에 각인되었다. 감은 눈꺼풀이 파르르 떨리는 모습도, 음악에 맞춰 오른쪽, 왼쪽 움직이는 가녀린 어깨도, 살짝 살짝 움직이는 도톰한 입술도. 박자도, 음도 엉망이었지만 입술 밖으로 새어 나오는 그 목소리는 안온하게 그를 감싸주었다.

언제부터 제 눈에 담긴 채원이 이토록 사랑스러웠을까. 언제부터 입술을 바라보는 것만으로도 심한 갈증이 나고, 발끝이 저릿할 정도로 그녀를 안고 싶었을까. 눈동자도, 입술도, 머리카락 한 올도 바라보는 것조차 아까웠다. 눈을 깜빡이는 잠깐의 순간에도 그녀를 놓치고 싶지 않아 빠르게 눈꺼풀을 내렸다 올렸다.

"채원 씨."

자신의 목소리를 듣지 못한 채원의 시선은 계곡 어딘가를 향해 있었다. 다시 눈을 감고 고개를 까딱이던 그녀가 순간 중심을 잃고 기우뚱하자 우현이 재빨리 손을 뻗어 그녀를 붙잡았다. 동그랗게 눈을 뜬 그녀가 그를 바라보았다.

어떻게 해야 자신의 이 목소리를 그녀가 들을 수 있을까. 어떻게 해야 자신의 이런 마음이 그녀에게 닿을 수 있을까. 어떻게 해야 저 작은 가슴에 내가 들어갈 수 있을까. 그녀를 향한 마음은 어느 것 하나도 감추고 싶지 않았다. 전부 꺼내 보여주고 싶었다.

두 사람의 귓가에 음악이 흘렀다. 우현이 마른 입술을 축였다. 그리고 입을 열었다.

"안고 싶어요."

내 울리는 심장 소리를 당신이 가장 가까이서 들을 수 있을 정도로 꽉.

"키스하고 싶어요."

당신이 내 사랑을 온전히 느낄 수 있을 정도로 깊게. 그리고.

"난 평생 당신만 사랑하고 싶어요."

지금처럼.

우현의 적나라한 고백에 채원은 숨이 턱 막히는 것만 같았다. 맥박이 미친 듯이 빨라지고 일순간, 호흡이 멈췄다. 무슨 말이라도 해야 하는데 입술이 딱 붙은 듯 떨어지지 않았다. 가까이 있는 그의 짙은 눈동자 안에 자신이 들어서 있었다.

"보통은 이런 말 안 하는데…… 담아둘 수가 없어요."

무언가를 갈망하듯 그의 눈빛은 뜨거웠고, 목소리는 살짝 갈라졌다. 만약 그가 지금 저 강인한 팔로 자신을 끌어안는다면, 저 촉촉한 입술이 자신에게 다가온다면 거부할 수 있을까.

"나, 난…… 아……."

채원이 침을 꿀꺽 삼켰다. 아마도 그러지 못할 것 같았다. 우현의 뜨거운 손이 자신의 팔을 천천히 내려놓자 모든 기운이 다 빠져나가 버린 듯 몸에 힘이 들어가지 않았다.

채원이 숨을 몰아쉬며 고개를 돌리자 우현이 그 모습을 바라보며 씁쓸하게 웃었다.

"뭘 그렇게 놀라요?"

장난스러운 우현의 목소리에 그녀가 그를 바라보았다. 방금 전 한없이 깊었던 눈빛은 사라지고, 그 안에 따뜻함이 자리 잡았다.

갑자기 매력적인 음성으로 노래를 부르는 그의 모습에 채원이 고개를 갸우뚱했다.

"당신에게 키스하고 싶어요."

아, 설마.

"난 당신만 사랑하고 싶어요."

한국말로 중얼거리는 우현의 목소리에 그제야 그가 내뱉은 말의 의미를 이해한 채원이 허탈하게 웃었다.

"노래…… 가사였어요?"

그러더니 안도한 듯, 하지만 약간은 아쉬운 듯 한숨을 내쉬었다. 그 모습을 바라보던 우현이 눈썹을 굼실거리며 슬쩍 미소 짓더니 그녀에게 두었던 시선을 거둬들이고는 드넓은 하늘을 바라보았다.

"채원 씨가 이 노래 무슨 내용이냐고 물어봤잖아요."

살짝 흔들리는 그녀의 눈빛은 그의 착각이 아니라면 설렘을 조금 담고 있었다. 노래가사였다는 말에 허탈하게 지은 웃음에는 약간의 미련도 남아 있었다. 양 볼은 어둠 속에서도 느낄 수 있을 정도로 붉게 변해 있었다.

"아. 그렇죠. 제가 그랬죠."

수줍게 떨리는 목소리가 귀여웠다. 채원이 자신의 마음을 바로 알고, 확신을 갖고, 그래서 저 가는 팔이 나를 꽉 끌어안아 준다면 무조건 붙잡혀 주기로 마음먹었다. 그 힘이 미약할지라도. 하지만 그건 그녀가 먼저 행동했을 때였다. 채원의 눈동자 안에서 작은 불씨를 발견했지만 더 입을 열었다가는 아직 스스로 그 불꽃을 알아차리지 못한 그녀가 한발 뒤로 물러날 것만 같았다. 채원이 뒷걸음질 치는 것을 원치 않았다. 그녀의 한 발은 앞으로만 내디뎠으면 했다. 자신을 향해서. 그래서 그가 대신 한 발 뒤로 물러나기로 했다.

"나는 늘 당신을 생각하고, 당신에게 키스하고 싶다고."

나는 그녀에게 분명 모르는 척 기다려주겠다고 했으니까. 대답을 강요하지 않는다고 했으니까.

"내게 필요한 건 오직 당신뿐이라고. 그렇게 자신의 사랑을 고백하고 있어요."

하지만 그렇다고 그게 아무것도 하지 않은 채 기다리기만 하겠다는 말은 아니었다.

"저처럼요."

그래서 노래 안에 마음을 담아 전했다. 그녀에게 대답을 듣는 대신, 자신의 마음을 쏟아냈다. 나에게도 필요한 건 당신뿐이라고.

우현의 말에 부채질을 하던 채원의 손이 멈추었다. 그녀가 고개를 돌려 그를 바라보았다. 쏴, 계곡에 불어오는 바람으로 두 사람의 머리카락이 흩날렸다. 깜빡, 그리고 깜빡, 눈동자가 쉴 새 없이 서로를 제 눈에 담았다.

"계속 이러고 있고 싶긴 하지만 시간이 많이 지났네요. 그만 들어갈까요? 사람들이 찾으러 오기 전에."

우현이 제 옆에 두었던 신발을 그녀에게 넘겼다.

"손수건 줄게요."

"괘, 괜찮아요. 그냥…… 신어도 돼요."

계곡물에 담근 발을 뺀 채원이 작은 발을 신발 속에 구겨 넣었다. 수줍은 듯 발그레해진 볼과.

"자요."

그가 내미는 손을 잡는 따스한 손길.

우현은 이전과 조금 달라진 채원을 느낄 수 있었다. 그래서 자꾸 웃음이 흘러나왔다. 그 미소를 감추려고 고개를 반대편으로 돌렸다. 더 물들었으면 했다. 그녀의 머리끝부터 발끝까지, 모든 것에 자신이 배어 있었으면 했다. 저 작은 마음이 저로 가득 찼으면 했다. 지금 자신이 그러하듯 말이다.

"누나, 눈을 좀 낮춰요. 누나가 도와줘도 저 혼자 저녁에 일하기 너무 힘들어요."

우현과 채원이 펜션으로 돌아왔을 때, 민혁의 불만 섞인 목소리가 들려왔다.

"그럼 어떡해? 마음에 드는 애가 안 나타나는데. 조금만 참아."

민혁의 볼멘소리에 선예가 덩달아 한숨을 내쉬었다.

"커피숍 아르바이트 직원 때문에 그러죠? 마케팅 전략을 바꿔볼 생각은 없어요? 꽃미녀도 한 명 있으면 그거대로 좋을 거 같은데. 요즘은 커피숍 오는 남자 손님들도 많으니까."

우현이 의견에도 선예는 고개를 저었다.

"꽃미녀는 저 하나로 족해요. 그리고 일단 전 여자랑은 잘 안 맞아요. 너무 직설적이다 보니까 상처받고 도망가는 사람들도 많고."

"그럼 그 직설적인 말에 상처 안 받는 사람이면 되는 거예요? 여자라도?"

"뭐, 일단 급한 대로 그런 사람이 있다면 여자라도 괜찮아요."

우현이 고개를 끄덕이더니 세연을 바라보았다.

"어, 언니! 저요!"

그 눈빛에 세연이 손을 번쩍 들었다. 선예의 시선이 세연에게 향했다.

"저 별명이 독설가예요. 거기다 워낙 독한 말을 잘 내뱉어서 남의 말에 웬만하면 상처도 안 받아요."

세연의 설명에 사람들이 웃음을 터뜨렸다. 저런 식으로 자기 PR을 하는 사람은 처음 봤다는 듯 선예가 황당한 표정을 지었다.

"물론 언니, 아니 사장님한테는 절대 안 그러겠지만요. 그러니까 저 좀 써주세요. 열심히 할게요."

세연이 눈을 찡긋했다. 선예가 가늘게 뜬 눈으로 세연을 관찰하기 시작했다. 세연은 얼굴도 예쁘고 시원시원하니 성격도 좋았다. 저녁을 준비할 때 보니 손재주도 제법 있었다. 한국문화에 조금 서툴긴 하지만 그건 익숙해지면 그만이었다.

"좋아. 일단 다음 주부터 나와봐."

선예의 선택에 모두 놀란 눈으로 고개를 돌렸다. 그도 그럴 것이 선예가 커피숍을 오픈한 지 4년. 지금껏 한 번도 여자 아르바이트생을 써 본 적이 없었기 때문이다.

"꽃미녀도 한 명보다는 두 명이 낫겠지. 세연이랑은 성격도 잘 맞는 거 같고"

"언니, 정말요? 진짜요? 고마워요, 언니!"

들뜬 세연이 격하게 몸을 움직이며 환호성을 질렀다. 이야기를 꺼낸 선예의 얼굴에도, 소리를 지르며 만세를 부르는 세연의 얼굴에도 미소가 걸렸다. 밤은 깊어갔고, 사람들은 하나둘씩 방으로 들어가 잠을 청했다.

"그렇게 좋아?"

선예가 씻고 있는 사이, 세연과 나란히 누운 채원은 들뜬 표정의 세연을 귀엽다는 듯 바라보았다.

"그럼요, 언니. 한국에서 처음 해보는 아르바이튼 데다 사장님도 좋고, 같이 일하는 사람들도 좋고."

"힘든 거 있으면 선예한테 말하고. 아마 문화가 조금 달라서 적응하는 데 시간이 걸릴 수도 있어."

"네, 언니. 우현이하고 데이트는 잘했어요?"

갑자기 나온 우현의 이름에 채원이 어색한 듯 몸을 조금 뒤척거렸다.

"언니, 우현이가 좀 제멋대로죠? 성격도 급하고, 막무가내에 어린애 같은 면도 많아요. 근데 제 사촌이어서가 아니라 정말 그런 게 하나도 밉지 않은 남자예요. 그래서 다들 우현이를 좋아해요."

세연의 말대로 다들 우현을 좋아했다. 그는 즐겁고, 유쾌하고, 솔직한 남자였다.

"애가 너무 솔직해서 조금 힘들겠지만 그래도 예쁘게 봐줘요. 비밀 이야기 하나 하자면 4살 연하라면서 어린애 티 안 내려고 엄청 노력하거든요."

채원의 입가에 저도 모르게 웃음이 걸렸다. 이들의 관계가 참 예뻤다. 세 명이서 똘똘 뭉쳐서 가족처럼, 친구처럼 지내는 모습이. 그리고 이렇게 사랑을 듬뿍 받고 있는 우현이 부럽기도 했다.

"세연이 너는 남자친구 안 만들어? 한창 연애할 나이잖아."

"글쎄요. 좋아하는 사람이 있긴 했는데 포기한 지 오래됐어요. 제 첫사랑이었어요."

"혹시 성준 씨?"

조심스러운 채원의 질문에 세연이 말도 안 된다는 듯 손사래를 쳤다.

"성준이 형이에요. 예전에는 많이 좋아했었는데 이제는 좋아했던 기억도 가물가물해요. 그래도 오빠가 결혼한다고 하면 많이 아쉬울 것 같아요."

채원이 작게 고개를 주억거렸다. 유달리 사이가 좋은 세연과 성준의 사이는 어쩌면 우정과 사랑으로 이루어져 있을지 모른다고 생각했었는데. 자신만의 착각이라는 사실이 조금 아쉬웠다. 둘이 잘 어울린다고 생각했는데.

"언니, 우현이 첫사랑 이야기도 해줄까요? 얼굴도 본 적 없는데 사랑에 빠졌대요."

장난스러운 세연의 목소리가 실내에 울렸다.

"목소리로 위안을 받았다나? 자기 말로는 미인이 확실하대요. 우현이가 늘 가지고 다니는 손수건 있거든요. 그거 그 첫사랑이 준 거예요."

채원의 머릿속에 아까 우현이 건넨 손수건이 떠올랐다. 소중한 것이라는 건 첫사랑이 주었기 때문이구나.

"근데 얼굴도 못 본 사람과 사랑에 빠질 수 있나?"

"최우현은 그럴 수 있어요. 낭만을 품고 사는 남자거든요. 언니 첫사랑은 어떤 사람이었어요?"

채원의 상념을 가르고 세연의 질문이 들려왔다. 첫사랑이라. 그녀의 머릿속에 준서가 스쳐 지나갔다. 준서를 어떤 남자라고 말하면 좋을까. 차가운 남자? 솔직하지 못한 남자? 아니면 자신이 있으면서도 다른 여자를 만났던 나쁜 남자? 하지만 그렇게 말하기에는 자신의 사랑이 너무 초라했다.

"그냥…… 멋있었어."

그래서 준서의 잘생긴 외모를 떠올렸다.

"무뚝뚝하고 차가웠지만 의외로 섬세한 면들도 많았고."

말없이 자신을 챙겨줬던 순간들도 그려보았다.

"말수는 적었지만 그래도 하는 말들은 진실하고 믿음직스러웠지"

그래서 앞으로도 계속 함께하고 싶다는 말은 그만큼 무게감 있는 진심이었다.

"설마 아직도 좋아해요? 왠지 목소리에 미련이 잔뜩 남은 것 같은데."

"첫사랑이라기보다는 처음 사귄 남자친구라고 해야 하나? 사실 헤어진 지 얼마 안 됐거든. 이탈리아 여행은 실연여행이었어."

"아, 언니 미안해요."

채원이 눈을 감았다. 예전보다 편안한 목소리로 준서에 대해 이야기할 수 있는 건 시간이 지났기 때문일까. 아니면 그녀 곁에서 맴돌며 새로운 설렘과 즐거움을 주는 우현 덕분일까.

"다 지난 일인데, 뭐. 이제 와서 준서 씨랑 뭘 어쩌고 싶은 건 아니야. 상처도 많이 아물었고."

"준서…… 요?"

허공에 울리는 허무한 음성에 세연이 급하게 숨을 집어삼키더니 그녀에게 되물었다. 목소리가 살짝 떨리는 것 같기도 했다. 세연의 얼굴이 딱딱하게 굳었다. 준서라는 사람이 한두 명도 아니고. 하지만 이름만으로도 가슴이 꽉 막히는 느낌은 언제나 별로였다. 그 이름이, 자신이 아는 사람들과 엮이는 것이 불편했다.

"한국에 적응하는 거 쉽지 않을 거야. 도움이 필요하면 언제든지 이야기하고. 알았지?"

채원의 다정한 목소리에 세연이 고개를 끄덕이더니 그녀의 허리를 덥석 끌어안았다. 채원은 자신의 가슴에 얼굴을 묻고 비비적거리는 세연이 귀여워 머리를 쓰다듬어주었다.

"언니, 첫사랑은 첫사랑일 뿐이겠죠?"

세연의 낮은 목소리가 그녀에게 물었다.

"글쎄. 다들 첫사랑은 이루어지지 않는다고들 하니까."

세연이 고개를 끄덕였지만 왠지 모를 불안감에 채원의 몸을 바짝 끌어안 았다.

해가 지고 어둠이 드리운 밤, 창으로 들어오는 네온사인의 희미한 불빛이 사무실을 비추었다. 작은 사무실이었지만 인테리어는 심플하고 깔끔했다. 마치 주인의 성격을 오롯이 반영하듯.

그리고 안쪽에 마련된 책상 의자에 앉아 생각에 잠겨 있는 한 남자. 회사 건물 내 모든 사무실의 불이 꺼진 밤이었지만 준서는 멍하니 창밖을 바라보 며 사무실을 떠나지 않고 있었다. 근사한 피트의 슈트에 가려진 몸은 다부 져 보였으며, 어깨는 남자다움을 과시하듯 딱 벌어져 있었다.

"……알겠습니다."

큼지막한 손이 통화를 마치고 휴대폰을 내려놓자 팔목에 걸린 고급시계 가 반짝거렸다. 준서가 숨을 크게 들이켜며 눈을 감았다. 휘몰아치는 감정 을 참아내기가 조금 벅찼다. 눈꺼풀이 파르르 떨리고, 뒤틀려버린 입가에서 는 거친 숨이 터져 나왔다.

"젠장. 이제 와서. 어떻게 된 거지? 설마……."

입에서는 험한 말이 튀어나왔지만 매력적인 저음은 그조차도 우아하게 만들 었다. 그가 제 안의 혼란스러움을 고스란히 반영하듯 머리를 거칠게 쓸어 넘겼 다. 골이 아픈 듯 손으로 관자놀이를 꾹 누르더니 의자에 몸을 깊게 기대었다.

한참의 시간이 지나 닫혔던 눈꺼풀이 열리고 깊은 준서의 눈동자가 고개 를 들었다. 의자에 기댔던 등을 일으켜 기민하게 몸을 움직였다. 날쌔지만 어딘지 모르게 절제된 걸음걸이는 우아했고, 긴 다리가 움직이는 모습은 시 원해 보였다. 깊은 생각에 잠긴 듯 눈매가 날카롭게 변했지만 태생적으로 또렷한 이목구비의 잘생긴 외모는 그마저도 매력적으로 보였다.

결심했다는 듯 준서가 밖에 있는 비서를 호출했다.

"이 계약서…… 계약 누가 따낸 거죠?"

준서의 시선이 책상 위에 있는 결재 서류를 향했다. 날이 선 목소리에는 숨길 수 없는 의심이 섞여 있었다.

"윤 차장이 그쪽에 입찰서류를 냈는데 어제 연락이 왔습니다."

"이렇게 급하게?"

"그쪽에서 처음 계약했던 곳과 내부적 문제가 있어서 업체선정을 다시 했다고 하네요. 우리와 함께 일했던 경험도 있고, 윤 차장이 그쪽 팀장과 친분도 있는 것으로 알고 있습니다."

"……알았어요, 나가봐요."

사무실 문이 닫히고 책상으로 걸어간 준서가 결재 파일을 물끄러미 바라보았다. 눈빛에는 아직 불신이 남아 있었다. 그가 파일을 열기 위해 손을 뻗었지만 이내 거둬들였다.

"무슨 생각이야, 정신 차려."

준서의 입에서 자조적인 실소가 터져 나왔다. 다시 창으로 걸어간 그가 주머니에 손을 찔러 넣은 채로 생각에 잠겼다. 어딘가 멍한 그의 눈빛이 사정없이 흔들렸다.

"채원……."

적막을 가르고 준서의 입에서 거친 음성이 쥐어짜듯 터져 나왔다. 마치 입에 담아서는 안 될 금기된 이름을 부르는 것처럼 목소리가 떨려왔다.

그렇게 한 시간, 두 시간, 한참의 시간이 지나도록 사무실에 앉아 생각을 정리하던 준서는 깊은 한숨을 내쉬며 결재 서류를 열었다. 덜컥 사인을 하기에 미심쩍은 부분들이 있었다. 하지만…….

아랫입술을 질끈 물은 준서가 무언가 결심했다는 듯 양손을 쥐었다가 이내 다시 폈다. 펜을 잡은 그의 왼쪽 손이 계약서의 맨 아래로 향했다. 더 이상 망설임은 없다는 듯 깔끔하게 사인을 한 서류에는 그의 이름이 적혀 있었다.

심한 갈증에 잠이 깬 선예는 테라스에 불이 켜져 있는 것을 발견하고 밖으로 나왔다.

"제일 먼저 잠들더니, 여기서 뭐 해?"

새벽 3시. 테라스에는 계곡을 바라보며 커피를 홀짝거리고 있는 채원이 있었다.

"자다가 깼어. 너는?"

"물 마시러 나왔다가 여기 불이 켜져 있어서."

선예가 채원의 옆에 자리를 잡았다.

"아버지 제사 다음 주 주말이지? 지원이는 휴가 나올 수 있대?"

선예의 말에 채원의 얼굴이 조금 어두워졌다.

"못 나온대. 어쩔 수 없지. 군대가 자기 마음대로 나왔다 들어갈 수 있는 곳이 아니니까."

"내가 도와줄게. 혼자 힘들어."

"오전에 장 봐서 천천히 준비하면 돼. 어차피 많이 준비할 것도 없어."

"너희 집 식구들은 밤 늦게나 오겠지. 양심도 없어. 넌 화도 안 나냐?"

선예의 입에서 조금 격한 음성이 흘러나왔다. 채원의 가족 이야기를 하다 보면 매번 치밀어 오르는 화를 억제하기 힘들었다.

"선예야, 나 잘하고 있는 거겠지?"

채원이 한숨을 내쉬며 고개를 젖혀 하늘을 바라보았다.

"난 우리 엄마랑 언니한테 그렇게 못 해. 하물며 친딸인데도."

불어오는 바람이 눅눅했다.

"네 아버지 돌아가신 건 단순히 사고잖아. 그게 왜 네 탓이야? 말도 안 되는 억지야."

흩날리는 바람에 서로 부딪치는 나뭇잎 소리가 구슬펐다.

"내가 널 어떻게 길렀는데, 라니. 평생 그 사람들이 너한테 뭘 해줬기에. 그러니까 그런 표정 짓지 마. 네가 그러면 나 울고 싶어지니까."

계곡물이 흐르는 소리가 마치 억눌린 울음소리 같았다.

10. 거짓말처럼 기적처럼

"채원 씨, 괜찮아요? 목소리가 많이 안 좋아요."

우현의 걱정스러운 음성이 연구실 복도에 울려 퍼졌다. 지난 주말 양평에 다녀온 후 채원은 감기에 걸린 듯했다. 아마도 새벽에 테라스에서 커피를 마신 것이 원인일 것이다.

-괜찮아요. 걱정 안 해도 돼요.

"너무 무리하지 말아요. 약 꼭 먹고요."

전화를 끊은 우현이 한숨을 내쉬었다. 목소리만 들어도 몸이 좋지 않은 게 분명했지만 채원은 절대 아프다는 말을 하지 않았다.

"왜 그렇게 심각한 표정이야?"

화장실에서 막 나온 성준이 복도에 멍하니 서 있는 우현에게 물었다.

"채원 씨 몸이 안 좋은 거 같아서."

"채원 씨도 채원 씨지만 네 기분도 좋아 보이지는 않아. 주말에 아저씨한 테 갈 거지? 생신이잖아."

성준이 조금 어두운 얼굴로 묻자 우현이 고개를 주억거렸다. 그런 우현 을 위로하듯 성준은 거친 손으로 그의 어깨를 툭툭, 토닥거리더니 연구실 문을 열었다.

"성준 씨, 오전에 준 자료 정리 끝났어? 끝났으면 나 좀 줘."

"네. 근데 윤 교수님하고 다른 분들은 오늘 안 나오세요?"

성준은 서류뭉치를 넘기며 함께 연구실을 지키고 있는 직원들에게 물었다.

"어제부터 발굴 현장에 시굴조사 하러 가셨어. 일단 유적지 규모와 성격 파악이 시급하니까. 문화재청에서 발굴허가 신청은 떨어졌고, 곧 언론보도도 나갈 거야."

누군가 컴퓨터 모니터 위로 고개를 불쑥 내밀며 말했다.

"아직 본격적으로 발굴 작업에 들어가려면 시간 좀 걸리겠네요. 현장에서 뛰는 게 좋긴 한데."

성준의 말에 연구소 직원들이 웃음을 터뜨렸다.

"이번 조사 보조원들은 의욕이 넘치네. 젊은 게 좋긴 좋아."

"참, 왜 며칠 전에 우리 사무실에 잠깐 왔던 아가씨. 새로 들어오는 조사 보조원이라고 하더라? 배경이 좋아서 백으로 들어왔다는 소문이 있어."

누군가 의미심장한 소리로 입을 열자 다들 호기심 어린 눈빛을 보였다.

"얼굴도 예쁘던데요? 성남대 고고미술사학과 과 톱이래요. 이번에 유학 갔다가 한국 들어왔다고 하더라고요."

그때 짧게 노크 소리가 들렸고, 문이 열렸다. 문 앞에는 한 여자가 서 있었다. 풍성한 펌 머리, 마른 몸에는 화사한 색의 원피스가 걸쳐져 있었다. 작은 백을 옆으로 메고, 파일을 들고 있는 모습이 영락없는 대학생이었다.

"안녕하세요, 윤 교수님이 오늘 점심때부터 나오라고 하셔서요. 성남대학교 문화재연구소에서 조사 보조원으로 일하게 된 허민지라고 합니다."

민지가 사무실 직원들에게 허리를 90도로 굽혀 힘차게 인사를 건넸다.

"반가워요. 안 그래도 우리 지금 허민지 씨 이야기하고 있었는데 이렇게 딱 나타났네?"

"아직 학생이라 많이 부족하지만 앞으로 열심히 할게요. 잘 부탁드립니다."

사람들은 예의 바르고 싹싹한 민지를 흐뭇하게 바라보았다.

"우리야말로 잘 부탁해요. 자리는 저쪽에 앉으면 되고, 우현 씨랑 성준 씨가 잘 좀 도와줘."

"아, 그때 그분이시구나."

성준이 민지를 바라보며 알은체를 하자 우현이 고개를 갸우뚱했다.

"지난번에 윤 교수님 찾아온 손님. 네가 음료수 뽑아줬잖아."

성준의 설명에 그제야 민지가 누구인지 기억난다는 듯 고개를 끄덕인 우현. 그 모습에 민지의 입가에 미소가 걸렸다. 여전히 변함없는 그의 모습에 계속 웃음이 흘러나왔다.

"우리도 아직 연구 자료 정리 중이라 딱히 알려줄 건 없어요. 그래도 궁금한 거 있으면 물어봐요."

우현의 옆에 바짝 선 민지가 좋아 죽겠다는 듯 함박웃음을 지었다. 그런 민지를 뒤에서 가만히 지켜보던 성준.

"왜 저렇게 좋아하지?"

그 후로도 날카로운 성준의 눈동자는 계속해서 민지를 따라다녔다.

채원의 몸이 걱정돼 퇴근시간에 맞춰 그녀의 회사 앞으로 간 우현. 채원과 함께 선예의 커피숍으로 가자 먼저 와 자리에 앉아 있던 성준이 손을 번쩍 들었다.

"채원 씨, 몸은 좀 괜찮아요? 우현이가 하루 종일 걱정했어요."

"별거 아니에요. 그냥 잔기침 정도인걸요."

"그러다가 놔두면 심해져요. 웬만하면 병원에 가봐요. 스카프 같은 것도 좀 하고 다니고. 휑하니 그게 뭐예요? 목이 따뜻해야 몸이 따뜻해요."

우현의 애정 어린 잔소리에 그녀가 힘없이 웃어 보였다.

"요즘 성준 씨네 회사는 어때요? 거기도 채원이 회사만큼 바빠요?"

"아직은요. 하지만 발굴 현장에 나가게 되면 곧 바빠지겠죠."

선예의 질문에 성준이 부드러운 목소리로 대답했다.

"예전에 영화 인디아나 존스 보고 나도 고고학 공부하는 사람하고 결혼하겠다고 결심했었는데."

"실제로는 그렇게 낭만적이기만 한 직업은 아니에요. 물론 우리는 좋아해서 하고 있긴 하지만."

선예의 농담에 우현이 웃으며 손사래를 쳤다.

"근데 그 허민지라는 사람 말이야. 붙임성 엄청 좋더라? 너한테 벌써 오빠라고 하더라?"

오빠? 채원이 궁금함을 가득 실은 눈으로 우현을 바라보았다. 그 눈빛을 읽은 성준이 조금 목소리를 높였다.

"얼굴도 예쁘고, 성격도 좋아 보이더라고요. 소문에 의하면 돈도 많은 부잣집 아가씨래요. 오늘 첫날이었는데 연구소 직원들이 엄청 예뻐하더라고요."

선예가 커피를 홀짝거리는 채원의 어깨를 툭 건드렸다.

"오, 강력한 라이벌 등장. 한채원, 큰일 났네. 위기의식 좀 느껴지겠는데."

"내, 내가 뭘? 무슨 위기의식? 그런 거 없거든?"

채원이 다급하게 대답하더니 커피를 입안으로 밀어 넣었다.

"말 더듬는 거 보니까 느꼈네요."

"넌 어디 가서 거짓말은 못 하고 살겠다."

"채원 씨, 그냥 신경 쓰인다고 말해도 괜찮아요."

성준, 선예, 우현이 차례로 입을 열었다.

"뭐, 뭘 느껴요. 그리고 내가 무슨 거짓말을 못 해. 신경 안 쓰이거든요? 착각하지 마시죠."

채원이 시선을 피하며 단호하게 말했다. 그 모습에 그가 입꼬리를 올려 웃었다.

"그럼 거짓말을 좀 잘하시던가. 대체 얼굴에는 나 좋아 죽겠다고 쓰여 있는데 언제쯤 인정할 거예요? 그러다가 지금 말한 그 예쁘고, 어리고, 돈도 많은 여자가 나 꼬셔서 홀랑 넘어가면 어쩌려고."

우현의 말에 채원이 기가 막힌다는 듯 그를 바라보았다.

"그래, 너 긴장해라. 넌 예쁘지만 나이도 많고, 돈도 별로 없잖아."

선예의 냉정한 말에 채원이 울컥한 얼굴로 입술을 깨물더니 자리에서 일어났다.

"가려고? 그 예쁘고, 어리고, 돈 많은 여자 이야기 좀 더 듣고 가지."

선예의 장난기 가득한 목소리에 채원이 아무렇지 않은 척하며 가방을 챙겼다.

"하나도 안 궁금하거든? 갈게. 나도 나 기다리는 남자가 있어서 말이야."

흥, 하는 얼굴로 잽싸게 밖으로 나가는 채원의 뒷모습을 바라본 우현이 웃음을 터뜨렸다.

"지금 이거 질투하는 거 맞지? 내 착각 아니지?"

"그렇게 좋냐? 아주 좋아 죽는다."

나 지금 행복해요, 라고 얼굴 전체로 표현하고 있는 우현의 모습에 성준이 한숨을 내쉬었다.

"좋아 죽겠다, 이놈아. 근데 남자는 무슨 소리예요? 설마 정말 기다리는 남자가 있어요?"

채원의 뒤를 쫓기 위해 자리에서 일어난 우현. 선예가 입꼬리를 올려 웃더니 어깨를 으쓱했다.

"내가 거짓말을 못 하겠네. 기다리는 남자라…… 있기는 있죠."

농담인 줄 알았었는지 선예의 긍정적인 대답에 우현이 순간 미간을 구겼다.

"채원이 하나밖에 모르는, 채원이랑 세상에서 가장 가까운 남자예요. 살을 부대끼고 많은 것들을 함께 나누는 남자이기도 하죠."

선예의 얼굴이 진지해질수록 그의 구겨진 얼굴은 펴질 줄 몰랐다.

"아, 이거 이쪽이 더 심각한 문제네. 나중에 봐요."

우현이 후다닥 커피숍을 나가 채원을 뒤따랐다.

"채원 씨한테 그런 남자가 있어요? 그럼 우현이는요? 난 채원 씨도 우현이한테 마음이 있는 줄 알았는데."

성준의 말에 선예가 웃음을 터뜨렸다.

"있죠, 남자. 집에서 매일 채원이 기다리고 있는, 한채원밖에 모르는 남자."

성준이 고개를 갸우뚱했다.

"태양이요. 채원이네 개 수컷이거든요."

"정말 말 안 해줄 거예요? 나 말고 채원 씨를 기다리는 남자가 또 있어요?"

버스에 내려 채원의 집 앞까지 왔지만 우현의 질문은 멈출 줄 몰랐다.

"그럼 나 좋다고 하는 사람이 우현 씨 한 명인 줄 알았어요?"

채원이 팔짱을 낀 채 우현을 올려다보았다. 그녀의 입가에 기분 좋은 미소가 걸렸다. 하루 종일 지친 몸으로 피곤했는데 우현을 보고 있자니 그 피로가 싹 가시는 것 같았다.

"물론, 예쁘고 섹시하니까 들러붙는 남자들도 많겠지만 그래도 이건 아니죠. 채원 씨랑 많은 것들을 함께 나누고 살을 부대끼고 지내는 남자라니. 그거 아무리 봐도 난데."

우현의 말에 채원이 웃음을 터뜨렸다. 선예가 맞장구를 쳐줬나 보다.

"내가 언제 최우현 씨랑 살을 부대끼고 지냈어요?"

"손잡았잖아요. 여행 가서. 손은 살 아닌가?"

"의미부여 안 한다면서요. 안내견이라고 했던가?"

채원이 모른 척 어깨를 으쓱했다.

"와, 채원 씨 알고 보니 마녀네. 나 밀당 못한다고 나한테 밀당 기술 쓰는 거예요?"

"잘하는 거 같아요?"

"네, 아주 완전. 사람 환장하게."

채원이 웃음을 터뜨렸다. 가만히 그녀를 바라보던 그의 얼굴에도 잔잔한 미소가 걸렸다.

"그 남자 얼굴도 잘생겼고, 몸도 좋아요. 나이도 우현 씨보다 어려요."

"연하 싫다는 거 다 뻥이었네. 오늘부터 집에 가서 피부 관리 하고, 운동도 다시 시작해야겠네요."

"엄청 남자다운데 애교도 많아요."

"제가 생긴 건 이렇게 남자다운데 의외로 애교가 많아요."

채원의 눈동자가 즐거움으로 반짝거렸다.

"나중에 소개시켜줄 거죠?"

"물어볼게요. 워낙 까다로운 분이라서. 혹시 동물 털 알레르기 있는 건 아니죠?"

"만날 날을 손꼽아 기다리고 있을게요. 아, 그리고 채원 씨. 이번 주 토요일에는 데이트 못 할 거 같은데. 개인적으로 일이 좀 있어서……."

"잘됐네요. 저도 그날은 일이 있어서 못 만날 거 같다고 말하려 했는데."

망설임 없이 나오는 그녀의 대답에 그가 미간을 찌푸렸다.

"좀 아쉬워하는 척이라도 해주면 안 돼요? 막 서운해지려고 그러네. 맨날 나만 아쉽지, 나만."

그가 볼멘소리를 내뱉자 그녀가 작게 미소 지었다.

"콜록콜록. 늦었어요. 어서 가보……."

잔기침을 하는 채원. 우현이 부드러운 손길로 그녀의 손목을 붙잡았다.

"봐요, 뜨겁잖아요. 자꾸 기침도 하고 목소리도 안 좋아. 내일은 병원 가요. 고집부리지 말고."

장난기를 거둬들인 우현이 걱정스러운 목소리로 말했다.

"막 이렇게 손 덥석 잡아도 되는 거예요? 허락도 없이?"

채원이 눈을 깜빡거리며 그를 바라보았다. 아직 우현에게 손목이 잡힌 채로.

"채원 씨랑 살 부대끼며 사는 남자라고 증명하는 거예요. 근데 팔 빼지도 않네요? 이제 나한테 넘어왔어요?"

그의 말에 웃음을 터뜨린 그녀가 못 말린다는 듯 고개를 저었다.

"갈게요. 다음 주에 만나요."

그녀가 돌아서며 손을 흔들자 그가 키득거리며 웃음을 터뜨렸다.

"내일 꼭 병원 가요. 빨리 나아야 저같이 음흉한 놈들이 열 재본다는 핑계로 손목 안 잡죠."

앞서 걸어가는 그녀에게서 커다란 웃음이 튀어나왔다. 우현이 그런 그녀의 뒷모습을 지켜보고 서 있었다. 완전히 시야에서 사라져 집에 불이 켜질 때까지.

금요일이 되어서도 채원의 기침이 계속되자 사람들의 걱정 어린 시선이 계속되었다.

"한 대리, 내가 팀장님한테 말해둘 테니까 오늘은 일찍 조퇴해. 매일 야근을 했는데 체력이 남아 있을 리가 없지. 어서."

"그래도 곧 회의가 있는데 참석하고 갈게요."

"전시회 디자인 시공 업체와 미팅이야. 당장 오늘 채원 씨가 안 만나도 다음 주부터 일하는 데 아무런 지장 없으니까 그냥 가봐. 월요일에는 싹 나아서 오라고. 채원 씨 아프면 사무실 리스크가 커."

고개를 끄덕인 채원이 컴퓨터 전원을 끄고 자리를 정리했다.

"미안해요, 수고 좀 해줘요. 월요일에 뵐게요. 감사합니다."

힘겨운 걸음걸이로 채원이 사무실을 나섰다. 온몸에 기운이 쫙 빠지는 것이 당장이라도 침대 속으로 들어가 눕고 싶었다. 대체 몇 년 만에 이렇게 아픈 건지 기억도 나지 않았다. 가방에 넣어두었던 휴대폰이 울렸다. 우현이었다.

"네, 우현 씨."

-어? 채원 씨, 목소리가 왜 그래요? 감기 심해졌어요?

"조금요. 지금 조퇴하고 집으로 가는 길이에요."

-채원 씨가 조퇴할 정도면 조금이 아닌데. 병원 좀 가라니까 말 되게 안 듣네요. 약은 먹었어요?

"집에 가서 푹 자고 나면 괜찮을 거예요. 걱정 안 해도 괜찮아요. 정말 자고 나면 나을 거예요."

두 대의 엘리베이터 중 한 곳에서 땡, 소리가 나더니 그녀가 서 있던 층에 멈춰 섰다. 엘리베이터에 오른 그녀가 안으로 들어가자 문이 닫혔다. 그와 동시에 반대편에 있던 엘리베이터 문이 열렸고 한 남자가 밖으로 나왔다. 자신감이 넘치는 걸음걸이가 사무실의 유리문을 열고 안으로 들어갔다.

"실장님 오셨습니까?"

방금 전 채원을 보냈던 차장이 자리에서 일어나 반갑게 인사를 건넸다. 차장의 들뜬 목소리에 입구를 바라보던 사람들의 눈이 동그랗게 커졌다.

"대박. 저렇게 잘생긴 실장님은 드라마에서나 볼 수 있는 거 아니야?"

"요즘 우리 눈 호강 많이 하는 거 같지 않아요? 수요일은 젊은 상큼이, 오늘은 섹시한 성인 남자."

깔끔하게 피트된 옷에 숨겨진 단단해 보이는 몸과 날카로운 눈매, 계속 바라보고 있자니 깊이 빠질 것만 같은 눈동자. 온몸에서 풍기는 섹시하고도 위험한 분위기.

"안녕하세요, 차장님. 마루종합건축사무소에서 나왔습니다."

준서의 깊은 목소리가 사무실에 울렸다.

"오랜만이에요. 이제는 어엿한 실장님이 되셨네요. 안으로 들어가시죠. 진영 씨, 채원 씨 오늘 아파서 조퇴했으니까 대신 회의 참석 좀 해."

차장의 목소리에 준서가 걸음을 멈칫했다.

"왜 그러세요, 실장님?"

"아닙니다. 들어가시죠."

준서가 무뚝뚝한 목소리로 대답했다. 유리로 된 회의실 문이 쿵, 하고 닫혔다.

준서의 시선이 그 유리 밖 너머를 바라보았다. 그의 시선이 머문 곳, 지금은 비어 있는 '한채원.'이라는 명패가 걸려 있는 자리였다.

토요일 오전.

"하아, 고집부리지 말고 병원에 다녀올걸."

채원의 입에서 탁한 목소리가 흘러나왔다. 어제 회사에서 일찍 조퇴한 후 집으로 돌아와 계속 잠을 청했다. 약을 먹고 한숨 푹 자고 나면 괜찮을 줄 알았는데 그게 아니었던 것 같다.

오늘 저녁, 아버지 제사를 위해 준비할 것이 많았다. 샤워를 하고 나온 그녀가 티브이를 틀자 태양이 옆으로 다가와 앉았다.

-올 초 서울시 강동구…… 도로건설공사 중 토기, 벽화 조각 등의 발견으로……. 문화재청은 지난 7일 재단법인 서울문화유산연구원과 성남대학교가 함께 문화재 발굴 작업에 투입된다고 밝혔습니다. 이번 발굴은 역사적으로…….

띠리릭. 채원은 서둘러 티브이 전원을 껐다. 집 안에 적막이 감돌았다. 문화재 발굴 소식은 그녀에게 티브이에서 심심치 않게 나오던 범죄 소식보다 듣기 싫은 뉴스였다.

테이블 위의 달력에는 10월 15일 동그라미가 그려져 있었다. 아래에는 작은 글씨로 '아빠 제사'라고 적혀 있었다.

채원이 일어나 외출 준비를 위해 방으로 들어갔다. 간편하게 옷을 입은 그녀가 무심코 방 한쪽 구석에 있는 옷장으로 시선을 돌렸다. 천천히 걸어가 옷장 문을 열자 깊숙이 넣어놓은 상자가 눈에 들어왔다. 아빠의 물건이었다. 하지만 그녀는 10년이 지나도록 제대로 꺼내 보지 못했다.

채원이 옷장 문을 닫았다. 침대에 걸터앉자 그녀를 따라 들어온 태양이가 옆에 섰다.

"태양아, 미안. 오늘은 집에 있으면 안 돼. 누나가 내일 데리러 갈 테니까 오늘만 참자. 알았지?"

가족들은 태양을 싫어했다. 그래서 제사 때면 어쩔 수 없이 근처 동물병원에 태양을 맡겨두었다. 미안한 마음에 그녀가 태양을 더 꽉 끌어안았다. 한참 동안 채원의 품 안에 얌전히 있던 태양. 채원의 그 마음을 다 안다는 듯 조용히 그녀를 따라나섰다.

토요일 오후, 말끔하게 정장을 차려입은 우현은 숨을 크게 들이켜고는 거울로 다시 한 번 제 모습을 확인했다. 현관으로 걸어간 그가 구두를 꺼내기 위해 신발장 문을 열었다.

"지금 가? 아저씨한테 생신 축하드린다고 전해드려. 이야기도 많이 하고. 오랜만에 찾아뵙는 거잖아."

"응. 늦을지도 모르니까 저녁 알아서 먹어."

낮게 깔린 우현의 음성이 성준에게 답했다. 그런 우현의 마음을 다 안다는 듯 성준은 그의 어깨를 툭, 두드려주었다.

조용히 집을 나선 우현이 버스에 올랐다. 얼굴은 조금 굳어 있었고 입에서는 계속해서 한숨이 흘러나왔다.

한참을 달린 버스가 멈춰 섰다. 서울 인근에 위치한 추모 공원.

우현은 입구에 있는 꽃가게에서 가장 탐스러워 보이는 꽃 한 다발을 샀다. 터벅터벅 무거운 발걸음을 옮긴 그가 한 묘지 앞에서 걸음을 멈추었다.

우현의 머리가 절로 떨궈졌다. 차마 고개를 들지 못한 그가 조심스럽게 묘지 앞에 꽃다발을 내려놓았다.

"저 왔어요."

꽉 막힌 목구멍에서 겨우 한마디를 내뱉는다. 그 한마디에 눈자위가 뜨겁게 부풀어 올랐다. 숨을 크게 몰아 내쉰 그가 주머니에서 무언가를 꺼냈다. 작은 돌조각이었다.

"이탈리아에서 가져온 거예요. 이렇게 유적지에서 나온 돌조각 가져온 거 들키면 저 국제 범죄자로 쇠고랑 찰지 몰라요."

담담한 목소리로 말했지만 마치 우는 소리 같았다.

"선물이에요. 생신 축하해요, 아저씨."

한참을 서 있던 우현이 잔디에 털썩 주저앉았다. 공원 여기저기 붉게 물든 단풍들이 아름다웠다. 하지만 불어오는 바람에 나뭇가지가 서로 부딪치는 소리는 애처로운 울음소리처럼 느껴졌다.

"기억나요? 예전에 영국에서 학교 가기 싫다고 떼를 썼을 때, 아저씨가 나 숨겨줬던 거. 우리 이모한테 걸려서 둘 다 혼났었잖아요."

우현이 혼잣말을 웅얼거렸다.

"아저씨 피망 싫어한다고 파스타에 들어 있는 피망 빼서 나한테 줬었는데. 아저씨는 내 토마토 먹어주고."

조금 쉰 그의 목소리가 허공에 울려 퍼졌다.

"나한테 맨날 철없다고 하더니 가만히 보면 아저씨도 은근히 철이 없었어요."

지난날을 생각하는 그의 가슴이 뜨거워졌다가, 차가워졌다가를 반복했다.

"아저씨 없었으면 정말 내 인생 어떻게 됐을까요? 그런데도 난 고맙다는 말도 못 하고……."

가슴이 욱신거리고 납덩이처럼 가라앉은 목소리는 무거웠다.

"나 무슨 공부 하고 있는 줄 알죠? 지금 내 모습 꼭 보여주고 싶었는데. 내가 아저씨한테 받은 은혜 꼭 갚을게. 약속할게요. 그러니 조금만 기다려요."

축 처진 어깨가 평소와 달리 작아 보였다. 하지만 무언가를 다짐하듯 고개를 꼿꼿이 들고 양손을 꽉 마주 잡았다.

한참을 앉아 가을바람을 맞고 있던 우현은 주머니에서 휴대폰을 꺼내 어디론가 전화를 걸었다.

-네, 우현 씨.

채원의 목소리를 듣는 것만으로도 불안정했던 마음이 거짓말처럼 차분해졌다.

"뭐 하고 있었어요?"

-음식 만들고 있었어요.

"음식도 만들어요?"

-놀라워요? 맛도 제법 괜찮은데.

휴대폰 너머로 뽀로통한 목소리가 흘러나오자 그녀의 표정이 상상이 되었다.

"아니, 똑똑하고 예쁜데 음식까지 잘하면 어째요? 나도 언제 한번 먹어볼 수 있어요?"

장난스러운 그의 말에 그녀의 웃음소리가 귓가에 고스란히 전달되었다.

-기회 되면……. 앗!

갑자기 휴대폰 너머에서 억눌린 신음이 터져 나왔다.

"채원 씨, 왜 그래요?"

놀란 그가 몸을 앞으로 벌떡 일으켰다. 그녀의 음성이 떠나간 자리에 흐르는 물소리가 대신 들어찼다. 간간이 아픔을 참는 목소리도 함께 들려왔다.

-그냥 조금 데었어요. 괜찮아요.

잠시 후, 방금 전과 같이 아무렇지 않은 목소리로 그녀가 말했다.

"정말 괜찮은 거 맞아요? 크게 다친 거 아니에요?"

-아니에요. 정말 괜찮아요. 근데 우현 씨…….

휴대폰 너머의 목소리가 그를 불렀다. 작게 내쉬는 그녀의 숨소리에 망설임이 묻어났다.

-무슨 일…… 있어요? 목소리가 안 좋아요.

그녀가 묻는다.

-괜찮은 거죠?

그렇지 않은데. 분명 평소와 다름없는데. 그런데 당신은 어떻게 알고 있는 걸까. 지금 내 공허한 눈빛과 침울하게 뒤틀려버린 입가를. 숨을 들이켤 때마다 눅눅한 공기가 폐부까지 깊게 스며들고 있다는 것을.

"내 목소리가 이상해요? 오늘 굉장히 좋은 날인데. 좋아하는 분의 생신이거든요. 저번에 말했었죠? 영국에 있을 때 평생 은인분을 만났다고."

-아, 그분 생신이시구나. 절 모르시겠지만 그래도 축하드린다고 전해주세요. 이상한 선물 요구하신다고 하더니, 이번 선물은 마음에 들어 하세요?

장난스러운 그녀의 목소리에 그가 키득거렸다.

"그런 것 같아요. 근데 손 정말 괜찮은 거죠?"

-네, 걱정하지 말아요. 고마워요.

휴대폰을 내려놓은 우현이 고개를 젖혀 하늘을 바라보았다.

"들었죠? 생신 축하드린대요."

채원의 괜찮다는 말을 믿을 수가 없었다. 어제 일찍 조퇴하고 집으로 돌아갔지만 분명 병원에도 가지 않았을 것이다. 숨기려 했지만 가라앉은 목소리는 그의 마음을 흔들어놓았다.

"손도 분명 아플 거야. 그러면서 괜찮다고 하는 거겠지. 참 까다로운 여자도 골랐다."

그 후로도 한참 동안 그곳을 지키고 있었던 우현은 해가 뉘엿뉘엿 떨어지기 시작하자 자리를 털며 일어났다.

"나 이제 여기 있을 거예요. 자주 올게요."

헤어짐이 아쉬운 듯 우현이 느린 걸음으로 몸을 돌렸다.

"토요일이니까 문 연 약국 정도는 있겠지? 없으면 안 되는데."

낮에 장을 봐온 재료들로 부지런히 제사 음식을 만들던 채원은 아픈 손등 때문에 일에 집중할 수가 없었다. 나물을 끓이던 냄비 안의 물을 싱크대에 버리다 손이 미끄러져 뜨거운 물이 그녀의 손등으로 오롯이 쏟아졌다. 재빨리 차가운 물로 식혀보았지만 벌겋게 익어버린 손등은 흐르는 물에도 따끔거렸다.

걱정을 가득 담은 우현의 목소리가 떠올랐다. 하지만 그답지 않게 가라앉은 음성도 생각이 났다. 좋은 날이라는 말에 고개를 갸우뚱했지만 더 이상 말하지 않았다. 젖어 있는 그의 목소리는 더 이상 아무것도 묻지 말라고 말하는 것만 같았다.

"일단 상 차리는 데 집중하자."

그녀가 거실로 몸을 돌렸다. 태양이 없으니 집이 너무나 크게 느껴졌다. 세상에 혼자 떨어진 것만 같았다.

채원이 커다란 상을 펴고 제기를 꺼내 깨끗하게 닦았다. 과일과 떡을 차례로 올려놓고 하루 종일 만든 음식들을 하나씩 올려두었다.

"아빠, 먹어보면 깜짝 놀랄걸. 딸 음식 솜씨가 점점 좋아져서. 엄마랑 언니 금방 올 거니까 조금만 기다려."

건드리면 톡, 하고 눈물이 떨어질 것만 같아 코를 찡긋거렸다.

어느새 저녁 8시가 넘어간 시간. 채원의 집 벨이 울렸다. 그녀가 현관으로 걸어가 문을 열었다.

"기름 냄새. 환기 좀 시키지 공기가 이게 뭐야?"

들어오자마자 채원의 엄마 재숙이 잔소리를 쏟아냈다. 그 뒤로 언니 희원이 들어왔다.

"일찍 와서 같이하려고 했는데 일이 좀 생겨서 못 왔어."

뻔한 희원의 거짓말이었지만 채원은 고개를 끄덕였다.

"준비 다 됐어요."

"제사장 차리면 뭐하나, 어차피 여자들은 인사도 못 하는데."

엄마가 이렇게 불만을 쏟아내면 채원은 늘 그래도 인사는 하세요, 라고 제 엄마를 달래었다. 참으로 오랜만에 본 가족이지만 어색하고 서먹했다. 재숙은 그녀가 차려놓은 제사상을 바라보며 한숨만 내쉬었을 뿐이다.

"나 취직했어."

희원이 침묵을 깨고 입을 열었다.

"잘됐네."

건조한 채원의 목소리가 흘러나왔다. 어차피 3개월을 못 다닐 직장이라는 것을 알고 있었기 때문이다.

숨이 막힐 것 같았던 식사 시간이 끝나고 제사상을 정리하기 시작했다. 정리하는 시늉만 하는 희원이었지만 채원은 아무런 말을 하지 않았다.

"설거지는 나중에 내가 할게. 그냥 놔둬."

채원의 말에 재숙과 희원이 기다렸다는 듯 자리에서 일어났다. 그녀 역시 두 사람의 뒤를 따랐다.

"제사 말이다. 우리는 이제 여기 오지 않을 거니까 그렇게 알아. 처음에도 말했듯이 10년이야. 살아생전에도 살갑지 않았던 부부 사이에 더 이상은 나도 싫다."

건물 밖으로 나오자 재숙이 기다렸다는 듯 입을 열었다. 냉정한 엄마의 목소리에 채원이 기가 막힌다는 듯 허탈하게 웃었다.

"살아 있을 때도 남처럼 지냈어. 늘 책임감 없이 자기밖에 모르던 사람이다. 거기다 갈 때까지 사람 얼굴에 먹칠하고 떠났어. 나도 할 만큼 했다."

채원이 아랫입술을 질끈 깨물었다.

"어차피 지원이가 결혼하면 그 애 와이프가 시아버지 제사를 지내겠지. 안 지내도 상관없고. 그 문제는 너랑 지원이가 알아서 결론지어."

이미 이 세상에 없는 사람이다. 그런데 어떻게 저런 말을 할 수 있을까. 제 엄마를 바라보는 채원의 눈동자가 떨려왔다.

"내가 다 하잖아요. 와서 인사도 못 해요? 잠깐 얼굴도 못 비쳐요? 어떻게 사람이 그래요."

그녀의 엄마가 눈을 번뜩였다. 그 눈동자에 소름이 돋았지만 채원은 계속해서 말을 이었다.

"미안하지도 않아요? 남편이고 아빠잖아요. 가족이잖아요."

나는 아니어도. 하지만 이 말을 꺼냈다가는 눈물이 쏟아질 것 같아 입안으로 말을 삼켰다.

"한채원, 네가 그 말할 자격이 돼? 어떻게 사람이 그래요? 아빠가 누구 때문에 그렇게 된 건데!"

날카로운 희원의 목소리가 파고들었다.

"아빠…… 사고였어."

채원이 시선을 떨구며 가까스로 입을 열었다.

"사고였다고? 그렇게 믿고 싶은 거겠지. 네가 그날 아침에 아빠를 그렇게 밀어붙이지만 않았어도 아빠가 충격받고 집 밖으로 나갈 일 없었을 거야. 그랬다면 사고가 날 일도 없었겠지."

거침없는 희원의 목소리가 채원을 몰아세웠다.

"죽으려고 작정하지 않고서 멀쩡한 사람이 도로에 뛰어들었겠어? 너만 아니었어도 괜찮았어. 아빠를 가장 몰아세운 건 바로 너잖아. 네가 죽인 거 잖아."

주먹을 쥔 채원의 손이 부르르 떨려왔다. 믿고 있었다. 아빠는 차에 뛰어들 만큼 의지가 약한 분이 아니라는 것을. 하지만 어린 자신의 철없던 목소리가 아빠를 궁지에 몰아넣었던 것을. 절망에 빠뜨렸던 것을 알고 있었다.

"아빠한테 싫은 소리는 제 입으로 다 뱉어놓고 이제 와서 네 탓이 아니라고? 그래놓고 가족 위하는 척, 아빠를 그리워하는 척, 미안해하는 척. 네가 어떻게 그래!"

좁은 골목, 비명과 같은 희원의 목소리가 울려 퍼졌다. 그 강렬한 눈빛을 차마 마주할 수 없어 채원이 시선을 돌렸다.

"딸도 아닌 널 어떻게 키웠는데. 네 아빠가, 큰아버지가 아빠한테 보증 서달라 그래놓고 다 말아먹고 도망갔을 때, 널 받아준 건 우리 엄마잖아."

심장이 찢어질 것만 같았다.

"네 엄마가 널 낳고 도망가고, 큰아버지마저 돌아가시고, 널 길러준 건 아빠였어. 그런데 네가 어떻게 우리한테 이래! 네 아버지 때문에 우리 집안이 어떤 꼴이 났는데!"

세상이 빙글빙글 돌고 어지러웠다.

"너 하나 때문에 집안이 풍비박산이 났는데. 이제 와서 뭐? 핏줄은 못 속인다고 양심 없는 건 네 부모님이랑 똑같구나."

전부 다 알고 있다고, 그러니 더 이상 말하지 않아도 된다고. 목까지 차오른 말들이 입속에서만 맴돌았다. 변명할 것이 아무것도 없었다. 모두 사실이었으니까.

"근데 그런 네가 고작 생활비 조금 보낸다고, 제사 좀 지낸다고 생색을 내면서 우리를 비난해? 널 딸처럼 길러준 은혜도 모르고. 차라리 네가 죽지 그랬어. 그냥 네가 나가서 죽지 그랬어!"

나도 하루에도 그런 생각 수십 번씩 해. 차라리 내가 사라져버렸다면 좋았을 거라고.

"차라리 너 같은 게 죽었으면 우리 지금처럼 안 살았을지도 몰라. 너희 핏줄 때문에 우리 집안이 엉망이야."

희원이 돌아섰다.

"언제나 자기가 우리를 보호해주는 척, 위해주는 척. 정말 가증스러워. 난 정말 네가 너무 싫어."

두 사람의 구두 소리가 멀어졌다. 그 소리가 더 이상 들리지 않을 때까지 채원은 고개를 푹 숙인 채 그 자리에 서 있었다.

"하아, 동네 사람들 다 들었겠다. 이사라도 가야 하나."

담담하게 쏟아지는 채원의 목소리가 물에 젖어 있었다. 그리고 다시 들리는 구두 소리. 여전히 고개를 숙인 그녀가 제 앞에 멈춰 선 구두를 바라보았다. 숨을 크게 들이켰다. 고개를 들지 않아도 누군지 알 수 있었다.

"지, 지금 여기 왜 있어요."

흐느낌에 가까운 목소리가 흘러나왔다. 안쪽으로 꽉 말아 쥔 손에 손톱이 파고들었다. 남자의 손에 들려 있는 하얀 비닐봉지에는 '한마음 약국'이라는 글씨가 새겨져 있었다. 거짓말처럼 참아왔던 눈물이 왈칵 차올랐다. 하지만 밖으로 쏟아내지 않기 위해 안간힘을 썼다.

"이번 주에는 못 만난다고 하지 않았어요? 그런데 왜 왔어요. 내 손 괜찮아요. 몸도 괜찮아요. 그러니 그냥 집으로 가요. 빨리요."

채원이 가녀린 몸을 파르르 떨며 애원하듯 말했다. 우현의 손이 고개도 들지 못한 채 온몸을 떨고 있는 채원의 손목을 붙잡고 건물 안으로 들어갔다. 계단을 올라 채원의 집 앞에 선 우현이 그녀를 문 앞으로 이끌었다. 문이 열리자 그가 그녀를 안으로 밀어 넣었다. 쿵, 현관문이 닫혔다. 등 뒤에서 우현의 온기가 느껴졌다.

"왜 남의 집에 함부로 들어와요. 어서 가요. 빨리 나가요."

고개를 푹 숙인 채원의 작은 손이 마주 선 그를 밀어냈다.

"지금 우현 씨 보고 싶지 않아요. 빨리 내 집에서 나가요."

소리쳤다. 왜 당신은 늘 내가 이렇게 울 곳이 필요할 때 내 앞에 나타나는 거냐고.

"나 저런 말 들어도 아무렇지 않아요. 그러니까 그냥 좀 가요."

고개를 들어 당신의 얼굴을 보고 나면 지금껏 참아왔던 눈물이 폭우처럼 쏟아져 내릴 것만 같다고. 나는 무너지고 싶지 않다고. 그래선 안 된다고.

"내가 말했잖아요. 나 장미 가시 같은 사람이라고. 다른 사람한테 상처나 주는 가시가 아파하는 거 봤어요? 난 상처 같은 거 안 받아요."

아니, 사실은 내가 다른 사람에게 상처 주고 이렇게 아무렇지 않게 살아가고 있는 여자라는 걸 당신에게는 알려주고 싶지 않다고. 내가 장미 가시 같은 여자라는 걸 들키고 싶지 않다고.

말로는 그를 부정했지만 제 의지를 벗어난 손은 우현의 옷자락을 미약하게 붙잡고 있었다. 내 것이 아닌 듯. 마치 타인의 것인 듯.

"제발. 제발 좀 가요 그냥. 부탁이에요."

곁에 좀 있어달라고. 금방이라도 무너질 것 같으니 나 좀 안아달라고. 장미 가시 같은 나이지만 나도 사실은 많이 아프다고. 상처받는다고.

"채원 씨, 여긴 아무도 없어요. 난 그냥 공기라고 생각해요."

낮은 목소리가 귓가에 울려 왔다. 따뜻한 음성에 다리에 힘이 풀렸다.

우현이 자신의 팔을 잡고 있는 그녀의 손목을 낚아챘다. 단단한 팔이 그녀의 어깨를 붙잡고 등을 감싸 안았다. 여린 살갗에 닿은 그가, 그 공기가 너무나 따뜻했다.

"이거 놔요. 어서 가라고요. 놓으라고요! 나 괜찮아요. 그러니 제발……."

"채원 씨, 장미 가시도…… 많이 아파요."

채원의 격한 움직임이 멈췄다. 그 한마디에 심장이 징, 울렸다. 가슴 깊숙한 곳에 응어리져 있던 무언가가 큰 소리를 내며 터져버렸다. 억눌렸던 채원의 울음소리가 입 밖으로 흘러나왔다.

"흐…… 흑……. 가라고…… 나가라……."

채원이 매달리듯 그의 허리를 단단히 붙잡았다. 여린 어깨를 잡은 그의 손이 그녀를 감싸 안았다. 머리를 더 꽉 끌어안았다. 무너져 내릴 듯 커다란 울음소리가, 절규가 그녀의 입에서 터져 나왔다.

"가……. 가…… 지 마요. 흑…… 가지 마……."

그녀를 둘러싼 따뜻한 공기에 마음속에 있던 차가운 얼음들이 서서히 녹아내렸다. 녹아내린 그녀 안의 얼음들이 뜨거운 볼 위로 하염없이 흘러내렸다.

그렇게 오래도록, 통절하게 울부짖는 울음소리가 집 안을 가득 채웠다.

얼마나 지났을까. 제 의지로 설 수 없었던 채원을 바닥에 앉혀 놓고 그 어깨를 끌어안아 줬던 시간이.

툭, 하고 떨어지는 채원의 팔에 우현이 그녀를 붙잡은 힘을 조금 느슨하게 풀었다. 울다 지쳐 잠이 든 건지 눈을 꼭 감은 채 힘없이 늘어져 있는 모습이 안타까웠다. 눈 주위가 벌겋게 부어올라 있었고 부어오른 양 볼은 염기로 얼룩져 있었다. 살짝 벌어진 입술 사이로 희미하게 새어 나오는 숨소리가 가늘었다. 손바닥 아래 느껴지는 어깨가 여렸다.

우현은 채원이 깨지 않게 살짝 몸을 일으켜 그녀를 들어 올렸다. 살짝 열려 있는 방문을 다리로 밀어 안으로 들어가 침대 위에 그녀를 조심스럽게 내려놓았다. 그녀의 몸을 살짝 들어 올려 밑에 깔린 이불을 가슴 위까지 덮어주었다.

"미안해요."

꽉 잠긴 채원의 목소리에 우현이 고개를 돌렸다.

"미안해요."

멍한 눈동자로 다시 반복한다.

"미안해야죠. 손도 안 다쳤다고 하고, 감기도 다 나았다고 하고. 자꾸 거짓말하는 사람 매력 없어요."

우현이 채원의 침대 옆에 있는 작은 등을 켰다. 그러고는 방을 나가 현관문 바닥에 던져놓은 약 봉지를 집어 들어 다시 방으로 들어갔다. 침대 옆 바닥에 앉은 그가 조심스럽게 그녀의 손을 살펴보았다. 빨갛게 익은 손이 부어 있었다.

"내가 이럴 줄 알았어. 약은 발랐어요?"

도리도리. 고개를 젓는 소리가 서걱서걱 울렸다. 채원이 옆으로 시선을 돌려 우현을 바라보았다. 커다란 남자가 자신의 작은 손을 붙잡고 조심스럽게 살펴보고 있었다. 예전에도 이런 적이 있었다. 처음 우현을 만나 넘어졌을 때 그가 소파 바닥에 앉아 그녀의 다리에 생긴 상처를 소독하고, 약을 발라주었었다.

"감기약은요? 결국 병원 안 갔죠?"

도리도리. 또다시 서걱거리는 소리가 들렸다. 우현이 봉지 안에서 약을 꺼내 채원의 손등에 조심스럽게 펴 발랐다. 자상한 그 손길에 다시 눈물이 날 것 같았다. 중요한 일이 있었다면서, 자신의 상처에 때문에 일부러 약을 사 들고 여기까지 온 그가 고마웠다. 무너질 듯한 순간에 귓가에 들려온 발소리가 그여서 고마웠다. 자신의 말 한마디에, 행동 하나하나에 함께 가슴 아파하며 어깨를 토닥거려준 그가 고마웠다.

"학교 다닐 때 선생님 말 잘 들었다는 거 거짓말이죠?"

늘 모든 사실을 알고도, 자신의 울음소리를 듣고도, 모른 척 감싸 안아주기만 하는 그의 마음이 고마웠다. 언제나 기댈 곳을 내어주는 그 품이 너무 따뜻해서 얼어 있던 가슴이 녹아내렸다.

'장미 가시도…… 많이 아파요.'

그 한마디에 심장이 터질 듯 부풀어 올랐다. 그는 그녀의 마음속을 훤히 꿰뚫고 있다는 듯, 깊은 곳에 숨겨진 자신조차 알 수 없는 감정까지 모두 읽어 내려갔다. 우연히 아니었다. 그는 그만큼 그녀를 곁에서 가까이 지켜봐 주었던 것이다. 그녀만을, 올곧은 마음으로.

채원의 손을 내려놓은 우현이 고개를 들고 몸을 조금 일으켰다. 커다란 그의 손이 그녀의 이마에 올려졌다.

"열도 심해요."

따뜻한 그의 음성과 손길에 울음부터 흘러나왔다. 언제부터 내가 이렇게 약한 사람이었나. 언제부터 내가 이 남자 앞에서 이토록 눈물을 흘렸던가. 아니, 처음부터 그랬다. 그의 집 앞에서도. 우연히 마주쳤던 비행기 안에서도. 그리고 지금도. 그는 처음부터 그녀 곁에 있었고, 그녀를 안아주었고, 위로해주었다.

우현이 채원의 이마에 얹어놓은 손을 떼고는 그녀의 눈에 고인 눈물을 닦아주었다. 볼에 흐르는 눈물 역시 그가 가져갔다.

"채원 씨, 많이 아파요?"

우현의 커다란 손이 채원의 볼을 따뜻하게 감싸 안았다. 몸을 부르르 떨던 채원이 자신의 볼을 감싸고 있는 그의 손 위에 제 손을 올려놓았다. 눈물은 하염없이 흘렀다.

"약 필요하죠?"

상처를 낫게 해주는 연고, 그건 우현이었다. 어느새 그가 곁에 있는 것이 당연해지고, 그와 보내는 시간들은 즐거웠고, 그의 손길은 한없이 따뜻하게 느껴졌다. 지나가 버린 옛사랑 때문에 뒷걸음질 쳐왔지만 자신도 모르는 사이 그녀는 물들어 있었다. 최우현이라는 남자에게.

침대 끝에 걸터앉은 그의 몸이 천천히 그녀에게로 기울었다. 채원의 볼을 감싸지 않은 다른 팔을 그녀의 목뒤로 가져가 부드럽게 감싸 안았다. 그의 무게에 안심이 되었다. 손길에 목에 메어왔다. 새로이 마주한 감정에 가슴이 크게 팽창했다. 거짓말처럼 기적처럼 그녀의 심장이 다시 뛰기 시작했다. 단순한 끌림이 아니었다. 이건, 좋아한다는 감정이었다.

품 안에서 깊이 잠이 든 채원을 떼어낸 우현이 천천히 몸을 일으켰다. 행여 작은 움직임에 그녀가 깰까 언제나 날렵했던 몸은 둔해 보일 정도로 느리게 움직였다. 그녀의 목뒤를 감싸 안았던 손을 조심스럽게 빼고 바로 앉은 그가 후우, 한숨을 내쉬었다. 혹, 그녀가 자신의 무게에 힘들지 않을까 오랫동안 불안정한 자세로 있다 보니 몸이 찌뿌둥했다.

채원의 가슴 끝까지 이불을 덮어준 그가 밖으로 나와 살짝 방문을 닫았다. 채원의 울부짖음이 아직도 생생히 귓가에 남아 있었다.

'나 장미 가시 같은 사람이에요. 가시가 상처받는 거 봤어요? 난 상처 같은 거 안 받아요.'

상처받지 않을 리 없었다. 그런 거센 비난을 받고 가슴에 멍이 차지 않을 수 없었다. 안아주고 싶었다. 감싸주고 싶었다. 수없이 들어왔을 것 같은 저런 비난에 당신은 얼마나 많은 시간 동안 혼자 울어왔을까. 얼마나 제 상처를 숨기며 살아왔을까. 저들이 상처받게 하지 않기 위해 얼마나 스스로에게 모진 말을 내뱉으며 견뎌 왔을까.

왜 당신은 알지 못할까. 꽃잎을 보호하기 위한 장미가시 역시 누군가에게 상처 주면서 자신도 아파한다는 사실을. 원래 아픔을 준 사람이 사실은 더 아프다는 것을. 왜 당신은 보지 못하는 걸까. 당신의 이 울부짖음 때문에 발끝까지 떨어진 나의 심장을. 왜 당신은 듣지 못하는 걸까. 당신이 소리쳐 우는 만큼 흐느끼고 있는 내 안의 소리를. 아무도 알아주지 않은 당신의 상처가 나는 너무 아프다는 것을. 안아도, 안아도 모자랐다. 내가 당신의 상처를 끌어안아 주기에는.

한숨을 내쉬며 눈을 뜬 우현이 좁은 거실을 쭉 둘러보았다. 작은 상 위에는 이미 식어버린 음식들이 놓여 있었고, 싱크대 안에는 닦지 못한 제기들이 널브러져 있었다. 그가 재킷을 벗고 남방을 걷어붙였다.

"그 손으로 이걸 다 만들었단 말이야?"

미련한 건지, 책임감이 강한 건지. 그의 입에서 낮은 탄식이 흘러나왔다.

찬장을 열어 그릇을 꺼낸 후 남은 음식들을 차곡차곡 담아 냉장고에 넣었다. 싱크대에 담겨 있는 그릇을 거품을 내어 깔끔하게 닦아 엎어두고, 마른 행주로 제기에 남아 있는 물기를 제거했다.

거실을 두리번거린 그가 테이블 위에 있는 열쇠를 집어 들고 밖으로 나갔다. 1층으로 내려가 쓰레기를 버린 그가 몸을 돌려 다시 건물 입구로 들어왔다. 무심코 돌린 시선, 채원의 집 우편함에 들어 있는 비닐봉지가 보였다.

"어? 약이잖아. 누가 두고 갔지? 선예 씨인가?"

안을 열어 보니 감기약, 소화제, 두통약, 해열제 등 갖가지 종류의 약이 들어 있었다. 봉지를 들고 온 그가 부엌으로 가서 밥솥을 열어 보았다.

"가만 보자…… 죽을 어떻게 만드는 거지?"

익숙하지 않은 솜씨로 한참 동안 주방에서 고군분투를 하던 우현.

"제법 모양 좀 나는데?"

자신이 만든 죽이 제법 마음에 드는지 그가 흡족한 표정을 지었다.

크게 기지개를 켜고 시계를 보자 새벽 2시였다. 우현이 다시 채원의 방으로 들어갔다. 이렇게 채원의 잠이 든 모습을 보는 것은 두 번째였다. 그리고 두 번 다 그녀의 아픔을 엿보고 난 후였다.

약국에서 연고와 감기약을 산 그가 채원의 집으로 올라가는 골목길에 섰다.

'아빠가 누구 때문에 그렇게 된 건데? 네가 죽인 거잖아! 차라리 네가 죽지 그랬어!'

젊은 여자의 목소리에 채원이 숨을 크게 들이켜는 모습이 보였다. 저도 모르게 주먹을 쥔 손에 힘이 들어갔다. 고개도 들지 못하고 어깨를 떨고 있는 채원을 제 쪽으로 데려오고 싶었다.

'가슴에 내가 타인에게 준 상처에 대한 미안함이 남아 있다면 옆에서 아무리 네 탓이 아니라고 위로해도 소용없어요. 나 스스로가 극복하지 않으면 안 돼요. 그러기 전에는 '내 탓'이에요.'

예전에 이탈리아 공항에서 헤어질 때 채원이 마지막으로 했던 말. 그건, 그녀의 이야기였다. 모든 것들이 제 탓이라고 생각하는 그녀 자신의 이야기. 그대로 돌아서서 모른 척했어야 했다.

'하아, 동네 사람들 다 들었겠다. 이사라도 가야 하나.'

하지만 담담하게 쏟아지는 그 목소리에 그대로 앞으로 걸어갔다. 혼자 둘 수 없었다. 어두운 방, 한쪽 구석에서 홀로 눈물을 흘릴 그녀를. 아니, 그조차도 하지 못한 채 아무렇지 않은 척 있을 그녀가 참을 수 없이 안타까웠다. 그래서 붙잡고, 안고, 그 처절한 외침을 함께 들었다. 그녀 안에 쌓아 두었던 통렬한 아픔이 밖으로 쏟아져 내릴 때마다 그의 가슴도 무너졌다. 단순히 좋아한다, 가 아니었다. 이건, 사랑이었다.

시끄럽게 울리는 전화벨 소리에 채원이 고운 미간을 구겼다. 억지로 몸을 움직여 휴대폰으로 손을 뻗었다.

-일어났어? 집에 있어. 잠깐 들를 테니까.

선예였다. 통화가 끝나자 채원이 힘겹게 눈을 뜨고는 몸을 일으켰다. 살면서 그렇게 울어본 적은 처음이었다. 모든 걸 쏟아내어 기진맥진했지만 그만큼 죽은 듯 잠을 잤다. 그래서 오히려 상쾌했다. 집이 조용한 것을 보니 우현은 이미 돌아간 듯했다.

"일단 나가서 마저 정리하자. 그러고 나서 우현 씨한테 전화를……."

방문을 열고 거실로 나간 그녀가 말을 멈추었다. 싱크대가 깨끗했다. 작은 상 위에 제기도 차곡차곡 쌓여 있었다. 냉장고 문을 열어 보니 어제 남은 음식들이 그릇에 깔끔하게 담겨 있었다.

그 새벽에 이 많은 것들을 정리한 우현을 생각하자 마음이 울컥했다. 얼굴을 떠올리는 것만으로도 심장이 뛰었다.

쿵쿵쿵, 문을 두드리는 소리에 채원이 현관으로 걸어갔다.

"근처에서 전화했어? 금방 왔네?"

집으로 들어온 선예가 불쑥 손을 뻗어 손바닥으로 그녀의 이마를 짚었다.

"열은 내렸네. 아침에 우현 씨한테 전화 왔어. 너 목소리가 너무 안 좋아서 걱정이라고."

선예가 부엌으로 돌진했다.

"자기가 돌봐줄 수가 없으니까 나한테 전화한 모양이더라고. 웬만하면 이제 그냥 둘이 사귀고 집에 좀 들이고 하지? 어? 죽 만들었어? 잘됐다. 일단 이거부터 먹자."

선예가 죽을 퍼서 그릇에 담고는 전자레인지에 돌렸다.

"그 몸으로 제사 지낸 거야? 손가락이 부러졌어? 도와달라고 전화도 못 해? 하여간 미련하기는."

선예의 타박에 채원이 설핏 미소 지으며 부엌으로 걸어갔다.

"너 같은 애하고 친구 하는 거 진짜 힘들어. 알지? 그러니 친구도 없지. 내가 정말……."

불쑥, 채원의 팔이 선예의 허리를 감싸 안았다. 그녀가 선예의 등에 얼굴을 묻었다.

"어제…… 무슨 일 있었어?"

한숨 섞인 선예의 목소리에 채원이 고개를 저었다.

"걱정 좀 그만 시켜. 내가 네 걱정하다가 늙겠다. 그만 놓고 죽이나 먹어. 데워졌나 보자."

선예가 그릇을 꺼내 숟가락으로 죽을 한 스푼 떠 제 입으로 가져갔다.

"엑! 죽이 뭐 이래? 아무 맛이 없잖아. 간도 하나도 안 되어 있고."

채원이 선예의 허리에 둘렀던 팔을 풀고 수저로 죽을 한 스푼 떠서 입안에 넣었다. 정말 아무런 맛이 나지 않았다. 그녀가 웃음을 터뜨렸다.

"간 좀 하자. 가서 앉아 있어. 다 되면 갖다 줄게."

"아냐. 그냥 먹을래. 맛있는데, 뭐."

채원이 그릇과 수저를 들고 거실로 도망쳤다.

"아프더니 미각을 상실한 거 아냐? 그걸 무슨 맛으로 먹어?"

선예가 미간을 구기더니 콧노래까지 부르며 죽을 먹는 채원을 어이가 없다는 듯 바라보았다.

"너 괜찮아? 아프더니 사람이 좀 이상해진 거 같다?"

채원은 흘러나오는 웃음을 감추지 못했다. 그 모습에 고개를 내저은 선예가 그녀의 옆에 앉더니 테이블 위에 있는 약을 바라보았다.

"무슨 약이 이렇게 많아? 종합감기약, 소화제, 두통약, 지사제? 약국 차려도 되겠다."

선예의 말에 채원이 깔깔깔, 큰 소리로 웃음을 터뜨렸다.

"너 진짜 어디 이상해진 거 아니지? 야, 너 누구야? 한채원 데려와!"

채원이 이렇게 아무 걱정 없다는 듯, 행복하다는 듯 큰 소리 내며 즐거워하는 모습을 마지막으로 본 것이 언제였는지 기억조차 나지 않았다. 채원이 웃으니 자신까지 행복했다. 채원만 이상해진 게 아닌 것 같았다. 볼까지 발그레해져 박장대소하는 채원의 모습에 선예 역시 바보처럼 함박웃음을 쏟아냈다.

"대리님, 정말 괜찮으세요? 그래도 얼굴이 괜찮아 보여서 다행이에요."

월요일 점심시간. 휴게실에 둘러앉은 직원들은 금요일 어두운 낯빛으로 조퇴를 했던 채원에게 물었다.

"네, 이제 괜찮아요. 그날 저 때문에 일 많았죠? 미안해요."

"미안하긴요. 대리님이 지금까지 얼마나 고생했는데. 이제 야근도 좀 줄이고 하세요."

"참, 금요일 시공업체와 미팅은 잘 끝났어요?"

"그 시공업체 실장님이라는 사람이 직접 왔는데 장난 아니에요. 무슨 드라마 속에서 볼 수 있는 실장님처럼 얼굴도 잘생긴 데다 섹시하기까지."

"여직원들 난리 났었잖아요. 위험한 성인 남자의 느낌? 눈요기 제대로 했다니까요. 실장님이니까 우리가 같이 일할 일은 별로 없겠죠? 하아, 다시 봤으면 좋겠다."

"그분 오늘 2시에 회의 때문에 다시 온다고 했어요."

진영의 말에 여직원들이 눈을 반짝거렸다.

"근데 새로 선정된 시공업체가 어디예요? 나 못 들은 거 같은데."

채원이 질문을 던짐과 동시에 그녀의 주머니에 있던 휴대폰이 울렸다.

"마……."

"잠깐만요. 미안해요, 진영 씨."

그녀가 휴대폰을 들고 휴게실 밖으로 나가 비상구로 걸어갔다.

-채원 씨, 저예요. 점심 먹었어요? 몸은 어때요?

통화버튼을 누르자 귓가에 들려오는 다정한 우현의 목소리에 채원의 입꼬리가 한없이 올라갔다.

"네. 먹었어요. 몸도 완전히 나았어요. 가뿐해요."

-다행이네요. 근데 뭐, 기분 좋은 일 있어요? 목소리가 좀 들뜬 것 같은데.

채원은 손으로 제 볼을 붙잡으며 승천하는 광대를 억지로 막았다. 우현을 좋아한다는 사실을 인정하고 나자 얼굴에 주체할 수 없을 만큼 웃음이 피어났다. 들뜬 목소리를 숨길 수가 없었다. 자신의 마음을 알게 된 이상 그에게 전해야 했다. 언제가 좋을까?

소소한 이야기를 나누던 통화가 끝났지만 채원은 비상구 벽에 기대 가만히 서 있었다. 따뜻한 우현의 목소리가 아직까지 귓가에 남아 있었다. 입가에 미소를 머금은 그녀가 사무실로 돌아왔다.

"대리님, 뭐, 기분 좋은 일 있으세요? 혹시 오늘 우현 씨랑 데이트?"

채원의 옆자리에 앉은 진영이 작은 목소리로 그녀에게 물었다. 우현, 이라는 이름을 듣는 것만으로도 채원의 표정이 환해졌다.

"맞구나. 아, 좋겠어요. 나도 이런 좋은 가을에 데이트하고 싶다."

"한 대리, 2시에 회의 시작할 건데 왜 안 들어와? 빨리 들어와."

회의실 안에 있던 차장이 채원을 큰 소리로 불렀다.

"아차, 나 회의 들어갔다 올게요."

하루 종일 우현을 생각하느라 나사가 풀렸는지 채원은 그녀답지 않게 들떠 있었다. 허겁지겁 노트를 챙겨 회의실 문을 열었다.

"죄송합……."

회의실 문 앞에 서 있던 채원은 순간 등 뒤에서 느껴지는 기척에 몸을 움찔 떨었다. 아래로 향한 시선 끝에 남자의 까만 구두가 보였다. 그리고 그녀의 후각을 자극하는 향기. 펜할리곤스. 도도한 그 향기와 뒤섞인 익숙한 체향.

"오셨어요, 실장님. 채원 씨도 알고 있지? 우리 몇 년 전에 마루종합건축사무소와 함께 일했었잖아."

들뜬 차장의 목소리에 채원이 침을 꿀꺽 삼켰다. 파르르 떨리는 눈빛, 제것이 아닌 듯 뛰는 심장. 제 감정을 깨달은 지, 이제 겨우 잊고 새로운 사랑을 시작하려고 마음먹은 지 딱 하루가 지났다. 채원이 천천히 뒤를 돌았다. 아니길 바랐다. 하지만 그녀의 간절한 바람과 달리 거짓말처럼 제 눈앞에 서 있는 남자. 짙은 장미향과 도도한 남자의 향기가 한데 뒤섞였다.

"오랜만입니다, 한채원 대리님."

변함없이 잘생기고, 위험한 향기를 풍기는 남자. 준서가 그녀를 바라보고 있었다.

11. 물들다

딱딱하게 굳은 채원의 얼굴은 풀릴 줄 몰랐다. 늘 다양한 의견을 내며 회의를 이끌어가던 그녀였지만 입술이 딱 붙어버린 듯 한마디도 할 수 없었다. 펜을 잡은 손끝이 떨려왔다. 익숙한 향기에 숨을 들이켤 때마다 괴로웠다.

"한 대리, 가이드 제작은 다 끝났지?"

"네, 이번에 전시 현장 방문 시 필요한 자료도 모두 준비 끝났습니다."

채원이 분명한 목소리로 대답하자 차장이 고개를 끄덕이더니 준서를 바라보았다.

"오늘부터 인원 투입돼서 공사가 진행된다고 하셨죠? 한 대리가 오늘 실장님과 함께 전시회장을 방문할 예정입니다."

차장의 말에 채원이 입술을 질끈 깨물었다.

오랫동안 진행됐던 회의가 끝나자 사람들이 하나둘 자리에서 일어났다.

"벌써 4시가 넘었네. 실장님, 시간 괜찮으시면 술이나 한잔하시죠. 말 나온 김에 오늘 어때요? 함께 일하는 직원 소수만 해서 조촐하게."

들뜬 차장의 목소리에 준서가 고개를 끄덕였다.

"장소 알려주시면 한채원 대리님과 현장 방문 후 그쪽으로 가도록 하겠습니다."

"그럼 저희가 연락드리겠습니다. 아니, 근데 그렇게 바빠서 연애할 시간은 있겠어요? 젊은 분이."

능글맞은 차장의 질문에 노트를 쥔 채원이 윗입술을 말아 넣었다. 그녀가 회의실을 벗어나기 위해 몸을 일으켰다.

"저는 이만 외근 준비를……."

"그래서 연애를 못 하고 있습니다."

낮은 목소리에 채원의 움직임이 멈췄다.

"그럼 아직 애인 없으세요?"

눈을 번쩍 뜬 차장의 질문에 채원이 침을 꿀꺽 삼켰다.

"네, 없습니다."

준서의 또렷한 음성. 채원의 고개가 천천히 솟아올랐다. 자신을 바라보는 강렬한 준서의 눈빛에 그녀의 눈꺼풀이 빠르게 깜빡거렸다.

"혼자입니다."

아무런 감정 없는 한마디가 준서의 입에서 흘러나왔다.

채원과의 통화를 마친 우현의 입가에 미소가 걸렸다. 점심 식사 후, 채원과의 통화는 일상처럼 반복되었다. 하지만 오늘따라 유난히 들뜬 그녀의 목소리는 그의 마음까지 설레게 했다.

"무슨 기분 좋은 일 있었나?"

주말에 무너질 듯한 모습을 본 직후라 그런지 밝은 목소리는 그를 행복하게 만들었다.

"아, 깜짝이야. 뭐야?"

연구실로 돌아가기 위해 몸을 돌린 우현은 바로 뒤에 서 있던 여자의 모습에 화들짝 놀라 소리쳤다.

"무슨 통화를 그렇게 즐겁게 해요? 여자친구?"

민지가 궁금증 가득한 시선으로 그에게 물었다.

"여자친구는 아니고."

"안에서 찾으세요."

그가 고개를 끄덕이더니 문을 열고 연구소로 들어갔다.

"우현 씨, 곧 윤 교수님 생신이잖아. 우리끼리 돈 모아서 선물을 좀 살까 하는데. 넥타이로 결정 났거든. 민지 씨랑 같이 백화점에 좀 다녀와."

"지금요? 이따 퇴근하고 성준이랑 집에 가면서 백화점 잠깐 들러도 될 것 같은데요."

선배 직원들의 말에 우현이 고개를 갸우뚱하며 대답했다.

"다녀오는 길에 윤 교수님 심부름도 함께 갔다 오라고."

우현이 어깨를 으쓱하더니 사무실 의자에 걸어놓은 재킷을 집어 들었다.

지하철을 타고 백화점으로 가는 우현과 민지.

"뭐? 그럼 너도 그 교수님한테 배웠다고?"

우현이 놀란 얼굴로 민지에게 물었다.

"저 전공이 고고미술사학이잖아요. 영국에서 2년 동안 공부했는데 그때 그 교수님께 수업 들었거든요. 엄청 유명하신 분이잖아요."

우현의 해맑은 표정에 민지의 얼굴에도 덩달아 미소가 걸렸다. 그가 웃을 때면 햇살처럼 빛이 났다. 주위가 전부 밝아지는 느낌이었다.

"영국에서 나랑 같은 학교 다녔구나. 학교 근처에 7불 스테이크집 있는데. 알아?"

"어! 거기 알아요! 엄청 유명하잖아요. 진짜 자주 갔었는데. 와, 신기하다. 여긴 한국인데 먼 땅에서의 추억을 공유할 수 있는 사람이 있다니."

영국으로 유학 가는 걸 정말 싫어했던 민지였다. 하지만 지금 우현과 공유할 무언가가 생겼다는 이유로, 처음으로 유학이 고맙게 느껴졌다.

"오, 오빠는 여자친구 있어요?"

민지가 살짝 떨리는 목소리로 물었다. 여자친구, 라는 말에 우현이 입꼬리를 올려 피식 웃었다.

"여자친구는 없지만 좋아하는 사람은 있어."

단호한 그의 대답에 민지가 입을 삐죽거렸다. 그 여자를 떠올리는 것만으로도 기분이 좋은지 우현의 입가에 걸린 웃음에 민지가 숨을 크게 들이켰다. 혹시…….

"그럼 그 여자한테 꽃바구니 같은 거 보낸 적 있어요?"

"꽃바구니? 없는데?"

"정말요? 기억 못 하는 건 아니고요?"

"없어. 나 여자한테 주려고 꽃바구니 같은 거 사본 적 없어. 장미 한 송이는 줘본 적 있지만."

우현의 대답에 민지는 그렇구나, 하고 말끝을 흐렸다.

"근데 그건 왜?"

"아, 아니에요."

어느덧 목적지에 도착한 두 사람은 지하철에서 내려 백화점 안으로 들어갔다.

"이거 어때요?"

민지가 넥타이를 들고 우현에게 묻자 그가 고개를 저었다.

"아무래도 이쪽이 낫지 않아?"

그가 다른 넥타이를 집어 들었다.

"손님이 고르신 넥타이가 요즘 4~50대 남성분들이 가장 선호하는 스타일이에요."

직원의 말에 민지가 싱긋 웃으며 우현을 향해 돌아섰다.

"오빠가 고른 게 인기가 좋대요. 그럼 이걸로 포장해주세요."

민지가 총총걸음으로 점원을 따라갔다. 영락없는 귀여운 여대생의 뒷모습이었다.

휘파람을 불며 주변을 살피던 우현의 시선이 한 여성복 매장에 머물렀다. 매장 앞에는 가을 느낌이 물씬 풍기는 스카프들이 즐비해 있었다. 며칠 전 감기에 걸렸던 채원이 목을 드러내고 다녔던 모습이 떠올랐다. 장미 문양이 새겨진 고운 색 스카프. 채원의 이미지와 너무도 잘 어울렸다.

"손님이 고르신 상품이 프린팅도 예쁘고 색도 고급스럽게 빠져서 여성분들이 선호하세요. 선물하시면 좋아하실 거예요."

우현이 스카프를 만지작거렸다. 손에 착 감기는 촉감이 너무나 좋았다. 이 스카프를 찬 채원의 모습을 상상하기만 해도 입가에 웃음이 걸렸다.

"이거 하나만 포장해주세요. 예쁘게요."

고개를 끄덕인 점원이 선물을 포장하기 위해 카운터로 걸어갔다.

"흐음, 이런 식으로 근무 시간 낭비해도 되는 거예요? 나 혼자 선물 사게 만들고?"

심통이 난 듯한 민지의 목소리에 우현이 짓궂은 미소를 지었다.

"저 줄 건 아닌 것 같고. 부럽다, 정말. 누구인지는 모르겠지만. 그 여자분 연상이가 봐요? 우리 나이 때는 잘 안 하는 스카픈데. 뭐랄까, 좀 고혹적인 느낌?"

"고혹적이지. 엄청 섹시하기도 하고. 나한테 아까울 정도로."

"두고 봐요. 나도 그 나이 되면 엄청 섹시해질 거라고요."

민지의 말에 우현이 키드득거렸다.

"너는 섹시함보다는 귀여움으로 어필하는 쪽이 나을 것 같은데. 지금도 충분히 인기 많을 것 같고."

"손님, 주문하신 물건 나왔습니다."

우현이 선물을 받아 들고는 몸을 돌렸다.

"남들이 날 좋아하는 건 아무런 의미 없어요. 내가 좋아하는 사람이 날 좋아해줘야죠."

지금까지 장난스러웠던 목소리가 거짓말이었다는 듯 민지가 낮게 중얼거렸다. 그 음성에 우현이 뒤를 돌아보았다.

"저 좋아하는 사람 있어요. 꽤 오랫동안 떨어져 있었고, 그 시간 동안 마음에 품고 있었는데 다시 만나니까 옛날 모습 그대로더라고요. 그리고 옛날보다 더 좋아졌어요. 첫사랑이죠."

민지의 말에 우현이 눈을 깜빡거렸다.

"근데 그 사람, 좋아하는 사람이 있더라고요. 그래도 괜찮아요. 언젠가 나한테 올 테니까. 하지만 그러기 전에 정정당당하게 승부를 보고 싶어서요."

알 수 없는 민지의 말에 우현이 고개를 갸우뚱했다.

"나한테 왜 그런 말을 하는지는 잘 모르겠지만 일단 응원할게. 좋은 사람인 것 같은데."

"네, 멋있는 사람이에요. 친절하고, 인간미 넘치고, 배려심 깊고. 저한텐 최고의 남자예요."

"그 사람 엄청 좋아하는구나? 눈이 반짝반짝거리네."

"보기만 해도 너무 좋아요. 근데 오빠는 어떤 여자가 좋아요? 섹시한 여자? 귀여운 여자?"

다시 장난스럽게 변한 민지의 목소리에 그의 입꼬리가 유려하게 올라갔다. 싱긋 웃는 웃음이 짓궂어 보였다.

"난 그냥 한채원. 무조건 한채원."

다들 즐거운 회식 시간이었지만 채원만은 불편한 마음에 몸을 뒤척거렸다. 준서와 전시회 현장을 방문했을 때는 그와 마주칠 일이 없었지만 이곳은 달랐다. 준서는 그녀의 맞은편에 앉아 있었다.

'혼자입니다.'

준서의 목소리가 계속 귓가에 맴돌았다. 혼자라니, 파혼이라도 한 걸까? 채원이 서둘러 고개를 저었다. 신경 쓰지 말자. 이제 나와는 상관없는 사람이니까.

"저 잠시 좀 나갔다 올게요."

계속 자리를 지키고 있다가는 숨이 막힐 것 같아 채원이 몸을 일으켰다. 음식점에서 나와 건물 뒤로 간 그녀의 입에서 한숨이 절로 나왔다. 불편했다. 집으로 가고 싶었다.

휴대폰을 쥔 그녀의 손이 우현의 전화번호를 찾아 통화버튼을 누르려다 머뭇거렸다. 이렇게 혼란스러운 마음으로 전화를 해봤자 걱정만 끼칠 뿐이었다. 고개를 저은 그녀가 몸을 돌렸다. 하지만 탁, 제 앞을 막아서는 발소리에 깜짝 놀라 뒷걸음질 쳤다.

"전화 통화는 끝났나?"

낮게 깔린 준서의 목소리가 채원에게 물었다. 채원이 옆으로 비켜섰지만 금세 준서가 다시 그녀의 앞을 막아섰다.

"비켜요. 뭐 하는 짓이에요?"

"새로운 애인과의 통화?"

너무나 쉽게 흘러나오는 그의 질문에 채원은 기가 막혔다. 대체 무슨 자격으로 내게 그런 것을 묻는단 말인가.

"대답해야 할 의무 있어요? 사적인 질문은 삼가주세요. 그런 이야기를 할 만한 사이가……."

"잘 지낸 것 같아 다행이야."

잘 지낸 것 같아 보여 다행이라고? 당신이 날 버리고 내가 어떻게 지내왔는지 아무것도 모르면서 어떻게 그런 말을. 채원이 숨을 크게 들이쉬었다. 어차피 다 지나간 일이다. 상관하지 말자.

"할 말 다 하셨으면……."

"감기 걸린 건가? 아직 다 안 나은 것 같은데."

준서가 제 손에 들려 있는 재킷을 그녀의 어깨에 걸쳐주었다.

"뭐 하는 거예요? 필요 없어요."

채원이 손을 뻗어 준서의 재킷을 어깨에서 치우려 했지만 거친 손길이 그녀의 어깨를 꽉 붙들었다.

"한채원."

나지막한 목소리. 애틋하게 자신을 바라보는 눈빛. 언제나 이 음성이었다. 높지도 낮지도 않은, 하지만 힘 있는 목소리. 언제나 이 눈빛이었다. 자신을 바라보는 아련한 눈동자.

"하, 함부로 부르지 마요. 그럴 사이 아니니까."

채원이 재빨리 고개를 돌렸다. 차디찬 눈동자로 바라볼 때는 언제고. 심장을 꽝꽝 얼려버릴 듯 모진 말을 내뱉을 때는 언제고.

"채원아."

왜 이제 와서 이토록 다정하게 부르는 것일까. 손끝이 파르르 떨려왔다. 모든 것들이 변했는데 근데 예전과 같은 준서의 목소리가 그녀의 마음을 혼란스럽게 만들었다. 하지만 채원은 이내 마음을 다잡았다. 이 남자는 과거였다. 지나간 사람이었다.

"이름…… 부르지 마요."

그러니 당신이 날 흔들게 놔두지 않을 거야. 당신의 목소리에 무너지지 않을 거야. 난.

"애초에 여긴 왜 온 거죠? 당신이 오지 않아도 괜찮잖아요. 서로 불편할 거 알면서 굳이……."

"너 때문에."

강인한 눈빛이 오롯이 그녀를 바라보았다. 아니, 무언가를 갈구하듯 안타까운 눈빛이 그녀를 마주 보고 있었다.

"네가 있잖아. 널 다시 찾으러 왔어."

그 한마디에 시간이 멈춰버린 듯, 두 사람의 시선이 한참이나 그 자리에 얽혔다.

채원의 눈동자에 혼란스러움이 가득 들어찼다. 자신을 부르는 목소리에 숨조차 제대로 쉴 수 없었다. 초점 없는 눈빛은 제 의지와 상관없이 흔들렸다. 하지만 이내 눈을 감고 숨을 크게 들이켰다. 준서와 마지막으로 마주했던 그날, 매몰찬 얼굴로 차디찬 말을 내뱉었을 때의 목소리가 들려왔다.

그래, 이 남자는 날 버렸던 사람이야. 내게 악몽과 같은 시간들을 준 사람. 꽁꽁 얼어붙은 공간 속에 날 가둬두고, 언제 녹아내릴지 모르는 시간 속에 날 혼자 남겨둔 사람. 그러니 그 어떤 말에도 과거를 추억하지 말자.

"우리. 다시 시작하자."

우리라는 말에도. 다시라는 말에도. 천천히 눈꺼풀을 들어 올린 채원의 눈동자에는 냉기가 서렸다. 그녀가 어깨를 붙잡고 있는 준서의 손을 차갑게 뿌리쳤다. 준서의 재킷이 바닥으로 떨어졌다.

"지금…… 나랑 장난해요?"

제 입에서 흘러나오는 목소리가 생각보다 더 딱딱해 고마웠다.

"내가 매달리기라도 할까 봐 꽁지 빠져라 도망쳐놓고. 이제 와서 그런 소리 하면 내가 울면서 고맙다고 당신을 끌어안을 줄 알았어요?"

주먹을 강하게 쥐었다, 풀었다를 반복했다.

"잘 지내 보여서 다행이라고요? 내가 어떻게 지냈는지 아무것도 모르면서 함부로 말하지 말아요."

이도 악물어본다.

"당신 같은 사람, 나는 몰라요."

당신을 사랑했던 그때의 나도 몰라요.

"우리, 라는 말은 더 이상 없어요."

우리였던 그때의 기억도 나는 모두 지웠어요.

"그러니 다시라는 말도 있을 수 없어요."

채원이 여린 등을 돌렸다.

"그럼 먼저 들어가 보겠습니다, 실장님."

"손님, 도착했습니다."

조금은 거칠다 싶게 움직이던 차가 지하주차장에 멈추자 대리 기사에게 돈을 지불한 준서가 시트에 기대 눈을 감았다. 채원의 차가운 목소리가 여기저기에서 울려 퍼졌다.

"대체 뭘 기대한 거냐."

채원이 두 팔 벌려 자신을 환영할 것을? 예전처럼 따뜻한 눈빛으로 바라봐줄 것을? 준서의 입에서 자조적인 웃음이 흘러나왔다.

회의 시간에 맞춰 사무실로 걸어가던 그의 눈동자가 한 곳에 멈췄다. 그곳에는 채원이 있었다. 긴 머리카락은 등 뒤로 흩어져 있었고, 가느다란 손가락은 조심스럽게 제 입을 가리며 화사하게 웃고 있었다. 변함없었다. 그가 기억하고 있는 그 얼굴, 그 미소 그대로였다. 채원을 마지막으로 보았던 그날, 아랫입술을 질끈 깨물고 울음을 참았던 모습은 더 이상 없었다.

하지만 다시 시작하자는 자신의 말에 힘을 주어 한 자 한 자 내뱉는 채원. 목소리에 아픔이 그득 묻어났다. 미움과 원망과 배신감. 그 모든 것들을 담은 눈동자가 자신에게 말하고 있었다. 다시, 는 없다고.

고요한 차 안에 준서의 휴대폰이 울렸다. 실장이라는 타이틀을 달고 자신의 곁을 지켜주고 있는 비서였다. 풍채가 좋은 중년의 박 비서는 어린 자신을 위해 묵묵히 일해주었다.

-실장님, 계속 전화를 받지 않으시던데. 혹시 무슨 일이 있으신 건…….

"아니에요. 말씀하세요."

-한국병원에 확인해봤습니다. 병원비…… 완납되었습니다.

휴대폰을 내려놓은 준서의 입에서 안도의 한숨이 흘러나왔다. 다시 눈을 감았지만 떠오르는 건 채원의 얼굴, 귓가에 울리는 건 그녀의 목소리뿐이었다.

넌 그렇게 다 털어버린 걸까. 전부 날 잊어버린 걸까. 나라는 사람의 찌꺼기조차 남지 않을 정도로 모두 버려버린 걸까.

"나도 참 멍청하군."

내가 버렸다. 미련도 남기지 말라고, 넌 날 잊고 새로운 사랑을 하라고 더 매몰차게 굴었다. 내 입술에서 이별을 말할 때 네 떨리는 어깨를 끌어안을까 봐 먼저 등을 돌렸다. 네 눈물을 보면 그 눈물마저 내가 훔치고 싶을까 봐 서둘러 그 자리를 떠났다.

"그래놓고 이제 와서 잊어버렸다고 아쉬워하다니."

채원이 유일했다. 무엇 하나 제 마음대로 선택할 수 없었던 삶에서 그가 처음으로 자신의 의지로 원하고, 마음을 주고, 그리고 사랑했던 사람은 그녀뿐이었다.

한참 동안 닫혀 있던 준서의 눈꺼풀이 미세한 떨림과 함께 열렸다. 드러난 그의 눈빛은 어느새 단단해져 있었다.

"어차피 각오했으니까."

이번이 마지막 기회일지 몰랐다. 그렇기에 무슨 일이 있어도 놓칠 수 없었다.

채원의 집 앞에서 그녀를 기다리던 우현. 가방 안에는 낮에 산 스카프가 들려 있었다. 매주 그녀를 만나는 수요일에 건네면 되었지만 이런 핑계를 대서라도 하루 더 그녀를 보고 싶었다.

"아직 퇴근을 못 했나? 설마 싫다고 하지는 않겠지?"

그때 또각또각, 골목에 여자의 구두 소리가 울려 퍼졌다. 그 소리에 우현이 몸을 벌떡 일으켰다. 채원이 자신을 향해 걸어오고 있었다.

"채……."

그녀의 이름을 부르려던 우현이 말을 멈추었다. 먹구름이 잔뜩 낀 얼굴. 그가 한발 앞으로 나아갔지만 그녀는 자신의 존재를 전혀 인식하지 못한 듯 걸음을 멈추지 않았다.

순간 그의 머릿속에 거짓말처럼 이탈리아 스페인 광장에서의 한 장면이 떠올랐다. 채원이 전 남자친구의 이름을 부르며 어디론가 정신없이 달려갔던 그날. 자신은 채원의 눈앞에 있었지만 그녀에게 보이지 않는 존재였다. 마치 지금이 그런 것만 같았다. 가슴속에 알 수 없는 불안감이 번졌다.

채원이 고개를 들었다. 초점 없는 눈동자가 한참 동안 자신을 바라보더니 그제야 놀란 듯 눈을 크게 떴다.

"그렇게 멍하니 다니다가 넘어질지도 몰라요."

우현이 애써 불안한 마음을 지운 채 밝은 목소리를 내었다.

"우현 씨, 계속 기다린 거예요? 전화라도 하지 그랬어요."

"혹시 일하고 있을까 봐요. 그런데 회식이었나 봐요? 얼굴도 빨갛고 술 냄새도 조금 나는데."

채원이 어색한 손길로 제 얼굴을 쓸어내렸다.

"시원한 거라도 좀 마실래요?"

채원이 고개를 끄덕이자 그가 그녀를 천천히 이끌었다.

놀이터 벤치에 채원을 앉혀 놓은 우현이 재빨리 편의점으로 몸을 움직였다. 계산을 하는 동안에도 계속해서 유리창 밖으로 그녀의 상태를 살폈다. 한껏 가라앉아 고개를 푹 숙이고 있는 모습에 그의 마음도 무거웠다. 시원한 음료수를 산 그가 채원에게로 달려갔다. 멍한 얼굴로 앉아 있던 그녀가 그가 건네는 음료수를 받아 들었다.

"무슨 회사가 사람 아파서 조퇴한 거 뻔히 알면서 술을 먹여요? 그것도 월요일부터. 이런 거 신고하면 안 돼요?"

조금은 화가 난 듯 거칠게 내뱉는 우현의 목소리에 채원이 피식 웃음을 흘렸다.

"우현 씨 같은 사람이 우리 회사 상사여야 하는데."

"안 돼요. 그럼 난 권력 남용으로 맨날 채원 씨를 옆자리에 앉혀두고 일할 거라서. 나 출근하는 날은 채원 씨 휴가도 못 써요."

우현의 농담에도 채원은 살짝 입꼬리를 올려 미소 지을 뿐이었다.

"근데 여기까지 웬일이에요?"

"그냥…… 오늘 갑자기 채원 씨가 엄청 보고 싶어서요."

그의 장난스러운 말투에도 채원의 어두운 얼굴은 밝아지지 않았다. 무슨 일이 있던 게 분명했다. 또 식구 중 누군가가 가슴 아픈 말을 내뱉었던 걸까. 회사에서 무슨 안 좋은 말이라도 들었던 걸까. 무슨 일이 있었냐는 질문이 턱까지 차올랐지만 이내 삼켰다. 그녀가 꺼내고 싶지 않아 하는 이야기를 굳이 캐묻고 싶지 않았다.

"오늘 많이 바빴어요?"

"아뇨. 괜찮았어요. 우현 씨는요? 그 어리고, 예쁘고 돈 많다는 아가씨하고는요?"

"이거 질투하는 거예요? 아니면 그래봤자 넌 나밖에 없겠지, 라고 생각해서 떠보는 거예요?"

커다란 손으로 제 머리를 쓸어 넘기며 농담을 건네는 우현. 그런 그를 가만히 바라보던 채원이 입을 열었다.

"우현 씨는 내 어디가 좋아요?"

뜬금없는 채원의 질문에 우현의 얼굴에 당혹스러움이 번졌다.

"나는 고집도 세고, 고지식하고, 다른 사람에게 상처나 주고, 그래놓고 자기 혼자 상처받았다고 원망이나 하는 그런 여자인데. 아무것도 없고, 아무것도 아닌 주제에 자존심을 왜 그렇게 센지."

채원의 목소리가 놀이터에 잔잔하게 울렸다.

"앞뒤가 꽉 막혀서 친구라고는 선예 하나밖에 없어요. 미련하고, 계속 다잡지 않으면 마음이 약해져서 자주 흔들리기도 하면서 겉으로는 센 척하고."

스스로를 다그치듯 낮게 읊조리는 음성에 우현이 입술을 질끈 깨물었다. 지금 채원의 입에서 나오는 어느 말 하나 쉽게 넘길 수가 없었다. 고집, 상처, 원망, 자존심, 불안함. 그리고 흔들림.

"미안해요. 질문이 너무 이상했죠?"

그녀가 허탈하게 웃어 보였다. 그 웃음이 보기 싫어 우현이 조용히 입을 열었다.

"어디가 좋냐라……."

그 목소리에 채원이 고개를 들어 그를 바라보았다.

"그 질문에 대한 답, 열 권쯤 되는 논문으로도 쓸 수 있을 것 같은데. 매일매일 하루에 한 가지씩만 말해도 10년은 말할 수 있어요. 그럼 채원 씨 10년 동안 매일 내 얼굴 봐야 해요."

"못 말려요, 정말."

우현이 자리에서 일어났다.

"들어가요. 채원 씨, 많이 피곤해 보이는데."

우현을 뒤따르던 채원. 두 사람이 그녀의 집 앞에 섰다. 가만히 채원을 바라보던 우현이 가방 안에 든 작은 상자를 꺼내 그녀에게 내밀었다.

"이게 뭐예요?"

"열어봐요."

채원이 궁금증 가득한 얼굴로 상자를 열어 보았다. 안에는 고운 빛깔의 스카프가 들어 있었다.

"낮에 일이 있어서 백화점에 갔었는데 채원 씨한테 어울릴 거 같아서요. 서늘하니까 스카프 좀 하고 다니라니까. 나라도 사주면 성의를 생각해서라도 하고 다니겠죠. 마음에 들어요?"

애정이 듬뿍 담긴 목소리에 채원은 고개를 푹 숙인 채 스카프를 바라보았다. 그녀가 아무런 말을 하지 않자 불안한 듯 그가 재빨리 말을 이었다.

"마음에 안 들어요? 그럼 바꿔도 되니까……."

그녀가 격하게 고개를 저었다.

"예뻐요. 정말 예뻐요."

"정말요? 마음에 들어요?"

채원의 한마디에 불안에 흔들리던 우현의 눈동자가 환희로 빛났다.

"채원 씨, 내가 지금…… 그 스카프 해줘도 돼요?"

가만히 우현을 바라보던 채원이 그에게 스카프를 건넸다. 그가 부드러운 손놀림으로 그녀의 목에 스카프를 감더니 살짝 뒤로 물러났다.

"어때요? 어울려요?"

"예쁘고 섹시한데 이제 고혹적이기까지 하네. 이걸 하고 다니라고 해야 해, 말아야 해?"

"고마워요, 우현 씨."

우현을 바라보는 채원의 눈빛이 떨렸다. 따뜻한 온기가 가슴속 깊숙한 곳으로부터 차올랐다. 그 온기에 마음이 가득 채워진 기분이었다. 대체 이 남자는 바보처럼 이토록 다정한 걸까. 왜 늘 이렇게 자신에게 감동만 주는 걸까. 그에게 하고 싶은 이야기가 참 많았다. 그래서 숨을 고르고 입을 열었다.

"우현 씨, 나 오늘……."

하지만 입 밖으로 나오지 않는 말은 가슴 안에서 맴돌았다. 오늘 옛사랑을 만났어요. 너무 미워서 얼굴을 보자마자 화가 났어요. 내게 상처를 주고, 아픔을 줘놓고는 아무 일 없었다는 듯 나타나 다시 시작하자고 말하더라고요.

"오늘……."

매몰찬 내 말에 마치 자신이 상처받았다는 듯 애틋하게 바라보던 그 눈빛이 생각나서. 그래서 가슴 한구석에 바늘이라도 들어찬 듯 너무 따끔거려요. 이제야 늘 내 곁에 있어줬던 당신이 좋다는 걸 알았는데, 그래서 당신을 만나면 꼭 이야기하고 싶었는데. 이렇게 언제나 내게 아무것도 묻지 않고 나를 위로해주는 당신에게 고맙다고, 좋아한다고 내 마음 전해야 하는데.

순식간에 눈가에 가득 고인 눈물 때문에 시야가 뿌옇게 흐려졌다. 그런 채원을 가만히 바라보던 우현이 그녀에게로 한 발짝 걸어왔다. 그가 손을 뻗어 채원의 턱을 붙잡아 고개를 들어 올렸다. 혼란스러워하는 그녀의 눈동자, 떨리는 몸. 직감. 그의 가슴이 철렁 내려앉았다. 크게 심호흡을 한 그가 조용히 읊조렸다.

"잠시만 실례…… 할게요."

우현의 부드러운 손길이 채원을 끌어안았다. 자신의 몸에 맞춘 듯 꼭 들어찬 채원.

"회사에서 일이 잘 안 풀렸어요?"

다정한 목소리가 그녀에게 물었다. 혹시라도 자신의 직감이 틀릴 수도 있으니까.

"아니면 누군가에게 안 좋은 소리라도 들었어요?"

대답 없는 그녀에게 그가 다시 물었다. 아니길 바랐으니까.

"그것도 아니면…… 만나고 싶지 않은 사람이라도 만났어요?"

아니, 만나고 싶었던 그 사람이라도 만났어요? 움찔, 채원의 어깨가 떨리자 그의 손에 바짝 힘이 들어갔다. 늘 좋지 않은 예감은 맞아떨어졌다. 채원이 초점 없는 눈으로 골목에 들어설 때, 멍한 눈동자가 자신의 존재를 알아차리지 못했을 때부터 이미 예감하고 있었을지도 모른다. 그저 모른 척하고 싶었을 뿐. 그가 가슴이 크게 들릴 정도로 숨을 들이켰다.

그녀에게 뭐라고 이야기했을까. 다시 시작하자고 말했을까. 그래서 이토록 혼란스러워하는 눈빛으로 몸을 떨고 있는 걸까.

순간 눈앞에 이 여자가 사라져버릴지도 모른다는 생각에 우현의 심장이 지끈거렸다. 이 가느다란 팔이 다른 남자를 끌어안는다는 상상만으로도 머리에 피가 쏠렸다. 그녀를 바라보고, 마음에 품고, 다가가고, 따스한 손을 마주 잡고, 부드러운 입술에 키스하고, 아찔한 장미향을 듬뿍 들이켜고. 자신 외에는 누구도 싫었다. 그렇다면 더 이상 지켜보기만 해서는 안 되었다.

"내가 전에 말했었죠? 채원 씨가 날 완전히 좋아하기 전까지 채원 씨의 끌림도, 망설임도."

우현이 채원을 제 몸에서 떼어냈다.

"그리고 혹시 모를 흔들림도 전부 모른 척해주겠다고."

단단한 손이 그녀의 어깨를 붙잡았고, 단호한 시선은 불안하게 흔들리는 눈동자를 마주했다.

"그렇게 말한 건, 이별 때문에 힘든 채원 씨를 혼란스럽게 하고 싶지 않아서였어요. 난 원래 이기적이고 제멋대로라 기다리고, 배려하고, 마음 써주는 거 잘 못해요. 근데 채원 씨라서 기다리겠다고 한 거예요."

조급한 듯 고조된 음성이, 하지만 확신에 찬 우현의 목소리가 골목에 울려 퍼졌다.

"하지만 그게 채원 씨 마음이 내게 올 때까지 뒷모습만 바라보겠다는 말은 아니에요."

바보 같은 기다림은 이제 그만하겠다고.

"끌림도, 망설임도, 그리고 흔들림도 모른 척해주겠다고 한 말, 정정할게요."

더 이상 착한 척, 모든 걸 이해하는 척, 상처만 다독거려주는 다정한 남자일 수는 없었다.

"나한테 끌리는 채원 씨 마음, 오려고 망설이는 마음. 더 이상 모른 척 안 할래요."

그러다 빼앗기고 싶지 않았다.

"그 사람 용서하지 말아요."

자신에게 이런 말 할 권리, 없다고 해도 상관없었다.

"다시 시작하자고, 돌아오겠다고 해도 받아주지 말아요."

사랑하니까. 그래서 절대 놓칠 수 없으니까.

"울어도 여기서 울고, 웃어도 이 품 안에서 웃어요. 그 사람은 안 돼요."

아니, 나 아닌 다른 누구도 안 돼요.

"난 채원 씨 절대 놔줄 생각 없으니까."

전에 없던 우현의 강렬한 시선이 그녀를 오롯이 바라보았다.

"내가 채원 씨 붙잡고 있어요. 그러니 내 손 잡고 똑바로 걸어와요. 나한테로."

그가 그녀를 다시 품에 안았다. 더 이상 채원을 끌어안을 때 늘 했던 실례합니다, 라는 매너의 말은 없었다.

"부탁 아니에요. 어차피 난 채원 씨한테 NO라는 대답, 들을 생각 없으니까."

우현은 무너질 듯했던 채원의 어깨를 끌어안았던 그날 밤 이후, 그녀와 최소한의 연락만 주고받았다. 혼란스러워하고 있는 그녀에게 생각할 시간을 주고 싶었다. 그렇게 며칠이 흘렀고, 퇴근준비를 하던 우현은 방금 전 채원에게 전화 한 통을 받았다.

'우현 씨, 내일 시간 괜찮으면 만날래요?'

생각지도 못한 말에 어안이 벙벙했다. 채원이 먼저 그에게 만나자고 한 적이 지금껏 한 번도 없었기 때문이었다. 채원을 떠올리기만 해도 불안하고 애가 탔다. 그건 아마도 그녀를 마지막으로 보던 날 밤, 흔들렸던 눈빛 때문이니라.

'할 말이 있어요. 들어줄 거죠?'

망설이는 듯한 채원의 목소리에 덩달아 긴장이 되었다. 할 말이라니. 며칠 전 자신의 말에 대한 대답이라도 하려는 걸까. 불안감이 엄습했다.

채원이 전 남자친구를 만났다고 한 날, 그녀는 자신의 품에 가만히 안겨 있었다. 놔줄 생각이 없다는 말에, 똑바로 자신을 향해 걸어오라는 말에 울음을 그친 채 가만히 자신을 바라볼 뿐이었다.

"만약에 거절이라도 한다면?"

그래도 포기할 생각은 없었다. 어차피 그녀를 놔줄 생각, 절대 없었으니까. 하지만 자신이 좋아하는 얼굴로, 감미로운 목소리로 미안해요, 라는 말을 내뱉는 상상만으로도 심장이 지끈거렸다.

"긍정적으로 생각하자. NO일 리가 없어."

"최우현. 김성준. 출발하자! 교수님도 나가셨어."

연구소 선배 직원의 외침에 우현과 성준이 사람들을 따라나섰다. 오늘은 퇴근 후, 윤정수 교수의 생일 파티가 있는 날이었다.

고급 한정식 가게. 정수를 가운데 두고 연구소 사람들이 뱅 둘러앉았다.

"바쁜데 뭐, 이런 것까지 준비했어. 고맙구나."

정수는 연구소 직원들이 건넨 선물에 고마움을 표시했다.

"교수님, 발굴 현장의 시굴조사는 모두 끝나신 거예요?"

"다음 주부터는 아마 현장에 나갈 수 있을 거다. 다들 준비해. 아주 빡세게 굴려줄 테니까."

정수의 장난에 회식 분위기는 더욱 좋았다. 성남대학교 사학과 윤정수 교수는 화려한 스펙과 경력을 가지고 있지만 그것을 내세우지 않아 따르는 학생들이 많았다.

고조되었던 분위기가 막을 내릴 즈음, 사람들이 하나둘씩 한정식집을 나왔다.

"그럼 난 이쯤에서 빠질 테니까 젊은 사람들은 젊은 사람들끼리 놀아. 선물 고맙다."

정수가 먼저 자리를 떠났고 밖으로 나온 우현은 미간을 찌푸렸다. 하늘에서 제법 많은 양의 비가 내리고 있었다. 그가 그늘진 얼굴로 휴대폰을 만지작거리더니 어디론가 메시지를 보냈다. 거센 빗줄기에 우산도 없이 집으로 돌아가야 할 채원이 걱정되었다.

"우현 씨, 우리 2차 갈 건데. 자기도 갈 거지?"

"죄송한데 전 오늘 1차에서 마무리 지을게요. 급하게 가봐야 할 곳이 있어서요. 다음에는 같이할게요. 성준아, 이따 집에서 보자."

사람들과 반대편으로 뛰어간 우현이 편의점에 들러 우산을 2개 샀다. 채원에게 전화를 걸어보았지만 대답은 없었다.

"가만히 보면 정말 일중독이라니까."

말은 그렇게 했지만 우현의 입가에는 함박웃음이 걸려 있었다.

정신없이 일을 하던 채원이 문득 고개를 들어 벽에 걸린 시계를 바라보았다. 8시 15분이 넘어가고 있었다. 요즘 아프고 정신이 없다는 핑계로 일에 집중하지 못해 처리하지 못한 일들이 산더미처럼 쌓여 있었다.

"이것만 마저 하고 집으로 가자."

잠시 휴식 시간을 갖기 위해 자리에서 일어난 그녀가 준비실로 들어가 포트에 물을 올렸다. 요 며칠 가슴에 무거운 납덩이라도 들어찬 듯 답답했다. 원인은 자신도 알고 있었다.

준서는 이번 주에만 해도 벌써 세 번이나 그녀의 회사 근처로 찾아와 언제 끝날지 모르는 자신을 기다렸다. 그리고 헤어짐의 시간들이 거짓이었다는 듯 아무렇지 않게 자신을 대했다. 그녀는 그런 준서를 피했다. 피한다고 능사는 아니었다. 하지만 그렇다고 마주할 수도 없었다. 준서를 생각할 때마다 한쪽 가슴이 불편했다. 아마도 처음 보는 그의 애틋한 눈빛 때문일지도 몰랐다.

"미쳤어. 그렇게 당하고도 아직 정신 못 차렸지, 한채원."

스스로를 책망하며 혀를 찬 그녀가 포트에 물이 끓자 커피를 타서 밖으로 나왔다. 가방 안에서 살짝 빠져나온 스카프가 보였다. 채원이 손을 뻗어 그 스카프를 꺼내 들었다. 그냥 스카프가 아니었다. 우현이 자신을 위해 골라준 스카프였다.

'그 사람 용서하지 말아요. 다시 시작하자고, 돌아오겠다고 해도 받아주지 말아요.'

며칠 전 준서와 마주쳤던 그날, 우현은 자신을 품에 안고 단호하게 말했다. 처음이었다. 우현의 그런 강렬한 시선도, 자신을 단단하게 붙잡은 힘도. 늘 따뜻하게 자신을 바라봐 주고 옆을 지켜주었던 우현에게서 처음 느껴보는 강렬한 소유욕이 그녀를 휘감았다.

일주일 내내 머리와 마음을 텅 비운 채 고민하고 또 고민했다. 그래서 결론을 지었다. 제 마음이 흘러가는 대로, 원하는 대로 따르기로. 늘 자신의 곁을 지켜주고 한결같은 마음으로 그녀를 지탱해주었던 우현. 울어도 그 앞에서 울고, 웃어도 그 따뜻한 품 안에서 웃기로. 그리고 내일, 자신의 결심을 전하기로 마음먹었다. 기뻐할 우현을 생각하니 자연스럽게 입가에 웃음이 걸렸다. 떠올리기만 해도 마음 한구석에 온기가 도는 그가 보고 싶었다. 손에 쥔 스카프가 한없이 사랑스러웠다.

채원의 상념을 가르고 사무실 문이 열리면서 경비 아저씨가 안으로 들어왔다.

"대리님, 여기 실장님이 꼭 오늘 전달해야 할 것이 있다고 해서요."

방금 전까지 머릿속으로 떠올렸던 준서가 자신의 눈앞에 나타나자 채원은 크게 심호흡을 했다. 사무실 문이 닫히고 준서가 안으로 들어왔다.

"밑에서 기다리고 있었는데 당신 사무실 사람이 혼자 일을 하고 있다고 하더군."

"꼭 전달해야 할 게 있다면서요. 그것만 주고 어서 가보세요. 내일 제가 전달해드릴게요."

채원은 뜻하지 않게 갈려져 나오는 자신의 목소리를 가다듬었다. 그녀에게 가까이 다가온 준서가 책상 위에 종이봉투를 올려놓았다.

"그거야, 꼭 전달해야 할 것. 어차피 저녁도 안 먹고 일하고 있을 게 뻔하고. 내가 저녁이라도 먹으러 가자고 한다면 질색을 하고 도망가겠지. 내내 그랬으니까."

쓸쓸하게 웃는 준서의 모습에 채원의 가슴에 순간 뜨거운 무언가가 치밀어 올랐다. 저 미소, 저 눈빛 때문이었다. 자신의 피 한 방울까지도 전부 얼려버릴 듯 차가운 눈빛으로 이별을 고하더니, 지금은 애틋하고 상처받은 눈빛으로 자신을 바라보고 있었다. 자신이 내뱉는 냉정한 목소리에 그의 눈에는 슬픔이 서렸고, 한발 물러설 때마다 안타까움에 입을 다물었다.

"이렇게 도망갈 수 없는 사무실에라도 찾아와야 최소한 나와 마주 서서 내 이야기를 들어줄 것 같으니까. 이렇게라도 해야 네가 내게 단 3분이라도 내어줄 거 아니야."

채원이 자신의 양손을 꽉 마주 붙잡았다. 준서의 이런 식의 행동이 이해가 가지 않았다. 그는 언제나 냉정했고, 침착했고, 어른스러웠다. 거기다 사람들의 시선을 중시하는 사람이었다. 하지만 최근 며칠 동안 자신이 봐온 준서는 조금 다른 사람이었다.

"할 말이 뭔데요? 내게 원하는 게 뭐예요?"

낮게 깔린 채원이 목소리가 사무실 안에 울려 퍼졌다.

"아니, 당신 진짜 마음이 뭐예요. 내게 이러는 이유가 뭐예요?"

"말했잖아. 다시 시작하고 싶다고."

"내가 생각한 것보다 더 뻔뻔한 사람이네요. 약혼녀에게 버림이라도 받았어요?"

조롱기가 묻어나는 질문에 준서가 물끄러미 그녀를 바라보았다.

"어, 버림받았어."

너무나 쉽게 흘러나오는 준서의 대답에 오히려 채원이 깜짝 놀라 눈을 크게 떴다.

"버려주길 바랐고."

"마치 하기 싫은 약혼 억지로 했다는 말처럼 들리네요. 어느 날 갑자기 이별을 말하더니, 또 어느 날 갑자기 나타나 다시 시작하자고 하고. 책임감도, 배려도, 당신에게는 아무것도 없네요."

채원의 입에서 조금 거친 목소리가 나왔다. 사무실 안에서 풍기는 준서의 향기에 숨이 막힐 지경이었다. 이 향기에 질질 끌려 다니는 건 옳지 못했다. 그가 이렇게 자신을 쉽게 찾아올 수 있는 건 분명 스스로가 여지를 주었기 때문일 것이다. 자신만 분명하게 한다면 더 이상 이런 불편한 만남도, 실랑이도 없을 것이다.

준서의 등장에 마음이 혼란스러운 건 절대 사랑이 아니었다. 그걸 알고 있는 이상, 제 마음이 어디로 향하고 있는지를 느낀 이상, 우현에게 더는 상처 줄 수 없다. 채원이 크게 심호흡을 했다.

"분명히 말할게요. 나 좋아하는 사람 있어요."

두 사람의 눈이 마주쳤다. 채원은 고개를 돌리지 않았다.

"당신에게 받은 상처 보듬어준 다정한 사람이에요. 넓은 마음으로 날 이해하고 받아주는 그런 사람이죠."

그의 얼굴에서는 아무런 표정도 읽을 수 없었다.

"그리고 그 사람이 아니어도 난 당신하고 다시 시작할 마음 없어요. 이미 우린, 늦었어요."

채원의 단호한 목소리에도 준서는 아무런 대답이 없었다.

"일은 어쩔 수 없는 거니까 책임감 갖고 하겠어요. 하지만 웬만하면 마주치는 일이 없었으면 좋겠어요."

채원이 준서에게 두었던 시선을 돌렸다.

"헤어진 전 남자친구와 아무렇지 않게 얼굴 맞대고 일할 만큼 저 쿨한 사람 아니에요. 아주 불편해요. 그러니……."

"좋아한다고 착각할 수 있어."

묵직한 준서의 목소리가 흘러나왔다.

"아플 때, 힘들 때, 옆에서 위로해주고 감싸주면 그거…… 좋아한다고 착각할 수 있어. 겨우 네 달 지났어. 다 정리해버렸다고 하기에 너무 짧은 시간이야."

"지금 그 사람에 대한 내 감정까지 당신 마음대로 결론짓지 말아요. 겨우 네 달이라니. 어느새 네 달이나 지났어요."

채원의 눈꺼풀이 느리게 닫혔다 열렸다.

"왜요. 당신도 1년 넘게 나와 함께했지만 한순간에, 한마디로 이별을 말할 만큼 사랑이 쉬웠잖아요. 나 역시도 마찬가지예요. 내게도……."

갑자기 들려오는 벨소리에 채원이 고개를 돌려 책상 위에 있는 휴대폰을 바라보았다. 뒤집어진 휴대폰 케이스 안에 있는 코팅된 장미꽃이 울림에 따라 미세하게 떨리고 있었다.

"내게도 당신과의 사랑은 네 달 만에 잊혀질 만한 그런 것이었어요. 나에게 네 달은 미련도, 아쉬움도, 그리고 어리석었던 사랑도 전부 잊어버리기에 충분한 시간이었죠."

"내 눈. 눈 보고 이야기해."

준서가 한 발짝 채원 앞으로 다가왔다. 그 한 걸음에 당황한 그녀가 떨리는 눈빛을 애써 가무리며 한발 뒤로 물러섰다. 그러자 그가 순식간에 그녀의 손목을 휘감았다.

"나 보고 이야기해. 네 안에 더 이상 나는 없다고, 전부 지워버렸다고. 이제는 흔적조차 남아 있지 않다고."

너무 낮지도, 높지도 않은 목소리가 거칠게 말했다.

"이거 놔요!"

"그렇다면 그런 얼굴 하지 말아야지."

준서와 눈이 마주친 채원의 눈동자가 가늘게 떨렸다.

"그게 정말이라면, 내가 그렇게 싫다면 밉다면…… 그래서 찌꺼기조차 남아 있지 않다면 그런 눈빛 하지 말아야지."

"내 눈빛이 대체 어떻다는 거예요? 내가 분명히 말하지만……."

"네 눈동자에 비친 내 모습과 같은 얼굴. 그래서 너도 조금은 내게 미련이 있지 않을까, 흔들리진 않을까. 그런 기대를 갖게 하는 눈빛."

"착각하지 말아요. 이건 미련이 아니에요. 원망이죠. 미움이고, 분노예요."

또박또박 제 감정을 전달하는 채원의 음성에 준서가 잠시 망설였지만 다시 입을 열었다.

"내 어쭙잖은 사과가 소용없다는 것도 알고 있어. 네가 날 원망하고 미워하는 마음도 이해해. 내가 네게 상처를 준 것, 널 아프게 한 것, 모두 사실이니까."

아랫입술을 질끈 물며 제 감정을 스스로 억제하려는 그의 모습에 채원은 입을 꾹 다물었다.

"내가 네게 다가갈수록 상처가 되고 혼란스럽다는 것도 알아. 그만큼 넌 또 날 미워하겠지. 하지만 그 모든 것을 감수해서라도 난 너와 다시 시작하고 싶어."

채원이 거친 숨을 토해냈다.

"만날 때마다 내게 소리쳐. 날 원망하고 미워하는 만큼 내게 욕하고 모두 쏟아내. 그러고 나서 다시 한 번 나를 봐줘."

준서의 또렷한 눈빛이 자신을 응시하자 그녀가 그 시선을 피해 고개를 돌렸다.

"제멋대로라고 해도 상관없어. 무슨 욕을 해도 괜찮아. 책임감, 배려, 예의를 원한다면 그렇게 행동할 테니 대신 피하지만 마. 전부 다 정면으로 들을 테니까."

그가 천천히 채원을 붙잡은 손에 힘을 뺐다. 그에게 잡혔던 손목이 따끔거렸다. 닿았던 시선 곳곳이 뜨거웠다.

"3분…… 지났으니까 더 이상 붙잡고 있지 않을게."

준서가 돌아섰다. 조용히 울리는 발소리가 무거웠다. 그 뒷모습이 완전히 사라질 때까지, 사무실 유리벽에 준서의 모습이 더 이상 보이지 않을 때까지 채원은 그 자리에 꼿꼿하게 서 있었다. 그가 시야에 사라지자 그녀가 사무실 의자에 털썩 주저앉았다. 제 팔목을 붙잡고 가까이 다가선 그의 모습에 숨이 턱까지 막혀왔다. 참아왔던 숨이 한꺼번에 터져 나왔다. 양팔로 제 몸을 감싸 안았다.

"뭐야, 마치…… 자신도 어쩔 수 없었다는 식의 말투."

약혼을 어쩔 수 없이 해야 했다면 준서는 평범한 집안의 남자가 아닐지도 몰랐다. 1년을 함께하는 동안 그의 집안 이야기는 들어본 적이 없었다. 그는 자기 이야기를 하는 것을 좋아하지 않았다. 좋은 회사에 다니면서 창창한 미래가 보장된 남자. 그 정도로만 생각했다.

"아는 게 아무것도 없네. 만난 지 얼마 안 된 우현 씨보다도……."

둘 사이가 쇼윈도 연인처럼 느껴졌다. 가슴이 답답했다. 되돌아 생각해본 자신의 사랑이 거짓투성이인 것 같았다.

가방을 집어 들고 사무실을 나선 채원이 화장실 거울을 바라보며 옷매무새를 단정히 했다. 휴대폰을 확인해보니 역시나 우현의 전화였다.

[채원 씨, 비가 많이 와요. 우산 있어요?]

[아직 퇴근 전이에요? 저녁은요? 또 안 먹었죠?]

[집에 갈 때 웬만하면 택시 타고 가요. 감기도 다 안 나았잖아요.]

그가 남겨놓은 메시지. 온통 걱정뿐이었다. 말 한마디에, 단어 하나에 근심이 그득 배어 있었다.

채원이 커다란 쓰레기통 앞에 섰다. 준서가 준 종이가방을 쓰레기통 안으로 넣으려던 그녀의 손이 잠시 멈췄다. 버려졌던 자신의 마음, 그리고 이제 자신이 버리려고 하는 준서의 마음.

"정말 밉다면 그렇게 행동해, 한채원. 질질 끌려 다녀봤자 주변 사람들에게 상처만 줄 뿐이야."

그녀가 종이가방을 쓰레기통에 버렸다. 준서를 바라보면 가슴 한구석이 아팠다. 하지만 그럴수록 우현의 목소리가 듣고 싶었다. 얼굴을 보고 싶었다. 나 흔들리지 않는다고. 다가온 마음, 냉정하게 버렸다고. 그렇게 말해서 그 해사한 얼굴에 미소를 안겨주고 싶었다.

채원이 휴대폰을 꺼내 통화버튼을 눌렀다. 몇 번의 신호가 갔지만 배터리가 없던 휴대폰이 야속하게 꺼져버렸다. 한숨을 내쉰 채원이 퇴근 준비를 마치고 밑으로 내려갔다.

"한 대리님! 대리님, 이거요."

방금 전 준서를 데리고 왔던 경비 아저씨가 채원을 불러 세우더니 테이블 밑에서 우산과 종이가방을 꺼내 그녀에게 건넸다.

"매주 회사 오는 그 젊은 친구 있죠? 이거 두고 갔어요. 초밥도."

채원의 눈동자가 심하게 떨렸다.

"젊은 친구가 예의도 바르고 성실해요. 나보고 고생한다고 내 것도 사왔어요. 맛있게 먹겠다고 전해줘요."

우산을 쥔 채원의 손에 힘이 들어갔다. 가슴이 뭉클했다.

"아저씨, 그 남자분 언제 왔다 갔어요?"

"2분쯤 지났나? 방금 왔다 갔……. 대리님!"

채원이 빠른 걸음으로 회사 건물을 빠져나갔다. 2분이라면, 지금 뛰어간다면 따라잡을 수 있을지 모른다. 정류장에 있을까? 아니면 택시를 타고 이미 떠났을까? 채원이 고개를 두리번거리며 우현을 찾았다.

"이럴 때 휴대폰 배터리도 없고."

비 내리는 밤, 우현이 남기고 간 우산을 펼 생각도 하지 못한 채 정류장 쪽으로 걸음을 옮긴 채원. 초조함에 짜증이 밀려왔다. 내일도 우현을 볼 수 있었지만 지금 당장 그를 만나지 않으면 안 될 것 같았다. 아니, 만나고 싶었다.

"채원 씨!"

순간 자신의 팔을 세게 붙잡는 거센 힘에 채원의 몸이 휙 하고 돌아섰다. 우산 속에 있는 우현이 놀란 눈으로 그녀를 바라보고 있었다.

"뭐 하고 있는 거예요? 우산은요? 우산 못 받았어요?"

날카로운 시선으로 채원을 살피던 우현이 그녀의 손에 들려 있는 우산과 종이가방을 바라보며 미간을 찌푸렸다. 그 모습이 너무 반갑고 고마워 채원의 얼굴에 웃음이 피어났다. 자신을 위해 퇴근 후 피곤한 몸을 이끌고 우산을 가지고 온 우현의 모습이 그려졌다. 새 우산을 사고, 가게에서 초밥을 포장한 후 그다운 가벼운 발걸음으로 이곳에 들어왔을 것이다. 연락을 할까 말까 망설이다가 분명 방해하지 말자, 라고 중얼거리고는 로비에 우산과 초밥을 맡기고 돌아섰을 것이다. 그 모습을 상상하자 입가에 웃음이 배어 나왔다.

"왜 비를 맞고 다녀요. 이래서는 내가 여기까지 우산을 가지고 온 보람이 없잖아요."

우현의 우산 속에 함께 들어와 있었지만 이미 젖어버린 그녀의 얼굴에서 빗방울이 또르르 떨어져 턱을 타고 흘러내렸다. 그가 자연스럽게 손을 뻗어 그녀의 볼을 적신 빗방울을 닦아주었다.

채원이 갑자기 키득거리며 웃음을 터뜨렸다. 이 남자가 너무 사랑스러웠다. 우산을 건네고 아직 떠나지 않은 그가 반가웠다. 많은 사람들 속에서 자신을 찾아내준 그가 고마웠다. 얼굴에 흐르는 빗방울을 닦아준 그의 손길이 따뜻했다. 무엇보다 지금 당장 그를 볼 수 있어서 기뻤다.

준서로 인해 혼란스러웠던 감정이 우현을 보자 제자리를 찾은 듯 편안해졌다. 가슴이 뛰었다. 아, 나는 이 남자를 정말 좋아하는구나. 어느새 물들어 버렸구나.

채원이 한발 앞으로 걸어갔다. 그리고 벅찬 마음에 저도 모르게 두 팔로 그의 허리를 끌어안았다. 우현의 몸이 순식간에 굳어가는 것이 느껴졌다.

"채원 씨? 무슨 일 있어요? 계속 이러고 있으면 나…… 오해해요."

떨리는 목소리에 그를 더욱 힘주어 안았다. 한참을 그녀의 품에 안겨 있던 그가 한쪽 팔로 그녀를 감싸 안았다. 가녀린 어깨를 붙잡은 손에 힘이 들어갔다.

"하고 싶다는 그 말…… 오늘 해줄래요? 나 내일까지 못 기다릴 것 같은데."

기대감에 찬 목소리가 그녀에게 애원했다.

"하나도 빠짐없이 전부 들을 테니까. 채원 씨 숨소리까지도 전부 귀담아들을게요."

많은 사람들이 오고 가는 거리. 두 사람은 한 우산 속에서 나란히 걸음을 옮겼다.

채원의 회사 앞에 세워놓은 차로 돌아간 준서. 탁, 하고 문이 닫히자 차 안에 적막이 감돌았다. 자신의 입 밖으로 나오는 어떤 말이든 그녀에게는 변명으로밖에 들리지 않는다는 것을 알고 있었다. 약혼을 했어야 했다. 아버지의 뜻에 따랐어야 했다. 그랬어야 그가 살 수 있었다. 그래야만 모든 것이 평화로울 수 있었다. 그리고 그것은 채원에게 상처를 만들었다.

차에 시동을 걸고 자리를 뜨려던 준서가 잠시 망설였다. 거센 빗줄기가 도로를 적시고 있었다.

채원은 아직 회사에 있었다. 혹시나 우산이 없을지도 모르는 그녀를 위해 그가 다시 시트에 몸을 묻었다. 라디오에서 흘러나오는 목소리가 차 안에 스며들었다. 덤덤하게 이별을 노래하는 목소리는 빗소리와 함께 그의 마음속에 파고들었다.

비가 유리창 위로 떨어질 때마다 와이퍼가 흐르는 빗물을 닦아내 그녀의 모습을 찾았다. 행여 그 뒷모습이라도 놓칠까 한순간도 창밖에서 눈을 떼지 않았다.

채원과의 이별. 그녀의 말처럼 쉬운 게 아니었다. 며칠을 뜬눈으로 밤을 지새웠다. 그리고 마지막 순간, 레스토랑에서 자신을 향해 밝게 웃는 채원을 바라보며 세게 주먹을 말아 쥐었다.

한 자 한 자 이별을 말할 때마다 온몸이 바늘로 찔리는 듯 아팠다. 하지만 채원은 더 아팠으리라. 그 아픔을, 상처를 자신은 끌어안아 줄 수 없었다. 그저 빳빳하게 고개를 든 채로, 주먹을 불끈 쥔 채 레스토랑을 빠져나가는 그녀의 뒷모습만 바라보았을 뿐이었다.

이제 채원에게 자신이 미움이든 미련이든, 혹은 사랑으로 남아 있든. 그 어떤 것이든 좋았다. 그녀가 감당했어야 할 이별의 무게를 고스란히, 정면으로 다 받아들일 각오가 되어 있었으니까.

빗물을 씻어 내려가는 와이퍼 사이로 건물을 나오는 채원의 모습이 보였다. 우산도 쓰지 않은 채 빗속으로 뛰어나온 그녀가 누군가를 찾는 듯 다급하게 고개를 두리번거렸다.

준서의 가슴에 기대감이 번졌다. 혹시 채원이 자신을 찾고 있을지 몰랐다. 뒤돌아섰던 자신을 붙잡기 위해서. 자신과 반대 방향으로 뛰어가는 채원 때문에 마음이 다급해졌다.

준서가 차 문을 벌컥 열었다. 그리고 그때, 채원의 팔을 붙잡는 남자. 순식간에 준서의 얼굴이 딱딱하게 굳었다. 밖으로 나가려던 그의 움직임이 멈췄다. 우산 속에 가려진 뒷모습만이 그가 볼 수 있는 전부라는 사실이 답답했다. 곧 한 우산 속의 두 사람의 거리가 가까워지더니 채원이 남자의 허리를 끌어안았다. 잠시 후, 두 사람은 준서에게 등을 돌린 채 앞으로 걸어 나갔다.

숨조차 쉬지 못한 채 두 사람의 뒷모습을 바라보았다. 자동차 문손잡이를 쥔 손에 바짝 힘이 들어갔다. 열린 문틈 사이로 빗방울이 들이쳤다. 그렇게 한참이나 젖은 물방울들은 그의 가슴속에 떨어졌다.

준서가 겨우 정신을 부여잡고 집으로 돌아오자 문 앞에 박 비서가 서 있었다. 그가 문을 열고 안으로 들어가자 박 비서가 따라 들어왔다.

"사모님이 보내셨습니다. 일도 좋지만 건강 챙기셔야죠."

박 비서가 부엌으로 걸어가 식탁 위에 한약을 내려놓았다. 그 모습에 준서가 허탈하게 웃었다.

"사모님이라. 그분께 제가 고맙다고 엎드려 절이라도 해야 하나요?"

조롱기 가득한 준서의 목소리에도 박 비서는 아무런 말이 없었다.

"박 비서님도 아버지 편이시죠. 오랫동안 아버지 밑에서 일하셨으니까. 제가 어디서 무엇을 하고 있는지 보고하시죠? 지난 몇 달간 제 행동들 전부 다 아버지 귀에 들어갔겠군요."

준서가 거친 손길로 타이를 풀었다.

"오늘도 제가 어디 갔었는지 아시면서 왜 물어보시나요. 겉으로는 차마 말하지 못하니 속으로 비웃고 계시나요?"

못난 자신은 지금 아무런 죄도 없는 박 비서에게 화풀이를 하고 있었다. 가슴속에 무언가 꽉 들어찬 듯 숨조차 쉬어지지 않았다. 머릿속에 한 우산을 쓰고 걸음을 옮기던 두 사람의 모습이 떠나지 않았다. 채원의 마음속에 다른 사람이 들어왔다는 말, 사실은 믿고 싶지 않았다.

"가보세요. 혼자 있고 싶네요."

"비웃지 않습니다, 실장님. 오늘 퇴근 후에 어디에 계신지 연락이 되지 않아 걱정했습니다."

차분한 박 비서의 목소리에 준서가 몸을 돌렸다.

"실장님을 모시고 난 후, 실장님에 관련된 건 그 무엇도 보고하지 않았습니다. 믿지 않으셔도 괜찮습니다. 하지만 제가 지금 모시고 있는 분은 실장님입니다. 전 그 사실을 바로 알고 있습니다."

자신을 지그시 바라보는 박 비서의 눈빛에 그가 한숨을 내쉬었다. 사실은 알고 있었다. 지금 자신의 유일한 편은 박 비서뿐이라는 것을. 하지만 답답한 마음에 못된 말을 내뱉은 것이었다.

"다음에는 어디 가실 때는 제게만이라도……."

"어떻게 해야 할지 모르겠어요. 난…… 화만 내게 만드네요. 하긴 내 존재 자체가 그렇겠죠. 내 부모조차도 그렇게 생각하는데."

박 비서는 준서의 입에서 흘러나오는 나약한 말에 눈을 크게 떴다. 울컥, 자신의 심장까지 눈물이 차오르는 것 같은 느낌에 박 비서가 크게 심호흡을 했다. 처음이었다. 금방이라도 울음을 터뜨릴 듯 떨리는 준서의 음성은. 그냥 넘길 수가 없었다.

"솔직히…… 말씀해보셨습니까? 자존심 따위 버려버리고, 전부를 내보이셨습니까?"

흔들리는 준서의 눈빛이 박 비서를 향했다.

"이유가 어찌 됐든 실장님이 그 여성분께 상처를 준 건 사실입니다. 그리고 되찾기로 마음먹었다면 다 버리셔야죠. 다가가면 다시 받아주겠지라는 오만, 자만 모두 말입니다."

준서의 턱 끝이 파르르 떨려왔다.

"전부이셨던 분 아니셨습니까. 이별을 고하시고 아무도 없는 사무실에 와 입을 틀어막고 눈물 흘리지 않으셨습니까. 언제까지 그렇게 뒤에서 계실 건가요."

박 비서의 진지한 눈빛이 준서를 마주 보았다.

"무릎이라도 꿇고 비십시오. 애원이라도 하시란 말입니다. 정말 원한다면 그렇게라도 하세요."

준서가 탁한 한숨을 내뱉었다.

"제가 네 달 전 실장님을 모시기 시작했을 때, 실장님이 처음으로 제게 지시하셨던 일이 무엇이었는지 기억하십니까?"

준서가 고개를 끄덕였다.

"그때 저는 안 된다고 말씀드렸었고, 실장님은 제발이라고 말씀하셨습니다. 그러니 그 여성분께도 제발이라고 말씀해보세요. 적어도 실장님의 제발은 제 마음을 움직이지 않았습니까."

회사 근처에 위치한 허름한 곱창 가게.

"할머니, 저 왔어요."

비가 내려서인지 평소보다 적은 손님들 틈 사이로 풍채 좋으신 할머니가 채원의 낭랑한 목소리에 고개를 내밀었다.

"뭐여? 살아 있었어? 살아 있으면서 연락을 한번 안 해?"

주인 할머니가 퉁명스럽게 다그치자 그녀가 혀를 쏙 내밀며 사과했다.

이 곱창 가게는 채원에게 남다른 의미가 있는 곳이었다. 아버지를 따라 어린 시절부터 자주 왔던 터라 이곳은 친정집같이 포근했다. 우현을 이곳에 데리고 온 이유도 그 때문이었다. 할머니에게 우현을 소개시켜주고 싶었다.

"잠깐만 앉아 있어요."

채원이 테이블 의자에 가방을 올려놓고는 냉장고로 걸어가 물을 꺼냈다. 그녀의 뒤에 서 있던 할머니가 날카로운 눈빛으로 의자에 앉은 우현을 바라보았다.

"저놈이야? 못 올 곳 왔나, 뭘 저렇게 두리번거려?"

할머니가 시큰둥한 목소리로 중얼거리더니 채원을 바라보았다. 굳은 얼굴로 마른 입술을 깨무는 모습이 잔뜩 긴장한 것 같았다. 할머니의 시선이 뻣뻣한 얼굴로 앉아 있는 우현에게 향했다. 호오라, 이것들이 오늘 만리장성을 쌓으려고 작정을 했구먼.

채원이 이 가게를 찾은 지도 20년이 넘었다. 그동안 애인이라는 놈이 채원을 데리러 온 적은 있지만 그녀가 직접 남자를 데리고 안으로 들어온 건 처음이었다. 그 의미를 이해한 할머니가 고개를 끄덕이더니 그녀의 등짝을 짝, 하고 내리쳤다.

"아야, 할머니!"

"가 있어. 내가 너니까 특별히 주는 거야. 그 전에 둘이 앉아서 눈빛이나 교환해. 이런 건 분위기 타는 게 중요해."

채원은 할머니 말씀에 고개를 끄덕이고는 비장한 표정으로 걸어갔다. 우현을 데리고 온 것까지는 좋았는데 눈빛을 제대로 마주할 수가 없었다. 자신이 생각해도 대범한 짓을 했다. 사람들이 오고 가는 길에서 우현의 허리를 끌어안다니. 생각만으로도 얼굴이 붉어졌다.

'하고 싶다는 그 말…… 오늘 해줄래요?'

잔뜩 기대에 찬 우현의 목소리에 고개를 끄덕이고 그와 함께 이곳으로 왔다. 굳이 우산을 하나 더 펴지 않았다. 여기까지 오는 동안 살짝 닿는 어깨에도 가슴이 떨렸다. 우현에게 제 마음을 이야기하고 싶었다. 하지만 막상 입을 열려고 하니 입술이 딱 붙은 듯 떨어지지 않았다. 원래 계획은 오늘 밤 집에서 연습을 한 후 내일 침착하게 우현에게 말하는 것이었다. 계획이 틀어지자 머리가 복잡해졌다.

잠시 후, 할머니가 곱창과 함께 소주 한 병을 가지고 나왔다.

"다 마시고 가. 몸에 좋은 거여."

"감사합니다."

우현이 감사인사를 끝내기도 전 채원은 급하게 소주 뚜껑을 열어 잔에 술을 채웠다.

"천천히 먹어요. 그러다 취해요."

채원이 한 번에 소주를 들이켜자 우현이 걱정스러운 목소리로 말했다.

그녀가 헛기침을 하며 마음을 다잡았다. 오늘 밤, 미약하게나마 술의 힘이라도 빌려야 할 것 같았다. 자신의 마음을 입으로 전하는 것이 이토록 힘든 일이라는 사실을 지금에야 깨달았다. 어떻게 우현은 그토록 솔직하게 자신의 감정을 내비칠 수 있는 걸까.

"많이 먹어. 그래가지고 애나 낳겠어? 자고로 여자는 튼튼한 게 최고야. 다이어트니 뭐니 다 소용없다고."

할머니가 채원의 앞에 접시를 탁 내려놓더니 잔소리를 시작했다.

"그죠, 할머니? 비쩍 마른 여자는 매력이 없어요. 그러니까 부지런히 먹어요."

우현의 말에 할머니가 날카로운 눈빛으로 그를 바라보았다.

"거 잘 아네. 여자보고 뚱뚱하다느니 살 빼라느니 그런 소리 지껄이는 놈들은 며칠 굶기고 벌거벗겨서 한강에 내다 버려야 해. 자네 이름이 뭔가? 뭐 하는 놈이여?"

"최우현입니다. 나이 28세. 대학 연구소에서 일하고 있습니다."

"장남이야?"

다짜고짜 흘러나오는 할머니의 질문.

"네? 아, 아뇨. 차남입니다! 혹시 제사가 걱정이시라면 저희 집은 제사 안 지냅니다."

우렁찬 우현의 대답에 채원이 웃음을 터뜨렸다. 두 손을 무릎 위에 탁 얹고서 바른 자세로 앉아 있는 우현. 그답지 않게 긴장한 얼굴이, 목소리가 귀여웠다.

"할머니, 술 한잔하실래요?"

채원이 자신의 잔을 내밀자 할머니가 못 이기는 척 두 사람 사이에 자리를 잡고 앉았다.

"전에 그놈하고는 헤어진 겨?"

할머니 입에서 무심하게 흘러나오는 소리에 채원이 들고 있던 젓가락을 내려놓았다. 우현이 걱정스러운 표정으로 그녀의 얼굴을 살폈다.

"헤어졌어요. 글쎄, 저 말고 다른 여자가 있다더라고요."

하지만 채원은 아무렇지 않은 얼굴로 무심하게 입을 열었다.

"천하의 몹쓸 놈이구면. 인물 좋은 놈들은 얼굴값 한다더니. 그런 놈들은 아랫도리를 확 잘라버려야 해."

멍한 얼굴로 채원을 바라보던 우현은 할머니의 말에 입안에 털어 넣었던 소주를 품, 하고 다시 뿜어냈다.

"하, 할머니! 아무리 그래도 그렇지, 그건 좀……."

우현이 얼굴이 벌게져서는 말하자 그 모습에 채원이 깔깔 소리를 내며 웃었다.

"왜, 네놈도 딴 여자 만나려고? 요놈도 보아하니 인물값 하게 생겼네. 너도 아랫도리 간수를……."

"할머니! 설마요! 무슨 그런 무서운 소리를. 절대 아니에요, 절대! 저 지조 있는 남자예요."

"좋아. 자네 아랫도리는 내가 지켜보겠어."

"아, 아니, 왜 멀쩡한 남자의 그…… 지켜보고…… 그러세요."

할머니의 시선이 테이블 밑으로 내려가자 우현이 말을 더듬으며 부자연스럽게 다리를 꼬았다.

"근데 자네 허리는 괜찮나? 남자는 허리가 생명이라."

"아주 튼튼합니다! 아, 근데 증명할 길이 없네. 지금 할머님이라도 들어 올려볼까요?"

"누굴 들어 올려? 이런 정신 나간 놈을 봤나."

우현의 말에 할머니가 껄껄거리며 웃었다. 채원은 그런 할머니를 놀란 듯 바라보았다. 늘 미간에 주름을 가득 만든 채로 퉁명스럽게 말하셨던 분이셨는데. 이렇게 박장대소하시는 모습은 처음 봤다.

"뭐해, 거기서 살 거야? 장사 안 해?"

할머니는 주방에서 부르는 소리에 거친 말을 내뱉더니 자리에서 일어났다.

"그 술 많이 먹어. 또 내줄 테니까. 그거 좋은 술이라 다음 날에 숙취도 없어."

그러더니 우현을 바라본다.

"특히 자네, 많이 먹게. 이게 남자한테 좋은 술이야. 우리 사위가 그날 밤, 이거 마시고 이번에 아들을 낳았어."

할머니가 우현의 어깨를 툭툭 두드리고 돌아서자 그가 심각한 표정으로 술잔을 잡고 한 번에 들이켰다. 그 모습은 경건하기까지 했다.

"할머님이 센스가 있으시네요. 한 잔 더 줘요. 빨리요."

채원의 얼굴은 이미 터질 듯 붉어져 있었다. 슬쩍 우현의 눈치를 보았다. 그가 즐거워하고 있었다. 햇살처럼 웃고 있었다. 급하게 마신 술기운이 이제 도는 건지, 아니면 우현의 미소에 취한 건지. 정신이 알딸딸했고, 몸이 붕

뜬 듯 기분이 좋았다. 우현과 함께 있는 이 시간이 즐겁고 행복했다.

오늘은 말해야지, 꼭 전해야지. 어떤 식으로 입을 열면 좋을까. 어떻게 말해야 그의 얼굴에 환한 웃음이 피어날까. 술을 마시는 내내 채원은 자신이 할 말을 머릿속으로 떠올렸다.

대체 고백은 어떤 식으로 해야 하는 건가. 평생 남자라고는 준서밖에 사귀어본 적이 없었다. 그리고 준서에게 이런 식으로 제 마음을 고백했던 적도 없었다. 머릿속이 점점 더 복잡해지자 채원이 미간을 찌푸렸다.

"무슨 생각을 그렇게 해요? 혹시…… 나한테 할 말?"

눈에 띄게 당황한 채원의 모습에 우현이 설핏 미소를 지었다. 그 미소만으로도 이미 그녀의 심장은 제 것이 아닌 것처럼 뛰고 있었다.

우현이 잔에 담긴 술을 들이켜더니 부드러운 눈빛으로 채원을 바라보았다.

"나요. 매번 채원 씨 앞에서 아무렇지 않은 척하고 있지만 사실 엄청 긴장하고 있어요."

나지막한 목소리에 채원은 무릎 위에 올려놓은 양손을 세게 움켜쥐었다.

"매순간 고민하거든요. 뭐라고 해야 될까, 내가 어떻게 말해야 눈앞의 여자가 설렐까. 기뻐할까."

그녀를 달래는 듯 부드럽게 울리는 우현의 음성. 그는 지금 채원의 숨길 수 없었던 긴장을 풀어주려 하고 있었다.

"근데 한참을 고민해도 채원 씨 앞에만 서면 머릿속이 하얗게 변해버려요. 보고 있으면 자연스럽게 눈꼬리가 휘어지고, 심장이 뛰고. 그러면 나도 모르게 생각지도 못했던 말들을 하고 있더라고요."

그가 커다란 손으로 술병을 들더니 채원의 빈 잔에 가득 채웠다.

"나랑 썸 타볼래요? 라든가."

이탈리아 콜로세움 앞에서 그녀에게 했던 말이었다. 그때도 저 말에 심장이 쿵, 하고 내려앉았었다.

"우리 내일 데이트할래요? 라든가."

한국에 온 그가 그녀에게 조금 뜨거워보자며 꺼낸 이야기였다. 저 한마디에 밤새 뜬눈으로 지새우다가 결국엔 설레는 마음을 참지 못하고 그를 만나러 달려갔었다.

"혹은 키스해도 돼요? 라든가."

포지타노에서 그가 그녀를 향해 가까이 다가오며 들릴 듯 말 듯 중얼거렸었다. 뜨거운 호흡이 입술에 머물고, 농염한 시선이 제 몸 이곳저곳에 닿을 때 심장은 밖으로 튀어나올 듯 강하게 뛰었다.

"사실은 더 멋진 말로 포장하려고 열심히 생각했었는데 결국 나오는 말은 조금 다르더라고요. 채원 씨, 내 저 말들에 조금은 설레었었어요? 아주 조금이었어도 괜찮아요."

조용한 목소리로 묻는 우현.

"그랬다면 내가 했던 말 중에 채원 씨 가슴을 가장 뛰게 했던 그 말, 지금 내게 해주면 돼요. 그러면 나도 설렐 테니까."

가장 자신의 가슴을 뛰게 만들었던 그의 말.

'난 채원 씨가 좋아요.'

그 말에는 화려한 수식어도, 기교도 없었다. 솔직함, 그것밖에는. 하지만 그 어떤 말보다 그녀의 가슴을 뛰게 만들었다.

"우현 씨."

채원의 붉은 혀가 마른 입술을 축였다.

"나 우현 씨가 좋아요."

그래, 이 한마디면 되었다. 이 말이 가장 투명하게 자신의 마음을 내비칠 수 있는 말이었다.

"우현 씨가…… 너무 좋아요."

그리고 그런 그녀의 마음에 화답하듯 그의 입꼬리가 서서히 올라갔다. 그 모습에 울컥, 가슴이 지끈거렸다. 그 한마디가 뭐라고 이토록 힘들었냐고.

이 한마디에 우현이 세상을 다 가진 듯 화사하게 웃고 있는데.

"계속 어떻게 말해야 할지 고민했어요. 엄청 긴장해서 술도 조금…… 과하게 마신 것 같아요. 그래서 이따가 취해서 여기서 쓰러질지도 몰라요."

그의 입가에 잔잔한 미소가 걸렸다.

"그래도 내가 우현 씨 좋다고 말하는 이 순간은 멀쩡해요. 아니, 가슴이 너무 뛰어서 터져버리는 게 아닌가 싶어요. 그럼 멀쩡하지 않은 거죠?"

우현의 따스한 눈빛이 그녀를 바라보았다.

"좋아한다는 말 말고도 생각한 게 많았는데. 근데 지금 생각지도 못한 말들이 막 튀어나오려 해요."

채원이 입술을 깨물며 그를 바라보았다.

"우현 씨, 우리 이제 썸 그만 타고 연애할래요? 라든가."

그녀의 양 볼은 붉어졌고, 눈은 반짝거렸다.

"우리 데이트할래요? 내일도, 모레도, 그다음 날도? 라든가."

내 진실한 마음이 이 남자에게 닿아 얼굴에 미소를 만드는 일. 우현의 눈빛이 환희로 일렁거리고, 휘어진 눈매가 초승달처럼 빛나는 모습을 보는 일. 자신의 한마디에 온몸으로 행복하다고 외치는 모습을 보는 일.

"너무 오래 기다리게 해서 미안해요. 기다려줘서 고마워요, 라든가."

그건 그녀에게도 몇 배의 기쁨으로 다가왔다. 우현이 자신에게 좋아한다고 고백했던 순간보다 더 가슴이 벅차올랐다.

"왜 그건 안 물어봐요? 혹시 키스해도 돼요? 라고."

우현의 떨리는 목소리가 채원에게 묻자 그녀가 함박웃음을 띠며 입을 열었다.

"우현 씨, 키스해도 돼요?"

채원의 말과 동시에 그가 자리에서 벌떡 일어나더니 그녀를 향해 허리를 숙였다.

"물론이죠."

조금은 거친 음성과 함께 그의 단단한 손이 그녀의 턱을 붙잡았다. 그녀를 향해 허리를 숙인 그가 순식간에 그녀의 입술을 살짝 머금었다.

[아직 안 끝났어요. 나 아직 시작도 안 했으니까.]

우현이 알 수 없는 이탈리아어로 빠르게 말을 했다.

"할머니, 계산이요!"

가게 안에 쩌렁쩌렁 울리는 우렁찬 외침에 주방 안에 있던 할머니가 밖으로 나왔다.

"벌써 가는 거야? 아직 술 다 안 마셨잖아."

"지금 술이 문제가 아니에요. 할머니, 아시는 곳 중 가장 어둡고 으슥한 곳이요. 네?"

우현의 다급한 질문에도 할머니는 느긋한 표정으로 그를 바라보았다. 얼굴이 붉게 변한 채원이 서둘러 가방을 챙기는 모습에 할머니가 웃음을 터뜨렸다.

"자네 혼자 사는가?"

"그래도 집은 좀……."

"일부러 비싼 술까지 내줬는데 좀은 무슨 좀이야. 사내놈이."

"할머니, 그래도 저 이런 기회를 이용하는 남자가 되고 싶지는 않아요."

"남자가 그 정도 배짱도 없어서 어디에 써먹어? 내가 아는 곳 중에 가장 어둡고 으슥한 곳은 집이야, 집."

할머니가 혀를 차더니 다시 주방으로 들어갔다.

채원이 다급히 우현 앞에 서자 그가 고개를 돌렸다. 그녀의 사랑스러운 볼은 붉게 물들어 있었고, 눈빛은 촉촉하게 젖어 있었다. 술을 제법 많이 마신 탓인지 살짝 비틀거리는 몸의 중심을 잡기 위해 가늘고 긴 손가락이 제 옷을 붙잡았다.

"사람들 있는데 그렇게 키스…… 하는 사람이 어디 있어요?"

저 붉은 볼과, 눈동자의 떨림은 모두 자신 때문이었다. 그게 사람 환장할 정도로 기뻤다.

"왜 그렇게 급하게 일어났어요. 지금 집으로 가요?"

집으로 가요. 떨리는 그녀의 목소리에 간신히 붙잡고 있던 고지식한 이성이 툭, 끊겨버렸다.

"채원 씨."

탁한 목소리가 그녀의 이름을 불렀다.

"오늘 집에 가지 말아요."

자신의 팔을 붙잡은 손을 꽉 움켜쥐었다. 도망치지 못하도록.

"우리 집으로 가요."

그 한마디에 채원의 심장이 쿵, 하고 내려앉았다. 망설이는 듯, 하지만 유혹하듯 낮게 깔린 음성에 멍하니 입을 벌린 채 그를 바라보았다. 자신을 지그시 바라보는 농염한 눈동자에, 손끝으로 손바닥을 천천히 쓸어내리는 손길에 몸이 뜨겁게 달아오르는 것만 같았다. 머리가 팽 돌며 어지러웠다. 술기운이 이제 도는 건지, 아니면 저 아찔한 눈빛과 목소리 때문인 건지.

채원이 그 자리에 박힌 듯 서 있자 그가 부드럽게 그녀의 손목을 잡아끌었다.

"일단 나가요."

"아, 잠깐…… 할머니! 저 갈게요!"

가게 앞 처마에 선 두 사람. 여전히 빗방울은 도로를 적시고 있었다.

"우현 씨, 그래도 집으로 가는 건 좀…….."

"내가 서두르고 있는 건 알지만 지금 그냥 채원 씨 집으로 돌려보내면 이게 전부 꿈일 것 같아서 무서워요. 아니, 사실 그건 그냥 핑계고. 조금 더 같이 있고 싶어서…….."

그가 아랫입술을 깨물며 간절한 목소리를 내었다.

"마음은 지금 당장 이것저것 다 하고 싶지만, 진도는…… 최대한 채원 씨 속도에 맞추기 위해 노력할 테니까……."

그녀가 아무런 대답 없이 자신을 바라보자 그가 변명하듯 말을 이었다.

"절대 채원 씨가 원치 않는 행동은 안 할게요. 비록 할머니가 주신 술을 많이 마시긴 했지만. 그래도…… 안 될까요?"

그런 우현을 바라보는 채원의 눈동자에 전에 없던 다정함이 떠올랐다. 방금 전에는 많은 사람들 앞에서 느닷없이 키스를 하고, 집에 가지 말라는 앙큼한 말까지 내뱉어놓고는 지금은 또 그녀의 눈치를 보고 있었다. 손은 아직 그녀를 놓지 않은 채로. 그가 너무나 사랑스러웠다. 손길이 너무나 따뜻했다. 조금 더 그와 함께 있고 싶었다. 그래서 이번에는 그녀가 그의 손을 꽉 붙잡았다. 그 손길에 우현이 슬쩍 고개를 들어 그녀를 바라보았다.

"우현 씨 집에는 성준 씨도 같이 있잖아요. 그러지 말고 우리……."

"성준이 없으면 돼요?"

언제 그녀의 눈치를 보았냐는 듯 우현이 들뜬 목소리를 내더니 주머니에서 휴대폰을 꺼내 들었다.

"김성준, 나야. 오늘 세연이네서 좀 자."

"우현 씨!"

채원이 다급하게 우현의 손에서 휴대폰을 뺏으려 했지만 잡힐 그가 아니었다.

-채원 씨랑 같이 있냐?

"이제부터 같이 있으려고. 협조 좀 해줘라, 친구."

-얄미운 녀석.

성준이 전화를 끊었다. 그가 함박웃음을 지으며 그녀를 바라보았다.

"해결됐어요. 그럼 가는 거죠?"

"정말! 이러면 창피해서 성준 씨 얼굴 어떻게 봐요?"

"안 보면 되죠. 나 있는데 다른 남자는 왜 찾아요? 혹시 우리 집 못 가는 또 다른 이유 있어요?"

우현의 장난스러운 말투에 채원이 한숨을 내쉬었다. 지금 이 사실은 곧 선예의 귀에도 들어갈 것이다. 선예가 알게 됐다는 건 지금 이 이야기가 전국으로 생중계 될 날도 얼마 남지 않았다는 뜻이었다. 그것도 눈덩이처럼 부풀어서.

"정말, 성격도 급하셔. 한국말은 끝까지 들어봐야 하는 거 몰라요?"

채원이 새침하게 고개를 돌리더니 가방 안에서 그가 갖다 준 우산을 꺼내 활짝 폈다.

"그러지 말고 우리 집으로 가서 한 잔 더 마실래요? 였다고요."

우현이 벙 찐 얼굴로 그녀를 바라보았다.

"잊었어요? 나 혼자 사는 여자인 거."

그녀가 코끝을 찡긋하며 장난스럽게 말하더니 우산을 쓰고 빗속으로 걸어갔다. 그 뒷모습을 가만히 바라보던 우현이 큰 소리로 웃음을 터뜨렸다.

"하아, 귀여워 죽겠네. 진짜. 채원 씨! 아까 나한테 키스해도 되냐고 물어봤죠? 해도 돼요!"

우현의 커다란 목소리가 채원을 불러 세우자 그녀가 기겁을 하고 돌아섰다. 그의 외침에 가게 안에 있던 사람들이 열린 문을 통해 두 사람을 주목했다.

"하고 싶은 만큼 해도 돼요! 이왕 할 거 밤새 합시다! 초등학생도 아니고 손만 잡고 자요가 뭐예요? 할머니가 좋은 술까지 주셨는데. 너무하네."

채원의 얼굴이 하얗게 질려갔지만 우현은 멈출 수가 없었다. 온 동네, 온 세상에 큰 소리로 외치고 싶었다.

"채원 씨, 좋아해요! 아. 너무 좋아 죽겠어!"

내가 저 여자를 너무나 좋아한다고. 그리고 드디어 자신의 목소리를 듣고 그녀가 응답해주었다고. 자신의 벅찬 마음이 그녀에게 닿았다고. 저 작은 가슴에 자신이 들어섰다고.

우현의 시원한 고백에 둘을 바라보던 사람들이 휘파람을 불며 박수를 쳤다. 민망해진 채원이 우현의 팔을 힘껏 잡아당겼다.

"사람들 다 쳐다보잖아요. 창피하지도 않아요?"

"그럼 좋아 죽겠는데 어떡해요. 난 오늘을 국가 기념일로 공표라도 하고 싶은데."

채원의 볼멘소리에도 우현은 아랑곳하지 않았다.

"이것들이 남의 가게 앞에서 뭐 하는 거야? 왜? 티브이 방송이라도 하지?"

우현과 채원은 뒤에서 들리는 호통에 깜짝 놀라 몸을 돌렸다. 곱창 가게 할머니가 문 앞에서 두 사람을 바라보고 있었다.

할머니가 우현에게 술 한 병을 내밀었다. 아까 두 사람이 마시던 그 술이었다.

"자네, 중요한 건 장소가 아니야. 뭘 하느냐가 중요한 거지."

하시더니 돌아섰다. 순식간에 채원의 얼굴에 열꽃이 피어났다. 온몸이 벌게진 듯 화끈거려 재빨리 몸을 돌려 앞서 걸었다.

"아, 난 몰라, 정말."

"할머니, 실망시켜드리지 않을게요!"

우현의 큰 외침에 할머니는 엄지손가락을 척, 하니 들어 보이더니 시크하게 주방으로 들어갔다. 우현이 만면에 미소를 띠며 채원을 뒤따랐다.

"채원 씨, 여기서 우리 집이 더 가까우니까 우리 집으로 가요!"

보슬비가 내리는 밤, 한 우산 속 다정한 두 사람은 촉촉한 거리를 함께 걸었다.

12. 그건, 사랑

회식을 마치고 집으로 돌아온 민지는 제 방이 있는 2층으로 올라갔다. 값비싸 보이는 가구들로 가득찬 방 한쪽에 가방을 멋대로 던져놓은 그녀가 커다란 침대에 벌러덩 드러누웠다. 머릿속은 엉망진창이었다. 빗속을 뚫고 다급하게 뛰어가던 우현의 뒷모습이 계속해서 떠올랐다.

"그 여자한테 간 건가?"

한숨을 내쉰 민지가 몸을 벌떡 일으켜 책상으로 걸어가 첫 번째 서랍을 열었다. 고운 색의 손수건이 들어 있었다.

우현을 처음 만난 건 갓 중학교에 들어갔을 무렵이었다. 재벌가의 딸. 자신에게 따라붙는 수식어였다. 명문 사립 중학교 안에서도 민지는 두각을 드러냈고, 그녀의 집안 또한 사람들의 동경의 대상이었다. 무엇 하나 부럽지 않은 삶이었지만 그렇다고 무엇 하나 재미있지 않았다. 자신을 잘 알지도 못하는 사람들은 시기와 질투로 그녀를 몰아세웠고 그런 이들조차 그녀 앞에서 늘 웃는 얼굴을 보였다. 그래서 그녀도 가면을 썼다.

지루한 일상에 찾아온 회사 창립 기념 파티. 따분하기 그지없는 얼굴로 밖으로 나왔을 때 자신과 같은 표정으로 있는 남자를 발견했다. 뽀얀 피부에 큰 키, 한눈에 봐도 잘생긴 미소년은 그녀의 시선을 사로잡았다. 바라보는 것만으로도 가슴이 두근거렸다. 눈이 마주친 순간 숨이 턱 하고 막혀왔고 입에 침이 바짝바짝 말랐다. 어린 소녀가 순식간에 사랑에 빠지기에 충분할 정도로 멋있었다. 자신이 옆으로 다가갔지만 소년은 시큰둥할 뿐이었다.

'저기…… 이름이 뭐야?'

그녀의 말에 남자는 물끄러미 자신을 바라보더니 한국말이 아닌 다른 언어로 입을 열었다.

'어? 이탈리아어?'

민지의 대답에 남자가 의외라는 듯 자신을 바라보더니 한국말로 물었다.

'이탈리아어를 알아?'

'잘하지는 못해. 그냥…… 그게 이탈리아 말이구나 하는 걸 알아들을 정도? 공부하는 중이야.'

자신의 말에 남자의 표정이 눈에 띄게 밝아지더니 언제 시큰둥했냐는 듯 말을 하기 시작했다. 두 사람은 잘 통했다. 무엇보다 자신을 성남건설의 허민지가 아닌 평범한 중학생으로 대해주는 남자가 신선했다.

'네가 누구의 딸이든 어떤 집안의 사람이든 너는 너잖아. 널 그런 걸로만 평가하려는 사람들의 생각에 휘둘리지 마. 널 너 자체로 봐주는 사람도 많이 있을 테니까. 나처럼.'

진심이 담긴 조언은 어린 소녀의 마음을 휘저었다. 자신을 똑바로 바라보는 눈동자에서 헤어 나올 수가 없었다. 하지만 금세 소년은 한 남자를 따라 다급히 밖으로 나갔다. 이름도 모를 어린 시절의 첫사랑이었다.

그리고 시간이 좀 더 지난 후 민지는 다시 한 번 그를 만날 수 있었다. 병원 벤치에서. 몇 년의 세월이 흘렀지만 한눈에 알아볼 수 있었다. 꽃같이 화사한 얼굴은 여전했지만 눈동자는 시커멓게 죽어 있었다. 그 괴리감이 다시 한 번 그녀를 사로잡았다. 눈물을 흘리는 그에게 손수건을 건네주고 자리를 떠난 후 함께 있던 비서에게 그가 누구냐고 물었다.

'제일산업의 도련님입니다.'

나이가 찼고, 아버지는 결혼이라는 것을 내세웠다. 자신은 성남건설의 외동딸이었다. 결혼을 제 맘대로 할 수 없다는 것쯤은 알고 있었다. 하지만 어떻게든 아버지를 설득하고 싶었다. 제일산업의 아들과의 약혼. 자신의 고집에 아버지는 못 이기는 척 허락해주었다.

민지가 손에 쥔 손수건을 물끄러미 바라보았다. 그때 병원에서 우현에게 건넸던 손수건과 같은 것이었다. 그에게 손수건을 주고 자신도 똑같은 것으로 사서 고이 간직하고 있었다. 그를 다시 만난 건 분명 운명이었다. 포기할 수 없었다. 민지가 아랫입술을 질끈 물더니 방을 나섰다.

서재 문을 열자 민지의 아버지가 근엄한 얼굴로 의자에 앉아 있었다.

"아빠, 제일산업하고 언제 만나? 약혼식은 언제 해?"

초조한 마음에 민지가 다짜고짜 물었다.

"원, 녀석도. 시집가는 게 그렇게 좋아? 아빠랑 헤어지는 게 서운하지도 않아?"

"빨리. 응? 한 번 미뤘잖아."

다급히 빗속으로 뛰어 들어간 우현의 뒷모습 때문에 마음이 불안했다.

"네 사고 때문에 미뤄진 거 아니냐."

"왜 내 사고 때문이야. 아빠가 잘못해서 약혼을……."

"알았다, 알았어. 내가 제일산업 사장님과 이야기해보마. 그 칭찬이 자자한 미래의 사위 얼굴도 좀 보고. 근데 너희는 좀 친해진 거야? 연구소에서 같이 일한 지도 좀 됐잖아."

"당연하지. 우리 어색한 거 전혀 없어. 서로 호감도 있고. 그러니까……."

"아빠도 무슨 말인지 알았어."

원하는 대답을 얻어 낸 민지가 흡족한 표정으로 서재를 나섰다.

"내가 얼마나 오랫동안 가슴에 품고 있었는데. 첫사랑은 이루어지지 않는다는 말도 난 안 믿어."

우현은 자신의 집 현관문 앞에서 망설이듯 서 있는 채원에게 들어오라며 손짓했다.

"조금 지저분하더라도 이해해줘요. 남자 둘이 사는 집이라."

우현이 멋쩍은 듯 이야기하며 소파 위에 널브러져 있던 옷을 치웠다.

"시, 실례할게요."

채원이 그제야 신발을 벗더니 집 안으로 들어왔다. 행동이 전에 없이 조신했다. 택시 기사와 농담을 주고받으며 이곳까지 올 때에도 두 사람은 서로의 손을 꼭 붙잡고 있었다. 택시에 내려 건물 안으로 들어가 계단을 오를 때도, 우현이 현관문을 여는 순간에도 두 사람의 뜨거운 손은 함께했다. 그때는 마냥 설레기만 했었는데 집 안으로 들어와 현관문이 쿵, 하고 닫히는 순간부터 묘한 공기가 두 사람을 에워쌌다.

"이 집 우리가 처음 봤을 때 온 이후로 두 번째죠?"

잔뜩 어깨를 굳힌 채원의 긴장감을 느꼈는지 우현이 가벼운 주제로 입을 열었다. 그녀가 고개를 끄덕이더니 방 안을 휘둘러보았다.

"그땐 아무것도 없었는데 지금은 이것저것 많네요. 사람 사는 집 같아요."

"편하게 있어요. 옷도 벗어요."

"버, 벗으라고요?"

우현의 말에 채원이 깜짝 놀라 그를 바라보았다.

"아니, 이상한 의미가 아니라 재킷이 불편하니까……. 음음. 샤워라도 하러 갈래요?"

그녀가 눈을 동그랗게 뜨자 그가 다급히 변명했다.

"오해 말아요! 다른 뜻이 있는 게 아니라 그…… 자기 전에 준비를……. 원래 자기 전에 양치질도 하고. 그, 그런 준비요."

"아, 준비. 그런 준비요."

어색한 침묵이 흘렀다. 단순히 외투를 벗고, 씻고, 잠자리에 들 준비를 하라는 말이었는데 묘한 분위기 때문인지 저 말들이 전에 없이 야하게 들렸다.

우현이 가만히 서서 채원을 힐끔 쳐다보더니 한숨을 내쉬었다. 고요하다 못해 적막까지 흐르는 거실에서 나는 작은 소리만으로도 두 사람은 흠칫 놀랐다. 채원의 굳은 어깨를 풀어주고, 분위기도 느슨하게 만들고 싶었지만 어째 생각만큼 쉽지 않았다. 분명 생각했던 것 이상으로 자신이 떨고 있는 탓이니라.

"우리 두 사람…… 지금 엄청 긴장한 거 맞죠?"

그녀의 말에 그가 고개를 끄덕였다.

"숨 막힐 것 같아요. 집에 여자가 와서 이렇게 긴장해본 건 처음……."

우현의 말에 채원이 미간을 잔뜩 찌푸렸다.

"집에 여자가 와서?"

"아, 아니! 세연이요, 세연이. 세연이도 여자잖아요."

그녀가 눈을 가늘게 떠 그를 바라보았다.

"우아, 나 못 믿어요? 나 막 집에 여자 들이고 그런 남자 아니에요. 공부밖에 몰랐다고 한 말 기억 안 나요? 장학생, 장학생."

그가 슬쩍 몸을 돌려 자신의 방으로 들어갔다.

"와, 여자가 내 집에 있다니, 그것도 이렇게 예쁜 여자가. 내 평생 이런 건 처음이라 엄청 떨리네!"

장난스럽게 들리는 우현의 말에 그녀가 키득거리며 웃음을 터뜨렸다. 방에서 나온 그가 그녀가 갈아입을 만한 자신의 옷을 가지고 나왔다.

"조금 커도 괜찮을 거예요. 들어가서 씻고 나와요. 안 훔쳐볼 테니까 안심하고요."

"문 안 잠가도 안 들어올 거 알아요."

그녀가 그가 건네는 옷을 받아 들었다.

"하아, 이거 또 너무 믿어주니 반항심 생기네요."

"그럼 내 남자친구를 믿지 누구를 믿어요?"

채원이 혀를 쏙 내밀더니 욕실로 들어가 문을 닫았다. 우현은 그 자리에 박힌 듯 서 있었다. 그녀의 부드러운 음성이 귓가에 머물렀다. 남자친구. 남자친구. 남자친구! 그래, 자신은 이제 채원의 남자친구였다! 마치 그 말이 세상에서 가장 축복받은 단어처럼 들려왔다. 벅찬 마음에 그가 획 고개를 돌려 욕실 문에 대고 소리쳤다.

"채원 씨, 안주 뭐 먹고 싶어요! 남자친구가 다 해줄게요!"

"나 라면 먹고 싶어요!"

"완전 맛있게 끓여줄게요! 남자친구가!"

들뜬 외침에 욕실 안에서 커다란 웃음소리가 들렸다. 그가 서둘러 주방 서랍을 뒤지기 시작했다. 냄비에 물을 올려놓고는 제 방으로 들어가 셔츠를 훌러덩 벗어 던졌다.

지금 함께 이 집에 있는 여자가 자신의 사람이라는 사실에 가슴이 벅차올랐다. 콧노래가 절로 나왔다. 어깨가 쉼 없이 들썩였다.

처음 비 오는 거리에서 자신의 허리를 끌어안은 미약한 힘이 아직도 생생하게 느껴졌다. 좋아한다고 고백한 음성이 귓가에 계속 맴돌았다. 촉촉한 입술에 맞닿았던 순간의 감촉이 아직도 살아 있었다. 믿기지가 않았다. 이 갑자기 찾아온 가슴 벅차도록 기쁜 현실이.

"내 여자."

자신의 사람이었다. 그리고 자신 역시 채원의 사람이었다. 그 생각만으로도 심장이 달음박질쳤다. 이제 특별한 이유를 대지 않아도 언제든 그녀의 손을 붙잡을 수 있었다. 핑계를 대며 만날 약속을 잡지 않아도 괜찮았다. 그녀를 향한 자신의 이기적인 소유욕이 정당화될 수 있는 그런 관계. 눈앞에 있는 그녀의 허리를 끌어안고, 키스해도 되는…….

"우현 씨가 준 옷이……."

그때 방문 앞에서 가느다란 목소리가 들렸다. 그가 천천히 몸을 돌렸다. 채원이 문 앞에서 옷을 들고 서 있었다.

"상의만 두 벌이라……. 갈아입기가……."

채원이 입을 열었지만 곧 멍한 얼굴로 말을 멈추었다.

셔츠를 입지 않은 남자의 탄탄한 맨상체에 채원의 뜨거운 시선이 닿았다. 방금까지도 큰 소리로 웃었던 것이 거짓말이었던 것처럼 야릇한 분위기가 방 안에 맴 돌았다. 채원이 숨을 크게 몰아쉬며 마른 입술을 축이는 모습에 그가 천천히 그녀를 향해 발을 내디뎠다. 그의 움직임에도 그녀가 방을 나가지 않았다. 시선은 계속 그를 향해 있었다.

허락을 받지 않아도 눈앞의 여자를 끌어안아도 되는 관계. 늘 바라보기만 했던 저 부드러운 입술에 마음껏 키스해도 되는 관계.

"지금도 참으면…… 그건 신사가 아니라 그냥 바보일 거 같은데."

거칠게 새어 나오는 우현의 목소리. 늘 자신을 아찔하게 만들었던 장미향이 풍기는 머리카락에 얼굴을 묻고 싶었다. 건드리기만 해도 녹아내릴 것만 같은 사랑스러운 붉은 볼에 입을 맞추고 싶었다. 우현 씨가 좋아요, 라고 소름 끼치도록 행복한 말을 내 뱉은 저 입술에 키스하고 싶었다. 지금 당장. 그가 한 발 더 내디뎠다.

"그래도 약속했으니까 마지막으로 신사인 척 기회 줄게요. 셋까지 셀게요."

맑은 눈동자가 피하지 않고 그를 마주했다. 그 시선에 정신이 몽롱해졌다. 그녀가 뒷걸음질 치지 않았던 그 순간부터 가슴속에 뜨거운 무언가가 차올랐다.

"하나."

우현이 빠르게 걸음을 옮겨 채원의 허리를 낚아챘다. 그리고 그녀 뒤로 손을 뻗었다. 쿵, 하는 소리와 함께 방문이 닫혔다.

"셋."

성준은 손님들이 다 빠져나가고 뒷정리를 하고 있는 선예의 커피숍 밖에서 전화를 받고 있었다. 통화 상대는 자신의 형, 성환이었다. 현재 영국에서 회사생활을 하며 부모님과 함께 살고 있는 형은 그보다 네 살이 많았다.

-잘 지내고 있어? 세연이는? 아까 전화했었는데 안 받더라.

"일해."

-일? 그 콩만 했던 게 한국에 가서 일을 한단 말이야? 다 컸네, 우리 세연이. 우현이는 잘 지내고?

"어. 그보다 무슨 일이야?"

성준이 자연스럽게 주머니에서 담배를 찾았다.

-나 날 잡았다. 봄 되기 전에 결혼해. 한국에서도 하게 될 거 같아.

"아, 드디어. 축하해, 형."

자신의 형수가 될 사람은 영국에서 유학 중일 때 형을 만나 제법 오랜 기간 연애를 했다.

"세연이도 알아?"

성준의 시선이 자연스럽게 커피숍 안에 있는 세연을 향했다.

-지난번에 통화했을 때도 이야기했었고. 결혼 전에 한국 갈 일 있을 거야. 그때 봐.

통화를 끝마친 성준이 크게 한숨을 내쉬더니 담배를 입에 물었다.

"성준 씨, 오늘 일 도와주느라 고생했어요. 비 와서 손님도 많이 없을 줄 알았는데 오늘 너무 바빴네요."

선예의 등장에 성준이 입에 물었던 담배를 다시 뺐어냈다.

"그냥 피워도 되는데."

성준의 배려에 선예가 오히려 미안한 표정을 지었다.

"그나저나 채원이랑 우현 씨, 잘됐어요. 보는 사람 엄청 답답했는데. 우현 씨가 미련한 채원이 기다려주느라 고생이 많았네요."

"남자가 여자 마음 얻으려면 그 정도는 해야죠. 앞으로 최우현이 얼마나 의기양양할지 안 봐도 척이네요. 배 아파서 그 꼴 어떻게 보죠?"

"상상이 가요. 근데 우현 씨같이 솔직한 사람이 좋은 거예요. 내가 사랑받고 있구나, 하는 느낌이 팍 들잖아요. 근데 성준 씨는 연애 안 해요?"

선예의 무심한 질문에 성준의 시선이 옮겨졌다.

"연애라는 건 서로 좋아해야 하는 거잖아요. 한쪽의 일방적인 감정만으로는 할 수가 없죠."

조용히 읊조리는 묵직한 목소리.

"내가 좋아하는 사람이 날 좋아한다는 건 정말 기적 같은 거예요. 흔한 것 같지만 생각보다 흔하지 않은 일이죠."

선예의 눈동자가 성준의 시선이 머무는 곳을 따라갔다. 그곳에는 커피숍의 투명한 유리 안에서 성준에게 손을 흔드는 세연이 있었다.

쿵. 문이 닫히는 소리가 유난히 크게 들렸다. 하지만 채원은 닫힌 문소리보다 미친 듯이 뛰고 있는 자신의 심장 소리가 더 신경 쓰였다. 눈앞의 우현의 탄탄한 상체가 보였다. 벌거벗은 가슴이 크게 오르락내리락거리는 모습은 그의 심장 역시도 정신없이 뛰고 있다는 사실을 여실히 보여주고 있었다.

거칠게 문을 닫았던 그의 손이 채원의 허리를 부드럽게 감싸 안았다. 아니, 부드러웠지만 강하게 옭아매 단단히 붙잡았다. 우현의 다른 손의 손끝은 그녀의 얼굴을 스쳐 지나갔다. 그의 숨결이 서서히 그녀 가까이 다가왔다.

"우현 씨……."

새어 나오는 목소리가 가늘었다. 심장이 터져버릴 것만 같았다. 열기가 가득 들어찬 숨을 토하던 그의 입술이 그녀의 눈꺼풀에 닿았다. 그 짜릿함에 그녀가 몸을 떨었다. 서서히 내려온 입술은 오뚝한 코끝을 스쳐 지나가더니 볼 위에 머물렀다. 그의 손끝이 그녀의 입술 선을 따라 느리게 움직였다. 우현의 뜨거운 호흡이 채원의 입술 가까이 다가왔다. 자신을 향한 뜨거운 시선에 채원이 질끈 눈을 감았다. 1초, 2초. 채원의 입술 위로 우현의 숨결이 내려앉았다. 그리고 두 사람의 입술이 닿았다. 뜨거운 심장이 서로에게 닿았다. 겨우 입술만 닿았을 뿐인데 발끝까지 저려오는 느낌이었다.

우현이 더 강하게 채원을 끌어당겼다. 가까이 끌어당겨도 부족했다. 안아도, 안아도 모자랐다. 다급한 마음에 그녀의 입술 끝을 두드리며 재촉했다. 온전히 나를 받아들여 달라고. 당신에게 온전히 취하고 싶다고. 그의 노크에 연꽃을 머금은 듯 붉은 그녀의 입술이 천천히 열렸다. 순식간에 두 사람을 둘러싼 공기가 달아올랐다. 그동안 참아왔던 열기를 전부 쏟아붓기라도 하듯 채원의 입안으로 파고드는 우현의 숨결은 뜨거웠다. 그 열기를 참지 못한 채원이 끄응, 신음을 내며 손바닥으로 우현의 가슴을 살짝 밀어냈다. 두 사람의 입술이 살짝 떨어졌다.

"우……."

하지만 채원의 애타는 부름은 순식간에 사라져버렸다. 쉬지 않고 달려드는 우현 때문에 그녀는 거친 숨을 몰아쉴 수밖에 없었다. 우현이 한 손으로 채원의 허리를 단단히 붙잡고, 다른 한 손은 그녀의 머리카락 사이로 집어넣었다. 손끝에서 느껴지는 부드러움과 자신의 몸에 맞닿은 가녀린 몸, 사람 환장하게 부드러운 입술은 우현의 정신을 몽롱하게 만들었다.

"잠……."

"하아, 아직."

거세게 달려드는 우현의 농염한 키스에 채원이 조금 몸을 떼었지만 그조차 허락 못 하겠다는 듯 그가 그녀를 더 강하게 끌어안았다.

"아직요."

그리고 이내 포기했다는 듯 채원이 천천히 몸을 움직여 우현의 목에 팔을 둘렀다. 그녀의 가느다란 손가락이 그의 머리카락 속으로 파고들었다. 그 간지러운 느낌에 우현이 뜨거운 숨을 내뱉었다. 망설이는 듯 그의 키스를 받던 채원이 적극적으로 나오자 우현이 피식 웃으며 중얼거렸다.

"전에 내가 말하지 않았어요?"

하지만 거칠게 흘러나온 목소리에는 조금의 여유도 없었다.

"그동안 못 한 거 할 테니 각오하라고. 이렇게 나오면⋯⋯."

우현의 목소리가 더 이상 들리지 않았다. 채원이 그의 입술을 살살 깨물며 제 마음을 그에게 쏟아부었다.

"그동안 못 한 거 다 하려면 바쁠 텐데, 이렇게 이야기할 시간⋯⋯ 있어요?"

채원에게서 처음 들어보는 농염한 목소리에 순간 우현은 몸에 번개라도 맞은 것 같았다. 온몸이 짜릿하고 심장이 미친 듯이 달음박질쳤다. 이렇게 뛰다가 정말 고장이라도 나버리는 게 아닌가 싶을 정도로. 자신의 몸에 매달려 있는 부드러운 여체, 열기가 가득한 눈동자, 붉어진 양 볼, 그리고 부풀어 오른 입술. 모두 자신 때문이었다. 그 사실을 확인한 남자의 가슴에 걷잡을 수 없는 희열이 들어찼다.

"지금 나 유혹하는 거예요?"

그의 입술 사이로 탁한 목소리가 흘러나왔다.

"유혹하면⋯⋯ 넘어와요?"

채원이 키득거리며 우현의 입술 가까이에서 대답했다. 그녀가 말을 할 때마다 서로의 촉촉한 입술 끝이 간드러지게 닿았다.

"시험해봐요. 넘어오나, 안 넘어오나."

커다란 그의 손이 그녀의 뒤통수를 바짝 감싸 안았다.

"아마 눈꺼풀만 깜빡거려도 넘어갈 테니까. 지금처럼."

이성을 잃은 그의 입술이 다시 그녀를 정신없이 헤집으려는 찰나. 밖에서 요란한 소리가 들려왔다. 깜짝 놀란 채원이 우현의 목을 감쌌던 팔을 풀었다.

순식간에 자신의 몸에서 빠져나가는 온기에 그가 한숨을 내쉬며 그녀를 뒤따라 나갔다. 그리고 주방에서 펼쳐진 광경에 다급하게 몸을 움직였다. 여자친구 씨의 부탁으로 라면을 끓이기 위해 남자친구 씨가 올려놓았던 냄비 속의 물이 밖으로 넘쳐흐르고 있었다.

"채원 씨, 뜨거워요. 비켜요!"

우현이 재빨리 가스를 잠갔다.

"다친 곳은 없죠? 큰일 날 뻔했네. 저쪽으로 가 있어요."

우현이 행주로 넘쳐흐른 물을 닦았다.

"나 참, 키스하다가 이게 무슨 날벼락이야. 하아, 진짜 이젠 별게 다 방해하네."

작게 불만을 내뱉는 우현의 모습에 그녀의 입가에 미소가 걸렸다. 방금 전까지 거세게 달려들던 남자가, 그래서 그녀의 심장을 미친 듯 뛰게 만들었던 남자가 이번에는 다른 의미로 그녀를 설레게 하고 있었다. 거칠었던 혹은 부드러웠던 키스도, 자신의 머릿속을 헤집었던 손길도, 저렇게 투덜거리는 목소리도, 모두 자신이 사랑받고 있다는 증거였다. 그리고 그 사랑에 기뻐하는 그녀 역시 그에게 같은 마음이 들게 해주고 싶었다. 이제 더 이상 당신의 외사랑이 아니라고. 당신도 내게 사랑받고 있다고.

"내가 그동안 여기저기 얼마나 빌면서 공덕을 쌓았는데 고작……."

채원이 투덜거리는 우현의 팔을 살짝 잡아당겼다. 말을 멈춘 그가 몸을 돌려 그녀를 바라보자, 쪽. 그녀의 입술이 그의 볼에 닿았다. 벙 찐 얼굴을 한 그가 눈을 깜빡거렸다. 쪽, 이번에는 입술이었다.

"씻고 나올 테니까 다시 라면 끓여줘요. 남자친구 씨가 만들어준 라면 엄청 먹고 싶으니까."

채원이 눈을 찡긋했다.

"그리고 아까 방에서 하던 것도 마저 해줘요."

유혹하듯 흘러나오는 목소리에, 슬쩍 입꼬리가 올라간 농염한 미소에, 자신의 가슴을 꾹 누르는 가늘고 긴 손가락에 그의 심장이 두방망이질 쳤다. 아찔한 장미향을 남기고 간 그녀의 뒷모습에 넋을 잃었다. 마치 새로 봄을 맞이하는 것처럼 두근거렸다. 닫힌 욕실을 바라보는 눈동자에 희열이 밀려왔다. 그 벅찬 기쁨이 가슴을 빈틈없이 채웠다.

사랑, 그리고 당신. 고마워. 이토록 나를 설레게 해줘서.

일요일 오전. 준서는 헬스장 러닝머신 위를 가볍게 뛰고 있었다. 커다란 키와 상대를 압도하는 근육과 반하게 움직임은 날렵했다. 여자들의 시선은 끊임없이 준서를 뒤쫓았지만 전혀 아랑곳하지 않은 그는 오직 운동에만 열중했다. 한참을 달린 그가 러닝머신에서 내려와 걸어놓았던 수건으로 얼굴에 흐르는 땀을 닦고는 샤워실로 들어갔다.

방금 전까지 간편한 운동복 차림으로 남성미를 내뿜던 모습에서 깔끔한 셔츠로 갈아입은 준서가 주차장에 세워진 차에 시동을 걸고 한참을 달렸다. 그는 '한국병원'이라는 이정표가 보이자 차를 돌려 주차장 안으로 들어갔다. 한국병원의 신관 5층. 엘리베이터가 멈추자 그가 밖으로 나가 복도를 걸어갔다. 총 3개의 특실이 존재하는 이곳.

"안녕하세요."

준서를 발견한 간호사가 공손하게 인사했다. 고개를 끄덕여 인사를 건넨 그가 복도 가장 끝에 위치한 501호로 발걸음을 옮겼다. 크게 심호흡을 하고는 천천히 문을 열었다. 병실 안쪽으로 들어가자 유리로 된 또 다른 병실이 보였다. 그곳에는 가녀린 여자가 누워 있었다. 몸 여기저기에는 호수가 꽂혀 있었고, 너무나 말라버린 몸은 볼품이 없었다. 안에 흐르는 공기마저 눅눅하고 생기를 잃어버린 듯했다. 희미하게 들려오는 기계 소리가 여자의 호흡 소리를 대신하듯 애처롭게 울렸다. 준서의 시선이 유리 안에 누워 있는 여인에게서 한시도 떨어지지 않았다.

"오셨어요?"

안에 있던 의사가 준서를 발견하고는 밖으로 나왔다.

"좀…… 괜찮습니까?"

쥐어짜듯 나오는 그의 질문에도 의사는 별다른 말이 없었다. 괜찮다는 말을 듣고자 한 질문이 아니었다. 그의 질문의 의미는.

'지금 저곳에 누워 있는 여인이 내일까지는 살 수 있습니까?'

라는 것과 마찬가지였다. 그리고 그 질문은 12년째 같았다.

"제가 드릴 수 있는 말씀은 한 가지뿐입니다."

의사의 무거운 목소리에 준서가 파르르 떨리는 눈꺼풀을 재빨리 닫았다 열었다.

"사실 그동안 이렇게 버텨온 것도 어떻게 보면 기적입니다. 윤정희 환자와 같은 혼수상태 환자의 경우 기계에 의존하지 않으면 절대 스스로 숨 쉬며 살아갈 수 없습니다."

숨 쉬고 있어도 숨 쉬고 있지 않은 것. 살아 있어도 살아 있지 않은 것. 그역시도 알고 있었다. 하지만 차마 자신의 손으로 저 기계들의 STOP 버튼을 누른다는 건 상상도 할 수 없었다. 아닌 줄 알지만, 그래서 포기할 만도 하지만 준서는 그러지 못했다. 가슴속에 미약하게나마 남아 있는 작은 희망의 끈을 놓아버릴 수가 없었다.

"시간이 갈수록 환자 상태도 좋지 못하고……. 특히 최근에는 더……."

작게 들려오는 의사의 목소리에 준서가 주먹을 세게 말아 쥐었다. 혹시나 어느 날 기적처럼 눈을 떠서 자신을 불러주지 않을까.

"아무래도 차츰 마음의 준비를 하셔야 할 것 같습니다. 어머님을…… 보내드릴 준비를 말이죠."

예전처럼 다정한 미소로 자신을 바라봐 주지 않을까. 준서야, 라고 부르는 제 어머니의 목소리를 한 번만 더 다시 들을 수 있지 않을까.

"최선을 다해주세요. 언제나 노력해주시는 거 알지만 말입니다. 병원비는 걱정하지 마시고요."

그러기 위해서 내가 있는 거니까. 그걸 위해서 내가 지금, 이렇게 사는 거니까.

의사가 병실을 나가자 준서는 어머니와 자신을 막고 있는 유리창을 손으로 만져보았다. 절대 닿을 수 없는 거리. 12년째 보아온 모습이지만 볼 때마다 기가 막히고 가슴에 사무쳤다. 어머니의 닫힌 눈꺼풀을 바라보는 것만으로도 눈시울이 붉어졌다. 저곳에서 스스로와 싸우고 있는 어머니가 얼마나 힘든지 자신은 상상조차 할 수 없었다. 그래도 포기할 수는 없었다. 10년이 넘도록 혼수상태에 있었던 사람이 기적적으로 깨어났다는 신문 기사도 종종 보았다. 비록 지금은 눈을 감고 있었지만 자신의 어머니가 그 기적의 주인공이 될지도 몰랐다. 그 희망이 없다면 지금까지 자신은 이렇게 지내오지 못했으리라. 손톱이 박히도록 주먹을 꽉 쥔 준서가 낮게 읊조렸다.

"털고 일어나요. 여기 있어야 할 사람이 아니잖아요. 지지 말아요. 억울하지도 않아요?"

처참하게 버려져 빈껍데기뿐인 당신의 인생이.

"일어나서 그 사람한테 복수라도 하란 말이에요."

당신과 나를 버린 그 사람에게. 닿지 않는 목소리는 병실 안에 조용히 흩어질 뿐이었다.

한참 동안 병실에 앉아 제 어머니를 바라보던 준서가 떨어지지 않는 발걸음을 옮겨 밖으로 나갔다.

"준서 씨, 잠시만요. 한 가지 확인할 게 있어서요. 병원비 말인데요."

병원비라는 말에 순간 그의 가슴이 철렁 내려앉았다. 잔뜩 찌푸린 미간, 날카로운 두 눈동자가 번뜩였다.

"병원비 납부방식이 조금 달라졌네요. 반년에 한 번씩 결제하시던 것이

월별로 납부로 변경됐어요. 오랫동안 납부하셨던 방식과 달라져서 여쭤본 거예요. 큰 의미는 없어요."

준서의 얼굴이 딱딱하게 굳어갔다.

"언제부터…… 그렇게 되었나요?"

"지난달부터요."

주머니 안에 찔러 넣은 그의 손에 힘이 들어갔다. 하지만 태연한 듯 고개를 끄덕였다.

"문제가 없다면 괜찮습니다."

준서가 병원을 빠져나가 차에 올랐다. 갑자기 밀려드는 두통에 손으로 관자놀이를 꾹, 눌렀다. 치밀어 오르는 화를 참기가 힘들었다. 자신이 혼자 어찌해볼 수 없는 어머니의 엄청난 병원비. 그건 자신이 감당해야 하는 모든 현실의 시작이었다.

"한 달에 한 번 납부라니. 이제는 매달 숨이 붙어 있는지 확인이라도 하고 병원비를 준다는 건가?"

거칠게 중얼거린 그가 주먹으로 핸들을 세게 내리쳤다.

"당신은 사람도 아니야."

지긋지긋했다. 복수라도 하고 싶었다. 어머니와 자신이 그동안 겪어왔던 설욕을 모두 돌려주고 싶었다.

최근 상태가 많이 좋지 않은 어머니를 보고 어느 정도 예상을 했었다. 시간이 그리 많이 남지 않았다는 것을 말이다. 그리고 곧 자신의 삶에도 크나큰 폭풍이 몰아칠 것이다. 마음의 결정을 해야 할 때였다. 울컥, 뜨거운 것이 치밀어 올라 숨이 막혀왔다. 숨을 쉬고 싶었다. 채원이…… 보고 싶었다.

수요일 오후 4시. 우현은 성준과 함께 채원의 회사가 주체하는 '그리스로마신화전'이 열리게 될 전시회장에 들어섰다. 전시회 중간 점검을 위해 윤정수 교수님 대신 이곳을 방문한 것이다.

"채원 씨!"

우현이 전시회장 안에서 커다란 서류파일을 들고 이곳저곳을 점검하고 있는 채원의 이름을 불렀다. 익숙한 목소리에 뒤돌아본 그녀가 우현과 성준을 보고는 깜짝 놀라 한 걸음 앞으로 걸어왔다.

"여긴 어쩐 일이에요? 온다는 말 없었잖아요."

"원래는 윤정수 교수님이 오셔야 하는데 오늘 중요한 세미나가 있어서요. 우리가 가겠다고 우겼어요."

그 말에 오히려 반갑다는 듯 채원의 눈동자가 반짝거렸다. 그런 그녀를 바라보는 우현의 눈빛에 애정이 넘쳐흘렀다.

"회사에서는 꿀 떨어지는 눈빛은 좀 숨깁시다."

고개를 내저으며 투덜거리던 성준이 몸을 돌려 전시회장 구석구석을 살펴보았다.

"점점 전시회 구색을 갖춰가네요. 오늘 전시 배치도를 만드는 날이라면서요. 어디까지 진행됐어요?"

"전시회 주제는 신, 그리고 사랑이에요. 제1관의 배치는 끝났고, 제2관은 진행 중이에요."

우현이 채원의 손에 들린 커다란 서류파일을 넘겨받았다.

"제2관은 올림포스 12신에 대한 이야기를 다루네요? 1구역은 제우스, 2구역은 하데스, 3구역은 아프로디테네요."

"제3구역부터 시작하면 돼요. 아프로디테는 사랑과 미의 여신이다 보니 제우스만큼이나 함께 다룰 사건들이 많네요."

"아프로디테의 사랑이라면 남편인 헤파이스토스, 전쟁의 신 아레스, 미소년 아도니스가 대표적이죠."

"사랑의 여신답게 엄청난 바람둥이였나 봐요. 남편을 옆에 두고도 계속해서 다른 사람을 찾다니. 거기다 아레스는 헤파이스토스와 형제잖아요."

채원이 냉정한 목소리를 내뱉었다.

"많은 이야기들이 전해지지만 대장장이였던 남편 헤파이스토스가 일을 너무 사랑해서 아내에게 관심을 주지 못했다는 설이 있어요."

우현이 부드러운 목소리로 말을 이었다.

"그래서 사랑이 그리워 남편에게 받지 못한 사랑을 다른 사람에게서 찾았을지도 모르죠. 전쟁의 신 아레스 역시 폭군이라는 이미지 때문에 환영받지 못했어요. 그에게는 아프로디테가 유일한 안식처였을지도 모르죠."

"실제로 아프로디테와 함께 있는 아레스의 그림들을 보면 전쟁의 신에게 붙어 다니는 폭군이라는 말은 찾아볼 수 없어요. 그저 아프로디테 옆에 누워 평온하게 잠을 청하는, 사랑에 빠진 남자만 있을 뿐이죠."

우현의 곁에 서서 이야기를 듣던 성준이 덧붙였다.

"그렇게 생각할 수도 있겠네요. 그럼 만약에요. 불륜이 아니라는 가정하에 세 신들과 같은 상황에 놓인다면 어떤 선택을 할 것 같아요?"

채원의 질문에 우현과 성준이 서로를 바라보았다.

"만약 내가 헤파이스토스처럼 여자친구에게 무관심했다면 그 외로움에 그녀가 다른 사람을 사랑한다 해도 할 말이 없겠죠. 그게 형제라 할지라도."

성준이 차분한 목소리로 대답했다.

"반대로 내가 아레스라면 글쎄. 그건 조금 어렵네. 우현이 너는?"

채원과 성준의 시선이 우현을 향했다. 가만히 생각에 잠겼던 그가 천천히 입을 떼었다.

"나라면……. 내가 헤파이스토스라면 아레스인 형제는 내 사랑을 방해했다며 아파하겠지."

낮게 잠긴 음성에는 마치 이 상황이 눈앞에 보이는 것처럼 안타까움이 담겨 있었다.

"반대로 내가 아레스라면……. 헤파이스토스인 형제는 나 때문에 파괴된 사랑에 슬퍼하겠지. 그러니까 포기할 거야. 내가 누가 되었든 나 때문에 내

형제는 아파할 테니까."

우현다운 선택에 채원과 성준이 고개를 끄덕였다.

"그럼 채원 씨는요? 헤파이스토스와 아레스. 누굴 선택하겠어요?"

성준이 눈썹을 치켜 올리며 물었다.

"전 아레스요. 나한테 무관심하고 표현 안 해주는 남자친구보다는 내 앞에서 자신을 온전히 내보여주고, 애정을 쏟아주는 쪽이 훨씬 좋죠."

"그럼 내가 채원 씨의 아레스네요? 보여요? 내 눈에서 꿀 떨어지는 거?"

우현의 장난스러운 말에 품, 웃음을 터뜨린 채원.

"못 말리네, 이 닭살 커플. 자자, 잡담 그만하고 일합시다."

둘의 모습에 성준이 미간을 찌푸렸지만 입가에는 웃음이 번졌다.

이제 막 서로를 알아본 이 아름다운 커플이 지금처럼 행복하길.

"그럼 오늘은 회사 못 와요?"

점심식사 후, 회사 비상구에서 전화를 받던 채원의 목소리에 실망감이 드러났다. 오늘은 수요일. 우현이 회사로 오기로 한 날이었다.

-미안해요, 채원 씨. 오늘부터 갑작스럽게 발굴 현장에 가게 됐어요. 일 끝나고 채원 씨랑 데이트하고 싶었는데.

귓가에 울리는 우현의 목소리에 채원이 스르륵 눈을 감았다. 마치 옆에서 그가 있기라도 한 듯, 아쉬움을 담은 채 잔잔하게 울리는 음성에 가슴이 포근했다.

"일인데 어쩔 수 없죠, 뭐."

-오늘 너무 무리하지 말아요. 웬만하면 야근도 피해요. 걱정되니……. 오빠, 어서 준비해요!

우현의 달콤한 목소리를 파고드는 여자의 음성에 채원이 눈을 떴다. 오빠, 라는 한마디에 정신이 번쩍 들었다. 그녀가 휴대폰을 귀에 더 바짝 갖다 대었다. 입술은 일자로 굳게 닫혔다.

-오빠 재킷 제가 챙겼어요. 오빠 가방 이거죠?

낭랑한 목소리가 계속해서 우현을 불렀다. 채원의 직감은 휴대폰 너머로 들리는 목소리의 주인공이 얼마 전 성준이 말한 어리고, 예쁘고, 돈까지 많다는 그 여자라고 말하고 있었다. 말끝마다 오빠, 오빠. 진짜 오빠는 더럽게 찾았다.

-채원 씨, 잠깐만요. 민지야, 혹시 모르니까 서랍 안에 마스크 챙겨 가.

민지야? 언제 봤다고 그렇게 친근하게 민지래? 우현의 다정한 목소리에 채원의 미간이 잔뜩 찌푸려졌다. 자신과의 통화는 뒷전인 채 열심히 민지와 이야기하는 우현 때문에 기분이 가라앉았다.

-미안해요, 채원 씨. 이따…….

"바쁜가 봐요. 저도 점심시간 끝난 거 같아서요. 들어갈게요."

좋지 않은 기분만큼 지금까지 나긋나긋했던 목소리와 다른 퉁명스러운 음성이 튀어나왔다.

-네? 아직 시간이…….

"일이 바빠서요. 오후에도 일 열심히 해요. 민, 지, 야, 랑."

채원이 귀에서 휴대폰을 떼고는 통화 종료 버튼을 눌렀다.

"오빠, 민지야. 잘들 노네, 잘들 놀아."

끊긴 휴대폰을 쥔 손에 진동이 느껴졌다. 우현이었다. 코웃음을 친 채원은 휴대폰을 주머니에 넣고 사무실로 발걸음을 옮겼다. 점심시간도 한참 남았지만 컴퓨터를 켜고 자리에 앉았다. 하지만 바로 후회가 물밀듯 밀려왔다.

"하아, 내가 미쳤지. 왜 그랬지?"

자신의 괜한 심통에 당황스러워하던 우현의 목소리가 귓가에 남아 있었다. 오빠라는 말에 가라앉은 기분을 그에게 풀어버리다니. 자신이 생각해도 못난 짓을 했다. 이유도 모른 채 언짢은 소리를 들었을 우현을 생각하니 미안했다. 사무실 책상 한쪽에 걸어놓은 가방 안에는 고운 빛깔의 스카프가 들어 있었다. 오늘 우현을 만나는 날이라 일부러 하고 나온 스카프였다.

"사과…… 해야겠지?"

한숨을 내쉰 그녀가 휴대폰으로 손을 뻗었을 때 갑자기 사무실로 다급하게 뛰어오는 소리가 들렸다. 후배인 진영이었다.

"대리님, 엄마가 갑자기 쓰러지셨다고 연락이 왔어요. 일단 병원으로 모셨다는데 지금 가봐야 할 것 같아서……. 팀장님한테는 말씀드렸어요."

다급한 진영의 목소리에 채원이 눈을 동그랗게 뜨며 자리에서 일어났다.

"회사 일 신경 쓰지 말고 어서 가요. 어서요. 무슨 일 있으면 꼭 전화하고요. 알았죠?"

눈가에 눈물을 가득 머금은 진영이 꾸벅 인사를 건네고는 다급하게 사무실을 나섰다.

"괜찮으셔야 할 텐데."

이미 우현과의 통화를 잊어버린 채원의 목소리에는 안타까움이 가득 담겨 있었다.

성남대학교 연구실 직원들을 실은 차가 도로에 진입했다. 발굴 현장으로 향하는 차 안은 시끄러웠지만 우현의 얼굴은 심각했다. 방금 전까지 부드럽게 속삭이던 채원의 목소리가 갑작스럽게 변해버리더니 바쁘다며 그냥 전화를 끊어버렸다. 아직 채원의 회사 점심시간이 20분이나 남았는데도 말이다. 다시 걸어보았지만 그녀는 대답이 없었다.

"하아, 나 대체 뭘 잘못한 거지?"

우현이 중얼거리더니 답답하다는 듯 손으로 거칠게 제 머리를 쓸어 넘겼다. 안 그래도 오늘 채원을 볼 수 없어 짜증이 나 있었다. 그런데 마음이 상한 것 같은 채원을 이대로 놔둬야 한다는 사실에 가슴이 답답했다.

그때 휴대폰에 짧은 진동이 울렸다. 다급하게 휴대폰을 꺼냈지만 채원이 아니라는 사실에 실망했다.

"응, 엄마."

-많이 바빠?

"조금? 일하는 중이야."

-밥은 먹고 일하는 거야? 아들이 한국에 와서 좋긴 한데 워낙 바쁘다 보니 얼굴도 자주 못 보네.

"미안해, 엄마. 나중에 데이트해요."

-미안하면 가족끼리 밥 한 끼 먹어. 네 아빠가 다음 주 주말에 같이 밥이나 먹자고 하시더라.

"응. 연락 줘요."

-일해야 하니까 그만 끊을게. 나중에 다시 통화해.

간단히 엄마와의 통화를 끝낸 우현이 창밖을 바라보았다. 엄마, 아빠, 형제, 가족. 참으로 생소한 단어였다. 오히려 친구, 이모가 익숙했다. 아무리 엄마라 하더라도 코 흘리게 시절부터 떨어져 따로 생활했었다. 그의 성격상 살갑게 굴고 장난도 치지만 어찌 보면 여기까지가 그의 한계일지 몰랐다.

이런저런 생각에 잠겨 있는 동안 서울 시내를 달리던 차가 문화재 발굴 현장에 도착했다. 차에서 내려 언덕을 올라가자 넓은 평지와 숲이 나왔다. 현장에는 굴삭기와 같은 커다란 기계들이 늘어서 있었고, 작업 중인 기계들은 요란한 소리를 내며 바쁘게 움직이고 있었다. 이곳저곳에 하얀 페인팅으로 구역이 표시되어 있었으며 크고 작은 구덩이들로 평지가 움푹 파여 있는 곳이 많았다.

"와, 대박. 진짜 멋있어요. 신기하다. 저건 뭐 하는 거예요?"

민지의 입에서 작은 탄성이 흘러나왔다. 발굴 현장은 처음인지라 모든 것이 신기한 모양이었다.

"지난번에 교수님들이 유적지 규모를 파악하기 위해 시굴 조사를 실시하셨거든. 그걸 바탕으로 일단 중기로 발굴 터를 파는 작업을 하고 있는 거야."

우현의 설명에 민지가 호기심 가득한 눈빛으로 현장을 둘러보았다. 현장에 있던 사람들과 서로 간단한 인사를 마친 이들은 곧바로 안전 교육에 들어갔다.

"이곳은 지대도 약하고, 특히 새벽에 내렸던 비로 미끄러우니 조심해주세요. 오전에도 한 분이 미끄러져서 다리를 삐끗하셨어요."

발굴 현장에 있던 직원은 손가락으로 현장 이곳저곳을 가리켰다.

"문화재 발굴 현장에서 발견된 유물을 사적으로 가져가 은닉하는 것은 불법 행위입니다. 또한 발굴된 유물에 대한 객관적인 사실을 왜곡하는 것 역시 마찬가지입니다."

연구소 직원의 말에 성준이 우현을 바라보았다. 그는 미간을 잔뜩 찌푸린 채 직원의 설명을 듣고 있었다.

"모두 아시겠지만 몇 년 전 우리나라에서 이 같은 불미스러운 사건이 일어난 후 관련법이 강화되어……."

"잘 알지도 못하면서 멋대로 지껄이긴."

가슴에 팔짱을 단단히 끼고 눈을 가늘게 뜬 우현의 모습은 흡사 반항아 같아 보였다.

30분 이상 진행되던 설명이 끝나자 우현과 성준은 나란히 걸으며 현장을 둘러보았다.

"어림잡아도 시간 꽤나 걸리겠는걸? 굴삭기로 고묘(古墓) 발굴 작업만 한참 걸리겠어."

성준의 말에 우현이 동의한다는 듯 고개를 끄덕였다.

"오빠, 여기 좀 보세요!"

우현은 자신을 부르는 민지의 목소리에 고개를 돌렸다.

"야야! 그렇게 뛰어다니지 말고. 조심해!"

신이 나서 여기저기 다니는 민지의 모습에 우현이 큰 소리로 외쳤다.

"엄청 친해졌나 보네. 쟤가 너 엄청 따르더라? 조심해. 저런 여우 타입이 무서운 법이야."

그런 민지와 우현을 번갈아 바라보더니 성준이 퉁명스러운 목소리로 말했다.

"그런가? 내 보기엔 그냥 순한 거 같은데. 착하고. 발랄하고."

"그건 지내다 보면 알겠지. 근데 나는 쟤가 너한테 관심이 있는 것 같던데."

"엥? 아냐, 쟤 좋아하는 사람 있어. 오래전부터 알고 지낸 사이라던데?"

우현이 성준의 말을 강하게 부정했다.

"그래? 그럼 내 촉이 틀렸나?"

"연애나 좀 해보고 촉을 논해라. 난 관심 없다. 한채원 하나 생각하기도 24시간이 모자라거든."

성준이 고개를 끄덕였다. 어차피 우현이 다른 이성에게 관심이 없는 이상 민지가 여우든 곰이든 크게 상관없었다. 일단 우현은 촌스러울 정도로 하나밖에 모르는 외골수니까.

"우현아!"

커다란 목소리로 자신을 찾는 목소리에 우현이 소리가 나는 방향으로 걸어갔다. 윤정수 교수가 커다란 흙구덩이 아래 있었다. 우현이 사다리를 타고 내려가 그 옆에 섰다.

"교수님, 여기 안전장치 제대로 되어 있는 거예요? 굴삭기로 파낸 흙무덤도 그대로 옆에 뒀는데. 저러다 무너지면 크게 사고 날 것 같네요."

우현이 손으로 구덩이의 벽을 조심스럽게 만져보았다. 단단하지 못한 흙벽은 간밤에 내렸던 비로 더 느슨해져 있었다. 심지어 자신들이 구덩이 안에 있는데 반대편에서는 굴삭기로 구덩이를 계속해서 파내고 있었다.

"교수님! 저도 내려가 봐도 돼요?"

구덩이 위에서 들려오는 외침에 우현이 고개를 들자 민지가 두 사람을 내려다보고 있었다. 정수의 허락이 떨어지자 민지가 사다리를 타고 조심스럽게 아래로 내려오더니 환호성을 질렀다. 우현은 여전히 심각한 표정으로 구덩이 안을 살펴보고 있었다.

"교수님, 일단 올라가는 게 좋을 것 같아요. 저희가 안에 있는데도 계속 작업 중이고, 아무래도 좀 위험할 것 같네요. 너도 올라가."

고개를 끄덕인 정수가 사다리를 타고 천천히 위로 올라갔다. 민지가 그 뒤를 따르기 위해 앞으로 걸어가 사다리를 붙잡았다.

"최우현!"

바로 그때 우현의 귓가에 거친 외침이 들렸다. 커다란 굉음과 함께 갑자기 그의 뒤에 있던 흙벽에 무너져 내렸다. 그 모습이 마치 슬로모션처럼 우현의 눈동자에 또렷이 스쳐 지나갔다.

순식간이었다. 커다란 힘이 우현을 세게 밀쳤고, 그의 몸이 바닥으로 나동그라졌다. 거대한 어둠이 그의 시야를 점령했고 우현은 정신을 잃었다.

차에서 내린 준서가 전시회장 입구로 들어갔다. 한창 공사 중인 실내는 활기를 띠고 있었다. 사무실 직원에게 오늘 채원이 현장을 방문했다는 소식을 전해 듣고 바로 이곳으로 향했다. 6시가 넘은 시간. 행여나 채원이 먼저 퇴근을 하지 않았을까 초조한 마음에 서둘러 안쪽으로 들어갔다.

"A구역하고 B구역 사이에 공간을 조금 더 확보해주셔야 해요."

안에서 채원의 낭랑한 목소리가 들려왔다. 안도의 한숨을 내쉰 준서가 안쪽으로 들어가던 발걸음을 멈춰서 채원을 바라보았다. 그녀 주위만 반짝거리며 햇살이 비치는 것만 같은 착각이 들었다. 꼿꼿하게 선 고개와 허리, 윤기 나는 머리카락이 찰랑거리며 시선을 한눈에 사로잡았다.

"한 대리님, 바로 퇴근하세요? 예쁘게 차려입고 나오셨는데 오늘 데이트 없어요?"

준서의 사무실 직원이 장난스럽게 묻자 채원은 뾰로통한 표정을 지었다.

"데이트 있었는데 취소됐어요. 아쉽지만 집으로 가야 할 것 같아요. 그럼,

저 먼저 퇴근할게요. 수고하세요."

채원이 사람들에게 인사를 건네고는 돌아서서 안쪽으로 걸어갔다. 데이트. 준서의 귓가에 채원의 목소리가 맴돌았다. 그리고 지난 주말, 낯선 남자와 함께 우산을 쓰고 걷던 그녀의 모습이 떠올랐다. 정말로 채원에게 다른 남자가 생긴 걸까. 이제는 다른 사람의 여자가 된 걸까. 직접 눈으로 확인했지만 믿기지가 않았다. 갑자기 숨이 턱 막히는 기분이었다. 생각만으로도 가슴이 지끈거렸다. 준서가 조용히 채원을 뒤따랐다. 당장 채원을 만나면 무슨 이야기를 해야 할지 몰랐다. 지난번처럼 또다시 매몰차게 자신을 내칠 그녀를 생각하니 벌써부터 심장이 조여왔다.

탈의실 앞에 선 준서. 문을 연 그의 눈이 놀라움에 커졌다. 블라우스를 벗어 던진 채원이 실크로 된 이너만 입고 서 있었다. 옷이 구겨질까 봐 블라우스를 벗고 외투만 걸쳤던 것 같았다.

"지금 뭐 하는 거야?"

갑자기 들려오는 낮은 목소리에 채원이 깜짝 놀라 몸을 돌렸다. 격한 목소리를 낸 준서가 재빨리 탈의실 안으로 들어가 문을 잠갔다.

"현장에 남자들뿐인 거 잊었어? 문도 안 잠그고 옷을 갈아입다니. 누가 들어오기라도 하면 어쩌려고 그래?"

당황한 채원이 손에 들고 있던 블라우스를 제 앞으로 바짝 끌어안고 뒤로 물러섰다.

"자, 잠근 줄……. 당신이야말로 여기서 뭐 하는 거예요? 당신은 남자 아니에요?"

하지만 그가 물러서지 않고 그녀에게 다가왔다.

"소리 지를 거예요. 어서 나가요."

그녀가 아랫입술을 질끈 깨물었다. 준서가 빠른 걸음으로 채원의 앞에 섰다. 꿈쩍도 하지 않는 준서에게 화가 난 채원이 오른손을 번쩍 들어 올렸다. 하지만 맥없이 그에게 붙잡히고 말았다.

"이거 놔요! 당신과는 1분 1초도 같은 공간에 있고 싶지 않아요. 몇 번을 말해야 알겠어요? 나 남자친구 있어요. 좋아하는 사람 있다고요."

"당신은…… 내 얼굴만 보면 화를 내는군."

준서가 씁쓸하게 웃어 보였다. 비가 오는 그날 밤 자신은 보지 못했던 채원의 표정이 그려졌다. 예전에 내 심장을 녹였던 그 미소 그대로 그 사람에게도 웃어줬을까. 지금처럼 일그러진 표정이 아닌.

"잊었어요? 우리 그냥 헤어진 거 아니에요. 어느 날 서로를 생각하는 마음이 동시에 식어버려 끝난 그런 사이가 아니라고요."

예전에 내 가슴을 저리게 했던 그 부드러운 목소리로 그 사람에게도 속삭였을까. 지금처럼 차디찬 음성이 아닌.

"당신, 나 두고 바람피웠잖아요. 다른 여자 있었잖아. 내가 첫 번째 아니었잖아. 아니, 알고 보면 내가 바람의 상대였어요?"

예전에 내 온몸을 녹였던 그 따뜻한 눈동자로 그 사람을 바라봤을까. 지금처럼 고통에 찬 시선이 아닌. 순식간에 걷잡을 수 없는 분노가, 질투가 솟구쳤다.

"그래놓고, 헤어지자고 말할 거면서 나에게 할 이야기가 있다고. 예쁘게 하고 오라고, 최고의 날로 만들어주겠다고."

그건 지금의 상황을 만들어 채원에게 상처를 안겨준 무기력한 자신에 대한 분노. 그리고 그녀의 새로운 사랑에 대한 질투였다.

"왜! 바람피웠던 상대의 마지막 모습이라도 예쁘게 기억하고 싶었어요? 당신에게는 최고의 날이었을지 몰라도 내겐 최악의 날이었어요."

채원이 한 자 한 자 안간힘을 쓰며 내뱉었다.

"사람을 바보로 만들어놓고 이제 와서 당신 마음대로. 내가 그렇게 우스워요? 자존심은 당신만 있는 거 아니에요. 그리고 그 자존심 때문에 당신에게 이러는 거 아니에요."

그녀의 거친 목소리가 격한 감정을 토해냈다.

"대체 무슨 낯으로 와서 무턱대고 자기 말만 하고. 당신이란 사람은 어쩜 그렇게 이기적이에요."

채원이 눈에 힘을 주고 뻣뻣하게 고개를 들었다. 숨을 헐떡거리며 더 이상 당신이 들어설 자리는 없어, 라고 외치는 그녀.

"하물며 뻔뻔하기까지 해요. 만날 때마다 욕을 쏟아내라고, 원망하라고. 그러면 멋있는 줄 알아요?"

하지만 쏟아내는 목소리에는 상처가 드러났다. 그 모습에 준서가 숨을 크게 들이켰다.

"그깟 자존심 때문에 뻣뻣하게 서서 우기기나 하지, 사과할 줄도 모르죠."

채원이 이렇게 감정을 드러내며 외친 건 처음이었다. 그래서 그 외침에 가슴이 더 아팠다.

"차라리 미안하다고, 내가 널 버리고 후회했었다고!"

내가, 나만을 바라보던 너의 그 맑은 눈에 상처를 냈다.

"널 잊지 못했다고!"

내가, 나만을 품었던 너의 작은 가슴에 생채기를 만들었다.

"너무 못된 놈인 걸 이제 와 깨달아 찾아왔다고 애원이라도 해보지 그랬어요."

내가, 나만을 사랑한다고 속삭였던 네 입에서 이런 말을 하게 만들었다. 내가.

"당신이 그런 말을 할 수 있는 사람이었다면 내게 그런 상처 주지 않았었겠지. 그러니 그만해요, 이제. 우린 끝났어요. 그때 그 레스토랑에서."

내가 널 상처 입혔어야 했던 그 과정 속에 비록 내 의지로 할 수 있는 일이 어느 것 하나 없었다 하더라도, 그 어떤 변명도 네게는 널 버려야만 했던 이유가 되진 않겠지. 아니, 처음부터 네게 변명을 하며 용서를 빌고 기다려 달라고 했어야 했을까? 그것조차 할 수 없었던 난 스스로 네 손을 놓아놓고,

심장이 으스러질 정도로 네가 보고 싶어서. 네가 그리워서. 너만 찾는 내 외침이 네게도 들렸으면 해서. 그래서 매일 속으로 널 부르고.

"만약…… 그런다면 날 다시 받아줄 건가?"

준서의 양 눈가가 가슴의 고통을 그대로 반영하듯 찌푸려졌다.

"나는…… 네게 이별을 말하고 싶지 않았다고. 하지만 감히 참고 기다려 달라고는 할 수 없었다고."

네게 이별을 준비하고 말하던 그 시간도, 내게는 견딜 수 없는 고통의 순간들이었다고.

"내가 네 손을 멋대로 놓아버리고, 널 버리고 매일매일이 후회고 미련이었다고."

네가 없던 시간은 지옥과 같은 나날들이었다고.

"비록 이제 와 네 앞에 섰지만, 네가 내게 모진 말들을 내뱉지만, 그래도 그런 널 보는 지금이 난 너무 좋다고."

네가 없는 난 빈껍데기였을 뿐이라고.

"그래서 염치없지만 죽어도 널 잊지 못해서 이렇게 네게로 돌아왔다고. 너무나 미안해서 그 말조차 하기 힘들다고."

빌고, 울고, 애원하는 일이 생기더라도. 네 마음을 돌릴 수 있다면 뭐든 하겠다고.

"다시 시작하자고, 너만 원한다고. 이렇게 애원하면……. 그럼 넌 날 다시 받아줄 수 있어?"

그렇게 솔직하게 말한다면…… 넌 이런 날 다시 사랑해줄 수 있겠어?

정적이 흐르는 탈의실. 두 사람의 숨소리만이 고요하게 울릴 뿐이었다.

"난 너만 사……."

준서의 말을 가르고 채원의 가방에 있던 휴대폰이 울렸다. 한참 동안 울려 퍼진 벨소리. 그 소리가 멈출 때까지 두 사람은 서로를 마주 보았다. 그리고 벨소리가 멈추자 준서가 아쉬운 듯 천천히 채원을 붙잡은 손에 힘을 뺐다.

"그게…… 내 솔직한 마음이야. 그러니 거절만 하지 말고 다시 한 번 더 생각해줘. 제발……."

준서가 뒤돌아섰다. 하지만 채원은 움직일 수조차 없었다. 낮게 깔린 준서의 목소리가, 무기력하게 늘어뜨린 왼손이, 돌아선 저 뒷모습이 그녀의 발끝까지 떨리게 했다.

"남자들이 많은 곳이야. 옷을 갈아입으려면 문은 꼭 잠가."

또각또각. 준서가 한 걸음씩 멀어지고 있었다. 쿵, 하는 소리와 함께 그의 발소리도 사라졌다. 입으로 거친 숨을 내뱉은 채원이 벽에 몸을 기대었다. 다리에 힘이 풀린 듯 바닥에 주저앉은 그녀. 처음 보았다. 준서의 그런 눈빛, 말투, 표정. 애원하듯 울려 퍼지는 목소리. 그리고 제발이라는 말.

"이러는 건…… 당신답지 않아."

한참을 눈을 감고 멍하니 생각에 잠겼던 채원이 벽에 기댄 몸을 일으켜 바로 섰다. 블라우스와 재킷을 입은 그녀가 빠른 손놀림으로 스카프를 목에 둘러맸다. 가방 안에서 휴대폰을 꺼냈다. 부재중 전화 김성준.

"성준 씨가 웬일이지?"

휴대폰에 성준의 이름이 뜬 건 처음이었다. 고개를 갸우뚱한 그녀가 통화 버튼을 눌렀다.

"여보세요, 성……."

-채원 씨! 지금 배터리가 없어서 끊길지도 몰라요. 여기 성남대학병원인데요!

평소 성준답지 않은 다급한 목소리에 채원의 가슴이 철렁 내려앉았다. 불안정한 공기가 그녀를 둘러쌌다.

-발굴 현장의 구덩이에 흙벽이 무너졌어요. 그 안에 있던 우현이가 깔려서 지금 응급실에…….

전화가 끊겼다. 귓가에 아무런 소리도 들리지 않았다.

"여, 여보세요?"

휴대폰을 쥔 채원의 손이 파르르 떨렸다.

"여보세요? 여보세요, 성준 씨?"

병원이라니. 우현이 병원이라니. 갑자기 땅이 무너져 까마득한 낭떠러지로 떨어지는 기분이었다. 발끝까지 힘을 꽉 주고 바로 선 채원이 떨리는 손으로 간신히 문을 열고 밖으로 나갔다.

"벼, 병원이…… 우현 씨가……."

멍한 얼굴로 중얼거리던 그녀가 손톱이 손바닥에 박힐 정도로 주먹을 세게 말아 쥐었다. 그러고는 그 주먹으로 제 가슴을 탕탕 내리쳤다. 순식간에 눈가에 고인 눈물 때문에 시야가 흐려졌다.

"정신 차려. 정신 차려. 병원에 지금 당장……. 흙벽이……."

스스로 가누지 못하고 비틀거리던 채원의 몸이 휘청거렸다. 제 팔을 붙잡는 강한 손길이 느껴졌다.

"무슨 일이야? 왜 그래?"

준서였다. 그가 미간을 잔뜩 찌푸린 채 심각한 표정으로 채원을 바라보았다.

"벼, 병원에…… 지금 응급실에……."

"한채원! 정신 차려."

채원이 멍한 얼굴로 준서를 바라보았다.

"채원아, 진정해. 무슨 일이야?"

부드러운 준서의 목소리에 채원이 숨을 들이켰다. 금방이라도 울음이 터져버릴 것 같았다.

"준서 씨. 벼, 병원에 가야 해요. 병원이요. 병원에……."

준서가 커다란 눈에 눈물이 고인 채 울먹이는 채원의 팔을 이끌었다.

"병원이 어디야?"

"서, 성남대학병원이요."

준서의 손에 이끌려 그의 차 조수석에 앉게 된 채원.

채원이 우현과 성준에게 전화를 걸어보았지만 휴대폰이 꺼져 있다는 안내 메시지만 들릴 뿐이었다. 응급실에. 응급실에. 그다음은 뭐란 말인가. 전화조차 할 수 없는 상황인 걸까. 채원은 머릿속으로 온갖 최악의 상황을 상상하고 있었다.

"벨트 매."

채원은 준서의 목소리도 듣지 못한 채 아랫입술을 잘근잘근 깨물었다. 하얗게 질려버린 얼굴만큼 새하얗게 변한 양손을 꽉 엮어 붙잡았다. 그 모습을 가만히 바라보던 준서가 채원에게로 몸을 틀었다. 채원은 갑작스럽게 제 앞에 드리워진 그림자에 깜짝 놀라 고개를 들었다. 망설임 없이 뻗은 준서의 손이 채원의 반대편 안전벨트를 낚아챘다. 딸깍, 하는 소리가 차 안에 울렸다.

"고, 고마워요."

딱딱하게 굳은 표정으로 운전을 하는 준서의 얼굴도, 방금 전 애절한 목소리와 눈빛으로 자신의 심정을 토로한 모습도, 지금은 그 무엇도 상관없었다. 지금 타고 있는 차가 준서의 차라는 사실조차 제대로 인식할 수 없었다. 그저 채원의 머릿속에는 피를 흘리며 의식을 잃은 우현의 모습만이 떠오를 뿐이었다. 금방이라도 울음이 터져 나올 것만 같아 눈을 질끈 감았다. 답답해 숨조차 쉬어지지 않아 제 목에 둘렀던 스카프를 풀어 손에 쥐었다. 설마 며칠 전에 봤던 그 얼굴이 마지막이진 않겠지. 집으로 데려다 줄 때 마주 잡은 손의 온기가 마지막이진 않겠지. 별거 아닌 질투로 무심하게 끊어버린 그 전화가 그와의 마지막 통화가 되진 않겠지.

"하아. 제발……."

채원의 입에서 거친 숨이 터져 나왔다. 더 이상 아쉬움이 가득한 채로 누군가와 이별하는 건 싫었다. 모진 말로 상처 주고 변명조차 할 수 없는 친아버지 한 번으로 충분했다. 차가 신호에 걸릴 때마다 밖으로 뛰어나가고 싶을 정도로 초조했다.

어느새 준서의 차가 성남대학병원 건물 앞에 다가섰다. 채원은 이미 벨트를 푼 채 손으로 문고리를 잡고 있었다.

"고마워요."

차가 멈춰 서기도 전 다급하게 감사의 인사를 전한 채원이 재빨리 밖으로 튀어 나갔다. 높은 하이힐을 신고 커다란 보폭으로 뛸 때마다 바닥과의 마찰 때문에 발이 아파왔지만 그것조차 제대로 인식하지 못할 정도로 다급했다. 로비로 들어선 그녀가 빠르게 접수처로 걸어갔다.

"우현…… 최우현 환자요."

다짜고짜 쏟아내는 채원의 말에 직원은 황당한 얼굴로 그녀를 바라보았다.

"죄송……. 최우현 환자가 아까 이곳에 실려 왔다고. 괜찮은 거예요? 많이 다쳤어요? 의식은 있나요?"

"환자 나이가 어떻게 되죠?"

"서른둘. 아, 아니 스물여덟이요. 최우현이요."

"702호로 가보세요."

채원이 몸을 돌려 엘리베이터를 향해 뛰어갔다. 초조하게 기다리던 엘리베이터에 오른 그녀가 7층으로 올라갔다. 정신없이 고개를 돌리는 그녀의 눈동자에 702호 표지판이 보였다. 앞뒤 생각할 겨를도 없이 문을 열고 안으로 들어갔다. 탁, 채원의 걸음이 멈췄다. 그녀가 숨을 거칠게 몰아쉬었다. 병실에 들려오는 구두 소리에 침대 옆에 서 있던 성준이 먼저 채원을 발견했다.

"채원 씨!"

"성준 씨. 우, 우현…… 우현 씨는요?"

가느다랗게 떨리는 채원의 음성에 침대 주변에 있던 사람들이 몸을 비켜섰다. 그리고 사람들에게 둘러싸여 있던 남자가 모습을 드러냈다. 병원복을 입은 우현이 놀란 눈으로 채원을 바라보고 있었다. 그 시선에 채원이 들고 있던 가방을 바닥에 떨어뜨렸다. 살아 있었다. 그가 살아 있었다. 살아서, 자신을 바라보고 있었다. 물밀듯 밀려오는 안도감에 순식간에 다리에 힘이 풀린 그녀가 털썩, 그 자리에 주저앉았다.

"채원 씨!"

큰 소리로 채원의 이름을 부른 우현이 침대에 앉아 있던 몸을 일으켰다. 우현의 얼굴 여기저기에는 상처가 나 있었다. 늘 자신을 감싸주던 따뜻한 손에 링거가 꽂혀 있었지만 우현은 그조차 의식하지 못했는지 허겁지겁 그녀를 향해 걸어왔다. 깜짝 놀란 성준이 다급히 우현의 링거가 걸려 있는 지지대를 이끌고 그의 뒤를 따랐다. 그녀의 시선 끝에 우현의 맨발이 눈에 들어왔다. 그리고 무릎을 접어 앉은 우현의 눈동자가.

"채원 씨, 여기는 어떻게 알고……. 김성준 네가 연락한 거야?"

거친 목소리가 성준에게 따져 물었다.

"채원 씨는 알아야 할 것 같아서. 미안해요, 채원 씨. 연락을 다시 했어야 했는데 우현이가 깨어나서 정신이 없어서 그만……."

성준이 미안함을 가득 담은 목소리로 채원에게 사과했다.

"채원 씨, 괜찮아요? 일어날 수 있겠어요?"

우현이 바닥에 주저앉은 채원의 어깨에 손을 올렸다. 그 따스한 기운에 그녀의 눈에 눈물이 고였다. 그가 살아 있음을 온몸으로 확인하자 그제야 막힌 숨이 터져 나오는 것만 같았다. 멈췄던 제 심장이 이제야 뛰는 것 같았다.

"괘, 괜찮…… 다친 곳…… 흐흑……."

횡설수설 무슨 뜻인지도 모를 말들이 그녀의 입술 사이로 새어 나왔다.

"살아…… 흑……."

말을 잇기가 힘들었다. 침을 삼키는 일조차 어려웠다. 고개를 푹 숙인 그녀의 눈에서 눈물이 흘렀다. 떨어진 눈물이 바닥으로 똑, 똑 떨어져 내렸다.

"채원 씨, 나 괜찮아요. 정말이에요."

그 모습에 우현이 깜짝 놀라 다급하게 말했다. 괜찮아요, 라는 말에 채원의 흐느낌이 더 커졌다.

"구덩이에 흙이 무너져 내렸는데 잠깐 정신을 잃어서……. 병원에 오긴 했지만 아무 이상 없대요."

바닥을 짚은 채원의 손끝이 사정없이 떨려왔다.

"천만다행으로 무너진 흙벽…… 그러니까 흙이 많지 않아서……."

멈추지 않고 흘러나오는 채원의 눈물에 안절부절못한 우현은 자신이 괜찮다는 사실을 증명하려는 듯 계속해서 말을 이었다.

"어디 부러진 곳도 없어요. 얼굴에 상처는 별거 아니에요. 금방 나을 거예요."

어색하게 웃으며 손으로 제 얼굴도 쓸어본다.

"의사 선생님도 아무 이상 없다고 했어요. 오늘 당장이라도 퇴원해도 된다고요. 정말이에요. 채원 씨, 나 좀 봐요."

다급하게 말을 꺼낸 우현이 한 손으로 그녀의 턱 끝을 들어 올렸다. 눈물로 흠뻑 젖은 채원의 얼굴에 그의 표정까지 심각해졌다.

"봐요. 괜찮죠? 나 멀쩡하죠?"

"흑……. 오, 옷이……."

채원이 그의 병원복 끝을 붙잡았다. 눈가에 가득 고인 눈물 때문에 그의 모습이 잘 보이지 않아 손등으로 눈물을 훔쳤다. 얼굴에 상처가 나 있었고, 어딘지 아파 보였지만 머릿속에, 가슴속에 남아 있는 그 모습 그대로였다.

채원의 머릿속에 오래전 우현의 고백이 떠올랐다.

'채원 씨가 어느 날 문득 눈앞에 있는 나를 미치도록 안고 싶을 때, 그때 꽉 끌어안아 줘요.'

눈앞의 남자를 바라보는 것만으로도 목이 메고, 기적처럼 살아 있음에 감사하고, 얼굴을 보는 것만으로도 말로 표현하지 못할 정도로 가슴이 벅차오르는 지금. 우현이 말한 그 미치도록 끌어안고 싶을 때, 그건 사랑을 느끼는 바로 지금 이 순간이었다.

"이건 깨어나서 이것저것 검사받느라 하루 정도는 병원에 입원하라고 해서 입은 옷이에요. 큰 의미가 있는 게……."

순식간이었다. 채원이 주저앉아 있던 상체를 곧추세워 우현에게로 달려들었다. 가느다란 팔이 그의 허리를 세게 감싸 안았다. 그 힘에 무방비 상태로 있던 우현이 뒤로 엉덩방아를 찧은 채 넘어졌다.

"다행…… 다행이에요. 고마워요. 고마워……."

우현을 다시 볼 수 있어서, 목소리를 다시 들을 수 있어서 고마웠다.

"미안해요. 아까 미안했어요. 내가 잘못했어요. 고마워요."

못난 자신이 준 상처에 미안하다고 사과할 수 있게 살아 있어 줘서 고마웠다.

"사랑…… 해요."

비록 그에게만 들릴 작은 목소리지만 자신의 사랑을 고백할 수 있어서 고마웠다. 숨이 멈춘 듯 우현은 목석처럼 가만히 있었다. 그러고는 가슴이 들릴 정도로 크게 호흡을 몰아쉬었다. 그가 손을 뻗어 그녀의 등을 꽉 감싸 안았다. 커다란 손바닥이 그녀의 등을 일정한 속도로 토닥거려주었다.

"나도요. 나도요, 채원 씨."

부드러운 손길이 그녀의 머리를 쓰다듬었다.

"계속 옆에 있을게요. 걱정 끼쳐서 미안해요."

뜨거운 그의 입술이 살짝, 머리에 닿은 것 같기도 했다.

13. 조금은 멋이 없어도

　준서는 서둘러 병원으로 들어가는 채원의 뒷모습을 바라보았다. 이곳으로 오는 내내 금방이라도 무너질 듯 온몸을 떨던 그녀. 채원은 병원으로 가는 내내 초조하게 입술을 깨물며 주먹을 쥐었다 폈다 반복했다. 간간이 울음을 참는 신음도 들려왔다. 숨조차 쉬기가 힘든지 가늘게 떨리는 손끝으로 스카프를 잡아 풀었다. 그런 채원의 모습에 차의 속도는 점점 빨라졌다. 어길 수 있는 신호는 전부 어겼다. 그리고 도착한 병원, 자신에게 고맙다는 인사를 건넨 것이 신기할 정도로 채원은 제정신이 아니었다.

　"대체 누구기에……."

　무심코 채원이 앉아 있던 조수석으로 고개를 돌리자 바닥에 무언가 떨어져 있었다. 그가 몸을 숙였다. 방금 전까지 채원의 목에 걸려 있던 스카프였다.

　준서가 차의 시동을 끄지 않은 채 밖으로 나갔다. 커다란 보폭으로 채원이 지나간 길을 밟았다.

　"그새 올라간 건가?"

　병원 건물로 들어간 그가 고개를 두리번거리며 채원을 찾았지만 그녀는 보이지 않았다. 그녀의 향기조차 없었다. 준서가 자신의 손에 쥐어진 스카프를 가만히 바라보았다. 그녀에게 완벽하리만큼 잘 어울리는 장미무늬의 스카프였다.

"거 채널 좀 그만 돌려요. 뉴스 봅시다, 뉴스."

티브이 앞에 앉아 있던 할아버지 한 분이 리모컨을 들고 여기저기 채널을 돌리는 젊은 여자를 다그쳤다. 여자는 입을 삐죽거리며 할아버지에게 리모컨을 넘겼다.

준서가 천천히 걸음을 옮겼다.

-오늘 오후 2시경 서울 강동구 인근 문화재 발굴 현장에서 흙벽이 무너지면서 작업 중이던 사람들이 매몰되는 사고가 발생했습니다.

또각또각. 준서의 구두 소리가 조금 느려졌다.

-이 사고로 성남대학교 문화재 연구소 소속 스물여덟 최모 씨 등 두 명이 인근 병원으로 옮겨져 치료를 받고 있습니다.

또각. 준서의 구두 소리가 멈췄다.

-경찰은 이들이 깊이 3미터, 폭 2미터의 흙구덩이에서 문화재 발굴 작업을 하던 중 흙벽이 무너져서 사고가 난 것이라고 밝혔습니다. 정확한 사고의 경위는…….

천천히 준서의 고개가 돌아갔다. 가늘게 뜬 눈은 티브이를 향해 있었다.

"아이고, 저런. 스물여덟이면 아직 한창인데, 괜찮아야 할 텐데 말이지."

방금 전, 호통을 치던 할아버지가 한숨을 내쉬며 중얼거렸다.

준서의 시선은 티브이에서 떨어질 줄 몰랐다. 딱딱하게 굳은 얼굴, 굳게 다문 입술, 티브이에 고정한 시선. 준서가 재킷 안쪽에 손을 넣어 휴대폰을 꺼냈다.

"박 비서님, 접니다."

몇 번의 신호가 가고 상대방의 목소리가 들려왔다. 차분한 음성과 달리 스카프를 쥔 그의 손은 부들대며 떨리고 있었다.

"이제 진정 좀 된 거야? 이것 좀 마시거라."

우현이 입원한 병실의 휴게실. 채원은 정수가 건네주는 따뜻한 음료수를 받아 들었다. 방금 일어난 모든 것들이 꿈만 같았다. 우현의 사고 소식에 병원으로 달려와 그가 살아 있다는 안도감에 울음을 터뜨렸다. 우현의 품으로 달려들어 그를 꽉 끌어안았다. 마치 살아 있음을 다시 한 번 확인하고 싶어 하듯. 따뜻했다. 얼굴에 맞닿은 심장이 뛰고 있었다.

그런 우현의 품에서 한참 동안 눈물을 흘린 그녀가 고개를 들었을 때 그제야 자신들을 바라보고 있는 시선들을 인식했다.

"우현이는 걱정하지 않아도 된다. 병원 검사에서도 이상이 없다고 나왔고. 며칠 푹 쉬면 괜찮을 거야."

정수의 차분한 설명에 채원이 작게 고개를 주억거렸다.

"그나저나 채원이 네가 우현이랑 그런 사이였다니. 진작 알았으면 내가 회사에 갔을 때 눈치껏 빠져줬을 것을."

정수의 장난스러운 말에 채원의 얼굴을 붉혔다.

"미리 말씀 못 드려서 죄송해요."

"아니다. 나야말로 미안하구나. 내가 조금 더 주의를 기울였어야 했는데. 천만다행으로 허민지라는 친구가 흙벽이 무너질 때 우현이를 세게 밀어냈단다. 덕분에 우현이가 크게 다치지 않았어."

허민지라는 이름에 채원이 눈을 깜빡거렸다. 낮에 우현과의 통화에 끼어 들었던 그 목소리의 주인공이었다.

"그 친구도 타박상과 팔에 살짝 금이 간 것 말고는 이상이 없다고 하니 정말 고맙지."

"천만다행이에요. 여기 오는 길에 온갖 나쁜 상상은 다 했었거든요."

안도의 한숨을 내쉰 채원은 정수를 바라보며 미안한 목소리를 내었다.

"아저씨, 죄송해요. 아저씨 생신을 매년 제가 챙겨드렸는데 올해는……."

채원의 시선이 정수의 넥타이로 향했다. 아까 병실에서 사람들이 '교수님, 넥타이 잘 어울리세요.'라며 환호하자 우현은 '교수님 생신 선물이요.'라는 설명을 덧붙였다.

"괜찮다. 우리 마누라도 내 생일 잊고 지내는데."

최근 너무 많은 일이 있었다. 아빠의 제사, 가족 간의 다툼, 우현에 대한 자신의 새로운 감정, 그리고 준서. 하지만 이것들은 핑계에 불과했다. 윤 교수님은 아버지가 돌아가시고 자신에게 아버지 같은 사랑을 주신 분이셨다. 그런 분의 생신을 잊고 지내다니.

"너무 신경 쓰지 말거라. 조만간 우현이랑 식사나 함께하자. 축하한다, 채원아."

두 사람은 우현의 병실로 가기 위해 나란히 병원 복도를 걸었다.

"고마워요, 아저씨. 그리고 늦었지만 생신 축하드려요. 아저씨는 올해도 제 생일 잊지 않고 챙겨주셨는데."

"챙겨주다니? 올해 네 생일에 넌 이탈리아 여행 중이었잖니. 네가 없어서 올해는 밥도 한 끼도 못 사주는구나, 했었는데."

"무슨 말씀이세요? 아저씨가 집으로 꽃다발하고 케이크 보내주신 거 아니에요?"

채원의 말에 오히려 윤 교수는 무슨 말이냐는 듯 눈을 깜빡거렸다.

"꽃다발? 케이크? 글쎄다. 이 아저씨가 아직 기억력은 괜찮은 거 같은데. 미안하지만 내가 보낸 건 아닌 것 같구나."

채원이 황당한 얼굴로 우현의 병실로 들어가는 정수의 뒷모습을 바라보았다.

"아저씨가 아니면 그 꽃다발과 케이크는 누가 보낸 거지?"

작게 중얼거린 그녀의 얼굴에는 혼란스러움이 가득 묻어났다.

우현은 채원이 심각한 얼굴로 들어오자 눈을 가늘게 떴다. 윤 교수님과 무슨 이야기를 나누었기에 저러지?

"난 그만 가볼 테니 몸조리 잘하거라. 아니야, 일어나지 마."

침대에서 일어나려는 우현을 정수가 제지했다.

"걷는 데 문제없어요. 배웅해드릴게요."

병실 밖으로 나온 우현이 채원을 바라보더니 다정하게 속삭였다.

"병실에 있어요. 금방 올게요."

병실로 들어간 채원이 순간 멈칫했다. 침대 옆에는 휠체어에 앉아 자신을 바라보고 있는 작은 여자가 있었다. 채원은 본능적으로 눈앞에 여자가 허민지라는 사실을 알 수 있었다. 팔에 깁스를 한 채 우현의 병실에 있기 때문이기도 하지만, 자신을 바라보는 눈빛에서 묘한 감정을 느꼈기 때문이다.

"누구…… 시죠? 우현 오빠 친구분이신가요?"

이를테면 지금과 같이 경계심이 가득한 말투와 눈빛 때문에.

"한채원이라고 합니다."

이름을 듣자 움찔 놀라는 민지. 자신이 누구인지 아는 눈치였다.

"오빠는 금방 퇴원할 수 있다고 하니까 너무 걱정하지 마세요."

자연스럽게 흘러나오는 오빠라는 말에 채원이 가만히 민지를 바라보았다. 민지 역시 그 시선을 피하지 않았다. 마치 손님으로 온 자신을 민지가 대접하는 느낌. 그리고 그게 당연한 듯한 민지의 태도. 채원은 지금 이 상황이 불편하고, 민지의 태도가 찜찜했지만 티를 내지 않았다. 그래도 이 여자 덕분에 우현을 잃었을지도 모를 악몽에서 벗어날 수 있었다. 고마운 사람이었다.

"사고의 순간에 우현 씨를 도와주셨다고……. 다친 분께 이런 말씀 드리는 게 예의가 아닌 줄은 알지만 그래도 고맙습니다."

채원이 차분한 음성으로 입을 열자 민지가 어깨를 으쓱하더니 슬쩍 미소 지었다.

"감사 인사 받으려고 한 일이 아닌걸요. 그리고 만약 인사를 받아야 한다면 오빠에게 받아야죠. 친구분한테 감사 인사 받는 건 저도 조금 부담스러워서요."

일부러 친구라는 단어를 강조하는 민지. 또렷하고 부드러운 음성이었지만 어딘지 모르게 날이 서 있었다. 채원은 직감했다. 이 어리고 예쁜 아가씨는 우현을 좋아했다. 그 감정의 깊이가 얼마인지는 모르지만 커다란 사고에 본능적으로 그를 밀쳐내고 자신이 대신 다칠 만큼.

"우현 오빠도 이제 쉬어야 할 텐데. 같이 나가요."

그리고 살포시 짓는 웃음 뒤에는 자신을 향한 어린 고양이의 발톱이 숨겨져 있었다. 보통은 아닌 듯 보였다. 그 모습에 채원이 입꼬리를 올려 미소 지었다. 자신은 한채원이었다. 보통이 아닌 걸로 따지면 그녀도 만만치 않았다.

"저는 조금 더 있다가 우현 씨 보고 갈게요. 그리고 방금 전, 우현 씨를 소중하게 생각하는 입장에서 고마움을 표현한 거지만 부담스러웠다면 취소할게요. 저도 다른 사람한테 부담 주기는 싫으니까."

민지의 얼굴에 당혹스러움이 번졌다.

"단도직입적으로 물어볼게요. 오빠 좋아해요? 좋아하지도 않으면서 붙잡고 있는 거 이기적인 거 아닌가요?"

돌직구로 날아오는 질문에도 채원은 큰 동요가 없었다.

"제가 그 질문에 대답해야 할 의무 있나요?"

"전 좋아해요. 오래전부터요."

오래전부터라는 말에 채원의 눈썹이 살짝 올라갔다. 우현은 잘 모르는 듯했지만 민지와 그의 인연이 이곳이 처음은 아닌 것 같았다.

"그 말을 왜 저한테 하는지 모르겠네요. 고백할 상대가 틀린 것 같은데."

"그렇게 차분하게 대응하면 어른인 줄 아는 것 같은데 지금처럼 여유 부리다가 나중에 다른 사람한테 뺏겨도 난 몰라요."

"충고 고마워요. 새겨들을게요."

채원이 고개를 까닥이더니 문을 향해 걸어 나갔다.

"사람 마음은 언제든 바뀔 수 있어요. 그리고 마음이 바뀌지 않더라도 상황이 그렇다면 어쩔 수 없이 선택해야 할 때도 있죠. 그때가 되어도 나 원망하지 말아요."

알 수 없는 민지의 말에 채원이 몸을 돌렸다.

"그 충고도 새겨들을게요."

하지만 끝까지 차분한 채원의 모습에 심통이 난 민지가 입을 삐죽거렸다.

"근데 오빠 좋아하냐는 질문에 왜 대답 안 해줘요?"

한숨을 내쉰 채원이 다시 민지 쪽으로 방향을 틀었다.

"내가 왜 내 감정을 오늘 처음 본 그쪽에게 이야기해야 하는지 모르겠네요. 굳이 듣고 싶다면, 나 우현 씨 여자친구예요."

채원의 말에 민지가 눈을 동그랗게 떴다.

"우현 씨를 좋아한다는 말, 나와 우현 씨 사이를 모르고 한 말 같은데 이제부터라도 임자 있는 남자 건드려서 괜한 오해 만들지 않게 조심해요. 최우현, 내 남자니까."

꼿꼿하게 편 등, 상대를 또렷하게 바라보는 눈동자, 경고하듯 퍼지는 낮은 목소리. 그런 채원의 모습에 민지가 침을 꿀꺽 삼켰다.

그때 드르륵 소리와 함께 병실 문이 열리더니 우현과 성준이 안으로 들어왔다.

"어? 나가려고요? 설마 나한테 말도 안 하고 가려고 한 건 아니죠? 조금만 더 있다가 가요. 사람들 때문에 이야기도 별로 못 했잖아요."

우현이 그녀의 손을 덥석 붙잡았다.

"두 사람 인사 나눈 거야? 여긴 허민지예요. 같은 연구소 직원. 이쪽은 한채원. 내 여자친구."

"팔불출아. 여자친구라는 단어 은근히 강조하지 마라. 애인 없는 사람 서러워 살겠냐?"

입이 귀에 걸린 채 채원을 소개하는 우현의 모습에 성준이 혀를 찼다. 채원과 민지가 어색하게 인사를 나누자, 성준이 민지의 휠체어를 붙잡았다.

"내가 민지 씨 병실에 데려다 주고 갈 테니까 채원 씨, 우현이 밥 먹는 것만 봐줘요. 이 녀석 아직 아무것도 못 먹었어요."

"오빠, 몸조리 잘하세요."

민지가 채원을 힐끗, 바라보더니 우현에게 인사를 건넸다.

병실 문이 닫히자 우현이 침대로 올라가 누웠다.

"정말 괜찮은 거 맞아요? 검사 확실히 한 거예요?"

채원의 심각한 목소리에도 우현은 아무런 대답도 하지 않은 채 그녀를 바라만 볼 뿐이었다. 채원의 걱정이 좋았다. 자신의 사고 소식을 듣고 숨이 턱에 차도록 달려와 울던 모습이 떠올랐다. 무작정 자신의 품에 뛰어들어 고맙다고, 미안하다고 말하는 그녀의 모습에 지금도 가슴이 울컥했다.

"새삼스럽지만 채원 씨가 너무 좋아서요."

방 안을 가득 채우는 나지막한 음성에 채원의 심장이 떨렸다. 대체 이 남자는 노란불도 없이 훅 치고 들어온다.

"성준이 내 이름을 불렀고 갑자기 어둠이 덮쳐오는데 머릿속에 채원 씨 생각밖에 안 났어요. 내가 채원 씨 좋아하긴 엄청 좋아하나 봐요."

수줍은 듯, 하지만 분명하게 자신의 감정을 전달하는 우현의 모습에 채원이 그를 바라보며 입을 열었다.

"사고 소식 듣고 머리가 하얗게 변해버려서 정말 아무 생각도 안 났어요."

"미안해요. 여기까지는 어떻게 왔어요? 갈 때 택시 타고 가요. 걱정되니까."

채원은 자신을 이곳까지 데리고 와준 준서를 떠올렸다. 우현의 걱정에,

무사함에 안도하느라 준서의 존재를 까맣게 잊고 있었다.

준서에게서 처음 들어보는 애절한 음성. 처음 듣는 진솔한 속마음. 그리고 제발이라는 단어. 가슴이 시큰거리고 준서가 애처로웠다. 하지만 그 이상도, 그 이하도 아니었다. 감정이 이토록 차갑게 식어버릴 수 있는 걸까. 분명 힘들고, 아팠고, 그리고 다시는 사랑하지 못할 것처럼 가슴이 시렸었는데. 다시 돌아와 준다면 자존심도 접고 그 품에 뛰어들 수도 있을 것만 같았는데. 근데 막상 준서가 그녀에게 애원했고, 붙잡았고, 애절하게 자신의 감정을 털어놓았지만, 아무것도 느낄 수 없었다. 그저 안타까울 뿐이었다.

"그래도 이렇게 무사히 채원 씨 얼굴을 볼 수 있어서 얼마나 다행인지 몰라요."

우현이 자신을 바라보는 것만으로도 이렇게 가슴이 기분 좋게 뛰고 있는데. 우현에게는 그 무엇도 숨기고 싶지 않았다. 거짓말하고 싶지 않았다.

"우현 씨, 할 말이 있어요. 눈치챘겠지만 얼마 전 옛 남자친구를 만났어요. 일부러 만난 건 아니고 일을 같이하게 됐어요."

채원의 목소리에 순간 우현의 눈동자에 힘이 들어갔다.

"나한테 다시 시작하고 싶다고 말하더라고요. 이유는 잘 모르지만 내게 헤어지자고 말했던 건 자신의 의지가 아니었대요. 후회한다고, 다시 생각해 봐 달라고 했어요."

채원은 준서가 자신에게 했던 말을 숨김없이 털어놓았다.

"그래서…… 뭐라고 대답했어요?"

불안하게 흔들리는 눈빛만큼 우현의 목소리 또한 가늘게 떨렸다. 그녀가 그런 그의 손을 단단히 붙잡았다.

"나 애인 있는 여자예요. 그것도 이렇게 젊고 잘생기고 상큼한 애인. 그런 내가 뭐라고 대답했겠어요?"

채원의 장난스러운 대답에도 우현의 굳은 얼굴은 펴질 줄 몰랐다.

"지금 나한테는 우현 씨가 있잖아요. 그 사람이 애원하는 모습 처음 봤어요. 가슴이 아팠지만 심장이 뛰지는 않았어요."

그녀의 확신에 찬 대답에 우현의 얼굴에서 긴장감이 서서히 사라졌다.

"우현 씨가 나 확실하게 붙잡았으니까 나도 놓지 말라면서요. 우현 씨 꽉 붙들고 있으니까 걱정하지 말아요."

채원이 수줍은 시선으로 그를 바라보았다.

"걱정하게 만들려고 한 말이 아니에요. 걱정하지 말라고 말한 거예요. 흔들리지 않는다고. 안심하라고."

우현의 입꼬리가 서서히 올라갔다.

"일 때문에 마주치는 거라도 기분 좋지 않을 거 알아요. 최대한 마주치지 않도록 노력할게요. 무슨 일이 있어서도 안 되지만 있다면 숨김없이 말할게요."

불안하게 흔들렸던 눈동자는 어느새 환희로 가득 차 있었다.

"믿어요. 채원 씨가 나만 보는 거."

우현이 채원의 팔을 끌어당겼다. 그녀의 얼굴이 우현에게 가까이 다가왔다.

"나한테만 다정하게 속삭이는 거."

쪽, 촉촉한 그의 입술이 그녀의 볼에 닿았다.

"그리고 나만 사랑하는 거."

천천히 내려온 입술이 이번에는 그녀의 입술에 내려앉았다.

채원이 입가에 수줍은 미소가 걸렸다. 그런 그녀를 바라보는 그의 얼굴에도 억누를 수 없는 환한 웃음이 지어졌다.

"뭐? 그걸 왜 지금 말해! 우현이 많이 다쳤어? 얼마나? 이모는 알고? 채원 언니는?"

커피숍에서 일을 하던 세연이 창고에서 성준의 전화를 받고 큰 소리로 외쳤다.

-괜찮아. 하루, 이틀 정도면 퇴원해도 된다고 했어. 채원 씨는 지금 병원에 같이 있고.

"거기 면회 몇 시까지야?"

-10시? 지금 가려고? 내일 나랑 같이 가.

"됐어! 사람 이렇게 걱정시킬 거야? 내 눈으로 괜찮은 거 확인할 때까지 나 오늘 잠 못 자!"

전화를 끊은 세연이 창고를 나섰다.

"언니, 죄송한데 저 오늘 좀 일찍 가도 괜찮을까요? 우현이요, 발굴 현장에서 사고가 나서 지금 병원에 입원 중이래요."

"뭐? 괜찮은 거야? 다친 곳은?"

세연의 말에 선예가 깜짝 놀라 소리쳤다.

"다행히 많이 다치진 않았나 봐요. 그래도 얼굴 봐야 안심될 거 같아요."

"어어. 어서 가봐. 근데 채원이는?"

"지금 병실에 같이 있대요. 언니 미안해요. 다음에 시간 보충할게요."

"세연아, 전화 줘!"

세연이 허리에 두른 앞치마를 풀어 창고로 던지고는 서둘러 커피숍을 나섰다. 우현에게 전화를 걸었지만 휴대폰이 꺼져 있었다. 우현의 어머니 혜숙에게 전화를 걸었지만 신호음만 갈 뿐이었다. 다급한 마음에 이번에는 채원에게 전화를 걸었다.

"아, 정말. 왜 오늘 다 전화를 안 받아. 진짜!"

약속이나 한 듯 아무도 전화를 받지 않자 세연이 거친 말을 내뱉었다. 도로에 나와 택시를 잡은 세연이 병원으로 향했다. 우현의 부모님도 병실을 찾을 것이고, 그렇다면 채원 언니와도 마주칠 게 분명했다. 이모부와 채원 언니라. 절대 둘이 만나서는 안 될 것 같은 예감이 들었다. 불안했다.

"아저씨, 빨리 좀 가주세요. 빨리요."

그 불안감에 세연은 애꿎은 택시 기사만 재촉할 뿐이었다.

"그런데 아까 윤 교수님하고 나갔다 들어왔을 때 좀 이상해 보였는데. 무슨 일 있었어요?"

죽 한 그릇을 다 비운 우현이 채원이 내미는 커피를 받아 들었다.

"아저씨 생신도 까맣게 잊어버리고 지나가 버린 거 있죠. 아무리 정신이 없었다고 하더라도 다른 분도 아니고 아저씨 생신을 잊다니."

"윤 교수님이 채원 씨 아버지 지인분이시라고 했죠?"

"네, 대학 후배요. 아버지 돌아가시고 딸처럼 돌봐주셨어요."

"교수님도 이해해주실 거예요. 그럼 아까 점심때는 왜 기분이 안 좋았어요? 내가 뭐 잘못했어요?"

우현의 질문에 채원이 한숨을 내쉬었다.

"미안해요. 낮에 기분 나빴죠? 그렇게 전화 끊고 바로 후회했어요."

후회가 가득 담긴 채원의 표정에 우현이 그녀의 손을 붙잡았다.

"난 남자라 여자 마음 100프로 이해 못 해요. 근데 그렇다고 나 몰라라 하고 싶지는 않아요. 이해할 수 있을 때까지는 이해하고 싶어요."

잔잔하게 울리는 우현의 목소리에 채원의 미안함은 더 커져갔다.

"나도 모르게 채원 씨 마음을 상하게 하거나 서운하게 했을 수도 있잖아요. 말 안 하면 모르는 경우도 있으니까 그런 일이 있으면 말해줘요. 그래야 두 번 서운하게 안 하죠."

"미안해요. 아까는 그냥…… 못난 질투였어요."

채원은 자신의 볼이 화끈거리는 게 느껴졌다. 에라이, 모르겠다.

"그 젊고 예쁘고 돈 많다는 아가씨요. 계속 우현 씨한테 오빠, 오빠 하니까 질투 나서 그랬어요. 거기다 우현 씨가 그 사람 이름을 너무 다정하게 부르니까……."

채원이 슬쩍 눈치를 보며 말했지만 그에게는 아무런 대답이 없었다. 대신 고개를 돌린 채 웃음을 참고 있었다.

"우현 씨, 너무 웃는 거 아니에요?"

"미안, 미안요. 채원 씨가 너무 귀여워서요."

애정을 가득 담고 자신을 바라보는 그의 눈빛에, 입가에 걸린 미소에 채원이 새침하게 고개를 돌렸다. 하지만 그녀의 얼굴에도 금세 웃음이 피어났다.

"몰랐는데 나 질투도 많고 샘도 많은 거 같아요. 우현 씨가 그 여자한테 다정한 거 싫어요."

"오늘 나 기분 좋게 하려고 작정했어요? 막 질투하고 샘내요. 나 그런 거 좋아해요. 대신 다음부터는 전화 끊기 전에 말해줘요."

우현이 자신을 붙잡고 있는 채원의 손을 꼭 붙잡았다.

"알았어요. 참, 그 민지라는 친구. 안 지 오래됐어요?"

"아뇨. 회사에서 만났으니까 얼마 안 됐어요. 나 때문에 다쳐서 책임감을 좀 느끼긴 하지만 채원 씨가 걱정할 건 없어요."

하지만 우현의 말에도 이상하게 마음속에 자리 잡은 불안감이 사라지지 않았다. 아마도 자신의 눈을 똑바로 바라보며 제 마음을 이야기한 당돌한 눈동자 때문이니라.

무심코 고개를 돌린 채원이 벽에 걸린 시계를 바라보았다.

"벌써 시간이……. 이만 가볼게요. 내일 퇴근하고 올게요."

"그냥 가요?"

채원이 자리에서 일어나자 우현이 눈을 감은 채 앞으로 얼굴을 밀었다. 키드득 웃음을 터뜨린 채원이 가까이 다가가려 하자,

"볼은 안 돼요."

단호한 우현의 목소리가 들려왔다. 피식 웃음을 흘린 채원이 우현의 입술에 제 입술을 맞추려는 찰나 벌컥, 병실 문이 열렸다. 깜짝 놀란 우현과 채원이 서로에게서 떨어져 열린 문으로 시선을 두었다. 문 앞에는 중년의 부부가 서 있었다. 키가 큰 남자는 서 있는 것만으로도 딱딱하고 위험한 분위기를 풍기고 있었다. 남자의 뒤에는 우아한 외모의 중년의 여인이 서 있었다.

"엄마. 아버지……."

또각또각. 주머니에 손을 넣은 채 천천히 침대 쪽으로 걸어오는 남자의 모습에 채원이 침을 꿀꺽 삼켰다.

"아, 안녕하세요. 한채원이라고 합니다. 우현 씨…… 회사 동료입니다."

그녀가 고개를 숙여 인사를 건넸다. 날카로운 눈매로 채원을 가만히 보던 진철이 곧 입꼬리를 올려 웃었다.

"안녕하세요, 우현이 아버지입니다. 이렇게 일부러 문병까지 와주시고 감사합니다."

중후한 목소리는 어딘지 모르게 위협적이었다. 자신을 향해 미소 짓고 있었지만 매서운 눈동자는 웃고 있지 않음을 느낄 수 있었다. 채원은 본능적으로 우현의 아버지가 자신을 좋아하지 않는다는 것을 깨달았다. 마른 입술을 질끈 문 그녀가 가방을 집어 들었다.

"가족분들 오셨으니까 이만 가보겠습니다. 우현 씨, 몸조리 잘하세요."

꾸벅, 인사를 건넨 채원은 자신을 끈질기게 따라오는 시선에 잔뜩 긴장한 채 문을 향해 걸어갔다.

"한채원 씨."

그리고 그런 그녀를 불러 세우는 진철의 차가운 목소리. 채원이 뒤를 돌아보았다.

"다음에 기회 되면…… 또 만나도록 하죠."

번뜩이는 진철의 눈동자는 많은 것들을 이야기하고 있었다. 침을 꿀꺽 삼킨 채원.

"네. 그럼 가보겠습니다."

진철의 시선이 채원을 지나 우현에게 옮겨졌다. 우현의 눈동자는 채원의 뒷모습에서 떨어질 줄 몰랐다. 그런 제 아들을 가만히 바라보던 진철이 천천히 입을 열었다.

"안 그래도 오늘 사고 때문에……."

벌컥.

다시 병실 문이 열렸다. 거친 숨을 몰아쉰 세연이 병실 안에 흐르는 싸늘한 공기에 채원을 바라보았다.

"이모부."

세연의 목소리에 진철이 입꼬리를 올려 미소 지었다. 마치 다 알고 있다. 그러니 소용없다고 말하는 것만 같았다.

"우현이 네 약혼녀도 걱정을 많이 했다."

"아버지!"

우현이 격한 감정을 싣고 크게 소리쳤다. 순간, 채원이 숨을 멈추었다.

"아버지, 저는 분명히 말씀드렸습니다. 그러니……."

우현의 다급한 목소리에도 진철의 눈동자는 오롯이 채원만을 향해 있었다.

"퇴원하면 고마운 만큼 네가 더 잘하거라. 허튼짓, 할 생각 말고."

금방이라도 모든 것을 얼려버릴 것 같은 싸늘한 진철의 음성이 말했다.

"허튼짓, 할 생각 말고."

진철의 눈동자에 담긴 경고를 읽은 채원이 어깨에 둘러멘 가방끈을 꽉 쥐었다.

"언제까지 그렇게……."

"언니! 나 화장실 다녀왔어요. 일 다 봤으니까 이제 집에 가요."

세연의 큰 목소리가 진철의 말을 잘랐다.

"이모, 이모부, 오랜만이에요. 근데 굉장히 일찍 오셨네요. 우현이 사고 난 지는 한참 지났는데. 연락을 늦게 받으셨나 봐요?"

빈정거리는 세연의 말투에 진철이 미간을 찌푸렸다.

"밑에 친구도 기다리고 있고, 저희는 온 지 좀 오래돼서 이제 가볼게요. 최우현, 우리 갈게. 심심해도 참아. 그리고 정신 똑바로 차려."

세연이 똑바로 우현을 바라보더니 아직 멍한 채원의 팔에 팔짱을 껴 그녀를 병실 밖으로 이끌었다.

드르륵, 병실 문이 닫혔다. 세연이 미간을 찌푸리며 주먹을 움켜쥐었다. 약혼녀라니, 우현이 약혼을 했다는 말은 자신도 듣지 못했다.

"우현 씨…… 약혼…… 했어?"

떨리는 채원의 목소리에 세연이 거칠게 고개를 저었다.

"언니, 말도 안 되는 소리예요. 만약 했다 하더라도 분명 이모부 마음대로 정해놓고 우현이한테 강요하는 걸 거예요."

세연이 채원의 팔을 단단히 붙잡았다. 두 사람이 병실에서 멀어져 코너를 돌았다.

"내가 엄마한테 전화해볼게요. 별일 아니니까 신경 쓰지……. 언니!"

순식간에 다리에 힘이 풀린 채원이 바닥에 털썩 주저앉았다.

"언니, 괜찮아요?"

"또…… 약혼이야?"

채원이 중얼거렸다.

"또…… 하아, 젠장."

그녀의 입에서 거친 말이 튀어나왔다. 머릿속이 뒤죽박죽 여기가 어딘지, 내가 누구인지, 여기서 무엇을 하고 있는지 아무것도 생각이 나지 않았다.

거칠게 제 아버지의 말을 제지하는 우현의 태도, 그는 이미 이 사실을 알고 있었던 것 같았다.

"우현이가 언니를 얼마나 좋아하는지 언니도 알고 있잖아요. 걔 언니밖에 없어요."

채원이 한숨을 내쉬며 자리에서 일어났다.

"우현이가 알고 있었다 하더라도 별거 아니라고 생각했을 거예요. 자기가 얼마든지 해결할 수 있는 일이라고 여겨서……."

"미안, 세연아. 나 혼자 갈게."

채원이 열심히 우현을 변호하는 세연의 말을 가르고 힘없이 중얼거렸다.

"미안해. 지금은 혼자 있고 싶어서 그래. 미안."

채원이 무거운 발걸음을 옮겼다.

"세연아, 저곳에서 데리고 나와줘서 고마워."

"지금 무슨 짓을 하셨는지 아시나요?"

채원이 세연과 함께 병실을 나가자마자 날이 선 우현의 목소리가 진철에게 물었다.

"당신, 잠깐 나가 있어."

혜숙은 잠깐 망설였지만 이내 고개를 끄덕이고는 병실을 나갔다.

"그딴 약혼 누가 한다고 했습니까. 분명히 말씀드리지 않았습니까."

"나도 분명 이야기했다. 우리 집안에서 놓칠 수 없는 혼사라고."

"제가 언제부터 아버지 집안사람이었습니까? 창피해서 늘 꼭꼭 숨겨두고 아무도 몰랐으면 했던 그런 아들 아니었습니까?"

진철의 날카로운 눈동자가 우현을 노려보았다.

"제가 틀린 말 했습니까? 평생 한국 땅을 제대로 밟지도 못하게 해놓고는 나이가 차서 적당히 쓸모가 있어지니까 이런 식으로 이용을⋯⋯."

"내가 네게 쓴 돈에 비하면 별거 아니지 않나? 네가 외국에 있는 동안 네게 투자한 돈이⋯⋯."

"보통은 그걸 투자라고 합니까? 부모가 자식을 내쫓아놓고 양육비로 보낸 돈 가지고 생색내지 마세요."

우현의 탁한 음성이 진철의 말을 잘랐다.

"그리고 그 돈, 헛되게 쓰지 않았습니다. 장담컨대 아버지의 주머니에서 나온 돈 중 가장 의미 있게 쓰인 돈일 겁니다. 응당 아버지가 쓰셔야 할 돈이기도 하고요."

"그럼 그 의미 있는 돈값을 해야지 않나? 여기저기 피해를 입혀서야 되겠냐는 말이다. 네 이런 고집이 네 형에게도 민폐라는 생각, 안 해본 게냐."

우현이 눈을 가늘게 떴다. 대체 이 일이 형하고 무슨 상관이란 말인가.

"그 여자는 안 된다."

진철이 우현의 말을 잘랐다.

"제 인생입니다. 제가 선택했습니다."

"선택이 언제나 옳을 수는 없는 거지. 이건 경고하는 거다."

아들과 아버지 사이의 따뜻한 시선은 없었다.

"토요일 오후, 네가 약혼할 집안과 함께 점심을 할 거다."

우현은 낮에 엄마가 전화로 식구들끼리 식사나 한 끼 하자고 했던 말이 떠올랐다. 그 식사가 이거였다니.

"기어이 제가 그곳에서 직접 거절하는 모습을 보고 싶으신 건가요?"

"네게 그럴 배짱이 있는지 모르겠다. 엄마를 끔찍하게 생각한다는 아들이 제 엄마 망신 주는 일은 하지 않겠지."

"더 이상 아버지의 욕심으로 희생되는 거 사절입니다. 그만큼 어리지도 않고, 무기력하게 당할 만큼 능력이 없지도 않습니다."

"다시 말하지만 그 여자는 안 된다. 널 위해 해주는 말이다."

"저도 다시 말씀드리지만 제가 선택한 여자입니다. 저 여자 말고는 누구도 싫습니다."

"나중엔 이렇게 말한 내게 고마워할 거다. 너 하나 때문에 얼마나 많은 사람들이 상처받을지 한번 생각해보거라. 그리고 가장 상처받을 사람이 누군지도."

진철이 냉정하게 몸을 돌려 밖으로 나갔다. 그리고 혜숙이 안으로 들어왔다. 폭우처럼 몰아치는 거센 감정을 달래기라도 하듯 우현은 한참이나 말이 없었다. 그 침묵을 참지 못하고 혜숙이 입을 열었다.

"우현아, 엄마는……."

"난 엄마가 아들인 나 말고 아빠를 선택했을 때도, 그래서 영문도 모른 채 혼자 영국에서 자라야 했을 때도 엄마를 미워한 적 없어."

우현이 건조한 시선으로 혜숙을 바라보았다.

"이모가 늘 말했어. 엄마를 원망하지 말라고. 자식을 내버려두고 사랑을 좇은 엄마지만 그래도 내 엄마니까. 어쨌든 엄마가 날 아끼는 것을 알고 있으니까."

엄마가 자신을 사랑한다는 것을 알고 있었다. 단지, 이모나 성준의 엄마가 갖고 있는 모성애와 조금 다를 뿐. 단지, 엄마는 아들인 자신보다 엄마 스스로를 더 사랑했을 뿐.

"엄마가 지어준 밥 한 번 먹어보지 못했고, 따뜻한 포옹 한 번 받아보지 못했지만 괜찮았어. 근데 지금은 엄마, 나 엄마가 처음으로 너무 원망스러워."

그가 주먹을 세게 말아 쥐었다.

"저런 사람을 내 아버지로 만든 엄마가! 평생 자신의 행복만 좇으면서 단한 번도 아들의 행복은 보려 하지 않는 엄마가!"

"우현아, 나는 네 엄마야. 어떻게 엄마가 자식의 행복을 바라지 않을 수 있어?"

혜숙의 말에도 우현은 씁쓸하게 웃을 뿐이었다.

"엄마, 나 저 여자 좋아해. 엄마가 상상할 수도 없을 만큼 사랑해. 아무것도 모르면서 나를 감싸 안고 이해해주는 사람이야. 내가 앞으로 나갈 수 있게 용기를 주는 사람."

우현의 고백에 혜숙의 눈동자가 속절없이 흔들렸다.

"나를 웃게 해주고, 따뜻하게 만들어주고, 죽을 뻔했던 오늘 그 마지막 순간, 내 머릿속에 떠오른 유일한 사람이야. 엄마가 아니라."

사고 소식에 미치듯 병실로 뛰어왔던 채원. 주저앉아 울음을 터뜨리며 끝없이 고맙다고 말해준 자신의 여자.

"사고가 났지만 느긋하게 병실을 찾은 엄마와 달리 숨이 턱에 찰 정도로 뛰어와서 나를 끌어안아 준 사람이라고."

그 따뜻한 품도, 뜨거운 눈물도 자신을 위한 것이었다.

"내가 살아 있음에, 아직 내 체온이 따뜻함에 감사하며 눈물 흘린 사람. 엄마가 배 아파 낳은 나이지만 엄마는 날 그렇게 사랑해줄 수 있어?"

혜숙이 우현의 시선을 피했다.

"뜨거운 포옹으로 내 존재를 확인하고, 내가 살아 있음을 느끼면서 고맙다고 외치고. 날 위해 그렇게 온몸으로 울어줄 수 있어?"

깊게 한숨을 내쉰 혜숙이 입을 열었다.

"엄마는…… 그래, 엄마는 네게 할 말 없어. 네 인생에 관여할 자격도 없어. 근데 우현아, 그래도 그 여자는 안 돼. 아빠가 안 된다고 할 때는 분명히 이유가……."

"그런 말 할 거면 돌아가, 엄마."

"널 생각해서 하는 말이야. 엄마는 네가 상처받을 게 두려워서……."

"엄마는 내가 아파할까 봐 두려워한 적 없어. 엄마는 엄마가 힘들까 봐 두려운 거야. 아빠가 지금 반대하고 있으니까."

평소 우현답지 않은 차가운 음성이 혜숙의 말을 잘랐다.

"내 행동으로 아버지에게 혹시 모를 추궁을 받아서 버려질까 봐, 엄마를 향한 아버지의 사랑이 혹시 식을까 봐. 그게 두려운 거야."

우현이 침대에 앉았던 몸을 일으켰다.

"잘못됐다고 생각하지 않아. 엄만 나보다 엄마 자신을, 엄마 자신보다 아버지를 더 사랑했을 뿐이니까."

그가 손등에 꼽혀 있는 링거를 제 손으로 뽑아냈다.

"우현아!"

뽑아낸 링거 바늘에서 툭, 하고 피가 한 방울 떨어지자 혜숙이 하얗게 질려 소리쳤다.

"그러니 지금 내 이 행동도, 마음도 가장 잘 이해할 수 있는 건 엄마겠지. 미안하지만 엄마, 난 내 자신보다 그 여자를 더 사랑해."

우현이 옷걸이에 걸려 있던 자신의 재킷을 집어 들었다.

"마음껏 반대해. 힘닿는 데까지 안 된다고 해."

그러고는 혜숙을 지나쳐 병실 문을 향해 걸어갔다.

"난 마음껏 그 여자를 사랑할 거니까. 힘닿는 데까지 그 여자 놓지 않기 위해 노력할 거니까."

어둠이 내린 골목. 채원은 터벅터벅 힘겨운 걸음을 내디뎠다. 머리가 터질 것처럼 아파왔다. 빨리 집으로 가고 싶었다. 아무도 자신을 볼 수 없는 곳에서 그냥 잠들고 싶었다.

두 남자를 사랑했다. 근데 모두 제 의지와 다른, 하지만 같은 이유로 가슴에 상처를 받았다.

"우리나라에 부모님이 정해준 약혼이 흔한 건가?"

겨우 찾은 사랑이었다. 우현의 손을 잡고, 그를 끌어안고, 온기를 나누고. 그것만으로도 행복했다. 그런데 자신에게는 그것조차 허락되지 않는 건지. 이별이 자신의 의지가 아니었다던 준서, 막무가내로 약혼을 했다는 우현. 심장이 지끈거렸다. 누구든 붙잡고 소리치고 싶었다. 앞에 두고 화풀이를 하고 싶었다. 아니, 누구라도 끌어안고 울고 싶었다.

자신의 집 앞에 멈춰 선 채원. 무언가를 발견한 그녀의 눈동자가 사정없이 떨렸다.

"내가 지금…… 정말 만나고 싶지 않은 두 사람이 있어요."

잔뜩 쉰 목소리가 입술 사이로 흘러나왔다. 골목에 세워진 익숙한 승용차.

"그중 한 명이 당신이에요."

바닥에 잔뜩 버려진 담배꽁초.

"왜…… 날 이렇게 힘들게 해요. 내가 뭘 그렇게 잘못했다고. 난 그냥 남들처럼 평범하게 사랑하고 싶었을 뿐인데."

날카로운 구두 소리의 주인공이 그녀 앞으로 다가왔다.

"대체 왜 나한테……."

그녀 주위로 번지는 익숙한 향기. 펜할리곤스. 그리고 그 향기가 채원을 꽉 끌어안았다.

"미안하다. 아까 병원……. 걱정이 돼서 그냥 돌아갈 수가 없었어."

낮은 준서의 목소리가 조용한 골목에 번졌다. 채원이 품에서 벗어나려 하자 준서는 그녀를 좀 더 세게 끌어안았다.

"너 지금 울 것 같아서……. 혼자 울지 못하게 해서 미안해."

벗어나려는 채원, 그리고 붙잡으려는 준서. 두 사람의 실랑이는 더 지속되지 않았다. 준서의 강한 힘에 채원이 포기한 듯 몸을 축 늘어뜨렸다. 그녀의 양손은 아래로 처져 있었지만 그 손으로 그를 끌어안지는 않았다. 그리고 언제 눈가가 촉촉했었냐는 듯 눈물을 지웠다.

가만히 준서의 품속에 있던 채원이 팔을 들어 천천히 그를 밀어냈다. 그것이 그녀가 몇 달 만에 처음, 그에게 먼저 닿은 순간이었다. 채원이 한발 물러섰다. 그리고 천천히 고개를 들었다. 그 물러선 거리가 두 사람의 마음의 거리인 것 같았다. 그녀가 준서를 바라보았다. 그의 의지와 상관없었다는 자신과의 이별. 준서도 지금의 우현과 같은 상황이었을까.

"내게 이별을 말했던 건 준서 씨의 의지가 아니라고 했었죠? 그때 준서 씨가 할 수 있는 선택은 그것뿐이었어요?"

예상치 못한 채원의 질문에 준서가 몸을 움찔 떨었다.

"그러면 그 어쩔 수 없었던 선택에 대해서 내게 이유라도 말해줄 생각은 없었어요? 조금 멋이 없더라도 내게 구차한 변명이라도 해볼 마음은 없었어요?"

하지만 입을 열지 않는 준서의 모습에 채원은 그 대답을 알 수 있었다.

"약혼녀에게 버림받았다고 했죠? 만약 파혼되지 않았다면……. 그래도 내게 이렇게 돌아왔겠어요?"

준서는 이번에도 말이 없었다. 채원의 얼굴에 씁쓸한 미소가 걸렸다. 갑자기 불어오는 찬바람에 오한이 들었다.

"오늘 미안했어요. 그리고 아까 고마웠어요."

채원이 준서에게 인사를 건네고 돌아섰다.

"내게 그걸 묻는다는 건……."

하지만 나지막하게 들려오는 준서의 목소리가 그녀의 발목을 붙잡았다.

"만나고 싶지 않은 두 사람 중 한 사람, 그 남자 아니야?"

그녀가 몸을 돌려 그를 바라보았다.

"이대로 집으로 들어가면 혼자 울 게 뻔한데……."

"혹시라도 내가 그 사람 때문에 울게 된다면 그건 예전에 당신에게 느꼈던 것 같은, 미움이나 배신감 때문이 아니에요."

채원의 맑은 눈동자가 준서를 또렷하게 바라보았다.

"그리고 내가 지금 눈물을 보이지 않은 건 당신의 품이 내가 올 장소가 아니기 때문이에요. 약속했어요. 웃어도, 울어도 모두 그 사람 품에서 하기로."

너무나 분명하게 짚고 넘어가는 그녀의 말에 그의 눈동자가 떨려왔다.

"이런 내가 모질다고 생각하겠지만 내가 과거에 당신한테 상처받았다고 당신도 내가 그랬던 것처럼 아팠으면 좋겠다고 생각해서 이러는 거 아니에요. 내가 이러는 건……."

채원이 바람에 흩날리는 자신의 머리카락을 귀에 꽂았다. 불어오는 바람에 그녀에게서 풍기는 연한 장미향이 공기 중에 흩어졌다.

"그게 지금 내가 가장 소중하게 생각하는 사람에 대한 배려이고, 그 사람을 보면 뛰는 내 심장에 대한 예의예요."

고통으로 일그러진 표정의 준서가 채원을 바라보았다.

"맞아요. 속상해요. 그 사람 사랑해요. 근데 평범하게 사랑할 수가 없을 것 같아요. 그래서 힘들 것 같아요."

마주 선 두 사람의 거리.

"내가 그 사람 지금 보고 싶지 않다고 말한 건, 얼굴을 보면 못된 말로 그 사람에게 상처 줄까 봐. 혹은 내가 울음부터 터뜨려 그 사람이 속상할까 봐."

그 거리는 더 이상 좁혀지지 않았다.

"나 그 사람에게 아무런 말도 듣지 못했어요. 그러니까 아직은 울 수 없어요. 그 입으로 듣기 전엔 무엇도 먼저 판단하지 않겠어요."

"믿는다는…… 건가?"

준서의 질문에 채원이 설핏 웃어 보였다.

"다른 건 몰라도 내게 일부러 상처 주지 않는 사람이라는 거 알고 있어요. 그 사람, 함께 웃기 위해 노력하겠다고 말해준 사람이거든요."

그녀가 마른 입술을 축이고 다시 입을 열었다.

"준서 씨, 분명히 말할게요. 혹 당신이 내게 줬던 똑같은 이유로 그 사람에게 상처받고 울어도 난 당신에게 가지 않아요. 미안해요."

준서에게 마지막 인사를 건넨 채원이 몸을 돌렸다. 그녀가 멀어져갔다. 하지만 붙잡을 수 없었다. 구두 소리가 희미해질 때까지, 뒷모습이 사라질 때까지 하염없이 바라만 볼 뿐이었다.

한참이 지나고 준서가 차에 올랐다. 시동을 걸고 차를 움직였다.

"꼴좋네."

준서의 입에서 자조적인 웃음이 흘러나왔다. 금방이라도 울 듯한 얼굴로 어둠 속에서 모습을 드러낸 채원을 보고 작게나마 희망을 품었다. 자신이 그녀를 품에 안으면 그 안에서 울어줄 거라고. 작은 손으로 제 가슴을 붙잡고 서럽게 눈물 흘릴 거라고. 하지만 그의 모든 생각은 보기 좋게 빗나갔다. 함께 우산을 썼던 그 남자에 대한 믿음으로 반짝이는 눈동자. 부러웠다. 그 남자와 자신의 다른 점은 무엇이었을까. 가슴속에서 미친 듯이 질투가 피어 올랐다.

고개를 내저은 준서가 골목을 빠져나와 도로로 들어서기 위해 차를 코너에 세웠다. 그때 저만치에 세워져 있던 택시에서 다급하게 사람이 내렸다. 특이하게도 병원복을 입고 있는 남자는 그 길로 멈추지 않고 골목으로 달려갔다. 익숙한 것 같기도 하고, 그렇지 않기도 한 듯한 뒷모습. 그리고 요란한 소리를 내며 울리는 그의 전화기.

<한국병원 이재원 원장.>

화면에 뜬 이름에 침을 꿀꺽 삼킨 준서가 통화버튼을 눌렀다.

"여보세요?"

그의 얼굴에 딱딱하게 굳었다. 그리고 거친 손길로 핸들을 부여잡고 급하게 차를 돌렸다.

"태양아, 누나 왔어."

현관문을 연 채원이 힘없이 태양을 불렀다. 태양은 현관 앞까지 마중 나와 반갑다는 듯 꼬리를 흔들며 그녀 몸에 제 몸을 비벼댔다. 가녀린 손가락이 힘없이 태양의 몸을 쓰다듬었다.

"오늘 잘 놀았어? 심심했지."

집에 불도 켜지 않은 채 지친 몸을 이끈 그녀가 거실 창 앞에 섰다. 집 앞에 서 있던 준서의 차가 떠나는 모습이 보였다.

우현이 자신을 농락한 것이라고 생각하지 않았다. 그동안 우현이 자신에게 보여준 모든 것들이 진실임을 알고 있었기에. 그렇다면 우현도 준서와 마찬가지로 자신과 어쩔 수 없는 이별을 해야 하는 걸까. 머릿속에 너무나 복잡했다. 왜 자신에게만 이런 일이 일어나는지 서글펐다.

채원이 거칠게 머리를 쓸어 넘기며 거실 창문에 떠오른 하늘을 바라보았다. 까만 하늘이었지만 구름이 잔뜩 끼어 있었다. 오늘 하루만 해도 너무나 많은 일이 있었다. 처음 보는 준서의 애절한 속삭임을 들었고, 우현을 잃을 뻔했던 아찔한 순간을 견뎌냈다. 우현이 곁에서 무사히 살아 있어준 감사함에 벅차 그에게 사랑한다고 고백했고, 자신을 경계하는 여자에게 선전포고를 당했다. 그리고 우현의 아버지를 만나 그 차가운 눈빛에 담긴 경고를 들었다. 물러서라는.

"아직 우현 씨에게 아무런 말도 듣지 못했으니까."

우현은 병원에 있었다. 그 역시 답답한 이 상황에 가슴이 치고 있을 것이 분명했다.

"오늘은 그냥 씻고 자자. 그리고 내일 다시 병원에……."

채원이 창가에서 몸을 돌리려는 찰나, 그녀의 시야에 들어온 한 남자. 깜짝 놀란 그녀가 제 눈을 의심하며 창 가까이 섰다.

"맙소사."

병원복을 입은 채 위에 재킷만 걸치고 골목을 뛰어 올라오는 우현의 모습이 보였다. 그가 그녀의 집 건물 안으로 들어오더니 계단을 뛰어 올라왔다. 깜짝 놀란 채원이 현관문 가까이 걸어갔다. 현관 벨 소리가 들렸다.

"채원 씨."

채원이 입을 틀어막은 채 아무런 말도 하지 않았다. 우현이 그녀의 이름을 불렀다. 그 소리에 태양이 크게 짖어댔다.

"아직 집에 안 들어왔나?"

불이 켜지지 않은 거실에 인기척이 느껴지지 않자 우현이 작게 중얼거렸다. 뛰어오느라 아직 호흡이 가쁜지 계속해서 거친 숨을 토해냈다.

"하아, 지금 휴대폰도 없고, 어디에……."

걱정이 가득 담긴 목소리. 그리고 다시 계단을 내려가는 소리가 들렸다. 채원이 몸을 돌려 거실 창문 가까이로 가 밖을 바라보았다. 우현이 건물을 빠져나오더니 골목에 서서 자신을 기다리고 있었다. 병원에 있어야 할 사람이었다. 그런데 왜 이곳에서 있단 말인가.

"환자가…… 바람도 찬데 어쩌려고…….."

그녀의 목소리에 안타까움이 그득 묻어났다. 밤이 깊어지면 바람이 더 서늘해질 것이다. 초조하게 자신을 기다리는 우현의 모습이 보였지만 차마 밑으로 내려갈 수는 없었다. 아직은 그를 마주 볼 용기가 나지 않았다. 채원의 시선이 창밖에서 한시도 떠나지 않았다. 저러다 몸이 더 상할까 걱정이었다. 그녀가 가방 안에서 휴대폰을 꺼내 성준의 전화번호를 눌렀다. 간결한 통화음이 지나고.

-여보세요? 채원 씨!

다급한 성준의 목소리가 그녀의 이름을 불렀다. 아마도 이미 세연에게 모든 것을 들었으리라.

"성준 씨, 우현 씨 지금 우리 집 앞에 있어요."

-우현이가요? 병원에서 나왔어요?

"그런 것 같아요. 성준 씨, 우현 씨 좀 병원에 데리고 가줘요. 저러다 더 아프면 어떡해요."

-지금 갈게요. 금방 가요. 채원 씨, 제가 갈 때까지 우현이 좀 지켜봐 줘요. 그 녀석 지금 환자예요.

전화를 끊은 채원이 초조한 시선으로 밖에 있는 우현을 바라보았다. 바람이 조금 차가운지 우현이 입고 있는 재킷을 여몄다. 환자이면서 대체 여기가 어디라고 병원에서 뛰쳐나와 왔단 말인가. 우현이 미운 게 아니었다. 단지 지금은 모든 것이 혼란스러웠다. 자신에게도 생각할 시간이 필요했다. 하지만 저렇게 밖에서 발을 동동 구른 채 자신을 기다리고 있는 그를 보고 있자니 마음이 아팠다.

아무래도 안 되겠는지 채원이 밖으로 나가려 할 때 골목으로 뛰어와 우현의 이름을 부르는 성준이 보였다. 그제야 안도의 한숨을 내쉰 채원이 창에 바짝 붙어 섰다. 성준이 우현의 팔을 붙잡고 이끌었지만 그는 막무가내였다. 조금 거친 음성이 우현에게 뭐라 말을 내뱉자 그가 고개를 들어 그녀의 집 창문을 바라보았다. 깜짝 놀란 채원이 다급하게 몸을 숨겼다. 잠시 후, 계단을 뛰어 올라오는 발소리가 들렸다. 채원의 심장이 쿵쾅거렸다.

"채원 씨, 안에 있는 거 알아요. 내 말 들리죠?"

우현의 거친 목소리가 그녀의 이름을 불렀다. 늦은 시간, 우현은 최대한 말소리를 줄이려 애썼다. 그녀가 현관 가까이 섰다.

"빠, 빨리 병원으로 가요. 지금 환자인 거 잊었어요?"

떨리는 그녀의 목소리에도 우현은 꼼짝도 하지 않았다.

"오늘은 너무 늦었어요. 내가 내일 병원으로 갈게요. 나 무작정 오해하지 않아요. 하지만 내게도 생각할 시간이……."

"문 열어주지 않아도 괜찮아요. 그냥 거기서 내 말만 들어요."

차분한 우현의 음성이 채원의 말을 잘랐다. 울컥, 그녀의 눈에 다시 눈물이 고였다.

"저번에 내가 우리 집에 대해서 말했었죠? 엉망인 가족관계에 대해서도. 그리 대단한 집 아니에요. 나 역시도 대단한 사람이 아니고. 약혼은 채원 씨 처음 만났을 때, 그때 한국에 방문했을 때 들었어요. 하지만 거절했어요."

우현의 목소리에 채원이 숨을 집어삼켰다.

"사업적으로 놓칠 수 없는 혼사라고 하더라고요. 하지만 죽어도 싫다고 했어요. 조금의 도움도 되지 않는 놈이라고 형한테 한 대 맞았죠. 그래도 어쩔 수 없었어요."

잔잔하게 울리는 우현의 목소리가 현관문을 타고 그녀의 귓가에 들려왔다.

"두 달 전, 한국에 왔을 때도 약혼 소리를 들었어요. 하지만 그때도 거절했어요. 좋아하는 사람이 있다고."

그가 힘주어 한 자 한 자 내뱉었다.

"내가 채원 씨한테 말하지 않은 건, 절대 아버지의 뜻대로 하지 않을 거였기 때문이에요. 비슷한 상황을 겪었기 때문에 채원 씨가 다시 상처받을 거 알아서. 난 최소한 같은 일로 상처 주고 싶지 않았어요."

채원의 온몸이 떨려왔다.

"채원 씨 모르게 내 선에서 해결하려고 했어요. 나 그렇게 아버지한테 휘둘려서 결혼까지 할 만큼 무능력한 남자 아니에요."

다리에 힘이 풀려 그대로 현관에 주저앉았다.

"내가 전에 말했죠? 나 또한 절대 채원 씨를 울리지 않아요, 라고는 장담하지 못한다고. 하지만 이런 일로 채원 씨 눈물 흘리게 하고 싶지 않았어요. 정말이에요."

울지 않으려 해도 잇새로 흘러나오는 흐느낌은 멈출 수가 없었다. 우현은 자신이 생각한 대로의 사람이었다.

"내가 채원 씨를 울리지 않기 위해서가 아니라 같이 웃기 위해서 최선을 다하고 싶다고 한 말도 기억해요? 나는 지금부터 그러기 위해서 노력할 거예요."

방금 전까지 절망적이었는데 저 온기 가득한 목소리에 마음이 따뜻해졌다. 그녀가 사랑에 빠진 남자는 이토록 강인하고 다정한 사람이었다.

"나도 채원 씨의 과거의 사람처럼 원치 않는 약혼이에요. 미안해요. 이기적인 우리 아버지 때문에 채원 씨가 우는 일이 생길지도 몰라요. 지금처럼."

안타까운 목소리가 말했다. 힘들지 모른다고.

"하지만 절대 내 마음이 변해, 내가 채원 씨를 배신해서 울리는 일은 없을 거예요. 속상할 때 나한테 전부 쏟아내요. 전부 다 받을게요. 다 내가 감싸 안을게요."

하지만 단단한 음성이 말하고 있었다.

"뻔뻔스러울지 모르지만, 멋없어 보이고 구차해 보일지 모르지만, 채원 씨에게 나 믿어달라고 말할게요. 나 놓지 말아달라고 매달릴래요."

믿어달라고.

"난 절대 채원 씨와 헤어질 수 없어요. 채원 씨가 오늘 일로 나와 헤어지고 싶다고 해도 절대 안 돼요."

함께하자고.

"내 열렬한 마지막 사랑은 한채원이에요. 그리고 장담컨대 한채원의 열렬한 마지막 사랑도 나예요."

마지막 사랑, 놓칠 수 없다고.

'그 어쩔 수 없었던 선택에 대해 내게 구차한 변명이라도 해볼 마음은 없었어요?'

준서에게 털어놓았던 자신의 속마음. 사실은 힘들어도 함께하자는 말을 듣고 싶었는지 모른다. 놓지 않을 테니 손을 꽉 잡아달라는 말을 듣고 싶었던 것이다. 준서는 하지 못했던 그 말. 멋없고 구차해 보여도 좋다고, 솔직한 자신의 마음을 보여주는 우현. 심장이 울렸다. 확신에 찬 진솔한 고백에 가슴이 뛰었다. 조금 힘들면 어떠하리. 그깟 눈물 좀 흘리면 어떠하리. 자신을 위해 늦은 밤 병원복 차림으로 뛰어나와 온몸으로 사랑한다고 외치는 남자가 곁에 있는데.

채원이 자리에서 벌떡 일어났다. 흐르는 눈물로 시야가 선명하지 못했지만 우현이 보고 싶었다. 현관문을 열자 눈앞에 우현이 서 있었다. 하고 싶은 말이 너무 많은데 고작.

"병원에서 그냥 나오면 어떡해요. 더 아프면 어쩌려고……."

이런 말뿐이었다. 우현이 성큼 집 안으로 들어와 한쪽 팔로 채원의 머리를 제 가슴으로 끌어당겼다.

"지금 안 오면 이렇게 혼자 울 거잖아요."

머리 위에서 우현의 거친 숨결이 느껴졌다.

"지금 내가 달려와서 내 진심을 이야기하지 않으면 채원 씨, 오늘 밤새 힘들잖아요."

그녀가 손을 뻗어 그의 등을 감싸 안았다.

"오늘 하루만이지만 못난 우리 집 때문에, 나 때문에 채원 씨 혼자 울게 하고 싶지 않았어요. 같은 아픔 줘서 미안해요. 울려서 미안해요."

우현의 목소리를 듣자마자, 그가 자신을 품에 안자마자 거짓말처럼 흘러나온 눈물이 양 볼을 적셨다. 역시 자신이 웃어야 할 곳, 그리고 울어야 할 곳은 이 품뿐이었다. 서늘한 밖에 오래 서 있었던 탓인지 그의 주변에 흐르는 공기가 차가웠다.

"그래도 나 붙잡아 줘서 고마워요. 그 입으로 헤어지자는 말, 하지 않아줘서 고마워요."

하지만 그의 목소리도.

"그리고 믿어줘서 고마워요."

품도.

"사랑해요, 채원 씨. 내 자신도 주체가 안 될 만큼."

달콤한 사랑 고백도. 너무나 따뜻했다.

14. 마주한 진실

"네가 태양이구나, 반갑다."

부드러운 우현의 목소리가 거실에 오도카니 서 있는 태양을 불렀지만 태양은 그를 바라만 볼 뿐이었다.

"너 설마 나 경계하는 거냐?"

"태양이가 원래 낯을 조금 가려요. 처음 아버지가 데리고 왔을 때도 친해질 때까지 얼마나 많은 시간이 걸렸는데요."

채원은 어느새 자신의 옆으로 와 몸을 기대앉은 태양의 부드러운 털을 쓰다듬었다.

"그나저나 성준 씨, 여기까지 오게 해서 미안해요."

"채원 씨가 미안해할 일이 아니죠. 사과를 받으려면 이 자식한테 받아야죠."

성준의 시선이 병원복 차림인 우현을 훑고 지나갔다.

"어차피 오늘 밤에만 있다가 퇴원할 생각이었어. 병원…… 그렇게 좋아하지도 않고."

"퇴원은 네가 아니라 의사가 결정하는 거야."

"내 몸은 의사보다 내가 더 잘 알아. 어차피 가벼운 타박상이야."

"그래서 오늘 병원 안 돌아갈 거야? 나 너 집에 안 들일 거야."

성준의 질문에 우현이 피식 웃으며 채원을 바라보았다.

"여자친구도 있는데, 뭐."

그의 한마디에 그녀가 단호하게 고개를 저었다.

"여기도 안 돼요."

"내 여자친구 너무 야박하지 않아?"

우현이 어깨를 으쓱하며 한숨을 내쉬었다.

"너 같은 놈 만나주는 것만으로도 감사하고 살아. 그나저나 네 아버지도 참. 난 더 이상 할 말도 없다."

성준의 거친 음성에 우현이 씁쓸하게 웃어 보였다. 그 어색한 미소에 채원은 그의 손을 단단히 붙잡았다.

"앞으로 어떡할 거야?"

"회사, 경영, 사업 쪽에 있어서는 내가 아버지를 어찌할 수가 없어. 어떻게든 주변의 도움을 받는 수밖에. 부딪쳐봐야지, 진심으로."

"뭐, 여차하면 사랑의 도피라도 하든가. 채원 씨가 네놈을 따라가 줄지는 모르겠지만."

"따라올 거죠?"

우현의 장난스러운 말에 성준은 가슴이 답답했다. 우현이 말은 저렇게 해도 머릿속은 복잡할 것이다. 저 작은 머리에 어떻게 하면 채원이 상처 받지 않고 자신과 마음껏 사랑하며 행복할 수 있을까, 온통 그 생각뿐일 것이다.

"일단 내일 일은 내일 생각하자. 가자, 늦었어. 집에서 여왕마마가 눈에 불을 켜고 기다리고 있을 거다. 오늘 얌전히 지나가긴 틀렸어, 너."

성준이 커피 잔을 내려놓더니 자리에서 일어났다. 우현의 머릿속에 코에서 용광로 같은 불을 내뿜으며 자신을 기다리고 있을 세연이 떠올랐다.

"죽었네, 오늘."

한숨을 내쉰 우현 역시 몸을 일으켰다. 성준이 문을 열고 먼저 밖으로 나갔다.

"내일 퇴원할 거니까 병원에는 오지 마요. 오늘 일, 더 이상 생각하지 말고 편하게 자고요."

우현의 부드러운 목소리가 채원을 달랬다. 자신을 향해 쓴미소를 짓는 그의 모습에 채원의 가슴 한구석이 시렸다.

"사랑해요, 알죠?"

그가 그녀의 볼에 쪽, 하고 입을 맞추었다. 그 부드러움이, 따뜻함이 너무 일찍 사라져버려 아쉬웠다. 우현이 돌아섰다. 그 뒷모습을 바라보기 싫었다. 이대로 보내고 싶지 않았다. 오늘은, 함께 있고 싶었다.

우현이 신발을 신기 위해 한 걸음 앞으로 나가자 채원이 천천히 손을 뻗었다. 그리고 그의 재킷 끝자락을 붙잡았다. 자신을 잡아당기는 미약한 힘에 우현이 뒤를 돌았다. 채원은 고개도 들지 못한 채 바닥만 바라보았다. 자신의 얼굴이 삶은 문어처럼 붉게 달아올랐을 것이 분명했다.

"채원 씨? 무슨 할 말이라도……."

그녀가 숨을 크게 몰아쉬었다.

"오, 오늘……. 우리 집에서 자고 가요."

그녀가 마른 입술을 축이며 그의 옷자락을 좀 더 세게 붙잡았다. 정신없이 뛰는 심장 소리가 조용한 거실에 울리는 것만 같았다.

"세연이 화나면 무섭잖아요. 내가 성준 씨한테 말하고 올게요."

두 사람 사이에 찾아온 정적에 어색함을 느낀 채원이 재킷을 잡고 있는 손을 풀고는 현관으로 걸어갔다. 하지만 자신을 붙잡는 강한 힘에 몸이 절로 돌아갔다.

채원이 천천히 고개를 들었다. 우현이 물끄러미 자신을 쳐다보고 있었다. 손목을 쥐고 있는 힘은 단단했지만 바라보는 눈빛은 다정했다. 거실로 걸어간 우현이 채원을 소파로 이끌었다. 그러고는 테이블 위에 있는 그녀의 휴대폰을 집어 들었다.

"성준아, 나 오늘 집에 못 들어갈 거 같다. 네가 세연이한테 말 좀 잘해줘. 여기까지 오게 해서 미안하다."

성준과의 짧은 통화를 끝낸 우현이 휴대폰을 제자리에 놓고는 채원의 곁으로 걸어왔다.

"왜 바닥에 앉아요. 소파로 올라오지."

채원은 바닥에 앉아 자신을 올려다보는 우현에게 걱정스러운 목소리로 말했다. 그의 커다란 손이 그녀의 손을 살포시 감싸 안았다. 이렇게 함께 있으니 저녁때 병원에서의 일은 거짓말처럼 느껴졌다.

"우현 씨가 이런 상황인 거 다른 형제들도 알고 있어요?"

갑작스러운 채원의 질문에 우현이 몸을 움찔 떨었다.

"형이라는 사람하고 사이가 그렇게 안 좋아요? 사실 우현 씨도 어른들의 피해자인데."

"그런 것과 상관없이 내가 형한테 가장 소중한 것을 빼앗았어요. 내 의지는 아니었지만…… 결과적으로 그렇게 되었죠. 난 형에게 미안한 게 많은 사람이에요."

"우현 씨 형이 그게 우현 씨 의지가 아니었다는 것을 이해해줄 날이 올까요?"

우현은 아무런 대답도 없이 그저 쓸쓸하게 웃을 뿐이었다.

"그랬으면 좋겠네요. 우현 씨 이런 마음 분명 알아줄 날이 있을 거예요."

그 서글픈 미소에 가슴이 아려 어떤 위로라도 건네고 싶었다.

채원은 우현에게 붙잡힌 손을 빼 그의 얼굴로 가져갔다. 손끝에 닿은 입술이 차갑게 느껴졌다. 그 손길에 그의 눈이 자연스럽게 감겼다. 천천히 고개를 숙인 채원이 우현이 입술로 다가갔다. 따뜻한 숨결이 그의 입술 위로 내려앉았다. 살포시 우현에게서 떨어진 입술이 그의 볼 위에, 코끝에, 눈꺼풀에 닿았다. 다 잘될 거예요, 라고 말하는 듯한 위로에 불안하게 뛰던 그의 심장이 안정을 되찾아갔다. 애틋한 입술이 멀어지자 그가 감은 눈을 떴다.

"정말 괜찮겠어요? 우리 아버지 성격 장난 아닌데."

"괜찮아요. 나도 보통은 아니에요."

"아마 우리 엄마도 내 편 아닐걸요?"

"내가 우현 씨 편이잖아요. 성준 씨도, 세연이도, 선예도."

"형하고 동생도 나 별로 안 좋아해요."

"그 이상으로 내가 우현 씨 좋아하니까 괜찮아요."

자신에 찬 그녀의 대답에 우현이 따뜻하게 미소 지었다. 채원이 자신에게 이런 말을 해줄 날이 오리라고는 상상도 하지 못했다.

"내가 곁에 있을게요. 정 힘들면 납치라도 해서 멀리 데리고 도망가 줄 테니까 걱정하지 말아요."

"그럼 난 채원 씨 납치범으로 만들지 않기 위해 최선을 다해야겠네요."

아침 7시 반. 회사로 출근을 하기 위해 집을 나선 채원과 병원복을 입은 우현이 함께 건물 밖으로 나왔다.

"바로 병원으로 갈 거죠?"

"병원 안 가도 괜찮아요. 집으로 갈 거예요. 갔다가 민지 병문안만 잠깐 가려고요. 그래도 나 때문에 그렇게 다쳤는데."

채원이 물끄러미 자신을 바라보자.

"아, 민지 말고 허민지."

그가 장난스러운 목소리로 말했다.

"나 아무 말도 안 했는데요?"

"알아요. 근데 예쁨 받으려고 선수 친 거예요."

마치 칭찬이라도 해달라는 듯 눈을 반짝거리며 자신을 향해 얼굴을 가까이 대는 우현.

"예뻐요. 그래도 일단 병원 가서 이것저것 검사도 받아보고 해야 하지 않아요?"

"어제 의사 선생님이 별 문제 없다고 했어요. 정말 괜찮아요. 어젯밤에 채원 씨 침대까지 빼앗아서 잤는데."

우현은 채원이 샤워를 하고 나온 사이 긴장이 풀려 뒤늦게 약 기운이 도는 건지 깊게 잠이 들었었다. 그런 우현을 한참이나 바라본 채원이 그의 몸에 이불을 덮어주고 밖으로 나왔다.

"우리 이렇게 아침에 함께 나오니까 기분 되게 묘하지 않아요? 신혼부부 같기도 하고."

살짝 들뜬 우현의 목소리에 채원이 부끄러운 듯 팔꿈치로 그의 옆구리를 슬쩍 눌렀다.

"옷이라도 갈아입고 가면 좋을 텐데. 미안해요, 우리 집에 남자 옷이 없어서."

"남자 옷이 있었으면 아마 아침 내내 채원 씨 괴롭혔을걸요? 없어서 다행인 줄 알아요."

우현이 그녀의 손을 꽉 붙잡았다.

"오늘은 계속 집에 있어요. 퇴근하고 우현 씨 집으로 갈게요."

걱정이 그득 담긴 목소리에 그가 얌전히 고개를 끄덕였다. 골목을 내려온 채원이 손을 뻗어 택시를 붙잡아 우현을 안으로 밀어 넣었다. 우현의 시선은 채원의 모습이 점이 될 때까지 한 곳에 고정되어 있었다. 병원복을 입은 자신을 이상하게 바라보는 택시 기사의 시선을 애써 무시한 우현이 빠르게 변해가는 창밖의 풍경을 응시했다.

'네 이런 고집이 네 형에게도 민폐라는 생각, 안 해본 게냐.'

우현의 머릿속에 병원에서 아버지가 했던 말이 떠올랐다. 그때도 그 말이 이상했지만 돌이켜 생각해보면 아버지가 형을 언급한 것 자체가 이해가 가지 않았다. 아버지는 평생 자식 걱정을 해본 적이 없는 사람이었다. 특히 형에 관해서는 말조차 꺼내기 싫어했다.

"설마 이 약혼하고 형이 무슨 관련이 있는 건…… 나도 참 괜한 생각을."

우현이 애써 고개를 저었다. 한참을 달려 집에 도착한 그는 일단 샤워부터 했다. 말끔하게 씻고 나온 그가 수건으로 머리를 털며 휴대폰을 찾았다. 전원을 켜자마자 우르르 날아오는 메시지들. 그중에는 회사에 도착했다는 채원의 연락도 있었다. 채원에게 답장을 보낸 후 부재중 전화 목록을 뒤적거리던 우현의 시선이 한 곳에 멈췄다.

"한국…… 병원?"

어젯밤 늦게 걸려온 전화에 미간을 잔뜩 찌푸린 우현이 통화버튼을 눌렀다. 하지만 연결이 되지 않자 초조한 마음에 수건을 소파 위로 던져두고는 서둘러 집을 나섰다. 골목을 뛰어 내려간 그가 택시를 잡아탔다.

"한국병원이요."

신호가 걸릴 때마다 초조함에 아랫입술을 깨물었다. 한국병원에서 그에게 직접 연락이 온 것은 처음이었다. 이곳에서 자신에게 전화를 할 때는 무슨 일이 생긴다면, 이라는 전제조건이 붙었다. 어젯밤에 온 전화였다. 그 무슨 일이 생겼다면 이미 늦었을지도 모른다.

택시가 병원 입구에 도착하자 우현이 재빨리 밖으로 뛰어나왔다. 로비에 들어서 엘리베이터를 향해 갔다. 하지만 엘리베이터 버튼을 누르는 그의 손길에 망설임이 묻어났다. 자신이 이곳에 있어도 되는 건지. 올라가도 되는 건지. 입술을 질끈 깨문 그가 크게 심호흡을 했다. 그리고 결심했다는 듯 천천히 손가락을 버튼으로 가져갔다. 하지만 버튼을 누르기도 전 땡, 하는 소리와 함께 엘리베이터가 1층에 도착했다. 그가 안에 있는 사람이 내릴 공간을 마련하기 위해 옆으로 비켜섰다.

엘리베이터 문이 열렸다. 천천히 고개를 든 우현. 순간 그가 가슴이 크게 들릴 정도로 숨을 집어삼켰다. 놀라움에 동공이 커졌다. 느릿한 걸음으로 안에 있던 사람이 밖으로 나와 그의 앞에 섰다. 우현의 눈빛이 파르르 떨리고 입술이 바짝바짝 말랐다. 양손을 주머니에 찔러 넣은 채 차가운 눈빛으로 그를 내려다보고 있는 남자. 당장이라도 자신을 얼려버릴 것만 같은 그 눈빛에 우현이 한 걸음 뒤로 물러섰다.

"형……."

목이 메는 듯 쥐어짜듯 우현의 입에서 작은 소리가 흘러나왔다. 그의 눈앞에는 네 달 만에 만나는 자신의 형이 서 있었다.

"준서…… 형……."

마지막으로 본 그날, 그의 얼굴에 주먹을 내리꽂았던 형이.

"실장님, 벌써 아침입니다. 그만 댁으로 돌아가세요."

박 비서의 걱정스러운 목소리에도 준서는 꼼짝도 하지 않고 병실을 지키고 있었다. 시선은 유리 안의 병실에 있는 어머니에게서 한시도 떨어지지 않았다.

"의사 선생님이 어젯밤 고비도 무사히 넘겼다고 했습니다. 그러니 이제 그만 돌아가서 쉬세요. 밤새 한숨도 못 주무시지 않았습니까."

제 어머니를 가만히 바라보던 준서가 눈을 질끈 감았다. 밤을 새운 탓에 머리가 사정없이 울려댔다.

"만약 회사에 급한 일이 있다면 연락드리겠습니다. 그러니 오늘 하루쯤은……."

"오후에 출근할게요. 오전에만 자리 비우겠습니다. 그리고 박 비서님, 병원에서 어머니는 어젯밤이 고비라고 했습니다. 당연히 이 선생님이 아버지에게도 전화를 드렸겠죠?"

준서의 물음에도 박 비서는 아무런 대답을 하지 않았다.

"박 비서님?"

그가 날카롭게 다시 박 비서를 불렀다.

"네, 전화드린 것으로 알고 있습니다."

그런데도 밤새 병실 근처에는 개미새끼 한 마리 없었다. 그와 박 비서 외에는. 준서의 입에서 억눌린 웃음이 터져 나왔다. 하지만 그 서글픈 소리에 박 비서는 차마 준서를 바로 볼 수 없어 고개를 돌렸다.

"의사 선생님이 마음의 준비를 하라고 하더군요."

조용히 울리는 준서의 목소리에 박 비서의 눈빛이 일순 일렁거렸다. 준서의 시선이 유리창 안에 있는 어머니에게 머물렀다.

"어머니가 깨어날 수 있기를 늘 바랐습니다. 그 희망으로 지금껏 버텼습니다. 하지만 그것이 저의 터무니없는 바람이라는 것, 알고 있습니다. 박 비서님, 전…… 마음의 결정을 내렸습니다."

준서가 고개를 돌려 박 비서를 바라보았다.

"어머니가 돌아가시고 나면 저를 속박하고 있는 모든 것들이 사라집니다. 아버지와의 인연도 거기까지겠죠."

"하지만 실장님 역시 사장님의 아들이십니다."

"아버지는 그런 분입니다. 제 어머니를 냉혹하게 버리신 것을 직접 보셨잖습니까. 자신에게 방해가 된다면 아들도 내치시는 분입니다."

하물며 어린아이를 외국으로 내보내는 일도 마다하지 않고.

"도와주지 않으셔도 상관없습니다. 제가 잘못되어도 박 비서님의 퇴직금은 두둑하게 챙겨드리겠습니다."

"실장님, 가족은…… 작은사모님과 동생분들이 계시지 않습니까."

숨을 몰아쉰 준서의 입에서 탁한 목소리가 흘러나왔다.

"저에게 가족은 어머니뿐입니다. 그리고 그런 어머니를 위해 제가 할 수 있는 일은 받은 만큼 돌려주는 것뿐입니다."

"하지만 실장님. 분명 어제 오후, 제게 전화를 거셔서 작은도……."

"그 전화, 못 받은 걸로 해주세요."

알았다며 고개를 끄덕인 박 비서가 짧게 인사를 건네고 병실을 나갔다.

가만히 앉아 있던 준서가 몸을 일으켜 유리벽 가까이 다가갔다.

어젯밤이 고비라는 의사의 전화에 놀란 가슴을 부여잡고 병원으로 달려왔다. 하지만 자신이 할 수 있는 일이라고는 고작 병실 밖에서 기다리는 것뿐이었다. 어머니를 이대로 잃을지도 모른다는 공포감이 밤새 그를 괴롭혔다. 그리고 새벽 4시가 넘어간 시간, 의사는 한숨을 내쉬며 위로하듯 그의 어깨를 두드려주었다.

'고비는 넘기셨습니다. 하지만 지난번에도 말씀드렸다시피 준비…… 하셔야 할 것 같습니다.'

며칠이나 남았을까. 아니면 몇 달이 남은 걸까. 하루하루가 생지옥 같은 이 시간을 어머니는 어떻게 견디고 있는 걸까. 의식이 없다고 해도 괴롭고 아플 것이다. 그래서 포기할 만도 하지만 어머니는 마지막 끈을 놓지 않고 홀로 애쓰고 계셨다.

"애썼어요. 잘 견뎠어요."

물기를 가득 머금은 준서의 목소리가 병실에 울려 퍼졌다. 천천히 창으로 걸음을 옮긴 그가 가만히 밖을 바라보았다. 바쁘게 지나가는 사람들이 보였다. 저들에게도 나름의 고민과 사정과 그리고 이야기가 있겠지. 그들의 삶도 이렇게 복잡할까. 저들의 삶도 차가운 병실에 홀로 누워 있는 제 어머니만큼 처참할까. 울컥, 분노와 애절함이 함께 치밀어 올랐다. 이대로는 어머니가 너무 불쌍했다. 어머니의 삶을 이토록 망쳐둔 사람을 용서할 수 없었다.

이후에도 한참 동안 어머니를 지켜보며 병실에 머물렀던 준서가 밖을 나와 엘리베이터에 올랐다. 거울 속에 비친 자신의 모습을 바라보았다. 피로가 가득 담겨 있는 절망적인 얼굴. 무엇보다 자신의 이런 마음을 나눌 수 있는 사람이 없다는 사실에 가슴이 아팠다.

병실을 지키는 동안 밤새도록 채원을 떠올렸다. 그때로 다시 돌아간다고 한들 내가 너에게 지금 이 모든 상황을 설명할 수 있을까. 비참하게 누워 있는 내 어머니와 죽음의 문턱에서 홀로 씨름하는 어머니를 남겨둔 아버지. 그리고 어머니를 병실에 누워 있게 만든 동생. 이 모든 것들을 무기력하게 지켜봐야 하는 자신에 대해 네게 이야기할 수 있을까. 그러고는 네게 뭐라고 해야 하지? 함께 어머니를 지켜봐 주자고? 얌전히 내 약혼이 파혼될 때까지 기다려달라고?

'만약 약혼이 파혼되지 않았다면…… 그래도 내게 이렇게 돌아왔겠어요?'

그럴 수 없었다. '약혼'은 '조건'이었으니까. 이 모든 상황을 만든 아버지가 미웠다.

땡, 하는 소리와 함께 엘리베이터가 1층에 멈췄다. 스르륵 문이 열리고 준서의 눈앞에 보인 남자. 얼굴 여기저기에 상처가 난 채로 자신을 보자마자 크게 숨을 집어삼킨 남자.

"형……."

자신을 형이라 부르는 저 남자가 미웠다.

"준서 형."

우현이 미웠다. 그래서 입술을 질끈 깨물며 시선을 내리깐 우현을 그대로 스쳐 지나갔다.

"형!"

하지만 처절한 목소리에 준서가 발을 멈췄다.

"어머니는…… 무슨 일이 있으신 건……."

어머니. 자신의 어머니는 우현에게도 어머니였다. 아버지가 그렇게 만들었으니까.

"여긴 어떻게 온 거지? 무슨 낯으로."

양손을 주머니에 찔러 넣은 준서가 이를 악물고 말을 내뱉었다.

"다시 한 번 말한다. 어머니라는 말 입에 담지 마."

"하지만 혀……."

"형이라는 말도 입에 담지 마."

준서가 천천히 몸을 돌렸다.

"이곳에도 찾아오지 마. 다른 사람은 다 돼도 넌 안 돼."

자신의 말에 하얗게 질려가는 우현의 얼굴.

"이유는 네놈이 가장 잘 알겠지."

"하지만 형, 난 앞으로도 계속 형을 형이라고 부를 거고 형이 날 싫어해도 난……"

"너."

차가운 음성이 우현의 말을 갈랐다.

"최우현."

배가 다른 자신의 남동생. 중학생 때, 처음 보는 여자의 손을 잡고 집 안으로 들어온 9살 남자아이. 초롱초롱한 눈망울로 아무것도 모른다는 듯, 맑은 목소리로 자신을 형이라고 부르던 아이.

"네가 지금 누구를 대신해 멀쩡하게 살아 있는지 잘 생각해."

네가 누구 덕분에 이렇게 살아 숨 쉬고 있는지.

"네가 지금 누구를 대신해 이렇게 네 마음대로 행동할 수 있는지."

네가 누구 덕분에 이토록 자유롭게 날갯짓을 할 수 있는지.

"네 멋대로 해."

언제나, 지금까지 그래왔듯이.

"어차피 나는 너를 용서하지 않을 생각이니까. 평생."

나와 어머니의 인생을 전부 망쳐놓은 너를, 그리고 네 가족을.

토요일 오후, 선예는 자신의 커피숍을 찾은 채원의 눈치를 살폈다. 세연에게 우현의 사정을 전해 들었지만 차마 물을 수가 없었다. 하지만 절망적인 표정일 거라고 생각한 채원의 얼굴이 생각보다 밝아 조금 안심이 되었다.

"우현 씨는 그 사람들 만나러 갔다면서?"

채원의 머릿속에 어젯밤 미안한 얼굴로 제게 사과하던 우현의 모습이 떠올랐다.

'아버지가 약혼하라고 하는 가족들과 점심 약속을 잡았어요. 가서 확실하게 말하고 올 테니까 걱정하지 말고 기다려요. 내 마음도, 결심도 바뀌지 않으니까 너무 마음 쓰지 말아요. 정말 미안해요.'

우현이 자신에게 상처주지 않으리라는 것을 알고 있었다. 그러니 자신은 이곳에서 그를 믿고 기다리면 되었다.

"난 이제 약혼이라는 단어만 들어도 치가 떨린다. 근데 넌 오죽하겠어."

"준서 씨를 만났어."

담담한 채원의 목소리에 선예가 놀란 듯 눈을 껌뻑거렸다.

"준서? 네 입에서 나온 준서가 내가 아는 그 준서야? 그놈이 왜? 언제? 몇 번이나? 왜 나한테 말 안 했는데? 야, 너 이럴 거야? 우현 씨는?"

"우현 씨도 알고 있어. 파혼했대. 나보고 다시 시작하자고 하더라."

"질척거리긴."

"절대 싫다고 거절했어."

"흔들렸으면 우현 씨 대신 내가 너 때려줬을 거야."

"약혼…… 자신의 의지가 아니었대. 하고 싶지 않았다고 하더라."

"어이가 없다, 정말. 나라도 그런 변명 할 수 있겠다. 약혼할 때는 좋다고 떠났다가 막상 파혼되어 돌아보니 널 남한테 주기 아까웠나 보지. 그런 남자한테 마음 쓸 거 없어."

선예가 흥분해서 거친 말을 내뱉었다.

"세상천지에 사람 마음에 대못을 박아놓고 이제 와서 뭐가 어째?"

"싫다고 했다니까."

"개념이 없어도 그렇게 없어?"

"내 말 들어? 거절했……."

"자기가 찬 여자 앞에 당당하게 나서지도 못하고 몰래 염탐이나 하는 주제에."

정신없이 쏟아지는 선예의 말에 채원이 미간을 찌푸렸다.

"염탐이라니?"

"너 혼자 이탈리아 갔을 때, 준서 씨가 카페에 찾아왔었어. 민혁이가 만났대. 일부러 나 없는 시간에 온 것 같더라고. 너 신경 쓸까 봐 말 안 했어."

선예가 슬쩍 채원의 눈치를 보며 말을 이었다.

"너 소매치기 당했다고 했더니 걱정하더래. 민혁인 그때 두 사람 헤어진지 모르고 말해줬고."

때마침 타이밍 좋게 채원의 휴대폰이 짧은 진동을 내며 울렸다.

"어, 지원아."

군대에 있는 채원의 동생 지원이었다.

-누나, 나 휴가 날짜 잡혀서 전화했어.

"정말? 잘됐네. 이번엔 며칠이나 있어?"

-4박 5일. 하루는 엄마랑 큰누나랑 있고, 나머지 시간은 누나네 집에 있으려고.

"휴가 나온 지 한참 지나서 먹고 싶은 거 많겠다. 누나가 다 사줄 테니까 말만 해."

-잘 먹고 다니는데, 뭐. 참, 준서 형은 시간 괜찮을까? 같이 보면 좋은데.

지원의 입에서 나오는 말에 채원이 아랫입술을 깨물었다. 그러고 보니 아직 지원에게 준서와의 이별을 이야기하지 않았었다.

"지원아, 누나 준서 씨랑……."

-내가 휴가 나가면 꼭 연락한다고 했거든. 누나한테 말하지 말라고 했는데, 형이 나한테 용돈도 보내주고, 부대로 음식도 사가지고 왔어.

지원의 말에 채원이 숨을 멈추었다.

-형한테 안부전화 했었는데 우스갯소리로 피자가 먹고 싶다고 하니까 면

회 왔더라고.

"너 왜 그걸 지금에서야……. 그게 언제야?"

-형이 말하지 말라고 했다니까. 얼마 안 됐어. 누나 이탈리아 다녀와서니까. 누나 많이 바쁘고 피곤해서 면회 오기 힘들다고 형이 대신 온 거래.

준서에 대한 애정을 가득 담은 지원의 목소리에 그녀의 눈빛이 파르르 떨렸다.

-정말 형 같은 사람이 어디 있어. 엄마랑 큰누나한테 용돈도 준 거 같더라. 형한테 미안하기도 하고 고맙기도 하고.

계속해서 이어지는 지원의 말에 채원이 주먹을 꽉 움켜쥐었다.

"용돈? 엄마랑 언니가 그 돈 받았어?"

-아버지 제사쯤이었던 거 같은데……. 누나?

"지원아, 다음에 통화하자. 미안."

채원이 다급하게 전화를 끊었다.

"왜 그래? 무슨 일이야?"

선예의 질문에도 대답하지 않은 채원이 휴대폰을 만지작거리며 전화번호를 눌렀다. 이미 연락처에는 없었지만 머릿속에 아직도 남아 있는 준서의 번호. 상대방이 답이 없자 다급한 마음에 가방을 들고 몸을 움직였다.

"미안, 선예야. 먼저 갈게."

"채원아, 한채원!"

선예가 채원을 큰 소리로 불렀지만 그녀는 뒤도 돌아보지 않고 커피숍을 나섰다. 채원이 언니인 희원에게 전화를 걸었다.

-네가 어쩐 일이야?

"미쳤어?"

희원의 목소리가 들리자 채원이 다짜고짜 입을 열었다.

-뭐? 너야말로 미쳤어? 갑자기 전화해서 뭐라고…….

"그 돈을 받아? 그래놓고 아버지 제사가 어쩌고 나한테 소리를 쳐?"

-돈이라니 무슨 돈? 설마 준서 씨가 준 돈 말하는 거야?

채원이 재빨리 거리로 뛰어갔다.

-돈이라니? 설마 준서 씨가 준 돈 말하는 거야? 내가 먼저 달라고 안 했어. 안부 인사도 할 겸 전화 걸었는데 일을 아직 못 구했다고 하니까…….

"그 사람한테 전화는 왜 해? 그런 말을 왜 해? 그 사람이 주는 돈을 왜 받아! 왜!"

도통 목소리를 높이는 법이 없던 채원이 크게 고함을 치자 당황한 희원은 아무런 말도 하지 못했다.

"대체! 언니랑 엄마는 날 얼마나 더 비참하게 만들어야겠어!"

-야, 너…….

희원이 무슨 말을 하려고 했지만 채원은 전화를 끊고 택시를 잡았다.

"마루종합건축사무소로 가주세요."

엄마와 언니에게 용돈을 주고, 그 먼 강원도까지 지원의 면회를 가다니. 이미 자신과 이별하고 난 후의 일이었다. 자신 앞에 나타나기도 전의 일이었다. 대체 무슨 생각으로…….

한참 시내를 달린 택시가 큰 빌딩 앞에 섰다. 토요일, 준서는 당연히 회사에 있을 것이다. 빠르게 건물 안으로 들어선 그녀가 엘리베이터에 올랐다. 2년 전 이곳을 방문했었던 자신의 기억이 맞다면 실장실은 3층 안쪽에 있었다. 다급한 구두 소리가 복도에 울렸다. 그녀의 눈앞에 보이는 실장실. 이미 이성을 잃어 한껏 흥분한 채원은 노크할 생각도 하지 못한 채 손잡이를 잡고 문을 벌컥 열었다. 그리고 그 소리와 함께 책상에 앉아 있던 준서가 번쩍 고개를 들었다.

"채원…… 여긴 어떻게…….."

준서의 얼굴을 보자마자 분노가 치밀어 올랐다.

"왜 그랬어요? 무슨 의도예요?"

다짜고짜 묻는 목소리에 준서가 미간을 찌푸리며 자리에서 일어났다.

"지원이는 왜 찾아갔어요? 엄마하고 언니한테 돈은 왜 줬어요! 동정이에요? 아니면 미안함?”

거칠게 소리치는 채원의 모습에 준서가 책상에서 벗어나 그녀 곁으로 다가왔다. 그 움직임을 채원의 눈동자가 따라갔다.

“채원아, 난⋯⋯.”

순간 채원의 시선이 한 곳에 머물렀다.

“잠깐, 저게⋯⋯ 왜 여기 있어요?”

준서가 그녀의 시선을 따라 고개를 돌렸다.

“저걸 보낸 사람, 준서 씨였어요?”

떨리는 목소리가 그에게 물었다.

“이탈리아에⋯⋯ 왔었어요? 나 때문에 거기 왔었어요?”

온몸에 힘이 풀린 듯 팔을 축 늘어뜨린 채원의 시선이 머문 곳. 마루종합건축사무소 실장 최준서라는 명패. 그리고 그 옆에는 지난달 채원에게 배달된 것과 같은 스노볼이 놓여 있었다.

“그날 스페인 광장에서 내가 봤던 사람⋯⋯ 준서 씨가 맞아요?”

준서의 눈동자가 커지자 채원이 숨을 집어삼켰다.

“내 생일에 우리 집으로 생일 케이크와 꽃다발 보낸 사람, 그것도 준서 씨죠?”

미간을 찌푸리며 고개를 살짝 흔든 채원이 재차 물었다.

준서가 시선을 내리깔더니 자신의 책상 위에 있는 스노볼을 집어 들었다. 모든 것을 포기했다는 듯 크게 심호흡을 한 그가 힘겹게 입술을 떼었다.

“말했잖아.”

낮게 깔린 목소리에는 슬픔이 묻어났다.

“나는 네게 이별을 말하고 싶지 않았다고. 하지만 내 모든 상황을 참고 기다려달라고 할 수는 없었다고.”

준서가 콧잔등을 찡긋거렸다.

“내 입으로 이별을 말해놓고, 매일매일이 후회였지만 네게 다가갈 수는 없었다고.”

“약혼은 처음부터 정해져 있던 거 아니었어요? 날 만나기 전에 이미…….”

채원의 질문에 준서가 고개를 들어 그녀를 바라보았다.

“아니, 없었어. 너뿐이었어.”

준서의 대답에 그녀가 눈을 빠르게 깜빡거렸다.

“프러포즈하려고 했던 거 정말이었어요? 날 기만한 게 아니었어요? 하지만 약혼이라는 게 그렇게 갑작스럽게…….”

당황한 채원의 입에서 두서없는 말들이 튀어나왔다. 갑자기 찾아온 혼란에 그녀가 입술 안쪽을 꽉 깨물었다. 그 모습을 물끄러미 바라보던 준서가 힘겹게 입술을 열었다.

“원래…… 내가 할 약혼이 아니었으니까.”

채원이 선예의 커피숍에 있을 무렵, 말끔하게 샤워를 마친 우현은 옷장에서 정장을 꺼내 입었다. 거울 속에는 온몸이 딱딱하게 경직된 남자가 서 있었다. 밖으로 나선 우현이 건물을 내려가자 까만색 세단이 그를 기다리고 있었다. 우현이 올라타자 차는 시내로 한참을 달렸다. L호텔 앞에 선 승용차. 그가 차에서 내렸다.

“그러고 보니 여긴…….”

채원과 처음 만났을 때 그녀가 프러포즈를 받기로 한 남자와 약속을 했다는 곳이었다. 사고가 날 뻔했던 그녀를 차에 태워 이곳으로 데려다 주었었다.

채원과의 첫 만남을 곱씹은 우현이 안으로 들어갔다. 지배인의 안내를 따라간 곳에는 그의 부모님, 진철과 혜숙이 먼저 자리를 잡고 앉아 있었다.

“앉거라. 이제 곧……. 아, 저기 오는구나.”

진철의 목소리에 우현이 고개를 돌렸다. 레스토랑 입구를 바라보는 그의 동공이 커졌다. 그곳에는 중년의 부부와 함께 민지가 서 있었다.

"아버님, 어머님. 벌써 오셨어요?"

빠른 걸음으로 자신들의 테이블을 향해 걸어오는 민지. 우현의 얼굴이 점점 굳어갔다.

"우현아, 인사해라. 성남건설 허상무 회장님이시다. 민지 양과는 이미 아는 사이니 따로 소개는 필요 없겠지."

"자네가 최우현 군이군. 듣던 대로 인상도 좋고 인물도 훤하구먼. 앉게나."

민지의 아버지 허상무 회장이 웃으며 자리게 앉았다. 하지만 우현은 그 자리에 못이라도 박힌 듯 서 있었다.

"최우현 군, 이제 몸은 괜찮은가?"

"민지 양 덕분에 우리 우현이는 괜찮습니다. 어떻게 감사를 드려야 할지. 생명의 은인이죠."

우현이 대답을 하기 전 진철이 친절한 목소리를 내며 민지를 바라보았다. 아버지가 병원에 온 이유는 자신 때문이 아니었을 것이다. 아버지는 민지 때문에 병원을 찾아왔던 것이 분명했다.

우현의 입에서 허탈한 웃음이 흘러나왔다. 아버지와 민지에게 놀아난 기분이었다.

"이제야 제대로 얼굴을 마주 보게 되네요. 이 아이가 회장님이 말씀하신 민지 양의 진짜 약혼자, 제 아들 최우현입니다."

진짜라니. 테이블에 우두커니 서 있는 우현이 눈을 가늘게 떴다.

"아닐세, 최 사장. 사과는 우리가 해야지. 우현 군, 자네 형에게도 미안하다고 좀 전해주게."

우현이 떨리는 눈빛이 허 회장과 자신의 아버지를 번갈아 바라보았다.

"회장님이 미안해하실 필요 없습니다. 민지 양이 말했던 제일산업의 아들을 저희 집 큰아들로 착각한 건 저희니까요."

귓가에 들려오는 음성에 우현이 숨을 멈추고 제 아버지를 바라보았다.

"아버지, 이게 무슨……."

설마.

"오히려 제 실수로 네 달 전, 민지 양이 저희 집 큰아들과 약혼을 하게 되어 미안할 따름입니다."

우현의 동공이 믿을 수 없다는 듯 확장되었다.

"제 작은아들 대신에 말이죠."

얼굴도 하얗게 질렸다.

"아닐세. 우리는 최 사장에게 아들이 둘이 있다는 사실을 몰랐다네. 우리 민지도 제일산업의 아들이라고만 했지 그게 우현 군인 줄은 몰랐었지."

허 회장이 아직도 그 자리에 우뚝 서 있는 우현을 바라보았다.

"자네, 왜 그러고 서 있나?"

"회장님, 지금 그 말씀은……. 네 달 전에 성남건설하고 약혼을 했던 사람이 제 형이라는……."

"정말 미안하게 생각하고 있네. 정식으로 사과도 할 겸 자네 형과 자네에게 식사를 대접하고 싶은데 괜찮겠나?"

순식간에 우현의 눈시울이 붉어졌다. 화를 억누르려 주먹을 앙 쥐었다.

"죄송합니다, 오늘 제가 이곳에 온 건……."

우현이 겨우 입을 열었지만 목이 메어 다시 숨을 골랐다. 아무것도 몰랐던 자신은 네 달 만에 만난 형에게 잘난 척하듯, 형이 날 싫어해도 형이라고 부를 거라면서 철없는 소리를 지껄였다. 마른 입술을 축인 그가 다시 입술을 떼었다.

"오늘 제가 이곳에 온 건 이 약혼, 저는 하지 못하겠다고 말씀드리기 위해서입니다."

우현의 말에 테이블에 앉아 있던 사람들이 놀란 눈으로 그를 바라보았다.

"네 달 전에도 이미 전 말씀드렸고, 며칠 전에도 아버지께 분명히 제 의사를 전달했습니다."

"최우현, 지금 뭐 하는 짓이야. 죄송합니다, 회장님. 우현이가 뭔가 착각을……"

"착각은 제일산업의 최진철 사장님께서 하신 것 같습니다. 전 약혼하겠다고 말씀드린 적 없습니다. 제 형도…… 마찬가지입니다."

진철 역시 우현이 이곳에서 이런 말을 할 줄 몰랐는지 당황스러운 눈빛으로 그를 바라보았다. 그도 그럴 것이 우현은 제 엄마가 곤란해하는 하는 일을 일부러 하는 아들이 아니었기 때문이다.

"제게는 이미 사랑하는 사람이 있습니다. 절대 그 여자와 헤어질 생각 없습니다."

우현은 하얗게 질린 채 아랫입술을 앙 물고 있는 민지를 무시하고 허 회장을 또렷하게 바라보았다.

"회장님도 사랑하는 딸이 다른 여자를 가슴에 품은 남자와 혼인하는 것을 원치 않으시겠죠. 오늘 이곳에 나온 건 이 말을 하기 위해서였습니다."

허 회장이 팔을 엮어 단단히 팔짱을 끼고는 입을 열었다.

"자네…… 예의가 없구먼."

"죄송합니다. 생각보다 거친 교육을 받고 자라서요. 그러니 더더욱 전 성남건설 같은 기업에는 어울리지 않는 사람입니다. 그럼 먼저 실례하겠습니다."

우현이 정중하게 고개를 숙이고는 미련 없이 돌아섰다. 하지만 금세 발걸음을 멈추었다.

"아, 혹시나 형에게 다시 약혼 이야기를 하시려는 거면 포기하시는 게 좋을 것 같습니다."

그의 시선이 분노를 가득 담은 채 자신을 바라보고 있는 제 아버지에게 닿았다.

"형은…… 준서 형은 저보다 더 예의가 없는 남자이니까요."

레스토랑 출구를 향한 우현의 발걸음이 빨랐다.

"오빠! 우현 오빠!"

민지가 다급하게 뛰어와 그의 앞을 가로막았다.

"이대로 가면 어떡해요?"

민지가 우현의 옷자락을 붙잡았지만 그는 냉정하게 뿌리쳤다.

"너 처음부터 알고 있었지? 이렇게 사람을 바보로 만들어?"

우현의 시선이 붕대를 감고 있는 민지의 팔로 옮겨졌다.

"좋아하는 사람 있다면서. 오랫동안 품고 있었다면서. 근데 이래도 돼?"

"처음에는 오빠도 아는 줄 알았어요. 나한테 꽃바구니를 보냈으니까."

민지의 말에 우현이 미간을 찌푸렸다.

"알아요. 오빠가 보낸 거 아니라는 거. 오빠 입으로 말했잖아요. 여자한테 꽃다발도 보낸 적 없다고. 아마도 오빠 아버지가 보내셨겠죠. 오빠 이름으로."

민지가 주머니에서 손수건을 꺼내 들었다.

"이거 기억 안 나요? 내가 몇 년 전에 오빠한테 준 손수건인데. 우리 예전에도 만났었잖아요."

"기억 안 나. 비켜."

"오빠에게 말하지 않은 건, 전에 말했듯이 정정당당하게 승부를 보고 싶었어요."

이어지는 민지의 변명에도 우현은 냉정한 눈빛을 거두지 않았다.

"오빠가 어쩔 수 없이 선택해야 하는 상황 말고, 진심으로 날 선택해주길 기다렸어요. 나도 다른 사람에게 원망의 소리 듣고 싶지 않으니까."

"정말 정정당당하게 승부를 내고 싶었다면 다 내보였어야지. 이렇게 사람 뒤통수치지 말고."

지금까지와는 너무도 다른 우현의 냉정한 시선이 민지의 가슴에 꽂혔다.

"모를까 봐 말하는데, 난 나한테 호감 있는 여자랑 이렇게 안 지내. 너랑 내가 연구실에서 오빠, 동생으로 지낼 수 있었던 건 네가 나한테 여자가 아니기 때문이야."

차디찬 그의 목소리에 민지가 몸을 움찔했다.

"분명히 말할게. 나 너랑 약혼은 물론이고 연애할 생각, 조금도 없어. 내가 널 좋아할 일은 더더욱 없고. 아니, 내가 한채원 말고 다른 여자 좋아할 일 절대 없어."

우현의 눈빛이 위협하듯 번뜩였다.

"경고하는데 혹시라도 채원 씨한테 접근하지 마. 다가가지도 말고, 가까이하지도 말고, 쳐다보지도 마. 그 여자 상처받을 그 어떤 말도 네 입에서 하지 마."

언제나 다정하게 미소 짓던 우현에게서 처음 보는 모습이었다.

"혹시나 너 때문에 채원 씨 아파한다면 나…… 너 정말 가만 안 둬. 나 내여자 상처 주는 사람한테 웃으면서 예의 차릴 만큼 좋은 사람 아니야."

우현이 차갑게 민지를 밀쳐내고 돌아섰다.

"네가 말한 친절하고, 배려심 넘치는 최우현은 한채원 남자니까 네가 포기해. 절대 너한테 안 가니까."

빠른 걸음으로 L호텔 로비를 빠져나온 우현이 손을 뻗어 택시를 붙잡았다.

"마루건축사무소로 가주세요."

'네 철없는 행동들이 주변 사람들에게 얼마나 많은 피해를 주는지 한 번쯤은 잘 생각해봐.'

네 달 전, 몇 년 만에 찾은 형이 자신을 향해 세찬 주먹을 날린 것은 이 때문이었다. 자신이 약혼을 하지 않겠다고 선언한 후 지금까지 자유로울 수 있었던 건, 채원과 마음껏 연애할 수 있었던 건, 형이 그의 모든 것을 대신했기 때문이었다.

"젠장."

우현의 입에서 거친 말이 터져 나왔다. 착각했었다니, 아버지가 절대 그럴 리가 없었다. 아버지라면 분명 모든 것들을 계획했을 것이다. 자신이 약혼을 거절하자 형을 내세웠을 것이다. 놓칠 수 없는 혼사라고 누누이 말했으니까. 성남건설 쪽에서 '제일산업의 아들.'이라고 불분명하게 말한 것을 기회 삼아서 말이다. 그리고 민지가 말했던 남자가 형이 아니라는 사실을 알게 되고, 때마침 자신이 한국으로 들어오고. 그래서 아버지는 채원과의 첫 데이트 하던 날 밤 자신을 찾아와 약혼 이야기를 꺼냈던 것이다.

"내 아버지이지만 정말 이렇게까지……."

비열했다. 대체 자식을 뭐라고 생각하는 건지. 이 일로 형에게 또다시 짐을 얹어주었다. 뜻대로 할 수 없다는 한마디에 형은 네 달 전, 자유를 잃었고, 원치 않는 약혼을 해야 했다.

"설마 형에게 누군가 있었던 건……."

약혼을 해야 했을 때 만약 형에게 사랑하는 사람이 있었다면. 생각만으로도 아찔해 우현은 손으로 제 머리카락을 거칠게 헤집었다. 만약 채원이 곁에 있는 지금, 형과 같은 상황이었다면, 그래서 채원과 헤어져야 했었다면 자신은 형을 죽도록 원망했을 것이다. 답답한 마음에 숨을 쉴 수 없었다.

잠시 후, 택시가 목적지에 도착하자 그가 쏜살같이 뛰어나가 마루종합건축사무소 건물 안으로 들어갔다. 매일같이 회사에 살고 있는 준서라는 것을 알지만 형을 어디서 찾아야 하는지도 몰랐다. 마침 1층 로비에 익숙한 사람이 그의 눈에 들어 왔다.

"박 비서님!"

우현의 커다란 목소리에 박 비서가 고개를 돌렸다.

"작은도련님? 여긴 어쩐 일로……."

"형은 어디에 있나요?"

"실장님이라면 3층에 있는 실장실에 계십니다. 저도 올라가는 길이니 제가 모시겠습니다."

다짜고짜 준서를 찾는 우현의 목소리에도 박 비서는 차분하게 말했다. 박 비서가 초조한 우현의 안색을 살폈다. 우현이 이곳을 찾아온 건 처음이었다. 그 사실보다 더 놀라웠던 건,

"박 비서님, 네 달 전에 형이 정말 약혼을 했었나요?"

우현의 입에서 흘러나오는 질문이었다. 침묵이 대답을 대신했다.

"그렇군요. 그랬어요. 혹시 그때 형에게…… 사랑하는 사람이 있었습니까?"

이를 악물고 묻는 우현의 질문에 박 비서는 이번에도 아무런 말을 하지 않았다. 그저 박 비서의 그늘진 얼굴에서 그 대답을 찾을 뿐이었다.

"저는 언제나 형에게 짐만 되는군요."

"그 일, 누구에게 들으신 건가요?"

땅, 하는 소리와 함께 엘리베이터가 3층에 도착했다.

"뻔뻔한 제 아버지에게서요."

엘리베이터 문이 열리고 우현이 재빨리 밖으로 나갔다. 실장실에 앞에 도착한 그가 크게 심호흡을 하고 문손잡이로 손을 가져갔다. 망설임 없는 우현의 손이 벌컥 문을 열었다.

싸늘한 공기가 감도는 실장실. 안으로 한 발 내디딘 그가 인기척이 느껴지는 곳으로 고개를 돌렸다. 시선을 한 곳에 고정시킨 우현. 믿을 수 없다는 듯 눈꺼풀을 빠르게 깜빡였다. 사무실 한쪽에는,

"네가 여긴 어떻게……."

배다른 형인 준서와,

"우현 씨?"

가장 사랑하는 여자 채원. 두 사람이 마주 보고 있었다.

놀란 채원의 눈동자가 우현을 바라보았다. 그리고 채원만큼이나 당황한 준서 역시 그에게 시선을 고정했다. 우현은 순간 아찔함을 느꼈다.

'우리 집에서 절대 놓칠 수 없는 혼사다. 무조건 해야 한다고. 이제 그만 한국으로 돌아오거라.'

'결혼이 무슨 애들 장난도 아니고 싫습니다. 목에 칼이 들어와도 죽어도 싫어요!'

처음 한국을 방문했을 때 아버지와의 다툼. 모든 것의 시작은 그날이었다.

'저 애인 있어요. 그냥 애인 아니에요. 결혼할 남자예요. 오늘 프러포즈 받기로 했다고요.'

처음 채원과 마주쳤던 그날, 채원은 프러포즈를 받으러 가는 길이었다. 자신의 형으로부터.

'그럼 수많은 비행기와 비행시간, 도착지 중에 우리가 같은 시간, 같은 비행기 안에서 이렇게 옆자리에 앉은 확률은 얼마나 되는 줄 알아요?'

채원과 비행기 안에서 마주쳤던 그 자리, 원래는 자신의 자리가 아니었다. 그녀와 함께 여행을 떠나기로 한 형의 자리.

'마음을 전하는 일에 서툰 사람, 반듯하지만 딱딱한 사람이었어요.'

채원의 준서.

'준서 씨! 기다려, 준서 씨!'

스페인 광장에서 목이 터져라 부르던 그 이름. 채원이 사랑했던 남자.

'다시 시작하고 싶다고 말했어요. 내게 이별을 말했던 건 자신의 의지가 아니었대요.'

채원을 버려야만 했던 준서.

'그 사람한테 제발이라는 말을 처음 들어봤어요. 애원하는 모습도 처음 봤어요.'

자신이 한국으로 돌아와 모든 것들이 제자리로 돌아오자 채원을 찾기 위해 그녀에게 애원했던 남자, 자신의 형.

"아니라고 말해. 채원이 말한 남자가 네가 아니라고. 그럼…… 그럼 나도 네 달 전의 일 없었던 일로 할 테니까."

낮게 깔린, 하지만 떨림을 숨길 수 없는 준서의 목소리가 우현에게 말했다.

우현의 시선이 준서에게 닿았다. 분노를 가득 담은 눈동자, 고통으로 뒤틀린 입술, 화를 억제하든 힘줄이 불거진 목, 그리고 내떨리는 주먹을 꽉 쥔 손.

"하아, 젠장."

울컥, 눈물이 목울대 끝까지 차올랐다. 작게 내뱉는 한숨에는 말로 표현할 수 없는 절망이 묻어났다.

15. 이불을 먹다

"우현 씨, 여긴 어떻게……."

갑자기 사무실 안으로 들어온 남자를 바라보는 준서의 눈동자가 놀라움에 커졌다. 그리고 그 남자의 이름을 부르는 채원의 목소리에 경악했다. 놀란 듯 조금 높았지만 부드럽게 흘러나오는 음성. 그 따뜻한 울림만으로도 우현이 채원에게 어떤 존재인지 알 수 있었다. 준서가 손톱이 손바닥에 박힐 정도로 세게 주먹을 말아 쥐었다.

"아니라고 말해, 어서."

낮게 깔린 준서의 목소리가 위협하듯 우현에게 말했다. 믿을 수 없는 사실에, 온몸이 주체할 수 없을 만큼 떨려왔다.

"채원이와 네가…… 네 입으로 아니라고 말하라고."

준서가 주먹으로 책상을 세게 내리쳤다.

"최우현!"

시뻘겋게 변한 준서의 눈동자가 우현을 바라보았다. 그 강렬한 시선을 고스란히 받아낸 우현의 눈시울이 붉어졌다.

"형…… 난……."

우현이 차마 말을 잇지 못하고 고개를 돌렸다. 준서의 날카롭고 다부진 턱은 딱딱하게 굳어 있었다. 입에서는 허망한 한숨이 터져 나왔다.

그날, 빗속에서 채원이 허리를 끌어안고, 한 우산을 쓰고 함께 걷던 남자. 채원의 아픔을 보듬어줬다는 남자는 우현이었다. 며칠 전 전시회장에서 새파랗게 질린 얼굴로 병원을 가야 한다고 중얼거렸던 채원의 모습이 떠올랐다. 같은 날, 사고로 입원했던 우현. 그리고 그날 밤, 채원의 집골목에서 병원복을 입은 채 택시에서 내렸던 남자.

"그게…… 너였나?"

준서의 입에서 허탈한 웃음이 흘러나왔다.

'약혼녀에게 버림받았다고 했죠? 만약 파혼되지 않았다면 그래도 내게 이렇게 돌아왔겠어요?'

채원이 자신에게 했던 질문. 그렇게 물어봤던 이유는 우현의 약혼 소식을 들었기 때문이었다. 우현의 손을 잡았던 채원은 한 번 더 그녀를 괴롭히는 '약혼'이라는 말 때문에 힘들어했던 것이다. 자신의 약혼이 취소된 건 우현이 그 자리를 대신했기 때문이었다. 하지만 자신의 품에서 울지 않고 꼿꼿하게 돌아섰던 이유, 모두 다 우현 때문이었다.

"지금 형…… 이라고. 준서 씨가 우현 씨의 형이라는……."

미세하게 떨리는 목소리에 준서가 시선을 돌려 채원을 바라보았다. 지금 이 상황이 믿기지 않는다는 듯 그녀는 금방이라도 눈물을 쏟아낼 것만 같았다. 채원이 걸음을 옮겨 우현에게 가까이 다가갔다.

"우현 씨?"

그녀가 불안한 듯 우현의 옷자락을 붙잡았다. 차마 우현과 채원이 함께 서 있는 모습을 볼 수 없는 준서가 눈을 꼭 감았다. 떨리는 눈꺼풀이 닫혀 어둠을 자아내자 그의 앞에 6월의 그날들이 스쳐 지나갔다.

다섯 달 전, 6월 어느 날, L호텔 레스토랑.

"토요일 저녁 6시 맞으시죠? 손님이 예약하신 자리가 레스토랑 안에서도 가장 사적이고 조명이 예쁜 곳입니다. 저희가 따로 준비해드릴 이벤트는 없을까요?"

"괜찮습니다."

햇살이 가득 들어오는 곳에 위치한 테이블이 만족스럽다는 듯 준서가 고개를 내저었다. 입가에 걸렸던 미소는 막 주머니에서 울리기 시작한 휴대폰 화면에 뜬 이름을 보자 더 커졌다.

-저예요. 점심은 먹었어요?

부드럽게 울리는 채원의 목소리는 그의 마음을 따뜻하게 만들었다.

"응. 잠깐 나왔다가 사무실로 들어가는 길이야."

-토요일에 시간 비워두라니 무슨 일 있어요? 아까 심각한 목소리로 말해서 조금 겁먹었단 말이에요.

채원이 궁금증 가득한 목소리로 묻자 준서가 키드득거리며 웃었다.

"저녁 먹자. L호텔 레스토랑에서 만나."

L호텔 레스토랑에서의 저녁. 채원은 이미 눈치채고 있을 것이다. 함께 보았던 티브이 프로그램에서 요즘 프러포즈 장소로 가장 인기 있는 곳으로 소개되었기 때문이다. 그날, 채원은 꿈꾸는 듯한 표정으로 멋있다를 연발했었다.

-주, 준서 씨 혹시…….

떨리는 채원의 목소리. 그리고 그 음성에 그의 마음까지 간지러웠다.

"예쁘게 하고 나와. 먼저 가서 기다리고 있을 테니까."

전화를 끊은 준서가 차를 몰아 어디론가 향했다. 한국병원 신관 5층. 501호 병실로 들어간 그가 유리창 앞에 섰다. 촉촉이 젖은 그의 눈동자가 침대에 누워 있는 여인을 바라보았다. 얼굴에는 핏기가 없었고, 앙상하게 뼈만 남아 가만히 누워 있는 것조차 힘들어 보였다. 기계에 의존해 숨을 헐떡이는 모습이 안쓰러워 차마 바로 볼 수 없을 정도였다.

"저 왔어요, 어머니. 오늘은 드릴 말씀이 있어서 왔어요. 저 채원이에게 프러포즈하려고요. 오늘 레스토랑 예약하고 왔어요."

그가 주머니에서 반지 상자를 꺼냈다. 상자 안에는 채원의 눈동자만큼 반짝거리는 반지가 들어 있었다.

"그날 어머니에 대한 이야기도 하려고요. 채원이라면 이해해줄 거예요. 같이 만나러 올 게요."

돌아오는 대답은 없었다. 그저 유리창 너머로 기계가 움직이는 소리만 들릴 뿐이었다. 하지만 준서는 평소와 다른 다정다감한 목소리로 마치 대화를 나누듯 한참 동안 말을 이어갔다.

막 병실 문을 닫고 밖으로 나왔을 때 주머니에서 진동이 느껴졌다.

〈아버지〉

휴대폰 액정에 떠오른 이름에 순간 알 수 없는 불안감이 그를 휘어 감았다. 그가 통화버튼을 눌렀다.

-나다. 네가 도와줘야 할 일이 좀 생겼다.

다짜고짜 본론부터 이야기하는 아버지 최진철. 제일산업을 이끌고 있는 그의 아버지는 평생 그래왔듯 차디찬 목소리로 입을 열었다.

-네가 약혼을 좀 해야겠다. 우리 집안에서 놓칠 수 없는 혼사야. 반드시 성사시켜야만 해.

'약혼'이라는 한마디에 심장이 멈춘 듯 아무런 말도 할 수 없었다. 약혼이 무슨 계약서에 사인이라도 하는 일인 것처럼 쉽게 말하는 진철의 말투에 준서가 크게 심호흡을 했다.

"죄송하지만 그럴 수는 없습니다."

-성남건설 자제분이다. NO라는 대답은 없어.

"다시 말씀드리지만 저는⋯⋯."

-병원에 누워 있는 네 엄마를 생각해. 이틀 시간을 주마.

차갑게 끊겨버린 전화. 준서의 심장도 함께 차갑게 얼어버렸다. 휴대폰을 쥐고 있는 손이 분노로 떨려왔다. 심장이 바닥까지 떨어지는 기분이었다.

진철은 문 너머에 누워 있는 여인의 남편이었고, 자신의 아버지였다. 비록 지금 새로운 여자와 아들, 딸이 있다고 하더라도 말이다. 12년째 저곳에 누워 있는 어머니의 병원비는 실로 어마어마했다. 고작 건축사무소에서 일을 하는 월급쟁이 회사원인 자신이 혼자 감당할 수 없는 금액이었다. 병원에 누워 있는 어머니를 생각하라는 말인즉, 어머니를 위해 당신이 내어주는 병원비를 생각하라는 말이었다. 아버지가 병원비를 더 이상 내주지 않으면 어머니가 이곳에서 나와야 했다. 이렇게라도 살아가는 것이 힘들다는 말이었다.

아버지의 전화 이후, 하루가 지나고 이틀이 지났다. 채언의 밝은 목소리를 들을 때마다 심장이 조여와 숨을 쉴 수 없었다. 불도 켜지 않은 어두컴컴한 방, 준서의 쓸쓸한 시선이 창밖을 바라보았다. 시커먼 하늘이, 온통 구름뿐인 모양이 제 미래와 같아 보여 가슴은 돌을 삼킨 듯 무거웠다.

준서의 시선이 휴대폰에 닿았다 떨어졌다. 채언과 전화 통화조차 제대로 할 수 없었다. 행여 내 지금 서러움이 네게 들릴까. 내 이 비참한 현실이 네게 보일까. 내 고민이, 망설임이 네게 알려질까. 보고 싶지만 만나러 갈 수도 없었다. 얼굴을 보게 되면 널 붙잡고 놔주지 못할까 봐. 너라도 붙잡고 도망쳐 버릴까 봐. 눈을 뜨고 일어나면 어머니와 채언만이 있는 세상이었으면 좋겠다고 생각했다.

밤새 고민했다. 이미 결론은 나와 있는 문제였지만 그래도 생각하고 또 생각했다. 그리고 채언을 만나기로 한 날, 프러포즈하기로 한 오늘, 해가 뜨자마자 아버지에게 전화를 걸었다.

"말씀대로 하겠습니다."

-잘 생각했다. 이해가 빨라서 좋구나.

일이 자신의 뜻대로 이루어지자 기분이 좋은 듯 진철의 목소리는 살짝 들떠 있었다. 그리고 이어진 아버지의 말.

-우현이 이 자식은 도통 철이 없어서 무작정 싫다고 떼만 쓰면 되는 일인 줄 안단 말이야. 거기다 한국에 와도 제 발로 부모 찾아오는 법도 없지. 너라도 허락해서 다행이구나.

순간 망치로 머리를 맞은 듯 정신이 번쩍 들었다. 자신의 배다른 동생 우현의 거절, 그리고 자신에게 돌아온 약혼. 참을 수 없는 분노가 온몸을 휘감았다. 그길로 차 키를 들고 내달렸다. 거칠게 차를 세운 준서가 오피스텔 건물 계단을 뛰어 올라가 한 집의 현관 벨을 사정없이 눌렀다.

"누구세요?"

안에서 들려오는 목소리가 가까워지고 벌컥, 문이 열렸다.

"주, 준서 형? 여기…… 윽!"

퍽, 하는 소리와 함께 준서가 날카로운 주먹을 남자의 얼굴을 내리꽂았다.

"최우현."

그가 낮은 목소리로 자신의 동생의 이름을 불렀다. 바닥에 널브러져 있는 우현을 바라보는 준서의 눈빛은 차가웠다.

"언제까지 그렇게 네 멋대로 지낼 거냐. 네 철없는 행동들이 주변 사람들에게 얼마나 많은 피해를 주는지 한 번쯤은 잘 생각해봐. 앞뒤 구분도 못 하는 놈."

한 자 한 자 내뱉을 때마다 채원의 얼굴이 머릿속에 스쳐 지나갔다. 차갑게 돌아섰지만 심장은 뜨거웠다. 아버지에 대한 분노로, 동생에 대한 원망으로, 그리고 채원에 대한 미안함과 죄책감으로.

집으로 돌아와 말끔하게 씻고 옷을 갈아입었다. 천천히 움직인다면 이별의 시간도 조금 느리게 다가올까 싶어 늦장을 부렸다. L호텔 레스토랑에서 가장 분위기가 좋은 자리에 앉은 준서. 자신을 향해 손을 흔들며 걸어오는 채원의 모습에 주먹을 세게 움켜쥐었다. 마주 앉은 채원의 얼굴에는 내내 웃음이 피어났고, 그녀가 환히 미소 지을 때마다 심장이 아파왔다. 그리고 제 입으로 이별을 말하는 순간.

"다시 한 번 말해줘? 헤어지자고. 설마 나랑 결혼까지 생각한 건 아니었지?"

한 자 한 자 내뱉을 때마다 바늘이 심장에 꽂히는 것만 같았다. 눈물도 흘리지 못한 채 멍하니 정신을 잃은 것만 같은 채원을 바라보는 것은 상상보다 더 힘들었다. 하지만 채원은 지금 더 아프리라. 저 해맑은 눈동자에 절망을 안겨준 건, 연신 입가에 걸렸던 웃음 대신 아랫입술을 질끈 깨물며 눈물을 참아내게 만든 건 자신이었으므로. 그 아픔을 자신은 끌어안아 줄 수 없었다. 안주머니에 넣어놓은 반지 상자가 가슴에 닿아 자꾸만 그의 심장을 찔러댔다.

"그리고 미리 말하는 게 최소한의 예의인 것 같아서. 난 곧 약혼할 거야."

먼저 자리에서 일어나 도망치듯 차에 오른 준서의 시선이 한참 동안이나 호텔 입구를 향했다. 고개를 뻣뻣하게 든 채로, 주먹을 불끈 쥔 채로 건물을 빠져나가는 채원의 뒷모습만 바라볼 뿐이었다. 채원이 시야에서 완전히 사라질 때까지 하염없이 그 그림자를 바라본 준서가 차를 돌려 회사에 도착했다. 마루종합건축사무소 로비에 들어서 3층으로 올라갔다. 그런 그를 기다리고 있던 건 아버지 밑에서 오래 일해왔던 박 비서였다.

"오셨습니까, 실장님. 주말이라 회사로 나오실 줄 몰랐습니다."

실장님. 박 비서의 한마디에 준서가 힘없이 웃어 보였다.

"약혼의 대가가 실장님인가요? 돌아가세요. 혼자 있고 싶네요."

실장실이라고 적혀 있는 방으로 들어간 준서. 털썩, 의자에 주저앉았다. 눈물도 흘리지 않은 채 꼿꼿하게 앉아 있는 모습의 채원이 더 슬펐다. 한 발 한 발 힘겹게 내딛는 모습이 안쓰러웠다. 안녕이라는 말 대신 사랑한다고 말하고 싶었다.

헤어지자는 말 대신 영원히 함께하자고 말하고 싶었다. 멋대로 흘러나오는 잔인한 말들을 내뱉는 자신의 입술이. 상처받은 채원의 눈빛을 고스란히 바라봐야 했던 자신의 눈동자가. 돌아서는 뒷모습을 붙잡고 끌어안을까 봐 내내 꽉 움켜진 자신의 주먹이. 속으로만 사랑한다고 미친 듯 외치는 자신의 사랑이 너무나 서러웠다. 순식간에 눈물이 고이고, 입에서는 억눌린 울음소리가 터져 나왔다. 행여나, 그 소리가 밖으로 들릴까 손으로 제 입을 틀어막았다.

"흑흑……."

뜨거운 눈물이 볼 위를 타고 흘러내렸다. 채원은 그의 인생에 한줄기 빛과 같은 존재였다. 그를 숨 쉬게 하는 사람이었다. 그런데 제 손으로 놓아버렸다. 간신히 울음을 삼키며 자신을 바라보던 눈동자가 뇌리에 박혀 사라지지 않았다. 주인을 잃은 반지를 바라보는 준서의 흐느낌이 사무실을 가득 메웠다. 그리고 며칠 후, 채원이 보고 싶어 참지 못하고 찾아간 채원의 친구의 커피숍.

"어? 준서 형님? 사장님 만나러 오셨어요? 형님도 채원이 누님 때문에 걱정돼서 오셨구나. 그래도 너무 걱정하지 마세요. 다행히 누나는 무사하대요."

아르바이트생의 말에 미간을 잔뜩 찌푸린 그가 심각한 표정으로 물었다.

"무사…… 하다니? 그게 무슨 말이야?"

"어라? 누나가 형님한테 연락 안 했어요? 누나 이탈리아에서 소매치기당해서 빈털터리 됐대요. 형님이 걱정할까 봐 말 안 한……. 혀, 형님!"

급하게 돌아선 그가 사무실로 내달렸다.

"이탈리아행 티켓 한 장만 구해주세요. 스케줄은 조정해주시고요."

눈치 빠른 박 비서는 준서가 이탈리아에 가야 하는 이유를 정확히 알고 있었다.

"이미 끝나신 사이입니다. 이탈리아에 가시는 건 옳지 못합니다."

"모두 잃어버렸답니다. 아무것도 없대요. 한 번도 가보지 않은 곳입니다. 분명 떨고 있을 거예요. 한국도 아닙니다. 큰일이라도 당한다면⋯⋯!"

"실장님! 이미 두 분의 인연은 끝났습니다. 가서서 뭘 어쩌시겠다는 말씀입니까. 이별에 대한 변명이라도 하실 겁니까? 다시 만나기라도 하실 게 아니면 그분께 더 상처가 된다는 거 모르시나요?"

"제가 할 수 있는 일이 아무것도 없다는 거 압니다, 알아요. 하지만⋯⋯."

박 비서의 말에 준서의 얼굴에 절망이 떠올랐다.

"알고 있지만 가만히 있을 수가 없어서 그래요. 걱정이 돼서, 울고 있을까 봐. 잘못됐을까 봐. 제발요. 무사한지만 확인하고 오겠습니다."

"가서도 만날 수 있으리라는 보장이 없습니다. 아니, 만날 수 있는 확률이 없습니다."

"그렇다고 여기 가만히 있을 수는 없습니다. 혹시나 만나게 되더라도 눈으로만 보겠습니다. 다가가지 않겠어요. 아버지에게 비밀로 해주세요. 제발⋯⋯ 부탁입니다."

준서의 간절한 눈동자에 박 비서가 깊은 한숨을 내쉬었다. 어느새 시뻘겋게 변해버린 그의 눈동자가 애원하고 있었다.

"댁으로 돌아가세요. 짐⋯⋯ 싸셔야죠."

박 비서의 한마디에 준서의 얼굴이 환해졌다.

"실장님이 제게 처음으로 지시하신 일입니다. 못 한다고 할 수는 없겠죠. 기다리시면 댁으로 모시러 가겠습니다. 최 사장님께도 비밀로 하겠습니다."

박 비서가 다급하게 구해준 표를 들고 비행기에 오른 준서. 눈을 감고 채원의 모습을 떠올렸다. 그의 손에는 헤어지기 전, 채원이 건네졌던 여행 계획표가 들려 있었다. 자신이 아는 채원이라면 이 계획표대로 움직이리라. 제발, 스쳐 지나가는 뒷모습이라도 볼 수 있기를. 그림자라도 눈에 담을 수 있기를. 다섯 시간, 채원을 볼 수 있는 시간은 겨우 다섯 시간이었다. 아니, 볼 수 있을지조차 장담할 수 없었다. 하지만 기대감을 싣고 날아간 시간들. 잠시라도 볼 수 있을 거라고. 운명은 내게 그토록 잔인하지는 않을 거라고.

"채원아, 제발."

단지 일주일 얼굴을 보지 못했던 것뿐인데 머릿속엔 네 얼굴만 생각날 정도로 난 네가 그립고, 보고 싶고, 보고 싶고, 보고 싶고. 송곳같이 날카로운 내 혀가 네게 차디찬 말을 내뱉어놓

464

고 헤어짐은 아직인지 헤어지는 중인지 헤어졌는지 떠올리고, 다시 떠올리고. 다섯 시간 동안, 그 시간 속의 널 만나기 위해 12시간의 비행과 오랜 기다림을 견뎌냈지만 네 뒷모습조차 볼 수 없었던 난. 운명은 왜 나에게만 얄궂은 건지. 왜 내게만 야속한 건지. 한국으로 돌아오는 준서의 손에는 똑같은 모양의 스노볼 두 개만이 들려 있었다.

스노볼을 바라보는 준서의 눈빛에 아련함이 떠올랐다. 채원에게는 그녀의 아버지와의 추억이 담긴 스노볼. 그리고 자신에게 이 스노볼은…… 그 시간, 그 순간 너와 내가 이탈리아라는 같은 공간에서 같은 공기를 마셨다는 증거. 내가 정신없이 네 뒷모습을 찾아 헤맨 흔적. 널 부르던 내 목소리. 널 보고 싶고 그리워하는 내 마음. 그리고 너를 향한 나의 사랑.

마루종합건축사무소 실장실. 안에 있던 우현, 준서, 채원, 그리고 박 비서 중 누구도 쉽게 입을 열지 못했다.

"형…… 난……."

눈을 꼭 감고 지난날을 떠올리던 준서가 자신을 부르는 목소리에 눈을 떴다. 우현을 바라보는 준서의 눈동자는 차가웠다.

"그렇게 부르지 말라고 했다."

우현의 말을 냉정하게 잘라버린 준서.

"믿지 않겠지만 몰랐어. 전혀 알지 못했어."

하지만 꿋꿋하게 준서를 향해 입을 연 우현.

"내가 거절하면 그걸로 끝날 일인 줄 알았어. 아버지는 그때 내게 더 이상 아무런 말도 하지 않으셨으니까."

우현이 침을 꿀꺽 삼킨 채 냉정한 준서의 눈동자를 바로 바라보았다.

"왜, 왜 승낙한 거야? 나처럼 거절했으면 됐잖아. 어째서……."

"뚫린 입이라고 말은 잘하는군. 네가 지금 누구 덕분에 이렇게 살아 있는지 잊었어?"

"하지만 이번 약혼과 어머니는……."

"최우현, 말했지? 어머니라는 말, 입에 담지 말라고. 찾아오지도 말라고.

다른 사람 다 돼도 넌 안 된다고."

매서운 목소리에 우현이 짐짓 물러났다.

준서의 시선이 자신과 우현을 보며 떨고 있는 채원을 응시했다.

"애원하고 빌어도 네가 날 용서할 수 없는 거라면, 네게 준 그 상처를 내가 치료해줄 수 없다면 포기할 생각이었지. 네 새로운 사랑을 멀리서라도 지켜봐 줄 생각이었어."

크게 숨을 들이마신 준서가 느리게, 하지만 강하게 말을 내뱉었다.

"하지만 그 상대가 최우현이라니. 채원이 네가 아는 최우현은 밝고, 자유롭고, 함께 행복하기 위해 노력하겠다고 말해주는 긍정적인 사람이지."

준서가 기가 막힌다는 듯 코웃음을 쳤다.

"하지만 내가 아는 최우현의 밝음과 자유로움은 다른 사람을 희생해서 얻어낸 결과물이야. 함께 행복해지기 위해 노력하겠다니…… 행복해질 자격 따위 없는 놈이지."

준서가 고개를 돌려 우현을 바라보았다.

"죽는 게 나았을지도 모르는 내 어머니의 삶. 차라리 그때 네가 죽어버렸다면 우린 이렇게 살지 않았겠지."

온몸을 떨면서도 우현은 그 모진 말들을 고스란히 듣고 있었다. 한마디 한마디에 상처받은 눈동자가 흔들렸지만 시선을 피하지 않았다.

"아무도 찾아오지 않는 병실에 누워 죽을 날만 기다리는 사람이 너였다면 이렇게 모두가 불행하지는 않았겠지."

준서가 우현에게서 몸을 돌렸다.

"분명 채원에게도 네놈 좋을 대로 이야기했겠지. 넌 너만 편하면 되는 그런 이기적인 놈이니까."

커다란 소리와 함께 실장실 문이, 그리고 준서의 마음이 그대로 닫혀버렸다.

채원은 준서의 차가운 목소리에 자신의 심장까지 얼어붙는 느낌이었다.

한 번도 본 적 없는 준서의 모습에 당황한 눈빛은 갈 곳을 잃었다. 바짝 날이 선 공기. 채원의 혼란스러운 눈동자가 닫힌 문을 응시했다. 갑자기 터져 버린 이 상황이 도통 정리가 되지 않았다.

"이탈리아에서……."

갑자기 들려오는 우현의 목소리에 채원이 고개를 들었다.

"채원 씨가 형의 이름을 부르는 걸 들었어요. 하지만 일부러 모르는 척을 했죠."

그가 숨을 크게 들이마신 후 느리게 내뱉었다.

"세상에 준서라는 이름을 많다고…… 그 이름이 채원 씨와는 관련 없을 거라고 혼자 불안한 마음을 다잡았죠. 근데 그게 진짜 형이었다니."

우현의 축 처진 어깨, 여린 눈동자의 떨림.

"형이 이탈리아에 온 건 온전히 채원 씨 때문에……. 채원 씨가 걱정돼서……."

그리고 불안하게 흔들리는 미소.

"큰어머니와 형에게 끔찍한 잘못을 저질렀는데 그런데 또 한 번 형에게 씻을 수 없는 잘못을 저질렀네요."

잔뜩 가라앉은 우현의 목소리가 중얼거렸다.

"내가 형의 사랑도, 채원 씨의 사랑도 전부 갈라놓았어요."

"우현 씨, 그건……."

"형이 저토록 괴로운 얼굴을 하는 것도, 시뻘게진 눈동자로 내게 소리치는 것도. 채원 씨가 허무하게 끝나버린 사랑에 아파한 것도 모두 내 탓이에요."

우현과 채원의 시선이 엉켜 들었다. 그의 눈동자는 많은 것들을 담고 있었다. 아픔, 슬픔, 그리고 죄책감. 채원의 입술이 열렸지만 이내 닫혀버렸다. 무슨 말이든 꺼내야 했지만 아무런 말도 할 수 없었다.

"미안해요, 채원 씨. 오늘은…… 집까지 바래다주지 못할 것 같아요."

힘없이 웃어 보인 우현이 사무실 문을 향해 발을 내디뎠다.

"먼저 갈게요."

채원이 할 수 있는 일은 고작, 그런 우현의 뒷모습을 바라보는 것뿐이었다. 침묵 속에 얼마나 오랜 시간이 흘렀을까.

"한채원 씨?"

채원은 자신을 부르는 목소리에 번쩍 정신을 차렸다. 문밖으로 사라진 우현의 뒷모습에 고정되었던 그녀의 시선이 박 비서를 향했다.

"집으로 모셔다 드리겠습니다."

"아뇨, 괜찮습니다. 그냥 돌아갈게요. 지금은 뭐가 뭔지 정신이 없어서…… 조금 걸으면서 생각을 하고 싶어요. 감사합니다."

채원이 어색한 손길로 제 머리를 쓸어 넘겼다.

"때로는 현실이 소설이나 영화보다 더 허구 같을 때가 있죠."

박 비서가 낮은 목소리로 읊조렸다.

"준서 씨는 한 번도 그런 기색을 내비친 적이 없었어요. 헤어지는 날도 차갑게 돌아섰죠."

"채원 씨, 실장님이 제게 처음으로 부탁하신 일이 뭐였는지 아십니까? 바로 이탈리아행 비행기표 티켓팅과 채원 씨 댁으로 꽃다발과 케이크를 가져가는 일이었습니다."

박 비서가 잠시 숨을 고르더니 채원을 바라보았다.

"두 번째는 스노볼을 채원 씨의 회사에 보내는 일. 그리고 세 번째는…… 몸이 아파서 조퇴했던 채원 씨의 집에 약을 사다가 우편함에 넣어두는 일이었습니다."

그 말에 채원의 눈동자가 순간적으로 커졌다. 자신이 아파서 조퇴했던 때는 아버지 제사 전이었다. 제삿날 우현은 자신을 위해 약 봉지를 들고 밤에 찾아왔었고, 그가 주는 약을 먹고 잠이 들었었다. 그리고 다음 날 눈을 떴을 때.

'무슨 약이 이렇게 많아? 종합감기약, 소화제, 두통약, 지사제? 약국 차려도 되겠다.'

선예의 말처럼 테이블 위에는 갖가지 종류의 약들이 널브러져 있었다.

"채원 씨가 어디가 아픈지 정확하게 몰라 실장님은 약국에 있는 약을 모조리 쓸어 담으셨습니다."

우현이 가져왔던 약 사이에 자신을 걱정했던 준서의 마음도 함께 있었던 것이다.

"실장님은 많이 서툰 분입니다. 말로 표현하는 것도, 마음을 나누는 것도, 다른 사람과 슬픔을 공유하는 방법을 몰라 혼자 모든 것을 짊어지고 지내시는 분입니다."

채원은 박 비서의 말에 동의한다는 듯 아무런 말도 하지 않았다.

"작은도련님 역시 많은 것들을 속으로 삭이며 참고 사시는 분입니다. 늘 밝은 얼굴 때문이 보는 이를 더 가슴 아프게 만들죠. 그렇게 두 분은 닮은 듯, 닮지 않은 형제입니다."

박 비서의 목소리에는 두 형제에 대한 염려가 드러났다.

"어떻게 하면 좋을지 모르겠어요. 제 존재가 두 사람 사이를 더 갈라놓는다는 생각밖에는 안 들어요."

우현과 자신을 바라보며 믿을 수 없다는 듯 소리친 준서. 그런 준서를 향해 눈시울을 붉히며 변명을 하던 우현. 그리고 모든 것들의 원인이 된 것만 같은 자신.

"지독하게 꼬여버렸지만 따지고 보면 채원 씨도 제일산업의 피해자입니다. 채원 씨는 그저 순간순간 자신에게 다가온 사랑에 충실했을 뿐입니다."

온화하게 울리는 박 비서의 목소리가 채원을 위로했다.

"가장 중요한 건 채원 씨의 마음입니다. 그러니 다른 사람의 눈치 보지 말고 가슴이 시키는 대로 움직이세요. 그러고 나서 모두가 행복할 수 있는 가장 최선의 방법을 찾으면 됩니다."

한숨을 내쉰 채원이 고개를 끄덕였다.

"두 사람은…… 처음부터 이렇게 사이가 좋지 않았나요?"

채원은 스스로가 내뱉은 질문이 황당해 고개를 저었다. 우현에게 그의 집 사정은 들었다. 우현의 잘못은 아니었지만 어린 준서가 그를 미워할 이유는 충분했다.

"실장님은 작은도련님을 원망하고 있지만 스스로도 알고 있습니다. 모든 것이 작은도련님의 잘못만은 아니라는 것을요."

박 비서가 숨을 골랐다.

"실장님은 원망의 대상이 필요한 것일지도 모르겠습니다. 그래야 이를 악물고 살 수 있으니까요. 그래서 동정이나 애정 같은 건 가슴속 깊이 묻어 버리는 거죠."

채원의 머릿속에 자신의 가족이 떠올랐다. 갑자기 닥친 믿을 수 없는 현실을 버티고 살기 위해서 엄마와 언니에게 필요했던 건 자신에 대한 원망이 었다.

"하지만 억지로 어린 동생에 대한 원망을 안고 사는 건 힘든 일입니다."

박 비서의 말에 채원의 동공이 일순 흔들렸다. 그 말은, 우현을 향한 준서의 마음이 미움과 원망만은 아니라는 것이었다. 그리고 이어진 박 비서의 말.

"며칠 전, 작은도련님께서 발굴 현장에서 다치셨을 때 말입니다. 실장님이 제게 전화를 거셨습니다. 뉴스에서 사고 소식을 듣고요."

박 비서의 머릿속에 우현이 사고가 난 그날, 자신에게 전화를 걸었던 준서의 떨리는 목소리가 다시 들려왔다.

'박 비서님, 성남대학교 문화재 발굴 현장에서 사고가 났습니다.'

'네? 혹시 사고 현장에 작은도련님이 계신 건…….'

'당장…… 당장 알아봐주세요. 지금 빨리요!'

"실장님은…… 큰도련님은 작은도련님을 원망함과 동시에 걱정하고 계십니다. 형으로서 말이죠."

"최 사장 아들은 내가 생각했던 것과 조금 다르군."

우현이 떠나버린 L레스토랑에 남은 허 회장은 날카로운 눈빛으로 진철을 추궁했다. 무릎 위에 있던 냅킨을 접어 테이블에 올려놓은 허 회장이 자리에서 일어났다.

"죄송합니다, 회장님. 아마도 우현이가 잠깐……."

"이 이상 식사는 무리인 것 같으니 먼저 가보겠네. 다음번 식사 때는 우현 군과 이런저런 이야기를 할 수 있기를 기대하겠네."

허 회장이 뒤돌아 호텔 밖으로 걸어갔다. 가족들이 그 뒤를 뒤따랐다. 호텔 문 앞에서 멍하니 서 있던 민지가 밖으로 걸어 나오는 자신의 아빠를 향해 몸을 돌렸다.

"아빠, 그냥 이대로 가?"

"천하의 성남건설의 허상무 회장이 눈앞에서 바람을 맞았는데 밥을 먹고 와야겠어?"

옆에서는 민지와 제 엄마가 방금 전 상황에 대해 티격태격 싸우고 있었다.

허상무 회장은 제일산업 최진철 사장의 큰아들 준서를 떠올렸다. 남자다운 외모와 카리스마 넘치는 눈빛 때문에 마음에 들었었다. 묵묵하게 자신의 할 일을 하는 남자, 입이 무겁고 진중해 보였다. 거기다 탁월한 경영 능력까지. 준서가 마루종합건축사무소에서 일한 후 그곳이 빠르게 성장하고 있는 것이 바로 그 증거였다. 성남건설의 외동딸인 민지와 결혼하는 남자는 당연하게 성남건설을 이어받아야 했다. 그리고 준서는 이것저것 따져보았을 때 적합한 인물이었다. 민지의 고집만 아니었다면 놓치고 싶지 않은 남자였다.

허 회장의 머릿속에 눈꺼풀 한 번 깜박이지 않고 자신을 똑바로 바라보며 강한 어조로 이야기하던 우현의 모습이 떠올랐다. 예의가 없다는 자신의 말에도 고개를 푹 숙여 사과하더니 건방진 말까지 내뱉었다. 제일산업 최 사장이 어린 시절부터 외국에 보내 공부를 시켰다는 둘째 아들. 아직 사교계에 데뷔조차 못한, 알려지지 않았던 아들.

"제법 배포가 있어."

허 회장의 입가에는 묘한 웃음이 걸려 있었다.

한편, L호텔 레스토랑을 나와 집으로 돌아온 진철의 얼굴은 딱딱하게 굳어 있었다. 우현이 그곳에서 폭탄선언을 하고 돌아설 줄 몰랐다. 그도 그럴 것이 우현은 언제나 예의 바르고, 착실했고, 성실했던 것이다. 제 엄마가 곤란해하는 일은 평생 해본 적이 없는 착한 아들이었다.

"내 그렇게 말했건만 여자한테 눈이 멀어서 제 엄마, 아빠한테 덤비는 꼴이라니."

진철의 강한 주먹이 소파 팔걸이를 내리쳤다. 허 회장이 다음번 식사를 기대하겠다는 말은, 이번만큼은 넘어가 준다는 말이었다. 그리고 다음번에 만날 때까지 모든 것들을 깔끔하게 정리하라는 뜻이었다. 아랫입술을 질끈 깨문 진철이 어디론가 전화를 걸었다.

"한채원에 대해 하나도 남김없이 조사해. 태어났을 때부터 지금까지, 가족관계, 소득, 주변 친구까지 모조리 다. 조사해서……."

"조사해서 뭘 어쩌시려고요?"

갑자기 들려오는 목소리에 깜짝 놀란 진철이 몸을 돌렸다. 서재 문 앞에는 진철의 첫째 아들, 준서가 서 있었다. 하지만 진철은 준서를 똑바로 바라본 채 계속해서 말을 이었다.

"준서와는 언제부터 연애를 시작했던 건지, 헤어지고 따로 만난 적은 없었는지."

준서가 숨을 크게 집어삼켰다.

"우현이와는 정확하게 언제, 어디서, 어떻게 만났는지. 하나도 빠짐없이 전부 다 조사해서 가져와."

우현과 채원을 뒤로한 준서는 진실을 듣기 위해 이곳에 왔다. 자신이 태어나고 자란 집, 어머니가 병원에 누워 계시면서 단 한 번도 찾지 않은 집이었다. 집 안으로 들어오자마자 지천에서 울려대는 어머니의 다정한 목소리 때문에 숨이 막혀왔다. 하지만 지금, 이런 엄청난 말들을 너무도 태연하게 내뱉는 아버지의 모습에 가슴속에 분노가 일었다.

"알고…… 있었습니까?"

두 주먹을 움켜쥔 준서가 떨리는 목소리로 물었다.

"우현이가 만나는 여자가 채원이인 거 알고 계셨습니까?"

채원을 만나는 1여 년 동안 조심스러웠다. 집안의 반대가 있어도 채원과 함께할 생각이었지만 일부러 교제하는 동안 아버지의 입에서 그녀의 이름이 거론되는 것이 싫었기 때문이었다.

"처음부터 채원이 누구인지 알고 있었습니까? 그래서 이용했던 건가요? 나를? 채원이를?"

휘몰아치는 감정을 참아내기가 힘든지 그의 입에서 거친 말이 튀어나왔다.

진철이 서랍에서 작은 봉투를 꺼내 들었다. 그러고는 봉투 안에서 하얀 용지를 꺼내 테이블 위에 올려놓았다. 준서의 떨리는 손이 용지를 집어 들었다.

<전시회 실내 디자인 건축 계약서.>

서류를 바라보는 그의 눈동자가 사정없이 흔들렸다.

<전시회를 위하여 시행자 ㈜나눔을 갑이라 하고 시공자 ㈜마루종합건축 사무소 또는 현장 대리인을 을이라 하며……>

채원의 회사와 체결한 전시회 실내 건축 디자인 계약서. 지난달 자신의 손으로 직접 사인을 했던 계약서였다. 이 계약서를 받고 아버지로부터 전화

한 통을 받았다.

'그쪽에서 약혼을 취소했다. 너는 네 하고 싶은 대로 하거라.'

그 말에 격하게 소용돌이치는 감정을 참아내기 위해 애썼다. 이제 와서, 채원의 손을 놓아버린 지 한참이 지나고 나서 모든 것이 무효화되었다는 일방적인 통보. 하지만 그래도 얄궂은 운명이 자신에게 주는 기획일지도 모른다고 생각했다. 채원에게 다시 다가갈 수 있는 기회. 그녀를 붙잡을 수 있는 마지막 기회.

'이 계약서…… 계약 누가 따낸 거죠?'

날이 선 자신의 질문에 담당자는,

'윤 차장이 그쪽에 입찰서류를 냈는데 며칠 전 연락이 왔습니다.'

준서가 허탈한 웃음을 흘렸다. 윤 차장은 오랫동안 아버지 밑에서 일했던 사람이었다. 왜 그때는 몰랐을까.

"모든 게 아버지 손 안에서 벌어진 일이었군요. 처음부터 끝까지."

준서의 커다란 손이 가슴속의 혼란스러움을 그대로 반영하듯 거칠게 얼굴을 쓸어내렸다.

"최우현도, 나도, 그리고 채원이도 전부 다 아버지 손에서 놀아났어요."

모든 건 아버지의 계획대로였다. 그 누구도 예외 없이 아버지의 생각대로 움직였다.

"덕분에 한채원과도 재회할 수 있었지 않나?"

"아버지!"

"난 무리를 해서까지 네게 기회를 줬는데, 그걸 잡지 못하고 있는 꼴이라니."

상식적으로 이해할 수 없는 아버지의 말들에 준서가 치를 떨었다.

"성남건설에서 원했던 제일산업의 아들은 우현이었다. 하지만 그들은 우현이의 존재를 몰랐지. 너도 알다시피 사교계 사람들이 알고 있는 제일사업의 아들은 최준서 하나뿐이니까."

"그래서…… 최우현이 약혼을 거절하니 나를 이용했나요? 성남건설을 붙잡아두기 위해서?"

"다행히 약혼식을 며칠 앞두고 민지 양이 미국에서 돌아오기 전, 교통사고를 당했지. 그리고 때마침 운명처럼 우현이 한국으로 돌아왔더구나."

준서의 미간이 잔뜩 찌푸려졌다.

"네 약혼을 취소하는 건 간단했다. 오랫동안 우현이를 좋아했다는 허민지 양은 자신의 약혼자가 우현이 아니라는 사실에 놀라 너와의 약혼을 취소하자고 하더구나."

하지만 진철을 전혀 개의치 않고 말을 이었다.

"모든 것이 완벽했는데 글쎄, 우현이한테 여자가 있다지 뭐냐. 어디서 봤더라 싶었는데, 그때 그 여자였지. 최준서가 프러포즈하려고 했던 그 여자말이다."

진철의 말에 준서는 자신의 몸이 차갑게 얼어붙는 것 같은 느낌이 들었다.

"나를…… 내 뒤를 밟았습니까?"

"네가 내게 전화한 순간부터 넌 성남건설의 약혼자였다. 허튼짓을 하게 내버려둘 순 없었지. 혹시라도 책이 잡힌다면 이쪽만 손해니까."

준서의 얼굴이 하얗게 질려갔다. 새삼스럽게 자신의 아버지의 비열함이 피부로 와 닿았다.

"프러포즈 받겠다고 신이 나 달려와 놓고, 그 남자와 헤어진 지 얼마나 됐다고 다른 남자와 사랑에 빠지다니. 그래놓고 감히 사랑을 논하다니. 한심하기는."

"내 여자에게 내 입으로! 너 말고 다른 여자가 있다는 말을 내뱉게 만들어놓고, 그래서 상처를 주게 만들어놓고 그 여자를 험담하는 겁니까?"

"약혼하기로 한 것 역시 네 선택이었다. 난 시간을 준다고 했었지."

"당신이 내건 모든 조건에는 어머니가 포함되어 있어. 내가 당신 말을 들지 않으면 그나마 숨도 쉴 수 없는 내 어머니가!"

가슴속에서부터 올라오는 화를 참지 못한 준서가 큰 소리로 외쳤다.

"내 어머니를 저 지경으로 만들어놓고, 나와 어머니를 차디찬 밖으로 내쫓아 놓고는 어떻게 사람 목숨을 담보로 자식에게……."

"모든 것은 너와 네 엄마의 선택이었지. 나는 한 번도 강요한 적 없다."

"내 어머니이자 한때나마 당신의 아내였어요."

"한때나마 내 아내였던 정을 생각해서 그 정도 은혜를 베푼 거다. 매년 초 한국병원에 갖다 바치는 병원비가 얼마인지 안다면 너도 내게 그런 소리 하지 못하겠지."

매년 초? 준서의 눈매가 날카롭게 변했다. 몽롱했던 정신이 한순간에 맑아지는 느낌이었다.

"근데 고맙다고는 못할망정 오히려 큰소리를 내다니. 우현이 또한 남들은 하고 싶어도 못하는 공부, 외국에서 실컷 하게 해줬는데. 그 애에게 그 정도는 요구할 수 있는 거 아닌가? 내가 그 녀석한테 쓴 돈이 얼마인데."

아버지는 우현을 아끼는 줄 알았다. 우현은 아버지의 사랑을 듬뿍 받고 자란 줄 알았다.

"지금 자신이 성남대학 연구소라는 곳에서 일할 수 있게 된 것도, 명문대를 졸업하게 된 것도, 4개 국어에 능통하다는 엘리트라는 말을 들으며 살 수 있게 된 것도 모두 누구 덕분인데."

그래서 그렇게 밝은 거라고, 그늘한 점 없이 해맑은 거라고. 저토록 자유로운 거라고. 그런데 그게 아니었다. 우현도, 자신도 아버지에게는 똑같이 이용가치가 있는 사람일 뿐이었다. 어머니의 병원비를 빌미로 자신을 이용하는 아버지. 그럼 우현은? 내 어머니를 저렇게 만든 죄책감을 이용하는 걸까? 채원은? 채원의 얼굴을 떠올린 준서. 정신이 번쩍 들었다. 한없이 여리고, 마음 약한 그녀가 아버지의 욕심으로 상처받고 있었다.

"어떠냐. 나와 거래를 해보는 건."

준서는 자신의 귓가에 파고드는 진철의 목소리에 눈동자에 가득 힘을 줬다.

"우현이가 성남건설과 약혼을 할 수 있게 도와준다면 네가 원하는 대로 해주마. 너는 사랑하는 여자도 되찾고, 제일산업은 큰 문제없이 성남건설과 일을 할 수 있으니 모두가 좋은 거 아니냐."

소름 끼치도록 차가운 음성이 계속 말을 이었다.

"네가 나에게 원망하는 마음을 갖고 있는 것 안다. 하지만 냉정하게 생각해봐라. 사업가답게. 네가 원하는 건 분명하지. 네 엄마의 병원비. 그리고 한채원."

준서의 눈이 잠시 커졌다, 작아졌다.

"병원비, 조건 없이 대주기로 하마. 네 엄마가 살아 있는 그날까지."

정류장에 멍하니 앉아 있는 채원의 눈동자에는 초점이 없었다. 갑자기 닥친 현실이 꿈같이 느껴졌다. 아니, 꿈이었으면 했다. 깨어나면 털어버릴 수 있는 아주 나쁜 꿈.

자신의 심장을 얼려버릴 만큼 차디찬 음성으로 이별을 전했던 준서. 결혼하자는 말 대신 이별의 말을 전해야 했던 그의 심정은, 재회한 후 차디찬 말만 내뱉는 자신을 바라보는 그의 마음은 어땠을까.

"바보 같은 사람. 거기가 어딘 줄 알고 무작정 와서는……."

걱정스러운 마음을 안고 비행기에 올라 만날 수도 없는 자신을 찾아 헤맨 준서의 모습이 아른거렸다. 상상만으로도 바닥으로 떨어진 준서의 가슴에서 흐르는 눈물이 보이는 것 같아 코끝이 찡했다.

그와 동시에 준서를 바라보던 우현의 고통스러운 표정이 눈에 아른거렸다. 늘 자신에게는 봄날의 햇살 같은 미소만 보여주었던 그에게서 처음 보는 얼굴. 준서의 한마디 한마디에 눈 주위가 시뻘게지며 울음을 참기 위해 애쓰던 모습은 그녀마저 울고 싶게 했다.

"준서 씨의 어머니가 병원에 입원해 계신 게 우현 씨 때문이라는 건데……."

채원은 준서와 우현의 사이에 오고 갔던 대화를 떠올리며 두 사람의 과거를 추측했다.

꼬일 때로 꼬여버린 세 사람의 인연. 복잡하게 얽힌 실타래는 감히 풀 시도조차 하지 못할 정도로 절망감을 안겨주었다.

"하아, 정말 울고 싶다."

아무도 그녀를 모르는 세상 끝에 숨어 펑펑 눈물을 흘리고 싶었다.

준서가 안타까웠다. 배신감에 원망만 가득 찼던 마음에 아픔이 들어찼다.

우현이 안쓰러웠다. 그의 사랑으로 충만했던 가슴에 망설임이 차올랐다.

준서, 우현 너무도 혼란스러웠다. 두 사람 모두 안타까웠다. 그리고 그 사이에서 상처받고 가슴 아파하는 자신의 사랑도 가엾었다.

"내가 대체 어떻게 해야……."

허무하게 끝나버린 준서의 사랑이 서글프다고 그 손을 잡을 수는 없었다. 새로 찾아온 사랑에 가슴이 설레었다고 형을 너무나 사랑한다고, 미안하다고 말하는 우현의 품에 안길 수도 없었다.

그리고 그때, 채원이 상념을 가르고 휴대폰으로 메시지가 도착했다. 성준이었다.

[채원 씨, 우현이가 집에 왔는데 방에서 혼자 울고 있어요. 대체 무슨 일이에요?]

숨이 턱 막혀왔다. 붉어진 눈동자를 깜빡거리며 간신히 울음을 참던 우현의 모습이 스쳐 지나갔다. 준서의 앞에서 억누르던 울음이, 좁은 방 한구석에서 터져버린 것 같았다. 그 흐느낌이 지천에서 들려와 그녀를 짓눌렀다. 늘 밝은 모습만 보여주었던 우현. 무너진 사랑에, 뒤틀려버린 가족에게 상처받고 눈물 흘릴 때 언제나 그녀 곁을 지켜주었던 남자.

휴대폰을 쥔 채원의 손끝이 떨려왔다. 그런 우현이 혼자 울고 있었다. 아무도 듣지 못하게 소리조차 죽인 채 흐느끼고 있을 것이다. 휴대폰 케이스 사이에는 여전히 우현이 선물한 코팅된 장미꽃잎이 들어 있었다. 과거의 사랑과 이별에 아파하고 울었을지언정 심장은 잔인하게도 이젠 다른 사람을 보고 뛰었다. 준서와 덧없이 지나가 버린 자신의 사랑이 안타깝다고 선택이 준서일 수는 없었다. 머리와 가슴이 모두 알고 있었지만 선뜻, 결정할 수도 없었다.

가만히 휴대폰을 바라보던 채원이 자리에서 벌떡 일어났다. 혼란스러웠다. 하지만 자신이 어떻게 해야 할지는 나중에 생각할 문제였다. 지금은 우현이 괜찮은지 두 눈으로 확인하는 게 먼저였다.

우현의 흐트러진 어깨가 지나가는 사람과 부딪혔다. 상대방이 그에게 사과의 말을 건넸지만 우현은 그저 멍한 얼굴로 먼 곳을 응시할 뿐이었다. 도로 위를 정신없이 달리는 자동차의 경적 소리도, 사람들의 대화 소리도 그의 귀에는 들리지 않았다. 채원과 나란히 선 자신을 차마 볼 수 없어 눈을 감아 버린 형의 모습이 자꾸만 떠올랐다. 코끝이 찡해지고 눈시울이 붉어졌다. 뜨겁게 부풀어 오른 눈자위가 자꾸만 아파왔다.

걸음걸이가 불편한 느낌에 신발을 바라보니 구두의 앞굽이 떨어져 있었다. 가만히 자신의 구두를 바라보던 우현이 겨우 몸을 추스르고 버스에 올랐다.

"최우현, 넌 존재 자체가 민폐구나."

준서의 말이 맞았다. 추운 병실에 누워 있는 사람이 자신이었다면 이렇게 모두가 불행하진 않았을 것이다. 자신이 형의 사랑을 무참하게 깨뜨려버리는 일도, 채원 씨가 사랑이 준 아픔에 눈물 흘리는 일도 없었을 것이다. 차가운 형의 뒷모습도, 혼란스러운 채원의 눈빛도, 그 무엇도 감당할 자신이 없었다. 그래서 돌아섰다. 채원을 혼자 남겨두고.

버스에 내린 우현이 터벅터벅 걸음을 옮겨 집을 향해 걸어갔다. 암흑 속을 혼자 걷는 느낌이었다.

"어떻게 된 거야? 전화도 안 받고."

현관문을 열자 성준이 우현에게 물었지만 그는 아무런 대답이 없었다. 쿵, 하고 우현의 방문이 닫혔다. 성준이 방문 손잡이로 손을 뻗었지만 이내 거둬들였다. 늘 밝던 얼굴에 짙게 드리워진 어둠에, 금방이라도 울 것 같은 모습에 더 이상 말을 붙일 수가 없었다.

"나 세연이한테 다녀올게."

성준이 재킷을 들고 집을 나섰다.

현관문이 닫히고 집 안에 적막이 감돌자 우현이 침대에 몸을 뉘였다. 온몸에 힘이 들어가지 않았다.

자신이 채원과 따뜻한 손을 마주 잡고, 사랑을 속삭이고, 세상을 다 얻은 듯한 행복을 느낄 때 형은 세상을 잃은 듯한 절망을 맛보았을 것이다. 그 아픔의 그림자가 제 눈앞에 아른거려, 괜히 서러워 눈물이 흘렀다.

"흑……. 흑……."

한번 터져버린 눈물은 멈추지 않고 볼 위를 적셨다. 침을 삼키는 것조차 힘들 정도로 목이 메었다.

채원에게 이별의 아픔을 준 게 자신인지도 모르고 다시 찾아온 그 남자의 손을 잡지 말라고, 자신만 바라보라고 잘난 척을 했다. 이 모든 상황을 만든 아버지가 미웠다. 아니, 사실 가장 미운 건 무지했던 자신이었다. 그리고 잔인할 만큼 이기적인 자신의 마음. 형에게 상처를 줘놓고 여전히 채원을 원하는 가슴. 채원을 아프게 했던 건 자신이었으면서도, 지금 이 순간 누구보다 혼란스러울 그녀를 혼자 남겨두고 돌아섰으면서도 그녀가 제 손을 놓지 말았으면 좋겠다는 생각. 그 따뜻한 품을 포기할 수 없다는 너무나도 자기중심적이고 치졸한 자신의 사랑.

"최악이다, 최우현."

자신은 이렇게 눈물을 흘릴 자격조차 없었다. 그래서 이렇게 우는 것을 들킬 수 없었다. 그를 둘러싼 공기조차 알지 못하게 해야 했다. 혹시나 바람을 타고 형에게 들린다면, 그것조차 미안함이 되고, 죄가 될지 모르니까.

그래서 손으로 흐느낌이 터져 나오는 입을 틀어막았다. 무릎을 가슴까지 끌어 올려 몸을 잔뜩 웅크렸다. 머리를 압박하는 둔중한 아픔에 한 손으로 제 머리를 감싸 쥐었다. 불안정한 호흡은 꺽꺽 소리를 내며 입 밖으로 튀어나왔다. 이불을 머리끝까지 덮었다. 그리고 이불 끝을 물었다. 형에 대한 미안함이 커질 때마다 이불을 끌어당기고, 이불 속으로 파고들고, 그리고 이불을 먹었다. 그렇게 우현의 소리 없는 흐느낌은 한참이나 계속되었다.

택시가 우현의 집 앞에 서자 채원은 다급하게 밖으로 뛰어나왔다.

"채원 씨. 이쪽이요."

건물 앞에 있던 성준이 그런 그녀를 발견하고는 서둘러 걸어왔다.

"우현 씨는요?"

"방에 있어요. 들어가봐요."

우현이 시커멓게 죽은 얼굴을 한 날이면 어김없이 방에 틀어박혀 서러운 흐느낌이 새어 나오지 않기 위해 안간힘을 썼다. 오늘도 마찬가지였다. 그럴 때면 자신은 언제나 닫힌 문 밖에서 그런 우현의 울음이 끝날 때까지 기다릴 뿐이었다. 하지만 이젠 더 이상 자신의 일이 아니었다. 그래서 채원에게 연락을 했다.

"비밀번호는 1015예요. 채원 씨, 우현이 좀 부탁해요."

고개를 끄덕인 채원이 단숨에 계단을 뛰어 올라갔다. 떨리는 손이 천천히 도어록 비밀번호를 눌렀다. 크게 심호흡을 한 그녀가 문을 열었다. 신발을 벗고 안으로 한 발 내디뎠다.

고요했다. 공기가 눅눅했다. 잔뜩 물에 젖어 있었다. 천천히 안쪽 방으로 걸어갔다. 가까이 갈수록 작은 흐느낌 소리가 들려왔다. 그 소리에 심장이 무너질 듯 내려앉았다. 우현이 울고 있었다. 아니, 저 소리는 울지 않기 위해 안간힘을 쓰는 소리였다.

"흑……. 흑……."

입을 틀어막았는지 억눌린 울음소리가 문틈 사이로 새어 나왔다. 그 소리조차 누가 들을까 이불로 꾸역꾸역 막고 있는 게 분명했다. 저 흐느낌을 알고 있었다. 자신도 늘 이렇게 울었으니까. 누가 들을세라 이불로 입을 틀어막고, 누가 볼세라 흐르는 눈물이 볼에 떨어지기 무섭게 손바닥으로 훔쳐내고. 채원의 눈시울이 뜨거워졌다.

"흑. 형……."

그 한마디에 방문을 열기 위해 문손잡이로 뻗은 그녀의 손이 거짓말처럼 멈췄다.

"형……. 흑…… 채원……. 미안……."

차마 안으로 들어갈 수 없어 몸을 벽에 기대 바닥에 앉았다. 우현을 사랑했다. 그렇다면 저 울음소리를 피해서는 안 되었다. 자신과 준서를 애타게 부르는 저 진심 어린 목소리를 들어야 했다. 우현의 아픔의 크기를, 절망의 깊이를 바로 알아야 했다.

채원이 무릎을 접어 제 얼굴을 묻었다. 안에서 들려오는 흐느낌에 자신도 울고 싶었지만 입술을 깨물며 참아냈다. 혹시나 자신의 울음소리가 우현의 귀에 들어간다면 저 눈물마저 흘리지 못할 테니까. 지금 그것이, 우현을 위해 그녀가 할 수 있는 최선의 일이었다.

얼마나 시간이 지났을까. 안에서 들려오던 흐느낌이 잦아지고 긴 침묵이 그 자리를 대신했다. 벽에 기대앉아 있던 채원이 몸을 일으켜 방문을 슬쩍 열고는 천천히 침대가로 걸어갔다. 우현이 몸을 축 늘어뜨린 채 잠들어 있었다. 눈자위는 붉게 물들어 조금 부어 있었고, 하얀 볼 위에는 미처 닦지 못한 물기가 남아 있었다. 가만히 우현을 바라보던 채원의 눈가에 다시 눈물이 고였다. 하지만 재빨리 손바닥으로 물기를 닦아내고 무릎을 접어 그의 곁에 앉았다.

"왜 혼자 이러고 있어요. 내가 여기 있는데."

축축한 목소리를 내던 채원이 손을 뻗어 우현의 이마에 흩어진 머리카락을 쓸어 넘겨주었다. 그의 볼에 눈물도 닦아주었다. 아무도 없는 곳에서조차 이불을 뒤집어쓰고 눈물을 흘리는 우현의 아픔을 모두 알고 끌어안아 줄수 없었다. 하지만 그래도 그 외로워 보이는 어깨를 말없이 안아줄 수 있다면. 비록 멋있는 위로의 말조차 전할 수 없지만 물기 가득한 목소리를 말없이 들어줄 수 있다면. 그것만이라도 해줄 수만 있다면.

부어버린 두 눈, 아직 볼 위에 남아 있는 눈물. 우현의 그 모든 것들이 채원의 심장을 할퀴었다. 새삼 깨달았다. 자신이 얼마나 이 남자를 사랑하는지. 가슴속에 이 남자가 얼마나 큰 존재로 자리 잡았는지. 자신에게 우현이 아파하는 것보다 더 큰 아픔은 없었다. 어떻게든 이 남자가 상처받지 않게 해주고 싶었다. 아프지 않게 지켜주고 싶었다.

채원은 우현의 가슴 위까지 이불을 덮어주고는 조심스럽게 방문을 닫았다. 그가 잠에서 깰 때까지 기다릴까 잠시 고민했지만 모른 척 집으로 돌아가는 것이 좋을 것 같았다. 우현은 방에서 혼자 눈물을 흘렸다는 사실을 다른 사람에게 들키고 싶지 않을 것이다. 지금은 우현이 무사히 집으로 돌아왔다는 것을 확인한 것만으로도 괜찮았다.

현관으로 걸어간 채원이 신발을 신기 위해 몸을 숙였다. 그런 그녀의 시야에 우현의 구두가 들어왔다. 구두를 들어 돌리자 떨어진 앞굽이 덜렁거렸다. 그녀가 구두를 들고 현관을 나섰다.

채원이 막 우현의 집 건물을 빠져나왔을 때 주머니에 넣어두었던 휴대폰이 잦은 진동을 내며 울렸다. 액정에 나열된 숫자는 처음 보는 번호였다.

"여보세요?"

휴대폰을 귀에 가까이 댄 그녀가 물었지만 아무런 대답도 들리지 않았다.

"여보세요? 말씀하……."

-한채원 씨 휴대폰 맞나요?

우아한 여자의 목소리가 들려왔다.

"네, 제가 한채원인데 누구시죠?"

-이렇게 갑작스럽게 미안합니다. 우현이 엄마입니다.

순간 채원이 숨을 집어삼켰다.

-괜찮다면 만나뵐 수 있을까요? 단둘이서요.

16. 한채원의 끝사랑

"사모님, 도착했습니다."

운전기사의 목소리에 우현의 어머니, 혜숙이 닫혔던 눈꺼풀을 열었다.

다 커버린 아들에게서 한 여자를 향한 간절한 고백을 들었다. 늘 착하기만 했던 아들에게 처음 들었던 진심은 엄마가 아닌 여자로서 살아온 자신을 반성하게 했다. 그리고 10여 년 만에 처음 제집을 방문한 또 다른 아들 준서가 토해낸 아픔과 배신감으로 얼룩진 처절한 외침은 심장을 찔러댔다.

준서가 돌아가고 남편 또한 밖으로 나갔다. 몰래 주변을 살피며 아무도 없는 서재에 들어갔을 때 책상 위에 있는 채원에 관한 서류를 발견했다. 남편은 성남건설과의 약혼을 위해 채원을 이용할 생각이 분명했다. 왜 그렇게 성남건설과의 약혼을 밀어붙이려고 하는 걸까.

혜숙이 조심스러운 손길로 서랍 안을 뒤적거리기 시작했다. 잠깐 외출을 한 건지 평소에는 잠겨 있던 서랍 문이 모두 열려 있었다. 그렇다면 시간이 별로 없었다. 초조해진 혜숙이 세 번째 서랍을 열었을 때, 노란색 서류 봉투가 보였다. 봉투 안에는 계약서 같은 서류들이 여러 장 들어 있었다. 중요하지 않다면 열쇠가 있는 서랍에 넣어두지 않았을 것이라 생각한 혜숙은 일단 휴대폰을 꺼내 계약서를 사진으로 찍고 제자리에 돌려놓았다.

그러고는 아무 일도 없었다는 듯 서재를 빠져나와 남편의 서류에 있던 채원의 번호로 전화를 걸었다. 다짜고짜 만나자는 말에 채원은 조금 당황한 것 같았지만 침착한 목소리로 알았다고 대답했다.

"남편에게는, 최 사장님에게는 여기 온 거 비밀로 해주세요."

아들을 외롭게 만들고, 자신 밖에 모르던 엄마였지만 그래도 아들이 피눈물을 흘리는 걸 그냥 두고만 볼 수는 없었다. 비장한 표정의 혜숙이 커피숍으로 들어갔다.

채원은 크게 심호흡을 하며 거울로 제 얼굴을 점검했다. 자신은 지금 약혼자가 있는 남자친구의 부모님을 기다리는 중이었다.

"우현 씨의 어머니가 날 만나자고 하신 이유는 하나겠지?"

내 아들은 약혼녀가 있습니다, 그러니 헤어져주세요.

"드라마 시나리오도 이것보다는 현실적이겠다."

채원은 머릿속으로 우현의 어머니가 할 만한 이야기를 떠올리며 자문자답했다. 만약 그런 말을 듣게 된다면 자신은 뭐라고 대답해야 할까. 평소 같은 상황이라면 당차게 그럴 수 없다고 말했을 것이다. 하지만 우현의 어머니가 준서를 언급한다면……. 갑자기 가슴에 커다란 바위라도 들어찬 듯 답답했다.

정각 오후 2시. 채원이 맑게 울리는 종소리에 고개를 돌리자 커피숍 안으로 한 여인이 들어왔다. 그녀가 자리에서 일어나 우현의 어머니 혜숙에게 고개를 숙여 인사를 건넸다.

"안녕하세요."

"반가워요. 갑자기 보자고 해서 미안해요. 우현이 엄마예요."

우아한 외모만큼이나 부드럽게 울리는 목소리가 채원에게 말했다. 하지만 인사를 끝으로 두 사람 사이에 찾아온 침묵은 종업원이 주스 두 잔을 테이블에 내려놓을 때까지도 계속되었다. 채원은 섣불리 먼저 입을 열기가 두려워 무릎 위에 가지런히 올려놓은 두 손을 만지작거렸다.

"내 전화받고 많이 당황스러웠죠? 미안해요. 그래도 흔쾌히 만나겠다고 해줘서 고마워요."

가까이에서 본 우현의 어머니는 채원의 기억보다 더 젊고, 여성스러웠으며, 고왔다.

"단도직입적으로 이야기할게요."

올 것이 왔구나. 채원이 침을 꿀꺽 삼켰다.

"채원 씨, 미안하지만⋯⋯."

자신을 부르는 목소리에 그녀가 고개를 숙였다.

"좀 도와줘요."

하지만 자신의 예상과 다르게 나온 말에 채원이 번쩍 고개를 들었다. 그 모습에 혜숙이 설핏 미소 지었다.

"채원 씨, 내 이야기 좀 들어줄래요?"

채원이 차분히 고개를 끄덕이자 혜숙이 크게 심호흡을 하더니 다시 입을 열었다.

"난 어린 나이 남편에게 한눈에 반했었죠. 그런데 이미 결혼을 한 남자였고, 도리가 아니었기에 마음을 접었어요."

혜숙의 눈빛은 지난날을 회상하듯 조금 아늑해져 있었다.

"사실 남편과 준서 엄마는 사이가 좋지 못했고, 계속해서 이혼 이야기가 나왔어요. 그래도 그러면 안 되었는데⋯⋯ 철이 없었던 그땐 마음을 막을 수는 없었어요. 실수였고, 잘못이었어요."

그런 혜숙의 말을 듣는 채원의 얼굴이 심각했다.

"우현이는 태어나 세 살이 채 되기도 전에 외국에 보내졌어요. 그곳에 제 동생이 살고 있었거든요. 남편은 우현의 존재가 자신에게 불리한 이혼의 사유가 될 거라는 걸 알았으니까요."

그녀의 머릿속에 이탈리아에 살고 있는 세연의 엄마가 생각났다. 자신의 이탈리아 여행 때 따뜻함을 베풀어준 사람.

"우린 떳떳하지 못한 사이였죠. 우현이를 낳았을 때 전 겨우 20대 초반이었어요. 어렸고, 철부지였어요. 남편 곁에 있는 것만으로도 행복했어요. 엄마라는 자각이 전혀 없었죠."

말을 잇는 혜숙의 얼굴에 이미 그늘이 졌다.

"잠시 우현이와 떨어져 있다가 그 애가 돌아온다면 모든 게 완벽할 거라 생각했죠. 내 사랑만 중요해서 그게 남의 가슴에 피멍이 들게 하는지도 모르고, 내 아들에게 상처가 되는지도 모르고."

혜숙이 눈을 꼭 감았다.

"남편이 나를 사랑하지 않는다고 할까 봐, 준서 엄마처럼 버려질까 봐 노심초사하며 지내는 동안 아들에 대한 걱정은 뒷전이었죠. 나 참 한심한 엄마죠? 자격이 없어요."

아들을 마음으로 안아준 적도 아픔을 제대로 헤아려준 적이 없었다.

"남편이 우현이의 존재를 알린 건 그 애가 9살 때였어요. 그때 준서 엄마 친정의 사업이 위태로웠고, 그걸 도와주는 대신 우현의 존재를 눈감아주기로 약속을 받아냈죠."

우현의 아버지의 치밀함과 야비함에 채원이 눈살을 찌푸렸다.

"그렇게 몇 년이 더 지났고, 사업이 나아질 기미가 보이지 않자 남편은 이혼을 조건으로 돈을 제시했어요. 결국 이혼은 했지만 준서 엄마는 그 돈을 받지 못했죠. 아니, 받을 수 없었어요."

혜숙의 담담한 목소리가 낮게 읊조렸다.

"12년 됐어요. 준서의 어머니가 병원에 누워 있던 시간. 사람들이 흔히 말하는 혼수상태죠. 두 사람이 이혼 도장을 찍게 된 그날부터 깨어나지 못하고 있어요."

그 말에 채원이 숨을 집어삼켰다. 자신의 머릿속에서 떠올린 최악의 상상보다 더 최악이었다.

"그날 남편과 준서 엄마 사이에는 다툼이 있었고, 곧 준서 엄마가 밖으로 나왔어요. 밖에서 남편을 기다리고 있던 우현이를 발견한 준서 엄마가 그 애에게 모진 말을 내뱉었어요."

혜숙이 그날을 떠올리며 파르르 눈꺼풀을 닫았다.

"준서 엄마는 정말 착한 사람이에요. 우현의 존재가 달갑지 않음에도 불구하고 따뜻하게 대해주었죠. 그런 준서 엄마에게 원망의 소리를 처음 들은 우현은 도망쳤고……."

'우, 우현아…… 잠깐만! 최우현!'

"그 뒤를 뒤따르던 준서 엄마가 우현이를 구하다가 대신 사고를 당했어요. 엄마인 나조차도 움직일 수 없었는데 준서 엄마는 온몸으로 달려들어 우현을 구해줬죠."

채원이 손끝으로 저도 모르게 벌어진 입을 막았다.

"준서는 그 이후로 깨어나지 못하는 엄마 때문에 저와 우현이를 원망했어요. 아버지의 외도로 낳아 온 아들이 제 엄마를 영원히 혼수상태로 만들었으니까요."

눈물을 흘리며 우현에게 소리치는 어린 준서의 모습이 아른거렸다.

"우현이는 깨어나 몸이 회복되기도 전에 다시 영국으로 보내졌죠. 그곳에서 한참 동안 정신과 치료를 받았어요."

"정신과…… 치료요?"

"자신을 구하려다가 혼수상태가 되어버린 큰어머니, 죽어버리라고 소리치는 형, 철저하게 계산적이고 이기적인 아버지, 그리고 무능력한 엄마."

그때의 우현을 회상하는 혜숙의 눈에 눈물이 고였다.

"그리고 준서 엄마가 화가 난 것도, 가족이 이렇게 되어버린 것도 모두 자신이 태어났기 때문이라고 생각했어요. 자신의 존재 자체를 부정했었죠. 살고 싶지 않아 했어요."

우현의 눈은 마치 살아 숨 쉬지 않는 사람의 그것처럼 생기를 잃었었다.

"그리고 한참 동안 말을 하지 못했죠. 마치 세상과 아무런 소통도 하고 싶지 않은 사람처럼. 그때 깨달았어요. 내가 얼마나 못난 엄마였는지."

채원이 혜숙에게 티슈를 건넸다.

"우현을 만나기 위해 영국을 갔지만 저를 보면 질색을 했죠. 의사는 제게 접근 금지 명령을 내렸어요. 내가 그 아이의 상처를 더욱 덧나게 하는 존재라고 판단했던 거예요."

입술 안쪽을 질끈 깨문 혜숙이 고개를 들어 채원을 바라보았다.

"그런 우현을 낫게 해준 사람은 영국에 있던 한 교수님이었고, 우현이는 그분께 고고학이라는 공부를 배우면서 조금씩 마음의 문을 열어갔어요."

"예전에 우현 씨가 어떤 분 때문에 고고학에 흥미를 갖게 되었다고 말한 적이 있어요. 자기 평생의 은인이라고."

"준서와 우현이가 처음부터 이렇게 사이가 좋지 않았던 건 아니에요. 준서는 무뚝뚝했지만 우현이를 제법 잘 챙겼었죠."

툴툴거리지만 우현을 챙겨주던 준서, 그런 준서를 잘 따랐던 우현.

"남편은 부성애라는 게 없는 사람이에요. 사람에 대한 불신으로 가득 차 있는 남자죠. 그런 아버지의 무관심 속에서 외로웠던 준서는 우현의 존재를 아주 조금은 반가워하지 않았나 싶어요."

어린 준서와 우현을 떠올리는 혜숙의 입꼬리가 올라갔다.

"그게 아니면…… 우현이 또한 말도 제대로 못한 시절부터 외국으로 쫓겨나 살아야 했던 어른들의 피해자라는 것을 알고 있었기 때문일지도 모르겠네요."

하지만 오히려 그 모습이 서글퍼 보였다.

"어제 약혼자 가족과 약속이 있었어요. 성남건설 허민지 양이라고 알아요?"

혜숙의 말에 채원이 거친 숨소리를 내었다. 우현의 병실에서 자신에게 선전포고를 한 그 아가씨였다.

"우현이가 사람들에게 선언했어요. 사랑하는 사람이 있다고. 병원에서 채원 씨가 돌아간 후, 그날도 아들은 한 여자를 절실히 사랑하는 남자의 얼굴을 하고 있었죠."

혜숙은 한 치의 흐트러짐 없이 단호하게 외치던 아들의 목소리를 떠올렸다.

"처음 봤어요. 아, 내 아들도 다 컸구나. 이렇게 사랑을 할 수 있는 나이가 되었구나."

혜숙이 고개를 들어 채원을 바라보았다.

"우현이와 준서의 상처는 깊어요. 두 사람의 깊은 골을 방관한 건 우리 어른들이에요. 미안해요. 우리 집안일 때문에 채원 씨가 상처받게 되어서. 정말 미안해요."

채원은 혜숙이 고개까지 숙여 자신에게 사과의 말을 건네자 아니라며 손사래를 쳤다.

"채원 씨가 누구보다 힘든 것을 알지만 그래도 채원 씨라면 두 사람 사이의 골을 조금이나마 메울 수 있지 않을까 하는 생각이 들었어요. 그래서 오늘 염치없이 만나자고……."

혜숙이 말에 채원이 잠시 침묵했다. 지금까지 혜숙이 말한 모든 것들이 마치 영상처럼 그녀의 머릿속에 스쳐 지나갔다. 눈도 뜨지 못한 어머니를 끌어안고 비통하게 외치는 준서. 홀로 타국에서 입도 열지 못한 채 상처 가득한 가슴을 끌어안고 살았을 우현. 크게 심호흡을 한 채원의 입술이 열렸다.

"우현 씨는 처음 만났을 때부터 꾸밈없이 자신의 마음을 표현했죠. 제게 마음을 강요하지 않은 채 묵묵히 곁에서 저를 지켜봐줬어요. 그리고 기다려줬어요."

우현을 생각하는 그녀의 입가에 웃음이 걸렸다.

"우현 씨는 누구보다 노력하고, 함께 행복해지기 위해 최선을 다하는 사람이죠. 진솔하고 뜨거운 가슴을 안고 사는 남자예요."

눈빛은 우현에 대한 사랑으로 반짝이고 있었다.

"하지만 누구보다도 깊은 죄책감을 갖고 있는 사람이기도 해요. 우현 씨의 그런 마음을 편안하게 만들 수 있는 건 준서 씨와 우현 씨 자신밖에 없어요. 제가 아니에요."

채원의 말에 혜숙은 입술을 열었지만 이내 닫았다.

"우리 세 사람의 관계를 알게 된 후 밤새 생각해봤어요. 준서 씨를 버린 채 우현 씨의 손을 잡는 건 맞는 걸까. 준서 씨에게 미안하니까 우현 씨의 손을 놓아야 맞는 건가."

그녀가 자신의 말에 피식 웃더니 고개를 가로저었다.

"준서 씨를 생각하면 마음이 아파요. 하지만 그게 더 이상 사랑은 아니에요. 그리고 우현 씨를 떠올리면 가슴이 벅차요. 그 남자가 너무나 사랑스러워요."

채원의 볼이 조금 붉어졌다.

"저는 행복해지기 위해 노력하는 우현 씨와 함께 노력하고 싶어요. 그런 우현 씨를 도와주고 싶어요. 우현 씨가 준서 씨 때문에 제 손을 놓아버리는 일이 생기더라도요."

용서받기 위해서 노력하는 우현을 위해 자신이 할 수 있는 일.

"제가 우현 씨를 많이 기다리게 했어요. 그 사람은 제가 울고 싶었던 모든 순간에 곁에 있어줬어요. 강인한 마음으로 저를 지탱해줬어요."

그녀가 고개를 들어 혜숙을 바라보았다.

"이제 제가 그 마음에 보답할 차례예요. 제가 우현 씨를 기다릴게요. 울고 싶을 때, 웃고 싶을 때 묵묵히 우현 씨 곁을 지켜주면서 말이죠."

그의 마음의 짐을 조금이나마 덜어주는 일. 절망하지 않게 곁에서 용기를 주는 일.

"그래서 우현 씨도, 준서 씨도 지금보다 조금 더 웃을 수 있게, 그렇게 만들어주고 싶어요. 많이 힘들겠지만요."

채원의 얼굴이 한결 평온해졌다. 많은 고민 끝에 내린 결론에 마음을 굳힌 얼굴이었다.

"도와주실 거죠? 우현 씨와 준서 씨의 엄마로서."

어느새 혜숙의 눈가에 눈물이 고였다. 우현이 사랑에 빠진 여자가 채원이라 다행이었다. 그리고 그런 채원이 제 아들을 사랑해줘서 너무나 고마웠다.

"고마워요. 고마워요, 채원 씨."

그렇게 한참이나 눈물은 혜숙의 볼을 적셨다.

혜숙과 헤어진 후 채원은 우현의 집으로 달려왔다. 손에는 그의 구두가 든 종이가방이 들려 있었다. 수선 가게에 들러 구두를 고치고 새 것처럼 닦아 왔다. 이 구두는 그녀에게도 의미가 있는 구두였기에. 이 구두는 아버지의 제삿날, 주먹을 꼭 움켜쥔 채 땅만 바라보며 울음을 참던 그 순간 제 눈앞에 보였던 구두였다. 이 구두를 본 순간 눈물은 참을 수 없이 흘러내렸다.

이 구두를 빨리 우현에게 전해주고 싶었다. 그리고 자신의 마음도 이야기해주고 싶었다. 확신에 찬 그녀의 손이 우현의 현관문 도어록으로 향했다.

방에 틀어박혀 잠만 자던 우현이 일어났다. 폭우 같은 눈물을 한 바가지 쏟아내고 나니 머리는 아팠지만 정신은 또렷해졌다. 그가 방을 나와 셔츠를 벗어 던지고 욕실로 들어갔다. 머리 위로 떨어지는 물줄기가 지금 이 탁한 상황들을 함께 씻어 내려갔으면 했다.

샤워부스에서 나온 우현이 수건으로 머리를 털며 거울로 제 얼굴을 바라보았다. 밤새 고민해보아도 결론을 지을 수 없었다. 하지만 이렇게 누워서 울기만 할 수는 없었다. 형과의 사이를 이제는 근본적으로 해결해야 했다.

"언제 왔어?"

욕실을 나오자 언제 왔는지 세연이 소파에 앉아 있었다.

"지금. 너 괜찮아?"

걱정스러운 세연의 목소리에 우현이 작게 고개를 주억거렸다. 얼마나 울었는지 아직 눈은 부어 있었지만 어제 집으로 들어올 때보다 조금 후련해진 얼굴에 세연이 안도의 한숨을 내쉬었다. 채원에게 두 사람에게 일어난 일을 전해 듣고 자신도 얼마나 울었는지 모른다. 평생을 형제처럼 함께해온 사촌이었다. 그가 아픈 건 원하지 않았다.

"욕심…… 부려도 괜찮지 않아? 한 번쯤은 원하는 거 원한다고 제대로 말해도 되지 않냐고."

"세연아."

"상황이 이렇게 된 거뿐이잖아. 누구의 탓도 아니야. 만약 잘못이 있다면 그건 너의 아버지야."

"홍세연, 나 채원 씨 사랑해. 아주 많이."

우현이 부드러운 목소리로 말했다.

"그리고 형도 많이 사랑해. 그래서 어떻게 해야 할지 모르겠어. 채원 씨 손을 놓을 수도 붙잡을 수도 없어. 그게 지금 내 마음이야."

솔직한 우현의 말에 세연이 고개를 끄덕였다.

"홍세연, 나가자."

방에서 나온 성준이 세연이 벗어놓은 외투를 집어 들었다. 고개를 끄덕인 세연이 밖으로 나갔다.

"세연이가 죽 싸 왔어. 고민할 때 고민하더라도 밥은 먹자."

성준이 커다란 손으로 우현의 어깨를 토닥거렸다.

두 사람이 나가고 우현은 수건으로 젖은 머리를 털며 방으로 들어갔다. 어제 일로 가장 속상했을 사람은 채원이었을 것이다. 그런 그녀를 끌어안아 주지 못하고 도망쳐 온 자신이 한심했다. 채원에게 무슨 말을 어떻게 해야 할지 몰랐지만 일단 그녀에게 전화를 걸어야 했다. 그때 현관문이 열리는 소리가 들렸다. 성준이 다시 들어왔나?

"왜? 뭐 두고 갔어?"

머리에 올려놓았던 수건을 의자에 걸쳐놓은 우현이 방을 나섰다.

"채원 씨?"

문 앞에는 상기된 얼굴의 채원이 서 있었다.

"집에는 어떻게……. 안 그래도 지금 채원 씨한테 전화하려고 했어요."

"어젠 푹 쉬었어요? 아픈 곳은 없고요?"

그녀의 다정한 목소리에 우현이 고개를 끄덕였다.

"수선해 왔어요. 우현 씨 구두."

채원이 설핏 미소 지으며 종이가방을 흔들어 보였다.

"구두 수선이요? 어제…… 여기 왔었어요?"

우현의 얼굴에 곤란함이 떠오르자 그녀가 재빨리 입을 열었다.

"걱정돼서 와보니까 우현 씨는 자고 있더라고요. 그래서 인사 안 하고 그냥 왔어요."

우현은 아무런 대답이 없었다. 그는 머릿속으로 무슨 생각을 하고 있는 걸까. 어두운 우현의 얼굴에서 채원은 그의 복잡한 머릿속이 아직 제대로 정리가 되지 않았음을 느꼈다. 채원이 마른입술을 축이고는 조심스럽게 입을 열었다.

"사실 많이 당황스러웠어요. 말도 안 되는 상황이잖아요. 아침 드라마도 이것보다는 나을 것 같다는 생각이 들었어요."

채원이 쓸쓸한 미소를 지었다.

"그래서 밤새 고민했지만 결국 결론은 하나더라고요. 두 사람, 그만 힘들었으면 좋겠어요."

우현이 채원 쪽으로 고개를 돌리자 머리카락에서 미처 닦지 못한 물방울이 똑, 하고 떨어져 내렸다.

"나 여기 우현 씨 소원 들어주러 왔어요."

"소원…… 이요?"

그녀가 고개를 끄덕였다.

'어제 트레비 분수에 동전 던질 때요, 무슨 소원 빌었어요? 엄청 진지하게 소원을 빌기에 궁금해서요. 말해줄 수 있어요?'

'우현 씨가 용기 내서 다가가면 꼭 그 상대방이 그 진심을 알고 용서해줬으면 하고 바랐어요.'

"트레비분수."

우현이 중얼거렸다.

"그거 엄청 힘든 소원이잖아요. 근데 트레비 분수의 세 번째 동전은 힘든 소원도 들어준다고 하니까."

채원이 들고 있던 종이가방 안에서 구두를 꺼냈다.

"난 운명론자도 아니고, 미신도 안 믿지만 그래도 한번 믿어보고 싶어요. 우현 씨가 아버지에게 전하는 솔직한 마음, 형에게 전하는 진심, 언젠가 알아줄 거라고요."

너무 낮지도, 높지도 않은 채원의 목소리가 잔잔하게 울렸다.

"혼자서는 힘들 테니까 같이하고 싶어서 달려왔어요. 아끼는 구두죠? 이미 헤지고 낡은 신발이 새 신발이 될 수는 없어요. 그래도 정성 들여 신고, 닦고, 마음을 주니 이전보다 많이 나아졌잖아요."

채원이 우현에게 좀 더 가까이 다가와 그에게 구두를 내밀었다. 구두를 바라보는 우현의 눈빛이 흔들렸다.

"우리도 똑같아요. 준서 씨와의 관계가 완전히 해피엔딩일 수는 없겠죠. 그래도 정성 들여 다가가고, 진심을 털어놓고, 우현 씨의 마음을 보여준다면 분명 이전보다 더 나아질 수 있을 거예요."

"형이……."

목이 메는지 우현이 입을 닫았다 다시 열었다.

"형의 구두예요. 형과의 사이가 틀어지기 전에 형이 신은 이 신발을 보고 부러워했었는데…… 퉁명스러운 말투로 자기 발에 맞지 않는다며 제게 주더라고요."

그때를 회상하는 우현의 가슴이 욱신거렸다.

"겨우 16살짜리 학생이 이런 구두 신을 일이 뭐가 있다고. 계속 소중하게 간직했어요. 중요한 일이 있을 때마다 이 신발을 신었어요. 내가 가장 아끼는 거예요. 고마워요."

그가 멍한 얼굴로 그녀의 손에 든 구두를 받아 들었다.

"형에게 미안해요. 모든 게 나 때문에 벌어진 일인 것 같아서. 그러면서도 너무나 이기적인 자신 때문에 많이 실망했어요."

우현이 구두를 물끄러미 바라보았다.

"형에게 죄스러우면서도 마음 한구석에서는 채원 씨가 계속 내 손을 붙잡고 있었으면 좋겠다는 생각을 하는 자신에게. 그러면서도 채원 씨 손을 마주 잡을 수 없는 내 자신에게."

그의 말에 채원의 눈동자가 점점 붉게 변해갔다.

"채원 씨가 형이 너무 안타깝고 슬퍼서 형에게 다시 돌아간다 해도 난 붙잡을 자격이 없어요. 채원 씨가 애별(哀別) 후에 얼마나 힘들어했는지 내 눈으로 봤으니까요."

우현의 안타까운 시선이 채원에게 걸렸다. 그런 우현을 바라보던 그녀가 힘들게 입을 열었다.

"끝나버린 사랑에 서글펐는데 사랑은…… 어느 날 갑자기 다시 찾아오더라고요. 이전보다 더 강하고 열렬하게. 마치 이 사랑이 마지막인 것처럼."

채원이 구두를 들고 있는 우현의 손 위에 제 손을 올려놓았다.

"가슴 아파도 준서 씨가 더 이상 내 사랑은 아니에요. 못되고 나쁜 사람은 내가 할게요. 우현 씨가 힘들다면, 형에게 미안하다면 내 손 놓고 있어도 괜찮아요. 이기적이라고 생각하지 않을게요."

우현은 제 손을 붙잡은 채원의 손길이 너무나 따뜻해서 왈칵 눈물이 쏟아질 것만 같았다.

"미안한 거잖아요. 날 사랑하지만 계속 붙잡고 있기에 덜컥 겁이 나는 거잖아요. 아무것도 해결된 건 없고 일만 더 커졌는데, 그래서 전처럼 마냥 똑같이 대할 수가 없는 거잖아요."

자신의 이런 복잡한 심정도, 이기적인 마음도 전부 이해한다는 듯 부드럽게 울리는 목소리에 코끝이 찡해졌다.

"내가 우현 씨 많이 기다리게 했잖아요. 그러니 지금부터는 내가 기다릴게요."

물기가 가득한 채원의 목소리가 말을 이었다.

"우현 씨는 언제나 자신보다 내 마음을 더 배려해줬잖아요. 나도 지금부터 그럴 거예요. 그러니까 지금 눈앞에 있는 상황들이 해결되고, 우현 씨 안에 남아 있는 불안과 걱정, 미안함이 사라지고 나서……."

그녀가 그를 붙잡고 있는 손에 힘을 주었다.

"그때도 우현 씨가 날 계속 원한다면, 눈앞에 있는 나를 힘껏 끌어안고 싶다면 그때 꽉 안아줘요. 그때까지는 나도 우현 씨의 망설임도, 미안함도 전부 모른 척할게요."

우현이 미안함이 가득한 얼굴로 채원을 바라보았다.

"그러니까 우현 씨는 지금까지 했던 것처럼 노력해요. 아니, 지금보다 더요. 내가 도와줄 테니까."

우현의 가슴속에 온기가 번졌다. 어젯밤 이불을 먹으며 울음을 터뜨릴 때도 한 치 앞도 보이지 않을 만큼 절망적이었는데, 채원의 이 한마디에 마치모든 것들이 다 잘될 것만 같은 희망이 보이기 시작했다. 역시 채원은 자신에게 빛 같은 존재였다. 강인하고, 맑고, 투명한 한줄기 빛.

"내가 곁에 있어 줄게요."

채원의 얼굴에 느리게 미소가 번졌다.

"한채원의 마지막 사랑."

마지막. 시간상 가장 끝. 한채원의 끝사랑.

"그거 우현 씨잖아요."

바로 당신.

오피스텔 소파에 기대앉은 준서의 얼굴에는 혼란스러움이 묻어났다.

그날 세 사람이 마주했을 때, 벼락이라도 맞은 듯 자신보다 더 충격을 받은 우현의 표정에서 그 역시 아무것도 몰랐다는 것을 알 수 있었다. 사람들의 이복으로 어린 우현을 외국으로 내몰았지만 그래도 아버지는 우현을 사랑하는 줄 알았다.

"결국 그놈이나 나나 아버지에게는 똑같이 잘 써먹을 수 있는 도구일 뿐이로군."

진철이 아버지로서, 남편으로서, 한 가정의 가장으로서 적합하지 않은 사람이라는 것은 알고 있었다. 지독하게 자기 자신밖에 모르는 사람이었다.

모두를 이용한 아버지는 또 다른 제안을 했다. 그리고 3일의 시간을 주었다. 눈앞에는 혼란스러워하던 채원의 얼굴과 절망에 젖어 있던 우현의 모습이 계속해서 아른거렸다. 그리고 그의 머릿속을 어지럽히는 것이 하나 더 있었다.

'매년 초 한국병원에 갖다 바치는 병원비가 얼마인지 안다면 너도 내게 그런 소리 하지 못하겠지.'

아버지의 말이 계속 귓가에 맴돌았다. 그리고 얼마 전 어머니의 병원에 찾아갔을 때 병원비 납부방식이 달라졌다던 간호사의 말이 떠올랐다.

'그전까지는 반년 치 병원비가 한꺼번에 입금되었었는데 지난달부터는 월별 납부로 변경되었어요.'

준서의 눈매가 가늘어졌다. 병원비의 월별 납부는 어머니의 꺼져가는 생명과 관련이 있다고 생각했다. 하지만 아버지에게 들은 말은 조금 달랐다. 그가 휴대폰을 들어 통화버튼을 눌렀다.

"박 비서님, 한 가지 부탁이 있습니다. 어머니의 병원비 좀 조사해주세요."

-병원비요? 무슨 문제가 있습니까?

"찜찜한 부분이 있어서요. 처음 어머니가 병원에 입원했을 12년 전부터 지금까지 병원비의 납부 방식, 납부자, 병원비 상세 내역까지 모든 부분을 말입니다."

-알겠습니다.

그리고 월요일 오전, 박 비서는 준서의 명령으로 한국병원을 방문했다.

"그럼 그전에는 병원비가 모두 현금으로 입금되었다는 건가요?"

박 비서는 병원 안쪽의 사무실 직원이 건네는 봉투를 받으며 물었다.

"네, 올 9월부터 카드로 지불이 되었네요."

"결제한 사람이 누군지는 알 수 없을까요? 카드번호라도 알려주신다면⋯⋯."

"죄송하지만 개인정보라 그것까지는 알려드릴 수가 없네요."

아쉬움을 뒤로한 박 비서가 서류 봉투를 들고 자리에서 일어났다.

"다른 도움이 필요하시다면 언제든 연락 주세요. 이런 말씀 드리기는 뭐하지만 윤정희 환자분은 이제 저희 병원 가족 같아서 마음이 많이 쓰이거든요."

"알겠습니다. 감사합니다."

그때 짧은 노크 소리가 들리면서 한 청년이 안으로 들어왔다. 큰 키에 다부진 몸매, 훤칠한 청년은 한눈에 보기에도 호감형이었다.

"안녕하세요."

거기다 저음의 목소리가 깜짝 놀랄 만큼 듣기 좋았다. 박 비서가 몸을 돌려 사무실 밖으로 나가려 할 때 안에서 굵은 목소리가 들렸다.

"윤정희 환자, 이번 달 병원비 정산하려고 왔어요."

순간 문손잡이를 잡은 박 비서가 멈칫했다. 살짝 고개를 돌리자 방금 들어온 청년이 병원 직원에게 카드를 내밀었다. 박 비서의 눈이 가늘어졌다. 저 청년은…… 회장님이 보낸 심부름꾼인가? 왜 이런 곳에서 병원비를 결제하지? 큰사모님이 조금 특별한 환자여서 그런가?

복도 한쪽 구석에서 시간이 지나길 기다리던 박 비서는 조금 전 들어갔던 청년이 밖으로 나오자 다시 안으로 들어갔다.

"어? 아직 안 가셨어요?"

"지금 그 청년, 윤정희 환자의 병원비를 결제한 거 맞나요?"

"네, 지난달에도 와서 결제하고 갔어요. 무슨 문제라도 있나요?"

긴장한 박 비서가 직원에게 물었다.

"혹시 저 청년 이름을 알 수 있을까요?"

월요일 오후, 준서는 실내공사가 한창인 전시회장의 주차장에 차를 세웠다. 공사는 이번 주 완공 예정이었다. 그 말은 더 이상 일이라는 것을 핑계로 채원을 만날 일도 없어진다는 뜻이었다.

"진영 씨, 이거 사무실로 팩스 하나만 보내고 퇴근해요."

전시회장 안으로 들어가자 언제나처럼 맑은 채원의 목소리가 준서의 귓가에 울려 퍼졌다. 정신적으로 힘든 주말을 보냈을 채원이지만 그녀의 얼굴은 그 어느 때보다 생기 있어 보였다. 그 모습을 가만히 바라보던 준서가 씁쓸한 미소를 지었다.

직원에게 서류를 건네받고 몇 마디 이야기를 주고받은 그가 다시 밖으로 나왔다. 아직 채원의 얼굴을 마주할 용기가 나지 않았다.

"준서 씨!"

하지만 그런 자신의 마음을 아는지 모르는지 채원의 여린 목소리가 그를 불렀다.

"잠깐 이야기 좀 해요."

채원이 자신을 바라보는 눈빛과 목소리와 표정으로 그 할 말이 무엇인지 짐작할 수 있었다. 모든 사정을 알게 된 채원이 혹시나 자신을 돌아봐 주지 않을까 생각도 해 봤지만 그건 그저 그의 바람일 것이다. 이미 채원은 자신을 몇 번이나 거절했다. 자신이 싫고, 원망스러워서가 아니었다. 우현을 사랑했기 때문이었다.

"이후에 시간 좀 있어?"

가만히 채원을 바라보던 준서가 그녀에게 물었다. 그가 주머니에서 차 키를 꺼내 버튼을 누르자 가까이에 있던 차가 응답했다. 차에 타라는 의미임을 깨달은 채원이 고개를 끄덕였다.

침묵을 싣고 달린 차가 한국병원에 도착했다. 채원은 이곳에 누가 있는지 어렵지 않게 짐작할 수 있었다. 501호 병실 앞에 선 준서가 입을 열었다.

"내키지 않는다면 돌아가도 괜찮아. 목적지도 말하지 않고 멋대로 끌고 온 건 나니까."

크게 심호흡을 한 채원이 고개를 저었다. 그녀의 허락이 떨어지자 문이 열렸고, 미지근한 공기가 밖으로 쏟아져 나왔다. 한 걸음 한 걸음 안으로 들어갈 때마다 작은 기계 소리가 가까이 들려왔다.

"인사해. 내…… 어머니야."

유리 병실 안에는 기계에 의지해 누워 있는 한 여자의 모습이 보였다.

"당신이 하는 말을 들을 수 있을지는 모르겠지만…… 아마 듣고 계실 거야."

파르르 떨리는 채원의 손가락이 병실 안의 유리창을 쓸어내렸다. 꼭 감긴 눈꺼풀, 희미하게 들썩이는 가슴, 너무도 말라버린 팔뚝, 하지만 평온해 보이는 얼굴.

"안녕……."

채원이 입을 열었지만 목이 메어 입을 다물었다.

"안녕하세요, 한채원이라고 합니다. 처음 뵙겠습니다."

더 이상 무슨 말을 해야 할지 몰랐다. 오랫동안 침묵이 계속되었고, 그 고요함을 깬 건 준서였다.

"때때로 어머니의 자식도 아니었는데 목숨을 걸고 구할 만큼 그 아이가 예뻤을까 하는 생각을 하곤 하지."

준서가 측은한 시선으로 누워 있는 어머니를 바라보았다. 우현은 어머니에게 상처가 되는 존재임이 분명했다. 그럼에도 착한 제 어머니는 우현을 끌어안았다. 우현 역시 친어머니보다 그런 자신의 어머니를 더 따랐다. 우현이 처음 느꼈던 '엄마의 품'이라는 건 제 어머니의 품이었기에. 그리고 차가운 자신의 눈빛에도 형이라고 부르며 쫓아다녔다.

"이렇게 병원에 누워 남은 시간을 보내는 거…… 후회하지는 않으실까. 외롭지는 않으실까."

준서의 공허한 눈빛이 허공에 머물렀다.

"내 어머니를 이렇게 만든 사람들은 하하호호 웃으며 지내고 있는데 왜 이 안에서 어머니와 나만 추운 겨울일까."

채원은 섣불리 입을 열 수가 없었다. 자신은 준서의 이 고통을 모두 다 이해할 수 없기에.

"우리가 이별했던 이유로 그 녀석과 헤어져도 내게는 돌아오지 않는다는 말 지금도 마찬가지인가?"

갑자기 들려오는 준서의 질문에 채원이 숨을 들이켰다. 눈동자가 떨려왔다.

"내가 지금부터 그 녀석을 무시한 채 내 멋대로 네게 다가가고, 네 손을 잡아끈다 해도?"

가만히 준서를 바라보던 채원이 시선을 돌려 그의 어머니를 쳐다보았다. 그리고 다시 그에게로 고개를 돌렸다.

그때 병실 문이 열리고 박 비서가 안으로 들어왔다. 박 비서는 준서와 함께 있는 채원의 모습에 잠시 놀라는 듯했지만 금세 프로답게 표정을 감추었다.

"부탁하신 것에 대해 보고드릴 것이 있어서 왔습니다. 이곳에 계신다고 하셔서요."

박 비서가 슬쩍 채원의 눈치를 살폈지만 준서는 개의치 않는다는 듯 고개를 끄덕였다.

"큰사모님이 입원하시고, 혼수상태 판정을 받았을 때부터 5년간 매년 초에 1년 치 병원비가 한꺼번에 입금됐습니다. 그 이후에는 납부 방식이 조금 달라졌습니다."

박 비서가 들고 온 서류 봉투를 준서에게 내밀었다.

"보통 4~5개월 치 병원비가 분할로 입금되었는데 매년 3월, 8월이나 9월, 12월. 이렇게 정기적으로 결제되었습니다. 모두 현금으로 입금되었고, 입금자 확인은 불가능했습니다."

준서가 서류 봉투에서 자료를 꺼내 훑어보기 시작했다.

"올 9월부터 현금이 아닌 카드로 납부방식이 변경되었고, 매달 결제되었습니다. 그리고 오늘 오전, 큰사모님의 이번 달 병원비가 결제되었습니다. 제가 병원을 방문했을 때 그 청년과 마주쳤습니다."

"청년이요?"

"네, 아직 누군지는 조사하지 못했지만 아마도 최 사장님이 보낸 대리인이 아닐까 싶습니다. 지난달에도 왔다갔었다고 하더라고요."

준서가 고개를 끄덕였다.

"나이는 20대 후반, 30대 초반 정도로 보이고, 큰 키에 다부진 체형입니다."

때마침 박 비서가 들어오고 한마디도 하지 않던 채원의 휴대폰이 울렸다. 깜짝 놀란 그녀가 재빨리 가방에서 휴대폰을 꺼내 들었다.

"그 남자 이름이……."

"미안해요. 잠깐 실례할게요."

채원이 서둘러 병실 문을 열었다.

"여보세요? 성준 씨?"

"이름이 김성……."

채원의 입에서 흘러나오는 이름에 박 비서가 깜짝 놀라 고개를 돌렸다. 채원에게서 시선을 거둔 박 비서의 눈동자가 준서를 바라보았다.

"그 청년의 이름이…… 김성준입니다."

채원은 병실에서 나와 복도 끝으로 걸어갔다. 통화음량을 최소한으로 줄이고 성준의 목소리에 집중했다.

"무슨 일이에요, 성준 씨?"

-윤 교수님이 시간 괜찮으면 함께 식사를 하자고 하셔서요. 혹시 수요일 어때요?

"윤 교수님이라면 없는 시간도 만들어야죠. 전 괜찮아요. 저…… 우현 씨는 좀 어때요? 괜찮아요?"

-네, 괜찮아요. 오늘 퇴근이 조금 늦어져서 그렇지 일은 열심히 잘하고 있어요.

"허민지 씨는요?"

-오늘 출근 안 했어요. 병가 냈다고 하더라고요.

"괜찮은 척하는 거겠지."

전화를 끊은 채원이 작게 중얼거렸다.

"통화 끝났나?"

채원은 갑자기 등 뒤에서 들려오는 소리에 소스라치게 놀랐다.

"깜짝이야. 그렇게 몰래 뒤에 서 있으면 어떡해요?"

"놀랄까 봐 인기척 냈는데."

미간을 잔뜩 찌푸린 채원의 모습에도 준서는 아랑곳하지 않고 대답했다.

"그만 가자."

"준서 씨, 잠깐만요. 저 돌아간다고 인사드리고 올게요."

"어차피 당신이 하는 말 듣지도 못할 거야."

"듣고 계실 거예요. 그렇게 믿고 있으니까 준서 씨도 여기 오는 거잖아요. 잠시만 다녀올게요."

크게 심호흡을 한 채원이 병실 문을 열고 안으로 들어갔다. 처음 들어왔을 때와 마찬가지로 조금 찬 공기가 그녀를 에워쌌다. 유리창 가까이 선 그녀가 안에 있는 여인을 지그시 바라보았다.

"너무나 평온한 표정으로 누워 계셔서 순간 많이 고통스러우시겠구나, 하는 걸 잊어버렸어요. 죄송해요. 하지만 최선을 다할게요. 두 사람이 조금씩 서로에 대한 미움을 버릴 수 있도록."

그녀의 가느다란 손가락이 유리창을 어루만졌다.

"사랑하셨잖아요. 귀여워하셨던 우현 씨에게 모진 말들을 내뱉을 정도로 준서 씨를요."

채원의 얼굴에 서글픈 웃음이 걸렸다.

"그리고 보는 것만으로도 상처가 됐을 우현 씨를…… 온몸을 던져 구할 만큼요."

울컥 눈물이 흘러내릴 것만 같았다.

"그 마음 헛되지 않도록 저도 노력할게요. 그러니 더 버텨주세요. 우현 씨와 준서 씨가 눈물 흘리지 않도록."

채원이 돌아섰다. 한 발 한 발 내디딜 때마다 우현의 가족의 슬픔이 자신을 따라오는 것만 같았다. 그녀가 병실을 나가자 문밖에는 준서가 기다리고 있었다.

"혼자 돌아가도 괜찮아요."

"내가 데리고 왔으니 데려다 줄게."

준서의 말에 채원이 고개를 끄덕이더니 그를 뒤따랐다. 준서의 차에 올라서도 침묵은 계속되었다.

"아까 전화……."

그리고 그 침묵을 가르고 준서가 채원에게 물었다.

"전화? 아, 성준 씨요?"

"최우현 친구인가?"

채원이 고개를 끄덕였다.

"우현 씨와 같이 이탈리아에서 공부한 친구예요. 김성준."

자동차 핸들을 부여잡은 준서의 손에 힘이 들어갔다.

"한국에…… 지금 한국에 있어?"

"네, 우현 씨와 같이 왔어요. 우현 씨 집에서 같이 살고 있어요. 왜요?"

"아냐. 아무것도."

하지만 말과는 다르게 준서의 얼굴은 딱딱하게 굳어 있었다.

어느덧 두 사람을 실은 차가 채원의 집 앞에 도착했다. 그녀가 벨트를 풀고 차에서 내리자 준서가 따라 내렸다. 마주 선 두 사람.

"준서 씨 어머니께 저를 데려가는 일, 많이 고민하고 힘들었을 거 알아요. 고마워요."

"너도 알다시피 사실은 너와 헤어지고 싶지 않았다는 그 말은 내 진심이었어."

나지막한 준서의 목소리가 찬 공기 위로 울려 퍼졌다.

"아까 내가 물었지. 우리가 이별했던 이유로 그 녀석과 헤어져도 내게는 오지 않는다는 말 아직 유효하냐고."

준서가 채원을 또렷하게 응시했다.

"내 의지와 상관없이 틀어져버린 모든 것들이 억울해서 내 멋대로 네 손을 잡아끈다고 해도 넌 꼼짝도 하지 않을 건가?"

그 시선을 마주할 자신이 없어 그녀가 머리를 아래로 떨어뜨렸다.

"애원이라도 해보라고 했었잖아. 너만 돌아와 준다면 난 아무것도 필요 없다고, 널 원한다고 애원하면…… 다시 날 사랑해줄 수 있어?"

자신의 말에도 차마 고개를 들지 못하는 채원의 모습에 준서의 심장이 바닥까지 떨어졌다. 채원의 입에서 나올 대답이 무엇인지 알고 있었다. 그래도 묻고 싶었다. 그녀의 입으로 직접 듣고 싶었다.

"너만 내 손을 잡아준다면 그 녀석을 용서할 수 있다고 해도?"

채원이 손바닥으로 제 볼에 흐르는 눈물을 닦아 내고는 고개를 들었다.

"우현 씨는 지금 내 손을 놔버렸어요. 형이 자기 때문에 불행해졌다고요."

여전히 맑은 눈동자가 그를 바라보고 있었다.

"근데 준서 씨, 우현 씨가 다시 내 손을 잡지 않아도 나 준서 씨에게 돌아가지 않아요. 우현 씨가 아니라면 그 누구의 손도 원치 않아요."

채원의 눈에 다시 커다란 눈물방울이 맺혔다.

"준서 씨를 생각하면 마음 아파요. 그렇다고 준서 씨의 손을 잡는다는 건 준서 씨를 위해서도 좋지 않을 거라 생각해요."

그리고 그 눈물방울이 볼 위로 또르르 흘러내렸다.

"그리고…… 아무런 설명도, 변명도 없이 내 손을 먼저 놓아버린 건 준서 씨니까요. 아프다고, 속상하다고 눈물 흘려놓고, 지금 와서는 내 마음은 오롯이 변해버렸다고. 내가…… 너무 나쁘죠?"

채원의 눈물에 준서의 가슴이 시큰거렸다. 자신의 이기심에, 우현의 죄책감에, 아버지의 욕심에, 가장 상처받고 있는 건 채원일 것이다. 누구보다 소중한 채원이다. 근데 그런 그녀가 두 번씩이나 자신들 때문에 아파하고 있었다.

"미안해요. 내가 나쁜 거니까…… 그냥 내가…… 나만 나쁜 거예요. 내 마음이 변한 거예요."

그 흐느낌에 준서의 마음이 무너져 내렸다. 살면서 지금처럼 우현이 부러웠던 적이 없었다.

"우현 씨가 누군가를 위해서, 그리고 용서받기 위해서 열심히 살고 있다고 했어요. 곁에서 도와주고 싶어요. 미안해요. 미안해요, 준서 씨."

채원을 사랑했지만 그녀의 눈물을 닦아주는 건 자신의 몫이 아니었다. 하지만 오늘만은, 오늘만이라도.

준서가 한 발짝 다가와 채원의 머리를 끌어안았다. 할 수 있는 일이 없었다. 그저 그녀의 어깨를 감싸 안아주는 것밖에는. 채원의 눈물이 그의 어깨를 적셨다. 그 눈물에 그의 마음도 함께 젖어갔다.

채원을 집으로 돌려보낸 준서가 자동차 시트에 몸을 기대고 눈을 감았다. 채원의 입에서 흘러나온 김성준이라는 이름에 병실에는 침묵이 감돌았다. 박 비서 역시 조금 놀란 눈으로 닫힌 문과 자신을 번갈아가며 바라보았다.

'설마 이름만 같을 뿐이겠죠? 만약 작은도련님과 관련 있는 사람이라면 최 사장님이 굳이 왜 그분께 심부름을……'

확인하고 싶었다. 확인하고 싶지 않았다. 두 마음은 공존했다. 만약 듣고 싶지 않은 진실을 듣게 된다면. 그래서 지금까지 알아왔던 모든 것들이 무너진다면. 그래도 확인해야 했다.

힘겹게 눈꺼풀을 들어 올린 준서가 차의 시동을 걸었다. 불안한 그의 마음을 반영하듯 차는 느릿느릿 시내를 달려 우현의 집 앞에 멈춰 섰다.

무작정 이곳에 와서 뭘 어쩌겠다는 건지. 이름만 같은 전혀 다른 사람일 수도 있었다. 하지만 가슴속에서 피어나는 알 수 없는 불안감은 진실은 그것이 아닐지 모른다고 말을 하고 있었다.

혼란스러운 눈빛으로 우현의 집 건물을 바라보고 있을 때, 한 청년이 밖으로 나왔다. 20대 후반으로 보이는 남자는 주머니에서 담배를 꺼내 입에 물었다. 김성준이라는 남자의 얼굴은 한 번도 본 적이 없었다. 하지만 준서는 무언가에 끌리듯 차 문을 닫고 밖으로 나갔다. 빠른 걸음으로 남자에게 다가간 준서가 물었다.

"김성준 씨…… 되시나요?"

성준은 자신을 부르는 낯선 남자의 목소리에 경계하듯 한 걸음 물러났다. 남자가 재킷 주머니에서 명함을 꺼냈다. 성준의 눈이 동그랗게 커졌다.

"최준서 씨? 설마 우현이의……"

"괜찮다면 잠시 이야기를 나눴으면 합니다."

성준은 여전히 놀란 얼굴을 하고 있었지만 침착하게 고개를 끄덕이고는 건물 뒤 공원으로 준서를 안내했다.

성준은 굳은 얼굴로 앉아 있는 준서를 힐끗, 바라보았다. 그동안 우현의 형에 대해서 말만 들었지 실제로 본 건 처음이었다. 준서는 우현과 정반대였다. 우현이 밝고 개구진 소년의 이미지라면 준서는 완벽한 성인 남자였다. 둘러싼 향기도, 날카로운 눈빛도, 모든 것이 우아하고 성숙해 보였다.

"여기까진 무슨 일로……. 우현이를 만나러 오신 건가요?"

"아뇨. 김성준 씨를 만나러 왔습니다."

"저를요?"

"갑자기 찾아와서 미안합니다. 실례가 되지 않는다면 묻고 싶은 게 있어서요."

준서가 고개를 들어 성준을 바라보았다.

"오늘 아침에 한국병원에 가셨었죠?"

준서의 질문에 성준이 숨을 집어삼켰다. 그건 우현과 자신만의 비밀이었다. 그리고 준서는 몰라야 하는 비밀.

"아버지의…… 심부름이었나요?"

준서의 질문에 성준은 아무런 말도 하지 않았다.

"만약 그렇다면 왜 아버지는 그 녀석의 친구인 당신에게……."

곤란함이 그득 드러나는 얼굴은 준서의 시선을 피해 먼 곳을 바라보았다.

"김성준 씨."

"하아, 제가 드릴 말씀은 없어요. 제가 할 이야기도 아니고요. 차라리 우현이에게……."

성준의 말에 준서가 미간을 구겼다.

"이 일이 우현이와 무슨 관련이 있는 거죠? 진실이 뭔지 알고 싶어서 왔습니다."

510

성준은 마치 자신의 얼굴이라도 뚫을 듯 강렬한 준서의 시선에 손으로 거칠게 제 머리를 헤집었다. 그 모습을 가만히 지켜보던 준서가 한숨을 내쉬며 자리에서 일어났다.

"이야기해줄 마음이 없다면 돌아가겠습니다. 시간 뺏어서 미안합니다."

"우현이가…… 그렇게 미운가요?"

갑작스러운 성준의 질문에 준서가 걸음을 멈추었다. 성준 역시 자리에서 일어나 준서의 뒷모습을 바라보았다.

"그건 그쪽이 관여할 문제가 아닙니다."

"내가 다 이해할 수 없지만 두 사람의 인생이 꼬여버린 거 알고 있습니다. 그래서 화가 나는 마음도 압니다."

준서가 천천히 몸을 돌렸다.

"우현이는 준서 씨를 많이 사랑합니다. 아무리 내치고 몰아붙여도 준서 씨를 형이라고 불러요."

"무슨 말이 하고 싶은 겁니까?"

"내게 와서 확인하면 준서 씨의 마음에 변화가 생기나요? 그러면 말해줄 게요. 준서 씨도 안타깝지만 난 평생 우현이를 곁에서 지켜봤으니까요. 우현이가 더 이상 미움받지 않길 바라요."

성준이 탁한 목소리로 입을 열었다.

"윤정희 환자분 병원비 다 조사했죠? 우현이가 다닌 영국의 대학. 매년 학기의 시작은 4월, 10월, 1월이에요. 1년 치 학비를 한꺼번에 내거나, 분할 납부를 하기도 하죠."

준서가 무슨 말이냐는 듯 미간을 찌푸렸다.

"영국 대학 등록금이 말도 안 되게 비싸긴 했지만 그 정도 능력이 없지도 않으면서 우현이 아버지는 꼭 학기 직전까지 미루다가 등록금을 보내줬죠. 3월, 8월 혹은 9월, 그리고 12월."

준서가 가슴이 크게 들릴 정도로 심호흡을 했다.

"우현이는 대학 입학 때부터 졸업할 때까지 전액 장학금으로 학교를 다녔어요. 학교에서도 유명할 정도로 엄청나게 독한 놈이었죠. 그게 누구 때문일 거라고 생각해요?"

성준이 준서를 또렷하게 바라보며 말을 이었다.

"준서 씨 어머니의 병원비는 3월, 9월, 12월에 정기적으로 입금되었을 겁니다. 내 말 무슨 말인지 아시겠죠?"

그 눈빛이 너무나 진지해 준서는 숨을 멈추었다.

"다시 말해 준서 씨 어머니가 지금 그곳에 있는 건, 모두 우현이 때문이에요."

그리고 주먹을 세게 움켜쥐었다.

"당신 아버지 때문이 아니라."

-2권에 계속-